BASTEI
LÜBBE

Für Marie-Louise und Oliver –
Alpha und Omega meines Lebens

JOSHUA SINCLAIR

SHAKA ZULU

Aus dem Englischen
von Wulf Berger

BASTEI
LÜBBE

BASTEI-LÜBBE-TASCHENBUCH
Band 10 807

Die Übersetzung aus dem Amerikanischen
besorgte nach dem Manuskript des Autors
Wulf Bergner

Titel der Originalausgabe: SHAKA ZULU

Lizenzausgabe: Gustav Lübbe Verlag GmbH, Bergisch Gladbach
Printed in West Germany 1986
Einbandgestaltung: Klaus Blumenberg
Bildteil/Titelbild: SABC + ZDF
Satz: ADLitteras, Gauting
Gesamtherstellung: Ebner Ulm
ISBN 3-404-10 807-8

An einem fieberheißen, schwülen Morgen Ende August 1882 stand ein Zug der South-Western Railways abfahrbereit auf dem Londoner King's Cross Bahnhof. Aus dem Schornstein der Lokomotive quoll eine grau-schwarze Rauchwolke, die weiter anschwellend über dem Querbahnsteig des Bahnhofs hing, auf dem eine aufgeregte, sensationslüsterne Menschenmenge durch einen Polizeikordon zurückgehalten wurde. Die nach Rauchgasen, Schweiß und Kohle riechende feuchtheiße Luft pulsierte in erwartungsvoller Unruhe.

»Da kommt er!« kreischte eine junge Frau, die sich auf die Zehenspitzen stellte, ihren mageren Leib streckte und den Hals reckte, um besser über die Menge hinwegsehen zu können. »Gott steh mir bei! Dort vorn isser!«

Die durch den Aufschrei alarmierte Masse drängte vorwärts; Leiber warfen sich gegen die Polizeikette wie in Panik geratenes Vieh; weit aufgerissene Augen starrten gespannt nach vorn, um einen Blick auf den Gegenstand ihrer hektischen Aufmerksamkeit zu erhaschen: vier Männer, die den Bahnsteig entlang auf den Zug zugingen. Sobald die Menge die vier zu Gesicht bekam, wurde sie zu einem kreisenden, strudelnden Mahlstrom, aus dem laute Rufe erklangen: »Herrje!« –»Das isser, dort drüb'n!« – »Teufel auch, seht euch den Kerl an – schwarz wie die Nacht!«

Beim Anblick dieser gräßlichen Menschenmenge wünschte Henrique Shepstone, ein zart wirkender Mann in den Dreißigern, sich sehnlichst woandershin, während er seinen Begleitern einen nervösen Blick aus dem Augenwinkel heraus zuwarf. Obwohl die drei Schwarzen in elegante europäische Anzüge gekleidet waren, trugen sie den traditionellen ›isiCoco‹ der Zulus, einen Kopfring aus poliertem Wachs, in den das Haar so verwoben wird, daß es einen Kranz um den Schädel bildet: das Gegenstück der Zulus zum ›Ehering‹ der Weißen.

Die kleine Gruppe fast um Haupteslänge überragend, schritt Cetshwayo kaMpande Zulu einher: ein großer, athletischer Mann mit feingeschnittenen schwarzen Zügen, die durch einen kurzen, prachtvoll modellierten Bart unterstrichen wurden. Seine wenigen Pfund Übergewicht waren geschickt unter einem maßgeschneiderten Zweireiher verborgen. Cetshwayos Auftreten war majestätisch, während er die Menge mit einem flüchtigen Blick musterte und offenbar von ihrer Faszination seinerseits fasziniert war.

Einige Bobbies brachten Cetshwayo rasch in einem Wagen der Ersten Klasse in Sicherheit vor den aufgeregten Gaffern. Shepstone und seine beiden schwarzen Begleiter hasteten hinter ihm her. Der Bahnhofsvorsteher pfiff und rief: »Alles einsteigen!«, während sein Pfiff am anderen Ende des Bahnsteigs wiederholt wurde. Die Lokomotive setzte sich puffend in Bewegung, gewann an Geschwindigkeit und dampfte mühsam aus der verglasten Bahnhofshalle hinaus.

Während der Schnellzug der South-Western Railways durch die aus Kalkstein bestehenden North Downs von Surrey mit ihren vereinzelt aus Weideflächen aufragenden Felsen und zerklüfteten Formationen raste, setzte Henrique Shepstone sich in seinem Polstersitz in der Ersten Klasse bequemer zurecht und machte sich daran, die Zeitschrift ›The Illustrated London News‹ durchzublättern. Eine auffällige Karikatur unter der Überschrift ZULUKÖNIG BEI VIKTORIA – WIRD FRIEDEN GESCHLOSSEN? erregte seine Aufmerksamkeit. Die Karikatur zeigte die Königin auf dem Rücken eines afrikanischen Elefanten. Neben dem Tier stand Cetshwayo im traditionellen Gewand eines Zulukönigs (mit Leopardenfell, Ochsenschwänzen, einer Mütze aus silberglänzendem Affenfell und mit voller Bewaffnung aus Schild, kurzem, zum Zustoßen geeignetem Assegai und Knotenstock). Die Unterschrift lautete: »Viktoria zu dem kleinen Ben: ›Ben, halten Sie's für richtig, ihn mitzunehmen?‹«

Shepstone starrte die aufgeschlagene Seite an, ohne sie wirklich wahrzunehmen, während er in Gedanken damit beschäftigt war, die Karikatur zu deuten. Das war einfach genug. ZULUKÖNIG BEI VIKTORIA bezog sich auf eine Begegnung, eine Art Gipfelkonferenz, die noch an diesem Tag in Osborne stattfinden sollte. WIRD FRIEDEN GESCHLOSSEN? war eine Spekulation über das Endergebnis der Kämpfe zwischen Engländern und Zulus. Und der Satz ›Ben‹ –natürlich Benjamin Disraeli, Ihrer Majestät Premierminister – ›halten Sie's für richtig, ihn mitzunehmen?‹ spielte, wie Shepstone wußte, vermutlich darauf an, ob Viktoria Cetshwayo gestatten sollte, ins Britische Weltreich einzutreten.

Der junge Engländer hob den Blick von der Zeitschrift und drehte den Kopf etwas zur Seite, um in das stolze Gesicht des Schwarzen am Fenster ihres luxuriösen Abteils zu sehen. Cetshwayo kaMpande Zulu.. Shepstone dachte über diesen Namen nach. Ein Name, der für jeden, der mit den melodischen Orchestrierungen der Zulusprache nicht vertraut war, fast unaussprechbar war. Eine Sprache, deren wohltönende Vokale in der romanischen Tradition des Italienischen und anderer Abkömmlinge des Lateinischen so ausgesprochen wurden, wie sie geschrieben waren; deren drei ›Klicklaute‹ wie Paukenschläge in einer Symphonie die Konsonanten ›c‹, ›x‹ und ›q‹ akzentuierten; deren elegante Syntax so ausgefeilt wie der Satzbau im Griechischen oder Hebräischen war... Cetshwayo kaMpande Zulu: für Briten ebenso geheimnisvoll und exotisch wie der edle Herrscher, den der Name zierte – der stolze Nachfolger des beinahe mythischen Königs Shaka kaSenzangakona Zulu.

Während Cetshwayo am Mahagonirahmen des Abteilfensters lehnte und mit geröteten, wäßrigen Augen die vorbeiziehende Landschaft anstarrte, zündete Shepstone sich eine Pfeife an, lehnte sich gegen das Kopfpolster zurück und sah den zur Decke aufsteigenden blauen Rauchringen nach. Die Gedanken des Mannes paßten sich allmählich dem rhythmischen Schwanken des Zuges und dem Klick-klack! der Räder auf den Schienenstößen an, und Erinnerungen an die letzten Monate stiegen in ihm auf: an eine unvergeßliche Zeit in seinem Leben, die untrennbar mit dem Zuluherrscher und den Nachwirkungen des blutigsten Krieges in der Geschichte des Britischen Weltreichs verbunden war – des Krieges von 1879 zwischen Engländern und Zulus...

Angefangen hatte alles im Jahre 1877, als Großbritannien das riesige südafrikanische Territorium Transvaal annektiert hatte, das sich auf beiden Ufern des mächtigen Stroms Vaal von den hohen Gipfeln der Drakensberg Mountains nach Osten bis zu den phantastischen Weiten der riesigen Wüste Kalahari erstreckte. Mit diesem Gebiet hatte Großbritannien zugleich den schwelenden Grenzkonflikt zwischen Buren und Zulus geerbt. Sir Bartle Frere, der britische Hochkommissar für Eingeborenenfragen in Südafrika, hatte sich eingeredet, die bloße Macht und die expansionistische Politik des Zulukönigreichs bedrohten Frieden und Sicherheit in seinem Herrschaftsbereich. Mit der für den Aufstieg britischer Kolonialmacht so charakteristischen frechen Selbstsicherheit hatte Frere König Cetshwayo ein Ultimatum gestellt, in dem er die Entwaffnung des mächtigen Zuluheers und die Unterwerfung des Zulukönigs unter britische Oberherrschaft gefordert hatte. Mit unnachgiebiger Unverschämtheit, die so charakteristisch für die eigene kaiserliche Abstammung der Zulus war, hatte Cetshwayo Freres offizielle Forderung zurückgewiesen. Daraufhin hatten die Briten zu den Waffen gegriffen.

Im Januar 1879 hatte Generalleutnant Frederic Augustus Thesinger, der zweite Baron Chelmsford, eine Invasion mit drei Marschsäulen begonnen, die aufs Herz des Zulukönigreichs zielten: die Stadt Ulundi, Cetshwayso königliche Heimstätte auf der weiten Mahlabatini-Ebene. Am 20. Januar hatte Chelmsford sein Lager auf der Ebene aufgeschlagen, wo eine Reihe von Zelten auf einem steinigen Abhang einer riesenhaften liegenden Sphinx aus rotem Fels stand, die Isandhlwana hieß... Isandhlwana sollte für immer mit Blut in die Annalen der britischen Militärgeschichte eingetragen werden.

Am Morgen des 22. Januar waren britische Späher mit der Meldung ins Lager zurückgekehrt, daß im Tal in der Nähe des Felsmassivs eine große Zulustreitmacht versammelt sei. Chelmsford, der den Kampf suchte, hatte keine Zeit verloren.

Er war mit sechs Kompanien aus dem Lager ins Tal hinabmarschiert, wobei die weißen Helme seiner Soldaten im Dunst des afrikanischen Morgengrauens geleuchtet hatten. Mehrere Stunden nach dem Abmarsch des Generals hatten die 1700 Mann Lagerbesatzung die Köpfe gehoben, um einen Anblick zu erleben, der sich auf dieser Erde nie wieder bieten wird.

Entlang des gesamten acht Kilometer langen Randes des Nqutu-Platelaus quollen 20000 Zulus über den Grat: eine hereinbrechende See von Schilden mit einer Gischt aus Speeren; ein Heer aus höchst disziplinierten Kriegern unter der fähigen Führung von Cetshwayos Premierminister Mnyamana, das in vollen Lauf von allem Lauf von allen Seiten auf das britische Lager und seine überraschten Verteidiger zustürmte.

Anfangs hatten die britischen Gewehre den in dicht geschlossenen Reihen angreifenden Zulus unglaubliche Verluste zugefügt, aber dann hatte Ihrer Majestät Verteidigung nachgelassen und war zuletzt aus einem Grund zusammengebrochen, der ebenso komisch absurd wie tragisch war. Tatsächlich waren die Papierpatronen der Gewehrmunition in Kisten mit festgeschraubten Deckeln verpackt, und in der Hitze des Gefechts waren Schraubenzieher unmöglich zu finden gewesen. Verzweifelt hatten die Männer an den Brettern gezerrt, während eine Flutwelle von Speeren über sie hereingebrochen war. Nur wenigen Glücklichen war es gelungen, sich durch die Belagerer hindurchzukämpfen, aber bei denen, die versucht hatten, die Stellung zu halten – rund 1300 Mann –, hatte es keine Überlebenden gegeben.

Chelmsford, der an seiner eigenen Front hoffnungslos ausmanövriert worden war, hatte eine verstümmelte Meldung über den Angriff erhalten, aber erst zu spät erfahren, was wirklich passiert war –eine der schwersten Niederlagen, die sogenannte ›Wilde‹ jemals einem modern ausgerüsteten Heer beigebracht hatten.

Während die Zulus weiterhin die Hänge des Nqutu-Plateaus hinab angegriffen hatten, war eine Teilstreitmacht – Cetshwayos Undi-Regiment mit einigen tausend Mann – hinter das Felsmassiv abgebogen, um den Briten diesen Fluchtweg zu versperren. Am Spätnachmittag hatten die Zulus sich nach Süden gewandt, den Büffelfluß durchwatet und mit dem prickelnden Hochgefühl eines bevorstehenden Sieges auf einen weiteren britischen Vorposten bei Rorke's Drift zuzutraben begonnen.

Zu diesem Zeitpunkt hatte noch keiner der Briten bei Rorke's Drift geahnt, daß sie bald die Hauptrolle in einem Heldenepos spielen würden. Unter Befehl von Leutnant John Chard waren dort insgesamt 141 Mann stationiert: acht Offiziere, 97 kampffähige Unteroffiziere und Mannschaften sowie 36 Kranke in dem als Lazarett dienenden Gebäude der Missionsstation.

Chard, der durch die Ankunft eines Überlebenden von Isandhlwana alarmiert worden war, hatte in größter Eile den Bau eines Walls aus schweren Maismehlsäcken, großen Biskuitkisten und einigen Fuhrwerken ums Lazarett herum organisiert. Dieser provisorische Verteidigungswall hatte sich noch im Bau befunden, als Ausgucke den Hügel hinter der Missionsstation herabgestürmt waren, wobei einer gerufen hatte: »Sie kommen – schwarz wie Teufel und dicht wie Gras!«

Die britischen Soldaten hatten vor Staunen Augen und Mund aufgerissen, als über 4000 brüllende Zulus gegen sie angebrandet waren. Inzwischen war es 16.30 Uhr geworden, und das gleichmäßige Feuer aus den einschüssigen Hinterladern hatte eine Rauchwolke in den bleigrauen Himmel aufsteigen lassen.

Stunde um Stunde hatten knatterndes Gewehrfeuer und Bajonette alle Angriffe der Zulus zum Stehen gebracht und zurückgeworfen. Bei diesen wilden Kämpfen hatten sich Leichenberge vor den Säcken und Kisten aufgetürmt, aber im Laufe der Zeit hatte die Angriffswelle der Zulus doch das Lazarettgebäude erreicht. Als das Dach Feuer gefangen hatte, waren die Kranken und Verwundeten von Kameraden, die sich nach jedem Schritt umgedreht hatten, um zu kämpfen, von Raum zu Raum geschleppt worden. Wie durch ein Wunder war es den meisten von ihnen gelungen, im Feuerschein die letzte Verteidigungsstellung zu erreichen: einen vor dem Lagergebäude der Missionsstation errichteten Kreis aus Mehlsäcken. Dort war es zu Nahkämpfen gegen massiert angreifende Zulukrieger gekommen, deren Schilde einen geschlossenen Wall bildeten, hinter denen Speerspitzen im Feuerschein der Abenddämmerung glitzerten, während ihnen donnernde Salven der dicht zusammengedrängten Überlebenden entgegenschlugen, die »wie Ratten in ihrem Loch festgenagelt« waren.

Der Angriff hatte zwölf Stunden lang getobt. Gegen vier Uhr war er abgeflaut und hatte dann aufgehört. Männer waren erschöpft gegeneinandergesunken und hatten mit letzter Kraft nach Feldflaschen gegriffen, um ihre ausgedörrten Kehlen zu benetzen. Siebzehn britische Soldaten und ungezählte Hunderte von Zulus waren gefallen.

Falls Orden ein Maßstab für Tapferkeit und die Schwere eines Kampfes sind, hatte dieses Gefecht in der Kriegsgeschichte europäischer Staaten kaum seinesgleichen. Elf der Verteidiger von Rorke's Drift wurden mit dem Viktoriakreuz, der höchsten britischen Ehrung für Tapferkeit, ausgezeichnet – mit die höchste Zahl solcher Orden, die jemals für ein einzelnes Gefecht vergeben wurde.

Nach dieser Schlacht war der 1879er Krieg zwischen Engländern und Zulus lediglich noch eine grimmige koloniale Formalität gewesen. Chelmsford war zu einer zweiten Invasion aufgebrochen und nach Ulundi vorgestoßen, wo er die Überreste von Cetshwayos Regimentern dezimiert und die Heimstätte des Königs niedergebrannt hatte. Zum ersten Mal seit Bestehen ihres Königreichs waren die Zulus ein unterworfenes Volk geworden, und ihr König Cetshwayo war nun der entthronte Herrscher des tapfersten und berühmtesten afrikanischen Reiches.

Auf der Fahrt zum Osborne House rollte die Kutsche die Royal Avenue hinab: eine auf beiden Seiten von einer eleganten Doppelreihe aus Zedern und Stechpalmen gesäumte breite unbefestigte Straße, von deren Rand sich sanft gewellte dunkelgrüne Rasenflächen aus dem Schatten der Bäume bis zu den

Trauerweiden an einem Teich mit Enten und Schwänen erstreckten.

Cetshwayo sog prüfend die Luft ein und lächelte schwach, als er süßen Rosenduft ausmachte. Der König beugte sich in der Kutsche nach vorn, stützte die Ellbogen auf die Rückseite des Kutschbocks und war bald von dem Anblick gefangen, den Viktorias Residenz auf der Insel Wight mit dem luxuriösen, weit ausladenden Dach im italienischen Stil, den Kuppeln und Veranden bot.

Die Kutsche hielt vor dem Portal der Residenz, und zwei livrierte Diener eilten herbei, um den Schlag aufzureißen.

Mit Shepstone an der Spitze wurden Cetshwayo und seine beiden schwarzen Begleiter einen gepflasterten Weg zum Strand hinuntergeführt. Die Fürstin von Wales und die Herzogin von York, beide in angemessener Schwimmkleidung, ruhten unter einer gestreiften Markise; Prinz Edward von York, ein Knabe von sechs Jahren, spielte mit dem achtjährigen Earl von Athlone und errichtete frühreif Kolonien aus Sandburgen. Die zukünftige Königin Mary und George – der später Georg V. werden sollte –, beide noch Jugendliche, planschten in den gleichförmig heranrollenden Wellen, die sich am Ufer brachen.

Am Rande des Strandes saß Ihre Kaiserliche Majestät Viktoria R.I. (Regina et Imperatrix, Königin und Kaiserin) in einem von einem weißen Sonnensegel überdachten Rohrsessel, der ihre winzige Gestalt noch kleiner wirken ließ, hielt ihre bestrumpften Füße ins Meer und plauderte mit dem Earl von Kimberley, ihrem Kolonialminister.

Niemand aus dieser hochkarätigen Gruppe schien von den Neuankömmlingen Notiz zu nehmen.

Als Cetshwayo in milder Verachtung sein Kinn vorreckte, sah Shepstone sich veranlaßt, einen Schritt vorzutreten und respektvoll zu hüsteln, wodurch er Reaktionen auslöste, die ebenso unterschiedlich wie die Persönlichkeiten der an diesem Strand Versammelten waren. Prinz Edward blickte von seinen Sandburgen auf. Als er und der Earl von Athlone die drei Schwarzen sahen, bekamen sie große Augen und brachten den

Mund vor Verwunderung nicht mehr zu. Die Fürstin von Wales und die Herzogin von York neigten neugierig die Köpfe vor. Kimberley drehte sich halb nach ihnen um, zog die Augenbrauen hoch und würdigte die Neuankömmlinge eines interessierten Blicks aus seinem monokelbewaffneten Auge. Viktoria, deren Pausbäckchen von der Sonne gerötet waren, sah sich scheinbar unbeteiligt um, aber in ihren feuchten, vorstehenden Augen glitzerte unverhohlene Neugier.

Da offenbar kein anderer das Wort ergreifen wollte, faßte sich Shepstone ein Herz und trat vor. »Seine Hoheit Cetshwayo kaMpande Zulu«, begann er, um dann der Königin die hinter ihm stehenden ausländischen Würdenträger vorzustellen, »und seine Haupt-Indunas – Mkhosana von den Zungus und Ngobohzana von den Mpungose.«

Die drei Schwarzen nickten respektvoll.

Viktoria, die einer Laune ihrer kaiserlichen Privilegien nachgab, nickte nicht zurück – nicht einmal kurz, wie es sonst ihre Gewohnheit war. Statt dessen wandte sie sich unhöflich ab und kehrte der Zuludelegation ihren kaiserlichen Rücken zu.

Nach einem endlos langen Augenblick, in dem die übrigen Anwesenden den Atem anhielten, während sie die beiden Monarchen flüchtig musterten, erhob Viktoria sich mit Hilfe ihres Elfenbeinstocks. Eine Hofdame griff nach dem Rohrsessel und drehte ihn um. Danach machte die Königin langsam, aber entschlossen kehrt, wehrte gereizt Kimberleys Versuch ab, ihr behilflich zu sein, und nahm wieder Platz. Während Viktoria einen Zwergspitz streichelte, der auf ihren Schoß gesprungen war, betrachtete sie Cetshwayo und sah sich die Gesichtszüge des ›Barbaren von Isandhlwana‹ genau an. Sie wartete darauf, daß er die Initiative ergriff.

Cetshwayo war keineswegs überrascht, als er feststellte, daß die Würde der Königin, ihre königliche Gelassenheit und die grenzenlose Entschlossenheit in ihren kindlichen Zügen ihn augenblicklich für sie einnahmen. Damit hatte er gerechnet. In dem Bemühen, sich Viktoria vorzustellen, hatte er das Bild einer weißen ›Nandi‹ heraufbeschworen: der Mutter Shakas, die einst die ›Nkosikazi‹ Afrikas gewesen war (und es in den Herzen des Himmelsvolkes noch immer war). Cetshwayo, dessen würdevolle Art der Viktorias entsprach, verlagerte sein Gewicht auf den anderen Fuß, ignorierte seine zunehmend unbequemen engen Schuhe und sprach die britische Herrscherin auf Zulu an.

Der auf die fremdartigen Klicklaute reagierende Zwergspitz stellte die Ohren auf, verdrehte den Hals und starrte verwirrt zu dem Schwarzen auf.

Die Kinder, Prinz Edward und der Earl von Athlone, die das Klicken amüsierte, begannen zu kichern. Cetshwayo verstummte wie ein gütiger Vater und warf mit gespielter Verärgerung einen strengen Blick zu Edward hinüber. Der Junge erstarrte, weil er den Tadel in diesem Blick spürte. Aber der Earl, dem Cetshwayos Stirnrunzeln nicht aufgefallen war, kicherte weiter, bis Edward ihn mit einem Schlag seiner Hand zum Schweigen brachte.

Cetshwayos Lippen verzogen sich zu einem schwachen Lächeln, als er an seine eigenen Kinder dachte und sich vorstellte, wie sie sich über die Merkwürdigkeiten der britischen Welt amüsieren würden. Viktoria fühlte die Wirkung von Cetshwayos Lächeln, und ihre Augen funkelten, während sie befriedigt dachte: Für einen ›Barbaren‹ sieht er ungewöhnlich freundlich aus, nicht war?

Cetshwayo sprach weiter, wo er unterbrochen worden war. Als der König ausgeredet hatte, wandte er sich an Shepstone, der zu übersetzen begann: »Seine Hoheit dankt Ihrer Kaiserlichen Majestät für die freundliche Aufnahme, die ihm in Großbritannien zuteil geworden ist. Er sagt, daß er im Gespräch mit Ihrer Majestät nur ein Kind vor seiner Mutter ist.«

Viktoria zog gebieterisch die Augenbrauen hoch. Wie charmant ironisch, überlegte sie, während der Zwergspitz an ihrem kaiserlichen Ring nagte. »Er scheint aber viel mehr gesagt zu haben«, stellte sie Shepstone gegenüber fest.

»Das liegt in der Natur der Sprache, Ma'am«, bot Shepstone als Erklärung an. »Poetisch und idiomatisch. Ich habe nur das Wesentliche übermittelt.«

Viktoria hob eine Hand, als wolle sie ihrem Kolonialminister das Zeichen für seinen Einsatz geben. »Lord Kimberley…«

»Ist Seine Hoheit sich bewußt, weshalb Ihre Majestät bereit gewesen ist, ihn zu empfangen?« fragte Kimberley Shepstone, indem er einen Schritt vortrat und damit auf weicheren Grund gelangte.

Während Cetshwayo sich Shepstones Übersetzung anhörte, betrachtete er Kimberleys Fuß und fragte sich, wie tief er in den Sand einsinken werde. Als der Dolmetscher dann ausgeredet hatte, antwortete der König auf Zulu.

»Seine Hoheit sagt«, übersetzte Shepstone die Antwort etwas zögernd, »er sei viele Monate übers Wasser gereist und mit dem ›Wesen mit den großen weißen Schwingen‹ unterwegs gewesen. Er sagt, er habe während dieser langen Reise darum gebetet, daß der Traum seines Vorfahren König Shaka endlich Wirklichkeit werden möge. Er habe darum gebetet, sagt er, daß es der Herrscherin der Schwalben und dem Herrscher der Zulus gelingen werde, in einer Atmosphäre von Harmonie und gegenseitiger Achtung dauerhaft Freundschaft zu schließen. Er hoffe, sagt er, hier zu sein, um diesen Freundschaftspakt für immer und ewig zu schließen.«

Eine Möwe segelte über den Himmel und kreischte gegen den Wind an. Cetshwayo blickte instinktiv auf. Viktoria folgte seinem Blick. Die Möwe hing in der Luft, nutzte die Luftströmungen aus, schwebte im Wind. Dann legte der Vogel die Flügel an, stieß durch eine Wolke, ging flügelschlagend wieder in den Horizontalflug über und zog über die weite Wasserfläche des Solents davon.

»Das Kolonialamt ist der Auffassung, daß jeder Akt der Milde gegenüber Zululand eine gravierende Fehleinschätzung der von den Zulus ausgehenden Bedrohung wäre, Ma'am … Gentlemen.« Im Audienzsaal von Osborne House lag ein drängender Unterton in Kimberleys Stimme, während er auf dem Parkett auf und ab ging und seine Befürchtungen mit den wenigen Adeligen teilte, die in Viktorias Sommerresidenz am Meer versammelt waren.

»Wir haben es hier nicht nur mit Auseinandersetzungen über Grenzfragen und die Wiedereinsetzung eines besiegten Königs zu tun…«

Cetshwayo, der vor der Eichenholztäfelung saß und seine Indunas wie zwei hochaufragende, schwarze männliche Karyatiden hinter sich stehen hatte, wirkte keineswegs besiegt, während er Kimberley seine ungeteilte Aufmerksamkeit zuteil werden ließ. Seine sanftbraunen Augen folgten dem Kolonialminister, der auf und ab ging, wobei seine Schritte durch die gesprochenen Worte und den Holzfußboden gedämpft wurden. Shepstone, der links neben dem König saß, reckte den Hals, um dem Ohr des Zulus näher zu sein, und flüsterte ihm eine Simultanübersetzung zu.

»Nein! Wir sind aufgerufen, Afrika zu verteidigen«, verkündete der Kolonialminister nachdrücklich, indem er stehenblieb und sich mit der geballten Faust in die offene Handfläche schlug.

Shepstone blickte auf, weil ihn diese letzte Feststellung verblüffte. Nachdem er sie auf Zulu wiedergegeben hatte, beobachtete er Cetshwayos Gesicht auf eine Reaktion hin, da er sich fragte, wie der Afrikaner die Vorstellung, daß Großbritannien seinen Kontinent »verteidige«, aufnehmen werde. Doch der Zulukönig nahm diese Bemerkung gleichmütig hin.

»Es ist, so glaube ich«, fuhr Kimberley fort, indem er weiter auf und ab ging, »unsere Pflicht, Ma'am, Leib und Leben unserer Landsleute, die sich in jenen fernen Gebieten niedergelassen haben, sowie das der Kaffernstämme zu schützen, die von uns erwarten, daß wir ein Land befrieden, das in den vergangenen sechs Jahrzehnten von einem der gewaltigsten jemals geschaffenen Militärreiche verwüstet worden ist: dem Reich Shaka Zulus, das hier durch Cetshwayo, Shakas legitimer Nachfolger, vertreten ist.«

Während sein Dolmetscher pflichtgemäß aus dem Englischen ins Zulu übersetzte, betrachtete Cetshwayo prüfend Kimberleys Gesicht, begegnete seinem Blick und starrte den Kolonialminister so an, wie dieser ihn. Der Engländer hatte einen ziemlich neutralen Blick, entschied Cetshwayo, gewiß nicht bösartig oder auch nur mißbilligend, aber er war auch keineswegs mitfühlend – und durchaus nicht freundlich. Dann verhakten Cetshwayos Gedanken sich an dem Wort ›Kaffer‹, das – wie er wußte – auf das arabische ›kafir‹ zurückzuführen war und ›Ungläubiger‹ bedeutete. Oder im arabischen Sinn jeden bezeichnete, der kein Mohammedaner war. Der König ließ seinen Blick über die Versammelten schweifen. Wir sind alle Kaffern, dachte er mit gequältem Lächeln.

»Professor Bramston...«, soufflierte Kimberley und konzentrierte seine Aufmerksamkeit abrupt auf den Oxfordprofessor, der in einem anderen Teil des Salons bei dem Staatssekretär im Kolonialamt Anthony Ashley, Sir Henry Bulwer, General Chelmsford und S.K.H. Albert Edward, Prinz von Wales, saß. Bramston, ein dicklicher, gelehrt wirkender Mann mit etwas aufgetriebenem Leib, einer langen, gebogenen Nase und intensiv braunen Augen, die durch dicke Brillengläser vergrößert wurden, stand auf, sammelte seine Gedanken mit einem Stirnrunzeln und trat schlurfend vor, um zu den Versammelten zu sprechen.

»In den Jahren 1816 bis 1828«, begann Bramston, »obwohl manche von achtzehn bis achtundzwanzig sprechen... Fynn sagt sechzehn, und ich neige dazu, ihm zuzustimmen...«

Viktoria betrachtete den ältlichen Gelehrten und ließ ihren ruhelosen Blick über seinen verknitterten Anzug mit Weste gleiten. Falls Ihre Majestät sich fragte, worüber Bramston in Dreiteufelsnamen sprach, war ihrem halb abgewandten Blick davon nichts anzumerken.

»... aber die Geschichte Afrikas ist ohnehin ein ziemliches Durcheinander, nicht wahr?« fragte Bramston ganz allgemein, um schließlich seine eigene Frage zu beantworten. »Ja, das ist sie natürlich. Nehmen wir zum Beispiel den Ursprung des Zuluvolks...« Der Professor sprach nicht weiter, sondern nahm seine Nickelbrille von seinen kleinen Ohren und begann die Brillengläser zu putzen. »Aus der Zeit vor der Ankunft des weißen Mannes ist fast nichts über diesen Stamm bekannt! Wie alle Analphabeten sind sie ein Volk ohne niedergeschriebene Vergangenheit. Ja, vor weniger als einem Jahrhundert befinden wir uns schon in ihrer Prähistorischen Zeit, denn weiter zurückreichende Aufzeichnungen sind fast so fern und unauffindbar wie jene der Menschheit in ihren frühesten Anfängen! Stammen sie von den Tekela-Ngunis oder den Ntungwa-Ngunis ab? Nachforschungen auf diesem Gebiet haben ergeben...«

»... vor der Ankunft des weißen Mannes« – Cetshwayo lauschte dem Widerhall dieses Ausdrucks nach, der in ihm Erinnerungen an die ›Kolonien‹ weckte, an die man sonst besser nicht dachte. »Vor den Weißen«, ein chauvinistischer Begriff, der wie der Nullmeridian von Greenwich als Norm galt, nach der die Uhren der Geschichte gestellt wurden.

»Die Zulus sind ein Volk ohne niedergeschriebene Vergangenheit«, wiederholte Bramston soeben und rief damit einen gallig bitteren Geschmack in Cetshwayos Mund hervor. Der König blinzelte zu einem mit kulturellen Aufzeichnungen vollgestellten hohen Bücherregal hinüber. »Stellen Sie sich einen Augenblick eine europäische Welt vor, die weder Schrifttum noch archäologische Funde besitzt«, fuhr der Professor unerbittlich fort. Er ging weiter auf und ab, achtete jedoch sorgfältig darauf, weder der Königin noch den übrigen Adeligen im Audienzsalon den Rücken zuzukehren. »Sumer und Ägypten, Griechenland und Rom hätten dann praktisch nie existiert; Plato hätte vergebens lehren und Shakespeare vergeblich träumen können; erworbenes Wissen hätte niemals bewahrt oder auch nur verbreitet werden können; Gedankenwelt, Erfahrungen und Großtaten von Menschen hätten gänzlich der Vergessenheit anheimfallen können; die Erlösung wäre vielleicht unbekannt geblieben – und die göttliche Offenbarung vergessen oder entstellt worden.«

Als Bramston seine Brille wieder aufsetzte, blieb er wie angenagelt stehen, weil sein Blick dem Viktorias begegnete. Da die Königin spürte, wieviel Ärger und Bestürzung die Hetzrede des Professors bei ihrem königlichen Gast auslösen konnte, forderte ihr scharfer Blick den Gentleman aus Oxford schweigend auf, endlich zur Sache zu kommen.

Der Professor, der sich nervös räusperte, kam dieser Aufforderung nach. »Shaka Zulu. Ja...«, begann er. »Der Begründer der vereinigten Zulunation und des Zulureichs. Hat von 1816 bis 1828 regiert. Ganz entschieden eines der größten militärischen Genies der Menschheitsgeschichte. Bestimmt auf einer Stufe mit einem Cäsar oder einem Alexander dem Großen, allerdings vielleicht nicht so häufig beschrieben...« Der Professor räusperte sich erneut nervös und schlurfte zu einer auf Leinen aufgezogenen Karte Südafrikas.

»Stellen Sie sich bitte die großartige Leistung vor, die Shaka Zulu, dieser afrikanische Achill des 19. Jahrhunderts, vollbracht hat. In weniger als einem Dutzend Jahren hat er aus einer Handvoll idyllisch lebender, verhältnismäßig harmloser Hirten, die von Natur aus zögerten, sich in irgendeiner Form kriegerisch zu betätigen....« Der Professor machte eine Pause, um seinen Worten größeren Nachdruck zu verleihen, und seine hinter den Brillengläsern vergrößerten runden Augen musterten dabei die adlige Versammlung. »... Ein Spartanerheer aus über achtzigtausend gutgedrillen, unbarmherzigen Kriegern aufgestellt und seinen Einfluß..« Er zog eine Zigarre aus seiner Westentasche und benützte sie als Zeigestab, um das fragliche Gebiet auf der Karte zu bezeichnen. »... auf den größten Teil Südostafrikas ausgedehnt. Ein in Macht und Größe mit dem Napoleons vergleichbares Reich! Und im Verrat mit dem Dschingis-Khans! ... Euer Majestät, Gentlemen«, fuhr er nachdrücklicher fort, »die von Shaka Zulu geschaffene Kriegsmaschinerie ist so monolithisch gewesen, daß sie seinen Tod um über ein halbes Jahrhundert überdauert hat! Gewiß, die britische Krone hat sie jetzt besiegt, aber diese Niederlage ist nur vorläufig.«

Chelmsford, der diesen Sieg möglich gemacht hatte, rutschte unbehaglich auf seinem Stuhl hin und her und zupfte am Kragen seines Uniformrocks, während er irritiert die buschigen Augenbrauen hochzog.

Der Professor sprach mit zwingend wirkender Überzeugungskraft weiter. »Sie kann und wird ständig wiederauferstehen, wenn wir sie nicht endgültig zerschlagen! ... Und warum?« Von seinem eigenen theatralischen Schwung mitgerissen, ließ Bramston diese Frage im Raum stehen, während er die Landkarte umschlug, so daß darunter eine in den zwanziger Jahren des 19. Jahrhunderts entstandene Zeichnung von König Shaka Zulu zum Vorschein kam. Sie stammte von einem der Weißen – dem britischen Marineleutnant James Saunders King –, die an seinem prächtigen Hof gewesen waren.

Die Zeichnung stellte einen aufrecht und stolz dastehenden großen Schwarzen dar. Seine katzenartig schönen Gesichtszüge wurden von einer an seiner Stirn befestigten blauen Kranichfeder gekrönt; die pastellblauen Augen glichen strudelnden Wassern, die den Betrachter lockten, in den Tiefen ihres Mahlstroms zu ertrinken; die vollen Lippen waren zu einem eigensinnigen, überlegenen Lächeln verzogen, und der muskulöse nackte Leib wies die langgestreckten, prächtig ausgebildeten Muskeln und Sehnen auf, die an die künstlerische Perfektion griechischer Statuen erinnerte, wie sie Praxiteles geschaffen hatte. Obwohl Shaka keine Umhänge, Felle oder Schmuckstücke trug – ausgenommen die Kranichfeder –, stellte die Zeichnung unverkennbar einen König dar, denn in der Tat konnten die unversöhnliche Wildheit dieser Augen, die hypnotisierende Schönheit dieses Gesichts und die Unvergleichlichkeit dieses Körperbaus nur einem König oder Gott eigen sein. Das Porträt schien unter einer charismatischen elektrischen Spannung zu stehen, die alle Anwesenden durchzuckte.

Viktoria war im Augenblick wie gebannt von dem von dieser Zeichnung ausgehenden Zauber – zugleich böse und engelhaft, der Zauber eines gefallenen Engels. Sie riß ihren Blick von dem Porträt und ließ ihn erneut auf Cetshwayo ruhen.

Der Blick des Zulukönigs war beim Anblick Shakas ruckartig zum Leben erwacht, denn die Zeichnung war das erste Porträt seines legendären Vorfahren, das er je zu Gesicht bekommen hatte. Viktoria, die eine gute Beobachterin und Menschenkennerin war, entgingen dieser Blick und das ekstatische Glitzern in Cetshwayos Augen nicht.

»Weil König Shaka kein gewöhnlicher Sterblicher gewesen ist!« fuhr Bramston fort, sobald er zu spüren glaubte, daß Shakas Porträt die gewünschte Wirkung erzielt habe. »Für sein Volk ist er mehr als ein Oberbefehlshaber gewesen – er ist ein Messias, eine Gottgestalt gewesen!« Bramstons geballte Faust schnellte gegen die Zeichnung, während er theatralisch ausrief: »Wie ein afrikanischer Mephisto hat er den Zulus Ehre und Ruhm geschenkt, wenn sie ihm dafür ihre Seelen überließen, und die Macht über Leben und Tod auf unzähligen Schlachtfeldern mit ...«

Viktoria sah mit besorgt gerunzelter Stirn zu Kimberley hinüber, der Bramstons übertrieben nachdrückliche Tirade rasch unterbrach und ihn entließ. »Danke, Professor.« Auf Kimberleys Wink brach Bramston seinen Vortrag abrupt ab – wie ein Preisboxer, der nach einem Schlag keine Luft mehr bekommt. Der Professor verbeugte sich vor der Königin und schlurfte an seinen Platz zurück.

»Die Bedrohung ist real«, stellte Kimberley trocken, aber mit einer Überzeugung fest, die er einer Anleihe bei Bramston zu verdanken schien, »und die zu treffende Entscheidung klar. Deshalb schlägt das Kolonialamt vor, Ma'am, daß wir im Zulukönigreich eine fortschreitende Zerschlagung und Dezentralisierung des Militär- und Wirtschaftssystems der Zulus in Gang setzen...«

Viktoria – stets wachsam, stets neugierig – blickte wieder zu Cetshwayo hinüber. Der König wirkte gelassen, beobachtete Kimberley jedoch aufmerksam.

»... um den Kampfgeist der Zulus so weit zu schwächen«, fuhr der Kolonialminister fort, der jetzt vor Shakas Porträt stand und instinktiv die stolze Haltung des Abgebildeten imitierte, »daß ihre Fähigkeit zu bewaffneter Aggression entscheidend unterminiert wird. Zu diesem Zweck würde Zululand in eine Anzahl unabhängiger Gebiete aufgeteilt – alle unter der wachsamen Aufsicht der britischen Krone. Dadurch ließe sich nach unserer Überzeugung erreichen, daß die einer zentralen Führung beraubten Zulus in den harmlos seligen Zustand zurückverfallen, in dem sie vor ihrer wahnwitzigen Konditionierung durch Shaka glücklich gewesen sind.« Kimberley, der mit seinen Ausführungen am Ende war, nickte Shepstone zu.

»Sie können jetzt übersetzen«, wies er den jungen Mann an.

Nachdem Shepstone rasch und genau übersetzt hatte, brachte Cetshwayo seine Erwiderung auf Zulu vor. Seine Ausführungen klangen ruhig und würdevoll. »Er sagt«, dolmetschte Shepstone schließlich, »daß die Begriffe Aggression und Selbstverteidigung oft verwechselt werden. Aggression bedeutet, anzugreifen, ohne provoziert worden zu sein. Selbstverteidigung ist ein von allen Völkern – unabhängig von ihrer Hautfarbe –, die sich auf ihrem eigenen Boden bedroht fühlen, ausgeübtes göttliches Recht.«

Viktorias Interesse war geweckt, als sie jetzt wieder zu Cetshwayo hinübersah und sich bemühte, tiefer in seine Seele einzudringen. Er hat Mut, entschied sie. Ein Mann mit Grundsätzen und Entschlußkraft. Ganz entschieden der ›Barbar‹ von Isandhlwana!

Viktorias Blick blieb auf Cetshwayo gerichtet, der sie jetzt gelassen betrachtete, während Shepstone fortfuhr: »Er sagt, daß die Verhältnisse in seinem Land sich seit König Shaka geändert haben. Die Macht der Zulus basiert nicht mehr auf Eroberungen, sondern auf nationalen Bindungen. Er sagt, daß die britische Krone den größten Profit zu erwarten habe, wenn sie dieser entstehenden Nation gestattet, sich selbst zu regieren.«

»Selbstbestimmung?! Sind wir, verdammt noch mal, plemplem geworden, Ma'am?!« Generalleutnant Thesinger, der zweite Baron Chelmsford, jetzt ein Fünfziger, aber noch immer so vital und empört, wie er bei Isandhlwana gewesen war, sprach sich etwas zu energisch gegen eine Selbstverwaltung der Zulus aus, während er neben Viktoria hergehend den Zug der Gäste anführte, der sich in den Salon von Osborne House begab, wohin die Königin zum Tee geladen hatte. Viktoria rümpfte die Nase wegen des Ausdrucks »verdammt noch mal« und warf Chelmsford einen gekränkten Blick zu, während sie langsam, aber entschlossen den holzgetäfelten Korridor ihrer Sommerresidenz hinabschritt.

»Das Kriegführen liegt ihnen im Blut«, fuhr der General fort. »Und das Morden in ihren verdammten Seelen«, polterte er, um dann hinzuzufügen: »Falls sie überhaupt welche haben! Das haben wir alle im Jahre neunundsiebzig bei Isandlhlwana erlebt! Haben das verflucht beste Regiment gehabt, das die Briten jemals gesehen haben! Die Vierundzwanziger! Bis zu den Zähnen bewaffnet! Stark genug, um jeden verdammten Krieg zu gewinnen . . .!«

Shepstone warf Cetshwayo einen hastigen Blick zu. Gott sei Dank, daß der Zulu nichts versteht, dachte er.

»Aber so viele dieser Hyänen wir auch abgeknallt haben«, fuhr Chelmsford fort, »im nächsten Augenblick sind tausend weitere aus dem Boden gewachsen – höchstwahrscheinlich von der Hölle ausgespien! Und alle haben wie vom Teufel besessene Dämonen gekreischt!«

»Klingt reichlich heroisch, Chelmsford«, meinte Viktoria, indem sie in ihren Sessel sank. »Kein Wunder, daß Sie besiegt worden sind. Die lebhaften Farben Ihrer Schilderung verraten auf Ihrer Seite eine an Panik grenzende Besorgnis«, fügte sie mit einem Augenzwinkern hinzu.

Chelmsford senkte den Blick, während er entschuldigend murmelte: »Bitte um Verzeihung, Ma'am. Habe mich hinreißen lassen.« Und er fuhr rasch fort: »Trotzdem neige ich dazu, Kimberley zuzustimmen. Wenn die Zulus nicht nachgeben wollen, müssen wir sie zerbrechen und Schluß damit machen, sage ich!«

»Ich glaube sogar, daß wir ihnen damit einen Gefallen tun«, warf der Prinz von Wales trocken ein. »Die Rückkehr zum Pflug müßte sich für diese Wilden als höchst heilsam erweisen! Könnte sie sogar mit einem Hauch Zivilisation segnen«, fügte er albern lächelnd hinzu, wodurch er auf Kimberleys Gesicht ein schwaches amüsiertes Grinsen hervorrief.

»Soll ich das übersetzen, M'Lords?« erkundigte Shepstone sich mit ausdrucksloser Miene bei der Gruppe.

»Das dürfte nicht nötig sein, Sir«, unterbrach ihn eine sonore Baßstimme aus dem Hintergrund des Raumes. Anfangs erfaßte niemand, daß sie Cetshwayo gehörte, der soeben gesprochen hatte. Auf Englisch klang seine Stimme ganz anders. Als die Anwesenden jedoch diese Tatsache und ihre Auswirkungen begriffen, herrschte zunächst völliges Schweigen.

Cetshwayo trat in die Mitte der Gruppe und sprach weiter, wobei er seine erstaunliche Beherrschung der englischen Sprache und seine völlige Gewalt über den Zorn demonstrierte, der in seinem Herzen emporgequollen war. »Wilde?« Cetshwayo richtete seine Frage besonders an den verwirrten Prinzen von Wales und den schockierten Lord Kimberley. »Ja. Wir sind wohl Wilde. Unsere Sitten. Unsere...« Sein prüfender Blick glitt über die Architektur und die Ausschmückung des Salons. »Unsere Gebräuche und Überlieferungen sind ganz anders als die Ihren.« Cetshwayo trat näher an den Prinzen von Wales heran und erwiderte unbeirrt seinen Blick. »Das haben Sie mit ›Wilden‹ gemeint, nicht wahr, Königliche Hoheit? ›Andersartig.‹ In einem Ausmaß, das den Briten...« Er suchte nach dem rechten Wort. »... ›unbehaglich‹ wäre. Das ist doch der richtige Ausdruck, Shepstone?«

Die ganze Gesellschaft war unliebsam überrascht, vor allem jedoch Shepstone, der feuerrot angelaufen war und sich jetzt ziemlich aufgeregt sagen hörte: »Ja ... ja, das ist der richtige Ausdruck.«

»Aber«, fuhr Cetshwayo fort, indem er mit auf den Rücken gelegten Händen im Salon auf und ab ging und mühelose, unemotionale Beherrschung an den Tag legte, die Bramstons professorale Art nachzuahmen schien, »das war zu erwarten, nicht wahr, Lord Chelmsford? Unsere Zivilisationen haben sich unter ganz verschiedenen Umständen entwickelt. Tatsächlich«, fuhr der Zulukönig mit deutlicher Ironie in der Stimme fort, »ist unsere hiesige Begegnung absurd. Wir haben so wenig gemeinsam. Vor allem unsere Auffassung von der Achtung vor Mitmenschen.« Cetshwayo drehte sich nach Chelmsford um, indem er schalt: »Ich meinerseits käme nie auf die Idee, Sie oder die hier Anwesenden...« Sein Tonfall klang scherzhaft, aber in seinen Augen blitzte kein Schalk, als er die anderen mit forschendem Blick maß. »... hinter ihrem

Rücken als ›Wilde‹ zu bezeichnen, nur weil Sie anders sind.«

Dem Prinzen von Wales stand der Mund offen. Immerhin kam es nicht jeden Tag vor, daß eine so erlesene Versammlung als ›Wilde‹ bezeichnet wurde – auch Ihre Kaiserliche Majestät. Kimberley, der darin eine Beleidigung sah, verzog wütend das Gesicht. Er trat entschlossen auf Cetshwayo zu, als wolle er ihn zum Duell fordern.

Chelmsford äußerte diese Absicht mit einem trotzigen und herausfordernden »Sir!« und umfaßte den Griff seines Degens, als wolle er die blitzende Klinge aus der Scheide ziehen.

Viktoria, deren humorvoll funkelnde Augen auf den Zulu gerichtet blieben, hob ihre Hand. »Danke für Ihre Ritterlichkeit, Eure Lordschaften; aber wir finden, daß jeder, der unsere Sprache sowie die Situation mit solcher Geschicklichkeit meistert, unsere ungeteilte Aufmerksamkeit verdient. Finden Sie nicht auch, Lord Chelmsford?«

Chelmsford war zornrot, aber er sagtre lediglich: »Selbstverständlich, Ma'am.«

Viktorias silberne Stimme klang glockenhell, während sie mit ihrem Spazierstock auf den Boden stieß. »›Ungeteilt‹, Gentlemen ... Danke.« Die so eindeutig entlassenen Chelmsford, Kimberley und die anderen verließen den Raum, wobei sie Viktoria besorgte Blicke zuwarfen, die schweigend fragten, ob es wirklich ungefährlich sei, die Königin mit dem ... ›Wilden‹ allein zu lassen.

Sobald die Tür sich geschlossen hatte, so daß Viktoria und Cetshwayo allein waren, betrachteten die beiden einander zunächst schweigend. Dann lächelte Viktoria. Cetshwayo folgte ihrem Beispiel und zeigte der Königin und Kaiserin ein sanftes, warmes Leuchten seiner dunkelbraunen Augen – den ersten wahrhaft menschlichen Zug, den sie an diesem Tag gesehen hatte.

»Euer Majestät«, sagte der König nach einer Pause, »ich bin Ihnen nicht richtig vorgestellt worden, glaube ich. Ich heiße Cetshwayo kaMpande. Ich bin ein Zulu.«

Viktoria begann zu lachen, und Cetshwayo fiel in ihr Lachen ein, das ihre aufgestaute Nervosität überwand und endgültig einen Schlußstrich unter den Krieg zwischen Engländern und Zulus zog.

Die Schreie der Seemöwen zerrissen die Stille über dem Solent wie das aufgeregte Geschrei tobender Kinder, während die grauweißen Vögel elegant über dem Kanal segelten, vor dem dichten Nebelvorhang, der übers Festland herabgesunken war. Das Nebelhorn eines Schiffes drang gedämpft durch den undurchsichtigen Dunst, der unterhalb der aufziehenden Sturmwolken lauerte.

Viktoria hatte die aufkeimende Herzlichkeit und Vertraulichkeit mit dem Zuluherrscher dadurch gefördert, daß sie ihn in den prachtvollen Rosengarten von Osborne House eingeladen hatte. In der Mitte dieses Blütenparadieses bildeten perfekt verteilte rote, weiße und rosa Rosen die der Königin so teuren verschlungenen Initialen: die Initialen V und A – Viktoria und Albert.

Der großgewachsene schwarze König trug gewissenhaft einen Korb, und die winzige Monarchin, die jetzt ein merkwürdiges Gärtnerinnenkostüm angelegt hatte, schnitt fachmännisch Rosen ab und legte sie vorsichtig in den Weidenkorb. Viktoria sah von ihren geliebten Rosen auf, betrachtete nachdenklich den Himmel über ihnen und murmelte halblaut: »Immer vom Meer, vom Atlantik her. Die Sturmwolken, die Winde des Krieges – stets von See her.«

Cetshwayo, dem ihr kummervoller Blick auffiel, lächelte Viktoria herzlich zu, während er sich vorbeugte, ihr einen Rosenstiel abnahm und ihn zu den anderen im Korb legte. Viktoria vertrieb ihre aufkommende Melancholie mit der beiläufigen Frage: »Gibt es in Ihrem Land auch Gärten, Euer Hoheit?«

»Gärten? … Nein, sogar unsere Rosen wachsen wild, fürchte ich«, antwortete der König mit breiter werdendem Lächeln. Viktoria brach in silberhelles Lachen aus, das von den tiefhängenden Wolken zurückgeworfen zu werden schien. »Aber sie sind ungemein prächtig«, fügte Cetshwayo hinzu. »Wenn Sie mir gestatten, Ma'am, schicke ich Ihnen eine Auswahl unserer besten Sorten.«

Viktoria, die stehenblieb, um eine weitere Rose in den Korb zu legen, machte ein fast habgieriges Gesicht. Als leidenschaftliche Gärtnerin lockte Viktoria die Vorstellung, eine ›Auswahl‹ tropischer Rosen besitzen zu können. Indem sie wieder auf königliche Distanz ging, erwiderte sie ziemlich kurz: »Sie haben Unsere Erlaubnis dazu.« Danach runzelte sie jedoch die Stirn, als sei ihr nachträglich etwas eingefallen. »Das würde doch keinen politischen Aufschrei auslösen, nicht wahr?«

Cetshwayo, der erkannte, daß Viktoria im Augenblick gleichermaßen um ihren Rosengarten und das Unterhaus besorgt war, versicherte ihr beruhigend: »Das glaube ich nicht, Ma'am.«

Die Königin legte die Rosenschere in den Korb, stand mit Cetshwayos Unterstützung auf, drehte sich nach ihm um und maß ihn mit einem offenen, freimütigen Blick. »Sie scheinen mir ein sehr kluger Mann zu sein, König Cetshwayo. Erzählen Sie mir, was dieser Shaka Zulu für Sie bedeutet.«

»Er ist alles gewesen, was heute von ihm behauptet worden ist, Ma'am. Ein militärisches Genie. Ein geborener Kaiser. Vielleicht eine Art ›Messias‹. Er hat zu den seltenen Menschen gehört, die den Mut haben, nach ihren Idealen zu leben, und die Fähigkeit besessen, seine Träume in die Herzen seiner Landsleute zu verpflanzen.«

Viktorias Blick ließ den anderen nicht mehr los. »Aus genau diesem Grund können Wir Ihrem Reich nicht die Unabhängigkeit wiedergeben. Shaka Zulu ist heutzutage lebendiger als je zuvor. Seine militärische Macht ist ungebrochen. Sie sind vielleicht der König, aber Ihr Volk wird weiterhin von *seinem* Geist regiert... Wir sind eine praktisch veranlagte Frau, Eure Hoheit«, schloß Viktoria im Pluralis majestatis. »Wir gehen kein Bündnis mit einer Legende ein.«

Das Urteil war verkündet. Eine Widerlegung konnte es nicht geben. Die beiden Herrscher standen einander schweigend gegenüber. Kein Zorn, keine Spannung – lediglich die Erkenntnis, daß das ›Osborne-Gipfeltreffen‹ damit beendet, daß das Schicksal Zululands und seines Königs besiegelt war. Cetshwayo kaMpande würde der letzte König eines autonomen kwaZulu, des Königreichs des Himmelsvolks, sein – zumindest erschien es 1882 so.

Die Sturmwolken hatten Osborne House erreicht. Es begann zu nieseln. Eine Gruppe von Bediensteten erschien und beschützte die beiden Monarchen unter dem glockenförmigen Runddach eines großen Schirms. Schließlich bot Cetshwayo Viktoria seinen Arm, wie er es in Großbritannien gelernt hatte. Diese Geste konnte politisch bedeutsam oder, was wahrscheinlicher war, einfach nur höflich gewesen sein. Jedenfalls steht als Tatsache fest, daß Viktoria huldvoll seinen Arm nahm und dem König gestattete, sie ins Osborne House zurückzubegleiten: aus dem Regen und in ihr Refugium auf der Insel Wight.

Als sie an dem Erkerfenster des Audienzsalons von Osborne House vorbeikamen, wurde Cetshwayo auf etwas aufmerksam. Während Regen gegen die Glasscheibe klatschte und prasselte und den dunklen Raum dahinter verschwimmen ließ, beleuchtete ein Blitzstrahl mit hartem ultraviolettem Schein die Zeichnung der nackten, imposanten Gestalt Shaka Zulus, die dadurch noch zauberkräftiger wirkte. Im nächsten Augenblick drückte ein heranheulender Windstoß ein Fenster auf, verfing sich in der Südafrikakarte und warf sie nach hinten über die Zeichnung. Ein weiterer Blitzschlag beleuchtete die Landkarte, bis der helle Schein zu einem Lichtpunkt zusammenschrumpfte, der eine Stelle nahe dem Mittelpunkt des riesigen Reichs hervorhob – den Ort, an dem alles angefangen hatte...

1 NANDI *Süße*
UMNDULO *September 1786*

In grauer Vorzeit bewogen Mut und Neugier die nomadischen Bantus (›Das Volk‹), den Wegweisern des Schicksals zu folgen und nach Süden vorzudringen: über die Boji-Ebene, am mächtigen Kilimandscharo vorbei, über den Fluß Pangani und die Massaisteppen, am großen Ruaha vorbei und den afrikanischen Senkungsgraben zum Sambesi hinab, der überschritten wurde; dann weiter zu den Gebieten westlich der Muchinga-Hänge, wo ein Teil des ›Volks‹ sich niederließ und eines der größten und edelsten Kulturzentren begründete und ausbildete, das dieser Planet jemals erleben würde: Simbabwe – eine afrikanische Zivilisation, die an Entwicklungsstand und Großartigkeit mit dem Rom des Augustus oder dem Griechenland des Perikles vergleichbar war.

Weiterhin ruhelos, mit ungebrochenem Mut spaltete sich ein Teil des ›Volkes‹, die Nguni-Bantus, ab und stieß noch weiter nach Süden vor, überschritt den Limpopo und bog am Fuß der Drakensberge nach Osten ab. Dort ließ ein Teil dieses Teils sich auf einem Stück Land nieder, das kaum größer als die Insel Wight war und 80 Kilometer nordwestlich des Indischen Ozeans auf beiden Seiten des Flusses Umfolozi lag: ein von Moskitos freies Gebiet, das ein kühles, belebendes Klima und fruchtbares Grasland aufwies, in dem es von Wild nur so wimmelte.

Als dieser Bruchteil des ›Volkes‹ diesen Landstrich entdeckte, muß er geglaubt haben, durchs Himmelstor gezogen zu sein – deshalb war es nur angemessen, daß der Stamm seinen ersten Herrscher und sich selbst ›Zulu‹ nannte, was ›Der Himmel‹ bedeutete.

Im Monat Umndulo des Jahres 1786 befand der Himmel sich über dem Gebiet seines Stammes in wildem Aufruhr. Donner rollte über die mit Felsbrocken übersäten, fast orangeroten Grashügel hinweg, und gleißend helle Blitze tauchten die Täler in so grelles Licht, daß die ganze Wildheit und Grausamkeit Afrikas sich in diesen für Auge und Ohr schmerzhaften Erscheinungen zusammengefaßt auszudrücken schien.

Malvenfarbene Gewitterwolken türmten sich auf, trieben in lavendelblauen Wellen davon, hingen dräuend über der dunklen Landschaft und schienen die Natur wie Raubtiere des Himmels zu belauern, die sprungbereit sind, um über die Schöpfung herzufallen. Das vorrückende Gewitter löste Hufstampfen und Blätterrascheln aus, weil das Wild auf den bevorstehenden Wutausbruch des Himmels angstvoll reagierte.

Eine Antilope ergriff blökend die Flucht, hastete eine Steilwand hinauf und sprang mit der Trittsicherheit einer Gemse von einem unsichtbaren Felsband zum anderen. Neugeborene Fohlen, deren Läufe zu lang für ihre flauschigen Leiber zu sein schienen, trabten unregelmäßig ins sichere Buschland hinaus. Eine Herde häßlicher blauer Streifengnus mit zerrupften Mähnen galoppierte übers Grasland und schlug dabei Haken nach links und rechts wie flinke Elritzen in einem seichten Fluß.

Ein Leopard schlich mit wellenförmigen Bewegungen der Muskeln seines eleganten Leibes durch den Urwald. Dann erstarrte die Raubkatze plötzlich; die Pupillen ihrer leuchtenden smaragdgrünen Augen vergrößerten sich, und ihr Körper war sprungbereit angespannt.

Der Leopard hob den Kopf und sog prüfend die Luft ein. Er hatte Mühe, die Entfernung zu bestimmen, aus der der Wind ihm diese ekelerregende Witterung zutrug, aber ihr Ursprung war unverkennbar: der stechende, scharfe Geruch eines Menschen. Das Raubtier fletschte die Zähne und fauchte.

Auch Senzangakonas gutgeschnittene Züge verrieten Wachsamkeit, und sein Blick war starr auf seine Beute gerichtet; sein großer, muskulöser Körper war nackt bis auf die kleinen Felle und Ochsenschwänze, die den Prinzen des Zulustammes (eines kleinen Stammes, der zu diesem Zeitpunkt seiner Geschichte aus etwa 2500 Köpfen bestand) auszeichneten. Wie die Raubkatze stand auch er unbeweglich. Dann hob er langsam seinen Wurfspeer und machte Igazi, einem weiteren jungen Zulu, der wie er Anfang Zwanzig war, ein Zeichen. Igazi, der es als stummen Befehl verstand, nickte seinem Freund zu und schlich zu der Stelle am Rand der Lichtung, wo er Lutuli, dem dritten jungen Mann, genau gegenüberstand.

Der Leopard drehte den Kopf zur Seite und suchte den Wald ab. Ein Blitzstrahl tauchte den gefleckten Raubtierkopf in grellweißes Licht.

Senzangokanas Schrei übertönte den danach folgenden Donner. »Isaga!«

Plötzlich hallte der Urwald von den Schreien eines halben Dutzends Männer wider: »Isaga! Isiho!«

Die Männer rannten mit stoßbereit gehaltenen Assegais auf das Raubtier zu. Der durch diesen Angriff überraschte Leopard warf sich herum und flüchtete vor den jungen Jägern auf die Lichtung, wo er zu spät erkannte, daß das ein Fehler gewesen war. Das stolze Tier saß in der Falle, war von seinen Jägern umzingelt. Es warf sich fauchend erst in eine Richtung, dann verzweifelt in die andere. Senzangakona kaJama Zulu, der seinen Assegai fester packte, kam heran, um zuzustoßen. »Kehli ... Kehli ...«, reizte er den Leoparden.

Die Raubkatze drehte sich um. Ihr Blick begegnete dem des Zuluprinzen und ließ ihn nicht mehr los. Einen spannenden Augenblick lang schien die Zeit stillzustehen, während die beiden einander anstarrten – Jäger und Gejagter –, um zu entscheiden, wer welche Rolle spielen würde. Dann fletschte der Leopard die Zähne. Er duckte sich fauchend zum Sprung. Senzangakona, dem seine Freunde Rückendeckung gaben, trat einen halben Schritt näher. Die Raubkatze sprang. Senzangakona warf sich gewandt zu Boden und rollte unter dem Leoparden hindurch. Dann kam er hoch, warf sich herum und schleuderte seinen Assegai.

Die Regenzeit hatte erst vor kurzem begonnen, und der Mkumbane war noch immer ein träger Fluß aus trüben Wasserläufen, die wie Quecksilber auf Eisenpulver seichte Spuren gruben, die hierhin und dorthin durch den mit grauem Kies versetzten roten Tonboden flossen. Auf der Rückkehr von der Jagd folgten die jungen Zulus seinem Ufer. Senzangakona, der den erlegten Leoparden auf seinen breiten Schultern trug, schritt mit dem raschen, selbstbewußten Gang eines befehlsgewohnten Mannes voraus. Igazi, Lutuli und die anderen folgten ihm, wobei ihre Scherze und ihr Lachen sich mit dem Rauschen des Flusses und dem Donnergrollen über ihnen vermengten. Der Regen stand jetzt unmittelbar bevor; das Gewitter war viel näher herangekommen. Dann blieb Senzangakona plötzlich stehen und hob eine flache Hand, um seine Freunde zum Schweigen zu bringen.

Igazis Augen suchten die Wälder am Fluß ab, während er seinen Assegai wurfbereit hielt. »Was gibt's?« flüsterte er, indem sein scharfes Gehör die ihnen vom auffrischenden Wind zugetragenen Geräusche sortierte und nach dem leisesten Gefahrenzeichen absuchte. Igazis angestrengt wachsamer Blick verwandelte sich in ein spielerisches Glitzern, als leiser Gesang und schwatzende Frauenstimmen sein Ohr erreichten. Ein mutwilliges Lächeln spielte um Senzangakons Lippen, während er auf eine Schar junger Frauen des Langenistammes, Nachbarn der Zulus, deutete, die am Ufer mit Muscheln Wasser in Kürbisflaschen schöpften. Den Mädchen konnte die Annäherung der lärmenden jungen Männer kaum entgangen sein; dennoch taten sie in ihrer Sprödigkeit ihr Bestes, sich nichts anmerken zu lassen.

Die Zulus, denen Senzangakonas lüsternes Grinsen auffiel, wechselten wissende Blicke. »Hast du für heute noch nicht genügend Beute gemacht?« neckte Igazi den Prinzen. Ein greller Blitzstrahl schien seine Bemerkung zu unterstreichen, und Sekunden später folgte ohrenbetäubender Donner, der das Himmelsgewölbe erzittern ließ.

Senzangakonas unruhiger Blick streifte die regenschweren Wolken, die blauschwarz und donnergrollend über ihm hingen. »Wahrscheinlich hast du recht...«, gab er widerstrebend zu, verteilte das Gewicht des mächtigen Leoparden etwas anders auf seine Schultern und setzte sich wieder in Bewegung, wobei er einen letzten langen Blick zu den begehrenswerten Mädchen am Fluß hinüberschickte, die jetzt – nach einem erneuten Donnerschlag – hastig damit beschäftigt waren, ihre Wasserkrüge zu füllen.

Senzangakona blieb abrupt und scheinbar grundlos stehen und kniff neugierig die Augen zusammen, während er mit wachsendem Interesse eine der noch am Wasser knienden jungen Frauen betrachtete. Ihr geschmeidiger, wohlgeformter, bis auf einen knappen Lendenschurz aus Fell nackter Körper war über das Gefäß gebeugt, das sie mit Wasser füllte. Als sie den kosenden Blick des Jünglings auf sich spürte, hob sie sittsam und berechnend zugleich den Kopf, so daß sich dem jungen Mann der bezaubernde Anblick ihres wundervollen, ebenmäßig geformten Gesichts bot, das sich durch hohe Backenknochen, hellbraunen Teint und leuchtende gründlich-braune Augen auszeichnete, aus denen die Unerschrockenheit und die magische Verlockung von Schlange und Raubkatze sprachen. Senzangakonas Lächeln erstarb, sein Blut schien vor der Schönheit dieser Frau, die ihn in ihren Bann schlug, zu gefrieren, und der Prinz stellte fest, daß er zum zweiten Mal an diesem Tag versuchte, das Blickduell gegen eine ›Katze‹ zu gewinnen – eine exquisite Raubkatze.

Wie um den plötzlich aufgekommenen Sturm in der Seele des Mannes zu unterstreichen, öffnete der Himmel endlich seine Schleusen und ließ sintflutartigen Tropenregen herabprasseln. Die junge Frau erhob sich langsam, elegant und mühelos, setzte den Wasserkrug auf ihren Kopf und machte noch eine kurze Pause, um Senzangakona Gelegenheit zu geben, ihren hochgewachsenen, üppigen Körper zu bewundern. Wassertropfen glitzerten auf ihrer braunen Haut und unterstrichen ihre sinnliche Aura, als sie über ihre festen nackten Brüste und die weiche, flache Bauchdecke liefen, um in dem Lendenschurz zu verschwinden, dessen Oberrand ausladende Hüften umspannte und noch ein kleines Büschel Schamhaar sehen ließ. Während sie so als prachtvolle Erscheinung dastand, war die junge Frau sich ihrer Wirkung auf den Mann durchaus bewußt – auch das gehörte zu ihrer Sittsamkeit und Berechnung. Senzangakon bedachte die reizvolle Schönheit mit einem frechen, entwaffnenden Lächeln, aber die junge Frau blieb ernst und abweisend – um sie zu entwaffnen, bedurfte es mehr als nur eines Lächelns, selbst wenn es von einem gutaussehenden Jüngling kam, der die Felle und den Schmuck eines Prinzen trug.

»Nandi!« rief Mahlana, eine ihrer Gefährtinnen.

»Nandi...«, wiederholte Senzangakona halblaut und ließ den Namen, der in seiner Muttersprache ›Süße‹ bedeutete, auf seiner Zunge zergehen. Der junge Mann senkte nachdenklich den Blick und hatte ein starres kleines Lächeln auf dem Gesicht, während seine Augen vor Freude leuchteten. Als er dann wieder aufsah, schien Nandi sich in Luft aufgelöst zu haben: Die Erscheinung war ebenso unerwartet verschwunden, wie sie vor ihm aufgetaucht war.

Wenn das Heim eines Engländers seine ›Burg‹ ist, war die Heimstätte eines Nguni-Bantus noch mehr: sie war seine Festung – ob er nun dem Stamm der Zulus, der Langenis, der Butelezis, der Dlaminis, der Kumalos, der Tembus oder irgendeinem der zahlreichen anderen Stämme angehörte, die gegen Ende des 18. Jahrhunderts das Gebiet des Himmelsvolks besiedelten. Die Heimstätte war eine freistehende Wohnstatt, die von eigenem Grund und Boden umgeben war – auf erhöhtem Gelände, an einem Hang, auf einem Hügel, stets von den übrigen Bauten des Stammesdorfes isoliert, ein Punkt in der schönen Landschaft, weit vom nächsten Nachbarn entfernt –, eine Festung, die so erbaut war, daß sie Schutz vor dem Eindringen von Raubtieren und der Belagerung durch Feinde bot.

Wie fast alle Bauten der Nguni-Bantus war die Heimstatt mehr oder weniger kreisförmig und von einem dichten Wall aus Zweigen des dornigen Bitterapfels oder der Zwergeuphorbia umgeben. Dieser äußere Wall umschloß wie ein schützendes Armpaar einen Kreis aus schilfgedeckten bienenstockförmigen Hütten, wobei die einzelnen Hütten keine selbständigen ›Häuser‹ darstellten, sondern vielmehr einen einzelnen

›Raum‹ innerhalb eines Hauses verkörperten: eine ›Küchenhütte‹, eine ›Speisekammerhütte‹, eine ›Wohnzimmerhütte‹, eine ›Schlafzimmerhütte‹, eine ›Gästezimmerhütte‹, eine merkwürdige ›Liebeshütte‹ und Hütten, in denen die Frauen und Kinder des polygamen Familienvaters (der in der ›Ndlunkulu‹ oder ›Häuptlingshütte‹ lebte) untergebracht waren.

Innerhalb dieses aus Hütten gebildeten Ringes befand sich eine weitere kreisförmige Palisade zur Begrenzung des Herzstücks der Heimstatt: des Viehgeheges. Hier wurde das kostbare Vieh (das zur Bezahlung beim Kauf einer Frau oder einer Gefälligkeit diente) gehalten; hier lagerten die angesammelten Getreidevorräte in unterirdischen Kammern. Das Viehgehege war zugleich eine Art Tempel, in dem angeblich die Geister der Ahnen hausten, in dem Opfertiere mit demütigem Flehen, mit dringenden Bitten oder aus Dankbarkeit dargebracht wurden und in dem offizielle und religiöse Feiern stattfanden.

In dem von den schützenden Armen der Nguni-Festung umschlossenen Bereich lebte die Familie, die aus dem Vater (dem ›umNinimuzi‹, dem Familienbesitzer, wie er hochtrabend hieß) und im Durchschnitt aus einigen Ehefrauen mit zwei bis drei Söhnen und ebenso vielen Töchtern unterschiedlichster Altersstufen bestand. Wohlhabende Bürger brachten es gelegentlich auf ein halbes Dutzend Ehefrauen; Aristokraten und Angehörige der königlichen Familie hatten sogar bis zu einem Dutzend, aber selten mehr.

Nandis Vater Bhebhe hatte nur eine Ehefrau: Mfunda … Eine Frau so zu lieben, wie sie's verdient, dachte Bhebhe, ist bereits eine Lebensaufgabe; weitere Ehefrauen könnten diese Zuneigung nur verwässern. Und er hatte nur ein Kind: Nandi …

Klatschnaß, mit Schlamm und quellendem Ton an den Füßen und zwischen den Zehen, die Finger um den glitschigen Wasserkrug geklammert, rannte Nandi durch den Regen auf das Dorf des Stammes der Langenis und die Heimstatt ihres Vaters zu. Auf einem Hügel, von dem aus die kleine Ansammlung von Hütten ihrer Familie und ihre nur wenige Rinder zählende Herde zu überblicken waren, machte sie halt, um Atem zu schöpfen, und sog die feuchte, erfrischende Luft tief in ihre Lungen. Als ein weiterer lange nachhallender Donner das Himmelsgewölbe erzittern ließ, blickte Nandi forschend zu den Gewitterwolken auf: mit lebhaftem Glanz in den Augen, neubelebt, in enger Verbindung mit den stürmischen Naturgewalten. Mit einem Lächeln der Erinnerung, das den Kitzel vorausgeahnten Vergnügens enthielt, sah sie sich nach dem jetzt fernen Ufer des Mkumbane um, während sie den gutaussehend männlichen Zügen Senzangakonas gestattete, in den Vordergrund ihres Bewußtseins zu treten.

Dann raffte die junge Frau sich aus ihrer angenehmen Gedankenverlorenheit auf, um hügelabwärts zu ihrer Heimatstatt weiterzugehen. Obwohl Nandi mit Regen und Wind allein und noch keinem forschenden männlichen Blick ausgesetzt war, verfiel sie in ein provokantes, verlockendes Schreiten, das darauf angelegt war, die Sinne zu reizen. Das war ein Spiel, das sie mit der Natur spielte – ein Spiel, bei dem sie sich vorstellte, daß die Elemente, der Wind, der Regen, das lodernde Feuer und der dunkelrote Tonboden, ihre Verehrer waren, die sie so sehr begehrten, daß sie ihr willenlos gefügig waren. Das war ein Spiel, das Nandi spielte. Ein Spiel, bei dem es um … Macht ging.

An der Wohnhütte ihres Vaters stellte Nandi den Wasserkrug unter ein schützendes Vordach aus zusammengeflochtenen Zweigen, bückte sich tief und schlüpfte durch den engen Hütteneingang.

Das Innere der Hütte, die lediglich durch das spärliche Tageslicht, das durch das Schilfdach fiel, und den flackernden Schein eines in der Hüttenmitte blakenden Feuers erhellt wurde, war zwar nicht allzu geräumig, aber aufgeräumt und tadellos sauber. Auf Matten auf der rechten Seite der Hütte (der für Männer reservierten Seite) saß Bhebhe: ein Mann in den Fünfzigern, der die Häute und Felle eines Familienvaters der Langenis trug und dessen von langen Jahren harter Arbeit in Wind und Wetter gegerbte Züge die Fähigkeit zu einem durch tiefe Menschlichkeit verfeinerten Mitgefühl erkennen ließen. Bei ihm saß Gendeyana, ein junger Mann aus dem Stamm der Qwabes: nicht besonders muskulös, nicht besonders gutaussehend, aber sein warmes, aufrichtiges Gesicht ließ auf ein geduldiges, freundliches Herz schließen. Begleitet wurde Gendeyana von seinen Brüdern, die beide älter als er waren.

Schlammbespritzt, naß, die straffe Haut vom Gewitterregen gut durchblutet, wirkte Nandi sinnlicher als je zuvor, als sie beim Hereinkommen einen Seitenblick auf die Qwabes warf und eine vage unangenehme Vorahnung empfand.

»Sakubona, Vater...«, begrüßte Nandi Bhebhe achtungsvoll (mit dem vertrauten ›sakubona‹, das wörtlich übersetzt ›ich sehe dich‹ bedeutete), bevor sie auf der linken Seite der Hütte auf einer Matte neben ihrer Mutter Mfunda Platz nahm. Sie beugte sich zur Wärme des Feuers hinüber, um ihr Haar zu trocknen – katzenartig graziös und schamlos verführerisch. Dabei beobachtete sie unauffällig Gendeyana, nahm seine bewundernden Blicke wahr und erkannte mit wachsender Verachtung, daß er sie liebte.

»Gendeyana hat unsere Familie geehrt«, begann Bhebhe in gemessenem, priesterlichem Tonfall, »indem er um deine Hand angehalten hat.«

Nandi, die den jungen Qwabe weiterhin anstarrte, kniff die Augen zusammen, so daß ihr Blick jetzt durchdringend und anklagend wirkte.

Bhebhe tat sein Bestes, um diesen Blick seiner Tochter zu bagatellisieren. Er hatte ihre Reaktion vorausgesehen. »Wir haben uns auf einen Brautpreis von zehn Rindern geeinigt«, fuhr er fort, »was ich angesichts der wirtschaftlichen Lage deines Verehrers für äußerst großzügig halte.« Bhebhe fuhr sich mit dem Handrücken über die feuchte Stirn und mit der Zungenspitze über die ausgetrockneten Lippen. Er hatte etwas dagegen, seine Tochter wie irgendeinen Gegenstand zu behandeln. »Da du seine erste Frau sein wirst, haben wir vereinbart, daß du unabhängig von der Zahl der Frauen, die er insgesamt heiratet, stets seine Hauptfrau sein wirst – mit dem Recht auf deine eigene Hütte, Garten, Kornkammer und Feuerholzstapel...«

Gendeyana und seine Brüder lächelten. Sie waren stolz auf diese Bedingungen. Sie hatten das Gefühl, äußerst großzügig zu sein – und waren es tatsächlich, wenn man ihre Gesellschaftsstruktur berücksichtigte. Aber sie erkannten nicht, daß Nandi mit dieser Struktur und ihrer Gesellschaft, in der die Position einer Ehefrau nur geringfügig besser als die einer Sklavin war, nichts zu schaffen haben wollte. Wo die Frau nach der Eheschließung und der huldvollen Aufnahme in die Heimstatt ihres Mannes das Eigentum der ›Käuferfamilie‹ wurde. Nandi wußte nur allzu gut, daß sie dorthin zurückgebracht werden würde, falls sie wegzulaufen versuchte. Sollte sie sich ihrem Ehemann verweigern, würde sie mit Gewalt zur Erfüllung seiner Wünsche gezwungen werden. Buchstäblich alles, was sie dort tat – Aufstehen, Arbeiten, Essen, Schlafen, Kochen, Gebären –, würde durch den Willen eines Ehemannes bestimmt werden, der hoffentlich umgänglich, tolerant, rücksichtsvoll und ... leicht zu befriedigen sein würde! Trotzdem – und das konnte Nandi erst recht nicht verwinden – genossen die meisten Frauen dieses Spiel und machten es bereitwillig mit, wodurch ihre ›Sklaverei‹ freiwillig und deshalb verhältnismäßig mild war. Die meisten Frauen waren es durchaus zufrieden, ihre Freiheit zugunsten materieller Sicherheit aufzugeben.

Aber ich nicht! sagte Nandi sich. Sie spürte, daß ihre Sicherheit aus ihr selbst, aus ihrem Inneren kommen mußte.

»Darüber hinaus«, fuhr Bhebhe fort, »soll der erste Sohn, den du ihm gebierst, als Haupterbe des väterlichen Besitzes gelten.« Auch diesmal lächelte Gendeyana zufrieden nickend. Nandi, die vor Wut über diese Herabsetzung ihrer weiblichen Würde kochte, erwiderte sein Lächeln nicht. Auch ihr Vater blieb ernst. »Wir haben beschlossen«, sprach er mit priesterlicher Stimme weiter, »daß wir nach deiner Rückkehr von der Eheschließung der Familie deiner Mutter mit dem Hause Zulu deine Verlobung mit Gendeyana aus dem Unterstamm amaMbedweni der Qwabes bekanntgeben werden.«

Bhebhe verstummte. In dem beengten Innenraum der Hütte lastete das Schweigen schwer auf den Menschen. Nandi senkte den Blick, und ihre Gedanken verloren sich bald in dem brennenden Feuer, in dem winzige Explosionen knisterten, die bläuliche, stechend riechende Rauchwölkchen aufsteigen ließen. Auch ihr Gehirn schien in Flammen zu stehen und knisterte mit dem stechenden Rauch der Enttäuschungen ihres jungen Lebens. Nandis Augen weiteten sich und schienen die züngelnden Flammen aufzusaugen, während sie die Arme verschränkte, mit beiden Händen ihre Ellbogen umfaßte und fest zudrückte, bis die Haut über den Handknöcheln vor Spannung blaß wurde. Zu erbittertem Widerspruch gereizt, hob sie den Kopf und sprach, ohne zuvor um Erlaubnis zu bitten – ein bei Frauen normalerweise als unhöflich geltendes Benehmen, das in Gegenwart ihres ›Verlobten‹ unverzeihlich war.

»Zehn Rinder, Gendeyana?« fragte sie in ironischem Tonfall mit verächtlicher, lauter werdender Stimme. »Das ist äußerst großzügig! Und was erwartest du von mir als Gegenleistung für deine ›Zahlung‹? – Tugendhaftigkeit? Sanfte Unterwürfigkeit?«

»Nandi!« schalt ihre Mutter. »Beherrsch dich!«

»Mutter«, antwortete sie unbeirrbar, »wenn ich für eine Handvoll Milchkühe gekauft werden soll, habe ich ein Recht darauf, wenigstens zu erfahren, was man von mir erwartet!« Ihre Augen schienen wieder Gendeyana zu durchbohren, der unter der Wucht dieses bösartigen Blicks zusammenzuckte. »Sanfte Unterwürfigkeit ...«, wiederholte Nandi, während ihr ironisches Lächeln sich rasch in schmallippigen Zorn verwandelte und ihre langen, schlanken Finger sich zu Fäusten ballten. »Und dazu Dienstbereitschaft und häuslicher Fleiß! Von meinen Fortpflanzungsorganen ganz zu schweigen! Sie müssen gesund sein, nicht wahr, Gendeyana? Es wäre doch jammerschade, wenn du deine guten Kühe für ein steriles Weibchen ausgegeben hättest!« Nachdem Nandi diesen letzten Satz hervorgestoßen hatte, sprang sie von ihrer Matte auf und stürmte aus der Hütte – in der die anderen sprachlos erstaunt und verwirrt zurückblieben.

Mfunda suchte den Blick ihres Mannes und fand ihn durch ein trauriges Gefühl resignierter Weisheit bedrückt, in das sich das tiefe Mitleid eines alten Mannes mischte, der einer kindlichen Katastrophe hilflos gegenübersteht. Aus seinen Augen sprach aus Liebe geborenes Verständnis, hinter dem seine tiefersitzende Empörung zurücktrat.

»Ich muß mich bei dir und deinen Brüdern entschuldigen, Gendeyana«, sagte Bhebhe seufzend. »Solltest du nach diesem Ausbruch der Meinung sein, meine Tochter sei nichts mehr für dich, bin ich ...«

»Keineswegs, Baba«, warf Gendeyana rasch ein, um Bhebhe nicht weiter in Verlegenheit zu bringen. »Ich will Nandi«, fügte er ehrlich überzeugt hinzu. »Ich liebe sie, wie sie ist, weißt du.«

Es regnete fast nicht mehr. Die dunklen Wolken zogen wieder nach Norden ab, und wässrige Sonnenstrahlen erreichten die dampfende Erde.

Bhebhe fand Nandi in der Nähe des Viehgeheges. Sie zitterte, als habe ein eisiger Finger ihr Herz berührt, und ihre Lippen waren vor Zorn zusammengepreßt. Bhebhe trat auf sie zu und legte ihr sanft eine seiner großen, schwieligen Hände auf die Schultern. »Für mich ist alles so schwierig wie für dich, Nandi. Du bist der letzte Mensch auf Erden, den ich für eine ›Handvoll Milchkühe‹ verkaufen möchte.«

Nandi drehte sich um und warf einen forschenden Blick in die Augen ihres Vaters, in denen sie die Bereitschaft erkannte, sie glücklich zu machen. Als sie seine Herzenswärme, seine zarte Liebe sah, schwand ihr Zorn dahin, und sie sank in seine Arme, die sie schützend umschlossen.

»O Vater, das tut mir so leid ...«

Bhebhe hielt seine Tochter an sich gedrückt, wie man seinen kostbarsten Besitz inmitten eines tobenden Orkans an sich gepreßt hält. »Mir auch«, murmelte er halblaut. »Kein Mann hat das Recht, eine Wildkatze zu zeugen, wenn er nicht klug genug ist, sie zu zähmen.«

Nandi lächelte mit Tränen in den Augen. Bhebhe hob ihr Kinn mit den Fingerspitzen hoch und warf einen forschenden Blick in die unergründlichen Tiefen ihrer Augen.

»Nandi…, was willst du wirklich?« Seine Stimme klang ernst, fast streng.

»Das weiß ich selbst nicht, Vater. Wahrscheinlich will ich etwas … etwas anderes. Etwas, das *mir* gehört – mir *allein*!«

»Dann hoffe ich, daß du's nicht findest«, erwiderte Bhebhe, dessen schlichter Tonfall dennoch die komplexen Erfahrungen eines ganzen Lebens erkennen ließ, »denn sonst wirst du sehr allein sein … Ich kann dir nur raten, wenigstens zu versuchen, den Panzer zu durchbrechen, mit dem du dein Herz umgeben hast, und deinen Mut zusammenzunehmen, um die Dinge zu bewältigen, wie sie sind … Gendeyana ist ein guter Mann. Er besitzt die Geduld, dein hitziges Temperament zu ertragen, weil er dich wahrhaft liebt. Was könntest du dir mehr wünschen?«

Nandis Gesicht verhärtete sich vor Entschlossenheit. »Viel mehr, Vater. Weit mehr.«

Die königliche Heimstatt von Senzangakonas Vater, des Zulukönigs Jama kaNdaba, zeichnete sich durch den Namen ›Nobamba‹ aus, ›Ort der Einigkeit‹, eine Namensgebung, die Jamas Regierungsstil widerspiegelte, der auf Frieden und Einigkeit ausgerichtet war. Diese Heimstatt – weit größer und belebter als Bhebhes Behausung und von Dienern und Dienerinnen betreut (wie es sich für einen ›Königspalast‹ gebührte) – wimmelte nach dem Sturm von häuslicher Betriebsamkeit. Junge Mädchen kehrten auf die Felder zurück, um in mühsamer Arbeit Hirse und Sorghum zu pflanzen. Ältere Frauen griffen nach ihren angespitzten Knochensplittern und begannen geschickt Matten zu flechten. Junge Burschen betraten den geheiligten Bereich des Viehgeheges, um die Kühe zu melken, deren warme weiße Milch sie in Tongefäßen auffingen. Ein weiterer junger Mann begutachtete das von Wind und Regen zerfranste Dach seiner Hütte und machte sich daran, es vor Einbruch der Dunkelheit zu reparieren.

Mit sicherem, ja despotischem Schritt – der Gang eines Mannes, der es gewöhnt ist, sich weit über das gewöhnliche Volk zu erheben – betrat Senzangakona Nobamba mit dem erhabenen Leoparden auf seinen mächtigen Schultern, so daß die eindrucksvolle Jagdbeute und die hochmütige Haltung des edlen Jägers gleichermaßen die atemlose Bewunderung seiner Stammesgenossen erregten.

Der Prinz ließ seine Beute von den Schultern gleiten und legte den Kadaver neben einem Zurichter ab, der eben damit beschäftigt war, die dicke, gummiartige Haut eines Büffels auszupflocken und zu strecken.

»Ich möchte, daß es zum Fest fertig ist«, wies Senzangakona ihn beiläufig an, wobei er das Leopardenfell meinte. Der Zurichter öffnete den Mund, als wolle er einen respektvollen Einwand vorbringen, aber der andere sprach bereits weiter.

»Ich weiß, ich weiß, da bleibt dir nicht mehr viel Zeit. Aber...« Der Prinz lächelte, und sein Charme entkräftete jeglichen weiteren Einwand. »Ich bin davon überzeugt, daß du's schaffst. Ich habe größtes Vertrauen zu dir.« Er wandte sich von dem armen Mann ab und ließ ihn in einer hilflos ergebenen Verbeugung zurück.

»Ein prachtvolles Tier«, sagte Mkabayi kaJama, die den Leoparden nur eines Seitenblicks würdigte, mit tadelnder Stimme.

Senzangakona drehte sich um. Da er die spöttische und zänkische Art seiner Schwester kannte, reagierte er gelassen und ebenso sarkastisch. »Schließlich heiratet man als Mann nicht jeden Tag«, meinte er lächelnd.

»Vor allem *dieser* Mann nicht«, antwortete sie vor Bosheit sprühend.

Prinzessin Mkabayi kaJama, die Schwester Senzangakona kaJamas und Tochter König Jama kaNdaba Zulus, war von Geburt an eine Außenseiterin, eine Ausnahme von der Regel gewesen.

In der Überlieferung der Nguni-Bantus galt die Geburt von Zwillingen als schlechtes Omen, als Ankündigung großen Unheils, das den Vater und seine nächsten Verwandten befallen würde. Die von diesem Unglück betroffene Familie opferte den Geistern sofort eine Kuh oder Ziege in der Hoffnung, daß sie die Kräfte des Universums besänftigen und davon abbringen würden, Rache zu nehmen. Nach dieser frommen Kulthandlung wurde dann auch eines der Kinder geopfert: stets der erstgeborene Zwilling.

Mkabayi war ein Zwilling. Sie war die Erstgeborene gewesen. Unmittelbar nachdem ihre Mutter Mtaniya kaManyelela und sie sozusagen eigene Wege gegangen waren und während ihre Zwillingsschwester Mmama das Licht der Welt erblickte, drangen Jamas Ratgeber und ›Inyangas‹ (Medizinmänner) in den Zulukönig, es sei unerläßlich, daß die Erstgeborene schleunigst zu ihren Ahnen versammelt werde, bevor der Himmel sich öffne und Unglück auf seine Heimstätte und seinen ganzen Stamm herabregnen lasse. Jama, der einer zähen, drahtigen Rasse angehörte, aktiv, intelligent und kühn war und zu den Menschen gehörte, die sich nicht in die gängigen Normen pressen lassen, weigerte sich entschieden: Er dachte gar nicht daran, seine eigene Tochter zu ermorden! Der Ältestenrat der Zulus trat zusammen, um dem Stammesherrscher mitzuteilen, daß auch Jama – trotz seines hitzigen Temperaments und seiner unabhängigen Einstellung – den höherwertigen Gesetzen von Vernunft und Gerechtigkeit unterworfen sei. Der König erwiderte halsstarrig, es gebe schließlich noch einen Unterschied zwischen ›Gerechtigkeit‹ und Aberglauben, und solange das Kind *ihm* gehöre, unterstehe er allein *seiner eigenen* Vernunft! Folglich werde Mkabayi am Leben bleiben!

Und so blieb sie am Leben, obwohl sie in ihrer Kindheit unter ihrer Isolierung litt, die dadurch hervorgerufen wurde, daß die meisten Zulus sie für eine Unheilsbringerin hielten und ihr deshalb aus dem Weg gingen, wie sie eine Leprakranke gemieden hätten. Mkabayi reagierte auf diese Zurückweisung durch die Männer und Frauen ihres Stammes, indem sie freiwillig die Rolle einer Ausgestoßenen übernahm. Während sie älter und verbitterter wurde, während sie ihre Verbitterung in überwältigenden Ehrgeiz umwandelte, lernte die Erstgeborene die Zulus mehr abzuweisen, als diese sie jemals meiden konnten, und wurde so zu einem Produkt ihrer Einsamkeit: erst ein frühreif ernstes Kind, dann ein neidisches junges Mädchen ohne Verehrer oder Liebhaber und schließlich eine gänzlich unweibliche, vor Bösartigkeit sprühende alte Jungfer. Für Mkabayi, die von Natur aus jähzornig und herrschsüchtig war, gab es nur einen Balsam, der ihre ständige Gereiztheit besänftigen konnte: Macht.

»Hast du meine Zukünftige schon gesehen?« fragte Senzangakona mit einem frechen Lächeln auf den Lippen, während er neben ihr herschlenderte.

»Ich habe sie ausgesucht, mein lieber Bruder. Oder hast du das vergessen?« antwortete Mkabayi mit ihrer üblichen selbstgefälligen Miene.

Der Prinz unterbrach ihr Zwiegespräch für kurze Zeit, um nonchalant ein junges Mädchen heranzuwinken, das mit einer Kalebasse Bier vorbeikam. Das Mädchen Noliwa kam eilfertig herüber, blieb neben ihm stehen und bot ihm das Getränk an. Senzangakona betrachtete das Mädchen grinsend, wobei seine Augen beim Anblick ihres wohlgeformten Körpers leuchteten.

Nachdem Senzangakona, dessen Stimmungen dem Winterhimmel glichen – eben noch hell, im nächsten Augenblick düster und verhangen –, sich sattgetrunken hatte, entließ er Noliwa mit derselben Leichtigkeit und Abruptheit, mit der er sich von dem Fellzurichter abgewandt hatte.

»Und wie ist sie – meine Zukünftige?« erkundigt er sich mit gespieltem Interesse, um das unterbrochene Gespräch wiederaufzunehmen, während er sich mit dem Handrücken Bierschaum von den Lippen wischte.

»Die Tochter Sodubos vom Stamme der Nzuzas, die unser Vater für ein Bündnis gewinnen möchte – *das* ist sie«, sagte Mkabayi überheblich lächelnd, während sie mit ihrem Bruder Schritt hielt, als er jetzt dem äußeren Wall der Heimstätte folgte.

»Und ich soll der Köder sein?« erwiderte Senzangakona, indem er mit gespielter Neugier den Kopf schieflegte.

»Mein Bruder, mein geliebter einziger Bruder«, stellte sie trocken fest, »muß ich dich daran erinnern, daß du die Tatsache, der du's verdankst, daß du – und nicht ich – der Thronerbe der Zulus bist, zwischen deinen Beinen hast? Wäre es zuviel verlangt, von dir zu erwarten, daß du's gelegentlich zum Besten unseres Königreichs einsetzt?«

»Mir bleibt doch wohl nicht viel anderes übrig, nicht wahr?« fragte Senzangakona belustigt zurück.

»Nein.« Mkabayi lächelte, aber ihr Blick blieb ernst. Dann fügte sie nachdrücklicher hinzu: »Denk daran!«

2 KHELA *Hochzeit*

Das dunkle Blauschwarz des Nachthimmels erhellte sich beinahe übergangslos zu Lila- und Violettönen, während die größeren Sterne noch immer hell am Himmel leuchteten. Hinter den Sternen schob sich der bleiche Schimmer des Morgengrauens höher und höher und verwandelte sich in rosa Perlmutt, über das die fächerförmigen Strahlen der noch unsichtbaren Sonne zitternd spielten. Übertönt wurden die Farben des Tagesanbruchs nun von dem entfernten Dröhnen der umSenge-Trommel, als ob die Sonnenstrahlen wie rasch bewegliche Finger über das Musikinstrument tanzten und ihm den dumpfen Trommelton entlockten. Wenig später fielen uluGibane (ein bogenförmiges Saiteninstrument aus gebogenem Schilfrohr und Ochsensehnen), umTshingo (eine Rohrpfeife), iMpempe (eine Panflöte) und weitere Instrumente ein und vereinigten sich zu einem Crescendo.

Als die Sonne endlich aufging und die noch verbliebene Nachtfeuchte fast augenblicklich aufsog, wurde der Rhythmus durch das Klatschen junger Männer und Frauen ergänzt, das bald durch fröhliches Singen und schrilles Heulen untermalt wurde, während die Begleitmusik zu fieberhaftem Tempo anschwoll.

Die königliche Heimstätte der Zulus gab sich der jubelnden Fröhlichkeit einer Hochzeitsfeier hin: Die gesamte Stammesbevölkerung war in Nobamba zusammengeströmt, um mitzuerleben, wie Prinz Senzangakona den Ehebund mit dem Hause Nzuza schloß.

Die drei Opfertiere (die ›isiGodo‹) wurden über die goldbraunen Felder und den felsigen Hang hinauf zu Jamas Viehgehege getrieben. Diese Tiere sollten den Geistern der Ahnen der Braut geopfert werden, um zahlreichen und gesunden Nachwuchs zu erbitten. Eines der Tiere, ein wild schnaubender Stier, erweckte nicht den Eindruck, als würde er sich willenlos abschlachten lassen.

Hinter den Opfertieren folgte die Brautgesellschaft – ein eindrucksvolles Bild durch die Explosion aus den Farben und Mustern der prächtigen Federbüsche, Felle und Schwänze, die für diesen Stamm charakteristisch waren. Die Gesellschaft bestand aus Sodubo, dem König des Stammes Nzuza, mit seinem zahlreichen Gefolge, und – inmitten seiner Frauen – seiner Tochter Mkabi, Senzangakonas zukünftige Ehefrau. Mkabi war eine ziemlich einfach aussehende, reizlose junge Frau, die von Angst und Verwirrung gequält wurde, als ob auch sie zu einer Art Opferritual geführt werde, dessen widerstebendes Opfer sie wie die isiGodo zu werden drohe.

Würdenträger aus zwei weiteren durch Blutsbande mit der Brautgesellschaft verwandten Stämmen vervollständigten den Zug nach Nobamba. Dazu gehörte Kondlo, der König der Qwabes, ein athletisch wirkender Mann, der in Begleitung seines zehnjährigen Sohns Prinz Pakatwayo, seiner Ehefrauen, seiner Diener und seines königlichen Gefolges aus Stammesältesten mit weit ausholenden Schritten übers Grasland stapfte.

Der zweite Stamm, die Langenis, hielt seitlich versetzt Schritt mit den Qwabes und wurde durch seinen König Mbenghi, einen großen, hageren, stattlichen Mann, Mbenghis zwei Frauen, den zwölfjährigen Prinzen Makedama und Ngazana, das angesehenste Mitglied des Ältestenrats der Langenis, vertreten.

Vervollständigt wurden die Teilnehmer aus den beiden Stämmen durch die ›Bürgerlichen‹: Bhebhe von den Langenis mit Mfunda und Nandi sowie Gendeyana und seine Brüder von den Qwabes.

Nandi, deren ganze Aufmachung unprätentiös, aber darauf berechnet war, ihren wohlgeformten Körper zur Geltung zu bringen, schritt barfuß über den safrangelben Mergel und warf sehnsüchtige Blicke auf die Heimstätte des Zulukönigs. Tief in ihrem Inneren empfand sie ein lustvolles Sehnen, während ein verspieltes Lächeln über ihre Lippen huschte.

»Sodubo von den Nzuzas, Kondlo von den Qwabes, Mbenghi von den Langenis...«, psalmodierte Jama, indem er seine drei königlichen Gäste ansprach, die offenen Hände zu einer Geste des Friedens und des Gebets erhob und in feierlichem Ton wie ein frommer Beter sprach, »ich begrüße euch und eure Familien im Hause Zulu...«

Senzangakona, dem die Mattigkeit im Tonfall seines Vaters auffiel, strich nachdenklich mit einer Hand über sein frisch erbeutetes Leopardenfell und drehte sich zur Seite, um den Zulukönig kritisch zu mustern. In vollem Ornat und am oberen Ende des Viehgeheges unter einem von einem Diener gehaltenen Schirm, der den König vor den Strahlen der Mittagssonne schützen sollte, auf einem mit Fellen bedeckten Baumstumpf sitzend, besaß Jama die ehrfurchtgebietende, prächtige Haltung und Erscheinung eines wahren Königs.

Er ist krank, dachte der Prinz, dem bei dieser Erkenntnis ein kalter Schauer über den Rücken lief, und er wird irgendwann sterben und ... den Thron seinem Sohn hinterlassen. Und mit ihm – Verantwortung. Der von Natur aus sorglose und mutwillige Prinz erschrak bei dem Gedanken, er könnte eines Tages für seine Taten verantwortlich gemacht werden.

Senzangakona blickte aus dem Augenwinkel heraus zu den weiblichen Angehörigen der Königsfamilie hinüber: seine Mutter Mtaniya, Mmama (unbedeutend, wie stets im Schatten ihrer energischen Schwester lebend) und ihre hochmütige Zwillingsschwester Mkabayi. Er wunderte sich nicht, daß Mkabayi ihn schwach lächelnd anstarrte, als wisse sie genau, welche Gedanken und Sorgen ihm durch den Kopf gingen.

»... auf daß die Festlichkeiten dieses Tages unsere Stämme in Frieden verbinden«, schloß Jama, während sein durchdringender, fieberglänzender Blick auf die ihn besuchenden Könige gerichtet blieb. »Das erflehe ich von unseren Ahnen.«

Senzangakona schloß sich seinem Vater bei diesem Gebet an. Frieden konnte ihm das Leben nur erleichtern, wenn er eines Tages den Thron bestieg. Das erflehe ich ... Der Prinz, der seinerseits königliche Frömmigkeit auszustrahlen versuchte, ließ seinen Blick über die Angehörigen der Nachbarstämme gleiten. Plötzlich wurde er auf eine Gestalt aufmerksam, die inmitten der Langenis stand, und der Anblick ihrer ebenmäßig schönen Züge ließ Senzangakona begeistert lächeln. Seit ihrer ›Begegnung‹ am Mkumbane war einige Zeit verstrichen, aber allein der Anblick Nandis genügte, daß ihm sofort wieder alle Einzelheiten ihres damaligen Zusammentreffens kräftig und frisch vor Augen standen. Aber Nandi reagierte nicht auf den Schimmer des Wiedererkennens in seinem Blick: Ihr Gesicht blieb ausdruckslos, während sie ihn mit leerem Blick betrachtete. Der Prinz runzelte die Stirn. Hat sie mich vergessen? fragte er sich, tat den Gedanken rasch als absurd ab und fügte hinzu: Natürlich nicht! Das ist nur ein Spiel. Sie will mich necken. Sein Lächeln verstärkte sich bei der Aussicht darauf, sie *wirklich* kennenzulernen ... Später, dachte er. Nach meiner Hochzeit.

»Ngitole, wena wakwaZulu«, flehte Mkabi, während sie mit gesenktem Haupt und das Gesicht mit einem Schleier aus Blättern bedeckt vor Jama kniete. »Nimm mich auf, o du vom Stamme der Zulus.«

Jama, der seine Hände auf Mkabis Kopf legte, gewährte ihr diese Bitte, indem er feierlich verkündete: »Mina ngiyakulondo-lozwa nguWe. U-ngi-Pate kaHle, naNi ngi-yoku-pPata kaHle (Ich bin's, den du umhegen wirst; behandle mich gut, so sollst du ebenso behandelt werden).«

Wie werde *ich* sie behandeln? überlegte Senzangakona sich, rend er seine erste Frau, die zukünftige Nkosikazi der Zulus, anstarrte und sich dazu zwang, sich vorzustellen, wie es sein würde, wenn er ihr schwammiges Fleisch berührte und ihre Hände nach ihm tasteten. Der Jungvermählte, der Abscheu in sich aufsteigen fühlte, wandte sich ab. Seine Augen, die nach einem attraktiveren Anblick dürsteten, fanden ihn bald in der lockenden Festigkeit und samtigen Weichheit Nandis – des Mädchens, dessen Name ›Süße‹ bedeutete.

Mkabayi sah zu Senzangakona hinüber und war besorgt, als sie merkte, mit welch schamloser Begierde er das Langeni-Mädchen anstarrte. Die Zuluprinzessin, die sich jetzt auf Nandi konzentrierte, sah über ihre bemerkenswerte Schönheit hinweg – Schönheit an sich störte Mkabayi nicht, denn sie war ihr gegenüber längst unempfindlich geworden, empfand bei ihrem Anblick keinerlei Neid und akzeptierte sie als etwas, das für sie einfach unerreichbar war und deshalb ignoriert werden mußte. Nein, Mkabayi war nicht aus Neid besorgt, als ihr Blick jetzt länger auf Nandi ruhte, sondern aus einem anderen Grund: Sie erkannte in Nandis Katzenaugen einen räuberischen Ehrgeiz, der im Zusammenwirken mit großer Schönheit Schlimmes im Leben eines Mannes anrichten konnte, der so schwach wie ihr Bruder war.

Als spüre sie ihren forschenden Blick zum ersten Mal, sah Nandi jetzt zu Mkabayi hinüber, so daß die beiden Frauen einander taxieren konnten. Ihre Feindseligkeit war spontan, gegenseitig und intensiv. Beide waren sich darüber im klaren, daß diese ursprüngliche Empfindung sich im Laufe der Zeit noch verstärken und sie zu Rivalinnen machen würde.

Mit Mord im Herzen scharrte der Stier wütend mit den Vorderhufen die Grasnarbe auf und griff schnaubend an. Seine spitzen Hörner fegten an Igazi vorbei. Der junge Mann brachte sich mit einem Satz in Sicherheit, spürte den heißen Tieratem auf der Haut seines Rückens und roch den süßlichen, moschusartigen Geruch des schweißbedeckten Tieres. Der Stier rammte die Einzäunung des Viehgeheges und ließ einige der dicken Äste der Palisade mit einer Aufwärtsbewegung seines linken Horns zersplittern. Dann warf er sich mit gesenktem Kopf und stoßbereiten Hörnern herum, ignorierte mehrere seiner anderen Quäler und griff erneut Igazi an. Als der Stier den jungen Mann fast erreicht hatte, riß er den Schädel hoch, und Igazi griff darüber hinweg nach seinen Hörnern, die er umklammerte. Der junge Mann bemühte sich, das Tier niederzuzwingen, aber da ihm das Körpergewicht und die Kraft fehlten, um den vorwärtsstürmenden Stier zur Seite zu lenken, fand der Zulu keinen Halt auf dem staubigen Boden und wurde schon nach kurzer Zeit mit einem heftigen Ruck abgeworfen und schmerzhaft gegen die Umzäunung geschleudert.

Mkabayi lächelte. Sie schien zu dem Stier zu halten.

Die von diesem Kampf zwischen Mensch und Tier in den Bann geschlagene Hochzeitsgesellschaft drängte gegen die Umzäunung des Viehgeheges, jubelte, klatschte und feuerte die Akteure lautstark an.

Nandis große Augen, die wie im Fieber glänzten, verrieten ihre Erregung. Senzangakona, dem ihr erregter Blick nicht entging, wollte die Gelegenheit wahrnehmen, sie zu beeindrucken, und erhob sich von seinem Platz zwischen Jama und dem Zulu-Ältesten Mudli (ein Mann Anfang Fünfzig; eine hagere, elegante Erscheinung mit hartem, wie aus Granit gehauenem Gesicht, das tiefe Falten – die Narben vieler Krisen – aufwies).

Senzangakona, dessen Blut voll stolzer Männlichkeit durch seine Adern pulsierte, lächelte von der Umzäunung aus strahlend zu Nandi hinüber. Und Nandi, die erkannte, daß sie jetzt im Mittelpunkt der allgemeinen Aufmerksamkeit stand, erwiderte erstmals sein Lächeln. Danach warf sie Mkabayi einen schrägen Blick zu, den sie mit einem weiteren Lächeln garnierte – einem trotzigen Lächeln.

Den Blick auf den Stier gerichtet, schritt Senzangakona leichtfüßig über den aufgewühlten, staubigen Boden des Viehgeheges. Während der Prinz sich dem Tier näherte, gab er Lutuli, Igazi und den anderen mit einer knappen Handbewegung ein Zeichen, den Pferch zu verlassen. Igazi zögerte besorgt. Tatsächlich konnte selbst Senzangakona allein und unbewaffnet Mühe habe, es mit einem so starken und kampfbereiten Stier aufzunehmen. Aber der Prinz beharrte auf seinem Befehl, so daß Igazi und die anderen widerstrebend gehorchen mußten.

Das Tier, das den stimulierenden Adrenalingeruch witterte, drehte sich nach dem Mann um, der den Mut zu dieser einsamen Herausforderung hatte.

Die Versammlung verstummte erwartungsvoll.

Senzangakona rückte lächelnd vor und begann den Stier zu reizen. »Kehli ... Kehli ...«, lockte er ihn spottend, während er sich dem Tier näherte, als wolle er einen Angriff provozieren. Der Bulle verlagerte sein massives Körpergewicht, schwankte vor und zurück, schien Schwung zu holen und genoß den bevorstehenden Angriff. Dann grub er plötzlich seine Hinterhufe ins Erdreich, warf sich nach vorn und stürmte blindlings auf Senzangakona zu. Der Prinz blieb abwartend stehen. Im nächsten Augenblick war der Stier mit gesenktem Schädel und stoßbereiten Hörnern heran. Unmittelbar vor dem Zusammenprall trat der Zulu jedoch geschickt zur Seite, so daß der Angreifer an ihm vorbeidonnerte – jedoch so nahe, daß sein Fell den Menschen streifte und einen schmutzigen Schweißfleck auf ihr hinterließ. Senzangakona holte selbstbewußt grinsend aus und gab dem Bullen einen spielerischen Klaps aufs Hinterteil.

Lautes Gelächter spendete dem Prinzen Beifall für seinen Wagemut.

Der Stier warf sich herum, schnaubte erneut und fixierte mit blutunterlaufenen Augen die verschwommenen Umrisse des Zulus. Und diesmal wurde Senzangakona von seinem übergroßen Selbstbewußtsein irregeführt. Der gegen einen Schwindelanfall ankämpfende Bulle senkte den Kopf, wechselte blitzschnell die Richtung, überraschte damit den unaufmerksamen Prinzen und schlitzte ihm mit einer Hornspitze die Haut über den Rippen auf, so daß eine blutende Wunde zurückblieb.

Die Zuschauer drängten entsetzt aufschreiend gegen den Palisadenzaun. Mkabi schloß die Augen, weil sie fest damit rechnete, schon an ihrem Hochzeitstag zur Witwe gemacht zu werden. Jama kochte vor Zorn wegen des dummen Leichtsinns seines Sohnes und murmelte halblaut vor sich hin: »Du Narr!«

Lediglich Nandi blieb eisig passiv, aber ihre Katzenaugen,

deren erwartungsvoller Blick den Prinzen bisher angefeuert hatten, ließen ihn keine Sekunde lang los.

Mit aus Zorn entstandener Kraft und über sich selbst wütend, weil er so leichtsinnig gewesen war, rannte Senzangakona auf den Stier zu und packte ihn an den Hörnern. Bevor das Tier richtig reagieren konnte, hatte Senzangakona es bereits niedergerungen. Der wild um sich tretende Bulle versuchte, wieder auf die Beine zu kommen, aber indem er dabei den Kopf hob, verschaffte er dem Prinzen genau den erforderlichen Hebel. Senzangakona, der die Stärke des Bullen gegen ihn selbst einsetzte, drückte seine Hörner nach unten, als der Stier sein Gewicht in die entgegengesetzt Richtung warf. Mit dumpfem Knirschen brach das Genick des Bullen, während die Nervenstränge rissen und eine Rippe sich in seine Lunge bohrte. Senzangakona richtete sich vor dem todgeweihten Tier auf, das zuckend auf der Seite lag, Blut und Lungenflüssigkeit erbrach und ihn verwirrt und entsetzt anstarrte, bis seine angstvoll geweiteten Augen zu brechen begannen. Mit einem letzten krampfhaften Zucken seiner Beine sank der Stier dann zitternd in sich zusammen und blieb als Kadaver im Staub liegen.

Der Prinz marschierte aus dem Viehgehege. Seine breite Brust hob und senkte sich unter keuchenden Atemzügen, und seine Zähne blitzten zwischen den zu einem selbstgefälligen Grinsen verzogenen Lippen. Ghubela, sein Kammerdiener, kam herbeigeeilt und hängte das Leopardenfell über die jetzt von Schweiß glänzenden muskulösen Schultern des Prinzen. Als Zeichen gemeinsam erlebten Triumphes und allgemeiner Erleichterung begann einer der Zulus die um-Senge-Trommel zu spielen. Weitere Instrumente fielen ein, während Stimmen das Lob ihres tapferen Prinzen zu singen begannen.

Senzangakona, der sich in der Bewunderung der anderen sonnte, trat zu den das Sorghumbier bereithaltenden Langenimädchen. Er blieb stehen, um die jungen Frauen prüfend zu mustern, und begutachtete eine nach der anderen mit keck herausforderndem Blick, während seine Augen systematisch die Reihe entlangwanderten, um erst bei Nandi haltzumachen.

Der Prinz gab vor, sie willkürlich ausgewählt zu haben, und winkte der Schönheit zu, mit ihrem Bier vorzutreten.

Nandi blieb unbeweglich stehen.

Senzangakona runzelte ungläubig die Stirn, weil er nicht fassen konnte, daß sie sich weigerte, seinen Wunsch zu erfüllen. Vielleicht hat sie meinen Wink nicht gesehen, sagte er sich und gab ihr erneut ein Zeichen.

Auch diesmal blieb Nandi, wo sie war, und ihre Weigerung, einem Befehl zu gehorchen, wurde jetzt nicht nur Senzangakona, sondern auch der gesamten Hochzeitsgesellschaft offenkundig.

Noliwa und die übrigen Mädchen rissen die Augen wegen Nandis unerhörter Weigerung auf und starrten Senzangakona mit angehaltenem Atem an, während sie auf seinen Wutausbruch warteten. Aber der Prinz blieb erstaunlich ruhig; sein durchdringender Blick fixierte weiter Nandi, die ihn mit einem Anflug von Starrköpfigkeit erwiderte.

Vielleicht versteht sie nicht, was ich will, dachte er, wandte sich an den Kammerdiener und forderte ihn durch diese Geste wortlos auf, seinen Wunsch vorzutragen. Auf diesen Wink hin erklärte der kleine Mann Nandi förmlich: »Prinz Senzangakona ist durstig.«

Nandi bedachte Ghubela mit dem denkbar ausdruckslosesten Blick und ... verließ auch diesmal nicht ihren Platz in der Reihe.

Die Musiker spürten die zunehmende Spannung, die wie ein Gewitter in der Luft lag, und hörten zu spielen auf, so daß jetzt in ganz Nobamba plötzlich peinliches Schweigen herrschte.

Senzangakona warf dem Diener einen aufgebrachten Blick zu, so daß dieser sich persönlich für Nandis unerhörtes Benehmen verantwortlich fühlen mußte. »Prinz Senzangakona hat dich auserwählt, ihm dein Bier zu geben«, stellte er ängstlich klar.

Nandi, deren schönes Gesicht nach wie vor ausdruckslos blieb, zog gelassen die Augenbrauen hoch und forderte Chubela auf: »Frag deinen Prinzen, ob ich mich geehrt fühlen soll.«

Mkabayi hatte Mühe, ein Lächeln zu unterdrücken, während Bhebhe, der keineswegs belustigt war, seine Tochter sorgenvoll beobachtete und wie Jama, Mudli, Kondlo und die übrigen auf die Reaktion des Prinzen wartete.

Sie brauchten nicht lange zu warten.

»Komm her!« befahl Senzangakona Nandi. Seine Lippen waren schmal geworden, als habe seine gute Laune sich verflüchtigt.

Nandi richtete sich auf, als habe sie die Absicht, einen Schritt vorzutreten. Alle hielten unwillkürlich den Atem an, weil sie diesen Schritt vorausahnten. Vielleicht war es der sich in Senzangakonas Blick ankündigende Triumph, der sie davon abhielt; vielleicht hatte sie niemals vorgehabt, diesen Schritt zu tun. Jedenfalls verlagerte Nandi lediglich ihr Gewicht auf den anderen Fuß – ohne erkennbar auf den Befehl des Prinzen zu reagieren.

Senzangakona hatte zugelassen, daß das Mädchen zu weit ging und ihn in eine peinliche Lage brachte. Aber jetzt gab es kein Zurück, kein Vergessen dieses Vorfalls mehr; sein Stolz stand auf dem Spiel, und er mußte reagieren. Mit einem herablassenden Lächeln blickte er zu der Hochzeitsgesellschaft hinüber. Dann überwand er die Entfernung zu Nandi mit einigen raschen Schritten. Sobald er die junge Frau erreichte, verschwand sein Lächeln und wurde durch finsteres Stirnrunzeln ersetzt.

Senzangakona faßte Nandi um die Taille, hob sie ruckartig hoch und trug die Strampelnde mitsamt ihrer Kalebasse an den Platz zurück, von dem aus er sie zu sich herangewinkt hatte.

Gendeyana, der diese Behandlung seiner Verlobten als kränkend empfand, wollte dazwischentreten, aber Bhebhe hielt ihn zurück. »Nein!« sagte der Ältere halblaut. »Das würde alles nur schlimmer machen.«

Sobald Senzangakona die Strampelnde abgesetzt und ihre Arme freigegeben hatte, schlug Nandis Hand in heißer Wut wie eine Peitsche zu, traf den Prinzen im Gesicht und ließ ihn mit weit aufgerissenen Augen völlig überrascht dastehen.

Nandis Schlag erschütterte die ganze Versammlung, die zusammenzuckte, als habe er jeden einzelnen ins Gesicht getroffen.

Während seine Verblüffung allmählich wie das schmerzhafte Pochen seiner Backe abklang, überlegte Senzangakona, wie er darauf reagieren sollte, und gelangte zu dem Schluß, seinen Absichten und seiner Ehre sei am besten gedient, wenn er das Mädchen zur Unterwerfung zwinge, anstatt zurückzuschlagen. Seine weit aufgerissenen Augen funkelten vor Wut, als er Nandi am Arm packte und ihr Handgelenk mit eisenhartem Griff wie ein Schraubstock umklammerte. Da Nandis starke körperliche Anziehungskraft auf Senzangakona sich durch ihre kokette Sprödigkeit noch verstärkt hatte, starrten die beiden sich jetzt mit einer Mischung aus Zorn und Leidenschaft ... aus Liebe und Haß an. Ihre Gefühle waren so intensiv, daß sie den Rest der Welt in Bedeutungslosigkeit versinken ließen. Die beiden ›liebten‹ sich mit Blicken und waren sich der zwischen ihnen aufflammenden Leidenschaft bewußt.

Der ›Rest der Welt‹ sah schweigend zu: schockiert wegen der Reaktion des Prinzen ... verwirrt wegen des Lächelns, das unerwartet auf seinem Gesicht erschien. Als Nandi provokant zurücklächelte, nahm der Prinz wütend ihre Hand, drückte die Finger um den Griff der Kalebasse zusammen, führte die Hand nach oben und zwang sie dazu, das Bier an seine Lippen zu bringen. Sein Blick ließ Nandi nicht los, auch während er trank. Als er sich satt getrunken hatte und der Überzeugung war, die Scharte dadurch ausgewetzt zu haben, daß er sich Nandi gefügig gemacht hatte, ließ der Prinz ihren Arm los, kehrte ihr in einer Geste bewußter Herablassung den Rücken zu und stolzierte davon.

Während Nandi an ihren Platz in den Reihen der Mädchen zurückkehrte, funkelten ihre Augen, und ein schwaches, kaum wahrnehmbares triumphierendes Lächeln spielte um ihre Lippen. Im Gegensatz zu Senzangakona wußte sie, daß sie Grund zur Zuversicht hatte.

Jama registrierte ihr Lächeln um so empörter, weil er die Verärgerung seines Sohnes zu seiner eigenen gemacht hatte. Der König gab den Musikern wütend ein Zeichen, die als Folge dieser ungewöhnlichen Konfrontation entstandene unbehagliche Leere rasch auszufüllen. Der Rhythmus der umSenge-Trommel setzte dort ein, wo er zuvor verstummt war. Die übrigen Musiker fielen zunächst zögernd, dann mit wachsendem Eifer ein. Einige der Frauen begannen zu tanzen, andere sangen. Die Versammlung schien wieder freier atmen zu können; die Feier gewann allmählich Leben und verlorene Fröhlichkeit zurück.

Senzangakona ging zu den Wasserkrügen hinüber, wo einige Jungen seinen Leib vom Schmutz und Blut des Stierkampfes säuberten. Ein Inyanga behandelte die durch den Hornstoß verursachte Fleischwunde mit einer Salbe aus Wurzeln und Kräutern. Während dieser Behandlung dachte Senzangakona über die beiden Konflikte des Tages nach. Den ersten, den nach außen hin gewalttätigeren Stierkampf, würde er schon bald aus Körper und Geist verdrängt haben, indem er sich einfach etwas Wasser und einige Heilkräuter zuführte. Der andere – seine Auseinandersetzung mit Nandi – würde tiefere Spuren hinterlassen, die sich nicht so leicht ›wegspülen‹ ließen. Wie er sich widerstrebend eingestand, hatte sie die erste Runde gewonnen – aber dies war lediglich das erste Zusammentreffen gewesen. Es würde noch weitere geben. Dafür würde er sorgen.

3 UKUZIDLA *Stolz*

Der Himmel über dem Mkumbane war mit einem dunkelblauen, spröden Glanz brüniert, wie der Widerschein des Tageslichts auf dem hornähnlichen Panzer der Fruchtfliege. Die Sonnenstrahlen ergossen sich gleichmäßig über die gesamte Schöpfung und belebten Mensch, Tier und Pflanze mit ihrer für alle gleichen Glut. Als die Strahlen in die den Fluß säumende feuchte Vegetation eindrangen, wurde das Sonnenlicht plötzlich durch glitzernde Nebelsäulen verkörpert – wie ein Geist, der auf Geheiß eines Mediums körperliche Gestalt annimmt und dessen Leuchten in Form und Intensität je nach der Dichte des ätherischen Umfeldes variiert, in dem er sich bewegt.

Senzangakona, der am Ufer des Mkumbane saß, wo seine schlanke, athletische Gestalt von einem Strahl Sonnenlicht beleuchtet wurde, senkte den Blick, um die Strömung des Flusses zu beobachten, die um einen Felsen schäumte, vor dem die Wasser sich gehorsam teilten, um das unnachgiebige Hindernis zu umströmen.

Was tue ich hier? seufzte er, während sein Verstand sich gegen die absurde Situation auflehnte, in die sein Herz ihn gebracht hatte. Ein Mann, ein erwachsener Mann von guter Erscheinung... Senzangakona überlegte und fuhr dann nickend fort: ... von *sehr* guter Erscheinung, der jedes Mädchen haben kann, nach dem ihm der Sinn steht, und trotzdem hier sitzt und wartet... Er blickte an sich herab und kam sich plötzlich lächerlich vor, als er in Gedanken fortfuhr: Der hier sitzt und mit einem Jucken zwischen den Beinen wartet wie ein Junge, der seine Pubertät eben erst hinter und den ersten Frühling seines Manneslebens vor sich hat. Aber wir haben nicht Frühling, sondern Winter, knurrte er halblaut, während er auf die Beine kam, und ich bin ein Dummkopf! Am besten verschwinde ich!

Senzangakona hatte bereits den Rand des Flußbetts erreicht, als er ein Rascheln hörte, das ihn mit wurfbereit erhobenem Assegai zur Bewegungslosigkeit erstarren ließ. Ohne sich umzudrehen, benützte der Mann seine geschärften Sinne – die eines erfahrenen Jägers –, um seine Umgebung zu erforschen. Er hörte eine Stimme, eine einzelne Stimme, das halblaute Singen einer näherkommenden Frau, deren bloße Füße das Geröll am Rande des Flußbetts leise knirschen ließen. Er hörte die Frau haltmachen und niederknien; dann plätscherte Wasser, als ein Flaschenkürbis gefüllt wurde.

Senzangakona spürte, wie ein Lächeln seine Mundwinkel

verzog, gab ihm bereitwillig nach und vergaß alle Vorsicht. Er machte kehrt, ging ans Ufer des Mkumbane zurück und blieb dort stehen: auf dem weichen Untergrund, die Schultern zurückgenommen, den Kopf erhoben, die Arme in die Seiten gestemmt, die Stirn gerunzelt und die Augen aus Verärgerung halb geschlossen, während er zu der jungen Frau auf dem anderen Flußufer hinübersah. Der Prinz räusperte sich – laut genug, um gehört zu werden, und nachdrücklich genug, um seinen Mißmut zum Ausdruck zu bringen.

Nandi hob den Kopf, sah zum anderen Ufer hinüber und betrachtete Senzangakona mit kühler Gleichgültigkeit, als ob er nicht viel mehr als einer der dort stehenden Bäume sei. Als die junge Frau sich wieder dem Wasserschöpfen zuwandte, machte der Prinz in seiner Gekränktheit den ersten Fehler, indem er mit ausdrucksloser Miene zugab: »Du hast mich warten lassen.«

Tatsächlich? dachte Nandi in dem Bewußtsein, eine Eroberung gemacht zu haben, und ließ seine Feststellung unbeantwortet.

Nandis Schweigen hing über dem Mkumbane wie eine einzelne Gewitterwolke an einem sonst klaren Tag. Daraufhin machte Senzangakona seinen zweiten Fehler, indem er ihre Gleichgültigkeit als Reue auffaßte. »Aber das macht nichts«, gestand er Nandi großmütig zu, indem er sie mit einem Lächeln bedachte, als sei sie ein Haustier, dem er sogleich einen Brocken Futter hinwerfen werde. »Du bist ja jetzt hier.«

Das war sein dritter Fehler: Der Prinz rechnete nicht mit der Unstetigkeit des zarten Geschlechts. Nandi, deren ganze Art merklich zurückhaltend blieb, erhob sich, wandte sich ab und ging davon. Senzangakona stand vor Verblüffung der Mund offen. Seine Arme sanken schlaff herab, als gebe es plötzlich keinen Verwendungszweck mehr für sie. »Wohin gehst du?« hörte er sich mit heiserer Stimme und in viel kleinmütigerem Tonfall als ursprünglich beabsichtigt fragen.

»Heim«, erwiderte Nandi sachlich und brach ihr hartnäckiges Schweigen lediglich mit einer einzigen Silbe.

Senzangakona war vor Wut fast sprachlos. »Komm her!«

stieß er endlich hervor und wiederholte damit die Aufforderung, die Nandi auf seiner Hochzeit ignoriert hatte.

»Dazu solltest du mich inzwischen gut genug kennen«, stellte Nandi schnippisch fest, während sie sich das Wassergefäß aufs Haupt setzte und graziös die Uferböschung zur kastanienbraunen Fläche des offenen Graslandes hinaufschlenderte.

Mit einiger Verspätung entschied Senzangakona jetzt, er habe allmählich genug. Er durchwatete den Fluß mit langen, zielbewußten Schritten, die den Abstand zwischen ihm und Nandis Hochmut rasch verringerten. Doch plötzlich rutschte er auf der glitschigen Oberfläche eines Felsens im Flußbett aus, fiel nach hinten und klatschte ins seichte, rasch fließende Wasser des Mkumbane.

Als Nandi das Platschen und das unmittelbar darauf folgende halblaute Stöhnen hörte, drehte sie sich nach Senzangakona um. Angesichts der unfreiwillig komischen Situation machte ihre bisherige kalte Zurückhaltung warmer Fröhlichkeit Platz, die als lautes Lachen aus ihr hervorbrach.

Durch ihr Lachen wurde Nandi unaufmerksam und vom Instinkt des Jägers überrascht. Senzangakona war mit einem Satz am Ufer, warf sich nach vorn, bekam Nandi am Knöchel zu fassen und zog sie zu sich herab, wobei ihr Wassergefäß im Ufergeröll in Dutzende von Scherben und Splittern zerschellte. Dann hielt der Prinz ihre um sich schlagenden Arme fest, zwang ihren Körper auf dem steinigen Untergrund in Rücklage, schob ein Bein über den Bauch und wälzte sich auf sie. Nandi wand sich wie ein in Panik geratenes Tier, das in eine beengende Falle geraten ist, trat, schlug um sich und heulte vor Wut, während sie sich mit aller Gewalt zu befreien versuchte. Sie fletschte sogar die Zähne und schnappte nach dem Gesicht des Mannes über ihr.

»Laß mich los! Laß mich los!« fauchte sie wie tollwütig und verdrehte ihre langen Finger, um sie in sein Fleisch zu krallen.

Nandis verzweifelte Gegenwehr sowie die Nähe, der Duft ihres Körpers reizten Senzangakona nur noch mehr, bis er seiner Sinne kaum noch mächtig war. Er hielt Nandi mit einer Hand den Mund zu und spürte, wie ihre Zähne sich ins weiche

Fleisch der Handfläche gruben und eine blutende Wunde hinterließen, so daß wilder Schmerz seinen Arm durchzuckte. Irgendwie verwandelte dieser Schmerz sich jedoch in seinem Schmerz sich jedoch in seinem Herzen in Leidenschaft: Senzangakona legte ihr seine Hand unters Kinn, hielt ihr so den Mund zu, drückte seine Lippen auf ihre und färbte sie mit seinem eigenen Blut.

Während ihre eigene Leidenschaft sie allmählich überwältigte, schloß Nandi die Augen und fühlte, wie Senzangakonas Küsse über Hals und Schultern tieferglitten und ihre Brüste erreichten. Wie man gegen Entmündigung durch Trunkenheit ankämpft und alle Willenskräfte aufbietet, um sich darauf zu konzentrieren, nicht in die strudelnde Dunkelheit des Rausches hinabgezogen zu werden, kämpfte Nandi gegen die Leidenschaft an, die sie zu überwältigen drohte. Im Brennpunkt ihrer Konzentration stand die Mahnung, daß dies nicht die Art und Weise sei, die sie sich in der Einsamkeit ihrer Träume vorgestellt habe. Die Liebe sei ein Geschenk, hatte sie sich überlegt – schon als kleines Mädchen, als Folge der heiteren Zuneigung ihres Vaters –, und ein Geschenk konnte man sich nicht mit Gewalt aneignen.

Senzangakona spürte plötzlich, daß ihr Körper unter seinen Händen schlaff wurde. Der Prinz, den diese jäh eingetretene scheinbare Nachgiebigkeit mißtrauisch machte, sah auf, begegnete ihrem Blick und war sekundenlang durch sein stählernes Glitzern wie gelähmt. Nandis Blick ließ ihn nicht mehr los, während sie mit geradezu unheimlich körperloser Stimme fragte: »Kann ich jetzt gehen oder hattest du vor, mich zu vergewaltigen?«

Die in diesem Ton gestellte Frage bewirkte, daß die brennende Leidenschaft des Prinzen sich in beschämte Zerknirschung verwandelte. Auf eine Art und Weise, die ebenso unbeholfen wie sein Schweigen war, löste Senzangakona sich von dem Mädchen, kam auf die Beine und blieb mit einem zerstreuten, verwirrten Ausdruck kindlicher Reue in seinen ins Leere starrenden Augen im seichten Wasser stehen.

Auch Nandi, deren Körper naß und mit einer Schlamm- und

Tonschicht bedeckt war, erhob sich. Sie lächelte trocken, als ihr Blick über die Bruchstücke des zersplitterten Wassergefäßes glitt. Sie hatte das Gefühl, tief in ihrem Inneren sei etwas anderes zersplittert. Jetzt nahm sie die Schultern zurück, hielt sich wieder aufrecht und würdevoll und schritt davon – weg vom Fluß.

Senzangakona drehte den Kopf zur Seite, um sie forschend anzustarren. Die Ereignisse dieses Nachmittags hatten sich in sein Gehirn eingebrannt und ihn in ein Dilemma versetzt, aus dem er keinen Ausweg wußte. »Warum bist du gekommen?« fragte er schließlich mit hohler Stimme.

Diese Frage bewirkte, daß Nandi wie angenagelt stehenblieb. Warum *war* sie gekommen? Die Entschlossenheit wich aus ihrem Blick und hinterließ die rastlose Desorientierung eines Menschen, der sich zu weit vorgewagt hat und nun plötzlich erkennt, daß er den Rückweg nicht weiß. Sie wagte nicht, seine Frage zu beantworten, denn sie wußte in der Tat keine Antwort und hatte außer ihrer Sehnsucht keinen greifbaren Grund für ihr Kommen.

Der Prinz bemerkte ihr Zögern und überlegte angesichts der daraus sprechenden reizenden Verwundbarkeit laut: »Wie vielfältig deine Gefühle sind, Nandi! Dein Herz ist ein Irrgarten, in dem man sich leicht dort wiederfinden könnte, wo man angefangen hat.« Seine Stimme klang weicher, bittender. »Ich muß dich wiedersehen«, sagte er, um dann mit alter Selbstbeherrschung hinzuzufügen: »Morgen?«

»Ich denke darüber nach«, antwortete sie schließlich und setzte sich erneut in Bewegung.

Senzangakonas Blick folgte ihr, bis ihre schlanke Gestalt verschwand – als sei ihre Schönheit in der Schönheit der Landschaft aufgegangen.

Jama kaNdaba Zulu hatte seinen Sohn zu sich kommen lassen, um mit seinem Thronfolger in Gegenwart des Ältestenrats zu sprechen, und richtete seinen Blick jetzt auf Senzagakona, der mit gebeugtem Haupt vor seinem Thron aus geflochtenen Grassträngen (dem ›inKata‹) kniete.

»Sakubona, mein Sohn«, begrüßte Jama ihn freundlich.

»Baba«, murmelte der Prinz, hob seinen Kopf und suchte den Blick des Vaters durch die aus der Feuerstelle aufsteigenden Rauchschwaden.

»Komm näher«, wies der König ihn an.

Senzangakona erhob sich aus dem warmen Dunstkreis des qualmenden Feuers, überquerte den polierten, spiegelglatten schwarzen Boden der Hütte und blickte dabei aus dem Augenwinkel forschend zu Mudli und den übrigen Ältesten hinüber, während er mit untergeschlagenen Beinen auf dem Fußboden vor dem König Platz nahm.

Jama blieb schweigsam, nachdenklich. Als er schließlich sprach, lautete seine Frage: »Hast du dich mit ihr getroffen?«

Senzangakona runzelte ungläubig die Stirn. Diese Frage hatte er am wenigsten erwartet. In seiner Verwirrung suchte er Aufklärung, indem er sich erkundigte: »Mit wem, Baba?«

»Mit dem Langeni-Mädchen.«

Der Prinz hatte das Gefühl, sein Herz drohe vor äußerster Verblüffung stillzustehen. Woher konnte sein Vater von seiner Begegnung mit Nandi wissen?

Jama schien erraten zu haben, was ihm durch den Kopf ging, denn er fügte hinzu: »Muß ich dich daran erinnern, mein Sohn, daß deine Spione in erster Linie *meine* Spione sind?«

Um Senzangakonas Lippen spielte ein humorloses Lächeln.

»Na ...?« faßte Jama mit streng werdender Miene nach.

»Ja, Vater, ich habe mich mit ihr getroffen«, gestand der Prinz ein.

»Und hast du ...« Jama machte eine Pause, suchte den angemessensten Ausdruck. »... sie dir endlich aus dem Kopf geschlagen?«

Senzangakona blickte verwirrt von seinem Vater zu dem Ältestenrat hinüber und wieder zurück, um dann mit lauter Stimme im Tonfall belustigten Staunens zu fragen: »Sind die geschätzten Mitglieder des Rates zusammengekommen, um über eine Frau zu sprechen?«

Jama mißfiel die Ironie seines Sohnes. »Antworte!« forderte er ihn fast ärgerlich auf.

»Unsere Begegnung ist nicht weiter wichtig gewesen, Vater«, antwortete der junge Mann.

»Soll das heißen, daß du die Absicht hast, dich wieder mit ihr zu treffen?«

Senzangakona ärgerte sich über diese Ausfragerei. »Ich finde, daß das meine Privatangelegenheit ist, Vater.«

»Ein Mann, der König werden soll, muß lernen, daß es für einen König keine Privatangelegenheiten gibt!« Jamas Zorn zeigte sich darin, mit welchem Nachdruck er das Wort *König* betonte. Und sein Zorn wuchs noch, als er fortfuhr: »Was du auch tust, was du auch sagst, was du auch *denkst* – selbst wenn du allein bist –, kann gegen dich verwendet werden, falls deine Untertanen sich dazu entschließen! Ich verlange eine klare Auskunft...« Er spuckte diese Wörter beinahe aus. »Hast du vor, sie wiederzusehen?«

Senzangakona hatte das Gefühl, der Hüttenboden sei plötzlich unbehaglich hart. Er verlagerte sein Gewicht, als versuche er die bequemste Sitzposition zu finden, aus der heraus er antworten konnte: »Das weiß ich nicht sicher... Vielleicht.«

Jama schwieg zunächst, seufzte schwer und bedachte Mudli mit einem Blick, aus dem seine Besorgnis sprach. Er nahm eine Prise aus einer Tabakdose, schnupfte zweimal und spürte, wie das Nikotin belebend wirkte und mit den Spinnweben in seinem Kopf aufräumte. Der König konzentrierte sich wieder auf seinen Sohn und fragte: »Wie würdest du das Verhalten dieses Langeni-Mädchens bei deiner Hochzeit charakterisieren?«

Senzangakona spürte, daß die Frage seines Vaters zu einer Art Vernehmung gehörte, die nur mit einer bestimmten Schlußfolgerung enden konnte. Und als sein Blick auf Mudli fiel, wurde ihm plötzlich der eigentliche Zweck dieser Versammlung unwiderlegbar klar: Er sollte Nandi verlieren. »Sie ist ... herausfordernd gewesen, nehme ich an«, antwortete er schließlich zögernd.

»Und dein eigenes Benehmen?« wollte Jama wissen. »Wie würdest du dein Benehmen charakterisieren?«

»Als entschlossen«, antwortete Senzangakona, der halb daran glaubte.

»Denkst du, daß die übrigen Hochzeitsgäste derselben Meiung wären?«

»In bezug auf was, Vater?« fragte der Prinz aufrichtig verwirrt.

»Gut, stell' dir vor, du wärst König Kondlo von den Qwabes oder Sodubo von den Nzuzas. Welche Meinung hättest du dann von ihr?«

Senzangakona grinste, und seine Augen funkelten, als er ihre halsstarrige Erscheinung vor sich sah. »Ich würde sie für eine schöne, eigensinnige, freche Widerspenstige halten.«

Der König lehnte sich zurück, verschränkte die Arme vor der Brust und kniff die Augen zusammen. »Hättest du das Gefühl gehabt – als Kondlo oder Sodubo –, daß sie dich irgendwie beleidigt habe?«

Senzangakona merkte plötzlich, daß er von einem erfahreneren Jäger in die Enge getrieben wurde. »Ja, Vater. Aber ich ...«

»Und würdest du's nicht für angemessen halten«, schlug sein Vater vor, »wenn ein so scheußlich behandelter Mensch genug Stolz besäße, um diese Frau niemals wiedersehen zu wollen?«

»Das würde ich vielleicht, Vater. Wenn ich Kondlo oder Sodubo wäre. Aber ich bin's nicht.«

»Ganz recht!« bestätigte Jama nachdrücklich und hatte seinen Sohn damit dort, wo er ihn hatte haben wollen. »Du bist viel mehr! Du bist der Thronfolger des ›Himmelsvolks‹, der amaZulu! Schon bald wirst du ihr Führer sein, der ihnen Mut geben soll.« Die Stimme des Königs klang jetzt beinahe flehend. »Hast du aus den Augen verloren, wozu du geboren bist? Hat sie dich geblendet?« Der Prinz starrte seinen Vater unverwandt an. »Die Leute reden bereits davon, wie diese Frau ... Nandi«, fügte Jama mit vertraulich gesenkter Stimme hinzu, »dich verhext hat.«

Bei dem Gedanken daran lief dem Prinzen ein kalter Schauer über den Rücken. Einen flüchtigen Augenblick lang klang das irgendwie wahr, obwohl Senzangakona keinen vernünftigen Grund dafür hätte angeben können. Der Mensch ist außerstande, sich das Gefühl, verhext zu sein, rational zu erklären, selbst wenn man das Produkt einer Gesellschaft ist, in der

Aberglaube der Altar ist, auf dem das Unerklärliche und das Außergewöhnliche einem Gott geopfert werden, der den Menschen in bezug auf die Leiden der Welt gefühllos, taub und blind macht; eine Gesellschaft, in der die Menschen schon als Kinder lernen, das Übernatürliche als legitimes Wesen zu betrachten, das in einer Symbiose mit dem Natürlichen lebt und nötigenfalls beschworen wird, um den wohltätigen Zweck zu erfüllen, der Seele das zuzuflüstern, was der Verstand nicht mithören soll. In den Tiefen seiner Seele klang es wahr – aber er wußte nicht warum und antwortete deshalb auf eine Art und Weise, die seine geheimen Gefühle mit einem dichten Schleier aus leichtfertiger Mißachtung tarnen sollte. »O Vater! Das ist nur Altweibertratsch! Wir wissen's besser!«

Jamas Gesichtsausdruck wurde streng, während er sich auf seinem Schilfgrasthron aufsetzte und nun priesterlich wirkte. Senzangakona, Mudli und die Ältesten wußten, daß der König nicht mehr seinen Sohn, sondern vielmehr einen seiner Untertanen ansprach.

»Von Rechts wegen hätte dieses Mädchen für ihre Beleidigung eines Prinzen der amaZulu bestraft werden müssen!« entschied Jama. »Daß sie straffrei ausgegangen ist, verdankt sie nur der Tatsache, daß sie mit dem Stamme Kondlo der Qwabes verwandt ist, den ich als Verbündeten schätze. Aber wenn deine Besessenheit anhält, bin ich unter Umständen gezwungen, dieses Bündnis mit einem Bruderstamm zu gefährden, um deine Ehre und das in mein Haus gesetzte Vertrauen zu wahren. Deshalb wirst du diese Frau aus deinem Gedächtnis streichen.« Das Urteil hallte durch die Königshütte. »Das ist keine Bitte, sondern ein Befehl!«

Ihre Umarmung brannte von drängender Leidenschaft. Senzangakona war von der unerwarteten Heftigkeit von Nandis Liebesbezeugung überrascht und begeistert zugleich. Und er erwiderte sie bereitwillig, weil Nandis Begehren sein eigenes anstachelte.

Während sie sich aneinanderklammerten und ihre Liebkosungen drängender wurden, sprachen sie in fiebrigem Flüsterton miteinander, der kaum das Rauschen des Regens übertönte.

»Ich hab' nicht geglaubt, daß du noch kommen würdest«, erklärte sie ihm. Ihre Lippen berührten dabei sanft sein Ohrläppchen – wie eine Fingerspitze die Blütenblätter einer Rose.

»Für mich ist's schwierig gewesen«, gestand Senzangakona ein, während er ihr zärtlich die Haare aus dem Gesicht strich.

Nandi legte den Kopf zurück und starrte ihn ehrlich verwundert an. »Warum?« wollte sie wissen.

»Ich mußte sichergehen, daß ich nicht beobachtet wurde«, antwortete der Prinz mit trockenem Lächeln. Nandis Stirnrunzeln bewog ihn zu einer weiteren Erklärung: »Bei uns gibt es Leute, die mir raten, mich vor dir in acht zu nehmen.«

»Vor mir?« wiederholte Nandi. Sie blickte ihm forschend in die Augen und bemerkte erstmals, daß sie dunkelgrün waren.

»Von ihnen weiß ich, daß du rebellisch gesinnt bist«, fuhr er fort, wobei sein Lächeln schalkhaft wurde. »Und du sollst gefährlich sein.« Er küßte sie. »Stimmt das?«

»Ja«, neckte sie ihn, erwiderte seinen Kuß und fügte hinzu: »Glaubst du das auch?«

»Bestimmt!« antwortete er mit einem Lachen im Blick. Sie lachten beide, ohne auf den Regen zu achten, der inzwischen zu einer Sturmflut geworden war. Dann verstummte ihr Lachen, als ihre Blicke sich begegneten; sie sanken zu Boden, und ihre Leiber verschmolzen in den seichten, rasch strömenden Wassern des Mkumbane miteinandner.

Ein gleißender Blitzstrahl zerteilte die unauslotbaren, durchsichtigen Tiefen des tosenden Himmels und erhellte einen den Fluß überblickenden fernen Hügel, auf dem zwei Gestalten vor dem pulsierenden Hintergrund aus Sturm und Regen standen, so daß ihre grausigen Silhouetten sich vor den lavendelblauen Wolken und den blau-schwarz wogenden Regenschwaden des Gewitters abzeichneten. Ein weiterer greller Blitz tauchte die beiden in fahles stahlblaues Licht, das ihre gespenstischen Züge um so gräßlicher machte. Die beiden Gestalten, die einer alten Frau und einer unbeweglich zu ihren Füßen kauernden Hyäne, schienen zu warten, zu beobachten, zu horchen, während die glitzernden Fänge des Tieres zu einem unheimlichen Grinsen gefletscht waren.

Durch Geburt, von Natur aus und durch Berufung eine Beherrscherin der Kräfte, die von der Unendlichkeit ausgehend den Weg der Menschen durch die Unabwägbarkeit von Zeit und Ewigkeit bestimmen, war diese Frau namens Sitayi eine ›Sangoma‹, eine Seherin in chaldäischer Tradition. Ein weiterer bläulicher Blitzstrahl zuckte vom Himmel, beleuchtete dräuend ihren verkrümmten Leib, zeigte die grausige Ansammlung von getrockneten und mit Luft gefüllten Blasen, mit denen ihr Hals und ihre schlaffen Brüste behängt waren, und erhellte flüchtig ihr ausgezehrtes Gesicht: alterslos in seinen Zügen, unter pergamentartiger Haut spitz und kantig, mit weißer Tonfarbe bemalt.

Von der Gewalt des Sturmes besessen, blickte Sitayi auf, und ihre blinden, blicklosen pastellblauen Augäpfel starrten über menschliches Sehvermögen hinaus ins Unendliche, während sie den Sturm nach dem Schöpfungszeichen absuchte.

Und es kam. Mit einem gleißenden Lichtblitz, der die Dunkelheit leuchtendrot, blutrot durchzuckte.

Es war zu hören. Mit dumpfem Donnergrollen, das die Erde wie unter dem Stampfen eines heranziehenden Krieges erzittern ließ.

Nachdem das Schöpfungszeichen erschienen war, wußte Sitayi, daß alles gut war. Sie und die Hyäne wandten sich vom Mkumbane ab und schlurften hügelabwärts davon, während die prasselnde Regenwand sie zu den stillen, stummen Ufern der Mysterien zurückführte.

4 THANDA *Liebe*
UNTLOLANJA *Dezember 1786*

Die wundervolle Stille vor Tagesanbruch lag noch über der Welt, und die allmählich verlöschenden, nur noch schwach leuchtenden Sterne schienen die Erde mit der Gewißheit von Sicherheit zu überschütten. Der als schmale Sichel tief im Westen stehende junge Mond schimmerte glatt und kühl wie ein Eissplitter, dessen perfekt geschwungene Krümmung fast den dunklen Horizont berührte.

Senzangakona erreichte die weite, ebene Hochfläche im Herzen des emaKosini, des ›Ortes der Könige‹, wo er seine neue Heimstätte esiKlebeni – ›Adlerhorst‹ – erbaut hatte. Er blieb, die Arme in die Seiten gestemmt, am Tor stehen und betrachtete nachdenklich seine Residenz, in der sich jetzt bei Anbruch des Tages Leben zu regen begann.

Sein Blick wanderte von seiner eigenen großen Hütte – der Haupthütte des Herrn der Heimstätte, die über einer Gruppe Feigenbäume am oberen Ende des Viehgeheges aufragte – über die kleineren Vorratshütten, die bald randvoll mit Getreide sein würden, zu der mit Schilf gedeckten Hütte Mkabis, seiner ersten und bisher einzigen Frau – des allzu bescheidenen Wesens, das als Nkosikasi, als Königin der Königinnen, an seiner Seite sitzen würde, sobald er den Zuluthron bestieg.

Der Prinz betrachtete seine Heimstätte und empfand keine Zuneigung zu dieser Ansammlung von Hütten, die einen Pferch umgaben und ihrerseits in der schützenden Umarmung des äußeren Schutzwalls aus Dornenzweigen lagen. Als Senzangakona an ›Umarmung‹ dachte, wußte er auch, weshalb er sich in esiKlebeni wie ein Fremder fühlte. Hier gab es keine Liebe.

Mkabi, seine Ehefrau. Er sah sie jetzt, als sie aus ihrer Hütte trat und fast demütig ihre Dienerinnen heranwinkte; er zuckte innerlich beim Anblick der reizlosen Frau zusammen, die er aus Gründen geheiratet hatte, die nichts mit Liebe zu tun gehabt hatten, sondern durch das Bündnis diktiert worden waren, das sein Vater und seine Schwester aus Machthunger mit einem benachbarten Stamm hatten schließen wollen.

»Die Königin der Königinnen«, sagte er, starrte sie an und lachte laut bei dem Gedanken daran, daß eine Frau, die mehr Ähnlichkeit mit einem Haustier als einer Ehefrau hatte, mit einem so ehrenvollen Titel ausgezeichnet werden würde. »Die Frau, die ich geheiratet habe!« knurrte er verächtlich und spürte einen gallenbitteren Geschmack in sich aufsteigen...

... und fühlte zugleich die beruhigende Süße einer halblauten, melodischen Stimme aus der jüngsten Vergangenheit, die ihm zuflüsterte: »Heirate mich.«

Senzangakona schwankte, griff nach dem massiven Torpfosten der Heimstätte und stützte sich darauf, während vor seinen Augen alles verschwamm...

»Heirate mich«, flüsterte Nandi, die in dem Meer aus Getreide auf dem Rücken lag, so daß ihr schönes Gesicht von den zärtlichen Strahlen der Mittagssonne liebkost wurde, die vom Gelb der jungen Hirse zurückgeworfen wurden. Senzangakona lag neben dem Mädchen und berührte ihr Gesicht zart mit den Fingerspitzen. Als er nicht reagierte, schlug Nandi, die fürchtete, ihre leisen Worte könnten von der mit der wogenden Saat spielenden sanften Brise fortgetragen worden sein, die Augen auf und wiederholte, indem sie ihren Prinzen unverwandt anstarrte, in geradezu leidenschaftlichem Ton: »Heirate mich, Senzangakona.«

Als der Prinz endlich begriff, was sie gesagt hatte, wurde er starr vor Nervosität und zog seine liebkosende Hand zurück. Er setzte sich auf, ließ seinen Blick nachdenklich über die malerische Landschaft schweifen und beobachtete zuletzt einen kleinen Trupp weiß-bernsteinfarbener Meerkatzen, der sich auf einem geraden, wie poliert wirkenden Agavenblatt sonnte. »Das kann ich nicht«, murmelte er nach einer Pause. »Zumindest jetzt nicht.«

Nandi, die aus seinen Worten einen bedauernden Unterton heraushörte, setzte sich ebenfalls auf, schob ihren Arm unter seinen und legte ihre Wange gegen Senzangakonas breite

Schultermuskeln. »Warum nicht?« fragte sie mit sanftem Tadel in der Stimme. »Seit Wochen ... seit Monaten hast du mir oftmals versichert, wie sehr du mich liebst – und daß du nicht gewußt hast, was Liebe ist, bis wir uns begegnet sind.«

Der Prinz war durch die Banalität seiner so wiederholten eigenen Worte leicht irritiert – aus dem Zusammenhang gerissen, losgelöst von der gegenseitigen Zärtlichkeit und Leidenschaft, aus der heraus sie ursprünglich gesprochen worden waren. Da er ihre romantische nachmittägliche Begegnung jedoch keineswegs durch seine wachsende Verärgerung beeinträchtigen wollte, bewahrte er seine gute Laune und eine frivole Miene. »Hab' ich das wirklich gesagt?« meinte er, tat ihre Feststellung mit einem Lächeln ab und fügte sarkastisch hinzu: »Ich sollte mit meinen Äußerungen vorsichtiger sein.«

Nandi wurde ernsthafter. »Warum darf unsere Beziehung, unsere Liebe nicht ans Tageslicht, wo jedermann sie sehen kann?« wandte sie ein. »Warum verweigerst du *mir*, der Frau, die du liebst, das Recht, an deiner Seite gesehen zu werden, während du dich in der Öffentlichkeit mit dieser ... dieser ...« Nandi rang nach Worten, ihr Busen wogte, und ihr eifersüchtiger Zorn machte sich schließlich mit einem Ausbruch Luft. »... dummen kleinen Gans zeigst, die du geheiratet hast!«

Senzangakonas entwaffnendes schallendes Gelächter trug nur dazu bei, Nandis Wut und Empörung zu vermehren.

»Ich hab's satt, mich heimlich mit dir zu treffen!« gestand sie ihm. Ihre Stimme war jetzt lauter und klang durch ihr gereiztes Bitten leicht heiser. »Setz dich über den Ältestenrat, setz dich über deinen Vater hinweg!« verlangte sie mit Fieberglut in der Stimme.

»Ich habe dir gesagt, wie die Dinge stehen«, erwiderte er nach kurzem, gespanntem Schweigen, während sein Gesichtsausdruck ernst, bedenklich wurde. »Die Wahl Mkabis hat politische Gründe gehabt. Ich bin damit einverstanden gewesen. Bereitwillig. Das ist im Interesse meines Stammes gewesen.« Er rückte etwas von Nandi ab und schloß mit einem Satz, der ihre Diskussion beenden sollte: »Aber das würdest du nicht verstehen.«

»O doch, ich verstehe nur allzu gut!« fuhr Nandi hartnäckig fort.

»Vielleicht verstehe ich alles besser als du. *Ich* sehe, wieviel auf dem Spiel steht!«

Senzangakona ließ seinen prüfenden Blick über Nandis Körper gleiten – über die wohlgeformten Hüften, die festen Brüste –, bevor er ihr schließlich in die Augen sah.

»Deine Schwester Mkabayi!« fauchte Nandi. »Sie hat Angst vor mir. Sie fürchtet eine starke Frau an deiner Seite. Eine Frau, die dich liebt und sich eines Tages gegen ihren Willen auflehnen könnte.«

Der Zulu, der ihren Worten gegenüber in gewisser Beziehung unempfindlich war, obwohl sie jetzt Sinne reizten, die er gegen solche Stiche abgetötet glaubte, betrachtete das Mädchen mit zusammengekniffenen Augen und bemühte sich zum ersten Mal, hinter Nandis Schönheit zu blicken. Außer Mkabayi hatte es noch keine Frau jemals gewagt, in diesem Ton mit ihm zu sprechen.

Nandi, die nur ihr eigenes Ziel vor Augen hatte, versäumte es, seinen Stimmungswechsel wahrzunehmen.

»Deine Schwester braucht dich ganz für sich allein«, sprach sie unerbittlich weiter, »damit sie nach dem Tod deines Vaters durch dich auf dem Zuluthron sitzen kann. Sie braucht dich als Verkörperung ihrer eigenen Absichten, ihres persönlichen Ehrgeizes! Und sie ist entschlossen, sich diese Absichten, diesen Ehrgeiz von niemandem durchkreuzen zu lassen! Deshalb hat sie's darauf angelegt, daß deine Hauptfrau ein gefügiges, unbedeutendes Wesen ist, das es kaum verdient, deinen Körper zu teilen – von deinem Geist, deinen Hoffnungen, deinen Träumen ganz zu schweigen...«

Als Senzangakona Nandi betrachtete, spürte er, daß der Mehltau der Sinnlosigkeit, der Herzensergüssen so oft droht, ihren eigenen Appell befallen und plötzlich zu einer Aneinanderreihung hohler Worte gemacht hatte.

In seinem Kopf drehte sich alles, und er empfand lediglich die Einsamkeit, die er für die Zukunft voraussah. Eine Zukunft ohne Nandi, allein mit seiner Frustration und seiner...

»... die Königin der Königinnen.« Senzangakona glaubte den Widerhall dieser Worte zu hören, während sein Blick auf seiner Ehefrau Mkabi ruhte. Er fühlte sich durch die Genauigkeit der von Nandi gegebenen Beschreibung entnervt und war mehr denn je davon überzeugt, daß die wahre Königin der Königinnen die Frau sei, die er auf eine in der Erinnerung noch immer schmerzliche Art und Weise verloren hatte.

Der Prinz schlenderte müde durchs Tor des esiKlebeni und bewegte sich auf die Haupthütte zu. Er betrachtete seine Ehefrau Mkabi aus dem Augenwinkel heraus, und sein Blick fiel auf die Brautschürze, die ihren im ersten Viertel einer Schwangerschaft leicht angeschwollenen Bauch mit seinem Kind bedeckte.

Das Kind des Thronfolgers des Hauses Zulu. Das Kind, dessen Geburtstag die Geburt des Erstgeborenen bezeichnen würde.

5 UBUFAZI *Fraulichkeit*

Bei Einbruch der Dunkelheit lag Jama im Delirium.

Sein im Lichtschein des Feuers bewegungsloser Körper ruhte in Kuhfelle gehüllt und war von dem beißenden, stechenden Geruch des erstickend schweren Qualms umgeben, den die auf der Feuerstelle zischenden und knisternden Kräuter absonderten.

Die beiden Medizinmänner umschwebten den reglosen Leib des Königs wie Geier, packten ihn mit ihren sehnigen Krallen und sangen geheimnisvolle Beschwörungsformeln, während sie ihm übelriechende Zaubertränke verabreichten, die durch mit Schmutz bedeckte Schilfhalme in Nase, Ohren und Mund getropft wurden und den Herrscher noch unheimlicher und erschreckender aussehen ließen.

Mtaniya, Jamas Hauptfrau, die mit über der Brust gekreuzten Armen und ihren Nacken umfassenden Händen in einer Ecke der Hütte kniete, wiegte sich vor und zurück, und der Rhythmus ihres Schwankens entsprach dem pochenden Pulsschlag ihrer Pein. Jama war ihr ganzes Leben lang ihr Gefährte gewesen – von der blühenden, nach Rosen duftenden Frische der Jugend bis zum staubigen Modergeruch des Alters.

Und jetzt, während ihr Blick die Last seiner vom Tod gezeichneten Züge trug, wurde ihr klar, daß sämtliche Gefühle der vergangenen vierzig Jahre, alle Hoffnungen, alle Ängste und alle Freuden *gemeinsame* Gefühle ohne Eigenleben gewesen waren. Sie konnte nicht mehr ohne Jama existieren – sein Atem füllte ihre Lungen.

Und ohne Jama *brauchte* sie nicht zu existieren. Deshalb waren ihre Augen nicht tränennaß: Obwohl Mtaniya bei Bewußtsein war, teilte sie die Trance ihres Ehemanns. Sie nahm nicht wahr, was um sie herum vorging...

Nicht einmal die Gegenwart ihres Sohnes, der schweigend, unbeweglich und mit unergründlicher Miene dahockte, ohne die gräßlichen Medizinmänner, die sich um die menschliche Hülle bemühten, die sein Vater war, aus den Augen zu lassen. Senzangakonas Herz, das noch jugendfrisch schlug, flüchtete instinktiv vor dieser Todesszene, die seine Sinne mehr belästigte als der von der Feuerstelle aufsteigende ekelerregende Gestank. Durch diese Flucht befand er sich in Gedanken jedoch an der Schwelle eines weiteren Lebensverlusts – nicht durch Tod, sondern durch einen anderen endgültigen Abschied...

»Du stehst mir näher, als du deinen eigenen Angehörigen jemals nahe sein könntest«, vertraute Nandi ihm mit sanfter Stimme an. Ihre Finger berührten seine Schläfenhaare, glitten sanft liebkosend über seine Wange und folgten streichelnd der Kante seines starken, markanten Unterkiefers – aber ihr Blick war hart und voller subtiler Ränke. »Wir haben uns geliebt. Nicht gepaart, wie du mir erzählst, daß du's mit Mkabi tust!«

Senzangakona, den diese Bemerkung kränkte, kniff die Augen zusammen und warf Nandi nachdenklich einen durchdringenden Blick zu, weil ihn ihre Angewohnheit irritierte, sich vertrauliche Äußerungen zu merken, um sie später für boshaftere Zwecke wiederzuverwenden. »Du solltest deine Zunge nicht wie einen Speer gebrauchen. Das schickt sich nicht für eine Frau. Hat dir das dein Vater oder deine Mutter nicht beigebracht?«

Nandis Gesicht wurde ausdruckslos, als ihr die plötzliche Verhärtung ihres Herzens und der durch den beißenden Spott in Senzangakonas Stimme ausgelöste tiefe Schmerz bewußt wurden.

Der Mann hob seinen Kopf von ihrem Schoß und setzte sich mit starrem Lächeln auf. »Versuchst du, mich gegen den Ältestenrat und meine Familie aufzuhetzen? Legst du's darauf an, mein Herz?« erkundigte er sich in schneidendem Ton, der Nandi einen Schauder über den Rücken jagte. »Ich würde mich niemals gegen mein Volk wenden. Nicht um irgendeines Menschen willen – und nicht deinetwegen. Das mußt du dir merken! Das wüßtest du auch, wenn du wirklich so viel Verständnis für mich hättest, wie du immer behauptest.«

»Aber ...« Nandi bemühte sich seufzend, Vertrauen zu ihrem eigenen Gefühl zurückzugewinnen. »Ich liebe dich. Du wirst meine Liebe brauchen.«

Senzangakona betrachtete sie mit durchdringend prüfendem Blick, mit dem er zugleich ihre gesamte Beziehung zu mustern schien. »Wär's nicht möglich, daß das, was du Liebe nennst, in Wirklichkeit ein Wunsch, ein Bedürfnis nach Besitz ist? Wär's nicht möglich, daß du fürchtest, mich und deinen sogenannten Einfluß auf mich zu verlieren, wenn du mich nicht besitzt? Du willst Liebe gegen Herrschaft über mein Leben eintauschen, Nandi. Aber das ist ein Tauschhandel, zu dem ich nicht bereit bin.«

Nandi war völlig verstört. Sie hatte noch nie zuvor mit solcher Intensität erlebt, wie ihr das Herz zu zerreißen drohte.

»Und was meine ›Augenblicke privater Schwäche‹ betrifft ...«, fuhr der Prinz fort, dessen Entschlußkraft angesichts ihres Unbehagens wuchs und dessen Tonfall noch spöttischer wurde, als er jetzt aufstand und sich reckte, als wolle er seine Muskeln nach einem langen Schlaf lockern. »Nandi, meine schöne, kleine, ehrgeizige Langeni ... meine einzige ›private Schwäche‹, wie du sie nennst, bist du. Aber ich muß dir sagen«, höhnte er, indem er spaßhaft die Augenbrauen hochzog, »daß ich dich nicht wirklich brauche. Jedenfalls nicht so, wie du dir einbildest.« Um seinen Worten mehr Nachdruck zu verleihen, machte er eine Pause, starrte das schöne Mädchen zu seinen Füßen an, dessen Sinnlichkeit ihn selbst jetzt mit Verlangen erfüllte, und sprach dann weiter: »Ich werde dich nicht heiraten.«

Nandi sank in sich zusammen. In ihren Augen kam ein unendlich verbittertes Glitzern an die Oberfläche.

»Ich habe bereits eine Königin, die sich wie eine zu benehmen weiß. Die Sangomas versichern mir, daß sie mir bald einen Sohn gebären wird. Sie erfüllt also ihren Zweck als Frau recht gut.« Senzangakona beobachtete, wie Nandis Blick eisig wurde, weil ihr Stolz durch Mkabis Schwangerschaft und seine grobe Anspielung auf den ›Zweck der Frau‹ verletzt war. Sie erkannte plötzlich, daß Senzangakona in Wirklichkeit nicht besser als die übrigen Männer ihres Kulturkreises war – im Augenblick sogar weit schlimmer.

Er fühlte Nandi vor Wut kochen, als sie sich erhob, und war angesichts ihrer versteinerten Miene überrascht, ein merkwürdiges Gefühl der Freude, der Befriedigung zu empfinden.

»Prinz Senzangakona«, sagte sie drohend, als ihre Stimme ihr endlich soweit gehorchte, daß sie sprechen konnte. »Im Namen unserer Ahnen wirst du für die Art und Weise bestraft werden, wie du mich ausgenützt und belogen hast. Der Tag wird kommen, an dem du mich anflehen wirst, zu dir zurückzukommen, an dem du mich wollen wirst – zu meinen Bedingungen! Das verspreche ich dir!«

Senzangakona mußte über soviel Arroganz unwillkürlich lachen, aber zugleich hätte er sie für das, was sie soeben gesagt hatte, am liebsten niedergeschlagen, zumal er spürte, daß sie die Wahrheit gesagt hatte.

Nandi, die seine drohende Gewalttätigkeit ahnte, wich vor dem Prinzen zurück und kreischte: »Laß mich ... geh weg!«

Sie arbeitete im Garten ihres Vaters und erledigte ihre Aufgaben mit ziellosem Fleiß, wie es ihre Gewohnheit geworden war, als sie plötzlich von Schwindel befallen wurde. Nandi stützte sich mit einer Hand an einen Baum, kämpfte gegen eine Woge von Übelkeit an und atmete tief ein und aus, um die Krämpfe in ihrem Leib zu unterdrücken. Als ein noch schmerzhafterer Krampf durch ihren Körper lief, konnte sie den Korb, den sie getragen hatte, nicht länger halten, so daß sein Inhalt zu Boden fiel und sich verstreute. Dann folgte ein neuerlicher Schwindelanfall, während sie mit den Zähnen knirschte und hartnäckig gegen ihre Übelkeit ankämpfte.

Mit einem keuchenden Schmerzensschrei, der die in der Nähe Arbeitenden alarmierte, brach sie schließlich zusammen. Im nächsten Augenblick war Gendeyana an Nandis Seite. Unter den verzweifelten und sorgenvollen Blicken Bhebhes und Mfundas und dem neugierigen Stirnrunzeln einiger ihrer Stammesgenossen hob der Mann sie auf und trug sie in seinen Armen zur Haupthütte.

Mkabis hageres, ausgezehrtes Gesicht glänzte im Licht der tanzenden Flammen schweißnaß. Als Senzangakona den Raum betrat, verzogen ihre blassen, aufgesprungenen Lippen sich zu einem schwachen Lächeln, das auch ein Glitzern der Erleichterung in ihre Augen trug.

Als der Blick des Zuluprinzen über das ausgezehrte Gesicht seiner Ehefrau glitt, auf dem ein Lächeln wahrer Liebe leuchtete, hatte er ein an Widerwillen grenzendes bitteres Gefühl im Mund, so daß sein Gesicht sich zu einem finsteren Ausdruck verzog. Die Aufmerksamkeit des Mannes galt jetzt der am Feuer hockenden gräßlichen Alten: der Sangoma Majola – einem erbärmlichen Wesen unbestimmbaren Alters und widerwärtiger Erscheinung. Ihr Kopf war zum Teil rasiert, und sie hatte sich das restliche Haar mit Fett und Holzkohle eingerieben; ein Augenlid war schwarz geschminkt, das andere rot; ihre Gewandung aus Warzenschweinhäuten und Geierfedern, die über Pavian- und Rattenschädeln schwankten, war schrecklich anzusehen.

Ohne den Kopf zu heben, als spüre sie den forschenden Blick des Prinzen auf sich und lese seine Gedanken, beantwortete sie seine unausgesprochene Frage.

»Deine Frau, Baba.« Majolas Kreischstimme krächzte durch die feuchte Moderluft der Hütte.

»Das Kind ist uneins mit den Körperflüssigkeiten seiner Mutter.«

»Dann tu was dagegen!« forderte Senzangakona sie verärgert auf. »Dafür bist du schließlich da!«

Majola warf Mkabi einen vorwurfsvollen Blick zu, bevor sie mit kreischender Stimme anklagend sagte: »Sie weigert sich, den Zaubertrank zu sich zu nehmen. Du mußt mit ihr reden, Ndabezitha. Du bist ihr Herr und Meister.«

Senzangakona griff wütend nach der Holzschale mit dem ekelerregenden Zaubertrank und drückte sie gegen Mkabis Lippen.

»Trink!« befahl er ihr.

»Nein! Bitte! Ich kann nicht!« flehte sie entsetzt.

»Trink!« wiederholte der Prinz. »Das tut dir gut.«

Mkabi zwang sich dazu, einige Schlucke von der trüben Brühe zu nehmen. Aber dann drehte sie sich auf die Seite, würgte krampfhaft und erbrach den Zaubertrank auf das schweißnasse Stroh ihrer Matte.

Der von seiner Ehefrau angewiderte Prinz drehte sich nach der Sangoma um. »Hast du die Beschwörung schon vorgenommen?« erkundigte er sich flüsternd, aber mit einem Drängen in der Stimme.

Im flackernden Schein des knisternden Feuers wirkte die Alte um so schrecklicher, weil Licht und Schatten über ihr runzliges Gesicht spielten. Mit einem Anflug von boshafter Verschwörung krächzte sie halblaut: »Ja, Baba, das hab' ich getan. Es wird ein Junge – falls er am Leben bleibt.«

Senzangakona erstarrte, während die Worte der Sangoma in seinem Kopf zu explodieren schienen. Dann packte er Majolas abgemergelten Arm und hielt ihn wütend umklammert.

»Er muß leben! Du sorgst dafür, daß er am Leben bleibt, du alte Vettel – sonst bereust du's noch!«

Majola schien die Seelenqualen verratende Drohung des Zulus eher zu amüsieren.

»Das ist schwierig, sehr schwierig«, zischte sie mit einer Stimme, die wie leichter Wind klang, der durch Dornenzweige raschelt. »Die Lebenskraft ist zu schwach, als daß beide überleben könnten.« Sie begann in der Hocke hin und her zu schwanken. »Wenn die Zeit kommt, Baba, werden wir vielleicht wählen müssen...«

Wie ein übler Geruch wurden diese Worte von einem Luftzug durch den Raum getragen, während Senzangakona seiner Ehefrau aus dem Augenwinkel heraus einen bedeutungsvollen Blick zuwarf. Mkabi, die die Bedrohlichkeit dieses Blickes erkannte, umfaßte ihren aufgetriebenen Leib schützend mit beiden Händen.

Er war beim ersten Tagesschimmer aufgebrochen. Die Mittagssonne hatte ihn über die weiten Ebenen am Mpungose traben gesehen. Am Nachmittag hatten seine rhythmischen Schritte die Wasser des umHlatuze erreicht.

Und bei sinkender Sonne kam der Bote der Langenis – ein zehnjähriger Knabe mit dem Mut eines erwachsenen Mannes – die Hänge über dem Zuludorf herab auf Nobamba zugerannt.

Igazi empfing ihn und beobachtete amüsiert, wie der Junge stehend mit scheinbar unlöschbarem Durst Unmengen von Wasser trank.

Als der Knabe von der Schale aufblickend Mudli erkannte, sank er vor dem Zuluältesten auf die Knie.

»Sakubona, mein Kleiner«, begrüßte Mudli ihn mit freundlichem Lächeln.

»Ngi-Bona wena, Baba – Und ich sehe dich, mein Vater«, erwiderte das Kind.

»Was führt dich nach Nobamba?« fragte Mudli. »Und in solcher Eile«, fügte er hinzu, als ihm der schweißnasse magere Knabenkörper und das von den Anstrengungen dieses Tages gezeichnete Gesicht des Jungen auffielen.

»Eine dringende Botschaft, Baba. Von Mbenghi, dem König der Langenis.«

»Welchen Inhalts?« erkundigte der Älteste sich mit interessiert gerunzelter Stirn.

Der Knabe machte eine Pause, bevor er antwortete und holte tief Luft, als müsse er alle Kräfte für die unheilvolle Botschaft anspannen, deren bescheidener Überbringer er war.

»Nandi, die Tochter Bhebhes«, sagte er dann. »Sie erwartet ein Kind.«

Igazi begegnete Mudlis Blick, während ein eisiger Finger an ihre Herzen rührte und sie erstarren ließ.

6 SANGOMA *Seherin*

Während Jama auf seiner Matte ausgestreckt lag und mit erschöpftem Blick in dem Feuer nach der Wärme suchte, die seinen Gefühlsaufruhr besänftigen konnte, gelangte er zu der Einsichtlich nur noch lebte, weil seine Ahnen ihn mit einigen zusätzlichen Herzschlägen gesegnet hatten, damit er sein Haus bestellen konnte.

Falls die von dem Boten der Langenis überbrachte Nachricht zutraf – und Jama hatte keinen Grund, daran zu zweifeln –, war die Lage in der Tat ernst und forderte die ganze Klugheit und das volle Zielbewußtsein des Königs heraus. Nach alter Sitte hieß es von einem ledigen Mädchen, das töricht oder tollkühn genug gewesen war, schwanger zu werden, es habe sich von seinem Liebhaber eine ›umLanjwana‹ anhängen lassen. Dieses Wort, das eigentlich eine uneheliche Schwangerschaft bezeichnete, diente auch zur Charakterisierung der nachfolgenden Fehde oder gegenseitigen Feindseligkeit, die sich unvermeidlich zwischen den betroffenen Familien oder Stämmen entwickelte. Denn die Angehörigen des Mädchens betrachteten dieses Ereignis (das immer als Schuld des Mannes galt) als fast so ernst wie die Ermordung eines ihrer Männer, weil das Mädchen, das nun als beschädigtes oder gebrauchtes Stück Ware galt, sich damit ein für allemal um ihre Chancen gebracht hatte. Dem Mann blieb im allgemeinen nichts anderes übrig, als die Verführte zu heiraten – oder seine Familie riskierte den Zorn der Angehörigen des Mädchens.

Die Möglichkeiten, zwischen denen er sich zu entscheiden hatte, standen Jama klar vor Augen: eine Fehde mit den Langenis, einem benachbarten Stamm, zu dem die Zulus stets ein gutes Verhältnis gehabt hatten, oder eine Zwangsehe zwischen seinem Sohn und der gefährlichen Widerspenstigen, auf die Senzangakona unseligerweise sein lüsternes Auge geworfen hatte. Beide Lösungen beunruhigten Jama, denn wie konnte er seinem Volk eine Stammesfehde oder eine Ehetragödie hinterlassen?

Nichts dergleichen! beschloß er und entschied sich dafür, die Wahrheit zu entdecken und dann durch Widerrede und Tod geheimgehalten zu versiegeln. Extreme Mittel, die ganz zu dem außergewöhnlichen Zielbewußtsein eines Mannes paßten, dessen Seele im Begriff war, aus seinem Körper zu fliehen.

Jama kehrte aus seiner Geistesabwesenheit zurück und drehte den Kopf zur Seite, um Mudlis Blick durch die züngelnden Flammen hindurch zu begegnen.

»Ja, du hast recht, Mudli, der Plan ist gut. Und notwendig«, flüsterte er mit schwacher Stimme. »Obwohl es mein Herz bekümmert, mit dem Makel des Mörders zur Erde gehen zu müssen.«

»Dann laß diese Last auf meiner Seele liegen, Nkosi.«

»Mein getreuer Freund!« Jama lächelte, weil seine Seele ihm die stets wachsame Ehrerbietung seines Ältesten bestätigte, und schloß friedlich die Augen, als sei es schon Zeit, Abschied zu nehmen. Beinahe, dachte er. Aber noch nicht gleich.

»Laß jetzt meinen Sohn zu mir kommen«, verlangte er laut. »Ich bin bereit!«

Senzangakona näherte sich seinem Vater und kniete neben ihm nieder. Er senkte den Kopf, so daß der Atemhauch seines Vaters seine Wange berührte und sie mit der seidenen Leichtigkeit einer Flaumfeder streifte. Der Prinz suchte Jamas Blick und stellte fest, daß seine Augen zu einem weiten, alles umfassenden Starren geöffnet waren, aus dem keine Spur von Ressentiments oder Anzeichen für Verdammung, sondern das duldsame Verständnis grenzenloser Zuneigung sprach.

»Du hast also gegen meinen Befehl verstoßen?« lautete die Frage, die mit einem Blick gestellt wurde, der zugleich richtend und vergebend war.

»Nein, Vater, das habe ich nicht.«

»Mein Sohn, du schickst mich mit einer Lüge zu unseren Ahnen?«

Der Prinz spürte, daß Jamas Worte eher eine Feststellung als eine Frage waren. Er fühlte den forschenden Blick seines Vaters auf sich, senkte den Blick und erwiderte: »Du hast mir befohlen, diese Frau zu vergessen, Vater – sie aus meinem Gedächtnis zu tilgen. Das habe ich getan ... jetzt.« Senzangakona verkündete melancholisch das Urteil über seine leidenschaftliche Liebesbeziehung, zu dem er selbst gelangt war: »Der Sohn Jamas erinnert sich wahrhaftig an keine Nandi, die Tochter Bhebhes.«

Diese Antwort besänftigte Jama einigermaßen, obwohl er wußte, daß sie zum Teil auf einer Lüge basierte. Ohne seinen Sohn dabei aus den Augen zu lassen, wandte er sich feierlich an den Ältesten: »Mudli, du sorgst dafür, daß der Bote zu essen bekommt und zurückgeschickt wird. Er soll seinem König mitteilen, daß der Sohn Jamas sich an keine Nandi, die Tochter Bhebhes, erinnert. Wenn die Frau behauptet, schwanger zu sein, ist daran ein anderer Mann oder das ›I-Shaka‹, das Käferleiden, schuld.«

Jama meinte damit die oft auch als ›iKambi‹ bezeichnete Krankheit – einen Eingeweidebazillus (›Käfer‹), der häufig für das Ausbleiben der Monatsblutung verantwortlich gemacht wurde.

»Und er soll Mbenghi von den Langenis auffordern«, sprach Jama mit energischerem Gesichtsausdruck und vor Empörung lauterer Stimme weiter, »dem Königshaus Zulu solche Verleumdungen künftig zu ersparen – oder es gibt Krieg!«

Während Mudli sich verbeugte und die Hütte verließ, um den Auftrag auszuführen (von dem er befürchtete, daß er die letzte Weisung seines Königs bleiben werde), griff Jama nach der Hand seines Sohnes und hielt sie in seiner. So vieles ist unvollendet geblieben, dachte der Alte dabei. So vieles wäre noch zu sagen.

Die Nacht war rabenschwarz, und der Nkandla-Wald lag dem funkelnden Licht der Sterne entzogen unter einer fast unbeweglichen Wolkendecke, die vom Salzhauch des Meeres getrieben langsam von Osten landeinwärts gezogen war.

Durchs Herz des nachtdunklen Urwalds suchte Nandi sich ihren Weg. Senzangakona hatte ihr bestellen lassen, er wünsche ein Treffen mit ihr, und als Nandi jetzt zu dem vereinbarten Treffpunkt unterwegs war, hatte ihre Befriedigung einen deutlichen Beigeschmack von Triumph: Wenn der Prinz sie haben wollte, mußte er sich jetzt nach *ihr* richten.

Plötzlich drang ein Rascheln an ihr Ohr. Sie erstarrte zur Bewegungslosigkeit, während ihre Hände instinktiv ihren Leib umfaßten. Sie bemühte sich krampfhaft, eine harmlose Erklärung für das Geräusch zu finden, das sie erschreckt hatte. Nachdem sie tief Luft geholt hatte, wollte sie eben ihren Weg fortsetzen, als ein Schatten aus dem nachtdunklen Nichts sprang und sie mit hartem Griff umklammerte. Die entsetzte Frau öffnete den Mund, um zu schreien, aber bevor sie einen Laut ausstoßen konnte, bedeckte eine Hand gewaltsam ihre Lippen und brachte sie zum Schweigen, während sie die kalte Klinge eines Assegais an ihrer Kehle spürte.

Nandi grub ihre Fingernägel in die Hand des Schattens und bemühte sich, die mageren, mit pergamentartiger Haut überzogenen Finger, die den Speer hielten, zurückzubiegen. Die größere Stärke des Angreifers setzte sich jedoch durch, und der Schatten, der seinen Assegai wieder fester umklammert hielt, hob die Waffe und drehte ihre Spitze nach innen, so daß die rasiermesserscharfe Schneide auf Nandis Halsschlagader gerichtet war. Als die Spitze zum Zustoßen bereit näherkam, gellte entsetzliches Gelächter aus dem Dunkel und hallte von den Bäumen wider. Die zustoßende Hand erstarrte mitten in der Bewegung, und der durch das Lachen verwirrte Schatten hielt Nandi unwillkürlich weniger fest umklammert.

Die Frau nutzte diese Gelegenheit, riß sich los, rannte davon und suchte den Schutz dichter Vegetation – nur um sich dort dem grausigen Anblick erschreckend leuchtender Augen gegenüberzusehen, die sie aus der Dunkelheit anstarrten. Dann hallte die Nacht erneut von bösartigem Gelächter wider, zu dem sich jetzt ein ganzer Chor unheimlich kichernder Geisterstimmen gestellte.

Eine Hyäne trottete heran: das erste Tier eines ganzen Rudels. Mit dem Mut der Verzweiflung hob Nandi einen Ast auf und machte sich bereit, ihr Leben und das ihres ungeborenen Kindes zu verteidigen. Aber das Rudel der scheußlichen Bestien trabte lautlos an der Frau vorbei, und Nandi, die es entsetzt und mit weit aufgerissenen Augen beobachtete, hatte den bestrickenden Eindruck, eine der Hyänen betrachte sie mit einem Blick, indem faszinierendes Glitzern lag, das fast unheimlich wirkte.

Dann hatte das Rudel den Schatten erreicht, der sie überfallen hatte, und fiel plötzlich über ihn her – mit gefletschten, blitzenden Fängen, die sich in nachgiebiges Fleisch senkten, die Schreie erstickend, aus denen Todesangst sprach, und mit gierigen Knurrlauten, die das Gemetzel begleiteten.

Danach herrschte wieder Stille – bis auf das schrille Lachen der Hyänen, während sie einen Halbkreis um Nandi bildeten, sie nicht mehr aus den Augen ließen und sie in eine Dimension lockten, die ihr natürliches Entsetzen zu übersinnlicher Furcht steigerte.

Nandi senkte instinktiv den Blick, um den blutbefleckten Schatten anzustarren, der ihr Angreifer gewesen war. Der Mann erwiderte ihren Blick. Seine Lippen begannen sich – anfangs kaum merklich – zu bewegen. Nandi, die neugierig geworden war, trat dichter an den schrecklich Zugerichteten heran, wobei sie das Rudel für einige Augenblicke ignorierte. Als das Gesicht des Mannes im nächtlichen Dunkel erkennbar wurde, traf die Wahrheit sie wie ein Keulenschlag.

»Ghubela!« gellte ihr Schrei durch die Nacht, als Nandi in dem blutverschmierten Gesicht die Züge von Senzangakonas Leibdiener erkannte.

Ihr Herz lehnte sich gegen den Gedanken auf, ihr Prinz könnte ihren Tod wollen. Während ihr tränennasser Blick auf den Zulu gerichtet blieb, verzog Ghubela die Lippen: Ein mörderisches, abstoßendes Grinsen legte seine gelblichen Zähne frei und bildete auf seinen eingefallenen, runzligen Wangen zwei tiefe Falten. Und dann erstarrte dieses Grinsen zu einer Grimasse auf dem Gesicht eines Toten.

Nandi sank hysterisch weinend zu Boden und wurde von einem unbeherrschbaren krampfhaften Schluchzen geschüttelt.

Dann war der Wald plötzlich von einem magischen, verzaubernden Licht erhellt, das jegliche Erinnerung an das Entsetzen und die Verzweiflung, von denen sie erfaßt gewesen war, wegwischte.

Wie ein Flüstern auf den Lippen der Ewigkeit rief eine bezaubernde Stimme sie sanft drängend an: »Nandi, Tochter Bhebhes.«

Eine alte Frau trat aus dem Dunkel ins pulsierende Leuchten des Zauberlichts: Sie schritt durch die statuenhaften, blicklosen pastellblauen Augäpfel fixierten die junge Frau, als sie sich ihr näherte und auf dem Lichtstrahl, der bis zum feuchten Erdboden reichte, mehr schwebte als ging.

Nandi hielt angesichts dieser Erscheinung der Sangoma Sitayi den Atem an, während das Flüstern der Alten sie aus einer Dimension jenseits des Hier und Jetzt lockte: »Komm, Nandi. Es wird Zeit, daß ihr, du und der Sohn, den du gebären wirst, eure Bestimmung erfahrt.«

Sitayi wandte sich ab und trat vorausgehend in die Dunkelheit zurück; die Hyänen trotteten lautlos hinter ihr her wie die getreuen Schutzengel des Unbekannten.

Nandi merkte, daß sie ihr wie in Trance folgte.

Als die Nacht allmählich dem heraufdämmernden Morgen wich, hatte Nandi sich nahe dem Gipfel eines hohen Berges befunden: in der Tat auf dem Dach der Welt, dessen steppenartige Landschaft kahl war bis auf eine an einer steilen Felswand lehnende halb zerfallene Hütte, deren Wände aus Rindsleder in dem Wind flatterten, der durch Felsschluchten und Gletscherspalten pfiff und heulte.

Und während die Sonne jetzt leuchtete, so daß die Erde zur Bedeutungslosigkeit zusammenzuschrumpfen schien, folgte Nandi der Sangoma zum Fuß einer hochaufragenden Eisspirale, die wie ein zum Himmel zeigender Finger aus dem Berggipfel aufwuchs und deren Spitze sich in schwindelnden Höhen verlor. Hohe, vollkommen waagrechte Stufen waren in die natürliche Kurve der Spirale eingehauen und bildeten eine Treppe, die sich wie die Windungen einer gigantischen Kristallmuschel in die Höhe wand.

Sitayi hob einen sehnigen Finger, wobei in ihren blicklosen Augen ein zauberisches Leuchten stand, und winkte Nandi zu, ihr zu folgen. Die beiden Frauen begannen, die gleißenden Stufen zur ›Isiqongo kwaNkosi‹, der ›Zinne der Könige‹, hinaufzusteigen.

Nandi holte keuchend Luft und hielt den Atem an, als ein gewaltiges Panorama sich ihrem Blick erschloß und ihr das Herz vor Begeisterung und Verwirrung abzudrücken drohte. Zu ihren Füßen – über 5 000 Meter tief – erstreckte sich eine Landschaft, die so unendlich weit war, daß Nandis Augen bei dem Versuch schmerzten, sie ganz zu erfassen: riesige Waldgebiete, düster und grün, die sich sanft gewellt bis zu den violetten und purpurroten Bergketten hinzogen, und die bunte Palette des Graslandes mit seinen Gelb- und Brauntönen, das einem wogenden Meer glich und in dem gewundene Flüsse glitzerten, die ins dunkle Blau des Indischen Ozeans strömten.

Sitayi hob graziös den Arm zu einer weit ausholenden Bewegung über die Landschaft, deren Riesenhaftigkeit sich in ihren blicklosen Augäpfeln widerspiegelte, während ihre Stimme lauter wurde, um den pfeifenden Wind zu übertönen, der ihre Worte übers Land zu tragen schien.

Nandi stand wie versteinert da, als Sitayi ihr die Geheimnisse der Weissagung des Kindes verkündete.

»Aus deinem Leib soll kommen die Sprache des Himmels,

eingegraben ins Herz dessen, der groß sein wird. Seine Stellung soll sein die des Erstgeborenen – das Kind der Weissagung, Nkosi yama Kosi ... der König der Könige. Sein Ruhm und der seines Hauses sollen bis zur Sonne strahlen und eine mächtige Nation aus roten Speeren und donnernden Lichtschilden gebären. Sein Schatten und der Glanz des amaZulu sollen sich über dies Land ausbreiten und über Nationen und ihre Könige herrschen, so weit das Auge reicht.«

Sitayi sprach diese Worte mit einer geheimnisvollen Autorität, die ihr vom Himmel selbst verliehen worden zu sein schien.

»Alles, was lebt, soll ihm gehorchen. Alle sollen zu seinen Füßen knien. Denn er soll ihr einziger König sein: der Geheiligte Herrscher, von dem unsere Ahnen gesprochen haben, wenn sie in den Wind gesungen haben.«

Als die Sangoma ausgesprochen hatte und ihre Stimme im Heulen des Windes verklang, fiel Nandis Blick auf die Sonne, die eben die Erde verließ, so daß die langen Schatten der Nacht von ihr Besitz ergriffen.

7 UKUSHONA *Tod*

Der Widerschein des Todes lag über den Zulus, die den Leichnam ihres Herrschers betrachteten, als sei er der Schatten unendlicher Weisheit, zu deren fernem Grab sie keinen Zugang mehr hatten.

Mit einem vagen, kaum wahrgenommenen Schauder fühlte Senzangakona eine große Leere von seinem Herzen Besitz ergreifen. Er hatte das Gefühl, in seiner Brust befinde sich ein weiter Raum ohne klar definierte Grenzen, durch den seine Gedanken einsam und verlassen wanderten: außerstande zu entkommen, außerstande zu rasten und außerstande, ihn von der schrecklichen Last ihrer Existenz zu befreien. Und der bedrückendste dieser Gedanken war die Gewißheit, daß ein Abschnitt seines Lebens unwiderruflich abgeschlossen und die Vergangenheit sich nicht wiederbeleben ließ. Während er die Mumie seines Vaters mit einem Blick anstarrte, der bis ins Innerste irgendeiner schrecklichen Vision einzudringen schien, rief er sich ins Gedächtnis zurück, daß das Leben blieb: Obwohl sein Vater tot und vielleicht für immer fort war, war er, Senzangakona, noch jung und lebendig – und würde mit allen, die um ihn herum existierten, diesen Tag des Todes überleben!

Der Prinz verspürte jäh das dringende Bedürfnis, feste Gegenstände zu berühren, zu umklammern, zu umarmen; er hatte unendliche Sehnsucht nach Sinneseindrücken; er wollte das Frische, das Grüne, das Blühende berühren, erfühlen, sehen, hören und liebkosen ...

Senzangakona nahm plötzlich undeutlich wahr, daß das Klagen aufgehört hatte und durch den Gesang der Zulumänner abgelöst worden war – eine an ein Wiegenlied erinnernde melodiöse Totenklage. Als er aufsah, begegnete er dem Blick seiner Schwester, und Mkabayi nickte ihm bewußt zu, wodurch sie ihn mit der ersten stummen Weisung für seine bevorstehende Regierungszeit bedachte.

Der Prinz mußte unwillkürlich lächeln, während er ihrer stummen Aufforderung nachkam und wieder die Leitung des Königsbegräbnisses übernahm. In Begleitung von Igazi und Lutuli trat Senzangakona auf den Leichnam seines Vaters zu, schlug eine schwarze Lederklappe hoch und befestigte sie über Jamas Antlitz, um das Dunkel vollständig zu machen. Danach hoben die drei Männer den Leichnam behutsam in sitzender Position hoch und trugen ihn feierlich zum offenen Grab.

Während die Totenklage an Lautstärke und Ehrfurcht zunahm, wurde Jamas königlicher Leibdiener ins Grab und zu der polierten Nische aus glattem Stein geführt, auf dem der Leichnam des Königs sitzen würde. Das Gesicht des treuen Dieners war ausdruckslos, aber in seinen weit aufgerissenen, starr dreinblickenden Augen stand für kurze Zeit Angst, bevor er zwischen zwei Männern niederkniete und den Kopf senkte. Nach einigen Sekunden der Meditation, vielleicht des Gebets, blickte der Diener zu den beiden Zulus auf, und das zufriedene Lächeln, das er jetzt zur Schau trug, ließ erkennen, daß er frischen Mut gefaßt hatte und bereit war. Bevor dieses Lächeln zu einer Grimasse werden konnte, hatten die Männer dem Diener blitzschnell den Kopf herumgedreht und ihm durch Genickbruch einen verhältnismäßig schmerzlosen, schnellen Tod beschert. Sein lebloser Körper wurde nun durchs Grab geschleift und in die Nische gelegt, um als ›Kissen‹ für den König zu dienen.

Nachdem Senzangakona, Igazi und Lutuli die sterblichen Überreste Jama kaNdabas auf den Platz gesetzt hatten, der sein letzter Thron sein sollte, blieb der Prinz allein in Betrachtung des Leichnams zurück und hatte das Gefühl, den Geist seines Vaters noch in seiner Nähe zu spüren – wie in der nicht faßbaren Form einer launischen kleinen Brise, die sich nicht von ihm losreißen zu können schien. Als Senzangakona so in dem Grab stand, das er mit der in schwarzes Fell gehüllten knienden Gestalt teilte, wurde ihm die merkwürdige Tatsache bewußt, daß dies das erste Mal war, soweit er zurückdenken konnte, daß er mit seinem Vater allein war. Ohne sich vorerst um die übrigen Trauergäste zu kümmern, die an der Bestattung teilnahmen, begann Senzangakona diesen etwas eigenartigen Augenblick mit seinem Vater zu genießen. Er wollte ihn nicht enden lassen; trotzdem mußte er sich nach einiger Zeit sagen, daß dieser Augenblick nun enden müsse – für ewig.

Indem er seinen Vater ›in die Nische steckte‹, wie es der Brauch war, legte er je einen Stein auf Jamas Knie und unter seine Handvoll Erde auf, streute sie über Jamas verdeckten Kopf und murmelte dabei: »Bayete, Nkosi.« Mit warmer Vertraulichkeit, die in ihren Gesprächen stets gefehlt hatte, als sein Vater noch gelebt hatte, fügte Senzangakona hinzu: »Hamba kahle, Baba –Gehe wohl, mein Vater. Ich habe dich mehr geliebt, als du gewußt hast. Mehr als ich dir jemals habe sagen dürfen. Ich danke dir, daß du mir das Leben geschenkt hast. Ich danke dir, daß du mir gezeigt hast, daß es kurz, so schrecklich kurz ist. Hilf mir ...« Als die bedrückende Erinnerung an

Nandis Worte in ihm aufstieg, versagte die Stimme des Prinzen beinahe und zitterte, als er bat: »Hilf mir, der König zu sein, zu dem ich geboren bin.«

Dann verflüchtigte die launische kleine Brise, die der Odem von Jamas Geist war, sich endgültig und ließ seinen Sohn mit einem Gefühl des Friedens zurück.

»Umkonto wenKosi o-y-isiMakade!« verkündete Mudli in lautem Singsang, indem seine Faust den Königlichen Assegai hochreckte, in dessen blanker Klinge sich das Sonnenlicht und diGesichter der gesamten Zulubevölkerung widerspiegelten, die in dem Tal um esiKlebeni versammelt war: Männer, Frauen und Kinder, die ihrem neuen König auf den Knien liegend huldigten.

»Nantso-ke inKosi yeNu, Bakiti, namhla-nje! – Sehet ihn, ihr von unserem Stamme, der heute euer König ist!« schloß der Älteste in jetzt priesterlichem Tonfall, während er sich an Senzangakona wandte, der auf dem inKata, dem Königsthron aus geflochtenem und gepreßtem Gras, saß und den Krönungsornat eines Zulukönigs trug: prachtvolle Leopardenfelle und glitzernden Elfenbeinschmuck, der von Hals, Armen und Fußknöcheln herabhing.

Senzangakona wandte sich dem Ältesten zu und empfing von ihm den Speer, der das Symbol seiner erblichen Thronfolge und Regierungsgewalt war. Heute wirkt er schwerer, überlegte er mit schwachem Lächeln, während er den Assegai mit seiner starken Hand umklammerte und hoch über den Kopf reckte, wobei er den Blick über sein versammeltes Volk schweifen ließ.

»Bayete, Nkosi!« Das Tal hallte von diesem Schrei wider.

»Bayete, Nkosi!« antworteten die Berge und weckten die stillen Flüsse und fernen Wälder mit der sonoren Begrüßung des neuen Herrn des Himmels.

Mkabayi beobachtete ihren Bruder kritisch und mit einem triumphierenden Glitzern in den Augen. Sie lächelte ebenfalls, als beziehe sie die Hochrufe auch auf sich, während sie von Kopf bis Fuß vor Ehrgeiz bebte. In der finsteren Entschlosenheit ihres Gesichtsausdrucks glich dieses Lächeln dem ersten Lichtstrahl eines stürmischen Tagesanbruchs, der flüchtig und blaß durch dunkle Wolken bricht: der Strahl, der ein Vorläufer von Sonnenaufgang und Gewitter ist.

Sieben Wochen später, am siebten Tag des siebten Monats des Vorabends von Untulikasi – im Jahre 1787 –, zuckte ein Blitzstrahl durch die Nacht, zerriß die fernen, kaum erkennbaren Konturen des Horizonts und erhellte die dunkle Erde mit blendend hellem, geisterhaftem Feuer, dem einen Herzschlag später ein Donnerschlag folgte, der aus den Tiefen des Himmelsgewölbes zu kommen schien, und von der Erde mit einem Rauschen widerhallte, das an das erschrockene Luftholen einer verschreckten Schöpfung erinnerte.

Dann wurde die über dem Boden Afrikas liegende schwere Luft von einem scharfen Windstoß aufgewirbelt, und all die unzähligen Baumwipfel im Königreich des Himmels bogen sich unter dem kräftigen Stoß und richteten sich unter lautem Rauschen bebender Zweige und zitternder Blätter wieder auf, wobei sie dem Sturm ins Gesicht zu schlagen schienen, was seine Wut vermehrte und das Wild dazu brachte, aus dem Bereich seiner sinnlos tobenden Gewalt zu flüchten.

Und inmitten dieses Sturms hörte die undurchdringliche, kühle Nacht einen unerwarteten, durchdringenden Schrei, der sofort mit der höchsten Tonlage einer Frauenstimme begann und dann abbrach, so kurz abbrach, daß dahinter das rasche Werk des Todes zu vermuten war. Im nächsten Augenblick wurde die Frauenstimme jedoch schmerzlich wimmernd erneut hörbar – und fast unmittelbar darauf folgte der kräftige Schrei eines Neugeborenen.

Die Frau – Nandi – lachte nun. Ihr Lachen, das die Schreie des Kindes und das Grollen des Himmels übertönte, wies die bizarren, undefinierbaren Symptome einer jähen Erleichterung auf, die ihr wie ihr Kind fast gegen ihren Willen entrissen worden zu sein schien: aus den geheimsten Winkeln einer Liebe, die abgebrochen worden war, bevor ihre Gefühle ganz hatten reifen können.

Ehe das Lachen auf ihren Lippen verklang, gab Nandi, die Tochter Bhebhes, dem Kind, einem Jungen, den Namen I-Shaka kaSen-zangakona Zulu.

Shaka Zulu. – Der Erstgeborene seines Hauses.

Das Kind, das die Sprache des Himmels war.

Nkosi yama Kosi – der König der Könige ...

... und von ihrer Kanzel hoch oben auf der Zinne der Könige erforschte Sitayi die Nacht, und ihr Herz nahm wahr, daß alles gut und richtig war; indem die Sangoma die Kräfte des Himmels einsetzte, um Nandis Kind zu formen, beschwor sie den Wind, der Dunkel über die Geburt des Thronfolgers brachte...

Über esiKlebeni tobte der Sturm mit unverminderter Wut. Senzangakona kämpfte gegen heulenden Wind und prasselnden Regen an, als er sich seinen Weg durch die stockfinstere Nacht bahnte, die durch gleißend helle Blitze aus weißglühendem Licht flüchtig erhellt wurde.

Die Dienerin Noliwa hatte ihm die Mitteilung überbracht. Erst vor wenigen Augenblicken. Sie hatte dem König erklärt, ihm sei ein Kind geboren worden. Ein Junge! In seiner Freude über diese Nachricht war Senzangakona aufgeregt an dem Mädchen vorbei aus seiner Hütte ins Nachtdunkel gestürzt. Sein Entzücken hatte ihn davongetrieben, bevor Noliwa weitersprechen konnte. Bevor sie ihm berichten konnte, daß...

Als Senzangakona die schemenhaft dunklen Umrisse der Hütte erreichte, die er als die Mkabis kannte, wurde er durch einen besonders grellen Blitz erschreckt, der den Himmel zerteilte und die grausige Gestalt der Sangoma Majola in unheimliches Licht tauchte. In diesem gleißenden Lichtschein sah der König, daß die Alte ihm zugekehrt dastand und mit hochgezogenen Schultern ein winziges Etwas in ihren mageren Armen hielt. Senzangakona erriet fast augenblicklich, daß das kleine Bündel, das sie an sich drückte, sein Sohn sein mußte, und sein Gesichtsausdruck verfinsterte sich, während er sich mit großen Schritten der alten Frau näherte, um sie dafür zu tadeln, daß sie das Neugeborene ohne Not dem Wüten der Elemente aussetzte.

Als er sich jedoch der Sangoma näherte, sah er, daß sie den Kopf gehoben hatte, so daß ihr durchdringender Blick ihn mit einem Ausdruck fixierte, der seine Seele abrupt in einen Mahlstrom aus Seelenqualen stürzte und ihm im ersten Augenblick die Sprache raubte. In diesem Trancezustand, in dem Raum und Zeit zu existieren aufgehört zu haben schienen, erreichte ihre krächzende Stimme ihn wie ein Messer, das mühelos durch den Tumult des aufgewühlten Himmels glitt. »Die Lebenskraft ist zu schwach gewesen, als daß beide hätten überleben können, Baba«, hörte er Majolas Worte wie Keulenschläge auf sich herabprasseln. »Sie hat sich für die Mutter entschieden...«

Auf der Zinne der Könige richtete Sitayi ihre blicklosen pastellblauen Augen gen Himmel, fühlte die linde Liebkosung der Unendlichkeit und bewirkte mit einer weit ausholenden Bewegung ihrer ausgestreckten Hand, daß der Regen aufhörte, die Wolken sich zerteilten und die Sterne am malvenfarbenen Himmel funkelten.

8 I-SHAKA *Der Käfer* UNCWABA *August 1787*

»Sie haben schon einmal versucht, dich umzubringen, Nandi. Vielleicht versuchen sie's noch mal.«

Zwei Wochen waren vergangen, und Nandi befand sich jetzt in der Königlichen Heimstätte des Langeni-Dorfes unter dem schattenspendenden Blätterdach einer Euphorbia in Gegenwart ihres Königs Mbenghi und seines hochgeschätzten Ratgebers, des Ältesten Gama.

»Bist du dir ganz sicher, daß du ins Zulukönigreich zurückkehren willst?« fuhr Mbenghi fort, während sein forschender Blick streng und ernst auf Nandis kniende Gestalt gerichtet blieb. »Glaubst du, daß das für dich und dein Kind ungefährlich ist?«

Nandi, deren Gesichtsausdruck ihre feste Entschlossenheit verriet, nickte nachdrücklich und drückte Shakas in weiche Felle gehüllten zarten Körper an ihre Brust. »Nkosi«, bat sie mit entschlossener Stimme, »er muß seinen rechtmäßigen Platz an der Seite seines Vaters einnehmen.«

»Und ist deine Familie mit dieser Entscheidung einverstanden?«

Als Nandi an ihren liebevollen Vater Bhebhe und ihre Mutter Mfunda dachte, verhärtete sich ihr Gesichtsausdruck. Sie war überzeugt, ihrer Familie sei wahrlich Unrecht geschehen und die Gerechtigkeit, die sie zu erlangen suchte, sei lediglich ihr gutes Recht. »Ja, Baba. Sie teilt meinen Schmerz und meine Empörung.«

»Gut, wie du willst«, meinte Mbenghi seufzend, indem er die Stirn runzelte, als wolle er dadurch andeuten, wie widerstrebend er seine Zustimmung erteile. »Wenn du dich dafür entschieden hast ... Aber denke daran, Nandi: Dein Schmerz und deine Empörung werden von uns allen geteilt. Falls du das Gefühl haben solltest, einen Fehler gemacht zu haben, darfst du nicht zögern, zu uns zurückzukehren. Wir sind dein Volk, und dein Wohlergehen und das deiner Familie liegt uns allen am Herzen.«

Nandi war von Mbenghis Worten gerührt, denn sie spürte die Achtung und Zuneigung, die er ihrer Familie entgegenbrachte, und fühlte, wie er und alle übrigen Dorfbewohner ihren Vater hochschätzten.

»Du begleitest sie, Gama«, wies Mbenghi den Ältesten an. »Mit einem Trupp Bewaffneter.«

»Und falls sie sich weigern, Mutter und Kind aufzunehmen?« überlegte Gama laut.

»Das würde Krieg bedeuten«, erwiderte der Langenikönig ausdruckslos.

Senzangakona marschierte wütend auf dem polierten schwarzen Boden seiner großen Königshütte auf und ab, während Mkabayi, die Spaß am Unbehagen ihres Bruders hatte, ihn schweigend beobachtete.

»Sie treffen morgen hier ein, Nkosi«, erklärte Mudli dem Sohn seines verstorbenen Freundes Jama. Der Älteste bemühte sich, dem jungen Herrscher ebenso respekt- und würdevoll gegenüberzutreten wie zuvor seinem Vater. »Die Boten haben mir gemeldet, daß es sich um eine bedeutsame Gruppe handelt. König Mbenghis oberster Ratgeber begleitet sie.« Seine Stimme klang tiefer und ernster, als er nachdrücklich hinzufügte: »Bei ihrem Eintreffen steht dann viel auf dem Spiel.«

»Und was rätst du mir, Ältester?« fragte der König, indem er sich nervös mit dem Handrücken über seine trockenen Lippen fuhr.

»Wenn uns der Säugling vor die Füße gelegt wird«, sagte Mudli einfach, »sollten wir die uns zukommende Verantwortung übernehmen. Du mußt das Kind als dein eigenes anerkennen, Nkosi.«

»Wir sollen uns unser Handeln also von diesem unberechenbaren Mädchen und ihrem Stamm diktieren lassen?« rief Senzangakono verärgert aus. »Wir sollen diese Demütigung hinnehmen?«

Mkabyi genoß die Situation sichtlich. Das starre Lächeln, das sie zuletzt zur Schau getragen hatte, während sie diese Auseinandersetzung verfolgte, wurde plötzlich breiter und veranlaßte ihren Bruder dazu, sich steif zu erkundigen: »Wünscht meine Schwester, das Wort an den König zu richten, oder ist sie lediglich hier, um seine bösen Ahnungen zu unterstreichen?«

»Meiner Überzeugung nach, mein Bruder, sind dem König die Hände gebunden«, begann sie, so daß Senzangakona es sogleich bedauerte, ihre Gelegenheit zur Antwort gegeben zu haben. »Ich schlage vor, daß du Mudlis Rat befolgst. Ich glaube, daß dieser Weg der beste für ein Volk und ... dein Charakterbild ist. Jama ist ein Friedenskönig gewesen. Was würden die Leute von seinem Nachfolger sagen, wenn er einen Krieg vom Zaun brechen würde, noch bevor die Erde auf unseres Vaters Grab erkaltet ist?«

Senzangakona und Mkabayi starrten sich kurz an, während beide versuchten, ihren Willen durchzusetzen. Schließlich riß der König seinen Blick von dem seiner Schwester los, setzte für sich selbst eine Miene königlicher Überlegenheit auf, kehrte den beien den Rücken zu und sagte kurz, aber doch etwas blumig: »Im Namen meines geliebten Vaters Jama kaNdaba werde ich tun, was in meinen Kräften steht, um den Frieden, den er diesem Land geschenkt hat, zu schützen und zu bewahren.«

Mudli, der bedächtig zu Mkabayi hinübergesehen hatte, nickte lächelnd. »Eine weise Entscheidung, Nkosi. Wie ich sehe, bist du so zielbewußt wie dein Vater.«

Senzangakona warf dem Ältesten einen raschen Blick zu, um festzustellen, ob sein Lächeln eine Spur Sarkasmus enthalte. Aber er konnte nichts darin entdecken.

»Ganz recht«, stimmte der König selbstgefällig zu. »Du benachrichtigst mich, sobald sie eintreffen, Ältester«, schloß er, um anzudeuten, daß Mudli entlassen sei.

Die neue Königliche Heimstätte esiKlebeni war größer als Nobamba, aber sie bot trotzdem kaum Platz genug für die zahlreichen Stammesangehörigen, die zusammengeströmt waren, um die zweite öffentliche Begegnung zwischen Senzangakona und Nandi mitzuerleben. Falls sie auch nur einigermaßen an das unvergeßliche Zusammentreffen auf der Hochzeit heranreichte, würde sie ein Ereignis werden, das man miterlebt haben mußte.

Von der schrägen Palisade der Heimstätte aus beobachtete Mudli die Ankunft der Langeni-Delegation, die aus Nandi, dem Säugling Shaka, Bhebhe, Mfunda, Gama und einem Trupp Stammeskrieger bestand.

»Benachrichtige den König, daß sie da sind«, wies der Älteste Igazi an. Während der junge Mann auf Senzangakonas Hütte zutrabte, ruhte Mudlis Blick auf Mkabi, die mit Noliwas Hilfe auf wackligen Beinen zum Tor der Heimstätte schlurfte, um Nandis Mutter, ihre Tante väterlicherseits, zu begrüßen. Während er die Königin der Königinnen beobachtete, deren im allgemeinen schon freudlose Art durch den Schock, den ihr totgeborenes Kind bei ihr ausgelöst hatte, noch trübseliger geworden war, empfand der Älteste plötzlich Mitleid mit ihr.

»Ich grüße dich, Tante Mfunda«, sprach Mkabi ihre Verwandte an. »Und dich, Nandi«, fügte sie schüchtern lächelnd hinzu. »Willkommen.«

Anfangs ließ Nandi sich die Umarmung der Frau, für die sie soviel Haß empfunden hatte, nur steif gefallen, aber als ihr Mkabis eingefallene, abgehärmte Züge bewußt wurden, machte Nandis Zorn einem Gefühl des Mitleids Platz.

»Du siehst unwohl aus«, stellte Mfunda fest.

Mkabi senkte den Kopf, wich verlegen Mfundas forschendem Blick aus. »Mein Kind ... Es ist eine Totgeburt gewesen.« Sie sah rasch zu Nandi hinüber, während sie fast unhörbar hinzufügte: »Es ist ein kleiner Junge gewesen.«

Nandi lief ein kalter Schauder über den Rücken. Die Einzelheiten der Weissagung Sitayis begannen in Erfüllung zu gehen, überlegte sie mit wachsender Faszintion angesichts der Rolle, die sie und ihr Kind in dem unerforschlichen Plan der Vorsehung spielten. Zauberkräfte hatten dafür gesorgt, daß ihr Kind jetzt nicht nur der Erstgeborene, sondern in der Tat der einzige lebende Sohn des Hauses Zulu war.

Als sie aus ihrer Versonnenheit aufschreckte, stand der Zulukönig, dessen imponierende Gestalt die anderen um Haupteslänge überragte, vor ihr.

Nandi erwiderte Senzangakonas Blick unerschrocken, während die beiden sich wie zwei Gegner vor einem Kampf auf Leben und Tod starr musterten.

»Wie ich höre, hast du ein Kind«, brach der Zulukönig endlich das Schweigen. »Ich wünsche es zu sehen.«

Nandi streckte die Arme aus und hielt ihm das Kind hin – nicht als Geschenk, denn sie hatte nichts mehr zu verschenken, sondern als eine Art Trophäe.

Senzangakona hielt den Säugling in seinen starken Armen, holte tief Luft und legte sanft das Gesicht seines Sohnes frei. Danach wickelte der stets mißtrauische König auch den winzigen Körper aus. Nachdem er sich davon überzeugt hatte, daß das Kind tatsächlich ein Junge war, hatte er Mühe, sein Hochgefühl zu unterdrücken. Als Shaka seinen Vater dann zahnlos anlächelte, machte die Freude des Königs sich in einem schwachen, sofort wieder unterdrückten Lächeln und einer Gefühlsaufwallung Luft, die den Damm seiner Selbstbeherrschung zu sprengen drohte.

»Du weißt hoffentlich«, erklärte er Gama trocken und mit gespielter Verärgerung, »daß es kein Hochzeitsmahl geben wird.«

»Auch das kann dem Kind nicht das Recht auf dich als seinen Vater nehmen«, stellte Bhebhe ernst fest.

Senzangakona runzelte die Stirn, als sei Bhebhes Antwort mehrdeutig gewesen. »Zehn Rinder«, verkündete er, indem er Bhebhe augenzwinkernd anstarrte, auf diese Weise die Spannung löste und Nandi von den Langenis so in den Stamm der amaZulu aufnahm. Der König betrachtete nacheinander Mudli, Gama, Nandi und wieder Bhebhe, denn er wußte recht gut, daß sie sein Angebot unmöglich annehmen konnten, ohne die darin enthaltene Kränkung zu akzeptieren.

»Fünfzehn«, erhöhte der König widerstrebend sein Angebot, als gebe er einem Anfall von leichtsinniger Großzügigkeit nach.

»Fünfundfünfzig«, hielt Nandi nüchtern dagegen.

Mudlis Lippen waren vor Entrüstung, zu der sich wachsender Ärger gesellte, schmal geworden. »Weib, deine Frechheit wird unerträglich! Du bist dir hoffentlich darüber im klaren, daß du deine Anwesenheit in diesem Königreich nur dem uralten Respekt verdankst, den wir für den Langenikönig und sein Volk hegen. Gäbe es diesen gegenseitigen Respekt nicht, würden wir uns nicht verpflichtet fühlen, dich und dieses durch Täuschung gezeugte Kind zu ertragen.«

Nandis Augen blitzten wütend, als sie Mudli jetzt ebenso entrüstet widersprach. »Nein, Ältester!« fauchte sie – und erreichte damit, daß ein verblüfftes Raunen durch die versammelten Zulus ging. Noch keine Frau hatte gewagt, einem hochangesehenen Würdenträger wie Mudli auf solche Weise zu widersprechen. »Respekt«, fuhr Nandi fort, »hat nichts damit zu tun. Du weißt so gut wie ich, daß es Krieg bedeuten würde, wenn dein König sich weigerte, mein Kind als seines anzuerkennen.«

Mudli, der vor Zorn rot angelaufen war, drehte sich ruckartig nach seinem König um und stieß zwischen zusammengebissenen Zähnen hervor: »Baba! Wie lange wollen wir uns die Frechheiten dieses Weibes noch gefallen lassen?«

Senzangakona, dessen Augen auf Nandi gerichtet blieben, fühlte sich durch ihre einzigartige Charakterstärke seltsam erregt. »Wozu vergeudest du deine Kraft im Zorn, Ältester? Die unverschämte Art dieser Frau sollte uns alle amüsieren«, antwortete der König. Dann wandte er sich erneut an Nandi. Seine Stimme klang gelassen, leicht spöttisch, als er sich erkundigte: »Fünfundfünfzig Rinder? Was bringt dich darauf, daß du so viel wert sein könntest?«

»Die Erinnerung an Worte, die der Vater dieses Kindes einst gesprochen hat«, antwortete Nandi gelassen, »als er mir versichert hat, ich sei die einzige Frau, die er sich an seiner Seite wünsche. Die einzige seiner Liebe Würdige. Und jetzt die einzige, die ihm einen Sohn geschenkt hat.« Während sie sprach, wallte ein seltsames Triumphgefühl in ihr auf, zerriß alle Bande mitleidiger Zurückhaltung und nahm ihr jegliche Gewissensbisse. Nandi zwang sich dazu, nicht zu Mkabi hinüberzusehen, als sie hinzufügte: »Und wieviel ist das alles wert?«

Von diesem Triumph verblendet, nahm sie vieles nur undeutlich wahr: den trostlosen Schmerz, in den sie Mkabi gestürzt hatte, den scharfen Tadel in Bhebhes Blick und Gamas beunruhigtes Starren, mit dem er sie stumm drängte, diesen gehässigen Zweikampf zu beenden, der jetzt schuldlose Opfer forderte – aber sie spürte, wie Senzangakona sie fester am Arm Arm packte und sie zu sich herumriß ... und dann sah sie in seinen Augen das Glitzern, das sie nur allzu gut als den Funken kannte, der seinen flammenden Zorn entzünden würde.

Anstatt diesen Zorn jedoch ausbrechen zu lassen, gestattete der König sich nur ein schwaches unheimliches Lächeln, als er das Kind in Nandis Arme zurücklegte, auf dem Absatz kehrtmachte und davonstolzierte, so daß ihr das Blut aus dem Gesicht wich. Nandi taumelte, weil sie unter dem gräßlichen Eindruck stand, diesmal zu hoch gespielt und alles verloren zu haben: ihren Stolz, ihre Pläne, einen Platz für sich und ihren Sohn. Ihre ganze Zukunft.

Im esiKlebeni herrschte tiefes Schweigen, und aller Augen waren auf Senzangakona gerichtet, der von der Langenidelegation wegstolzierte, während er angestrengt nachdachte, um einen Ausweg aus dem Dilemma zu finden, in das er sich verstrickt hatte.

Senzangakona blieb abrupt stehen, als sein Instinkt – der eines Jägers – ihm eine Lösung eingab: Er würde Mkabis Stolz opfern, um seinen eigenen zu bewahren. Er drehte sich nach Nandi und ihrem Vater um.

»Abgemacht! Fünfundfünfzig Rinder.« Indem er Mkabi unbarmherzig anstarrte, wiederholte er: »Fünfundfünfzig Rinder ... für einen Sohn!«

Hocherhobenen Hauptes, Shaka als ihr Banner tragend, jeder Zoll eine Königin, schritt Nandi stolz ins esiKlebeni.

Die Zulus wichen in scheuer Ehrfurcht vor der Tochter Bhebhes und ihrem Sohn zurück.

Obwohl der ›I-Shaka‹ unehelich blieb, durfte er jetzt den Namenszusatz ›kaSenzangakona Zulu‹ tragen.

9 UMTHONHA *Gebieter* UMANDULO *September 1793*

Nach ihrer höchst ungewöhnlichen und unfeierlichen Einsetzung als zweite Ehefrau Senzangakona kaJama Zulus mußte Nandi sehr bald erkennen – sogar schon nach wenigen Tagen, sobald die durch ihre temperamentvolle Auseinandersetzung mit Senzangakona und Mudli ausgelöste Benommenheit abgeklungen war –, daß ihr Vater Bhebhe recht gehabt hatte: Nur wenige besitzen genügend Einfluß, um Traditionen so ändern zu können, wie es ihr aufrührerisches Herz fordert.

Nandi hatte wie David vor Goliaths Lager vor dem Tor von esiKlebeni gestanden und in einer stürmischen halben Stunde dem Riesen getrotzt, der die Gesellschaftsordnung ihres Volkes war. Sie hatte alle Regeln gebrochen: Eine Frau, deren Lebenszweck nach allgemeiner Ansicht darin bestand, den Männern zu dienen, Essen zu kochen und die Felder zu bestellen, hatte sich gegen König, Ratgeber und Ältestenrat aufgelehnt.

Anstatt wie erhofft die ›Nkosikasi‹, die Königin der Königinnen, zu sein, galt Nandi als Ausgestoßene, deren Anwesenheit in esiKlebeni von allen als zeitlich begrenztes Übel ertragen wurde, um – davon war sie selbst überzeugt – beseitigt zu werden, sobald sich die richtige Gelegenheit dafür bot. Vor allem Mudli, in dem sich zunehmender Haß auf die Frau und ihr Kind entwickelt hatte, weil sie daran schuld gewesen waren, daß das großzügige Herz Jamas in seinen letzten schweren Erdentagen von ständigen Sorgen heimgesucht worden war, wartete auf eine Chance, das Zuludorf von den beiden zu befreien, die für alle eine lebende Erinnerung an die Schwäche seines Königs waren und deren Gegenwart der täglich erneuerte Grund für Senzangakonas Seelenqualen war.

Auf der anderen Seite beobachtete Nandi den Ältesten aus eigenem Antrieb mit der gebotenen Vorsicht. Seitdem Igazi ihr anvertraut hatte, daß damals nicht Senzangakona, sondern Mudli sich mit Jama zu ihrer Ermordung verschworen hatte, nahm Nandi sich und Shaka vor den scheelen Blicken des Ältesten in acht.

Senzangakona hingegen schloß sich dem Ältesten näher an und ging bereitwillig auf seinen Vorschlag ein, der König solle versuchen, die arrogante Langeni zu vergessen. Aus seinem Bedürfnis heraus, sie zu vergessen, oder aus Boshaftigkeit dem Phantom seiner Erinnerung gegenüber heiratete der Sohn Zulus daraufhin in der kurzen Spanne dieser wenigen Jahre Bibi, Fudukazi, Langazana, Mzondwase, Mpikase, Magulana, Kishwase und Mjanisi – insgesamt acht Frauen. Anstatt jedoch Nandi zu vergessen, trieb Senzangakona hilflos in diesem Meer aus Matronen, die er so bedrückend und unattraktiv wie seine erste Ehefrau fand, und sehnte sich mehr denn je nach der einen Frau, der noch immer sein Herz gehörte und die seinen Verstand verwirrte: nach der schönen jungen Frau, die er zwar jetzt in seiner Nähe hatte, aber die ihm im Namen des Stolzes, den er seinem Vater über alles andere zu stellen versprochen hatte, für immer stillschweigend verboten bleiben mußte. Wie das Moos in den Wäldern konnte ihre Beziehung nur im Dunkeln gedeihen.

Und Nandi führte in der Tat das Leben einer Geächteten. Sie sprach nur selten vertraulich mit anderen – und auch dann nur mit Shaka oder den drei Menschen, zu denen sich irgendwie ein engeres Verhältnis entwickelt hatte: Igazi, der Senzangakonas Affäre mit der Langeni von Anfang an verfolgt hatte, war sich darüber im klaren, daß beide Beteiligten schuldig waren, einander Unrecht zugefügt und sich verletzt zu haben, und war aufgrund dieser Einsicht Nandis einziger wahrer Freund und Vertrauter geworden, was jedoch seine Zuneigung zu dem König keineswegs minderte; Mkabi, das einzige wahrhaft unschuldige Opfer des Kampfes der beiden Liebenden, war als Rivalin zwar bitter gedemütigt worden, aber sie fand Trost in dem Gedanken, daß sie und die schöne Langeni immerhin etwas gemeinsam haben konnten; Mkabayi, die Schwester Senzangakonas, die verschont worden und auf diese Weise selbst zu einer Geächteten geworden war, fühlte sich seltsamerweise zu Nandi und Shaka hingezogen, besuchte den Jungen oft und verbrachte lange Stunden in Gesellschaft des Kindes, das nach Nandis deutlichem Eindruck einer gründlichen Prüfung durch eine kluge und erfahrene Lehrmeisterin in Führungsfragen unterzogen wurde.

In Shakas völlig ebenmäßigem, feingeschnittenem Gesicht mit den hohen Backenknochen, dem hellbraunen Teint und den leuchtenden grünlich-braunen Augen – katzengleich wie die seiner Mutter – sah Mkabayi die stolze Verlockung des Unbestimmten und Unbekannten, des Unvorhergesehenen und Plötzlichen, alles, was gefährlich, stark, lebendig, menschlich, wild und unbezwingbar war. In gewisser Beziehung war Shaka für Nandi und Mkabayi nicht nur der Sohn seines Vaters, sondern zugleich die Verkörperung dessen, was sein Vater hätte sein können. Beide Frauen sahen in Shaka das Versprechen der Stärke, das der Mann, den sie liebten, nicht hatte einlösen können.

Und es gab noch etwas anderes: die Weissagung. Sie teilten sich ihr Wissen darüber ... mit Mudli. Sie sahen sie vor ihren Augen eintreffen: So viele Ehefrauen der König auch hatte – Nandis Kind blieb sein einziges!

Bevor Nomcoba geboren wurde. Shakas Schwester.

Er war zu ihr gekommen. In der Nacht, im Dunkel eines hinter Wolken verborgenen Mondes, scharfen Sorghumgeruch verbreitend, aber nicht trunken von Bier, sondern von der Einsamkeit seines Körpers, von der Verlassenheit seiner Seele angesichts ihrer scheinbar hochmütigen Gleichgültigkeit.

Senzangakona war gekommen, um sie zu töten – zumindest hatte er das geflüstert und dabei nur eine Handbreit von ihrem Gesicht entfernt mit einer Gewalttätigkeit gezischt, die in ihr längst verschüttet geglaubte Empfindungen wiedererweckt hatte. Bei der warmen Berührung der Frau, die er als Ursache all seines Unglücks bezeichnete, war sein Zorn jedoch fast augenblicklich verraucht und hatte ihn lediglich äußerst trostbedürftig zurückgelassen. Falls – so hatte er ihr erklärt, während er den Speer nur noch in der kraftlos offenen Hand ruhen ließ – falls er sich mit seinem Schicksal abfinden müsse, könne sie ihm vielleicht helfen, es vorerst zu vergessen. Zumindest für einen Augenblick.

Während Nandi die kniende Gestalt betrachtete – betrübt, in Anspruch genommen, mit dem Speer in der Hand, das Musterbild eines besiegten Kriegers, hörte sie eine innere Stimme, die von zwecklosem Bedauern sprach.

Nicht daran denken! In ihrem Herzen wallte plötzlich die gleiche Sehnsucht auf: das verzweifelte Bedürfnis, in diesem Meer aus tiefster Hoffnungslosigkeit eine Insel des Friedens zu finden – selbst wenn sie nur eine Luftspiegelung war. Einen Augenblick lang war es ihr möglich erschienen, in seinen Armen Vergessen zu finden, und sie hatte die Augen geschlossen und sich diesem Bedürfnis hingegeben.

Als ihre Leidenschaft abgeklungen war, hatte Shaka vor ihnen gestanden – seine Augen, noch immer die eines Kindes, groß und starr vor Staunen, während er das Geheimnis einer Gewalttätigkeit, deren Sinn über seinen kindlichen Verstand hinausging, zu enträtseln versuchte.

»Verschwinde!« hatte Senzangakona geknurrt und dabei den Hals verdreht, um seinen Sohn wütend anzustarren, während er sich vom Leib seiner Mutter gewälzt hatte.

»Verschwinde! Auf der Stelle!« hatte sein Vater wütend gebrüllt, so daß Leidenschaft und Zorn sich in Shakas Herz vermengten und Liebe und Haß zu einer gewaltigen, obskuren Emotion verklumpten, die Shaka wegen der Tränen, die er aus Nandis Augen hatte fließen sehen, nur als Schmerz deutete.

Nomcoba, Shakas Schwester. Zugleich mit Shakas Angst vor dem Unbekannten gezeugt.

Während der kleine Shaka begann, die Umgebung, in die er hineingeboren worden war, das Leben, dessen Bestandteil er war, und die Natur, als deren entbehrliches Element er sich fühlte, zu beobachten, griff sein Herz in einem unstillbaren Verlangen, die unauslotbaren Grundlagen des Überlebens zu begreifen, allumfassend aus. Die Angst und Faszination, die Inspiration und das Wunder des Todes – nahe, unvermeidlich, oft unsichtbar – erfüllten seine Seele mit Ruhelosigkeit und weckten die verschwommensten und intimsten Gedanken.

Der Tod, dieser ruhelose, verwirrende Dämon unauslöschbarer Ängste und Begierden, wurde sein Gefährte, sein unzertrennlicher Freund.

In seinem sechsten Lebensjahr hockte Shaka hoch oben auf einem Felsen in der Nähe der Zuluheimstätte, wo er die Stunden zwischen den ihm übertragenen Arbeiten am liebsten in stummer, faszinierter Betrachtung der Natur zubrachte – das Herz für neue Eindrücke offen, der Verstand lernbereit.

Plötzlich erstarrte der Junge. Langsam, ganz langsam bewegte Shaka den Kopf, um die Flußufer abzusuchen. Sein Blick streifte eine kleine Lichtung am Wasser und ruhte liebevoll auf dem schlanken honigfarbenen Körper eines jungen Kudus, dessen sprossende graziöse Hörner eben erst unter den Fellbüscheln zwischen seinen großen ovalen Ohren sichtbar waren. Die Antilope war allein, ein von seiner Mutter und der Herde abgekommenes Kitz. Shaka verfolgte unbeweglich, wie das Kudu elegant tänzelnd ans Wasser gelangte und dort mit gespreizten Vorderbeinen den Kopf senkte, um zu trinken.

Nun ließ der Junge seinen Blick weiterwandern, suchte das Flußufer nach dem ab, was er dort erspürt hatte, und entdeckte eine ausgewachsene Löwin, die wie aus Stein gehauen dastand, mit schrägen Augen unverwandt das Kudu anstarrte und bereits zum Sprung geduckt war.

Das Kudu, das jetzt die Gefahr zu wittern schien, hob ruckartig den Kopf und sog prüfend die Luft ein. Shaka beobachtete die Szene mit angehaltenem Atem, starrte abwechselnd wie gebannt die Jägerin und ihre Beute an und befand sich in einem nervösen Rauschzustand grenzenloser Neugier, während die Löwin, in deren sehnigem Körper alle Muskeln sprungbereit angespannt waren, die Antilope beschlich. Dann jagte die Raubkatze mit gefletschten Fängen hinter dem Kudu her, das jetzt in wilder Flucht, von der Löwin dichtauf verfolgt, um sein Leben rannte. Die Jägerin verringerte den Abstand mit einem gewaltigen Satz, traf die Läufe der Antilope mit einem Prankenhieb und warf das leichtere Tier so zu Boden. Im nächsten Augenblick hatte die Raubkatze ihre Fänge in den Hals des Kudus geschlagen und entriß der Antilope dadurch einen zutiefst qualvollen Schreckens- und Schmerzensschrei. Während ein Blutstrom aus der aufgerissenen Kehle schoß, schleppte die Löwin ihre noch immer zuckende Beute zu einigen in der Nähe aufragenden Felsen, unter denen das träge Männchen und ihre Jungen auf ihr Mahl warteten.

Shaka, in dessen neugierig forschendem Verstand die Szenen dieser Jagd noch frisch waren, gesellte sich zu seiner Mutter, die mit der nachmittäglichen Wasserration über die samtenen, sanft gewellten Hügel nach esiKlebeni zurückkehrte. Während der Junge mit der großgewachsenen, schönen Frau, die jetzt durch erlittenes Leid etwas älter als ihre 24 Jahre aussah, Schritt hielt, schilderte er Nandi die Faszination, mit der er die anscheinend unversöhnliche Gewalttätigkeit des Lebens beobachtete. Sie hörte sich diese Beschreibung des rastlosen Interesses ihres Sohns für die lebhafteren Farben und leidenschaftlicheren Empfindungen aller Existenz aufmerksam schweigend an; anstatt über vernünftige Schlußfolgerungen zu staunen, die man einem Knaben in seinem zarten Alter nicht zugetraut hätte, faßte Nandi sich ein Herz und ging daran, ausreichend Brennmaterial für die lodernden Flammen seines forschenden Verstandes heranzuschaffen – für den Verstand dessen, der – wie sie genau wußte – bald mit der Sprache des Himmels sprechen würde.

»Angriffslust«, begann sie, als ihr Sohn zu Ende gesprochen hatte, mit gleichmäßiger, fester, resoluter Stimme. »Alles, was lebt, Shaka – Löwen, Impalas, Kudus, Leoparden, Elefanten –, ist aggressiv. Das liegt in der Natur des Lebens. Wir sind Gebieter dieses Instinkts oder seine Opfer. Wir lernen zu sterben oder zu töten – einen Mittelweg gibt es nicht.«

»Wann hat die Antilope zu sterben gelernt, Mutter?« fragte der Junge nachdenklich.

»Bei ihrer Geburt, Shaka«, antwortete Nandi. »Sie ist ein Opfertier ... von Natur aus. Sie ist dazu erschaffen worden, sich mit ihrem eigenen Blut bedeckt im Staub zu wälzen und zu versuchen, ihre Würde auch im Tode zu bewahren.«

»Und was bin ich?« überlegte Shaka laut, nachdem er kurz über die Worte seiner Mutter nachgedacht hatte.

»Ein Gebieter«, erklärte sie ihm stolz lächelnd, indem sie ihm einen Arm um die breiten Schultern legte. »Ein Herrscher – von Geburt an!«

»Bin ich der Löwe?«

Ihr Lächeln verstärkte sich, als sie bestätigte: »Du bist der Löwe.«

Während die beiden prächtigen Gestalten nebeneinander übers Grasland schritten, entstand eine weitere Pause. Shaka runzelte nachdenklich die Stirn und fragte schließlich: »Und mein Vater? Was ist er?«

Bei der Erwähnung Senzangakonas büßte Nandi den stolzen Gesichtsausdruck ein, den sie zur Schau getragen hatte, solange sie sich mit ihrem Sohn befaßt hatte. Aus ihrer Miene sprach jetzt hilfloser Zorn, in den sich tiefe Trauer mischte. Sie nahm ihren Arm von den Schultern ihres Sohns und verschränkte beide Arme in einer vage defensiven Geste vor der Brust. »Dein Vater, Shaka?« überlegte sie in beinahe flüsterndem Tonfall. »Auch er ist als Löwe geboren. Aber er zieht es vor, den Weg des Opfers zu gehen, weil es für den Gebieter oft einfacher ist, sterben zu lernen, als zu … leben.«

Der König der Zulus, der ›widerstrebende Gebieter‹, hatte zu trinken begonnen – übermäßig. Bier in großen Mengen diente ihm dazu, seine Sinne abzustumpfen und ihm zu helfen, seine völlig gescheiterte Liebe und sogar alle seine Gefühle für gewisse Zeit in einem chaotischen Durcheinander aus Gedanken und aus dem Zusammenhang gerissenen, sinnlosen Erinnerungen zu vergessen.

Der jetzt auf die Dreißig zugehende Zulukönig merkte freilich, daß er etwas tat, was ihm in seiner blühenden Jugend als Akt empörender Feigheit erschienen wäre, nämlich: sich ängstlich umzusehen, im physischen wie im psychischen Sinne. Und die Betrachtung des zurückgelegten Weges führte zum Nachdenken über sein Ziel und letztlich zu Gedanken darüber, wer und was er war. In diesen Augenblicken war ihm unter frustrierenden Gewissensbissen bewußt, daß Nandi nicht die Ursache seiner Schwachheit, sondern lediglich eine ihrer Folgen war. Dann dämmerte ihm, daß Senzangakona ka-Jama Zulu durch eine Ironie des Schicksals in Wirklichkeit eine mittelmäßige Seele war, die den athletischen Leib eines prachtvollen Kriegers bewohnte. Und er fürchtete, dieser Körper werde im Laufe der Jahre unweigerlich so weit verfallen, daß er der Seele entspreche und so ein großes Geheimnis durch diesen Verlust seines den Schein wahrenden Aussehens preisgebe.

Und dieser Gedanke führte ihn im Kreis herum zum Trinken zurück, bis seine ganze Erscheinung im Laufe der Jahre allgemein von schmuddeliger Verwahrlosung geprägt war.

Deshalb waren Nandi und Shaka bei ihrer Rückkehr vom Empembeni nicht überrascht, als sie sahen, daß der Herr der Zulus unanständig hingefläzt an einem hell brennenden Feuer hockte und daß seine Lippen von Rinderfett, dem Schaum von Sorghumbier und dem dümmlichen Lächeln befleckt waren, das für die bedrohliche Fröhlichkeit eines von Alkohol benebelten Geistes charakteristisch war. Die Gesellschaft des Königs bestand aus seinen Ehefrauen (ohne Mkabi, die diese lärmenden Versammlungen mied, weil sie wußte, daß sie irgendwann die Zielscheibe des Spotts für ihren Ehemann werden würde) und einer Ansammlung von kriecherischen Stammesangehörigen, die es sehr genossen, mit ihrem König zusammenzusein, der viel zugänglicher als sein hochmütiger Vater war.

Nandis Miene verriet ihre Herzenspein, als sie sich langsam dem Feuer näherte und dann in einer Art geistesabwesender Liebkosung mit den Fransen ihres Schurzes spielte. Ihr gelang es nicht mehr, auch nur ein Wort des Trostes, der Liebe für diesen Mann in seiner äußersten Not zu finden. Das Gefühl absoluter Einsamkeit berührte ihr Herz so stark, daß sie erschauderte.

An ihrer Seite erfaßte Shaka, dessen gutgeschnittenes Gesicht das Spiegelbild der Züge seiner Mutter war, Nandis tiefe Besorgnis, und er gebrauchte ihr Leid, um das Feuer seines in ihm aufsteigenden Zorns zu entfachen. Während eine heiße Welle seinen Körper durchflutete, ballte der Junge die kleinen

Hände zu Fäusten, die von unterdrückter Erregung zitterten, kniff die Lippen fest zusammen, starrte den widerwärtigen Alkoholdunst an, der den Mann, der ihn gezeugt hatte, fast körperlich zu umgeben schien, und tat wenig, um seinen Abscheu vor dem Gesehenen zu verbergen.

Während Shaka die betrunkene Gestalt Senzangakonas durch die lodernden Flammen des Lagerfeuers hindurch betrachtete, ging dem Jungen die Erinnerung an eine nicht sehr ferne Sommernacht nicht mehr aus dem Kopf. Shaka schloß schwindlig die Augen und sah die Stricke, mit denen die Handgelenke und Fußknöchel seiner Mutter festgebunden waren, und ihren nackten schweißnassen Körper, der diese Bande zerreißen wollte, während Noliwa, Mkabi und zwei alte Frauen sie festhielten. Als die Stricke sich unter Nandis Zuckungen spannten, nahm die Seherin Majola ihren Platz zwischen den Beinen der Gebärenden ein. Nach einer erschreckenden Folge kurzer, schmerzhafter Keuchlaute wurde ein schriller Schrei, der aus Nandis Herzensgrund zu kommen schien, durch ihre klaffenden Lippen ausgestoßen, während die Sangoma aus ihrem Leib die schleimige, blutbedeckte Gestalt eines winzigen, erbärmlich aussehenden Lebewesens zog. In seiner Erinnerung sah Shaka jetzt dieses glitschige, entfernt an einen Menschen erinnernde Wesen und das erschöpfte Gesicht seiner Mutter, als die gräßliche, von Adern durchzogene Nachgeburt aus ihrem Leib gezogen wurde. Er hörte Noliwa wie damals freudig erregt von einem Kind sprechen: von Nomcoba, der Tochter des Königs. Aber wie damals empfand er dabei keine Freude. Nur Schmerz.

Als Shaka sich aus diesen alptraumhaften Erinnerungen löste und die Augen öffnete, sah er, daß sein Vater nach Nandi gegriffen und seine starke Hand auf ihren Nacken gelegt hatte. Ihr Gesichtsausdruck blieb eisig abwehrend, als Senzangakona sie mit einem Ruck näher zu sich heranzog und mit geweiteten Nüstern und blitzenden Augen, die von dem in ihm tobenden Aufruhr kündeten, fast drohend zischte: »Heil dir, Nandi! Königin der Zulus! Die Hure, die den mächtigen Leoparden mit einem Bastard in die Falle gelockt hat!« Er brach in kurzes, freudloses Lachen aus und fügte dann mit gespielter Ernsthaftigkeit hinzu: »Heil dir, Nkosikasi! Ndlovukasi! Heil dir, Königin der Huren!« Seine Worte wurden von seinen entzückt kichernden Ehefrauen und den ausgelassen lachenden betrunkenen Männern beifällig aufgenommen.

Inmitten dieser allgemeinen Fröhlichkeit glichen Nandi und ihr Sohn zwei windstillen Inseln inmitten eines Hurrikans. Der Blick der Frau fiel auf Shaka, und der Junge sah in ihren Augen den Widerschein der Aggression seines Vaters. Und er reagierte auf etwas, das er für einen unausgesprochenen Befehl hielt. Shaka war mit wenigen raschen Schritten bei den beiden, umklammerte die Pranke seines Vaters mit seinen kleinen Händen und bemühte sich, Nandi aus seinem Griff zu befreien. Als dies an der überlegenen Körperkraft des Königs scheiterte, griff Shaka mutig und mit noch nie dagewesener Unverfrorenheit nach dem neben seinem Vater liegenden Königlichen Assegai und drückte seine blanke Schneide mit weit über seine Jahre hinausgehender Entschlossenheit und Stärke gegen den Nacken des Königs, so daß Blut floß.

»Hüte dich, meiner Mutter noch mal weh zu tun!« warnte Shaka seinen Vater mit rasiermesserscharfer, fester Stimme.

Die Zulus waren vor Entsetzen sprachlos und wie gelähmt, aber aus Nandis leuchtenden Augen sprachen unendliche Dankbarkeit und großer Stolz auf ihren Sohn, diesen tapferen Krieger.

Shakas Tat wirkte auf Senzangakona augenblicklich ernüchternd: Seine alkoholisierte Benommenheit machte verblüffter Ungläubigkeit Platz. Er starrte seinen Sohn an, als sehe er ihn zum ersten Mal, und Nandi hatte einen flüchtigen Augenblick lang den Eindruck, im Blick des Königs Stolz zu erkennen – Bewunderung für den grenzenlosen Mut seines Sohnes. Als ihre Blicke sich jedoch begegneten, zerbrach selbst diese Hoffnung, denn in Senzangakonas tief in ihren Höhlen liegenden Augen, die im rötlichen Feuerschimmer eigenartig leuchteten, sah sie nichts als empörten Zorn.

Senzangakona ergriff das Handgelenk seines Sohnes und bog es um, bis die Speerspitze auf die Brust des Jungen zielte. Während plötzlich Entsetzen in der Luft lag, blickte Shaka seinem Vater ohne die geringste Angst offen ins Gesicht; in seinen Augen lag sogar ein Glitzern, das den König zum Zustoßen herausforderte. Als der König diesen unheimlichen Blick bei seinem eigenen Fleisch und Blut sah, erstarb der Zorn plötzlich in ihm; Senzangakona, dessen flackernder Blick mit wachsendem Unbehagen über seine Untertanen glitt, entriß Shaka den Königlichen Assegai, erhob sich und verspottete den Knaben: »Mein kleines Junges ist so anmaßend wie seine Mutter! Wir werden es ebenfalls zähmen müssen!« Der König winkelte den Arm ab und warf den Speer nach seinem Sohn, so daß die Spitze ihn nur um Haaresbreite verfehlte und sich neben ihm tief in die Erde bohrte ...

»Und wenn wir ihn nicht zähmen können«, brüllte Senzangakona aufgebracht, ohne Nandi aus den Augen zu lassen, »werden wir ihn aus unserer Mitte reißen müssen – wie einen Dorn aus unserem Fleisch... Verschwinde jetzt mit deinem Käfer aus meinem Gesichtsfeld, Frau – bevor ich vergesse, daß ich sein Vater bin!«

Shaka saß am Flußufer: eine einsame, im Dunkel der Nacht unbewegliche Gestalt, die mit ausdruckslosem Blick die schemenhaften schwarzen Klumpen anstarrte, die Bäume, Büsche am Fluß, Hügel und aufragende Felsen vor dem Hintergrund eines sternenübersäten Himmels bezeichneten. Dann bewegte der Junge, dessen Zorn noch längst nicht abgeklungen war, sich wieder, warf einen Stein ins klare Wasser des Flusses und beobachtete, wie die Wellen sich in ständig größer werdenden konzentrischen Kreisen ausbreiteten und das Spiegelbild des Vollmondes auf der Wasseroberfläche umgaben.

Shaka, den dieses Spiel sanfter Bewegungen reizte, warf einen weiteren Stein ins Spiegelbild des Mondes und lächelte vor sich hin, als die kleinen Wellen sich wiederholten. Der Junge richtete sich aus der Hocke auf, beugte sich nach vorn und steckte seine Hand ins Wasser, um zu versuchen, das Spiegelbild des Himmelskörpers herauszuschöpfen. Weil sich das als unmöglich erwies, runzelte er die Stirn, beugte sich noch weiter nach vorn und streckte den Hals, als wolle er dem Spiegelbild des Mondes näherkommen – und sah plötzlich sein eigenes Gesicht, das sich in der schwach erhellten Wasseroberfläche spiegelte.

Und er war augenblicklich von diesem Abbild seines eigenen Gesichts fasziniert, das – während er es weiterhin wie gebannt betrachtete – in seiner Vorstellung allmählich die Züge Nandis annahm, deren Gesicht durch den leidenden Ausdruck, dessen Augenzeuge der Junge, ohne es zu wollen, in ihren Augenblicken großer Leidenschaft und starken Schmerzes geworden war, verhärtet wirkte.

Aus dem Bedürfnis heraus, sich von dieser wiederkehrenden Vorstellung der Leiden seiner Mutter freizumachen, die jetzt auf der Wasseroberfläche sein eigenes Spiegelbild so deutlich überlagerten, schlug Shaka wütend mit seiner kleinen Faust ins Wasser und ließ das Spiegelbild in glitzernde, zerspritzende Rachesplitter auseinanderstieben.

Im Dunkel der Nacht lag Senzangakona in tiefem Schlaf. Sein Körper lehnte an der Flechtwerkwand der Königshütte, und er hatte sich einen Arm übers Gesicht gelegt, als wolle er die in seinen Träumen auftretenden Feinde abwehren. Neben ihm lagen die Überreste seines Trinkgelages: Scherben eines zerschlagenen Kruges und eine umgefallene Kalebasse, aus der ein stetiger dünner Strom Bier in ein schwelendes Feuer tropfte, wo die Flüssigkeit zischte, während sie die Hitze der Glut löschte – traurige Überreste, die zu einem Gebieter paßten, der es vorzog, wie ein Opfer zu leben.

Auf der Rückkehr vom Fluß machte Shaka halt, um die schlafende Gestalt seines Vaters zu betrachten, die sich im Helldunkel des Vollmonds klar abzeichnete. Mit gegen alle Gefühlsregungen gestählter Miene trat der Junge näher, schloß seine Hand um den Königlichen Assegai und riß ihn aus dem weichen Boden. Während ein unheimliches Glitzern seine Augen mit neuem Leben erfüllte, trat er einen Schritt weiter auf den Mann zu, der ihn gezeugt hatte, und hob den Speer, dessen Spitze im Mondschein wie das Leuchten in Shakas Augen glitzerte. Er holte aus, warf den Assegai und ließ ihn durch die Außenwand der Hütte zischen ... um Haaresbreite über der schlafenden Gestalt seines Vaters.

In der Dunkelheit senkte Mkabayi den Blick und dachte über diesen als Akt der Barmherzigkeit getarnten Racheakt nach.

Sie fand in dieser Nacht keinen Schlaf. Sie fragte sich, wie man einem Heldenmut, der so unerforschlich wie der dieses Kindes war, am besten dienen könne.

10 ISILO *Opfer*

»Es ist so, wie dein Vater, der große Jama, vermutet hat«, sagte Mudli eisig gefühllos. »Er ist das Kind der Weissagung.«

Der Schock schien Senzangakona das Blut aus dem Gesicht zu treiben. »Weißt du, was du da behauptest, Ältester?« erkundigte er sich mit ungläubig gerunzelter Stirn.

Mkabayi, die im Hintergrund der geräumigen Hütte saß, behielt ihre Absichten für sich, hörte schweigend zu und beobachtete die beiden Männer, während sie über den kleinen Jungen sprachen, dessen Zukunft jetzt innerhalb des Bereichs ihrer Emotionen und ihres Einflusses lag.

»Während der Ernte vor seinem Tode«, begann Mudli leicht überheblich, »ist König Jama von Sopane vom Berge aufgesucht worden.«

Bei der Erwähnung des legendären, schrecklichen Sehers vom Stamme der Nzuza, dessen Fähigkeiten im ganzen Land nicht ihresgleichen haben sollten, beugte Senzangakona sich auf seinem Binsenthron nach vorn, so daß sein Gesicht in den Feuerschein der lodernden Flammen geriet, der seinen plötzlich aufmerksam gewordenen starren Blick zu unterstreichen schien. Der König wußte, daß Sopanes Besuche im Lande der

Sterblichen selten und nur allzu oft eine Ankündigung unheilvoller Ereignisse waren. Wenn dieser Geier in Menschengestalt von seinem Horst in den Bergen herabgestoßen war, um mit seinem Vater zusammenzutreffen, wollte Senzangakona den Grund dafür erfahren – vor allem, wenn davon sein eigenes Fleisch und Blut betroffen war.

»Der Seher hat deinem Vater mitgeteilt, im Lande des Himmels sei ein Kind empfangen worden – das Kind der von den in den Bergen Hausenden vorhergesagten Blutigen Zeit. Sopane hat deinen Vater gedrängt, die Geburt dieses Kindes zu verhindern, weil sie unsere bisherige Lebensweise radikal verändern und eine Periode einleiten werde, in der ›amaZulu‹ gleichbedeutend mit Tod und Entsetzen sein werde.«

Mudli machte eine Pause – vielleicht um seinen Worten größeren Nachdruck zu verleihen –, bevor er hinzufügte: »Deshalb wollte König Jama dafür sorgen, daß die Langeni nicht nicht lange genug lebte, um ihren Sohn zu gebären.«

Mkabayi starrte Mudli durchdringend an, und ihr verblüffter Gesichtsausdruck verriet, unter welchem Schock sie stand.

Eine heiße Welle durchflutete Senzangakona, so daß er dunkelrot anlief, und ließ ihn in kalten Schweiß ausbrechen. Er war benommen und von der gewaltigen, sprachlosen Einsamkeit eines Menschen, der mit einer ebenso bizarren wie erschreckenden Wahrheit konfrontiert wird, zutiefst und bitterlich betroffen. Sein Vater hatte also handgreiflichere Vorkehrungen getroffen und sich keineswegs darauf beschränkt, lediglich seinen Sohn zu ermahnen! Senzangakona verzog das Gesicht zu einer Grimasse, als schmecke diese Täuschung noch nachträglich bitter.

Während Senzangakona dem Bericht Mudlis entgeistert zuhörte, steigerten seine Ungläubigkeit und Bestürzung sich immer mehr. Er sah einen Aspekt im Wesen seines Vaters, der ihm gänzlich neu war: eine Unbarmherzigkeit, die die sanfte Wärme seiner Berührung, das tiefe Mitgefühl seines Blicks Lügen strafte.

»Das hat er also getan?« Die Stimme des Königs klang hohl. »Zum Besten des ...«

»Ich weiß, Ältester«, unterbrach Senzangakona ihn. Sein Tonfall war plötzlich schneidend vor Zorn und beißend sarkastisch. »Zum Besten des Königreichs. Aber warum?« fragte er beinahe schreiend. »Warum, Mudli?«

»Aus Angst, Nkosi«, erwiderte Mudli ernst. »Aus Angst vor dem, was dieses Kind unserem Stamm ... unserem Volk antun würde.«

Der Tonfall des Königs wurde noch sarkastischer. »Der große Jama ... ist sich nicht zu schade, die Ermordung einer hilflosen, schwangeren Frau zu befehlen ... nur auf Drängen eines erbärmlichen kleinen Sehers? ... Findest du nicht auch, daß das unter seiner Würde hätte sein sollen, Ältester?«

Mudli wies Senzangakonas Anschuldigungen im Ton gerechter Empörung zurück, als verteidige er das Andenken seines geliebten Freundes und Königs, indem er feierlich verkündete: »König Jamas Verdacht hat keineswegs nur auf Sopanes Warnungen beruht, Nkosi. Dein Vater hat seinen Entschluß gefaßt, nachdem er sich vergewissert hatte – soweit das damals schon möglich war –, daß die Zeichen im Leben des Kindes mit unheimlicher Genauigkeit den von den Propheten vorausgesagten entsprechen: Der Knabe ist im Untulikazi, dem Monat der Weissagung, geboren; er ist unehelich, wie es die Weissagung verlangt; er ist unter dem Mond des Siebengestirns, des Sternbilds der Weissagung, empfangen worden; du bist der siebte Nachfolger Zulu kaMalandela Zulus, in dessen Regierungszeit sich die Weissagung erfüllen soll; seine Geburt ist mit dem Tod des Sohns deiner Hauptfrau zusammengefallen – das ist der Fluch der Weissagung!«

Senzangakona blickte rasch zu seiner Schwester hinüber, deren hartgesottener Wirklichkeitssinn dieses Ammenmärchen sicher amüsant finden würde.

Zur Überraschung und Verwirrung des Königs trug Mkabayis Gesicht jedoch keineswegs einen belustigten, sondern einen seltsamen, undefinierbaren Ausdruck, hinter dem eine Absicht steckte, die Senzangakona erst recht verwirrte.

»Und wenn wahr wäre, was du sagst...?« Als der König

endlich sprach, klang der widerstrebende Unterton seiner Stimme leicht herausfordernd.

»Dann muß er sterben.« Tonfall und Gesichtsausdruck des anderen verrieten keine Gefühlsregung, sondern nur ein respektvolles Drängen darauf, diesen Fall so rasch wie möglich abzuschließen.

Sind denn alle verrückt geworden? fragte Senzangakona sich, bevor er Mudli in entgeistertem Flüsterton, aus dem sein ganzer Abscheu vor dieser Untat sprach, fragte: »Töten? Meinen einzigen Sohn?«

»Auch das ist Teil des Fluchs, Nkosi«, fuhr Mudli unerbittlich fort. »Seitdem du dieser Frau begegnet bist, hast du nur zwei Kinder bekommen – beide von ihr. Deine übrigen Ehefrauen sind alle unfruchtbar.« Der Älteste runzelte die Stirn, bevor er nachdrücklich hinzufügte: »Auf wunderbare Weise.«

Der König fühlte sich plötzlich schutzlos. Um so mehr, als Mkabayi endlich sprach und ihre Frage seine innersten Gedanken widerspiegelte.

»Du zögerst, mein Bruder?« fragte sie ausdruckslos. »Etwa aus Liebe?«

»Gilt deine Sorge mehr diesen Fremden als der Zukunft deines eigenen Königreichs?« warf Mudli ein.

»Er ist kein Fremder!« brüllte Senzangakona aufgebracht und kam sich wie ein eingesperrtes Tier vor. »Er ist Blut von meinem Blute!«

»Ganz recht, Nkosi – dein Blut«, bestätigte der Älteste in unheilschwangerem Tonfall. »Und er hat dein Blut vergossen, um seine Mutter zu beschützen! Das ist nicht unbemerkt geblieben – und darf nicht ungesühnt bleiben!«

Die Stimme des Ältesten klang einschmeichelnd, beinahe liebkosend, als er vertraulich fortfuhr: »Am besten ziehen wir Sopane von den Nzuzas hinzu. Seine Macht über solche Rätsel ist weit größer als unsere. Er deutet dir die Geheimnisse des Kindes und liefert dir den Beweis, den du brauchst. Und dann, Nkosi«, schloß der Älteste mit einem erschreckenden Glitzern in den Augen, während er sein Netz subtil weiterspann, »sollst du beschließen, was du für richtig hältst –zum Wohl aller.«

Senzangakona hob den Kopf und starrte mit bitterem Lächeln blicklos vor sich hin, während seine Gedanken sich in dem wabernden düsteren Nebel verloren, in dem alle Hoffnung im trügerischen Dunkel der Magie versinkt.

Es war eine abscheuliche Fratze – verschlagen, rachsüchtig, bösartig und unstet; ein großes, von tausend Runzeln zerfurchtes Gesicht, auf dem sämtliche Laster, sämtliche unwägbaren dunklen Absichten ihre Spuren hinterlassen hatten, während die tief in ihren Höhlen liegenden scharfen Augen und die spitze, schmale, fleischlose Nase den Eindruck von Altersschwäche und Schroffheit erweckten, der zu irgendeinem grimmigen, bösartigen Raubvogel gepaßt hätte.

Der Körper, bucklig, verwachsen, mit grotesken Schwielen und Warzen bedeckt, war rosig weißlich gefärbt – die blasse, farblose Tönung des Albinos – und tief gebeugt für ewig in der Haltung des Bettlers und des Schurken erstarrt, mit vorgereckten hageren Schultern, die nur aus Knochen und Knorpel zu bestehen schienen. Es war eine ungeheuerliche Gestalt, die an Hunger und Habgier denken ließ.

Das war der berühmte Sopane vom Berge, der elende Sohn vom Stamme Nzuza, der Seher des Unergründlichen und des Geheimnisvollen. Die Dorfbewohner waren sprachlos und vor Abscheu und Angst wie versteinert, als dieser Elende auf groteske Weise durchs Viehgehege humpelte und schlurfte: mit fest zusammengekniffenen Augen, sein kahlter Wasserkopf wie eine Eiterblase glänzend und die um seinen Hals hängenden Mäuse- und Fledermausschädel mit unheimlichem Klang gegen die angelaufenen Bronzeringe und -glöckchen schlagend, die er in den Ohren und an den Stachelschweinhäuten um seine Schultern trug. Sopanes besessenes, ghulenhaftes Geschrei, in das sich schrilles Heulen und Zischen mischte, wurde von dem verrückten Kläffen seiner heimtückischen Helfer Mgidi und Mqaiane begleitet – beide jünger als ihr Meister, aber mit durch Rachitis und andere Mißbildungen ebenso grausig entstellten Körpern. Diese teuflische Prozession tanzte auf die Haupthütte der Heimstätte zu, wobei die drei Männer mit grotesken Pirouetten in die Luft sprangen und mit den Armen wie mit Flügeln schlugen, so daß sie wie drei Geier in den Fängen eines langsamen Foltertodes wirkten.

Nandi und Shaka wurden abgeholt und unter Bewachung zur Königshütte gebracht. Nandis Blut stockte ihr in den Adern, als sie sich dem stinkenden, gräßlichen Seher näherte, der ihr mit eigentümlich besitzergreifender erwartungsvoller Miene entgegenblickte. Da sie spürte, daß die von ihr intuitiv erfaßte Gefahr unmittelbar bevorstand, schloß Nandi ihren Sohn instinktiv in die Arme und drückte ihn schützend an ihre Brust. Aber der Junge wurde ihr entrissen und dem Nzuza-Seher und seinen Helfern übergeben.

Shaka wurde von den sehnigen dürren Armen Mqalanes und Mgidis unbeweglich festgehalten, während Sopane zu Füßen des Jungen niederkniete und mit der Spitze seines Opferspeers seinen Knöchel berührte. Shaka blieb ohne zusammenzuzucken stehen, während die Speerspitze seine zarte Haut durchstieß und eine Wunde erzeugte, aus der sofort ein glitzernder dunkelroter Strom floß. Das reichlich hervorquellende Blut wurde von Sopane in einer kleinen Schale aus gebranntem Ton aufgefangen. Während die Schale sich füllte, schloß Sopane die Augen, denn die Nähe des Bluts des Kindes der Weissagung brachte seine Seele dazu, unter dem Widerhall der Melodie der Ewigkeit benommen zu schwanken.

Das hell brennende Feuer knackte und prasselte bedrohlich, während es blaue beißende Rauchwolken in kurzer Folge ins erstickend heiße Innere der Königshütte entsandte. Sopane, der vor der Feuerstelle hockte, beugte sich nach vorn, wobei der gespenstische Flüsterton seines Singsangs der halblauten Litanei einer höllischen Totenklage glich, hob die Schale an seine Lippen, spie hinein und stellte sie danach vorsichtig auf die Glut, worauf Mgidi und Mqalane sie mit einer Mischung aus der Asche verbrannter menschlicher Organe und zerstoßenen Kräutern bestreuten.

Die anderen – Senzangakona, Mkabayi und Mudli – sahen wie gebannt und mit ungläubig geweiteten Augen zu, als die Schale von innen heraus magisch zu leuchten begann: ein pulsierendes grünliches Phosphoreszieren, das mit jedem Pulsschlag heller wurde und einen verzaubernden Klagelaut ausstieß – wie das Jammern in der Hölle grenzenloser Verzweiflung. Das übersinnliche Wimmern vermischte sich mit Sopanes Singsang; beide Stimmen wurden lauter, und ihre Stimmlage stieg höher und höher wie die eines teuflischen Chores, der anschwellend das Lob des Unwägbaren singt. Als das Kreischen dann ohrenbetäubend wurde, verzerrten Sopanes grausige Gesichtszüge sich; er begann unkontrollierbar zu zittern, und auf seiner farblosen Haut bildete sich ein Schweißfilm, durch den sie das von der Schale ausgehende grünliche Leuchten annahm. Dieses Leuchten war unterdessen stärker geworden, überstrahlte jetzt den Feuerschein und erfüllte die ganze Hütte wie ein waberndes Phantom.

Außerhalb der Hütte zuckte jäh ein Blitz aus heiterem Himmel herab, und aus der Stille heulte ein Sturmwind heran, der alles Leben in brutaler, unbeseelter Wut niederdrückte. Der von den Elementen gerufene Donner entlud sich mit langgezogenem Grollen, aus dem der schmerzhafte Aufruhr sprach, in dem sich die gesamte Schöpfung plötzlich befand. Und als dann der Regen brausend und peitschend fiel, war es, als sei der Himmel in die Tränen ewigen Leides ausgebrochen.

In seiner Hütte befand Shaka sich in einem Trancezustand: Sein Körper wurde von den heftigen Krämpfen eines Anfalls geschüttelt, der ebenso intensiv wie der Aufruhr des Himmelsgewölbes war. Während Nandi, für die diese plötzlichen, unerklärlichen Krämpfe ihres Sohns verwirrend und erschreckend waren, ihn an sich gedrückt hielt, reagierte Shakas wie im Fieber liegende Seele auf einen beruhigenden sanften Ruf aus der Ferne, auf Sitayis Ruf …

»Der Enkel Jamas«, sagte die Alte flüsternd, »muß sich darauf vorbereiten, die Worte seiner Vorväter zu hören. In sieben Nächten von heute an muß er allein am Teich Magebas und Ndabas östlich des Großen Berges weilen. Dort soll sein Schicksal besiegelt werden.«

Während Illusion und Wirklichkeit miteinander verschmolzen, um das Schicksal zu bilden, sah sich Shaka vor seinem inneren Auge am Ufer eines nebelverhangenen Teichs: des Teichs von Mageba und Ndaba. Der Junge konzentrierte seine Aufmerksamkeit auf den Zauberteich und stellte verwundert fest, daß sein schlammiges Wasser kochte und brodelte. Er stand mit aufgerissenen Augen und vor Verblüffung offenem Mund da, als mit lautem Klatschen eine riesige Kobra mit weit gespreizten Halsrippen aus dem Wasser auftauchte und das wie in einen Bann geschlagene Kind mit leuchtenden, rubinroten Augen anstarrte. Die vor und zurück schwankende Kobra reckte sich höher und höher, bis sie Shaka weit überragte. Dann begrüßte sie ihn halb singend, halb sprechend mit hallendem Baß: »Bayete, wena wa sendhlu nKulu! – Heil dir, der du groß wie die Träume seines Volkes bist!«

»Wer bist du?« fragte Shaka und wunderte sich darüber, wie fest seine Stimme klang.

»In mir ist der Geist des Volkes des Himmels«, verkündete die Kobra mit Donnerstimme. »Ich spreche mit der Stimme Malandelas, Zulus, Ntombelas, Pungas, Magebas und Ndabas. Von nun an bist du mein Sohn, und ich bin dein Vater. Bitte, so wird dir gegeben: die Völker als dein Erbe, die Weiten der Erde als dein Reich. Wer deinen Namen ehrt, soll in deinem Ruhme wachsen; wer es nicht tut, soll auf ewig verderben. Dieser Bund zwischen uns soll andauern, solange du dich wie ein Sohn vor seinem Vater verhältst... Begehre nicht mehr, auf daß der Vater sich nicht mit dem Blut seines Blutes gegen den Sohn kehre!«

Die hallende Stimme verstummte plötzlich, so daß Stille herrschte – bis auf das sanfte Brausen der kreisenden Nebel und das keuchende Atemholen des Kindes, das stocksteif dastand.

»Tritt vor, Shaka Zulu«, forderte die Stimme ihn in beruhigendem Tonfall auf, »und halte dich bereit, geweiht zu werden.«

Der Junge merkte, daß er wie hypnotisiert nach vorn in den seichten Teich trat. Dabei geriet das Wasser um ihn herum in Bewegung, strudelte schneller und immer schneller und stieg zu einer Säule auf, die den Knaben mit einem schimmernden

Kristallzylinder umgab, dessen Wände sich allmählich blutrot färbten. Das gedämpfte Brausen verwandelte sich in einen Jubelschrei aus Tausenden von Kehlen, die ihren König begrüßten: »Bayete, Nkosi! Wena wa sendhlu nKulu!«

Und als der Jubel plötzlich verhallte, murmelte Sitayis Stimme in unheimlichem Flüsterton: »Du bist Zulu. Du besitzt den Himmel. Deine Macht, dein Ruhm und dein Königreich sind die Gabe deines Erbes. Verrate dieses Erbe nicht, sonst bedeutet dein Tod den deines Volkes...«

Shakas Seele zog sich aus der Dimension des Schicksals zurück, um in die der Realität zurückzukehren, während weitere Krämpfe seinen fiebernden, gequälten Leib durchzuckten. Nandi drückte ihn an ihre Brust und schluchzte hilflos, während draußen der Sturm weiterwütete und der starke Wind heulend durch die Flechtwände der Hütte fuhr.

So abrupt und unerklärlich, wie der Sturm losgebrochen war, flaute er jetzt wieder ab, und über esiKlebeni wölbte sich wie zuvor ein friedlicher dunkelblauer Nachthimmel mit Tausenden von strahlenden Lichtpunkten.

Die Schale mit dem Lebenssaft des Kindes der Weissagung hörte zu leuchten auf und verwandelte sich wundersam schnell in einen halbrunden Kohlebrocken, der unter den drahtigen Fingern des Sehers zu Asche zerbröckelte. Der hektische Singsang schien in Sopanes Kehle steckenzubleiben, so daß er würgend und mit heiserem, tief aus den Lungen kommendem Keuchen nach Luft rang und mit weit aufgerissenem, grotesk verzerrtem Mund einem aufs Trockene geworfenen Fisch glich. Dann sackte der böse Raubvogel mit dumpfem Gurgeln nach vorn zusammen und war bewußtlos.

Die darauf folgende gespannte Stille wurde schließlich von dem Zulukönig gebrochen. Senzangakona, dessen Brust sich mit einem schweren Seufzer dehnte, erhob sich schwerfällig und befahl: »Gib ihnen den Lohn, den sie fordern, Mudli.« Der König blieb an der Tür der Hütte stehen, um müde hinzuzufügen: »Morgen wird der Fluch gebrochen.«

Bevor Senzangakona die Hütte verließ, sah er zu seiner Schwester hinüber. In diesem Blick entdeckte Mkabayi ein stummes, verzweifeltes Flehen – wie das eines hinter den Gitterstäben eines Käfigs gefangenen Tieres. Unter dem Eindruck dieser spürbar dringenden Bitte senkte Mkabayi nachdenklich den Kopf und starrte in die knisternden Flammen.

11 IGAZI *Blut*

»Shaka!« rief Nandis sanfte Stimme.

Der Junge bewegte sich auf seiner Schlafmatte und schüttelte seine Benommenheit schmerzhaft träge ab. Seine Lider zuckten, dann blinzelte er mehrmals, schlug endlich die Augen auf und drehte den Kopf zur Seite, um seine Mutter durch den flirrenden Nebel der Nachwirkungen seines Fiebers anzustarren.

»Komm, Shaka. Wir müssen sofort aufbrechen.«

»Wohin gehen wir, Mutter?« fragte er verwirrt.

»Heim«, sagte sie nachdrücklich.

Nomcoba in einem Rindslederbeutel auf dem Rücken und Shaka an der Hand, schritt Nandi durch die Nacht und folgte der schemenhaften Gestalt eines Mannes, der sie heimlich von den nur schlecht erkennbaren Kuppelbauten der Heimstätte esiKlebeni weg zu den in hellem Mondschein aufragenden Hügeln führte.

Auf dem höchsten Punkt des fernsten dieser Hügelrücken blieb Nandi stehen, um einen Blick zurück auf die kaum noch wahrnehmbaren Umrisse des Zuludorfs zu werfen, das in nächtliche Stille gehüllt hinter ihnen lag. Sie schob die vergangenen sechs Jahre ihres Lebens – eine Existenz, die aus trauriger Reue und ängstlicher Hoffnung bestanden hatte, wie sie jetzt erkannte – beiseite und blickte in die Zukunft und das freundliche Gesicht des Mannes, der sie aus den Klauen der Verurteilung durch den Zauberer errettet hatte.

»Nein, Nandi«, widersprach er gleichfalls lächelnd. »Obwohl ich euer Leben schätze, stammt die Idee, euch zur Flucht zu verhelfen, nicht von mir.«

Einen Augenblick lang hegte Nandi die Hoffnung, der Urheber ihrer Errettung könnte jener Mann sein, der Verursacher ihres Unglücks gewesen war. Sie war bereit, alles zu vergeben und zu vergessen, und fragte mit erwartungsvoll blitzenden Augen: »Wessen Idee ist's sonst gewesen?«

»Das erfährst du später«, antwortete Igazi ausweichend. »Aber jetzt müßt ihr euch beeilen. Bei Tagesanbruch beginnt er euch zu suchen, und ihr müßt zuvor dein Heimatdorf erreicht haben.«

Igazi, der ihre tiefe Enttäuschung und die Ursache dafür wahrnahm, bemühte sich, sie von ihrer unheilbaren Verzweiflung abzulenken. »Du solltest besser als jeder andere wissen, wie wetterwendisch das Leben ist. Geh jetzt, Nkosikasi, und die Vorfahren seien bei dir.«

»Nkosikasi?« wiederholte Nandi nachdenklich. »Das ist der Titel der Hauptfrau Zulus, Igazi. Nicht der einer Ausgestoßenen.«

»Du bist die Hauptfrau der Zulus, Nandi«, antwortete Igazi unbeirrt, während er ihren Blick stetig erwiderte. »Du bist die Königin! ... Das habe ich schon vor sechs Jahren gewußt, als du durchs Tor von esiKlebeni geschritten bist, als gehöre dort alles dir!«

Ein schwaches Lächeln der Erinnerung zog Nandis Mundwinkel nach oben, und sie lachte, wobei sie ihren Kummer im Augenblick vergaß. Igazi stimmte in ihr Lachen ein und genoß diesen flüchtigen fröhlichen Augenblick mit der Frau, die er im stillen stets geliebt hatte.

»Eines Tages kehrst du zurück, um deinen rechtmäßigen Platz einzunehmen«, fügte Igazi ernsthaft werdend hinzu. »Und er ... « Der Mann deutete auf Shaka. »Er ist dann dein Schild.«

Nachdem Nandi Igazi umarmt hatte, nahm sie Shaka bei der Hand, verlagerte Nomcobas Gewicht auf ihrem Rücken und machte sich auf den Weg in ihre Zukunft.

Als Igazi sich durch die Schatten und die Stille auf seine Hütte zubewegte, fühlte er die Gegenwart eines weiteren wachenden Wesens an der qualmenden Glut eines Lagerfeuers. Der Mann blieb ruckartig stehen, und seine Haltung versteifte sich.

»Das ist töricht gewesen, Igazi«, erklärte eine Stimme ihm in einem Ton, in dem sich Bedauern und Verärgerung mit unendlicher Müdigkeit mischten. »Sehr töricht ... sehr ... töricht«, wiederholte Senzangakona, als lese er in dem Feuer den Refrain irgendeiner zum Ritual des Todes gehörenden Litanei. »Warum?« fragte er, hob verwundert den Kopf, betrachtete Igazis Gesicht durch die von der Glut aufsteigende Wärme und schien irgendwie zu hoffen, diese Wärme werde den Eispanzer schmelzen, der sich jetzt um ihre Freundschaft gebildet hatte.

Igazi merkte, daß er nicht sprechen konnte – es gab zuviel oder vielleicht zuwenig, mit dem er einen zusammenhängenden Satz hätte bilden können. Er trat lediglich näher an seinen König heran und blickte auf ihn herab.

»Es ist noch nicht zu spät«, überlegte Senzangakona halblaut, während er wieder ins Feuer starrte. »Ich könnte noch immer einige Männer entsenden, um die drei abfangen zu lassen, bevor sie ihr Dorf erreichen. Es dürfte nicht allzu schwierig sein, eine zu Fuß gehende Frau mit einem Kind und einem Säugling einzuholen.« Die letzten Worte stieß er mit kummervoll gepreßter Stimme und Tränen in den Augen hervor, als der Gedanke ihn wie ein Keulenschlag traf, daß diese Frau und diese Kinder seine waren. Was konnte einem Mann mehr bedeuten als die Frau, die er liebte, und die Kinder, die sie ihm geschenkt hatte? Was hatte ihm das Leben mehr zu bieten?

Nichts ... außer Freundschaft, und sein Blick kehrte zu Igazi zurück, der jetzt leise zustimmte. »Richtig. Das dürfte nicht allzu schwierig sein, Nkosi.«

Senzangakona saß unbeweglich. Seine Augen ließen die seines Freundes nicht mehr los. »Du weißt, was dies bedeutet.« Das war keine Frage, sondern eine Feststellung. »... ein Akt des Widerstands gegen deinen König.«

Obwohl Igazi derjenige war, der sterben mußte, empfand er

in diesem Augenblick schmerzliches Mitgefühl für seinen König, weil er erkannte, daß sein eigener Tod eine niemals mehr auszufüllende Lücke im Leben seines Freundes hinterlassen würde.

»Natürlich weiß niemand davon – nur du und ich«, gab Senzangakona zu, womit er andeutete, daß dem König eine Verschwörung unter Freunden durchaus willkommen sei. Der Speer in seiner Hand blitzte auf, während er seine Bitte unterstrich. »Im Grunde genommen *braucht* niemand davon zu erfahren.«

»Vielleicht, Nkosi«, erwiderte Igazi mit fester Stimme. »Andererseits haben wir lange genug miteinander gejagt, um zu erkennen, wann es ums Überleben geht.« Der Blick des Mannes fiel auf den Assegai in der Hand des Königs. »Um deiner wie meiner Würde willen mußt du mir die verdiente Strafe gewähren.« Igazi hob behutsam den Speer des Königs, bis die Spitze auf sein Herz wies, und flüsterte, während er sich in seinen Mut zurückzog: »Stoß zu, mein Freund. Stoß rasch zu.«

Senzangakona fühlte, daß sein Arm nach vorn gezuckt war und die Speerspitze tief in Igazis Herz gestoßen hatte. Der König blickte entsetzt auf das aus der Brust seines Freundes quellende Blut und zitterte, weil er das Gefühl hatte, die Wärme des Lebens verlasse auch ihn. Als Igazi nach vorn sackte, fing Senzangakona ihn in den Armen auf, die sich dabei tiefrot färbten, ließ seinen Freund zu Boden gleiten und riß ihm den Assegai aus der Seite.

»Warum?« fragte der König wieder im Ton bitterer, tiefer, unüberwindbarer Verzweiflung.

Igazi, der gegen Schmerzen und Dunkelheit ankämpfte, murmelte: »Sie hatten dich wieder in die Enge getrieben. Du hast einen Ausweg gebraucht. Du mußtest deinen Sohn opfern oder ... dies tun. Bayete, Nkosi«, flüsterte Igazi und umklammerte den Arm seines Freundes.

Und dann war er tot.

»Hamba kahle, mein Freund. – Gehe in Frieden«, lautete die ebenso leise Antwort.

Senzangakona kaJama Zulu hob den Blick von der Leiche

seines besten Freundes und starrte die riesige Sonnenscheibe an, die aufgegangen war, um den Kummer des Königs mit Wärme zu überschütten.

Im Morgengrauen quälten drei erschöpfte Menschen sich den felsigen Abhang unterhalb des Langenidorfs hinauf: Shaka, der jetzt vorausging, und Nandi mit Nomcoba auf dem Rücken.

Obwohl Nandis Beine zerkratzt und blutig waren, obwohl ihre körperliche und geistige Kraft bis zur Gleichgültigkeit, zur Gefühllosigkeit erschöpft war und obwohl sie keinerlei Grund zu einem Lächeln hatte, lächelte Nandi freudig, während sie und ihre Kinder sich Bhebhes Heimstätte näherten – dem Punkt in Raum und Zeit, den sie jetzt als Zufluchtshafen im Sturm betrachtete.

Bei der Annäherung an die Stätte ihrer Kindheit fiel Nandi im oberen Teil der Heimstätte eine kleine Ansammlung von Menschen auf, deren Gesichter ihr zum Teil noch vertraut waren, während andere sich in langen Jahren bis zur Unkenntlichkeit verändert hatten. Sie sah ihre Mutter Mfunda, König Mbenghi, seinen Sohn Prinz Makedama – jetzt ein junger Mann –, den Ältesten Gama, weitere hochgeschätzte Mitglieder des Ältestenrats der Langenis und die alten Weiber des Dorfes, die sich an die Brüste schlugen und sich einer jammervoll betrübten Klage hingaben.

Als Nandi die Versammlung näher betrachtete, fragte sie sich, warum Bhebhe nirgends zu sehen war.

Dann wußte sie's.

Während ihr das Blut aus dem Gesicht wich und flirrendes Entsetzen ihre Seele erfüllte, hielt Nandi den Atem an, weil ihr Blick auf den freien Raum oberhalb des Viehgeheges fiel, wo sie ... eine Grube sah: vier Fuß tief, sechs lang und drei breit, wie sie dem gemeinen Volk zustand. In dieser Grube saß Bhebhe in aufrechter Haltung, so daß nur Kopf und Schultern über dem Rand seines Grabes sichtbar waren. Selbst im Tode trugen seine Züge noch einen Ausdruck, der beschwichtigendes Mitgefühl und Verständnis versprach.

Nandi, der plötzlich die Knie weich wurden, ergriff Shakas

Hand und drückte sie tröstend, während der Junge die erschreckende Erscheinung seines Großvaters mit weit aufgerissenen Augen und ohne zu blinzeln anstarrte.

Die unvergleichliche Macht des Todes, sagte er sich, während er den Schmerz seiner Mutter beobachtete.

Tod: der Herr des Kummers, der Herr des Schmerzes, der Herr des Leidens. Der Herr des ... Tötens.

Man ist entweder sein Gebieter oder sein Opfer, entschied sein junger Verstand. Es gibt keinen Mittelweg.

»Was wir zu tun haben, ist uns klar vorgegeben, Nkosi«, führte Mudli beredt aus, während er im weichen Gras unter der Euphorbia auf und ab ging, wo der Ältestenrat sich versammelt hatte, um über die Ereignisse des vergangenen Tages zu beraten. »Und ich möchte vorschlagen, daß wir unsere Augen nicht vor der Lösung verschließen, die uns das Schicksal anbietet.«

»Und worin könnte sie bestehen, Ältester?«

Mkabayi, Lutuli und die übrigen Mitglieder der Ratsversammlung (insgesamt ein Dutzend Männer unterschiedlichen Alters, die jeweils eine oder mehrere Zuluheimstätten vertraten) konzentrierten ihre Aufmerksamkeit auf den König, dessen ungewohnter Widerspruchsgeist, der ihn wie eine Aura zu umgeben schien, ihnen allen auffiel: die Aura eines Mannes, der seinen tiefen Kummer über den Verlust eines Menschen, mit dem er sein Herz geteilt hat, kaum verbergen kann.

»Durch den Verrat deines Indunas sind sie ins Exil ›gelockt‹ worden«, fuhr Mudli unbeirrt fort. »Das hätten wir nicht besser planen können, Nkosi. Jetzt mußt du den nächsten offenkundigen Schritt tun und ihre Rückgabe fordern.«

»Die Langenis sind stolz, Ältester«, meinte der König nachdenklich. Seine Stimme klang müde, als sei ihm alles im Leben zuviel, vor allem das Weiterleben. »Sie weigern sich womöglich – und das würde Krieg bedeuten.«

»Ganz recht«, fuhr Mudli fort und machte eine kurze Pause, als wolle er seinem Vorschlag größeren Nachdruck verleihen. »Und in diesem Krieg wird's Tote geben ... zu denen dann auch der Junge gehört. Die von der Weissagung ausgehende Gefahr wird gewissermaßen im Keim erstickt, ohne daß du dir selbst die Hände mit dem Blut des Kindes besudeln müßtest.«

Während Senzangakona dem Ältesten einen scharfen Blick zuwarf, wurde Mudlis Stimme noch dringender. »Wenn wir zulassen, daß das Kind der Weissagung am Leben bleibt, bringt es Tod und Terror über unser Volk! Den Umsturz unserer bisherigen Lebensweise! *Das* haben die Ahnen gemeint, als sie von diesem Knaben gesprochen haben! Darauf bezieht sich ihre Warnung. Alles, woran wir glauben, wofür wir einstehen – alles, was wir sind –, ist dann verloren! Für immer und ewig. In einem Reich, das ein zügelloser Monolith der Zerstörung zu werden bestimmt ist!«

Nach dem Abschluß dieser weiteren Demonstration von Mudlis Redekunst und während ein Raunen durch die versammelten Ältesten ging, die ihre Bemerkungen dazu machten, starrte Senzangakona den Ältesten lange und durchdringend an. Sein stetiger, nachdenklicher Blick forschte nach der Wahrheit im Herzen des Mannes, der seinen Vater geliebt und ihm treu gedient hatte. Dann brach er sein Schweigen, um mit lauter Stimme zu befehlen: »Tilge sie aus deinem Gedächtnis, Ältester! Ich befehle es dir! Das ist der gleiche Befehl, den mein Vater mir vor über sieben Jahren erteilt hat!«

Mudli, der mit plötzlicher Hilflosigkeit erkannte, daß der Befehl des Königs alle weiteren Einwände abschnitt, verbeugte sich und verließ den Ort der Ratsversammlung. Lutuli und die übrigen Ältesten folgten seinem Beispiel und ließen Senzangakona mit seiner Schwester allein.

Nachdem der König einige Augenblicke lang nachdenklich schweigend dagesessen hatte, fragte er, ohne sie anzusehen: »Hat's Igazi sein müssen? Hättest du nicht einen anderen nehmen können?«

Mkabayi, für die diese Frage etwas überraschend kam, zögerte.

»Antworte!« forderte ihr Bruder sie mit zunehmender Ungeduld auf.

»Er ist der einzige gewesen, dem ich vertrauen konnte«, gab

sie schließlich ausdruckslos zu. »Er hat euch beide geliebt.«

Danach herrschte wieder Schweigen. Senzangakona hörte eine Brise mit den Blättern der Euphorbia spielen und dachte an seinen Freund, der ihn so sehr geliebt hatte, daß er sein eigenes Leben für das seines Sohnes geopfert hatte.

Für seinen Sohn.

Senzangakona blickte seine Schwester forschend an. »Diese ... Weissagung. Was hältst du davon?«

»Mudli hat recht«, antwortete sie geistesabwesend, als horche sie auf eine innere Stimme. »Eine neue Ordnung wird kommen, und der Speer der Weissagung wird ihr den Weg bereiten. Mudli sieht die Vernichtung aller unserer Wertvorstellungen voraus und bezeichnet das als ... ›böse‹. Aber ist es böse, eine Heimstätte abzureißen, um Platz für eine größere und bessere zu schaffen? Unser Vater, Mudli und die Menschen seiner Generation sind das Stroh, das geschnitten und gebündelt werden muß, damit das Neue Haus der amaZulu erbaut werden kann.« Senzangakona wandte sich nach Mkabayi um, und sie blickten sich in die Augen, während seine Schwester fortfuhr: »Das seit Zeit und Ewigkeit vorausbestimmte Haus. Die Weissagung lehrt uns, daß das reife Stroh mit dem Speer geschnitten und daß der Speer von dem Kind geführt werden wird.«

Senzangakona senkte den Blick, während Mkabayis Worte um ihn herum in einem Strudel wirbelten, der sich in den stillen Krater eines Vulkans zu verwandeln schien, dessen Abgrund hell, bezaubernd, in erstarrter Ruhe leuchtete – wie am Vorabend seines Ausbruchs.

»Die Neue Ordnung, die Wiedergeburt, die uns Shaka ankündigt, ist nicht böse, mein Bruder.« Mkabayis Stimme wurde zu einem unheimlichen Flüstern. »Sie ist unser Schicksal.«

12 UKUQALA *Aggression* UNYAKA *Sommer 1802*

»Nzobo kaMpepha!«

Der kriegerische Schrei weckte die Bewohner von Mpephas Heimstätte. Noch schlaftrunken und benommen standen sie auf und eilten aus ihren Hütten zum höchsten Punkt des Viehgeheges, wo sie sich versammelten, um verwirrt und nachdenklich die imposante Gestalt unter dem Tor der Residenz anzustarren: einen Jüngling, der die Arme in die Hüften stemmte, dessen majestätischer Leib im Mondschein bläulich schimmerte und dessen Gesichtszüge – die ausgeprägte Linie seines Kiefers, sein gutgeformtes Kinn – in diesem Licht hervortraten und ihn bemerkenswert vornehm wirken ließen.

»Nzobo kaMpepha«, wiederholte Shaka, indem er seine laute Stimme senkte. Er lächelte jetzt, aber seine Katzenaugen glitzerten stählern und kalt. »Mein Leib ist von den verkohlten Ruinen meines Heims beschmutzt«, stellte Shaka nüchtern fest, wobei er seine muskulöse Brust betrachtete, die Streifen und Flecken von schwarzer Kohle und grauer Asche aufwies. »Ich bin gekommen, um ihn mit eurem Blut zu waschen.«

Nzobo kaMpepha war mit einer Horde von Raufbolden gekommen. Sie hatten sich mit hochgehaltenen Fackeln in die Stille der Heimstätte geschlichen, in der Mfunda, Nandi, Shaka und die kleine Nomcoba in wohlverdientem Schlummer lagen, nachdem sie den ganzen langen Tag auf dem in der Nähe liegenden Feld gearbeitet hatten, dessen kleiner Getreidebestand alles bedeutete, worauf die winzige Familie angesichts der verheerenden Dürre zählen konnte.

Die Gruppe hatte sich lautlos verteilt, und auf Nzobos Handzeichen hin wurden die Fackeln an die trockenen Strohdächer der Hütten, die ausgedörrte Umzäunung des Viehgeheges und zuletzt ... an das in der Nacht wogende junge Getreide gelegt.

Während die Flammen durch ihre Heimstätte gerast waren, hatte Shaka seinen Speer umklammert und Mfundas Hand, die ihn zurückhalten wollte, ruhig, aber entschlossen abgeschüttelt. »Sie halten uns für Opfer, Großmutter. Es wird Zeit, daß sie merken, daß wir zu töten wissen.« Und er war durch die Flammen davongeschritten, um – nach Art der Natur – Gerechtigkeit zu üben.

Nur Gerechtigkeit! Nichts war seinen Gedanken ferner als etwas so Zweckloses wie Rache. Gerechtigkeit. Er hielt es für seine Pflicht, ihr zum Sieg zu verhelfen – mit eigener Hand, durch die Hand des einzigen Mannes der Familie.

»Nzobo kaMpepha«, hatte er in die Nacht gerufen, als ob dieser Name all den Haß verkörpere, den die Bewohner des Langenidorfs gegen die Ausgestoßenen empfanden.

Er war bereit, seinen ersten Menschen zu töten.

Shaka, der seinen Assegai jetzt fester umklammerte, schritt in die Langeni-Heimstätte: mit zurückgenommenen Schultern und hoch aufgerichteter Gestalt, in einer Haltung, die gebieterisch und fesselnd zugleich war, und seine asketisch strengen und zielbewußten schönen Züge erinnerten an einen erwachsenen Mann – nicht an einen Jungen von kaum 14 Jahren.

Nzobo, der schon fast 17 Jahre alt und erheblich größer als Shaka war, quittierte die Herausforderung seinerseits mit einem Lächeln – schmal, spöttisch, selbstsicher – und vor gleichmütiger Unbekümmertheit stumpfem Blick. Statt einer Antwort trat er auf ein an der Palisade des Viehgeheges lehnendes Speerbündel zu. Der junge Langeni bückte sich nach einer der Waffen und wog sie prüfend in der Hand, ohne Shaka dabei aus den Augen zu lassen, während er vortrat, um den Abstand zwischen sich und seinem jüngeren Gegner zu verringern.

»Sag ihnen, daß sie aufhören sollen!« drängte Nzobos Mutter ihren Ehemann besorgt.

»Nein«, wehrte Mpepha ab, indem er ebenfalls nach einem Assegai griff und den arroganten Eindringling drohend anstarrte. »Es wird Zeit, daß wir uns diesen Hurenbankert vom Hals schaffen.«

Der beißend scharfe Vorsatz in Mpephas Feststellung spiegelte eine Verbitterung wider, die alle Angehörigen seiner

Heimstätte beherrschte, während sie die beiden Jugendlichen umringten und aufgeregt Nzobo zujubelten, der Shaka lauernd umkreiste.

Nzobo stieß zu. Shaka, der diesen Angriff vorausgesehen hatte, wehrte ihn mühelos ab, wobei ihre Speere sich kreuzten und die Schäfte mit dumpfem Geräusch zusammenprallten. Dann nutzte Nzobo seine körperliche Überlegenheit aus, ging abrupt zum Angriff über, brachte Shaka aus dem Gleichgewicht und stieß ihn gegen einen Stapel irdener Gefäße, die unter seinem Gewicht zersplitterten, als der Junge zu Boden ging, und deren spitze, scharfkantige Scherben ihm schmerzhafte Wunden zufügten.

Die zuschauenden Langenis, deren Zahl angewachsen war, weil benachbarte Heimstätten geweckt wurden und ihre schlaftrunkenen Bewohner sich zum Kampfort hingezogen fühlten, lachten über Shakas in den Scherben ausgestreckt liegende Gestalt, wiederholten ihre Anfeuerungsrufe und forderten Nzobo auf, den unerwünschten »Hurenbankert« in gebührender Eile zu erledigen.

Einer der Zuschauer unterstrich diese Aufmunterung, indem er Nzobo einen Schild reichte, den der Junge bereitwillig über seinen muskulösen linken Arm streifte.

Shaka war gegen die ihm aus den Zuschauerreihen entgegenschlagende Abneigung immun – er schien im Gegenteil sogar an sie gewöhnt zu sein.

Als er wieder auf die Beine kam – mit gerötetem, finsterem Gesicht, mit starr auf den Langeni gerichteten aufgerissenen Augen –, wurde sein Siegeswille durch das laute Hohngelächter gestärkt, das rund um das Viehgehege erklang, in dem er gegen einen fast doppelt so schweren Gegner kämpfte.

Die beiden Jungen umkreisten sich erneut. Nzobo war überzeugt, diesen Gegner rasch und dauerhaft bezwingen und dadurch die Herzen seiner Stammesgefährten gewinnen und Beliebtheit erringen zu können.

Shaka stieß kurz mit seinem Speer zu, aber Nzobo hatte keine Mühe, die Waffe seines Gegners mit einem kurzen

Schwung seines Schildes zur Seite zu schlagen. Indem er mit dem Rückschwung vorrückte, traf er Shaka an der rechten Seite und trieb den körperlich unterlegenen Jungen vor sich her durch die ineinander verflochtenen Feigenzweige des Pferchs bis auf das mit Dung und Schlamm durchsetzte kotige Erdreich.

Die kleine Zuschauermenge, die sich um das Viehgehege drängte, lachte auch diesmal belustigt, weil sie Shakas Demütigung weidlich genoß. Selbst Mpepha lächelte jetzt und hielt seinen Speer in der Gewißheit, daß sein Sohn in diesem Kampf die Oberhand behalten würde, nur noch locker umfaßt.

Und während die Menschen um ihn herum sich ihrem Gelächter hingaben, während Shaka den heißen Atem der Menge wie brennenden Hohn über sich hinwegfegen spürte, ließ er seinen Gedanken freien Lauf, um den Zweikampf und seine eigenen Fehler in dem Bemühen zu analysieren, seine scheinbare Unterlegenheit ins Gegenteil zu verwandeln.

Nahkampf, Regel eins: Meide den Kampf auf Armeslänge, vor allem wenn deine Arme kürzer als die deines Gegners sind.

Shaka blickte mit gerunzelter Stirn den Speer in seinen Händen an. Er fand, mit dem Schaft sei irgend etwas nicht in Ordnung. Er war lang, zu lang. Länger als sein eigener Arm und – noch schlimmer – länger als der Arm seines Gegners.

Nahkampf, Regel zwei: Die *Schneide* ist wesentlich, nicht der Schaft! Wenn die Schaftlänge dich daran hindert, Spitze und Schneide richtig einzusetzen, mußt du ... sie kürzen!

Shaka packte den hölzernen Speerschaft mit beiden Händen, brach ihn über seinem Knie ab und lächelte über das befriedigende Gefühl, eine neue Waffe in der Hand zu haben: einen kürzeren Speer, bei dem seine Hand nur wenige Zentimeter von der blitzenden, rasiermesserscharfen Schneide entfernt war.

Nzobo, der Shaka mißverstand und von seiner Geste überrascht war, neckte ihn: »Was? Willst du schon aufgeben? Mir hat's eben erst angefangen, Spaß zu machen!«

Während Nzobos Worte einen weiteren Heiterkeitsausbruch bewirkten, kam Shaka auf die Beine, rückte gegen den Siebzehnjährigen vor und hielt seine verkürzte Waffe mit stoßbereit gehaltener Klinge wie einen Dolch in der Hand.

Nzobo kniff mißtrauisch die Augen zusammen, als er den eigenartigen Speer in der Faust seines Gegners sah, während Shaka sich gewandt auf den Langeni zubewegte, sein Selbstbewußtsein wachsen spürte und den anderen mit Spott und Belustigung in der Stimme herausforderte, wie es Jäger mit ihrer Beute taten.

»Kehli ... Kehli ...«, reizte Shaka ihn. »Tubu. Tubuuu ...«

Nzobo, der sich über das furchterregende Grinsen seines Gegners und das beängstigende Glitzern in den Katzenaugen des anderen ärgerte, griff wütend an. Aber Shaka war schneller, wich geschickt zur Seite aus und wehrte diesen Angriff mühelos ab. Als er dann eine Lücke zwischen Nzobos Speer und Schild erspähte, stieß er mit seiner Waffe zu, deren Klinge Fleisch fand und seinem Gegner eine klaffende Wunde über den Rippen beibrachte.

Shaka, der mit dem Erfolg seines Versuchs sehr zufrieden war, nickte nachdenklich vor sich hin. Nahkampf, Regel drei: Rücke dicht heran, innerhalb der Reichweite deines Gegners, innerhalb seines Abwehrbereichs, so daß sein nackter Oberkörper deiner zustoßenden Speerspitze ausgesetzt ist.

Als Nzobo den schneidenden Schmerz in seiner Seite spürte, stieß er einen verwirrten Schrei aus und starrte die Wunde ungläubig an, als sei sie auf wunderbare Weise entstanden. Seine Augen waren vor Zorn und Verblüffung geweitet, als Nzobo jetzt wieder Shaka anstarrte: Geschwindigkeit und Perfektion des blutigen Angriffs hatten ihn nahezu überwältigt.

Mpepha umklammerte seinen Assegai fester. Er war bereit, seinem Sohn zur Hilfe zu kommen, hielt sich aber noch aus Achtung vor dem Stolz des Jungen zurück.

Nzobo, der jetzt vor Wut rot sah, stürzte sich wiederholt blindlings auf Shaka, aber sein langer, schwerfälliger Speer erwies sich als ungeeignet für die beengten Verhältnisse des Nahkampfes, den ihm sein Gegner aufzwang.

Während ein Gefühl des Vergnügens seinen ganzen athletischen Körper durchflutete, duellierte Shaka sich mit seinem Gegner, den er jetzt mühelos beherrschte, und wartete auf den richtigen Augenblick, um zuzustoßen.

Er kam, als Nzobo mit seinem Speer nach vorn stieß, sein Ziel verfehlte und an Shaka vorbeischoß, der sich instinktiv bückte und dem Größeren die Beine unter dem Leib wegzog, so daß der andere zu Boden krachte.

Nahkampf, Regel vier: Gleichgewicht und Hebelwirkung sind alles. Wer sie meistert, bleibt zuletzt Sieger – auch bei zunächst großer Unterlegenheit.

Im nächsten Augenblick hatte Shaka sich auf Nzobo geworfen, drückte dem Langeni sein Knie in den Nacken, würgte ihn und nagelte ihn am Boden fest.

Mpepha stieß einen Verzweiflungsschrei aus, doch er wagte nicht, seinen Assegai zu werfen, weil er fürchten mußte, seinen eigenen Sohn tödlich zu treffen. Während er und die übrigen Stammesangehörigen hilflos zusahen, hob Shaka seinen Kurzspeer über Nzobos Brust, so daß die Spitze über seinem Herzen schwebte, und war bereit, seinen jagenden Herzschlag für immer zum Stehen zu bringen, war bereit, zum erstn Mal das Gefühl zu erleben, einen Menschen zu töten...

»Shaka!« erklang Mfundas Stimme. »Nein!«

In Mpephas Heimstätte herrschte jähe Stille, als Mfundas Schrei von den erregten Gesichtern aller Anwesenden widerzuhallen schien und durch seine Bestimmtheit die in der Luft hängende Todesdrohung vertrieb.

Shaka, den der Befehl seiner Großmutter erstarren ließ, hob ruckartig den Blick von dem angstverzerrten Gesicht der unter ihm auf dem Erdboden liegenden Gestalt und starrte wie gebannt Mfundas Züge an, in die sich harte, tiefe Linien der Verdammung eingefressen hatten, während die Alte zielbewußt die Heimstätte betrat und an den neugierig gaffenden Zuschauern vorbei auf den Sohn ihrer Tochter zuschritt.

»Laß ihn los!« Ihr Tonfall ließ keinen Raum für Widerspruch.

Shaka legte den Kopf schief und warf Nzobo aus dem Augenwinkel heraus einen erbitterten Blick zu, aus dem das Ressentiment des Jägers sprach, der eine harterkämpfte Beute aufgeben muß. Der Junge stieß mit offenkundigem Widerstreben seinen Assegai in die Erde und stand auf; in seinem Innern regte sich dumpfer Zorn, als er innehielt, um Nzobo höhnisch anzugrinsen, wobei sein Abscheu durch das Glitzern der Erleichterung, das er im Blick des andern erkannte, noch vermehrt wurde.

Mfundas ursprüngliche Besorgnis machte Verachtung Platz, als sie den Speer sah, den Mpephas Faust umklammert hielt. »Ich bin anscheinend gerade noch rechtzeitig gekommen«, stellte sie fest. Ihre Stimme zitterte leicht vor Empörung, während sie den Kopf hob, um Mpephas Blick zu erwidern und nicht mehr loszulassen.

Nzobos Vater, der seine Waffe weiter hartnäckig festhielt, protestierte in strengem Tonfall: »Meine Heimstätte ist herausgefordert worden, Mfunda. Es entspricht dem Ehrgefühl meiner Familie, daß mein Sohn sich dieser Provokation entgegengestellt hat.«

»Entspricht es auch dem Ehrgefühl deiner Familie, Mpepha«, fragte Mfunda scharf und verächtlich, »daß dein Sohn den Ertrag des Fleißes von Frauen in Schutt und Asche legt?« Während Mpepha stumm fragend seine hochgewölbte Stirn runzelte, fügte Mfunda nachdrücklich ernst hinzu: »Irgend jemand hat heute nacht unsere Ernte verbrannt, Mpepha. Den Lohn einjähriger Arbeit. Alles, was wir für die kommenden Jahreszeiten als Nahrung hatten. Und wir haben allen Grund zu der Annahme, daß dieser Jemand dein Sohn Nzobo gewesen ist.«

Mpephas erstaunter Blick huschte zu einem entfernten kleinen Hügel hinüber, von dem im Mondschein bläuliche Rauchschwaden aufstiegen.

Der Mann, den dieser Anblick und seine Konsequenzen zunächst sprachlos machten, fuhr sich vorsichtig mit einer Hand über sein dunkles Haar, bevor er seinem Sohn einen durchdringenden Blick zuwarf.

»Ist das wahr, Nzobo?« erkundigte er sich mit barscher Stimme.

Nzobo senkte den Kopf, wobei er seine blutbefleckte Hand auf die klaffende Wunde in seiner Seite preßte.

»Ist das wahr?« brüllte Mpepha und unterstrich seinen Zorn dadurch, daß er seinen Speer tief in die rote Erde vor seinen Füßen bohrte.

»Ja, Vater«, lautete die gemurmelte Antwort.

Mpephas drehte sich ruckartig zur Seite. »Shaka«, entschied er mit hohler Stimme, ohne lange darüber nachzudenken, »nimm sechs meiner besten Kühe und treibe sie zu eurer Heimstätte.« Dann hob er den Kopf, als rufe er den bestirnten Nachthimmel zum Zeugen an. »Ich bitte um Vergebung, Mfunda ... für meinen Sohn.«

Nzobo fühlte den Schmerz, den Zorn in dieser Entschuldigung seines Vaters, kniff die Lippen zu einer schmalen Linie zusammen und sah zu Shaka hinüber. Aus seinem starren wilden Blick sprach wütender Rachedurst.

Nomcoba, die auf einem tief herabhängenden Ast eines Mopanibaums hockte, beobachtete die Elefantenherde wie verzaubert und mit einem Schauder des Entzückens. Mit ihren fast neun Jahren hatte die Kleine endlich ihre durch die riesenhafte Größe dieser Tiere bewirkte Scheu abgelegt und war sich jetzt der zärtlichen Bande bewußt, die alle Mitglieder der Herde zu vereinen schienen. In Nomcobas Augen begannen sie fast menschlich zu wirken, zumal ihr Verhältnis zum Tierreich in erster Linie von Shakas eigenen innigen Banden zur Schöpfung beeinflußt worden war – er zog im allgemeinen Tiere den Menschen vor.

Shaka, der neben seiner Schwester saß und ihr seinen Arm liebevoll um die Schultern gelegt hatte, betrachtete nachdenklich die massive Gestalt des patriarchalischen Elefantenbullen. Der wegen der stechenden Schmerzen in seinen arthritischen Gelenken stets reizbare Bulle trank geräuschvoll aus einem benachbarten Teich, dessen Wasserspiegel durch die Dürreperiode merklich gesunken war, und trompetete vor Vergnügen, während er seinen Rüssel nach innen krümmte, um sich das schlammige Wasser in den Rachen zu spritzen und seinen staubigen grauen Schädel mit dünnflüssigem Schlamm zu bepacken. Shaka machte seine Schwester auf einen weiteren Beweis für die im Tierreich herrschende charakteristische Höflichkeit und die instinktive Achtung voreinander aufmerksam: Die Herde behandelte den verehrten Patriarchen mit gebührendem Respekt und überließ ihm eine Seite des Teichs. Die Achtung, die dem Weisen und dem König gebührt, dem König der Könige, erzählte er Nomcoba, dem Großen Elefantenbullen, dem hochgeachteten König der Tiere, der auf der allein für ihn reservierten Seite des Lebens steht.

»Allein«, wiederholte Shaka. Sein Blick wanderte zum anderen Ufer hinüber, wo die Kühe tranken und badeten, während die Kälber, die an gemästete, zappelnde Schweine erinnerten, zwischen den Beinen und unter den Bäuchen ihrer Mütter umhertollten und ihre Rüssel liebevoll ineinander verschlangen.

»Wann wird Mutter eine Königin?« fragte sie etwas unzusammenhängend.

»Sie ist bereits eine Königin, Nomcoba«, entgegnete Shaka mit schwachem Lächeln auf den Lippen und einem Glitzern in den Augen, aus dem Liebe und Zuneigung sprach. »Die Königin der Königinnen. Die Große Elefantin. Und sie wird bald – sobald ich alt genug bin – ihren eigenen Thron haben, und die Menschen werden aus nah und fern zusammenströmen, um sich ihr zu Füßen zu werfen und ihr Geschenke zu bringen.«

Nomcoba lächelte über das Bild, das vor ihrem inneren Auge stand, während sie ihren Kopf auf der breiten Schulter ihres Bruders ruhen ließ – bis sie plötzlich spürte, daß seine Muskeln sich unter ihrer Berührung anspannten.

»Was gibt's, Shaka?« erkundigte sie sich und folgte seinem Blick zu den Elefanten, die sich jetzt nervös bewegten, ihre Rüssel hoben und die Ohren nach vorn fächerten, um den Wind und die von ihm herangetragenen Geräusche aufzufangen.

»Sie wittern etwas ... Gefahr«, stellte der Junge fest, indem er den Kopf zur Seite drehte, um ihre Umgebung abzusuchen.

Als er sie sah, spürte er einen Adrenalinstoß durch seinen Körper gehen: eine heiße Welle, die sich bis in seine Gliedmaßen ausbreitete und seinen Mund trocken werden ließ. »Lauf, Nomcoba«, zischte er drängend. »Lauf!«

Der ängstliche Blick der Kleinen, die mit weit aufgerissenen Augen um sich starrte, fiel auf Nzobo und etwa ein Dutzend älterer Jungen. Die Gruppe kam auf sie zu, und ihr zur Schau getragenes Grinsen und die derben Stöcke, die sie in den Fäusten hielten, kündeten von dem Haß in ihrem Herzen.

»Lauf!« brüllte Shaka heiser. Nomcoba sprang von dem Ast und versuchte zu fliehen, aber im nächsten Augenblick fand sie sich in Nzobos hartem Griff wieder.

»Nein«, knurrte der Sohn Mpephas mit gespielter Wildheit, indem er diesen Augenblick genoß. »Ich will, daß sie alles mitbekommt.«

Shaka glitt langsam wie eine Katze, die von ihrem Baumlager herabklettert, von dem Ast und erreichte den schlammigen, aufgeweichten Uferstreifen des Tümpels.

Der alte Elefantenbulle, der die Gewalttätigkeit der bevorstehenden Konfrontation witterte, richtete sich schlammglänzend auf und zog wiegenden Schrittes ins Buschland davon, wobei sein Rüssel mit der Zuverlässigkeit eines hundertjährigen Metronoms vor ihm herschwang. Der Rest der Herde setzte sich gehorsam in Bewegung und folgte seinem Gebieter.

Shaka, der seine Gegner nicht mehr aus den Augen ließ, näherte sich den jungen Langenis und beobachtete, wie sie ausschwärmten, um ihn einzukreisen. Nzobo übergab die verzweifelt strampelnde Nomcoba einem Gefährten und machte sich bereit, indem er seinen Stock prüfend in den Händen wog.

Um das Überraschungsmoment zu nützen, griff Shaka plötzlich an, duckte sich unter Nzobos Stock und rammte dem Langeni seine Schulter in die Rippen, als er sich aus der Kniebeuge aufrichtete. Nzobo atmete stoßweise aus und rang nach Atem, weil der Zusammenprall die Luft aus den Lungen getrieben hatte, während Shakas Arm seinen Hals umschlang. Anstatt Widerstand zu leisten, warf Nzobo sein ganzes Gewicht in die Richtung, in die Shaka zog. Die beiden Jungen stürzten sich überschlagend zu Boden: mit verschlungenen

Armen, Brust an Brust, ihr keuchender Atem im Gesicht des anderen, als sie in den Morast und das schlammige Wasser des Tümpels klatschten. Sie wälzten sich darin, bis Nzobo zuletzt oben blieb, auf dem Körper des Jüngeren hockte, Shakas Gesicht mit beiden Händen bedeckte und es mit seinem vollen Gewicht unter Wasser drückte. Während seine Lunge nach Luft schrie, klatschten Shakas Arme hilflos ins seichte Wasser, und seine Hände bemühten sich vergeblich, in dem schlammigen Morast, in dem er unter Nzobos Gewicht zappelte, einen Halt zu finden.

Nzobo spürte plötzlich, wie Shakas Körper unter ihm schlaff und leblos wurde. Der Langeni grinste befriedigt zu seinen Gefährten hinüber und lockerte seinen Griff etwas – nur ganz wenig, aber immerhin so viel, daß Shaka sich befreien und wie ein Dämon aus dem Wasser auftauchen konnte, indem er sich nach vorn schnellte und seinen eingezogenen Kopf gegen Nzobos Mund rammte.

Der Kehle des Langenis entrang sich ein schmerzliches Stöhnen, als einer seiner Schneidezähne aus dem Kiefer herausgebrochen wurde, so daß ein dunkelroter Blutstrom seinen Mund füllte. Nzobo fiel nach hinten aufs schlammige Ufer und blieb benommen liegen, während Shaka sich blitzschnell auf ihn stürzte und mit beiden Händen nach seinem ungeschützten Hals griff. Shaka ertastete die Muskelstränge, die den harten spitzen Klumpen des Schildknorpels umgaben, drückte seine Daumen in den unteren Teil des Muskels und riß Nzobo dabei mit solcher Gewalt zu sich heran, daß der andere einen dumpfen Schmerzenslaut von sich gab, während in seiner Luftröhre krampfartig Schleim und Speichel gurgelten. Shaka drückte die Muskeln um den Kehlkopf herum noch weiter auseinander, bis die Sehnen zum Zerreißen gedehnt waren …

… als der schwere, brennende Schlag sein Ohr streifte und eine Gesichtshälfte lähmte, die durch einen dumpfen, sich blitzschnell ausbreitenden Schmerz betäubt wurde, der Hals und Schulter erfaßte. Shaka wankte leicht, aber seine Finger hielten noch immer Nzobos Hals umklammert.

Der nächste Schlag traf den Nasensattel, und die zerklüftete Rinde des Stocks ließ die Haut über seinem Backenknochen aufplatzen. Der Junge spürte seine Hände schwach werden, als sei plötzlich alle Kraft aus ihnen abgeflossen, sackte zur Seite und tastete instinktiv nach der pochenden Wunde, wobei er den warmen, klebrigen Blutstreifen berührte, der ihm übers Gesicht lief.

Die übrigen Schläge folgten als unaufhörlicher Hagel, der seinen ganzen Körper eindeckte – seine Brust, die Arme, die Beine, den Magen, den Unterleib. Shaka fühlte Übelkeit in sich aufsteigen, aber er widerstand ihr mit einem Mut, der aus den Tiefen seines Unterbewußtseins stammte, und kämpfte darum, nicht im schwarzen Nichts der Bewußtlosigkeit zu versinken. Er konzentrierte sich auf das ferne, gedämpfte Geräusch von Nomcobas hysterischem Schluchzen; seine Seele schien nach der Stimme seiner Schwester zu greifen, und er versuchte, seine jetzt zugeschwollenen und blutverklebten Augen zu öffnen, um Nomcoba vielleicht zu sehen.

Dann explodierte die Wucht eines weiteren brennenden Hiebes unter Shakas Auge: ein schwerer Schlag, der auch sein Kinn streifte, so daß die Zähne gegeneinanderschlugen und durch seine Zunge bissen. Shakas letzte bewußte Wahrnehmung war, daß sein Mund sich mit Blut füllte, bevor ihn barmherziges Dunkel umfing.

Während Nandi und Nomcoba hilflos besorgt zusahen, wie Mfunda in den halb zerstörten, brandgeschwärzten Überresten ihrer Hütte damit beschäftigt war, Shakas Wunden mit Kräutern und Packungen zu behandeln, erwachte der Junge aus seiner Ohnmacht, wobei ihn ein stechender Schmerz durchzuckte, als er wieder zu vollem Bewußtsein kam.

Shaka, der das tanzende Flackern der Flammen in der Feuerstelle durch die schmalen Schlitze seiner geschwollenen Lider wahrnahm, tastete unbeholfen nach der Hand seiner Mutter. Während er sie drückte, bewegten sich zitternd seine aufgeplatzten, blutverkrusteten Lippen, und seine Stimme klang erstickt und krampfartig, als seine geschwollene Zunge mühsam

Worte formte: »Erbarmen ist eine Eigenschaft von Opfern, Mutter. Niemals wieder ...!«

Aus dem Druck seiner Hand sprach plötzlich drängende Entschlossenheit. »Niemals wieder lasse ich einen Feind lebend hinter mir zurück!«

»Nächstes Mal – wenn du zuläßt, daß es ein nächstes Mal gibt – bringen sie ihn um, Nandi.« Makedamas Gesicht wirkte angespannt, und er hatte den schwermütigen Blick eines unter irgendeiner drückenden Sorge leidenden Mannes. Der nur wenig über 28 Jahre alte Sohn Mbenghis von den Langenis hatte erst vor kurzem beim Tod seines Vaters einen Thron geerbt, auf dem zwei große Probleme lasteten: eine Hungersnot namens Madlatule und eine Frau namens Nandi – beide unmöglich durch ein Maß an Klugheit zu beherrschen, das bei weitem nicht an die starke, entschlossene Hand heranreichte, die für Mbenghis Regierungszeit charakteristisch gewesen war.

Als Makedama die fesselnden, unerforschlichen Züge Nandis betrachtete, fiel es dem Langenikönig schwer, hinzuzufügen: »Sie sehen dich und deine Angehörigen als Feinde. Sie glauben, du hättest ihr Land verhext.«

Nandi lachte leichthin. Angesichts der trübseligen Worte Makedamas wirkte dieser Heiterkeitsausbruch unpassend und sogar ein wenig erschreckend. Die Treulosigkeit der Menschen, ihre Engstirnigkeit und Fremdenfeindlichkeit überraschten die Frau schon längst nicht mehr, und sie hatte sich angewöhnt, von anderen Menschen nur noch das Schlimmste zu erwarten. So war in Nandis Herzen der ursprüngliche Schock und der Schmerz wegen Senzangakonas Treulosigkeit rasch eisigem Zorn gewichen; und in dem langen, außerordentlich schwierigen Zeitraum der vergangenen neun Jahre (eine Zeitspanne, in der sie fast ohne fremde Hilfe eine vierköpfige Familie hatte durchbringen und für zwei heranwachsende Kinder Mutter und Vater zugleich sein müssen) war dieser Zorn in ihr (und später auch Shakas) rachsüchtiges Überlebensbedürfnis umgewandelt worden – ein Bedürfnis, das über Gefühl und Empfindung hinaus das Reich prahlerischen Ehrgeizes berührte. Wie Nandi ihrem Sohn in seinen Entwicklungsjahren ständig gepredigt hatte, würden sie sich alles, was sie besitzen würden, schwer verdienen müssen: die Frucht des Lebens als Ertrag unbeirrbarer Planung, harter Knochenarbeit und schonungsloser Opfer.

Mit diesem Zielbewußtsein setzte sie ihre vertraute resolute Miene auf und antwortete endlich ihrem König, während das Lächeln noch in ihren Mundwinkeln zu hängen schien: »Ich bin im Laufe meines Lebens schon für einiges verantwortlich gemacht worden, Nkosi, aber niemals für etwas so Ereignisreiches wie eine Hungersnot!«

Makedama lächelte unwillkürlich über ihre Feststellung, während Nandis Gesichtsausdruck ernst und von Bitterkeit und Verachtung geprägt wurde.

»Aber das ist wohl zu erwarten gewesen, Nkosi«, überlegte sie laut, um den König an ihren bitteren Gedanken teilhaben zu lassen. »Was könnte ihr abergläubischer Verstand ihnen sonst eingeben? Ihr Neid macht sie blind; ihre Mittelmäßigkeit macht sie taub und dumm. Seitdem wir hierher zurückgekommen sind, betrachten sie meine Familie und mich als die Wurzel all ihrer Kümmernisse, aber ...«

Ihre Lippen kräuselten sich verächtlich. »Aber wer wäre besser als Sündenbock geeignet als eine ... ›Hexe‹?«

Makedama saß schweigend da, betrachtete mitfühlend die Frau, für die er seit ihrer gemeinsamen Kindheit große Zuneigung empfunden hatte.

»Aber wir haben überlebt, Nkosi, trotz ihres Hasses und ihres Spottes überlebt«, fuhr Nandi fort und machte das Mitleid, das Makedama empfand, um so schmerzlicher. »Wir haben überlebt, und das bereitet ihnen großes Unbehagen. Sie müssen uns loswerden – wir sind der lebende Beweis für ihre Schwäche.«

Schwäche, überlegte Makedama sich. Wie fremdartig dieses Wort aus ihrem Munde klang!

»Wann sollen wir fortgehen?« fragte Nandi schließlich, weil sie Mbenghis Sohn der Peinlichkeit entheben wollte, sie förmlich verbannen zu müssen.

»So bald wie möglich«, seufzte der König schwer. »Zu eurem eigenen Besten«, fügte er traurig flüsternd hinzu. »Niemand weiß, wozu Menschen imstande sind, wenn der Hunger sie wirklich verrückt zu machen beginnt.«

Ihr Blickwechsel war eine stumme Zwiesprache.

»Mir fällt diese Entscheidung nicht leicht, Nandi. Daran mußt du immer denken. Ich habe dich stets bewundert. Stets! Wenn dir Zustände nicht gefallen haben, hast du versucht, sie zu ändern. Eine beneidenswerte Eigenschaft, aber zugleich eine, die – bei einer Frau – nicht nur einzigartig, sondern widernatürlich ist!« Auf seinen Lippen stand ein sanftes Lächeln, das im Gefolge seines Eingeständnisses verschwand: »Unabhängig von meiner persönlichen Einstellung bin ich jetzt jedoch König und das Werkzeug meiner Untertanen, und obgleich mein Herz sich gegen eine Entscheidung auflehnen könnte, die wohl das Ergebnis ihrer ... ›Mittelmäßigkeit‹ ist, bin ich durch die Pflichten meines Amtes gebunden.«

»Dann will ich sie dir erleichtern, Nkosi. Wir brechen so bald wie möglich auf.«

Makedama war sich seiner Erleichterung über Nandis Entscheidung bewußt. Und er hatte Gewissensbisse, die ihn dazu bewogen, ihr vorzuschlagen: »Deine Mutter kann hierbleiben, wenn sie will –in meiner Heimstätte. Sie ist vielleicht schon zu alt, um auf Wanderschaft zu gehen.«

Nandi war zutiefst gerührt über Makedamas Großzügigkeit, die in einer Welt, die ihr nur Feindseligkeit entgegenzubringen schien, etwas höchst Ungewöhnliches war. Aber die Vorstellung, Mfunda solle fern von ihrem Enkel hier zurückbleiben, erschien ihr geradezu abwegig, vor allem im Lichte der jüngeren Vergangenheit.

»Danke, Baba«, murmelte sie, während ihr Blick voller Zuneigung auf dem König ruhte. »Aber ich glaube, daß meine Mutter in Shakas Nähe bleiben möchte. Als heilsamer Einfluß. Wahrscheinlich befürchtet sie, daß er ohne ihre straffe Führung wird wie ich – ein Mensch, der sich seiner Umgebung nicht anpassen kann.«

Die beiden lachten über Nandis Bemerkung: ein kurzes, nervöses Lachen, das rasch ihre gemeinsame Verlegenheit überspielen sollte und unter dem bedrückenden Unbehagen eines erzwungenen Abschieds bald wieder erstarb.

»Sala kahle, Baba.« Nandi verbeugte sich vor ihrem König.

»Hamba kahle, Nandi«, erwiderte Makedama traurig. »Lebe wohl. Gehe in Frieden ...«

13 MADLATULE *Laßt einen essen, was er kann und sagt nichts*

Das Land lag unbewegt unter der Flut glühender Strahlen, die aus wolkenlosem Himmel wie die Assegais eines wahnsinnigen Jägers herabgeschleudert zu werden schienen – Strahlen, die alle Laute und alle Bewegungen dämpften, die jeglichen Schatten aushöhlten.

Wie eine Fata Morgana zitterten die Umrisse der vier Gestalten vor der Horizontlinie, wo die Gelbtöne des ausgedörrten Landes ins Weiß des Himmels übergingen. Die Ausgestoßenen zogen schweigend dahin und wurden jeweils auf ihre Weise mit den Strapazen ihrer Wanderung fertig: Shaka, dessen athletischer, völlig durchtrainierter Körper den Anstrengungen ihres Trecks und der Last ihrer wenigen Habseligkeiten, die er mit einem Bündel glitzernder Assegais auf seinem breiten Rücken trug, mühelos gewachsen war; Nandi, die stoische Ruhe bewahrte, deren verkrustete Lippen von eiserner Entschlossenheit kündeten und deren Erschöpfung das Feuer ihrer nie versiegenden Tatkraft und Vitalität sogar noch anzufachen schien; Nomcoba, die müde Shakas Hand umklammerte und auf seine Stärke angewiesen war, um weitermarschieren zu können; Mfunda, die mit ihren Kräften am Ende war und ihrem Körper mehr zumutete, als er in ihrem Alter noch leisten konnte.

Shaka, der recht gut wußte, daß er jetzt praktisch der

›Mann‹ war, daß das Überleben seiner Kleinfamilie in erster Linie von seiner eigenen Kraft und Findigkeit abhing, wurde durch diese Last der Verantwortung sehr stimuliert, und seine Seele genoß diese Führerrolle in vollen Zügen. Als Shaka jetzt mit zusammengekniffenen Augen in den von der kahlen Landschaft zurückgeworfenen Sonnenglanz starrte, als sein Blick über die weiten, von der Hitze versengten Flächen, die dürren, zusammengeschrumpften, ausgedörrten Büsche und Bäume glitt, als er den übers Land fegenden heißen Wind spürte, der überall Not und Elend brachte, fühlte er tief in seinem Inneren, daß die Herausforderung des Überlebens durch die Nähe des Todes reizvoller wurde – und daß er den Tod um so weniger fürchtete, je näher er kam.

Und seine Nähe war unwiderlegbar. Wie ihre Verzweiflung.

Die Stunden und Tage ihrer Wanderung verstrichen ohne bekannte Richtung, ohne bestimmtes Ziel und ohne Hoffnung, wenn man von Sinnestäuschungen absah, die durch die beharrliche Spannkraft des Geistes heraufbeschworen wurden.

Sie zogen einsam über weite Flächen verdorrenden Graslandes, das von der Unendlichkeit eines wolkenlosen Himmels eingerahmt wurde, über Felsgrate und durch wilde Schluchten, deren scharfkantiges Gestein ihnen die nackten Füße und Hände zerschnitt, unter der Geißel der im Zenit stehenden Sonne, die gierig kostbare Feuchtigkeit aus ihren Körpern saugte, und durch trostlose Landstriche, denen die beängstigende Atmosphäre von Friedhöfen anhaftete.

Und der Tod war allgegenwärtig.

Als die spätabendlichen Schatten die Ebenen mit einem sanften malvenfarbenen Schimmer übergossen und die Konturen des Landes deutlicher hervortreten ließen, so daß die niedrigen Hügel aus dem Sonnenglast des Tages hervortraten und die glasigen Hitzeschleier den Sonnenball vergrößerten und verzerrten, während er mit dem Horizont verschmolz . . ., als die Hitze der Kühle der Nacht wich, erreichten die Wanderer das Tor einer einsamen Heimstätte – eine der vielen, die sie auf ihrem langen Irrweg aufgesucht hatten. Wie anderswo löste ihre Bitte um Nahrung und Unterkunft auch dort die gnadenlose

Litanei der Hungersnot aus: Hier gebe es nichts Eßbares, hörten sie von dem abgemergelten Alten, der mit tief in den Höhlen liegenden Augen zu ihnen aufblickte; überhaupt nichts, erklärte er ihnen, wobei sein heiseres Flüstern kaum laut genug war, um die bedrückenden Klänge einer fernen Totenklage zu übertönen, nichts zu finden außer Hunger, Krankheit und Tod.

Während Raum und Zeit und gleißendes Sonnenlicht sich miteinander vermengten und eins wurden, zogen die vier weiter – mit Mut und Ausdauer, die auf dem Wellenkamm einer Vorsehung ritten, die ihr Überleben wollen würde. Sie aßen Knollengewächse und das dornige iMfino-Kraut, das auf ihren vor Wassermangel bereits geschwollenen und ausgetrockneten Zungen brannte; sie zerrieben umCaba-Mais und zwangen sich dazu, die bitteren Blätter der iNtshungu-Pflanze zu essen; sie enthäuteten Eidechsen und Schlangen, kauten ihr gummiartiges, widerwärtiges Fleisch und hüteten sich davor, sich zu übergeben, um keine kostbaren Körperflüssigkeiten zu verlieren; und sie sogen den spärlichen Saft des Akaziengummis und der isiGwamba-Pflanze, der amaHluke-Lilie und der Uboqo-Wurzel ... und sie überlebten.

Wie durch ein Wunder.

Am letzten Abend des siebten Monats, als die Sonne barmherzigerweise hinter den Hügeln versunken war und die über dem Land liegenden abendlichen Schatten dunkler geworden waren, war der gequälte Leib Mfundas den Strapazen nicht mehr gewachsen, und die Alte brach in Shakas Armen zusammen. Während der Junge sie an sich drückte, spürte er ihre Rippen, die sich an seinem Brustkorb rieben, und der schwache Schlag ihres Herzens unter ihrer schlaffen Brust verkündete das Nahen des Unabwägbaren – des Todes, des Gefährten des Kindes der Weissagung.

Unter den besorgten Blicken Nandis und Nomcobas trug Shaka den kraftlosen, abgezehrten Leib der stolzen Familienältesten in den Schatten eines knorrigen Dornenbaums und bettete sie auf die staubige Erde. Er hielt ihr ein Knollengewächs an die ausgedörrten, aufgesprungenen Lippen und drückte einige Tropfen einer scharfen Flüssigkeit heraus, die den Schorf auf Mfundas Zunge brennen ließ, während sie in ihre ausgedörrte Kehle sickerte. Die Alte schloß die Augen und versank in einen halb leblosen Zustand, der sich vom Tod nur durch ihr hörbar angestrengtes, keuchendes Luftholen unterschied.

»Das hält sie nicht mehr lange aus«, flüsterte Nandi, deren eigene Erschöpfung sich von ihrem von übermenschlichen Anstrengungen gezeichneten Gesicht ablesen ließ, mit einem Blick auf ihre Mutter. »Wir müssen eine Bleibe finden – wenigstens für einige Zeit.«

Shaka dachte angestrengt nach, während er Brennholz und trockenes Gras sammelte und das Lagerfeuer mit einem gegen einen harten Stein geschlagenen Feuerstein entzündete. Als er den Funken zur Flamme anfachte, überlegte er laut: »Das ist fast unmöglich, Mutter. Das weißt du so gut wie ich. Früher oder später müssen wir uns mit der Tatsache abfinden, daß die Hungersnot überall herrscht und wir ihr nirgends entkommen werden. Es gibt keine Feldfrüchte, kein Weideland, kein lohnendes jagdbares Wild, und es gibt kein Dorf, das das Opfer auf sich nehmen würde, vier zusätzlichen Essern Unterschlupf zu gewähren. Du hast gesehen, wie's uns ergangen ist, Mutter. Selbst wenn wir uns erbieten, für unseren Lebensunterhalt zu arbeiten, bedeutet unser Angebot nichts, solange das Land unfruchtbar ist... Wir müssen eine andere Möglichkeit finden.«

Nandis stetiger Blick begegnete dem ihres Sohnes und ließ ihn nicht mehr los.

»Ich habe mir etwas überlegt, Mutter«, fuhr Shaka fort. »Unsere Chancen wären vielleicht besser, wenn wir uns trennen würden.«

Nomcoba war nach dieser Äußerung wie vor den Kopf geschlagen. Die Vorstellung, von ihrer Mutter und Shaka getrennt zu werden, machte sie im Augenblick benommen.

»Der Induna, mit dem ich in der letzten Heimstätte gesprochen habe, wäre bereit, Großmutter aufzunehmen«, fuhr der Junge nachdrücklich fort, als sei die Entscheidung bereits gefallen. »Und wir könnten Nomcoba in einem der nächsten

Dörfer zurücklassen, um zu zweit nach Süden weiterzuziehen. Wenn es dann wieder regnet und die Hungersnot vorüber ist...«

»Nein!« Mfundas Widerspruch klang trotz ihrer schwachen Stimme scharf und drängend.

Als sie sich nach ihr umdrehten, stand der Mund der Alten zitternd offen; weißer Schaum bedeckte ihre blassen Lippen, als sie nach Atem rang, um weitersprechen zu können, und einen gequälten, rauhen Laut ausstieß, bevor die Worte kamen: »Wir sind eine Familie! Eine ... *Familie*!« Sobald ihre Lunge sich wieder gefüllt hatte, sprach die unheimlich heisere Stimme weiter: »Wir müssen vereint bleiben, was auch geschehen mag! Wir haben zu lange und zu schwer um unsere Identität gekämpft, um sie jetzt zu verlieren!«

»Familie«, wiederholte Shaka lautlos und spürte, wie merkwürdig, wie fremdartig dieses Wort von seinen Lippen gebildet klang.

Shaka wandte sich von seiner Großmutter ab, um nachdenklich über verstreute Sanddünen auf den Indischen Ozean hinauszublicken: eine endlos weite, nur wenig bewegte Wasserfläche, die wie mit Diamanten besetzt glitzernd vor ihm lag – strahlend, endlos und so leer wie der schiefergraue Himmel, so leer wie das Wort ›Familie‹.

Nicht allzu weit entfernt, im Land der Mtetwas südlich des Flusses eNtseleni und östlich des eNkwenkwe-Hügels, betrachtete in eben diesem Augenblick ein weiteres Gesicht – runzlig, schmal, gealtert – ebenfalls die Weiten des Indischen Ozeans und dachte über die Treuepflicht des Menschen denen gegenüber nach, die er als seine ›Familie‹ bezeichnet.

König Jobe wandte sich von der salzhaltigen Meeresbrise ab und stellte sich dem kritischen Auge seines Sohnes.

»Wer?« erkundigte Jobe sich ungläubig.

»Tana und Godongwana«, antwortete Prinz Mawewe, ein kleiner, adretter Mann von scharfer, abrupter Art und mit beißender Ironie in der Stimme.

Jobe runzelte ungläubig die Stirn. »Das kann ich kaum glauben, Mawewe. Die beiden sind stets treue Söhne gewesen. Warum sollten sie sich jetzt gegen mich verschwören, um mich zu ermorden?«

»Weil sie stets loyale Söhne gewesen sind, Baba«, erwiderte Mawewe, dessen Beredsamkeit zuzunehmen schien, während er behutsam sein Netz wob. »Denk daran, was du uns gelehrt hast: ›Treue dem König gegenüber bedeutet, das zu wollen, was für sein Volk das Beste ist.‹ Bedauerlicherweise läßt dieser Grundsatz sich in weiten Grenzen interpretieren und kann im Herzen der Ehrgeizigen leicht ins Gegenteil verkehrt werden. Tana und Godongwana halten dich für zu alt, um in diesen Notzeiten zu regieren. Sie bilden sich ein, dem Volk wäre eher damit geholfen, wenn einer von ihnen an deiner Stelle auf dem Thron säße.«

Jobe kniff die Augen zusammen. »Und was ist mit dem Volk? Was sagt es dazu?«

»Die Menschen sind hungrig, Baba. Sie sind leicht zu beeinflussen.«

Dem König fiel ein merkwürdiger Unterton in der Stimme seines Sohnes auf. Er konnte ihn nicht recht deuten, aber er fand ihn trotzdem irritierend.

»Und du, Mawewe«, wollte er gereizt wissen, »wie denkst du darüber?«

»Solange die Ahnen dir Leben schenken, Vater, könnte unser Königreich keinen besseren Herrscher haben«, lautete die eingeübte Antwort. »Was meine Brüder als Senilität verurteilen, schätze ich als Weisheit.«

»Natürlich«, stimmte Jobe zu, den der Tonfall seines Sohnes weiterhin beunruhigte. »Und was sollte ich deiner Meinung nach gegen diese ... Verschwörung tun?«

»Sie im Keim ersticken, Baba.«

»Mein eigen Fleisch und Blut töten?«

»Bevor es die Hand gegen dich erhebt, mein Vater.«

Nach einer Pause spielte ein schwaches Lächeln um Jobes Lippen, während er seinen Sohn betrachtete. »Wäre es möglich, Mawewe«, schlug der Mtetwa-König vor, »daß auch du von ... ›Hunger‹ beeinflußt bist? Nach dem Tod deiner Brüder könnte niemand dich mehr daran hindern, meinen Platz auf dem Thron einzunehmen.«

Mawewe reagierte auf diese Anschuldigung unbeirrt mit gefaßter, lächelnder Miene. »Baba, wenn ich wirklich auf Kosten eines Vatermordes König werden wollte, würde ich die Verschwörung nicht verraten, sondern mich an ihre Spitze stellen.«

Ihre Blicke hielten einander gefangen. Das Lächeln beider verschwand. Jobe, der sich von seiner Matte im feuchten Atem des Meeres erhob, sah zu der Vielzahl von Sternen auf, die sich jetzt auf dem Mantel der Nacht abzeichneten. »Tana und Godongwana sollen zu mir kommen«, befahl er seinem Sohn, »damit ich sie verhören kann.«

»Und falls sie sich weigern, Vater?« lautete Mawewes raffinierte Suggestivfrage.

Jobe drehte sich ruckartig nach dem anderen um. »Damit wäre ihre Schuld bewiesen!« knurrte er, wobei sein eingefallenes Gesicht sich vor Zorn verfinsterte.

Mawewe, der nun die Gewißheit hatte, das Mißtrauen seines Vaters gegen seine beiden Brüder ausreichend genährt zu haben, eilte davon, um den Rest seines ehrgeizigen Vorhabens in die Tat umzusetzen. Auf Befehl des Prinzen wurden Mtetwa-Krieger zu den Heimstätten Tanas und Godongwanas entsandt. Offiziell hatten die Krieger Anweisung, die beiden Männer zum König zu bringen – angeblich zu einem Verhör. Diese Darstellung unterschied sich jedoch erheblich von den heimlichen Anweisungen, die Mawewe seinen getreuen Kriegern schon zuvor erteilt hatte: von dem Geheimbefehl, seine beiden Brüder außer Sichtweite etwaiger Augenzeugen schnellstens zu ermorden.

Ohne daß Mawewe und Männer seines Formats etwas davon ahnen, ist das Schicksal, die unbeeinflußbare Herrin der oft gewundenen Lebenswege, weit davon entfernt, sich von menschlichem Planen und Wollen beeinflussen zu lassen, sondern schlägt den Menschen am ehesten in dem Augenblick in Bande, in dem er sich einbildet, das Schicksal überlistet zu haben.

Deshalb lief der Geheimplan des Prinzen wie geplant ab – das heißt wie vom Schicksal vorausgeplant: Tana wurde ›auf der Flucht‹ getötet, aber sein Bruder Godongwana, der die wahre Verschwörung dieses Augenblicks witterte, entkam den von Mawewe ausgesandten Mördern und flüchtete durch die Dornenhecke seiner Heimstätte in eine mondlose Nacht hinaus um sein Leben – mit einem tief in seinem blutenden Rücken steckenden, mit Widerhaken versehenen Assegai.

So hatte das Schicksal durch die Hand eines Schurken die Grundlagen zu dem illustren Zyklus des Kindes der Weissagung gelegt, aus dem das Haus Zulu und sein Ruhm entstehen sollten. Das Exil des Kindes würde mit der Wanderschaft des verratenen Mtetwas Godongwana zusammenfallen, der als ›uMafavuke njenge‹ (der Gestorbene und Wiederauferstandene) bekannt werden sollte.

Mtetwa: die erste Nation des Hauses, der Amboß, auf dem die Klinge geschmiedet werden würde.

Nun war das Kind zu der von Sitayi auf der Zinne der Könige angekündigten Begegnung bereit.

Shaka, der den glatten Schaft seines Wurfassegais sicher in seiner geballten Faust liegen fühlte, ließ die Elenantilope nicht aus den Augen, während er den Rand der Lichtung entlangpirschte, um näher an seine Beute heranzukommen. Dann erstarrte der Junge plötzlich: Sämtliche Muskeln und Nerven seines Körpers waren angespannt, nur seine Augen bewegten sich und blickten langsam zu einem Schattenfleck unter den weit ausladenden Ästen eines Feigenbaums hinüber.

Das ebenfalls unbewegliche Leopardenweibchen starrte Shaka aus weniger als vierzig Schritt Entfernung an. Obwohl die Leopardin noch ziemlich jung und unerfahren war, wirkte sie schnell und stark. Ihr Fell, das noch keine Spuren von Krallen oder Dornen aufwies, leuchtete in Weißtönen mit buttergelben Flecken zwischen schwarzen und lohfarbenen bis braunen Stellen.

Die beiden Raubtiere – Mensch und Leopard – starrten einander an, und die Katzenaugen, die das andere Augenpaar nicht mehr losließen, schienen vor Heißhunger zu leuchten. Die Leopardin begann kaum merklich mit dem Schwanz zu zucken, dessen weiße Spitze sich bewegte, als schlage sie nach imaginären Fliegen. Dann reckte sie den Hals vor, zog die Schultern hoch, senkte den Kopf und zog die Lefzen hoch, so daß ihre langen elfenbeinweißen Reißzähne im reflektierten Sonnenlicht glitzerten. Ohne Shaka aus ihren smaragdgrünen Augen zu lassen, fauchte die Raubkatze den Jungen an: eine Warnung davor, ihr ihre Beute streitig zu machen.

Die Elenantilope spürte die Feindschaft der beiden Jäger und stand stockstill – jedoch mit leicht angewinkelten, zur Flucht bereiten Läufen, während ein Adrenalinstoß durch ihren Körper kreiste.

Auch in Shakas Kreislauf stieg der Adrenalinspiegel, als er jetzt von der Leopardin zu der großen Antilope und wieder zu der Raubkatze blickte. Dann schien der Junge sich mit einem schwachen Lächeln auf den Lippen als Jäger zurückzuziehen, indem er hinter einer Buschgruppe verschwand.

In der Überzeugung, in dem stummen Duell mit dem Menschen Siegerin geblieben zu sein, konzentrierte die Leopardin sich nun auf die Elenantilope, duckte sich tief auf die Erde, ließ ihre großen Brust-und Beinmuskeln vor Spannung straff anschwellen und spitzte die Ohren. Nach scheinbar endlos langer Pause sprang die Raubkatze dann auf und machte einen gewaltigen Satz auf ihre Beute zu.

Die Elenantilope warf den Kopf hoch und ergriff schnaubend die Flucht, wobei sie einen feinen Staubschleier aufwirbelte, der wie Nebel an ihr haftete. Die Leopardin nahm jedoch rasch die Verfolgung auf und holte ihre Beute bald ein. Mit eleganten, gleichmäßigen Sätzen zog sie mit der Elenantilope gleich, schlug geübt nach einem der galoppierenden Vorderläufe und zog ihn weg, wobei ihre gelblichen Krallen tief ins Fleisch der Antilope einsanken und den Knochen trafen.

Die Antilope brach zusammen und blieb mit gespreizten Beinen im Staub liegen. Wie ein Blitz war die Leopardin unter ihrem kräftigen Gehörn hinweg und biß das Beutetier dicht hinter dem Schädel in den Nacken, so daß ihre Reißzähne das

Rückgrat erfaßten, die Wirbel zermalmten und den Lebensfluß abschnitten.

Dann verstummte das heißhungrige Knurren der Leopardin, als der verblüffte Blick der Raubkatze dem Shakas begegnete. Der Junge zielte sorgfältig, warf seinen Speer und durchbohrte damit ihr stolzes Herz, so daß sich ein scharlachroter Blutstrom zwischen ihren Reißzähnen hervor ergoß.

Nachdem an diesem Abend die quälende Sonne hinter dem Horizont versunken war und während Teile der Elenantilope noch über einem lodernden Feuer brieten, genoß die Familie die unerwartete Frische wiedergekehrter Hoffnung. Shaka, Nandi und Nomcoba, die sich endlich satt gegessen hatten, hockten ums Feuer und schwatzten gemächlich, wobei ihr Lächeln und die Unbefangenheit ihrer Unterhaltung sie für den Augenblick die langen Schatten früherer Leiden vergessen ließen. Selbst Mfunda wirkte wieder lebhafter, während sie ihrer Tochter und ihren Enkeln zuhörte, deren fröhliche Laune die Sorgen- und Erschöpfungslinien zu glätten schien, die das Gesicht der Alten entstellt und einer Totenmaske ähnlich gemacht hatten.

Wie bei Jägern üblich prahlte Shaka schon bald harmlos mit seinem außergewöhnlichen Erfolg: Er hatte »mit einem einzigen Speerwurf«, wie er es ausdrückte, eine Elenantilope und eine Leopardin erlegt.

»Ihr hättet ihre Augen glitzern sehen sollen, als sie gemerkt hat, daß ich sie überlistet hatte!« sagte Shaka, indem er liebkosend über das glänzende Leopardenfell strich, das er dann spannte, um die restlichen Fleischstücke von der Unterseite zu schaben. »Sie hat geglaubt, ich hätte aufgegeben, weil ich sie dazu verleitet habe. Und das ist ihr schlecht bekommen! Sie hat zugelassen, daß ihr Gegner für sie denkt.«

Plötzlich drang ein bedrohliches Knurren aus dem Dunkel der Nacht und ließ ihnen das Blut in den Adern gefrieren.

Shaka richtete sich auf und griff instinktiv nach seinem Assegai, während er in die Dunkelheit starrte und dort ein einzelnes Auge glitzern sah, das seinen Blick erwiderte.

»Rückt dichter ans Feuer«, flüsterte der Junge, während seine Hand sich um den Speer schloß. »Langsam. Keine jähen Bewegungen.«

»Was ist das, Shaka?« flüsterte Nomcoba, der das Herz bis zum Hals schlug.

»Neuigkeiten machen rasch die Runde«, lautete die gelassene Antwort ihres Bruders.

Während sie alle das leuchtende Auge wie gebannt anstarrten, gelangte es allmählich in den flackernden Feuerschein und verwandelte sich in ein Augenpaar, unter dem die häßliche, knurrende Schnauze eines Wildhundes mit gefletschten, von Speichel glänzenden Zähnen sichtbar wurde. Als das vom Blut- und Fleischgeruch angelockte halbverhungerte Tier gegen das Lagerfeuer vorrückte, hoben sich auch die Umrisse anderer Wildhunde vor dem nächtlichen Dunkel ab, während auch sie weiter vordrangen und ihr heißhungriges Knurren die Nachtstille zerriß.

Nomcoba, die durch schiere, nackte Angst völlig entnervt war, kauerte sich hinter dem breiten Rücken ihres Bruders am Feuer zusammen.

Shaka, der die Gefahr richtig einschätzte, bemühte sich, die schemenhaften Umrisse der Tiere zu erkennen, und zählte sie, während sie ihre Beute immer enger einkreisten. Eins, zwei, drei ... insgesamt zwölf. Ein starker Gegner! überlegte er sich.

»Gib ihnen, was sie wollen, Shaka«, zischte Mfunda mit bittendem Unterton in der Stimme.

»Ich habe nichts dagegen, mit anderen zu teilen, Großmutter«, antwortete Shaka mit deutlicher Ironie in seinem gleichmütigen Tonfall, »aber zuerst müssen sie sich ihre Beute verdienen – wie ich auch.«

Als die Kreise der Wildhunde enger wurden, hob Nandi einen Assegai auf und stellte sich neben ihren Sohn, wobei ihr Blick seinem begegnete und ihr Gesichtsausdruck ihre Entschlossenheit verriet.

Das Leittier des Hunderudels schnappte plötzlich mit den Zähnen, schoß vorwärts, sprang Shaka von hinten an, konnte sich nicht auf seinem Rücken halten, weil der Junge sich herumwarf, brachte ihm jedoch tiefe Kratzwunden bei. Shaka, der vor Schmerz und Zorn mit den Zähnen knirschte, packte das Tier, schmetterte seinen Schädel zu Boden und erledigte es rasch mit einem Speerstich.

Als er sich umwandte, fielen zwei weitere Hunde über ihn her. Shaka wich ihnen aus, konnte einen der Angreifer durchbohren und hatte so beide Hände frei, um sich mit dem zweiten zu befassen. Er packte den Wildhund an der Kehle, um seinen zuschnappenden Zähnen zu entgehen, hob ihn mit einer Hand in die Luft, faßte mit der anderen über den Ohren zu und drehte den Schädel zur Seite, bis das Genick brach.

Ein weiterer Hund hatte sich auf Nandi gestürzt. Die Frau, die mit dem Assegai umzugehen wußte, hielt sich bereit, den Angriff des Wildhundes abzuwehren. Nandi hielt den Speer mit beiden Händen fest, so daß seine Klinge vor ihr in die Luft ragte, und stieß zu, als der Angreifer sich mitten im Sprung befand. Sie schlitzte seinen Bauch wie eine überreife Melone auf und ließ das aufjaulende Tier in einem klebrigen Schwall von Blut und Eingeweiden zu Boden krachen.

Unter normalen Umständen hätte der Tod von vier Angehörigen des Rudels genügt, um die Wildhunde in die Flucht zu treiben, aber diese vor Hunger fast wahnsinnigen Tiere griffen unbarmherzig weiter an, um das lockende Fleisch von Antilope und Leopard doch noch für sich zu erbeuten.

Nandi und Shaka, die Seite an Seite kämpften, setzten den unaufhörlichen Angriffen der Wildhunde ihre scheinbar unerschöpflichen Abwehrkräfte entgegen.

Drei weitere Hunde wurden hingeschlachtet, aber die restlichen fünf setzten den Kampf fort: knurrende, zähnefletschende, krallende wilde Gestalten im Nachtdunkel, deren räudiges Fell Shakas und Nandis Haut befleckte, wobei der Schaum und Schleim der Tiere sich mit Menschenfleisch und -blut vermengte.

Diese blutige Auseinandersetzung tobte mit entnervendem Crescendo weiter, bis ... »Aufhören! Aufhören!« kreischte Mfdunda hysterisch, riß ein Stück des gebratenen Antilopenfleischs ab und schleuderte es unter die Wildhunde, die sich sofort darum versammelten und ihre tobende Energie plötzlich auf den Fleischbrocken konzentrierten.

»Genug!« rief die Alte aus, sank auf die Knie und keuchte vor Erschöpfung, während ihr Atem in ihrer kummerbeladenen Brust pfiff. »Werft ihnen alles hin! ... Laßt sie alles haben, damit sie wieder verschwinden!«

Shaka blickte widerstrebend zu den Überresten der Elenantilope hinüber, hob sie an der angespitzten Stange hoch, auf der sie steckten, und warf sie in die Nacht hinaus – in die Mitte des knurrenden Rudels. Als wolle er ihre Niederlage um so bitterer machen, packte Shaka dann den abgehäuteten Kadaver der Leopardin an den Hinterläufen und schleuderte ihn vom Lagerfeuer weg zu ihren heißhungrigen Besuchern hinüber.

Die vier Ausgestoßenen saßen mit angehaltenem Atem da und horchten auf die abscheulichen Freßgeräusche der Wildhunde: das gierige Zermalmen von Knochen, das Herausreißen von Fleischbrocken und das wütende Knurren, das die Auseinandersetzung um die besten Teile der Beute begleitete.

Plötzlich begann Nandi heftig, unbeherrschbar schluchzend zu weinen. Ihr Schluchzen, das ihren Körper erschütterte, wurde von undeutlichem Gemurmel unterbrochen, das allmählich verständlicher und zu einem Echo von Mfundas Bitte wurde: »Genug, Shaka!« wimmerte Nandi. »Genug ... genug ... genug ...«, wiederholte sie trübselig, sackte nach vorn, als gehe ihrem Körper langsam die Luft aus, und ließ den Kopf in die Höhlung zwischen ihren Beinen sinken.

Shaka legte seiner Mutter einen Arm um die Schultern, zog sie wiegend an sich und murmelte tröstende, hoffnungsvolle Worte.

Als Mfunda ihren Enkel betrachtete, sahen ihre feuchten Augen einen Jungen von kaum 15 Jahren, der Trost spendete, obgleich er ihn selbst benötigt hätte, und den Platz des Vaters einnahm, der ihm nie vergönnt gewesen war; als sie ihn so sah, versuchte sie, an seine Kindheit zu denken, und während ihre Augen sich schlossen und Tränen über ihre eingesunkenen Wangen flossen wurde ihr plötzlich klar, daß er nie eine gehabt hatte.

Obwohl die Bedrohung durch die Wildhunde längst abgewendet war, blieb Shaka hellwach und starrte in die Nacht hinaus, während sein Verstand mit Gedanken, Absichten und Entschlüssen beschäftigt war. Da er spürte, daß neben ihm noch jemand wach war, sprach er seine Mutter an, ohne sich nach ihr umzudrehen und indem er ihre Reaktion auf seine Worte mehr spürte als hörte.

»Mutter«, begann er mit gleichmäßiger, halblauter Stimme, »du hast mir einmal von einem Mann namens Gendeyana von den amaMbedweni im Lande der Qwabes erzählt.«

Nandi, die deutlich spürte, wie ihr Rücken sich jäh verkrampfte, nahm die Schultern zurück und richtete sich zu kauernder Haltung auf, während ein Schauder der Erinnerung durch ihren Körper lief. Die Erwähnung Gendeyanas, des schüchternen Verehrers aus ihrer Vergangenheit, der – wie ihr Vater Bhebhe erklärt hatte – »die Geduld besessen hatte, ihr hitziges Temperament zu ertragen, weil er sie wahrhaft geliebt hatte«: der Gedanke an Gendeyana löste einen Ansturm von Erinnerungen an jene jetzt so lange zurückliegende Zeit in ihrem Leben aus, in der sie erstmals ihren Prinzen kennengelernt hatte ... und ihr Herz.

»Das ... das ist schon lange her, Shaka«, brachte Nandi schließlich heraus.

»Lange?« wiederholte Shaka, der sich jetzt endlich nach ihr umdrehte und mit gerunzelter Stirn hinzufügte: »Glaubst du, daß er sich noch daran erinnern würde?«

Nandi starrte ihren Sohn an – lange und durchdringend, ein forschender Blick. Der Junge hatte nun offenkundig die Zügel der Familie in die Hand genommen.

»Vielleicht«, überlegte sie beinahe flüsternd. »Ich glaube, daß er sich vielleicht erinnern würde.«

»Gut, dann gehen wir dorthin.« Der Junge schien keine Angst vor der Zukunft zu haben, als er jetzt sprach, und sein Plan verriet eine Weisheit, die lediglich durch seine Unkenntnis der Emotionen, die seine Mutter vor ihm geheimgehalten hatte, eingeschränkt wurde.

Während er aufstand, tat er die ganze Sache als beschlossen ab, indem er ankündigte: »Ich sammle noch etwas Brennholz.«

»Shaka …« Der drängende Unterton in Nandis Stimme brachte den Jungen dazu, stehenzubleiben und auf sie herabzusehen. »Ich habe gesagt, das sei alles schon lange her.«

Beim Anblick des schönen Gesichts seiner Mutter, das durch den wärmenden rötlichen Feuerschein der Glut noch atemberaubender wirkte, lächelte der Junge sanft.

»Ich weiß, Mutter. Aber wir müssen's mit ihm versuchen. Wir haben keine andere Wahl.«

Als der Mond tiefer am Himmel stand, beleuchteten seine schrägen Strahlen Shaka, der mit einem Brennholzbündel auf dem Rücken durch die Nacht schlich – mit stets wachen Sinnen, die seine Umgebung nach Beute oder Raubtier absuchten.

Dann wurde der Junge plötzlich auf etwas undefinierbar Präsentes aufmerksam, das ihn dazu brachte, ruckartig stehenzubleiben. Shaka, der leicht besorgt die Stirn runzelte, suchte seine Umgebung in dem Bemühen ab, dem vagen, eigentlich nur unterschwelligen Sinneseindruck, der ihn zum Stehenbleiben veranlaßt hatte, Umrisse, Form und Körper zu geben.

Die Form, die Umrisse wurden flüchtig für ihn sichtbar – ein Etwas, das sich kaum als ›Körper‹ definieren ließ. Tatsächlich wirkte es wie eine sanft leuchtende Lichterscheinung, deren Schein kaum von dem des Mondes zu unterscheiden gewesen wäre, wenn sie sich nicht rasch bewegt hätte: ein Phantom, das die Gestalt der alterslosen blinden Sangoma Sitayi annahm.

Shaka merkte, daß er dieser Lichterscheinung wie verzaubert zu einem ausgetrockneten Flußbett folgte, wo das Phantom verschwand, während ein schwacher Lichtglanz für kurze Zeit über dem bewußtlosen Körper eines Mannes zurückblieb.

Als Shaka sich der zusammengesunkenen Gestalt näherte, erkannte er den langen Schatten eines im Rücken des Mannes steckenden Assegais. Ein fast unmerkliches Zittern des Speerschafts ließ erkennen, daß der Mann – Godongwana, Prinz der Mtetwas – noch schwach atmete.

Shaka hob den Mann vom Boden auf und schritt mit ihm in den Armen zu seinem Lager zurück.

Auch Mfundas Atem war schwach, als Nandi sich über ihre Mutter beugte, behutsam liebkosend mit einem Finger über die Totenmaske fuhr und ihr Herz von einer gegen Resignation ankämpfenden Hilflosigkeit erfaßt fühlte.

»Nandi«, sagte die Stimme, die so alt und müde wie der Leib war, aus dem sie floh.

»Du mußt schlafen, Mutter«, ermahnte Nandi sie sanft.

Mfunda streckte den Arm aus und tastete nach der Hand ihrer Tochter, um sie zu drücken. Als Nandi die harten, knochigen Finger dieser alten Hand fühlte, nahm sie plötzlich die nicht greifbare, aber vage vorhandene Aura von Gefahr wahr, die ihr Leben nach dem Tod ihrer Mutter bestimmen würde.

»Nandi«, flehte Mfunda sie mit letzter Kraft an, »laß ihm Raum, damit er atmen kann. Er ist noch so jung! Das ganze Leben, alle Liebe und alles Glück liegen noch vor ihm – um erst erforscht, erst genossen zu werden. Wenn du ihn wirklich liebst, darfst du ihn nicht zum Krüppel machen! Laß ihn nicht vorzeitig altern! Belaste seine breiten Schultern nicht mit dem Gewicht deines Hasses und deiner Rache! Gib ihm die Jugend, die ein Jugendlicher braucht! Wenn du ihn wahrhaft liebst ...« Die Stimme der Alten klang drängender. »Gib ihm Hoffnung! Selbst wenn es keine Hoffnung zu geben scheint!«

Dann verstummten ihre Lippen, und Nandis Augen wurden feucht, als sie vor aufgestauter Verbitterung weinend erwiderte: »Und was ist mit mir, Mutter? Was ist aus meinem Leben geworden? Aus meiner Liebe? Aus meinem Glück? Aus *meiner* Jugend? Wo ist sie, Mutter?« kreischte sie jetzt, so daß Nomcoba sich ungläubig verschlafen aufrichtete.

»Wo ist sie?« fragte Nandi verzweifelt laut.

»In ihm ...«, antwortete Mfunda, bevor sie Abschied von dieser Erde mit ihren Wundern und ihrer Kleinlichkeit, ihren lärmenden, grausamen Schlachten von Hunger und Ideen, mit ihrer Gnade und Vergeltung nahm, um ins Reich des Lichtes einzutreten.

In den Schatten der Nacht verborgen stand Shaka, der Godongwanas schlaffen Körper in seinen starken Armen hielt, beobachtete die Gestalt seiner über dem Leichnam seiner Großmutter weinenden Mutter, spürte die Wirkung ihrer Tränen auf die fürs Überleben nützlichen Eigenschaften seines Wesens und begriff, wie wenig überlebenstauglich diese als Mensch bezeichnete Tierart ist.

Als die Dunkelheit nach Westen zurückwich und die Sterne vor der heraufziehenden Morgendämmerung zu verblassen begannen, standen Shaka, Nomcoba und Nandi schweigend am Fuß von Mfundas Grab unter dem Ästegewirr des Dornenbaums.

Shaka wuchtete einen großen Felsbrocken aufs Kopfende der Grabstätte. Danach hob er eine Handvoll Erde auf und streute sie über die letzte Ruhestätte der Mutter seiner Mutter.

»Ich komme zurück«, versicherte er ihr feierlich, »um dieses Land in deinem Namen zu beanspruchen.«

In den nun folgenden Wochen lag der Mtetwa Godongwana in tiefster Bewußtlosigkeit, zitterte und delirierte, während die Familie sich bemühte, das Leben dieses Unbekannten zu retten, der durch den mit Widerhaken versehenen Assegai der von seinem Bruder ausgesandten Meuchelmörder eine fast tödliche Wunde erhalten hatte.

Endlich wurden die langen Wochen aufopfernder Pflege, die in schweigender Krankenwache verbrachten Nächte belohnt. Godongwana schlug die Augen auf und blickte zum ersten Mal mit einem schwachen Lächeln, aus dem Freude über seine Errettung sprach, zu der Familie auf.

Später – als im Lager am Dornenbaum weitere Tage verflossen – strömte das Leben wieder kräftiger durch Godongwanas Adern, und seine Dankbarkeit verwandelte sich in echte Zuneigung, während er mit Shaka, Nandi und Nomcoba am Lagerfeuer saß und Geschichten hörte und erzählte – vom Überleben nach schwerem Verrat.

Als Godongwana endlich wieder marschfähig war, verließen die Ausgestoßenen – erneut zu viert – den Bereich des salzhaltigen Meeresodems. Sie wanderten monatelang nach Westen weiter zum Stammesgebiet der Qwabes, wo sie Gendeyana, dessen einst so freundliche und großzügige Einstellung hoffentlich nicht unter den Entbehrungen der Dürre gelitten haben würde, lebend anzutreffen hofften.

Obwohl sie niemals darüber gesprochen hatten, schienen sie sich stillschweigend darüber einig zu sein, daß der jetzt ganz zur Familie gehörende Mtetwa (vielleicht als älterer Bruder, da Godongwana fast dreißig war) bei Shaka, Nandi und Nomcoba bleiben würde, wenn sie ihr Ziel erreichten. Als sie jedoch über die eNqutu-Hügel zogen und die Strahlen der aufgehenden Sonne erstmals die fernen, majestätischen Gipfel beleuchtete, die den hochaufragenden ›umThangale‹ bildeten – den legendären ›Wall‹ eines unerforschten Gebirgsmassivs, das die Grenze der den Nguni-Bantus bekannten Welt bezeichnete –, wandte Godongwana sich an seine Gefährten und äußerte den Wunsch, seine ›Wanderschaft‹ allein fortzusetzen.

»Hier muß ich euch verlassen, meine Freunde«, teilte er ihnen mit tiefstem Bedauern mit, indem er ihnen erklärte, hier trennten sich ihre Wege, weil der Ruf seines eigenen Schicksals anders als der ihre sei.

»Wohin willst du?« fragte Shaka den Mann.

»Nach Westen. Über den umThangala.«

Shaka hob den Kopf, um zu den fernen Bergen hinüberzusehen, und starrte ihre erhabenen, schneebedeckten Gipfel, die bis in den Himmel aufzuragen schienen, sehnsüchtig an. In diesem Augenblick sehnte auch er sich danach, Godongwana auf seiner Reise ins Unbekannte zu begleiten – jedoch nur einen Augenblick lang, bevor der Gedanke an Nandi und Nomcoba seinen Abenteuerhunger dämpfte.

Trotzdem glitzerte weiterhin Erregung in Shakas Blick, als er jetzt wieder die imposanten Gipfel anstarrte, mit dem Gedanken spielte, was wohl hinter ihnen liegen mochte, und versonnen bemerkte: »Den umThangala hat aber noch keiner überstiegen – niemand außer den Ahnen.«

»Dann werden die Ahnen mich führen, Shaka«, erwiderte Godongwana lächelnd, »wie sie mich zu euch geführt haben... Hamba kahla, meine Freunde. Ich bete darum, daß wir uns wiedersehen und daß ich imstande sein werde, mich für das Leben erkenntlich zu zeigen, das ihr mir wiedergeschenkt habt.«

»Sala kahle, Dingiswayo, leb wohl, Wanderer«, antwortete Shaka grinsend.

Godongwana lächelte über den Spitznamen ›Dingiswayo – Wanderer‹ – ein Ausdruck, der auf jeden von ihnen gepaßt hätte. Bevor er dann aufbrach, um dem natürlichen Pfad zu folgen, der zum Fuß der Gebirgskette hinaufführte, ließ er das Leopardenfell von seinen Schultern gleiten und wollte es Shaka zurückgeben.

»Behalt's!« drängte der Junge ihn. »Du verdienst es weit mehr als ich. Dein Kampf mit dem Tod ist heldenhafter als mein Duell mit diesem Leoparden gewesen. Außerdem«, fügte er mit einem erneuten Blick auf die Schneegipfel hinzu, »wirst du's brauchen. Dort oben ist's bestimmt kalt.«

Der Mtetwa stand lange Sekunden da, starrte Shaka, Nandi und Nomcoba an – seine ›Familie‹ – und prägte sich ihre von Anstrengungen gezeichneten Züge ein... Dann wandte er sich mit einer Umarmung und einem letzten Lebewohl ab und schritt davon, um dem Ruf des Schicksals auf den Spuren der Ahnen zu folgen.

Als der riesige orangerote Sonnenball nach einem weiteren regenlosen Tag dem Horizont zusank, erreichten Shaka, Nandi und Nomcoba das Stammesgebiet der Qwabes und befanden sich endlich am Rand der weiten Hochebene über dem winzigen Dorf der amaMbedweni am Ufer des ausgetrockneten Flusses amaTikulu.

Einer der Brüder Gendeyanas, der von seiner Arbeit aufblickte, entdeckte drei erschöpfte Wanderer, die am Tor seiner kleinen Heimstätte standen.

»Gendeyana!« rief er nervös und eifrig zugleich.

Gendeyana sah von der Arbeit auf. Auch er trug die Narben der Hungersnot und war erschreckend abgemagert, so daß sein hageres Gesicht kaum noch Ähnlichkeit mit dem des ziemlich wohlhabenden jungen Mannes hatte, der einst um Nandis Hand angehalten hatte. Trotzdem leuchteten aus seinen Augen wie früher Geduld und Freundlichkeit. Gendeyana kniff die Augen zusammen, weil die Sonne ihn blendete, blickte aufs Tor seiner Heimstätte herab und holte erschrocken tief Luft, als er begriff, was seine Augen sahen.

»Nandi ...«, flüsterte er ungläubig.

Ohne noch einen Gedanken auf seine Arbeit zu verschwenden, lief Gendeyana hinunter, um die Besucher zu begrüßen, wobei es in seinem Schädel summte, als tobe darin plötzlich ein wildgewordener Bienenschwarm.

»Nandi«, wiederholte er ebenso leise, als er dicht vor ihr stand und sie trotzdem nur undeutlich verschwommen sah, weil er Tränen in den Augen hatte.

Nandi erwiderte seinen Blick und nickte einfach nur.

Aus Gendeyanas Lächeln sprach herzliche Freude, als er auf die Frau zutrat und sie umarmte.

Nandis Blick suchte den Shakas und ließ ihn nicht mehr los. Der Junge nickte kaum merklich. Weil sie diese Geste als stumme Aufforderung ihres Sohnes auffaßte, ließ Nandi sich – allerdings steif – umarmen.

»Und du mußt ... Shaka sein«, sagte Gendeyana, indem er sich mit festem, forschendem Blick an den großen jungen Mann wandte.

»Du hast von mir gehört?«

»Ja.« Gendeyana lachte gutmütig, während er an die überraschende Schwangerschaft des Mädchens zurückdachte, das seine Verlobte gewesen war – eine ansonsten quälende Erinnerung, die ihm in diesem Zusammenhang jedoch schrecklich komisch erschien. »Ja, ich habe von dir gehört.«

Die subtile Ironie dieser Situation blieb auch Nandi nicht verborgen, die in sein Lachen einstimmte – und damit endlich zuließ, daß die Anstrengungen der letzten Monate sich mit diesem Heiterkeitsausbruch verflüchtigten.

Shaka und Nomcoba wechselten einen erstaunten Blick, weil beide sich fragten, was die ›Erwachsenen‹ so komisch fanden.

Am selben Nachmittag begannen mächtige blau-schwarze Wolken sich im Süden zu bilden, nach Norden zu ziehen, die sengende Sonne zu verdecken und ihre Strahlen mit der grollenden Ungeduld ihrer quellenden Formen zu zähmen.

Blitze zuckten herab, Donner schmetterte, und dann – nach fast einjähriger Dürre – öffnete der Himmel seine Schleusen, tränkte die Erde mit lebenspendendem Regen und brachte die Bewohner der umliegenden Dörfer dazu, ihre unbeherrschbare Freude mit den Neuankömmlingen Shaka, Nandi und Nomcoba zu teilen, indem sie in ekstatischer Begeisterung hüpften und tanzten, brüllten, kreischten, sangen und jubelten, lachten und weinten und ihre Gesichter gen Himmel hoben, während der Wolkenbruch die Anspannung, die Angst und den Schmerz fortwusch.

14 UMTHANGALA *Der Wall* SEKUYISIKATI SOKUVUNA *April 1806*

»Er ist im Lande Kondlos von den Qwabes«, berichtete der Zulu-Kundschafter seinem König. »Er lebt dort mit seiner Mutter und seiner Schwester in der Heimstätte eines Mannes namens Gendeyana.«

Als Senzangakona den Boten mit einer Handbewegung entließ, spielte ein schwaches Lächeln um seine Mundwinkel mit den vollen Lippen und ließ die Fettwülste an Wangen und Kinn nach oben wandern. Mit seinen 43 Jahren wirkte der Sohn Jamas alt, viel älter, als er in Wirklichkeit war, und an Leib und Seele zutiefst erschöpft, als machten Sorghum und Sorgen, nach denen er süchtig war, das Heraufdämmern jedes Tages zu einem Ereignis, das mit stoischer Ergebung erduldet werden mußte.

»Ah, ganz recht – Gendeyana.« Der König nickte vor sich hin, während sein Blick auf einen imaginären Punkt gerichtet blieb, an dem er Bilder aus der Vergangenheit vorbeiziehen sah, die Erinnerungen weckten, die besser im Dunkel geblieben wären.

»Ich hätte mir denken können, daß sie zu ihm zurückgehen würde – als letztes Mittel. Aber das ist bestimmt sehr demütigend für sie gewesen. Sie ist nie ein Mensch gewesen, der ... zurückkommt.«

Mkabayi fiel der seltsame Unterton auf, mit dem ihr Bruder das Wort »zurückkommt« aussprach. Sie drehte sich nach ihm um, warf ihm einen prüfenden Blick zu und erkannte mit gewisser Eifersucht, wie wenig sie in Wirklichkeit über seine wahre Beziehung zu Nandi wußte – was sie gewesen war ... und was sie gegenwärtig war. Sie würde mehr wissen müssen, überlegte sie sich, viel mehr! Die emotionale Stabilität ihres Bruders und – weit wichtiger – die politische Zukunft des Königreichs standen auf dem Spiel: die dem Kind der Weissagung von den Ahnen anvertraute Zukunft.

Und Mkabayi war der Überzeugung, die Ahnen bräuchten sie, um dem Kind der Weissagung den Weg zu ebnen. Die Menschen in ihrer Umgebung waren entweder unfähig oder wie beispielsweise Mudli eine Bedrohung für Shaka und die Neue Ordnung, die er bringen würde. Nein, alles hing von ihr ab! Deshalb mußte sie stark bleiben, wo ihr Bruder schwach war; sie mußte klar sehen, wo sein Blick durch das nachwirkende Bild dieser Langeni, dessen Eindruck sein Verstand nicht zu überwinden vermochte, getrübt war.

»Vor zwölf Jahren«, begann sie, als wiederhole sie etwas auswendig Gelerntes, »habe ich deinem Sohn zur Flucht verholfen, weil ich der Überzeugung gewesen bin, diese Lösung sei zum Besten unseres Volkes. Damals hast du behauptet, das Exil werde für ihn eine Strafe schlimmer als der Tod sein. Ich befürchte jetzt, daß das Exil zu einer Strafe für *uns* werden könnte.

König Kondlo von den Qwabes«, fuhr Mkabayi fort, »hat ihm in seinem Land das Heimatrecht gewährt. Makedama von den Langenis hat ihn aufgefordert, zu den Verwandten seiner Mutter heimzukehren. Ob das aus wahrer Freundschaft oder

Angst geschieht … alle wollen diesen jungen Mann auf ihrer Seite haben, weil sie alle seine zukünftige Größe ahnen. Aber wir, die wir von der Weissagung und ihren Konsequenzen wissen, hüllen uns in Schweigen. Hartnäckig feindselig. Und das, Baba«, erklärte Mkabayi ihrem König geradezu aufgebracht, »ist Selbstmord! Ich halte die Zeit für gekommen, daß Shaka seinen Platz als legitimes Mitglied des königlichen Hauses Zulu einnimmt – wie die anderen Söhne, die deine Frauen dir schließlich geboren haben: Dingane, Magwaza, Sigiyana …« Sie verstummte, denn es wäre überflüssig gewesen, die übrigen aufzuzählen: Mpande, Nzibe, Bakuza, Kolekile, Gowujana, Sigwebana, Gqugqu, Mfihlo, Nxojana – insgesamt zwölf.

Und alle zwölf konnten keinen Augenblick lang einem Vergleich mit dem Erstgeborenen standhalten – mit dem Kind der Weissagung.

Aus dieser Erkenntnis heraus lächelte Senzangakona bitter, während er laut überlegte: »Seinen Platz im Königshaus? An meiner Seite? Lächerlich, meine Schwester! Hast du die Ereignisse vergessen, die ihn ins Exil geführt haben? Seine Mutter empfindet gewiß nur Feindschaft für mich und mein Haus. Selbst wenn ich ihn als *alleinigen* Thronerben wollte, würde sie …«

»Genau!« unterbrach Mkabayi ihn mit feurigem Haß. »Dieses Weib! Wie lange willst du ihr noch gestatten, deinen Sohn zu beeinflussen? Ihn gegen seinen eigenen Vater, sein eigenes Volk aufzuhetzen?«

Der König blickte sie von unten herauf an, wobei er spöttisch grinste. »Ich hatte den Eindruck, du seist recht gut mit ihr ausgekommen, solange sie hier gewesen ist. Immerhin hast du viel Zeit in ihrer Gesellschaft verbracht …«

»Nicht in ihrer – in der des Jungen!« wehrte Mkabayi rasch ab. »Mein Interesse hat ausschließlich ihm und seiner Zukunft gegolten! Auch die Sache mit Igazi und der Flucht habe ich für *ihn*, nicht für sie ermöglicht! Ebenso müssen wir jetzt an *ihn* denken – nicht an sie!«

Senzangakona betrachtete schweigend ein wogendes Hirsefeld, während seine Schwester fortfuhr.

»Er ist erst sechs Jahre alt gewesen, als er von hier fortgegangen ist. Zu jung, um zu verstehen, was du für sie empfunden hast, aber schon alt genug, um Eindrücke zu bewahren, die leicht in Haß umgeformt werden könnten.« Mkabayi sprach leiser, sorgenvoller weiter. »Baba, dein Sohn, das Kind der Weissagung, wird bald zu einem Mann herangewachsen sein. Und dann wird er kommen, um sein Recht als Führer der amaZulus zu beanspruchen – *mit* oder *ohne* deinen Segen.«

Als Senzangakona zögerte, fügte seine Schwester mit drohendem Unterton hinzu: »Gewinne ihn zurück, mein Bruder! Gewinne ihn von dieser Frau zurück, bevor ich bedaure, ihm das Leben gerettet zu haben.«

König Kondlo vom Stamm der Qwabes saß am oberen Rand seines weitläufigen Viehgeheges auf seinem Binsenthron und war von seinem üppigen Hofstaat umgeben, der aus seinem Sohn Pakatwayo und seinen Dienern, den sechs Frauen und ihren Zofen, den Leibdienern des Köngis, dem Ältestenrat der Qwabes und ihren Bediensteten, der königlichen Leibwache und natürlich dem niemals schweigenden Hofnarren bestand, dessen lobpreisender Singsang mit Metaphern, Satire und Reimen ausgeschmückt war.

Die Augen der zahlreich versammelten Männer und Frauen des Stammes Qwabe – die in der königlichen Heimstätte zusammengeströmt waren, um bei der Zeremonie des Königs anwesend zu sein – blickten zum Tor der weitläufigen Residenz hinüber, sobald Shaka und seine Familie auftraten.

Der jetzt 19jährige Shaka, eine imposante Gestalt von über 1,90 Meter Größe, kam in die Heimstätte geschritten: mit gebieterischer, strenger, eindrucksvoller Art, wobei das Feuer und der Scharfblick seiner Augen den Eindruck einer außergewöhnlichen Führerpersönlichkeit vervollständigten – eines Mannes, der dazu geboren war, die Schwingen wie die Fesseln des Ruhmes zu tragen.

Shakas Begleiter, die durch seinen königlichen Wuchs zwergenhaft wirkten, waren Nandi und Gendeyana. Die drei marschierten gemeinsam zum oberen Rand des Viehgeheges, machten vor dem König halt und knieten gleichzeitig nieder, um ihn auf überlieferte Weise respektvoll zu begrüßen.

»Bayete, Nkosi«, sagten sie im Chor.

»Sakubona, meine Freunde«, antwortete Kondlo freundlich.

Als sie sich erhoben, fiel Shakas Blick auf Pakatwayo, und er erkannte einen flüchtigen Augenblick lang im Gesichtsausdruck des Prinzen den Groll, die Ressentiments und die potentielle Gewalttätigkeit eines Menschen, der dazu neigt, anderen ihren verdienten Erfolg zu neiden. Und als Shaka diesen finsteren Blick sah, merkte er ihn sich als Warnung – für den Fall, daß ihre Wege sich unter anderen Umständen erneut kreuzen würden.

»Lutuli!« rief Kondlo aus.

Bei der Erwähnung des Zulus erstarrte Nandi zu völliger Bewegungslosigkeit, in der sie lediglich einen Blick aus den Augenwinkeln auf Senzangakonas Jugendgefährten warf. Da sie erwartete, den schlanken, einigermaßen attraktiven Athleten zu sehen, den sie gemeinsam mit Igazi in ihrer Jugend gekannt hatte, war Nandi entsetzt, einen Mann in mittleren Jahren vor sich zu haben, der übergewichtig und im Laufe der Zeit soweit gereift war, daß er nicht mehr elastisch und spannkräftig genug war, um diesem durch die Zeit bewirkten Reifeprozeß zu widerstehen.

»Prinz Shaka«, sprach Lutuli den jungen Mann an und bewirkte dadurch, daß tiefes Schweigen über die Versammlung herabsank.

Und brachte Nandi dazu, den Atem anzuhalten. »Prinz«? ... Unmöglich!

Prinz Shaka! Während Nandi das Herz im Leib hüpfte, warf sie ihrem Sohn von der Seite her einen bedächtigen Blick zu. Als ihre Blicke sich kurz begegneten, sah sie auch in seinen seinen Augen ein triumphierendes Glitzern. Soeben war Shaka zum ersten Mal offiziell mit dem Titel ›Prinzen‹ angesprochen worden. Nandi fragte sich, ob auch Senzangakona wie Lutuli über die Elastizität und Spannkraft des Stolzes hinaus gereift war.

»Prinz Shaka«, verkündete Lutuli, »ich bringe dir eine Botschaft deines Vaters, König Senzangakona kaJama. Er ist bekümmert, daß sein Sohn es vorgezogen hat, ferne Länder zu durchwandern...«

Shaka war mit den Ungerechtigkeiten der Welt vertraut und wie seine Mutter sogar gewöhnt, sie zu erwarten. Deshalb lächelte er nur – ein schiefes Lächeln –, als er hörte, er habe es »vorgezogen, ferne Länder zu durchwandern«, was seinen Vater »bekümmert« habe.

»König Senzangakona«, fuhr Lutuli fort, »begehrt die Rückkehr seines Sohnes in die Heimat seiner Vorväter, damit er öffentlich und vor seinem eigenen Volk zum legitimen Erben des Thrones des Hauses Zulu ausgerufen werden kann.«

»Ist das die ganze Botschaft, Lutuli?« fragte Kondlo, als der Zulu ausgeredet hatte.

»Nein, Nkosi«, erwiderte Lutuli im zögernden Tonfall eines Mannes, der sich einer unangenehmen Aufgabe zu entledigen hat. Der Zulu blickte erneut zu Shaka hinüber, bemühte sich, Nandis Augen auszuweichen, und ergänzte: »Mein König begehrt die Heimkehr seines Sohnes. *Nur* seines Sohnes.«

Nandi lief dunkelrot an und ballte die Fäuste, daß ihre Fingerknöchel hervortraten. Er hatte sie erneut öffentlich gedemütigt! Sie starrte ihren Sohn an und stellte fest, daß er merkwürdig ruhig, gelassen, unbeteiligt wirkte. War sein Machthunger etwa so groß, daß er ...

»Was hast du dazu zu sagen, Prinz Shaka?« fragte Kondlo.

Bedrückende Stille lastete schwer auf der Heimstätte. Aller Augen waren erwartungsvoll auf den Zuluprinzen gerichtet.

»Als legitimer Erbe, sagst du, Lutuli?« erkundigte Shaka sich schließlich. Er sprach jedes Wort deutlich, mit sanfter Präzision aus, und seine volle, tiefe Stimme war mühelos weithin verständlich.

»Ja, Ndabezitha«, antwortete Lutuli.

»Der Sohn einer illegitimen Ehefrau?« fragte Shaka mit ausdrucksloser Miene, aber so deutlich, daß jedes Wort sichtbare Gestalt anzunehmen schien.

Lutuli gab keine Antwort. Nandi, deren Herz rasend schnell schlug, blieb still.

»Das verwirrt mich, Lutuli«, gestand der Zuluprinz, indem er theatralisch die Stirn runzelte. »Wie kann jemand, dessen Mutter niemals offiziell verheiratet gewesen ist, ein legitimer Thronerbe sein?«

Kondlos Hof erstarrte bei dieser Feststellung. Alle Blicke waren jetzt auf Lutuli gerichtet, der leicht stockend antwortete: »Wenn das der Wille des Königs ist, soll es so geschehen.«

»Ich verstehe.« Shaka zog die Augenbrauen hoch und nickte dann. »So muß es wohl sein«, fügte er zunehmend sarkastisch hinzu und löste damit gedämpftes Lachen aus, das durch die Reihen der Zuhörer lief und seine Wirkung auch auf König Kondlo nicht verfehlte, der jetzt lächelte, ohne Shaka aus den Augen zu lassen.

»Dein König muß in der Tat mächtig sein, wenn er unsere Traditionen in solchem Ausmaß abändern kann«, sagte Shaka langsam, mit ironischem Nachdruck, der erneut eine Woge von Gelächter und lärmende, hitzige Kommentare auslöste. Langsam begriffen alle, daß Shaka wirklich »außergewöhnlich unberechenbar« war, wie Kondlo es ausgedrückt hatte.

Als Shaka weitersprach, war die Ironie aus seiner Stimme gewichen, und sein Blick verkündete eisige Entschlossenheit. »Geh heim und richte deinem König aus, Lutuli, daß Shaka Zulu sich an keinen Senzangakona, den Sohn Jamas, erinnert.«

Die lärmenden Kommentare der Zuhörer brandeten auf, als sie ihrer Überraschung die Zügel schießen ließen. Nandis Blick, der wieder ihren Sohn suchte, glänzte unendlich liebevoll. Ihr Triumph war jetzt vollständig: Senzangakonas verletzende Äußerung hatte sich zuletzt gegen ihn selbst gewendet.

»Ich habe nicht den Wunsch, dem königlichen Haus dieses Mannes anzugehören, denn ich erkenne weder seine Autorität noch die Oberherrschaft seiner Familie an!« Shakas hallende Stimme hatte keine Mühe, sich gegen das Stimmengewirr der Menge durchzusetzen.

»Ich, Shaka Zulu, bin bereits durch Geburt ein Prinz des Himmelsvolkes und werde, wie es das Schicksal will, sein König sein! Daran kann nichts und niemand etwas ändern! Nicht einmal die Heuchelei eines Vaters, die dem wahren Nachkommen Zulu kaMalandelas nur Schande und Entbehrungen gebracht hat!«

Kondlo blickte zu seinem Sohn hinüber. Als ihre Blicke sich begegneten, senkte Pakatwayo rasch die Augen.

»Sag den Zulus, sie sollen sich bereithalten, Lutuli«, fuhr Shaka unbarmherzig fort. Seine volltönende Stimme war kristallklar wie ein Wasserfall im Sonnenschein. »Sag ihnen, daß ich früher zurückkehren werde, als sie zu denken wagen. Aber nicht allein!« Shaka legte seiner Mutter seinen muskulösen Arm um die Schultern und zog sie an sich. »Meine Mutter ist dann an meiner Seite. Als Nkosikazi indlovukazi, die Königin der Königinnen! Die Große Elefantin des Himmelsvolkes!«

Über die Versammlung senkte sich Schweigen herab.

Plötzlich stand Kondlo im Mittelpunkt der allgemeinen Aufmerksamkeit, weil alle darauf warteten, daß der Herrscher der Qwabes auf Shakas unerhörte Loyalität ... und seinen Starrsinn reagieren würde.

»Es steht mir nicht zu, Prinz Shaka«, begann Kondlo, »ein Urteil über deine Haltung gegenüber deinem Vater zu sprechen. Ich bin davon überzeugt, daß sie deinem Herzen nach gerechtfertigt ist –und ich respektiere sie, wie ich in der Zeit, die du mein Gast gewesen bist, gelernt habe, dich zu achten. Wie du sicher verstehst, bringt deine Einstellung mich in eine sehr schwierige Lage. Die Umstände würden mich dazu zwingen, dich und deine Familie aufzufordern, mein Reich zu verlassen ...«

Gendeyana machte sich auf den Bannspruch gefaßt, der seiner Ansicht nach jetzt folgen mußte. Tatsächlich waren Kondlo die Hände gebunden. Er durfte Shakas bewußte Verunglimpfungen nicht ungestraft lassen. Hätte er das getan, hätte er sich zu einem Komplizen der gegen König Senzangakona ausgesprochenen Beleidigungen gemacht.

Anstatt jedoch die einem Bannspruch angemessene ernste Miene aufzusetzen, verzog Kondlo zur Überraschung aller – und besonders zu Pakatwayos Verblüffung – die Lippen zu einem warmen Lächeln, als er Shaka erklärte: »Die Umstände würden mich dazu zwingen, *wenn* ich jemand wäre, der sich durch Umstände zwingen läßt.« Sein Lächeln wurde breiter. »Glücklicherweise bin ich das nicht.« Kondlo nahm die Schultern zurück und verkündete feierlich: »Ich, Kondlo, der Sohn Mncinis und wahrhaftiger Nachkomme Qwabes, werde den wahrhaftigen Nachkommen Zulus nicht weiter Schande und Entbehrungen aussetzen. Du und deine Familie – ihr könnt in meinem Königreich bleiben, solange du es für richtig erachtest.«

Nandi strahlte angesichts dieser bemerkenswerten Wende der Ereignisse, und selbst Gendeyana wagte wieder zu hoffen; obwohl er in seinem Innersten stets gespürt hatte, daß Nandi ihm niemals für immer gehören würde, sehnte er sich jetzt danach, daß diese Menschen, die er lieben gelernt hatte, die er brauchte und die jetzt sein Leben ausmachten, nun doch bei ihm bleiben würden.

Aber Shaka zerschlug diese Hoffnung. »Danke, Nkosi«, erwiderte er nickend, »deine Worte ehren die Söhne Qwabes. Obwohl es mir eine besondere Ehre wäre, weiterhin dein Gast zu bleiben, will ich dir deine Großzügigkeit und Loyalität nicht damit lohnen, daß ich dich und dein Königreich in Gefahr bringe.«

Auch diesmal lief eine Woge der Verwunderung durch den Hofstaat.

»Ich glaube, Baba, daß wir nichts Besseres tun können, als weiterzuziehen«, schloß der Zuluprinz vertraulich, worauf ein weiteres erstauntes Raunen durch die Menge ging.

»Ich und meine Familie sind in der Vergangenheit für mehr als genug Unheil verantwortlich gemacht worden. Ich werde nicht zulassen, daß wir die Ursache eines sinnlosen Krieges werden. Die Zeit ist noch nicht reif für einen Kampf ... noch nicht.« Shaka verbeugte sich zum Abschied tief vor Kondlo. »Bayete, Nkosi. Wena wa sendhlu nKulu – Heil dir vom Königshaus. Mögen die Ahnen dir Gesundheit, Wohlstand und langes Leben als Belohnung für deinen Edelmut des Herzens, den Mut deines Urteils und deiner Überzeugungen und die Güte deiner stolzen Natur schenken. Ich bete, daß es mir vergönnt sein möge, dir und deinem Volk eines Tages die Wohltaten zu gewähren, die du mir und meiner Familie gewährt hast.«

»Sala kahle, Shaka Zulu«, erwiderte Kondlo seinen Abschiedsgruß mit Trauer in der Stimme. »Wena wa sendhlu nKulu – Heil *dir* vom Königshaus.«

Am Tor seiner Heimstätte umarmte Gendeyana Nandi – nach seiner Überzeugung zum letzten Mal, denn er ahnte, daß das Schicksal niemals so gnädig sein würde, sie wieder zusammenzuführen. Nandi erwiderte seine Umarmung und war ehrlich betrübt, diesen gütigen Mann verlassen zu müssen, den sie auf ihre Weise liebgewonnen hatte und für den sie eine Art Liebe empfand – nicht die wilde sinnlose Leidenschaft, die ihr Leben in Brand gesetzt hatte, eine Leidenschaft, die noch immer nicht völlig erloschen war, sondern eine sanfte Art Liebe, eine stille Anerkennung, die entspannende Wärme, die Eidechsen dazu bringt, stundenlang unbeweglich an einem sonnigen Plätzchen zu sitzen.

Kein Wort wurde über die Möglichkeit verloren, sie, Nomcoba und Ngwadi, ihr jüngster, gemeinsamer Sohn, könnten auch nur für kurze Zeit allein ohne Shaka zurückbleiben. Nachdem Gendeyana sich kummervoll von Nomcoba (jetzt 14jährig und ihrem gutaussehenden Vater immer ähnlicher) und seinem eigenen Sohn Ngwadi (fast drei Jahre alt) verabschiedet und ihnen versprochen hatte, sie schon bald zu besuchen, hob er den Kopf und begegnete dem stetigen Blick der Katzenaugen Shakas.

»Wir möchten noch immer, daß du mitkommst, Baba«, erklärte der Jüngling dem Mann, der sein Pflegevater gewesen war. »Solltest du deine Meinung ändern, findest du uns am Ufer des iMfongosi bei den uGangeni-Klippen. Dort warten wir drei Tage lang. Kommst du bis dahin nicht, ziehen wir ohne dich weiter.«

»Ich kann nicht kommen, Shaka«, bekannte Gendeyana mit vor Rührung heiserer Stimme. »Sie gehört nicht zu mir. Sie ist nie dazu bestimmt gewesen, mir zu gehören.«

Shaka analysierte diese Aussage wie üblich objektiv und kalt emotionslos, um dann zustimmend zu nicken. Ja, sie war niemals dazu bestimmt gewesen, jemandem zu gehören – wie auch er selbst nicht. Ihr Aufenthalt in Gendeyanas Heimstätte war lediglich ein Akt der Zweckmäßigkeit gewesen.

Der Zuluprinz ließ seine nervigen Hände auf den Schultern des anderen ruhen, während er ihm seinen Abschiedsgruß entbot, aus dem echte Zuneigung sprach.

»Ich werde dich niemals vergessen, Baba«, erklärte er Gendeyana. »Eines Tages verschaffe ich dir den Ruhm, den du verdienst.«

»Nicht jeder von uns kann Ruhm ertragen, Shaka«, erwiderte der andere traurig lächelnd.

Und als die Ausgestoßenen – jetzt wieder vier: Shaka, Nandi, Nomcoba und Ngwadi – über die bernsteinfarbenen Felder davongingen, wurden Gendeyanas Augen feucht. Indem er den Kopf schieflegte, mied er den Anblick seiner scheidenden ›Familie‹, während die aus seiner Seele quellenden Tränen ihm über die Wangen liefen. Er wurde plötzlich von unwiderstehlicher Sehnsucht befallen, diese Frau, die sein Leben war, noch einmal zu sehen, und in diesem Augenblick des endgültigen Abschieds klammerte sein Herz sich an sie, wie man einen kostbaren, umstrittenen Besitz umklammert.

Trotzdem waren sie jetzt fort.

Als Gendeyana sich langsam umdrehte, fiel sein Blick auf die Hütten, in denen die Familie gelebt hatte, auf die Felder, auf denen er mit den Kindern gespielt hatte, auf den Bach, an dessen Ufer sein Sohn gezeugt worden war. Er betrachtete die Heimstätte, die er für sie erbaut hatte, griff nach einer Fackel, zündete sie an und setzte sein Herz in Brand.

»Das ist offener Aufruhr!« Mudlis Heftigkeit richtete sich an Senzangakona, Mkabayi und die ehrenwerten Mitglieder des Ältestenrats der Zulus, die versammelt waren, um über Shakas Unnachgiebigkeit zu diskutieren.

»Er hat nicht nur gegen die heiligsten Gebote von Ehrfurcht und Gehorsam verstoßen, die einen Sohn an seinen Vater binden«, fuhr der Älteste im Tonfall höchster Empörung fort,

»sondern darüber hinaus dich und dein Königshaus öffentlich herabgesetzt, Nkosi, indem er deine Oberhoheit als Herrscher der Zulus in Frage gestellt hat.«

Mkabayi, die ausdruckslos zugehört hatte, ließ ihren Blick über Mudlis schlanken Körper gleiten, der im Laufe der Zeit spindeldürr geworden war.

»Offen gesagt, Ältester«, begann sie, »sollte seine Reaktion uns nicht allzu sehr überraschen. Nach so langen Jahren erzwungenen Exils hätten wir mit dieser Feindseligkeit rechnen müssen.«

Mudli nickte Mkabayi zu. »Vielleicht, Udadewethu. Aber wir wären töricht, wollten wir sie verzeihen. Vor allem da seine Feindseligkeit die Grenzen des Verrats überschreitet!«

Senzangakona blickte rasch zu dem Ältesten hinüber. »Verrat, Mudli?« fragte der König mit gerunzelter Stirn.

»Ja, Nkosi!« Mudlis Antwort ließ keinen Raum für Zweifel. »Sein Vergehen richtet sich nicht nur gegen den Staat, sondern ist eine Herabwürdigung aller unserer Werte – aller Dinge, an die wir glauben, für die wir eintreten! Seine Aussage vor Kondlo ist nichts weniger als eine Kriegserklärung an sein eigenes Volk gewesen! Und die Tatsache, daß Kondlo diese Kränkung scheinbar gleichmütig hingenommen hat, macht die Angelegenheit um so gefährlicher für uns!«

»Vermute ich richtig, daß du mir jetzt erzählen willst, mein Stolz stehe auf dem Spiel?« warf Senzangakona mit gelindem Sarkasmus ein.

»*Unser* Stolz, Baba! Der Stolz unseres gesamten Königreichs! Und seine Zukunft!« Die Stimme des Ältesten nahm einen unheimlichen, bedrohlichen Tonfall an, der eine Katastrophe anzukündigen schien. »Wir müssen die Zukunft der amaZulus vor dem Bösen bewahren, das er und die Weissagung verkörpern.« Nachdem Mudli eine kurze Pause gemacht hatte, damit dieser Gedanke einwirken konnte, forderte er mit knurrender Verachtung in der Stimme: »Er muß zurückgeholt werden, Baba, wegen Hochverrats angeklagt und gemäß den Gesetzen des Landes hingerichtet werden!« Der Ältestenrat geriet in murmelnd zustimmende Bewegung.

Auf Senzangakona lastete erneut das Gewicht unermeßlicher Traurigkeit, unter dem er kaum noch atmen konnte. Nachdem der König erst vor kurzem seine Mutter Mtaniya beigesetzt hatte, war es ihm zuwider, auch nur an einen weiteren Tod zu denken – vor allem an die Hinrichtung seines geachteten Sohnes. Ja, geachteten! Fast wider Willen hatte Senzangakona Achtung vor Shaka und der von ihm eingenommenen Haltung.

Der König wandte sich an seine Schwester und sprach so vertraulich mit ihr, als seien sie allein. »Wir haben offenbar einen Kreis beschrieben, nicht wahr, Mkabayi? Einen Teufelskreis. Exil, um dem Tode zu entgehen – und nun die Todesstrafe als Folge seines Exils. Anscheinend läßt diese Weissagung zahlreiche Schicksale zu. Meines besteht darin, meinen Erstgeborenen zu töten. Oder fällt meiner listenreichen Schwester vielleicht eine andere Möglichkeit ein, ihn zu retten?«

Mkabayi erwiderte den Blick ihres Bruders gleichmütig und stetig. Jetzt war kein Zweifel mehr möglich: Er bat tatsächlich um Hilfe.

»Ich habe weder jetzt noch früher die Absicht gehabt, Nkosi«, stellte Mkabayi fest, während sie Mudli und den Ältestenrat ansah, »ihn persönlich zu ›retten‹. Ich will nur, was zum zum Besten unseres Volkes ist – und was in diesem speziellen Fall eine Rechtsbeugung verhindert. Der Älteste hat recht: Wir haben es mit einem Fall von Hochverrat zu tun. Aber wer trägt *letztlich* die Verantwortung für dieses Verbrechen – der Junge oder seine Mutter?«

Mudli runzelte mißtrauisch die Stirn; Senzangakona zog ungläubig die Augenbrauen hoch.

»Können wir wahrheitsgemäß behaupten, Shakas Worte und Taten seien das Ergebnis seiner eigenen Treulosigkeit«, fuhr sie fort, wobei ihre Stimme lauter und überzeugender klang, »oder sind sie statt dessen ein Widerhall des Trotzes, den wir in seiner Mutter zu beobachten Gelegenheit gehabt haben?«

Senzangakona beobachtete seine Schwester mit eisigem Blick. Will sie wirklich Nandi opfern, um Shaka zu retten?

fragte er sich aufmerksam zuhörend und winkte ab, als Mudli Einwände vorzubringen versuchte.

»Unsere Gesellschaftsordnung baut auf dem Grundsatz auf, daß das Wort eines Vaters Gesetz ist, sein Wille oberstes Gebot, seine Person unantastbar.« Mkabayi trat näher an den Ältestenrat heran. »Eine Mutter hat das Vorrecht und die Pflicht, ihre Kinder diesem Grundsatz gemäß zu erziehen. Tut sie das nicht oder hetzt das Kind sogar gegen seinen Vater auf, liegt die Schuld für seinen Ungehorsam bei ihr. *Sie* ist dafür verantwortlich, nicht der Sohn!«

Eine eindrucksvolle Verteidigungsrede, dachte Senzangakona, dessen Blick seine Schwester nicht mehr losließ, so sehr war er beeindruckt.

Mkabayi holte tief Luft und sprach weiter: »Der Älteste besteht darauf, in Shaka die Verkörperung des Bösen zu sehen. Ich behaupte ergebenst, daß das, was er das Böse nennt, lediglich eine Folge der Beeinflussung durch seine Mutter ist. Ich behaupte weiterhin, daß der Junge nicht das Böse, sondern *Kraft* verkörpert! Das haben wir in allen bisherigen Taten Shakas erlebt! Wozu sollen wir diese Kraft vernichten, wenn wir sie zum Besten unseres Volkes zügeln können? ... Er ist noch jung! Wir können ihn noch formen – wenn, aber nur wenn wir den Einfluß seiner Mutter für immer ausschalten! *Sie*, nicht Shaka, muß wegen Hochverrats vor Gericht gestellt und – falls sie schuldig gesprochen wird – gemäß den Gesetzen des Landes hingerichtet werden!«

Der Ältestenrat explodierte förmlich vor unterschiedlichen Kommentaren, von denen die meisten Mkabayis Redekunst und Argumentation lobten.

Senzangakona wirkte benommen, aber sein Blick fand Mkabayi und ließ sie nicht mehr los. Ich werfe Nandi nicht dem Ältestenrat zum Fraß vor, sagten seine Augen seiner Schwester. Ich bringe sie nicht als Opfer für die Zukunft der amaZulus dar. Nicht Nandi ... nicht einmal für Shaka! Falls eine Wahl getroffen werden muß, klammere ich mich an die Vergangenheit, nicht an die Zukunft!

»Ich muß dir gratulieren, Udadewethu«, sagte Mudli soeben

aufrichtig lobend. »Dein Verstand ist so flink wie der des Fuchses.«

Mkabayi schürzte die Lippen, um ein Lächeln zu verbergen.

»Aber«, fuhr der Älteste fort, »wenn du mit deinen Ausführungen recht hättest, wäre ›letztlich‹ niemand für seine Taten verantwortlich, weil wir *alle* das Ergebnis unserer Verhältnisse und unserer Erziehung sind. Wenn deine Behauptungen zuträfen, würden unsere Gesetze bedeutungslos ... Trotzdem muß ich dir in einem Punkt beipflichten, Udadewethu. Shaka verkörpert Kraft, ungezügelte Kraft! Schon mit sechs Jahren – *bevor* der Einfluß seiner Mutter bestimmend geworden war – hatte er seinen zukünftigen Verrat durch die Drohung angekündigt, seinen Vater zu ermorden!«

Während Mkabayi den Blick senkte, ging wieder ein zustimmendes Raunen durch den Ältestenrat.

»Und jetzt als Neunzehnjähriger«, fügte Mudli nachdrücklich hinzu, »hat er ihn erneut öffentlich bedroht! Dennoch verteidigst du ihn weiterhin, Udadewethu ... Hat das Kind der Weissagung dich geblendet? Hat es dich verhext?«

Mkabayi, die sein Vorwurf wie ein Keulenschlag getroffen hatte, richtete ihren feurigen Blick wieder auf den Ältesten.

»Was braucht's noch alles, um dir die Augen zu öffnen? Den Tod unseres Königs?«

»Genug!« Senzangakona mußte schreien, um das erregte Stimmengewirr der Ältesten zu übertönen. »Genug.« Die Stimme des Königs klang plötzlich müde. »Wir haben zu lange gezögert ... Laß ihn zurückholen, Mudli. Es wird Zeit, daß diese Intrige für immer beendet wird!«

15 IMVUMELANO *Der Bund*

»Ist er schon tot, Mutter?« fragte Ngwadi mit hörbar stockender Stimme, die leise und schüchtern klang.

Shaka drehte sich nach seinem Bruder um, kam interessiert von seinem Ausguck auf den hochaufragenden uGangeni-Klippen herab und schritt auf die provisorische Feuerstelle zu, wo Nandi und Nomcoba Mais kochten, um aus den weichen Körnern iziNkobe-Brot backen zu können.

Nandis liebevoller Blick galt ihrem kleinen Sohn, der flach auf der Erde liegend neugierig die starren Züge eines Sumpfbocks betrachtete, den Shaka vor kurzem fürs Abendessen erlegt hatte.

»Ja, Ngwadi«, antwortete Nandi. »Er ist tot.«

»Woher weißt du das? Weil er sich nicht mehr bewegt?« wollte Ngwadi mit der Kindern seines Alters angemessenen Hartnäckigkeit wissen.

»Das sieht man an seinen Augen«, warf Shaka mit sanfter Stimme ein.

Ngwadi runzelte die Stirn und starrte angestrengt in die Augen der Antilope, die blicklos, glänzend, im unwiderruflichen Ausdruck des Todes gefangen war. »Ich sehe nichts«, stellte der Junge schließlich enttäuscht fest.

Shaka und Nandi wechselten ein amüsiertes Lächeln, bevor der junge Mann sich zu seinem Bruder gesellte, um gemeinsam mit ihm den unerforschlichen feierlichen Ernst des Nichtseins zu betrachten.

»Sieh genau hin, Ngwadi«, forderte Shaka ihn auf. »Fällt dir auf, daß etwas verschwunden ist? Aus den Augen?«

Ngwadi, der jetzt immer aufmerksamer wirkte, rückte näher an den Sumpfbock heran, bis er die Tieraugen dicht vor sich hatte. Als der Blick des Kleinen die innerste Wahrheit der Unbeweglichkeit des Sumpfbocks erfaßte, glitt langsam ein verständnisvolles Lächeln über seine jungen Züge.

»Siehst du's jetzt?« fragte Shaka.

»Ja«, bestätigte Ngwadi mit wachsender Erregung. »Jetzt seh

ich's!« Trotzdem kehrte das Stirnrunzeln plötzlich zurück, als der Kleine zu seinem Bruder aufblickte. »Aber wohin ist's gegangen?«

Shakas aufmerksamer Blick glitt rasch über ihre Umgebung hinweg und fiel auf das knisternde Lagerfeuer. »Ins Feuer«, erklärte er seinem Bruder schließlich.

Ngwadi betrachtete das Feuer und nickte wortlos zustimmend. Die wabernden Flammenzungen wirkten tatsächlich lebendig, und wenn sie gierig knisternd rötlich-gelb und blau aufloderten, sahen sie wirklich so aus, als könnten sie dieses Leben einem anderen Wesen gestohlen haben.

»Und was geschieht mit ihm, wenn das Feuer ausgeht?« wollte Ngwadi wissen, wobei er weit über sein Alter hinausgehenden Scharfsinn bewies, der Nandis stolzes Herz anrührte.

»Er wird zu Rauch«, erwiderte Shaka rasch. Sein Blick folgte den Rauchschwaden, die vom Feuer aufstiegen, sich verteilten und im Nachmittagshimmel verschwanden. »Und der Rauch wird zu Luft.«

Ngwadi starrte seinen Bruder mit offenem Mund und großen Augen an. »Das Leben der Toten ist also überall um uns«, stellte der Junge gedämpft, fast andächtig fest, während er einen jähen Wirbel von Emotionen in sich aufsteigen fühlte.

Das Leben der Toten ist überall um uns.

Ngwadis Worte hatten eine drängendere Bedeutung für Shaka, als er mit dem Assegai in der Hand auf seinem einsamen Wachposten hoch auf den uGangeni-Klippen saß, von wo aus seine stets wachsamen Augen die Schatten der Nacht erforschten, die der Mondschein in hartes bläulichs Licht tauchte. Shaka wußte, daß der Tod sie tatsächlich auf allen Seiten umgab, daß er überall lauerte und sie beschlich.

In der Tat: Seitdem die Ausgestoßenen Gendeyanas Heimstätte verlassen hatten, um anderswo Zuflucht zu suchen, wo eine von den unberechenbaren Launen des Schicksals bestimmte Zukunft vor ihnen lag, hatte Shaka in der Gewißheit, daß die Zulus ihm früher oder später nachstellen würden, aufmerksam Wache gehalten. Er war sich darüber im klaren, daß er mit Verfolgung rechnen mußte. Nach seinen feindseligen

Äußerungen in Kondlos Residenz, mit denen er Senzangakona und sein Haus öffentlich herabgewürdigt hatte, stand der Ruf des Zulukönigs auf dem Spiel, und obwohl Senzangakona eher zur Unentschlossenheit neigte, würden andere – vielleicht Mudli oder sogar Mkabayi – ihn dazu zwingen, mit angemessener Strenge zu reagieren.

Ja, die Zulus würden kommen, das wußte Shaka, und er würde sich bald in Reichweite ihrer Speere befinden. Und als die Konsequenz dieser Bedrohung ihm eben deutlich wurde, richtete Shaka sich plötzlich auf, rutschte auf seiner Felsenwarte etwas nach vorn, musterte die Schatten am Fuß der glatten Felswände, horchte angestrengt und spürte, daß der Augenblick der Konfrontation bereits gekommen war. Sein schweifender Blick suchte den lauernden Feind und wurde durch den flüchtigen Glanz reflektierten Mondlichts auf einer Klinge, die geometrische Form eines Schildes, die sich vom Dunkel der Nacht abhob, durch einen Schattenfaden, der dem schmalen Umriß eines Speeres entsprach, aufgehalten. Sein Gehör durchmusterte die natürlichen Nachtlaute und warnte ihn vor dem Knacken eines Zweiges, der unter einem Fuß zerbrach, dem Rascheln von Laub, den leisen Schritten näherkommender Krieger.

Shaka, der lautlos vom höchsten Punkt der Klippe herabkletterte, schlich über den weichen Boden am Ufer des iMfongosi und erreichte das Lager, in dem seine Mutter, Nomcoba und Ngwadi in der Wärme eines glosenden Lagerfeuers schliefen.

»Mutter!« flüsterte Shaka und weckte Nandi damit aus leichtem Schlaf. »Sie sind da!« stellte er nüchtern fest, als Nandi ihn mit großen Augen ohne zu blinzeln anstarrte. Da auch sie Vergeltungsmaßnahmen Senzangakonas befürchtet hatte, wußte Nandi genau, wer ›sie‹ waren.

»Zieht weiter zu Großmutters Grab«, wies Shaka sie an. »Ich stoße dort wieder zu euch – bei Neumond.« Als Nandi den Mund öffnete, um etwas zu sagen, legte Shaka ihr sanft einen Finger auf die Lippen, um sie am Sprechen zu hindern, und beantwortete ihre unausgesprochene Frage, indem er langsam und nachdrücklich wiederholte: »Ich stoße dort wieder zu euch – bei Neumond.«

Nandi nickte widerstrebend und umarmte ihren Sohn zum Abschied.

»Noch etwas, Mutter«, fügte er mit aus zorniger Entschlossenheit geborener verächtlicher Gewißheit hinzu, »dies ist das letzte Mal, daß wir weglaufen! Das allerletzte Mal!«

Shaka, der durch die sumpfigen, nebelverhangenen Niederungen am iMfongosi spurtete, hatte den seichten Fluß bereits halb durchquert, bevor er auf dem gegenüberliegenden Ufer über ein Dutzend Zulukrieger erkannte, die ihn gesichtet hatten und nun herankamen. Shaka, der abrupt stehenblieb, warf sich herum und mußte feststellen, daß das andere Ufer jetzt ebenfalls von Kriegern besetzt war, deren bedrohliche Umrisse sich vor dem Mond abhoben. Auch sie bewegten sich zielsicher auf ihre menschliche Beute zu.

Da Shaka erkannte, daß ihm als einziger Fluchtweg nur noch der Fluß selbst blieb, lief er im glitschigen Bett des iMfongosi flußabwärts weiter. Aber schon allzu bald wurden die Ufer des bis dahin gewundenen iMfongosi höher und bildeten eine gerade Schrägrinne, durch die das Wasser des Flusses rauschend und schäumend auf einen hohen Wasserfall zuschoß.

Shaka erreichte den Wasserfall, machte an der Kante halt und warf einen Blick in die atemberaubende Tiefe: über fünfzig Meter senkrechte Felswand, in glitzernd herabstürzendes Wasser gehüllt, das am Fuß des Wasserfalls kreisende, schaumstreifige Wirbel und Strudel bildete, die sich zur Flußmitte hin wieder auflösten, wo der iMfongosi als tiefer Wildwasserfluß mit starker Strömung über zerklüftete Felsen und Gesteinsschutt hinwegrauschte.

Shakas Verstand suchte verzweifelt einen Ausweg, während er am Rande dieses gewaltigen Felsabsturzes in die Enge getrieben dastand, sich nach seinen Verfolgern umsah und feststellen mußte, daß sie näherkamen. Während die Sekunden verrannen, zeigte sich immer deutlicher, daß dem jungen Mann nur noch ein Fluchtweg offenstand: der Sprung in die Tiefe. Trotzdem zögerte Shaka, weil sein Verstand gegen diesen selbstmörderischen Sprung ins nebelverhangene Nichts rebellierte.

Wenig später wurde seine Entscheidung zwangsweise herbeigeführt, als einer der Krieger - ein gewisser Dilikana, ein stämmiger, untersetzter brutaler Kerl mit Stiernacken und breitem Gesicht -seinen Arm anwinkelte und seinen Speer durch die Luft pfeifen ließ. Das Wurfgeschoß bohrte sich dicht über Shakas Knie in die Muskelpakete seines Oberschenkels und traf den Mann mit einer Gewalt, die ihm den Speer tief ins Fleisch trieb, so daß er zur Seite gedreht wurde, seinen Assegai aus der Hand fallen ließ, den Boden unter den Füßen verlor und über die Felskante gerissen wurde.

Shaka hatte den Eindruck, endlos lange zu fallen - in ein dunkles Nichts hinein. Dann schlug er plötzlich mit einer Gewalt auf die Wasseroberfläche auf, daß ihm die Luft aus der Lunge getrieben wurde, während das kalte, schäumende, zu Tal schießende Wasser ihn strudelnd umschloß und mit der Strömung fortriß.

Indem Shaka sich an die letzten Reste seines Bewußtseins klammerte, rang er nach Atem, kämpfte darum, den Kopf über Wasser zu behalten, und tastete nach dem Speer, um ihn aus seinem schmerzhaft pochenden Oberschenkel zu reißen. Aber das Wildwasser behinderte ihn dabei, trommelte gegen seine Arme und riß ihn mit solcher Gewalt flußabwärts, daß kaum eine Bewegung möglich war. Während er über schäumende Stromschnellen fortgerissen wurde, spürte er, daß er sich an scharfkantigen Felsen Hüften und Schultern aufschürfte. Auch der Speer stieß gegen die Felsen, wurde noch tiefer in Shakas Oberschenkel getrieben und vergrößerte dabei die Wunde, so daß greller Schmerz seinen Körper durchzuckte. Der Mund des jungen Mannes öffnete sich zu einem stummen, gequälten Luftholen, bei dem eiskaltes Wasser in seine Kehle geriet, so daß er keuchend und würgend nach Atem ringen mußte.

Dann scharrte der Speer erneut übers Flußbett, aber diesmal wurde sein Schaft plötzlich von einen Gewirr starker Wurzeln festgehalten und zwischen zwei großen Felsblöcken eingeklemmt. Als der Speer sich verhängte, wurde Shakas Vorwärtsbewegung so abrupt und schmerzhaft beendet, daß er nahe daran war, das Bewußtsein zu verlieren.

Der junge Mann kämpfte gegen den Schmerz an, umklammerte eine der Wurzeln mit starker Hand und brach mit der anderen den Speerschaft ab, so daß er endlich die Spitze aus seinem Oberschenkel reißen konnte. Während Blut aus der klaffenden Wunde quoll und von der schäumenden Strömung fortgerissen wurde, hangelte Shaka sich die glitschige Wurzel entlang, um so die Felsen am schlammigen Ufer des Flusses zu erreichen.

Dilikana und mehrere andere Zulus hatten unterdessen den Abbruch des Wasserfalls erreicht und starrten in die Tiefe, um den Gejagten vielleicht in den tosend zu Tal schießenden Wassermassen zu entdecken. Als Dilikana klar wurde, daß Shaka nirgends zu sehen war, warf er seinen Gefährten einen besorgten Blick zu. Tatsächlich war der Befehl des Zulukönigs unmißverständlich gewesen: Der ›Prinz‹ sollte *lebend* zurückgebracht werden. Sollte er im Verlauf dieser Entführung umkommen, würde die ganze Gruppe wegen seiner Ermordung zur Verantwortung gezogen werden. Da Dilikana den Speer geworfen hatte, der nur hätte lähmen sollen, statt zu töten, wurde seine Besorgnis zu Angst, als er jetzt wieder die von Mondschein übergossenen Strudel und Wirbel am Fuß des Wasserfalls betrachtete, die Shakas sterbliche Überreste schon jetzt zu zermalmen und zu verschlingen schienen.

Während Dilikana bereits dabei war, sich verschiedene Ausreden zu überlegen, mit denen er seinem König gegenüber diesen »Unfall« entschuldigen konnte, rief einer seiner Gefährten plötzlich aufgeregt: »Dort drüben!« und zeigte dabei auf das teilweise im Schatten liegende schlammige Ufer des iMfongosi. In ungewissem Halbdunkel lösten sich die Umrisse eines Menschen aus der reißenden Strömung und gewannen das Ufer, wo diese Gestalt völlig entkräftet im Schlamm liegenblieb.

Dilikana, dessen Energie und Zielbewußtsein schlagartig

wieder zugenommen hatten, bellte den Befehl, diese schemenhafte Gestalt, die Shaka sein mußte, gefangenzunehmen. Sekunden später kletterten die Zulukrieger die Felshänge neben dem Wasserfall hinunter, um die Verfolgung ihrer Beute wiederaufzunehmen.

Shaka, dessen Kräfte durch seine Verwundung und die Anstrengungen sehr erschöpft waren und dessen Körper über die natürlichen Grenzen der meisten Sterblichen hinaus mißhandelt und überanstrengt worden war, erwies sich als kein gewöhnlicher Sterblicher: Er beobachtete die näherkommenden Zulukrieger mit stoischer Selbstbeherrschung, blieb trotz rasender Schmerzen nüchtern unaufgeregt und vertraute darauf, daß er überleben würde, um seinen Bund mit dem Geist des Volkes des Himmels zu erfüllen, wie es ihm als kleiner Junge am Teich von Mageba und Ndaba geweissagt worden war:

»Von nun an bist du mein Sohn, und ich bin dein Vater. Bitte, so wird dir gegeben: die Völker als dein Erbe, die Weiten der Erde als dein Reich.«

Im Vertrauen auf seinen Auftrag als Gebieter erhob Shaka sich auf unsicheren Beinen, biß die Zähne zusammen und flüchtete vor seinen Verfolgern, um seinerseits sein Schicksal zu verfolgen.

Er rannte die ganze Nacht lang, ohne sich und seinem gequälten Körper eine Ruhepause zu gönnen, verlor Blut aus seiner pochenden Wunde und vergrößerte trotzdem auf wunderbare Weise seinen Vorsprung vor den Verfolgern, weil seine eigene Geschwindigkeit – auch wenn sie durch die Verletzung sehr herabgesetzt war – deutlich über der der Jäger blieb.

Und als die lange, kalte, anstrengende Nacht vorüber war und der blauschwarze hohe Himmel eine wundervolle rötlichviolette Färbung angenommen hatte, aus der die größeren Sterne noch hell hervorglitzerten, mußte Shaka feststellen, daß die Landschaft um ihn herum sich verändert hatte: Die dichte Vegetation am Fluß entlang war durch eine kahlere Hochebene abgelöst worden, von der zerklüftete schwarze Felsrinnen in weites, dicht mit Felsformationen durchsetztes und von Rinnen durchzogenes Hügelland hinabführten. Auf seiner verzweifelten Flucht hatte der junge Mann bald gemerkt, daß der Schmerz in seinem Bein fast erträglich war, solange er sich bewegte – aber wenn er langsamer lief oder stehenblieb, um Atem zu schöpfen, drohten die Schmerzen ihm das Bewußtsein zu rauben. Er wußte, daß er sich rasch den Grenzen selbst seiner Leistungsfähigkeit näherte – und daß seine Flucht zu einem Kampf von Geist und Willen mit einem versagenden Körper wurde. Trotzdem blieb er schonungslos weiter in Bewegung, während die Zulus, die ebenfalls erste Ermüdungserscheinungen zu spüren begonnen, den Vorsprung ihrer kostbaren Beute allmählich verringerten.

Am Ende des dritten Tages hatten Shakas Wundschmerzen etwas nachgelassen und waren zu einem dumpfen Pochen herabgesunken, das nicht zu seinem Körper zu gehören schien, fast als ob die Wunde langsam ausheile. Aber wenig später mußte Shaka feststellen, daß das verletzte Bein allmählich gefühllos wurde und die Umgebung der verkrusteten Wunde sich verräterisch dunkelrot-blau verfärbte, als habe Wundbrand eingesetzt.

Als am vierten Tag die Nacht herabsank, beobachtete Shaka, wie die Assegais der Zulus im Mondlicht wie zahllose winzige flackernde Fackeln glitzerten, und er fühlte erstmals die scharfen Krallen der Verzweiflung nach seinem Herzen greifen. Tatsächlich waren diese reflektierenden Speerspitzen nur noch wenige hundert Meter hinter ihm. Seine Beinmuskeln würden sich bald nicht mehr steuern lassen, und wenn es dazu käme, würde er nicht mehr rennen, ja buchstäblich nicht einmal mehr gehen können...

Shaka schloß die Augen, lehnte sich mit dem Hinterkopf für kurze Zeit gegen die kühle Härte eines großen Felsblocks und konzentrierte seine Gedanken auf seine hoffnungslose Zwangslage, für die es keine Lösung zu geben schien. Als er jedoch wieder die Augen öffnete, hatte er die Antwort plötzlich vor sich: ein gewaltiges, majestätisches Bergmassiv, dessen Fuß von Horizont zu Horizont reichte und dessen Gipfel wirklich den Himmel zu berühren schien.

Du brauchst nicht zu rennen! sagte Shaka sich mit schwachem Lächeln. Nicht einmal zu gehen. Obwohl sein Bein fast wertlos war, waren seine Arme und Hände weiterhin stark und völlig zuverlässig.

Er brauchte nicht zu rennen. Er würde klettern!

Innerhalb einer Stunde hatte Shaka den Fuß des Berges erreicht und den Aufstieg begonnen. Während Dilikana und seine Begleiter ehrfürchtig die Gestalt angafften, die langsam, aber unerhört kräftig eine Felswand erkletterte, fragte der Anführer der Zulus sich, was für ein Mann dieser I-Shaka war, der wie durch ein Wunder einen Speerwurf und einen Sturz überlebt hatte, der jeden anderen vermutlich das Leben gekostet hätte, und nun – nach vier Tagen ohne Nahrung, Wasser oder Schlaf – einen der höchsten Gipfel des Landes zu erklettern versuchte. Ob die Gerüchte vielleicht doch stimmten? Verfügte dieser ›Käfer‹ etwa wirklich über Kräfte, von denen gewöhnliche Sterbliche nichts ahnten? Mit einem gemurmelten Fluch und einem tiefen Seufzer spornte Dilikana seine Leute zur Verfolgung dieses Mannes an, der so hartnäckig nicht zu fassen war wie das Ende eines Regenbogens.

Bei Anbruch des sechsten Tages hing Shaka in über tausend Meter Höhe in der Wand und hatte fast senkrechten Fels über und ... das Nichts unter sich. Er kletterte jetzt praktisch nur noch mit den Armen, benützte sein gesundes Bein als Drehpunkt und Stütze und zog das verletzte Bein lediglich hinter sich her; eine wertlose Last aus Fleisch und Knochen ohne Gefühl, ohne Zweck, wenn nicht die Hoffnung gewesen wäre, daß es eines Tages wieder von Leben durchströmt sein würde.

Shaka hatte aufgehört, sich wegen des Beins und seiner erschreckenden intensiv purpurroten Färbung Sorgen zu machen. Er hatte sogar aufgehört, sich Sorgen wegen der Zulus zu machen, die unbeholfen hinter ihm herkletterten und dabei im Laufe der Zeit immer weiter zurückblieben. Nein, der junge Mann litt zu sehr unter Hunger und Durst, um an irgend etwas anderes als die Befriedigung dieser körperlichen Bedürfnisse zu denken, die sogar stärker als das Fieber waren, von dessen Gluthauch sein Gehirn verzehrt zu werden drohte.

Die Intensität dieses durch seinen hohen Blutverlust verzweifelt stark gewordenen Bedürfnisses beherrschte jede Faser seines Leibes mit einer Ausschließlichkeit, die ihn alles andere vergessen ließ. Und im Schatten dieses Bedürfnisses kletterte Shaka rein instinktiv weiter: Seine kraftvollen Finger suchten auf schmalen Felsgraten und in den Rissen und Spalten der Wand nach Griffen und zogen seinen Körper höher und höher, ohne daß er sich bewußt überlegt hätte, wo der nächste Griff zu finden sein würde. Man hätte glauben können, seine Hände kletterten aus eigenem Antrieb weiter...

Die unzugängliche Landschaft des Berggipfels war mit einer dicken Schnee- und Eisschicht bedeckt. Der Wind heulte über den Grat des majestätischen Gletscherplateaus und pfiff eisig um die Zinnen und Türme, die sich aus der weiten weißen Fläche erhoben. In diese außergewöhnliche, ungastliche Welt zog Shaka sich schließlich hinauf, indem er auf allen vieren den Grat überwand.

Der junge Mann, der sich mit vor Kälte zitterndem Leib und vom Fieber erhitztem Kopf am Rande des Deliriums befand, hätte beim ersten Anblick der surrealen Umrisse des Gipfelplateaus leicht glauben können, diese bedrohlich wirkende Landschaft sei das Produkt seiner fieberhaft überreizten Einbildungskraft, denn er hatte noch nie im Leben etwas Vergleichbares gesehen – er hätte sich eine weiße Schneedecke nicht einmal vorstellen können. Aber als seine Neugier stärker wurde und er sich bis zu dieser weißen Decke weiterschleppte, konnte er die Realität seiner Umgebung selbst überprüfen, indem er den Schnee anfaßte und kostete, wobei ihn seine Farbe, seine erfrischende Kälte und seine bei näherer Betrachtung zu Wasser werdende körnige Konsistenz reizten und fesselten.

Shaka sah sich erstaunt um und starrte die ihn umgebende Schnee- und Eislandschaft verblüfft an. Sein Blick glitt über die weißschimmernde Schneedecke, suchte und fand die gegenüberliegende Gipfelseite. Indem Shaka sich kniend aufrichtete, schaffte er mühsam die Strecke bis zur anderen Seite, und als seine Augen aufnahmen, was dahinter lag, stockte ihm der Atem, so daß sein Herz zu rasen begann und seine Verblüffung zu Ungläubigkeit wurde.

Im kristallklaren orangeroten Licht der untergehenden Sonne erstreckte sich dort eine weite Landschaft, die in den Augen des Sterblichen Shaka unermeßlich groß zu sein schien: eine Landschaft mit samtenen Hügeln, die sich dem Himmel entgegenreckten, sanft gewellten Ebenen, die bis zum Horizont reichten, im Sonnenlicht silbern glänzenden gewundenen Flußläufen, den smaragdgrünen Flächen riesiger Waldgebiete – und weit dahinter das glitzernde undurchsichtige Blau des Meeres.

Shakas Blick wurde plötzlich von einem weiteren Berg angezogen, dessen ferner, zauberhaft wirkender Gipfel weit höher als der soeben von ihm erstiegene war. Während der junge Mann das rätselhafte Bild dieses weit entfernten Gipfels betrachtete, dessen Zinnen im Schein der untergehenden Sonne leuchteten, sah er mit einem Mal eine wunderbare, rätselhafte, unwirkliche Erscheinung: das Bild einer riesigen Wolke, die vor Shakas Augen langsam die Form einer schmalen, über 1 000 Meter hohen Steinsäule annahm, die wie ein gen Himmel deutender Finger vom Gipfel aufragte und deren Spitze in den schwindelerregenden Höhen des Himmelsgewölbes zu verschwinden schien. Auf dieser Säule konnte Shaka mit Mühe eine in die Außenseite eingehauene steile Treppe erkennen – eine Treppe, die zum Himmel hinaufführte.

Shaka, den diese Vision der Zinne der Könige, auf der seine Mutter erstmals von der Weissagung erfahren hatte, verwirrte, weil er sie für eine Halluzination hielt, bedeckte seine Augen und rieb sie mit den Fingerspitzen, als er jetzt zurücksank und im Schnee liegenblieb, wo das Ebenholzschwarz seines herrlichen Körpers in auffälligem Gegensatz zu dem frostigen Weiß seiner Umgebung stand, obwohl die beiden Farben sich im schwindenden Licht des scheidenden Tages bereits einander annäherten.

Nach dem ersten durch den Schnee ausgelösten Kälteschock freute Shaka sich, als er eine wärmende Woge durch seinen ausgekühlten Körper fluten fühlte. In der durch diese Wärme ausgelösten Phase zeitweiliger Wiederbelebung griff der junge Mann nach einer Handvoll Schnee und machte sich daran, sein Gesicht, Brust und Schultern, die Arme und zuletzt die Beine von angetrocknetem Blut zu reinigen. Die eisigen Kristalle fühlten sich auf seinem mit Prellungen und Schnittwunden bedeckten Körper wohlig an, und Shaka spürte mit einem Lächeln auf den Lippen, wie er von Müdigkeit überwältigt wurde, während die Kälte das restliche Schmerzgefühl betäubte...

Nach dem zwölften Sonnenuntergang auf seiner Flucht vor den Kriegern seines Vaters, nach fünf weiteren Tagen und Nächten mühsamen Abstiegs über die steilen Felswände, aus denen die gegenüberliegende Flanke des Berges bestand, erreichte Shaka endlich den Fuß des gewaltigen Massivs und ließ seinen ausgepumpten Körper in die Weichheit eines Grashanges sinken.

Als Shaka die im ungewissen Licht einer Mondsichel kaum erkennbare Ebene unter sich betrachtete, war er sich darüber im klaren, daß er sie in seinem augenblicklichen Zustand niemals würde durchqueren können. Tatsächlich infizierte der Wundbrand, der sein Bein befallen hatte, bereits den Rest seines Körpers, und das in seinen Adern tobende Fieber würde ihn gemeinsam mit den unbarmherzigen Forderungen der Tyrannei des Hungers bald bis an die Grenze zum Wahnsinn treiben.

Trotzdem blieb ihm keine andere Wahl: Er mußte weiter.

Shaka hob den Kopf, suchte mit fieberglänzenden Augen die Felswände über ihm nach Hinweisen auf seine Verfolger ab und entdeckte den Reflex des Mondscheins auf den blanken Klingen ihrer Assegais. Einen halben Tag entfernt, schätzte er. Vielleicht weniger. Bei Tagesanbruch würden sie diese Stelle erreicht haben.

Einen halben Tag. Wie herrlich es gewesen wäre, auch nur einen halben Tag rasten zu können! Aber bevor er Gelegenheit hatte, noch weiter mit diesem verlockenden Gedanken zu spielen, gelangte Shakas scharfer, stets wachsamer, stets umsichtiger Verstand mühelos zu dem Schluß, daß er in seiner gegenwärtigen körperlichen Verfassung nur dann eine Chance hatte, seinen Verfolgern zu entkommen, wenn er seinen Vorsprung vor den Zulus hielt...

»Ein Zulu, sagst du?« fragte Dingiswayo stirnrunzelnd General Jadu, der ehrfurchtsvoll vor ihm kniete.

»Ja, Nkosi«, bestätigte der bullige Kommandeur des tapferen iziCwe-Regiments, dessen von tiefen Falten durchzogenes dunkles Gesicht zu einem Ausdruck ständiger Mißbilligung erstarrt zu sein schien.

»Fern der Heimat, nicht wahr?« meinte der König.

»Allerdings offenbar nicht freiwillig«, antwortete General Jadu mit rauher Stimme.

»Und wie heißt er, General?«

»Er nennt sich ... ›Shaka‹, Nkosi.«

Bei der Erwähnung dieses Namens stand plötzlich ein Leuchten der Erinnerung in den scharfen Augen des Königs. Dingiswayo, der sich für einen Augenblick seinen Gedanken hingab, erhob sich von seinem Thron und trat an den Rand der Lichtung über seinem weitläufigen Viehgehege, wo er schweigend und mit vagem Interesse seine wohlgenährten, zahlreich durcheinanderlaufenden Rinder betrachtete – das äußere Zeichen für seinen noch neuen, hart erkämpften Wohlstand und Reichtum.

Shaka... Wie lange ist das schon her? überlegte der König, während seine Hand instinktiv unter seinem Arm hindurchgriff, um die glatte Narbe zu betasten, die sich auf seinem Rücken gebildet hatte.

Wie lange? ... Über vier Jahre seit dem Verrat seines Bruders, vier lange Jahre seit der aufopfernden Fürsorge der ›Ausgestoßenen‹.

Ngomane, der Haupt-Induna des Königs und Oberbefehlshaber der neuaufgestellten Mtetwa-Armeen, ein großer, würdevoll aussehender Mittdreißiger, beobachtete die schweigsame Nachdenklichkeit seines Monarchen interessiert und neugierig. Seit Dingiswayos Rückkehr ins Mtetwa-Königreich (nachdem die Nachricht vom Tode des Vaters Jobe ihn hinter dem ›Wall‹ des umThangala-Gebirges erreicht hatte) und seiner Thronbesteigung (nachdem Mawewe aus Angst vor der Rache seines Bruders nach Norden geflohen war) war Ngomane der einzige wahre Vertraute des Herrschers geworden, der an Dingiswayos Gedanken, seinen Träumen und Hoffnungen sowie seinen konkreten Plänen für die Neugliederung seines Königreichs teilhatte.

Darüber hinaus hatte der Haupt-Induna auch gehört, wie das Leben seines Monarchen einst gerettet worden war, und als er ihn jetzt beobachtete, erinnerte er sich unwillkürlich wieder an diese bemerkenswerte Geschichte.

»Ich wünsche ihn zu sprechen, sobald er wieder gesund ist«, erklärte Dingiswayo schließlich Jadu.

»Das will auch diese Abteilung Zulus«, stellte Jadu mit finsterem Ernst fest. »Sie bestehen darauf, ihn gefangenzunehmen, Baba. Sie sagen, daß sein König ihm als Hochverräter den Prozeß machen lassen will.«

»Wenn es einem Dutzend Soldaten nicht gelingt einen Sterbenden gefangenzunehmen, haben sie nicht viel Recht, auf irgend etwas zu bestehen«, antwortete der König grob, um mit einem amüsierten Glitzern im Blick hinzuzufügen: »Hätte mein Königreich solche Armeen, wäre ich *stolz* darauf, die Hauptlast des Hochverrats zu tragen. Danke, Jadu, das war vorläufig alles«, erklärte der König seinem Kommandeur und entließ ihn mit einer Handbewegung.

Als Jadu davonmarschierte, um sich zu seinem Regiment zu begeben (das Anweisung hatte, als ›Gastgeber‹ der Zulus während ihres Aufenthalts im Lande der Mtetwas zu fungieren), sah Dingiswayo zu dem prächtigen Leopardenfell hinüber, das am Eingang der Königshütte hing – die prachtvolle Jagdtrophäe, die ein Flüchtling von einem anderen geschenkt bekommen hatte; das Geschenk, das ein Mann namens Godongwana mit seinem Leben und dem Namen ›Dingiswayo‹ – der ›Wanderer‹ – erhalten hatte.

»Soviel ich gehört habe, ist sein Zustand fast hoffnungslos, Baba«, erklärte Ngomane.

»Er *muß* leben, Ngomane!« verlangte Dingiswayo mit bittendem Unterton in der Stimme. »Er muß! Würde er jetzt sterben, würde der Gedanke an meine unbeglichene Schuld mich ans Ende meiner Tage verfolgen.«

Auf der Zinne der Könige standen zwei einsame Gestalten – Sitayi und Majola – über den Wolken, so daß ihre Körper auf dem Meer aus elfenbeinweißem Vlies zu schweben schienen.

Über das Heulen des Windes hinweg fragte Majola: »Und was ist mit der Nation?«

»Sie soll aus seinem ersten Grab erstehen«, verkündete Sitayi geisterhaft flüsternd. »In zehn-und-zwei, um zehn-und-zwei zu bestehen und mit dem zweiten Sohn seines Vaters Sohn zu vergehen.«

»Wer wird die Erde formen?«

»Die mit den Schläuchen voller Sorghum«, zischte die Sangoma mit einer Grimasse, die ihren Abscheu ausdrückte. »Sie werden den Himmel verdunkeln und als die Auserwählten dastehen, um jene zu beherrschen, die töricht gewesen sind, und über das zu urteilen, was ihre bleichen Herzen nicht begreifen können.«

»Und der Schlichter?« fragte Majola weiter. »Wann wird er kommen?«

»Am Tage der Furcht. Um die Auserwählten zu richten und dem Himmel das Licht zurückzugeben.«

»Und was geschieht mit der Nation?«

»Sie ist sein«, lächelte die blinde Sangoma, deren Augäpfel das Blau des Himmels widerspiegelten. »Sie bleibt sein für immer. So will es der Bund der Treue.«

Dingiswayos Mtetwa-Königreich, das sich in dem von Mittelgebirgen und weiten Ebenen geprägten Gebiet zwischen Tzangonyana und Dondota erstreckte und von den enTseleni-Höhen bis zum Fluß Umfolosi reichte, verfolgte kummervoll das Leiden des schönen, tapferen Fremden, der »yehla ngogoma ebelwehle amaphiva namashongololo« (»der über nur von

Sumpfböcken und Tausendfüßlern betretene steile Berge herabgekommen ist«), und die vielen Bewohner des Königreichs fürchteten um sein Leben.

Pampata, ein schönes Bauernmädchen, die früh zur Waise gewordene Enkelin des weisen Mbiya, hatte seine scheinbar leblose Gestalt am steinigen Ufer des Guluzana entdeckt, des Flusses, an dem sie jeden Morgen bei Tagesanbruch Wasser holte.

Sie hatte anfangs verlegen gelächelt und war errötet, als sie schüchtern seinen außergewöhnlichen Körper gemustert hatte – die imposante Erscheinung eines großen Athleten und Kriegers.

Bei näherer Betrachtung war Pampata dann jedoch über sein vom Wundbrand verfärbtes Bein, seine sichtbaren Prellungen und die zahlreichen entzündeten Wunden erschrocken, mit denen sein gemartertes Fleisch übersät war. Da sie fürchtete, er sei bereits tot – tatsächlich war seine Atmung so flach, daß sie einem in solchen Dingen ungeübten Auge fast entgehen konnte –, hatte sie seine Wange berührt und das wütende Fieber gefühlt.

Als Pampata sich umgedreht hatte, um nach Hilfe zu laufen, hatte sie Dilikana und seinem Trupp Zulus gegenübergestanden. Die Männer – denen sie auf den ersten Blick instinktiv mißtraut hatte – hatten Pampata erklärt, sie würden sich des zusammengebrochenen Kriegers annehmen, der – so hatte Dilikana jedenfalls behauptet – als Gesetzesbrecher auf der Flucht vor den Armeen seines Königs sei.

Nach einem erneuten Blick auf Shakas feingeschnittene, königliche Züge hatte Pampata jedoch nicht glauben können, daß ein so herrlicher Mann irgend jemand bewußt Unrecht tun würde – schon gar nicht seinem eigenen Volk –, so daß sie sic darauf bestanden hatte, ihren Großvater Mbiya, der – wie sie Dilikana erklärt hatte – sich weit besser als sie auf Angelegenheiten von solcher Tragweite verstehe, um Rat und Hilfe zu bitten.

Als Mann, der leicht und rasch die Geduld verlor, war Dilikana dieses Wortwechsels mit Pampata bald überdrüssig geworden und hatte das Mädchen beiseite geschoben, indem er seine Leute angewiesen hatte, Shaka auf ihre Schultern zu nehmen und mit ihm abzumarschieren.

Die Zulus waren im Begriff gewesen, seinen Befehl auszuführen, als Mbiya auf der Bildfläche erschienen war und die Krieger mit dem gelassenen, scharfen Blick und der offenkundigen Rechtschaffenheit, die ihm im Laufe der Jahre die Achtung seiner Stammesgenossen gesichert hatten, gemustert hatte.

Dann hatte der wackere Alte sich die in schlichten Worten gegebene Erklärung seiner Enkelin angehört, die dabei mehrmals durch das wüste Schimpfen Dilikanas unterbrochen wurde, und war ohne große Mühe zu dem Schluß gelangt, hier stimme irgend etwas nicht.

Indem Mbiya die Unterstützung des in der Nähe patrouillierenden iziCwe-Regiments angefordert hatte, hatte er den ganzen Fall klugerweise General Jadus Autorität anvertraut und den Fremden auf diese Weise in die Hände seines Königs Dingiswayo gegeben.

Und nun war Pampata, die ihn am Fluß aufgefunden hatte, an seiner Seite. Ebenso wie Mbiya: Der Alte konzentrierte sich auf die Behandlung mit Heilkräutern und Salben, nachdem er die eiternde Wunde in Shakas Bein mit einer Lanzette geöffnet hatte, um dadurch vielleicht das Bein und den Körper, dem es gedient hatte, zu retten.

Aber während die Rauchschwaden aus der Hütte in den tagsüber wehenden leichten Wind oder die Stille der Nacht abzogen, während Mbiya sich um seinen Patienten bemühte und während Frauen, aus deren Verhalten nervöse Dringlichkeit sprach, mit weiteren Kräutern und frischem Wasser hin und her hasteten, zeigte sich immer deutlicher, daß Shakas Leben an einem seidenen Faden hing.

Daß er sicherlich sterben würde – falls nicht irgendein Wunder geschah.

Obgleich der Tag wolkenlos klar war und die Sonne das Himmelsgewölbe ungehindert von Horizont zu Horizont erhellte, bildete sich plötzlich eine riesige Wolke, die rasch heranzog und durch Zauberkräfte angehalten über Mbiyas Heimstätte zum Stehen kam.

Dann zeigte sich im Süden ein blasses, zitterndes Schimmern: schwach und traurig wie die schwindende Erinnerung an vergehenden Mondschein. Und im Norden erschien eine weitere Wolke, schwärzer als die erste, die sich mit erschreckender Geschwindigkeit vergrößerte und die noch helleren Teile des Himmels verfinsterte. Mit dieser Wolke kam der Wind, der in starken Stößen heulte, vor denen sich selbst die mächtigsten Baumriesen ehrfürchtig beugten; zugleich setzte Regen ein, der auf die Natur herabprasselte, während Donner seine Stentorstimme zur lautmalerischen Verstärkung der gleißenden Blitzstrahlen erhob.

Und aus dem Sturm kam Majola – die Felle, Schädel und der ihren verwelkten Körper schmückende gräßliche Tand vom Wind gepeitscht, ihre scheußlichen Augen im Regen zusammengekniffen, ihre grauenerregenden Züge ins entlarvend helle Licht der himmlischen Feuerstrahlen getaucht.

Sie schritt unter den Augen der sprachlosen Mtetwas, an den staunend verwirrten Blicken Dilikanas und seiner Zulus vorbei durch diesen Aufruhr der Natur ... und über die Felder, durchs Tor von Mbiyas Heimstätte und auf die Hütte zu, in der Shaka mit dem Tod rang.

Majola betrat diese Hütte, ohne zu fragen, ohne auf Widerstand zu stoßen, denn niemand, nicht einmal Mbiya, hätte es gewagt, dem Übersinnlichen mit den kunstlosen Fertigkeiten gewöhnlicher Sterblicher entgegenzutreten.

Die alterslose Sangoma blieb drei Tage und zwei Nächte bei Shaka; allein, ohne fremde Hilfe, bei ihrer Mühe und Arbeit unbeobachtet, während die Bevölkerung des Mtetwa-Königreichs sich um die Heimstätte versammelte – eine Riesenmenge aus Männern, Frauen und Kindern, die die Täler und Hügel in der Umgebung des sterbenden Prinzen wie ein stummes, wachsames, unbewegliches Meer aus dumpfem Mitleid bedeckten.

Am Abend des dritten Tages lösten sich die Wolken auf, und es wurde wieder still, während sich ein prachtvoller Regenbogen am Himmel wölbte. Majola erschien auf der Schwelle der Hütte: Ohne ein Wort zu sagen, ohne einen Blick auf die Anwesenden zu werfen und ohne sich auch nur anmerken zu lassen, ob sie die unzähligen neugierig starrenden Blicke wahrnahm, verschwand sie auf so magische Weise, wie sie erschienen war, am fernen Horizont, wo ihr wehmütiger Geist sich in der flammenden Kugel der untergehenden Sonne aufzulösen schien.

Als Shaka später die Augen aufschlug, nahm er die sanfte Gegenwart Mbiyas und Pampatas an seiner Seite wahr. Als Pampata seinen fesselnden Blick mit ungekünstelter Zuneigung und Dankbarkeit auf sich gerichtet sah, wurde sie von einer nie gekannten Scheu befallen, in die sich Ängstlichkeit und Begierde mischten.

In ihrer Bestürzung und Verwirrung wegen dieser ungewohnten Empfindungen flüchtete sie instinktiv vor Shakas Blick an die Feuerstelle, wo sich zeigte, daß der helle Feuerschein sie weniger blendete als der Blick dieses herrlichen Prinzen.

»Wer bist du?« flüsterte Shaka mit schwacher, erleichtert klingender Stimme.

»Ich bin Mbiya. Und das hier ist meine Enkelin Pampata.«

Shaka griff nach den Händen der beiden, nahm sie in seine und lächelte. »Danke, Mbiya. Danke, Pampata... Daß ihr mir das Leben gerettet habt.«

»Nein, mein Sohn«, erwiderte Mbiya, indem er nachdenklich den Kopf schüttelte. »Wunder können wir nicht bewirken.«

Shaka drückte ihre Hände fester, und sein Lächeln verstärkte sich, bis es auch aus seinen Augen leuchtete.

»Wirklich nicht?«

Mbiya runzelte die Stirn, weil er diese Frage nicht verstand.

»Ich spreche von deiner Freundlichkeit, Mbiya«, sagte Shaka mit leiser, fast zärtlicher Stimme. »Für einen Mann, der wie ich gelebt hat, ist sie Wunder genug.«

Am nächsten Tag wurde Shaka durch ein imposantes Aufgebot an Wachen zu Dingiswayos Residenz begleitet. Auf einer Seite wurde der Prinz von Jadu und einer Abteilung iziCwe-Kriegern eskortiert; auf der anderen flankierten ihn die Zulus und ihr Kommandeur Dilikana – der Shaka hartnäckig weiterhin als seinen Gefangenen betrachtete und sich sehr über die ›Einmischung‹ der Mtetwas in die inneren Angelegenheiten eines anderen Stammes ärgerte.

Als Shaka die erst vor kurzem errichtete Königliche Heimstätte erreichte, staunte er über diese gewaltige Residenz, die in an Pracht und Größe alles übertraf, was der junge Mann in seinen langen Wanderjahren zu Gesicht bekommen hatte.

Die äußere Palisade, von der die gesamte Heimstätte umgeben war, hatte einen Durchmesser von über dreihundert Metern, und Shaka konnte mindestens fünfzig Hütten innerhalb dieses von hohen Dornbüschen geschützten Bereichs zählen, aber als der Zuluprinz sich genauer umsah, erkannte er, daß die wahre Anzahl der Hütten bei über zweihundert liegen mußte. Zweihundert! Unglaublich, überlegte der junge Mann sich: eine fünfmal größere Residenz als Kondlos bereits riesiger Hof von emTamdeni! Was für ein Mann konnte sich dieses Heim erbaut haben? Welcher Ehrgeiz! Welche Größe!

Und erst das Vieh! Shaka schätzte die Zahl der Rinder auf über tausend, während er das im Viehgehege wogende Meer aus Häuten und Fleisch unter glänzenden Hörnern verwundert betrachtete.

Erstaunlich! sagte er sich, indem er ungläubig den Kopf schüttelte. Dieser neue König der Mtetwas schien wirklich unerreicht und weit mächtiger zu sein, als Shaka sich bisher hatte vorstellen können. Hoffentlich ist er auch mitfühlend und mir und meiner Familie gegenüber gnädig, wünschte der Zulu sich, als sein Blick auf Dilikanas finstere Miene fiel. Hoffentlich bleibt mir die Demütigung von Senzangakonas Vergeltung erspart …

Während ihm diese Gedanken durch den Kopf gingen, näherte Shaka sich von Dilikane und Jadu flankiert dem großen freien Platz vor der Königshütte. Der junge Mann legte sein

Schicksal in die Hände der Gerechtigkeit, marschierte zielbewußt auf einen weiteren entscheidenden Augenblick in seinem Leben zu und kniete vor dem König auf seinem Thron nieder.

»Bayete, Nkosi«, begrüßte Shaka den Herrscher.

»Erhebe dich, mein Freund«, antwortete Dingiswayo. »Ich bin glücklich, daß du genesen bist.«

Shaka runzelte verblüfft die Stirn, weil ihm diese Stimme entfernt bekannt vorkam, obwohl er sie im Augenblick nicht recht einordnen konnte. Als der junge Mann den Kopf hob, fiel sein Blick auf das symbolisch in der Königshütte aufgehängte Leopardenfell und danach auf das lächelnde Gesicht des Mannes, der sich damals von ihm verabschiedet hatte, um über den ›Wall‹ ins Unbekannte zu ziehen.

»Unsere Schicksale scheinen miteinander verknüpft zu sein, Shaka«, meinte der König, dessen Augen vor Vergnügen blitzten.

»Dingiswayo« rief Shaka aus, den dieses Wiedersehen wahrhaft entzückte, und stand auf, um dieses lange verschollen geglaubte Mitglied seiner ›Familie‹ in die Arme zu schließen.

Die beiden Männer umarmten einander als Brüder.

Dilikana riskierte einen verblüfften Blick zu Jadu hinüber, den diese unerklärliche Vertraulichkeit seines Königs jedoch nicht weniger erstaunte als den Zulu.

»Was soll dieses Gerede von Verrat?« wollte der König endlich von Shaka wissen, während seine vollen Lippen vertraut und wohlwollend lächelten.

»Das weiß ich selbst nicht recht«, antwortete der Prinz gutmütig mit den Schultern zuckend. »Aber ich habe das Gefühl, daß mein Vater zu dem Schluß gekommen ist, daß ein toter Sohn weniger unbequem ist als ein lebender.«

»Ganz recht!« Dingiswayo nickte mit wissender Miene. »Das ist die Art von Königen. Sie alle wünschen sich nichts sehnlicher als Söhne, die ihnen nachschlagen, bis ihre Söhne anfangen, nach ihnen zu schlagen.«

Shaka quittierte diese Feststellung mit einem Grinsen und fühlte, wie die überwältigende Herzlichkeit des Mtetwas die letzten Spuren seines erst kurze Zeit zurückliegenden Ringens mit dem Tod aus seiner Seele tilgte.

Dingiswayos Blick streifte den Zulu Dilikana, während er Shaka leicht belustigt fragte: »Was soll ich mit ihm anfangen?«

»Was du für angemessen hältst, Baba«, antwortete der Prinz lächelnd mit vor Übermut glitzernden Augen.

Dingiswayo nickte, wurde wieder ernst und wandte sich an den Zulu-Kommandeur, der sich plötzlich wünschte, irgendwoanders zu sein.

»Ich will, daß du und deine Männer mein Königreich bis Sonnenuntergang verlassen«, befahl der Mtetwa ihm und wandte sich dann ab, als seien die Zulus Luft für ihn.

»A-a-aber …«, stammelte Dilikana. »Aber was soll ich meinem König sagen, Nkosi?«

»Daß sein Sohn mein Gast ist«, erwiderte der Herrscher kurz und bündig.

Der Zulu-Kommandeur bot seinen ganzen Mut auf, nahm seine Schultern zurück und entgegnete stolz: »Ich halte es für meine Pflicht, dir mitzuteilen, Nkosi, daß deine Einstellung zum Krieg führen könnte.«

Dingiswayo starrte ihn durchdringend an.

»Krieg?« wiederholte der König und zog die Augenbrauen hoch. »Jadu, wie viele Stämme sind bisher unter der Mtetwa-Oberherrschaft versammelt?«

Shaka merkte auf, als das Wort ›Oberherrschaft‹ fiel. Er wußte, daß es ein Königreich, eine Macht bezeichnete, die andere Stämme beherrschte: einen Stammesbund unter Aufsicht eines ›Oberherrschers‹ – eines Königs, der praktisch unbegrenzte Macht besaß, die nur dem Namen nach nicht diktatorisch war.

Ein Königreich aus Königreichen.

Eine Nation.

Shaka hörte aufmerksam zu, denn seine Neugier war nun spürbar geweckt.

Jadu, der erkannte, worauf die Frage seines Königs abzielte, antwortete gleichmütig, aber doch so, daß der Zulu beeindruckt sein mußte.

»Die emaTenjinis, emaNgadinis, Moonabis, Sokonas, Dubes, Sokulus, emaDlazinis, Nxeles, Nzimeleni und Ncubes, Baba – sowie mehrere an der Küste lebende kleine Stämme«, zählte der General auf und fügte dann etwas eingebildet hinzu: *»Bisher!«*

Dilikanas Mund stand vor Staunen offen.

»Und wie groß ist unser stehendes Heer, Jadu?« fragte der König, ohne den Zulu-Kommandeur aus den Augen zu lassen.

»Mit meinem iziCwe, dem uYengondlovu und dem iNyelezi ... fünf Regimenter, Nkosi. Jedes mit etwa zweihundert Kriegern – alle gründlich ausgebildet und kampfbereit ... Tag und Nacht kampfbereit.«

Shaka, den das Gehörte begeisterte, fühlte sein Blut rascher durch seinen Körper kreisen, während sein Verstand diese aufregende Mitteilung verarbeitete. Eine Nation mit einem stehenden Heer aus über tausend Kriegern, die gründlich ausgebildet und Tag und Nacht kampfbereit waren! Diese Aussage schien Shakas eigene Ambitionen zu präzisieren. Zum ersten Mal in seinem Leben und aus Gründen, die dem jungen Mann noch nicht völlig klar waren, hatte er plötzlich das Gefühl, dem schwer zu fassenden Traum, der den Schlaf von Gebietern heimsucht, nahe, ganz nahe zu sein.

»Und wie groß ist das Zulu-Heer, Jadu?« fuhr der König unerbittlich fort, um seine Argumentation zu Ende zu führen.

Der Kommandeur des iziCwe-Regiments erwiderte so sachlich wie zuvor, daß die Zulus wie alle übrigen Stämme der Nguni-Bantus kein stehendes Heer besäßen – eigentlich sogar überhaupt kein Heer, das diesen Namen verdiene. Sollte ein Krieg ausbrechen, müßten die Zulus praktisch über Nacht ein Heer aufstellen und Schafhirten und Bauern dazu zwingen, Hirtenstab und Pflug mit Kriegswaffen zu vertauschen – für einen Krieg, in dem nur die erfahrensten Jäger wirklich militärischen Wert besitzen würden.

»Wir rechnen damit, Baba«, schloß Jadu, »daß die Zulus ein hundert bis hundertfünfzig Mann starkes Heer aufstellen könnten. Bestimmt nicht mehr.«

»Ist das Erklärung genug für meine ›Einstellung‹, Zulu?« fragte der König den glücklosen Dilikana.

Der Zulu nickte schweigend.

»Wie ich gesagt habe – ihr habt Zeit bis Sonnenuntergang.«

Die sinkende Sonne schien einen Augenblick lang in ihrem Abstieg innezuhalten und stand über dem fernen Rand des endlos weiten bernsteinfarbenen Buschlandes, während aus ihrer leuchtenden Kugel eine gerade und flammende, glänzende und direkte Lichtbahn über die dunkler werdende Erdoberfläche schoß – ein rotgoldener Pfad, der vom Horizont zu der primitiven Hütte führte, die Nandi in der Nähe des Dornenbaums erbaut hatte, der das Grab ihrer Mutter markierte.

Nomcoba schlief bereits fest neben dem rauchenden Lagerfeuer, und Nandi saß neben ihr, hielt Ngwadis schlummernde Gestalt in ihren Armen und wiegte ihn, als wolle sie Gendeyanas Sohn den Trost spenden, den sie dem prächtigen Nachkommen der großen Liebe ihres Lebens nie hatte zuteil werden lassen können.

Und sie dachte an Shaka.

Was war, wenn er tot war?

Trotz des Gefühls der Unsicherheit, von dem sie befallen wurde, hatte sie kein Bild seines Todes vor sich. Sie fühlte ihn intensiv lebend – und fühlte sich deshalb ebenfalls mit emporquellender Kraft und wie neugeboren lebnd, als ob sein Leben Leben und ihr eigenes die Gabe eben dieses Augenblicks gewesen seien.

Sie merkte sogar, daß sie lächelte.

Und trotzdem blieben Zweifel.

Was war, wenn ...?

Als Nandi den Kopf hob, erkannte sie eine Staubwolke am Horizont in der Nähe der untergehenden Sonne – eine auf sie zukommende Staubwolke. Als sie näherkam, konnte Nandi die Gestalten von Männern, von Soldaten einer bewaffneten Abteilung unterscheiden.

Sie ließ Ngwadi zu Boden gleiten, griff nach ihrem Assegai und hielt sich bereit, ihre Kinder zu verteidigen, als plötzlich ein eigenartig seliger Ausdruck in ihre wilden, zusammengekniffenen Augen trat, als sie ihn aus der Ferne auf sich zumarschieren sah: erhaben, geheimnisvoll, seine aufrechte, unbekümmerte Haltung wie stets von Selbstvertrauen und Kraft kündend.

Als Shaka das Grab erreichte, schloß er seine Mutter in die Arme, und während sie vor Glück darüber weinte, einen solchen Sohn zu haben, streichelte er ihr Gesicht und flüsterte: »Komm, Mutter, ich bringe dich heim.«

»Frieden«, sagte Dingiswayo, während er mit Shaka durch die herrliche Landschaft in der Umgebung seiner imposanten Heimstätte schlenderte. »Das mag widersinnig klingen, aber er ist trotzdem der eigentliche Zweck meines stehenden Heeres. Um allen Völkern der Nguni-Bantus – ganz Afrika! – Frieden, Einheit und eine gemeinsame Identität zu bringen. Ich bin fest davon überzeugt, daß das unsere einzige Chance ist, wenn wir wollen, daß unsere Zivilisation überlebt.«

Shaka, der neben dem König herging, hörte sich Dingiswayos Worte ehrfürchtig an, nahm sie schweigend und ohne ihn zu unterbrechen in sich auf und dachte an nichts anderes als an das eben Gehörte. Obwohl die Ideen des Mtetwas neu in der Auffassung, visionär im Ausmaß und revolutionär im Inhalt waren, schienen sie Erkenntnisse und Überzeugungen widerzuspiegeln, die bereits längst Bestandteil von Shakas eigener Zukunftsperspektive waren.

»Nachdem ich dich und deine Familie verlassen hatte«, berichtete Dingiswayo, »bin ich über den umThangala gezogen und ›gewandert‹, wie du es so richtig beschrieben hast. Auf meinen Streifzügen durch unbekannte Länder, die westlich von hier liegen, habe ich Kontakt mit anderen Menschen und anderen Ideen bekommen, die meine Lebenserfahrung vergrößert haben ...«

Der König erzählte Shaka von der erstaunlichen Zivilisation, auf die er während seiner Wanderung gestoßen war: die des weißen Mannes – oder der »Schwalben«, wie Dingiswayo sie nannte, weil die Weißen ihre ›Nester‹ wie die Schwalbe aus

Lehm und Flechtwerk erbauten. Diese ungewöhnliche Menschenrasse, deren Haut die Farbe von Sorghum hatte, war nach seiner Darstellung auf riesigen Tieren mit großen weiten Schwingen übers Meer gekommen und hatte ihre Vorposten viele Monde weit entfernt im Süden errichtet. Der König berichtete Shaka auch, er habe erfahren, daß ihre Heere unzählbar groß und mit todbringenden Stäben bewaffnet seien, die Donner, Rauch und Tod ausspuckten, zu denen noch größere Stäbe – dick wie Baumstämme – kämen, die am furchtbarsten seien. Dingiswayo unterstrich, daß die Stärke dieser Wesen nicht nur auf ihren todbringenden Gerätschaften, sondern vor allem darauf basierte, daß sie ein geordnetes Regierungssystem besaßen, in dem alle geringeren Häuptlinge und Könige einen Oberherrscher anerkannten: ein einigendes System, das kleine Fehden unterdrückte und ungestörte Machtausübung in Frieden ermöglichte. Tatsächlich, so betonte Dingiswayo nachdrücklich, waren die Weißen stark genug, um eine Bedrohung für die Ngunis und ganz Afrika darzustellen, falls ihre Gier jemals so unkontrollierbar wie die eines Heuschreckenschwarms werden sollte.

Folglich müßten die Ngunis ein ähnlich geordnetes Regierungssystem einführen, forderte der König nachdrücklich – und ebenfalls ihre Einheit finden, wenn sie dem unablässigen Vormarsch dieser ... Heuschrecken Einhalt gebieten wollten.

»Wir Nguni sind eine Vielzahl aus Hunderten von miteinander verwandten Einzelstämmen«, betonte Dingiswayo, als er fortfuhr, »die alle dieselbe Sprache oder Dialekte dieser Sprache sprechen, alle denselben Lebensstil haben und alle in etwa derselben Gesellschaftsordnung leben – und trotzdem haben wir nichts gemeinsam: keinen gemeinsamen Zweck, keinen gemeinsamen Ehrgeiz, kein gemeinsames Streben. Wir gleichen einer Vielzahl schöner Blumen, die auf demselben Stück Erde wachsen, aber nicht den Mut haben, sich als Garten zu bezeichnen. Wir sind ein Garten, Shaka! Afrika ist ein Garten! Wir wollen ihn vor Heuschrecken schützen!«

Die beiden Männer blickten schweigend über die reichbestellten Kornfelder, zu einer Elefantenherde hinüber, die sich träge im Schlamm am Fluß sonnte, und zu dem eleganten Flug einiger Perlhühner auf.

Afrika, der Garten in Form eines Herzens.

»Die Dinge müssen sich ändern!« Dingiswayo brach ihr Schweigen mit einem geradezu leidenschaftlichen Appell. »Dieses Land und seine Menschen müssen aus ihrer selbstgefälligen Erstarrung wachgerüttelt werden. Notfalls mit Gewalt! Wir müssen Einigkeit herstellen, indem wir alle diese umherirrenden Stämme unter gemeinsamer Führung vereinen – zuerst die Mtetwa-Oberherrschaft, dann...« Die Augen des Königs funkelten regelrecht, als er hinzufügte: »... dann die Nguni-Oberherrschaft und die Bantu-Nation! Ein riesiges, geeintes Reich, das alle umliegenden Ländereien umfaßt, soweit das Auge reicht!«

Shaka erstarrte, als er hörte, daß Dingiswayo seiner Vision mit diesen Worten Ausdruck gab. Der junge Mann erinnerte sich benommen an Sitayis Weissagung, die Nandi ihm so oft wiederholt hatte: »Sein Schatten und der Glanz des amaZulu sollen sich über dies Land ausbreiten und über Nationen und ihre Könige herrschen, so weit das Auge reicht.«

Ja, sagte Shaka sich, Dingiswayo hat recht – unsere Schicksale sind unlösbar miteinander verknüpft.

»Und ich brauche deine Unterstützung beim Aufbau dieser Nation«, fuhr der König fort. »Deinen Mut, deine Tapferkeit, deine Kraft. Für den Anfang möchte ich, daß du General eines meiner Regimenter wirst. Irgendeines Regimentes – du hast freie Wahl!«

Shaka war zutiefst gerührt über Dingiswayos Großzügigkeit, und sein Herz sehnte sich danach, die angebotene Gelegenheit zu ergreifen – buchstäblich die Chance seines Lebens! Aber sein angeborener Gerechtigkeitssinn verbot ihm, eine Vorzugsbehandlung zu akzeptieren – selbst von dem Mann, dem er das Leben gerettet hatte.

»Danke, Baba«, antwortete Shaka, »aber das kann ich nicht annehmen. Obwohl mein Mut, meine Tapferkeit und meine Kraft dir zu Diensten stehen, kann ich kein General sein. Diese Ehre habe ich nicht verdient – zumindest jetzt noch nicht.

Wir haben beide genug gelitten, um zu wissen, daß man sich als Mann im Leben hochdienen muß!«

Dingiswayo lächelte.

»Obwohl ich mir wirklich wünsche, eines deiner Regimenter zu kommandieren, Nkosi, will ich mir den Generalsrang ehrlich verdienen. Ich bitte dich, mir Gelegenheit zu geben, meine Fähigkeiten als gewöhnlicher Soldat zu beweisen. Zumindest für den Anfang.«

Der Mtetwa-König blickte tief in die Augen des jungen Mannes und murmelte leise, als habe er darin etwas gelesen: »Würde... Eine heutzutage selten gewordene Eigenschaft... Gut, Shaka, du kannst ins iziCwe-Regiment eintreten. Mit den übrigen Kriegern deiner Altersgruppe – als ›gewöhnlicher Soldat‹.« Dingiswayo lächelte breit, als er Shaka jetzt eine Hand auf die Schulter legte. »Ich bezweifle allerdings, daß du das lange bleiben wirst. Du bist zum Führer geboren, Shaka. Ob durch Verdienst oder Schicksal – nichts und niemand kann dich aufhalten.«

Was hatte seine Mutter ihm als Siebenjährigem erzählt? Er werde seine Bestimmung erkennen, wenn die Zeit dafür reif sei.

Er sah sie.

Jetzt erkannte er sie.

»Mein Sohn ist sein Gast?« wiederholte Senzangakona entgeistert. »Ist das alles, was er zu sagen gehabt hat?«

Mudli und die übrigen Mitglieder des Ältestenrats richteten ihre benommenen Blicke auf Dilikana, der hartnäckig den Boden vor seinen Füßen anstarrte. Der völlige Fehlschlag seines Auftrags lastete schwer auf seinen Schultern – vor allem in Gegenwart seines Königs und des Ältestenrats.

»Ich habe den Eindruck gehabt, Baba«, stellte der niedergeschlagene Krieger stockend fest, »daß die beiden sich schon gekannt haben. Shaka und der Mtetwa-König, meine ich. Sie sind wie ... wie alte Bekannte gewesen.«

Der Zulukönig runzelte die Stirn, während er mit blutunterlaufenen Augen zu seiner Schwester hinübersah, um festzustellen, ob sie vielleicht eine Erklärung für diese erstaunliche Wendung wußte. Aber Mkabayi quittierte das verstörte, trunkene Starren ihres Bruders lediglich mit einem wissenden Nicken.

»Alte Bekannte?« wiederholte Senzangakona mit hohler Stimme, während er den Blick senkte, um das erbarmungslose Lächeln seiner Schwester nicht mehr sehen zu müssen. »Wieviel länger soll ich das alles noch ertragen?« fragte er, sank auf seiner Matte zusammen und verfiel in Selbstmitleid.

Mkabayi konnte der Versuchung nicht widerstehen, ihre früheren Ermahnungen zu wiederholen.

»Es ist gekommen, wie ich vorhergesagt habe, mein Bruder. Die anderen sehen seine Größe und fürchten ihn als potentiellen Gegner.«

Der König starrte wieder die Frau an. Er wirkte müde und verbittert. »Vielleicht hast du recht, Mkabayi. Trotzdem fürchte ich etwas anderes weit mehr – Shakas Marionette zu werden!«

Mudli und die übrigen Ratsmitglieder wechselten nervöse Blicke.

»In Wirklichkeit sitzt der Junge bereits auf meinem Thron, trifft Entscheidungen für mich, bringt mich in Zugzwang und beeinflußt indirekt die Zukunft meines Reiches. Obwohl ich der König der Zulus bin, manipuliert er das Schicksal meines Hauses letzten Endes durch seine mächtigen ›Bekannten‹. Lasse ich das weiterhin zu, bin ich eines Tages praktisch isoliert! Die Zeit ist reif für eine gewaltsame Lösung.« Senzangakona starrte niedergeschlagen ins Leere. »Die Zeit ist reif für einen Krieg!«

Mudli, den der Gedanke an einen Krieg gegen die Mtetwas wie ein Keulenschlag getroffen hatte, war ebenso schockiert wie Lutuli und die übrigen Ratsmitglieder.

»Vielleicht läßt die Sache sich auf diplomatischem Wege lösen«, schlug er seinem König vor. »Dingiswayo scheint ein Ehrenmann zu sein. Wenn wir ihm die Gründe für deinen Zorn, für deine...«

»Keine Sendboten mehr!« brüllte Senzangakona. »Keine Diskussionen mehr! Wir sind in der Unterzahl, das ist mir klar, aber Dingiswayo hat sich durch seine expansionistische Politik viele Feinde geschaffen, die sich freudig einem Bündnis gegen die Mtetwas anschließen würden. Beispielsweise König Pungashe von den Butelezis. Ich bin davon überzeugt, daß wir viele Gemeinsamkeiten entdecken werden, wenn wir uns über Dingiswayo unterhalten.«

Der Zulukönig blickte zu dem polierten königlichen Assegai an der Wand seiner Hütte auf und wiederholte seine Entscheidung mit wachsendem Nachdruck und vor Trunkenheit undeutlicher Stimme. Krieg! Uns bleibt keine andere Wahl. Unsere Würde steht auf dem Spiel – und vielleicht auch mein Thron!«

16 IMPI *Regiment*

Für die Aufgabe, Krieg zu führen, interessieren sich wie für die des Künstlers hauptsächlich Unzufriedene – jene nomadischen Wanderer durchs Menschsein, die eine starke Leidenschaft als Rechtfertigung ihres eigenen ruhelosen Zorns, für die Durchdringungskraft ihrer Seele brauchen, die wie eine ätzende Flüssigkeit die im allgemeinen unerschütterliche Stärke des gesunden Menschenverstands anfrißt. Tatsächlich ist diesen ›Wanderern‹ nichts widerwärtiger, nichts fremder als eine Denkweise, die als gesund bezeichnet wird, und sie flüchten vor ihr auf der Suche nach einem Reiz, der nicht von einem bestimmten Verhalten abhängig ist, sondern seine Erfüllung in der Zügellosigkeit von Verwunderung und Entzücken, von Mitleid, Schmerz, Schönheit und Gräßlichem, von Tod und den übrigen Mysterien findet, die unser Leben umgeben.

Wenn, was häufig vorkommt, die Unzufriedenen zugleich Künstler sind, enthalten die Gläubigkeit und Zärtlichkeit ihrer Annäherung an den Stoff, aus dem die Träume sind, ein Bedürfnis nach Ehrlichkeit im Überleben, das so dringend wie der nächste Herzschlag ist.

Shaka Zulu war ein Unzufriedener Künstler. In den langen Jahren seiner Militärlaufbahn – die ihn vom gemeinen Soldaten bis zum Kaiser führte – wurde der Krieg mehr und mehr zu einem Ventil für die nicht nachlassende Rastlosigkeit seines Zorns, die durchdringende Kraft seines Verstandes und das alles verzehrende Bedürfnis nach Ehrlichkeit, die für ihn zum Kern des Überlebens wurde.

Das alles kam jedoch später, denn jetzt, zu Beginn seiner stürmischen Karriere, als Shaka dem raschen Tempo General Buzas folgte, der ihn durch die Heimstätte des iziCwe-Regiments in emeNgweni im Mtetwa-Königreich führte, am allerersten Tag als gewöhnlicher Soldat konnte der Zuluprinz noch nicht deutlich absehen, in welche Richtung sein Nomadenzug durchs Leben führen würde. Als er mit der zuvor empfangenen Uniform – die aus weißen Ochsenschwanzbändern für Fußknöchel und Handgelenke, einem Schurz aus Fellstreifen, einer schwarz befiederten Lederkappe und Rindsledersandalen sowie seinen Waffen bestand: drei langen Wurfspeeren und einem kleinen ovalen Schild – durch das Militärlager schritt und Buza zu der Hütte folgte, die ihm zugewiesen worden war, empfand er lediglich ein eigenartiges Gefühl der Erwartung, eine gespannte Ungeduld, die durch seine Adern zu kreisen schien und seinem Dasein eine Intensität verlieh, wie er sie sonst nur von der Jagd im Buschland her kannte.

Trotz dieses Gefühls beherrschter Heiterkeit empfand Shaka auf dem Weg durch die Heimstätte des Regiments etwas Störendes, das bewirkte, daß seine Magennerven sich verkrampften.

Das lag nicht an dem aggressiven, autoritären Benehmen General Buzas, der ihn hätte aufbringen können, und auch nicht an der herrschsüchtigen Art, wie der iziCwe-Kommandeur sich mit seinem Knotenstock in die Handfläche schlug und dabei den Eindruck erweckte, als sei er bei der geringsten Provokation nur allzugern bereit, mit seinem schweren Prügel dreinzuschlagen. Nein, nach einem Leben in Leid und Feindseligkeit war Shaka gegen Gewalt und das Temperament gewalttätiger Männer abgehärtet. Tatsächlich rechnete der junge Mann damit, in dieser militärischen Umgebung, in der Disziplin leicht mit Unterwerfung verwechselt werden konnte, auf unterschiedliche Formen von Brutalität zu stoßen, und Buzas brüske Art – eine Folge seiner Unwissenheit, wie Shaka vermutete –war reine Kraftvergeudung.

Shaka störten auch nicht die Zurückhaltung und Feindseligkeit in den reservierten Blicken der Soldaten, die den Fremden mißtrauisch und neidisch anstarrten, der es vorzog, seine Laufbahn in den Reihen der gemeinen Soldaten zu beginnen, obwohl er ein alter Freund des Königs war: ein Akt verdächtiger Großherzigkeit, der zudem nach einem Bespitzelungsversuch roch. Nein, das alles störte Shaka nicht. Während er gelassen die feindseligen Blicke der iziCwe-Krieger ertrug – die ruckartig Haltung annahmen, als Buza mit seinem gefährlichen Knotenstock an ihnen vorbeikam –, lächelte der junge Zulu innerlich, weil er an die vielen Male in seinem Leben dachte, an denen ihm Feindseligkeit entgegengeschlagen war. Die bist du allmählich gewöhnt! ermahnte er sich.

Was Shaka wirklich störte, war die nagende Vorahnung, daß er möglicherweise bald von einem bisher unbekannten Gefühl befallen werden könne: Einsamkeit. Obwohl der junge Mann sich darin ausgebildet hatte, lange Zeit auf die sogenannten Notwendigkeiten des Lebens – Essen, Wasser, Schlaf, Wärme, Schutz vor Sonne und Regen, Schmerzlinderung – und die Annehmlichkeiten des Lebens – die Freundschaft seiner Altersgenossen, ihre Gesellschaft, ein Heim, ein Vater, eine richtige Familie, eine Identität, Sicherheit, Hoffnung, Trost – verzichten zu können, obwohl der junge Mann darin geübt war, die »einengenden Elemente« des Lebens zu unterdrücken, hatte er in seinen fast 20 tragischen Erdenjahren noch nie für längere Zeit ohne Nandi auskommen müssen. In emeNgweni würde er jetzt über ein Jahr von seiner Mutter getrennt sein und die Einsamkeit lediglich durch einige wenige Besuche überbrücken können.

Nandi ... immer wieder Nandi. Wie sein Vater vor ihm

würde er lernen müssen, ohne sie auszukommen. Und wie sein Vater vor ihm spürte er jetzt eine Vorahnung dieses großen Opfers.

Am anderen Ende der Heimstätte, die von einer Schlucht und einem hochaufragenden Felsen begrenzt war, bekam Shaka die Hütte gezeigt, die er sich mit vier weiteren Männern teilen würde. Als Buza und er mit eingezogenen Köpfen durch die niedrige Tür des strohgedeckten Baus traten, geriet der Zuluprinz plötzlich in bedrückenden Menschengestank und in die Gesellschaft von Hausgenossen, die auf den ersten Blick die Feindseligkeit zu bestätigen schienen, die Shaka von den anderen Soldaten entgegengeschlagen war.

Shaka, der bei der Vorstellung seiner künftigen Kameraden kurz nickte, sah mit klaren Augen durch die wogenden Rauchschwaden und entdeckte ein bewegliches Gesicht: frühreif, mit weisen Zügen und tiefen senkrechten Falten zu beiden Seiten eines schmallippigen, breiten Mundes. Diese Falten im Gesicht eines Rekruten namens Nqoboka verzogen sich zu einem unverfälscht freundlichen Lächeln. Nqobokas Lächeln war so ansteckend, daß Shaka es sofort erwiderte und diesen Mann augenblicklich gerngewann, weil er in militärischer Umgebung, in der Kameradschaft – vor allem gegenüber neuen Rekruten wie Shaka – an der Tagesordnung hätte sein müssen, als erster kameradschaftlich reagiert hatte.

Kameradschaft – und Disziplin.

Als Shaka die restlichen Stunden seines ersten Nachmittags in emaNgweni damit verbrachte, seine neue Umgebung zu erforschen – sich »einzugewöhnen«, wie Buza es knapp formulierte –, wurde dem Zuluprinzen bald klar, daß es mit der Disziplin ganz und gar nicht stimmte. Obwohl die Soldaten bereitwillig auf Buzas autoritäre Persönlichkeit reagierten, indem sie Haltung annahmen, sobald der Knotenstock des Kommandeurs in seine Handfläche schlug, war dies keine Disziplin, sondern vielmehr ein auf Angst basierender angelernter Reflex.

Anstatt zu versuchen, den Willen des einzelnen zu brechen, sollte Disziplin im Gegenteil danach streben, ihn zu stärken und charakteristisch aufklärend zu wirken, bis die geistige Koordinierung von Körper und Seele so wichtig wie die der Beine beim Gehen wird. Eine Disziplin, die von innen, nicht von außen kommt! Ein Prinzip, aus dem ein *Zweck* abgeleitet wird – nicht nur Strafen.

Während seiner ›Eingewöhnungszeit‹ an diesem Nachmittag erkannte Shaka, daß die Uniform, die er erhalten hatte, ebenfalls sein kritisches Bewußtsein weckte. Knöchelbänder, Mützen, Fellstreifen, Lendenschurze und dergleichen – und vor allem die Sandalen! Welche Verwendung hatte ein Soldat für all diesen Tand? Männer sollten wie der Leopard kämpfen: mit wenig mehr bekleidet als der Uniform, die sie von der Schöpfung mitbekommen hatten!

Und die Speere ... Auch mit ihnen stimmte irgendwas nicht, obwohl Shaka noch nicht genau wußte, was ihn an ihnen störte. Sie waren natürlich zu lang. Das war auf den ersten Blick offenkundig. Aber das eigentliche Problem war größer, wie Shaka recht gut wußte, und er nahm sich vor, sich später eingehender damit zu befassen. Tatsächlich wollte er Buza beim gemeinsamen Abendessen im Lager darauf ansprechen, wurde dann aber von dem sichtbaren Widerstreben des Generals abgestoßen, mit dem Neuen zu reden.

Wenn seine ›Kameraden‹ ihn nicht akzeptieren konnten, wie er war, würde er so weiterleben, wie er's bisher getan hatte: als Einzelgänger. – Allein. Ohne Nandi – dem einzigen Menschen, dessen Seele er seine geheimsten Gedanken anvertrauen konnte.

In dieser Nacht fand er keinen Schlaf und war mit seinen Gedanken allein: auf dem höchsten Punkt des Felsens über der Heimstätte des iziCwe-Regiments hockend. Während Shaka in die Nacht starrte, empfand er ein seltsames Gefühl der Einsamkeit, das ihn durchströmte, als ob sein Blut zu einem reißenden Eisstrom geworden sei: ein hartnäckiges Gefühl, das im Augenblick den Schatten des Zweifels auf sein Zielbewußtsein warf. Der junge Mann spürte, daß er nachgab, daß er sein psychisches Gleichgewicht zu verlieren drohte; in seinem

Kopf drehte sich alles, während er den Blick senkte und in das schwarze Nichts zu seinen Füßen starrte.

Dann erklang hinter ihm eine Stimme – eine sanfte, beruhigende Stimme mit einem Unterton höflicher Zuneigung.

»Ich weiß, wie dir zumute ist«, behauptete die Stimme.

Shaka drehte sich halb um und blickte zu einem kräftig gebauten jungen Mann auf, der ein rundes, volles Gesicht hatte, aus dessen Zügen edle Ruhe und unbekümmerte Heiterkeit sprachen: ein Gesicht, das schlichtes Vertrauen zu anderen verriet und Achtung für sich selbst heischte. Das Gesicht eines Mannes, der sich gelassen als Mgobozi-ovela-entabeni (»Mgobozi, der über den Hügel gekommen ist«) vorstellte, Shaka um Erlaubnis bat, sich neben ihn setzen zu dürfen, und dort Platz nahm, ohne seine Antwort abzuwarten.

»Mir hat's hier anfangs auch nicht gefallen«, fuhr Mgobozi fort, indem er zu den Sternen aufsah. »Aber das ist eigentlich meine Schuld gewesen. Ich hatte mir zu große Hoffnungen gemacht.«

Shaka kniff die Augen zusammen, als lege er Wert darauf, diesen sympathischen Fremden eingehender zu mustern.

»Ich bin mit der Idee hergekommen, hier ... *Soldat* zu werden«, sagte Mgobozi mit gerunzelter Stirn, um seinen Worten Nachdruck zu verleihen: »Ich hatte natürlich keine Vorstellung davon, was das wirklich bedeutet – Soldat zu sein, meine ich –, aber in meiner Ahnungslosigkeit habe ich mir irgendwie eingebildet, es habe etwas mit ›Heldentum‹ zu tun. Aber das ist wie gesagt meine Schuld gewesen. Ich habe eine Aufgabe gesucht, einen guten Grund, um am Leben zu sein, und vielleicht sogar etwas, für das es sich zu sterben lohnte.«

Shaka fühlte sich von dem Wort ›Aufgabe‹ angezogen, weil es seine eigene Suche nach einem Daseinszweck widerspiegelte, und betrachtete Mgobozi interessiert und gespannt.

»Aber weißt du, was ich gefunden habe?« fragte der junge Mann – auch diesmal wieder rhetorisch. »Ich habe herausgefunden, daß das Soldatenleben wie jedes andere Leben ist – nur schmutziger.«

Shaka lächelte.

Der andere machte ein finsteres Gesicht.

»Dort unten leben fast zweihundert Männer«, stellte Mgobozi nachdenklich fest, während sein Blick über die flackernden Lagerfeuer glitt, die aus dem Dunkel des Militärlagers leuchteten. »Zweihundert Männer. Alle mit demselben Problem, das sie alle auf ihre spezielle Art und Weise bewältigen. Alle auf der Suche nach jemand, der auftauchen und ihnen einen guten Grund für ihr Soldatendasein geben soll ... Aber das hat noch keiner getan. Deshalb kannst du sagen, daß wir zweihundert Mann in einem Regiment sind – nicht ein Regiment mit zweihundert Mann. Und wie du fühlen wir uns alle schrecklich einsam. Vielleicht sogar schrecklich betrogen.«

Shakas Lächeln verblaßte, ohne daß er Mgobozi aus den Augen ließ.

»Das wollte ich dir nur erzählen«, fuhr der andere fort und stand auf, um wieder zu gehen. »Wenn man einsam ist, tut's einem manchmal gut zu wissen, daß man nicht allein ist ... Gute Nacht ... Der Appell findet übrigens bei Tagesanbruch statt, aber kein Mensch tritt vor dem frühen Vormittag an, wenn Buza seinen Rundgang macht. Du kannst also ausschlafen, wenn du willst.«

Shakas Lächeln kehrte zurück, als er beobachtete, wie der junge Mann in die Nacht davontrottete – ein warmes Lächeln, aus dem echte Zuneigung sprach.

»Gute Nacht, Mgobozi!« rief der Zulu ihm in die Dunkelheit nach und verbrachte den Rest der Nacht hellwach: ein unzufriedener Künstler, der über die mißliche Lage eines anderen nachgrübelte.

Als die flammende Sonnenkugel am nächsten Morgen hinter den Bergen über emeNgweni aufging, lagen die Soldaten dieser Heimstätte noch in behaglichem Schlummer, als sei langes Ausschlafen hier die Norm.

Shaka war jedoch auf und im Begriff, Mgobozi aus seinen Träumen wachzurütteln.

»Aufwachen!« drängte der Zulu.

Mgobozi öffnete ein Auge und versuchte, seinen neuen Kameraden zu fixieren. Dann knurrte er ein kurzes »Morgen!«, drehte sich um und schlief wieder ein.

»Mgobozi!« Shaka ließ nicht locker. »Du hast gesagt, daß du eine Aufgabe gesucht hast. Vielleicht finden wir gemeinsam eine...«

»Morgen«, antwortete der andere, ohne sich zu bewegen.

»Mgobozi«, wiederholte der Zulu, indem er den Namen langsam und nachdrücklich aussprach, »wenn der Appell bei Tagesanbruch stattfindet..., findet er bei Tagesanbruch statt!«

Mgobozi wälzte sich abgrundtief seufzend wieder zurück, um zu Shaka aufzublicken. Diesmal hatte er beide Augen offen und grinste dabei. »Ich und mein großes Maul!«

Die beiden Männer legten ihre Uniform leise an, um die anderen nicht zu wecken. Shaka merkte, daß er Schwierigkeiten mit den Sandalen hatte, weil er nicht recht wußte, wie er sie anziehen sollte.

»Sag bloß, daß du noch nie welche getragen hast!« meinte Mgobozi erstaunt.

»Ich hab' nie welche tragen müssen«, antwortete Shaka hilflos verlegen, wobei sein Gesichtsausdruck Zerknirschung verriet, die einer weit größeren Missetat angemessen gewesen wäre.

»Na, hier wirst du sie aber tragen müssen!« lautete die strenge Antwort. »Was die Uniform betrifft, versteht Buza keinen Spaß.«

»Aufwachen, ihr faulen Hundesöhne!« brüllte der General etwa eine Stunde später.

Der Kommandeur des iziCwe-Regiments ließ seinen sehr charakteristischen Weckruf erschallen, während er seine Morgenrunde in Begleitung seines direkten Untergebenen Kuta machte – eines sanftmütigen, adretten Offiziers, der Buza sichtlich beunruhigt durchs Lager folgte und bei den Kraftausdrücken seines Vorgesetzten zusammenzuckte.

Und Buza war tatsächlich in übelster Laune, während er von Hütte zu Hütte marschierte, seine Krieger durch reichlichen Gebrauch von Mundwerk und Knotenstock aus ihrem

Schlummer riß und einen vielstimmigen Chor aus Murren, Ächzen, Husten und Fluchen auslöste.

Über Buzas grobschlächtige Züge tanzte ein erwartungsvoll spöttisches Lächeln, als er vor Shakas Hütte stehenblieb. Der Kommandeur umklammerte seine stumpfe Waffe, betrat die Unterkunft, holte mit dem Knotenstock aus, um schmerzhaft zuschlagen zu können, und brüllte: »Aufstehen, ihr ...!«

Die Worte blieben ihm im Hals stecken, als er zu seinem größten Bedauern feststellen mußte, daß Shakas Schlafmatte ordentlich zusammengefaltet in seiner Ecke der Hütte lag – und daß der Zulu nirgends zu sehen war. Buza, der sich betrogen fühlte, ließ seine Wut an dem Rekruten Dlaba aus, den er wachprügelte, bevor er aufgebracht aus der Hütte ins Freie stürmte.

»Wo steckt dieser Neue?« knurrte er Kuta an.

»Dort oben, General«, meldete der Offizier gleichmütig und nickte zu dem etwas schräg abfallenden Appellplatz hinüber, wo Shaka und Mgobozi jetzt standen: vorschriftsmäßig bekleidet und zum Zählappell bereit.

»Ich hab' gleich gewußt, daß dieser Emporkömmling Schwierigkeiten machen würde!« grunzte der Kommandeur, womit er Kuta ein Stirnrunzeln abnötigte.

»Schwierigkeiten, General? Ich glaube eher, daß es bald Zeit wird, daß die Soldaten freiwillig gehorchen. Ohne viel ... ›Nachhilfe‹.« Sein Blick ruhte auf dem Knotenstock Buzas. »Der Zulu ist ein gutes Vorbild für die anderen. Wir sollten mit ihm zufrieden sein.«

»Leute wie den kenne ich! Das tut er nur, um mich zu ärgern, Kuta!« lautete Buzas geistlose Antwort. »Aber vielleicht hast du recht«, fügte der Kommandeur hinzu. Sein humorloses Lächeln ließ zwei Reihen bemerkenswert weißer Zähne sehen, die zum Zuschnappen bereit zu sein schienen. »Vielleicht *kann* er den Männern als Vorbild dienen.«

Vormittags traten die Männer zu ihrem täglichen Geländelauf unter Kutas Führung an. Mit Mgobozi und Nqoboka an der Spitze schlugen die in einer kompakten Gruppe trabenden

Krieger, deren Füße durch die Rindsledersohlen ihrer Sandalen vor scharfkantigen Steinen geschützt waren, ein flottes Tempo an. Nur einer nicht – Shaka. Seine leopardenartige Geschwindigkeit war verschwunden: Er stolperte und rutschte in der ungewohnten Fußbekleidung, bis er in die letzte Reihe der Formation zurückgefallen war und bald weit hinter dem Regiment zurückblieb.

Einige begannen über die Unbeholfenheit des Neuen zu grinsen, und es dauerte nicht lange, bis die ganze Gruppe – außer Mgobozi und Nqoboaka – herzhaft über Shaka lachte. Als der Zulu dann plötzlich auf steinigem Grund stolperte und der Länge nach hinschlug, brandete Gelächter wie eine Flutwelle der Schadenfreude auf. Selbst Mgobozi mußte grinsen – trotz seines Kummers über die Demütigung des anderen.

Shaka rappelte sich, Schmutz ausspuckend, wütend auf. Er biß die Zähne zusammen, um seinen Zorn zu beherrschen, riß sich die störenden Sandalen ab, begann zu laufen, lief weit schneller als zuvor, holte die anderen mühelos ein, zog an ihnen vorbei und verschwand in der Ferne, während die iziCwes ihm mit offenen Mündern nachgafften.

Manche von ihnen waren beeindruckt, andere waren neidischer als zuvor. Zumindest einer – Mgobozi – freute sich diebisch. In einer Beziehung reagierten jedoch alle gleich, selbst wenn sie Unterschiedliches empfanden: Keiner lachte mehr.

Als Shaka bei den iziCwes eintrat und so Bestandteil seines allerersten Regiments wurde, hatten die Bantus eine gelinde gesagt: lässige Einstellung zum Krieg. Standen sich feindliche Heere auf dem Schlachtfeld gegenüber, gab es tatsächlich niemals tiefsitzende Bösartigkeit, keine haßerfüllte Absicht, Nachbarn zu töten, mit denen man noch gestern fröhlich Bier getrunken oder Liebestänze aufgeführt hatte, und kein Bestreben, die Hütten der Nachbarn niederzubrennen oder ihre Herden abzuschlachten, sondern es gab lediglich eine naiv begeisterte patriotische Pflicht, die Interessen des Königreichs zu wahren, und tief verwurzelten Ehrgeiz, sich in Sport und Wettstreit hervorzutun.

Im eigentlichen ›Krieg‹ verbrachten die Heere mehr Zeit mit dem Zeremoniellen, auf das sie größeren Wert legten als auf den tatsächlichen Kampf. Die Krieger standen einander oft in voller Ausrüstung und mit Speeren bewaffnet gegenüber – aber anstatt zu den Waffen zu greifen, provozierten sie den Gegner durch beißenden Spott und Schmähungen zum Angriff. War die Stimmung dann angeheizt genug, ließen die Krieger ihre Speere (aus sicherer Entfernung) fliegen, wobei jeder Soldat höflich die Wurfgeschosse seines Gegners zurückwarf, bis die Seite, die diesen Speerwurfwettbewerb als erste satt hatte, die Flucht ergriff, worauf die ›Sieger‹ Männer und Frauen zu Gefangenen machten und gegnerisches Vieh davontrieben: erstere, um sie gegen Lösegeld freizugeben; letzteres, um es ihren Herden einzuverleiben. Falls es Tote gegeben hatte (nur wer versehentlich in die Wurfbahn eines Speeres geraten war, konnte den Tod gefunden haben), wurden aufrichtige Beileidsbezeugungen ausgetauscht.

Die eigentliche Kriegsgefahr bestand auf wirtschaftlichem Gebiet, denn zu Blutvergießen kam es selten oder nie.

Sogar als Mudli Senzangakona warnend erklärt hatte, eine kriegerische Auseinandersetzung mit der Mtetwa-Oberherrherrschaft sei »selbstmörderisch«, hatte der Älteste in Wirklichkeit von großen Verlusten an Rindern, Land und auszulösenden Untertanen gesprochen – nicht an Menschenleben!

Tatsächlich fürchtete Mudli aus diesem Grunde das Kommen des Kindes der Weissagung, weil prophezeit worden war, daß es »den Umsturz unserer bisherigen Lebensweise« (Mudlis Worte) sowie »Tod und Terror über unser Volk« bringen werde.

Für Mudli und andere Mitglieder des Zulu-Ältestenrats bedeutete der Umsturz ihrer bisherigen Lebensweise, daß das Kind der Weissagung Tod und Terror über ihr Volk bringen, indem es die Kriegsführung verändern würde, so daß aus einem bloßen ›Sport‹ ein totaler Krieg, ein blutiges Abschlachten des Gegners wurde.

Und das Kind der Weissagung tat, was sie befürchtet hatten …

Allerdings noch nicht im Jahre 1807, als seine militärische Laufbahn eben erst begonnen hatte. Nicht am Tage der ersten seiner vielen Konfrontationen mit General Buza.

»Wo sind deine Sandalen?«

Der Tag war eben erst angebrochen, als Buza die Formation seiner zum Appell angetretenen Männer abschritt.

»Ich habe sie nicht mehr getragen, General. Ich habe festgestellt, daß ich sie nicht brauche. Sie behindern mich nur.«

Die Leidenschaftslosigkeit von Shakas Antwort erregte wie üblich den Zorn seines Vorgesetzten.

»Willst du etwa behaupten, daß deine Füße widerstandsfähiger sind als Rindsledersohlen?«

»Ja, General.«

Buza schwieg verblüfft und dachte über Shakas kurze Antwort nach, während er vor seinen Soldaten auf und ab marschierte. Der Verdruß, der sein Gesicht in Falten legte, und verwandelte sich in ein bösartiges Grinsen, als sein Blick auf das hell brennende morgendliche Lagerfeuer fiel. Der General zog einen knisternden Ast aus der Feuerstelle – vorsichtig, um sich nicht die Finger zu verbrennen –, schwang ihn nach vorn und ließ ihn vor Shaka zu Boden fallen.

»Tritt das Feuer aus!« befahl er ihm. »Mit dem Fuß!«

Shaka trat unbeirrbar vor und stellte seinen Fuß auf den brennenden Ast. Während ihn alle mit angehaltenem Atem und sprachlos erstaunt beobachteten, zertrat der Zulu mit einer Drehbewegung seiner Ferse die brennende Rinde, ließ das Holz zersplittern und drückte die Flammen im sandigen Erdreich aus. Während dieser einzigartigen Leistung, solange die Glut unter seinem Fuß zischte und sich ins Fleisch einbrannte, ließ der junge Mann sich keinen Schmerz anmerken – vielleicht außer einer auf seiner Stirn hervortretenden Ader, einer in beherrschter Erregung geballten Faust, einem leichten Beben der Nasenflügel.

Als dann das Feuer erloschen war, kehrte Shaka auf seinen Platz im Glied zurück und wiederholte: »Sie behindern mich, wie gesagt, nur, General.«

»Mir ist's ganz gleich, ob du einen Vulkan mit den Füßen austreten kannst!« brüllte Buza, der sich zum Narren gehalten fühlen mußte. »Soldaten tragen Sandalen – du bist ein Soldat, folglich trägst du welche! *Zieh sie wieder an!*«

»Buza ist so tüchtig, daß er damit schon das Gegenteil erreicht«, erklärte Shaka seinen Kameraden Mgobozi und Nqoboka beim nachmittäglichen Mahl in der Ungestörtheit ihrer Nische am Fuß des über der Heimstätte aufragenden Felsens. »Ihm fehlen Phantasie und Wendigkeit. Sein Verstand ist so unbeweglich wie ein Felsklotz.«

»Aber muß das nicht so sein?« fragte Mgobozi, indem er sich eine uTiti, eine gekochte süße Kartoffel, aus der gemeinsamen Schüssel nahm. »Sollten Soldaten nicht einfach gehorchen, ohne viel nachzudenken?«

»Ja, Mgobozi, für Soldaten trifft das zu«, antwortete Shaka, der einen Mundvoll gerösteter Sesamsamen schluckte, »aber nicht für Generale... Als Architekten des Krieges müssen Generale Neuerer sein! Keine Gegner von Veränderungen, sondern ihre Förderer! Aber wie die Heere jetzt aufgefaßt werden, ist der Krieg ein lebendiger Prozeß – er stagniert als Spiel für Kinder und Narren ohne Stolz, ohne Ehre und ohne Ziel!«

Shaka machte ein frustriert-finsteres Gesicht und senkte verächtlich die Stimme, als er hinzufügte: »Andererseits kann der Krieg niemals ein Ziel haben oder ein schöpferischer Vorgang sein, ohne daß dabei Menschen getötet werden!«

Mgobozi sah von dem saftigen Stück Wasserbockfleisch in seiner Hand auf und runzelte die Stirn.

»Was kann an der Tötung von Menschen schöpferisch sein?«

Shakas Augen blitzten hell, als er beinahe flüsternd erwiderte: »Sterben ist der schöpferischste Akt überhaupt, mein Freund. Sogar noch mehr als das Geborenwerden. Und der General, der *wahre* General, wie ich ihn sehe, sollte dazu berufen sein, auf dem Schlachtfeld über Leben und Tod zu entscheiden, und *muß* in dieser Eigenschaft schöpferisch sein. Ist er's jedoch nicht ... nun, dann ist er nur ein gewöhnlicher Mörder!«

»Wie willst du den Unterschied erkennen?« fragte Nqoboka staunend.

»Ganz einfach.« Shaka lächelte zuversichtlich. »Den spürt man!« Das Glitzern in den Augen des Zulus verblaßte plötzlich zu einer leeren Glasigkeit, die Nqoboka und Mgobozi veranlaßte, die unheimliche Geistesabwesenheit ihres Freundes mit einem Anflug schlimmer Vorahnung zu begaffen.

»Man spürt den Unterschied«, wiederholte Shaka halblaut. »Man fühlt ihn in seiner Seele.«

Die sanften Hänge des emaYimane-Gürtels, der das Mtetwa-Königreich vom Stammesgebiet der Dlaminis trennte, waren in festlicher Atmosphäre belebt. Zwar fehlten der blitzende Schwung, der aus dem Drang des Helden nach blutigem Kampf entsteht, und die unbekümmerte Leidenschaft, die durch ungesühnte Gewalttätigkeit hervorgerufen wird, sowie Haß, wilde Verachtung und zu Eroberungslust entfachter starker Egoismus – und alle Anzeichen für die Gegenwart des Todes, jenes lächelnden, spottenden, lauernden, großartigen, abgeschmackten und wilden Geistes: immer stumm und doch mit flüsternder Miene. Nein, hier war nichts von Krieg zu spüren – lediglich die fröhliche Feststimmung, die der »traditionelle Kriegsführung« genannten Farce angemessen war.

Die beiden Regimenter, die sich an diesem Tag miteinander messen würden – das iziCwe der Mtetwas und das iGunqumwza der Dlaminis – waren in den ihre Stammeszugehörigkeit entsprechenden, deutlich voneinander zu unterscheidenden bunten Uniformen auf dem als Schlachtfeld dienenden schmalen Geländestreifen aufmarschiert und standen sich in dem vorschriftsmäßigen Abstand von 50 Schritt gegenüber.

Die Zuschauer – Männer, Frauen und Kinder, die auf den duftenden Wiesen mit Blick auf den Kampfplatz behaglich lagerten – waren damit beschäftigt, zu essen, zu schwatzen, zu lärmen, zu spielen, zu singen, einander und ihren »Helden an der Front« zuzuwinken, zwischen ihren Ziegen und Rindern zu zechen, große Mengen Bier zu trinken und sich ganz allgemein gut zu amüsieren, als sei dies ein nachmittägliches Freizeitvergnügen.

Dingiswayo thronte, von Ngomane und dem Ältestenrat umgeben, recht würdevoll auf dem felsigen Hügel, während Mbiya, Nandi, Nomcoba, Ngwadi und Pampata sich in seiner Nähe im Gras niedergelassen hatten. Sie alle schienen die bevorstehende Auseinandersetzung gespannt zu erwarten: Dingiswayo, ganz der stolze Schirmherr seiner ›Heimmannschaft‹; Ngomane, in dessen Miene sich der gespreizte Stolz seines Monarchen widerspiegelte; Pampata, die Nomcoba, mit der sie jetzt eine unzertrennliche Freundschaft verband, in schwesterlicher Fröhlichkeit zugetan war, während die beiden Mädchen in brennender Ungeduld auf die Heldentaten warteten, die ihr Favorit Shaka sicherlich vollbringen würde.

Nur Nandi konnte sich vorstellen, wie Shaka darauf reagieren würde, in dieser Travestie, die nun zur Belustigung von Dummköpfen aufgeführt werden sollte, den Possenreißer spielen zu müssen.

Der schon auf der ›Bühne‹ stehende stolze Zulu war entsetzt. Sein Blick streifte die untätige, faulenzende Menge, die bereit war, sich unterhalten zu lassen, und fiel auf die stolze Gestalt Dingiswayos, dem Shakas Herz zurief: Ist das deine neue Ordnung? Ist diese Farce das Mittel, mit dem du dein Volk aus seinem selbstgenügsamen Stumpfsinn wachrütteln willst? Sollen wir auf diese Weise den Weg für das von dir angestrebte Riesenreich bereiten?

Aber Dingiswayo konnte die Verzweiflung seines tapferen Kriegers nicht wahrnehmen.

Der Blick des Königs blieb auf die Dlamini-Front gerichtet, wo einer der feindlichen Soldaten die ›Auseinandersetzungen‹ dieses Tages eröffnete, indem er dem Gegner Beleidigungen zurief.

»Ya-Ntsiniza, yaTi sina!« brüllte der Dlamini. »Ihr Hunde, die nur die Zähne zeigen und knurren, aber sich nicht zu beißen trauen.«

Wie richtig! dachte Shaka mit erbittert angewiderter Miene, als ein Mtetwa vortrat und zurückbrüllte: »Ya-Ntsiniza zaNja, njeya! nje-ya nje-ya! – Auch ihr seid nur Hunde, die ihre Zähne fletschen und weglaufen – ihr alle.«

Nach einer weiteren Runde ähnlich lächerlicher Beschimpfungen schleuderte endlich einer der Dlamini-Krieger den ersten Assegai durch die Luft. Während seine Stammesgenossen die Tapferkeit seiner kühnen Tat bejubelten, segelte der Speer wackelnd durch die Luft und landete schließlich harmlos vor den iziCwes. Einer der Ihren trat vor, holte sich das Wurfgeschoß und kehrte zu dem vorschriftsmäßigen 50-Schritt-Abstand zurück; von dort aus winkte der schlaksige Krieger seinem Publikum zu (das ihn aus voller Kehle ermutigte) und warf den Speer, den der Gegner dann parierte – mit größter Leichtigkeit.

Hin und Her. Hin und Her. In dem als Krieg bekannten Spiel.

Shakas kritischer Blick ruhte auf den Angehörigen seines Regiments, während sie sich an dieser Farce beteiligten, und er dachte über ihr absurdes Verhalten nach, das sich so sehr von der explosiven Feindseligkeit unterschied, die er bei Schlägereien in emaNgweni erlebt hatte. Falls es gelang, diese Männer dazu auszubilden, daß sie auf dem Schlachtfeld ihren aufgestauten Aggressionen, die in ihrem Privatleben eine so große Rolle spielten, freien Lauf ließen, konnte der Krieg der lebendige Vorgang werden, den Shaka sich vorstellte. Wenn es nur gelänge, sie so auszubilden, daß sie ihren Zorn, ihren Haß, ihre Rachsucht – alle Gefühle, die Gewalt erzeugen – übertrugen, wenn sie lernen könnten, diese brutale Kraft zu zügeln und kontrolliert, rational einzusetzen, konnte Mgobozi im Soldatentum vielleicht die Aufgabe finden, die er suchte. Wenn …

Aus diesen Überlegungen wurde Shaka durch den Klang seines eigenen Namens gerissen, der von überall ertönte. Als er den Kopf hob, merkte er, daß die Massen – die Dlaminis wie die Mtetwas – ihn riefen: »Shaka!«, »Shaka!«, um ihn aufzufordern, an dem Wettstreit teilzunehmen.

Indem seine Gesichtszüge sich vor Entschlossenheit verhärteten, beschloß der Zuluprinz, seinen ›Anhängern‹ eine Freude zu machen. Er würde daran teilnehmen – aber nicht als Possenreißer! – Shaka löste sich aus seiner Formation, marschierte auf die Dlamini-Front zu, nähert sich dem Gegner immer mehr und hatte dabei den vorschriftsmäßigen Abstand von 50 Schritt längst weit unterschritten.

»Wohin will der Kerl?« brüllte Buza Kuta an. »Das kann ... das darf er nicht! Das ist ein Verstoß gegen die Vorschrift!«

»Er kommt mir nicht wie ein Mann vor, der die Bedeutung der Wörter ›können‹ und ›dürfen‹ kennt, General«, antwortete Kuta mit schwachem Lächeln.

»Zurück mit dir, Zulu!« plärrte Buza, während Dingiswayo und Ngomane Shakas Vormarsch atemlos aufmerksam und etwas verwundert verfolgten und die Massen Shaka anstarrten, weil dieser absichtliche Verstoß gegen die Regeln sie sprachlos und verwirrt machte.

Shaka, der etwa zehn Meter vor dem Dlamini-Regiment haltmachte, richtete seinen durchdringenden Blick auf den Gegner – als trotzige Herausforderung. Einer der Dlaminis nahm diese Herausforderung an, trat vor und stellte sich seinem unorthodoxen, höhnisch grinsenden Gegner. Shaka, der seinen Assegai fest umklammerte, rannte auf den anderen zu und rammte seinen Schild gegen den des Dlaminis. Der von diesem unerwarteten und völlig ungewöhnlichen Angriff überraschte Krieger ging rückwärts zu Boden.

Shaka, der sich keinen regelrechten Angriffsplan zurechtgelegt hatte, sondern so handelte, wie sein Instinkt es ihm eingab, fiel bei seinem improvisierten Angriff auf den anderen Krieger. Während die bei emaYimane Versammelten erstaunt schwiegen, rollten die beiden Männer mit gegeneinandergedrückten Schilden über den Boden.

Der Zulu bemühte sich, seine ›Verrücktheit‹ durch einen raschen Erfolg abzumildern, aber seine Bewegungen waren wegen der hinderlichen Sandalen und des fehlenden präzisen, konzentrierten Angriffsplans unbeholfen und gehemmt.

Beide Männer verließen sich allein auf ihre Kraft, und Muskeln, die nicht von einem Verstand angeleitet werden, können die besten Absichten zunichtemachen.

Nach kurzer, ziemlich bizarrer Balgerei im Staub versuchte Shaka das Duell dadurch zu beenden, daß er versuchte, den Gegner mit seinem Assegai zu erstechen. Aber der Speerschaft war zu lang, zu hinderlich, und zu Shakas noch größerem Zorn brach die Klinge ab, so daß er lediglich eine stumpfe, wertlose Waffe in den Händen hielt. Trotzdem hob Shaka den Schaft, als wolle er das zersplitterte Ende in die Brust des Mannes bohren. Aber dann hielt der Zulu doch inne. Dies war nicht die richtige Methode – so tötete man nicht würdevoll.

Shaka warf den zerbrochenen Assegai wütend über sich selbst fort, riß sich die Sandalen von den Füßen, schleuderte sie gegen den Dlamini-Krieger und stapfte mit allen Anzeichen einer bitteren Niederlage, die sein männlich schönes Gesicht entstellten, über das wenig ruhmreiche Schlachtfeld zurück.

Das allgemein herrschende gewichtige Schweigen wurde plötzlich durch ein Auflachen gebrochen. Weitere Stimmen fielen lachend ein. Und noch weitere. Bis die Hänge von fröhlichem Gelächter widerhallten, als beide Stämme sich hemmungslos über Shakas unbeholfenen Versuch amüsierten, sich aus den Zwängen der traditionellen Kampfweise zu lösen. In Wirklichkeit hatten die ungeschickten Bemühungen des jungen Mannes sich als größere Farce als der sogenannte Krieg erwiesen.

In einem Leben, in dem Erfolg ein Maßstab fürs Überleben war, durfte man sich keine Niederlage leisten. Auf dem Kampfplatz emaYimane hatte Shakas Versuch, eine Neuerung einzuführen, mit einer Niederlage geendet. Jetzt mußte er herausbekommen, warum das geschehen war, was er falsch gemacht hatte und wie seine Fehler sich wiedergutmachen ließen. Er mußte diese Scharte auswetzen.

Deshalb verbrachte Shaka die nächsten Wochen allein, indem er das Hügelland, die Plateaus, die Ebenen und das Buschland jenseits der Grenzen des Mtetwa-Königreichs durchstreifte. Allein – grübelnd, aus Träumen eine Realität formend.

Als erstes fiel ihm ein Erlebnis aus seiner Jugend ein: die aufregende Nacht, in der seine Ernte niedergebrannt worden war

... die Nacht, in der er Nzobo zum Kampf gestellt hatte, der wahrscheinlich mit dem Tod des Langenis geendet hätte, wenn Mfunda nicht rechtzeitig eingegriffen hätte.

Bei dieser Gelegenheit hatte Shaka für sich selbst vier Regeln für den Nahkampf formuliert, die er sich jetzt ins Gedächtnis zurückrief.

Regel eins: Meide den Kampf auf Armeslänge.

Regel zwei: Die Schneide ist wesentlich, nicht der Schaft! Wenn die Schaftlänge dich daran hindert, Spitze und Schneide richtig einzusetzen, mußt du sie kürzen!

Wie vor fast fünf Jahren nahm Shaka jetzt den Holzschaft seines Assegais in beide Hände, brach zwei Drittel seiner Länge über dem Knie ab, wog die kürzere Waffe prüfend in der Hand und war mit ihrer neugewonnenen Handlichkeit sehr zufrieden.

Regel drei: Rücke dicht heran, innerhalb der Reichweite deines Gegners, innerhalb seines Abwehrbereichs, so daß sein nackter Oberkörper deiner zustoßenden Speerspitze ausgesetzt ist.

Regel vier: Gleichgewicht und Hebelwirkung sind alles. Wer sie meistert, bleibt zuletzt Sieger – auch bei zunächst großer Unterlegenheit.

Shaka übte Tag und Nacht mit seinem Speer gegen unsichtbare Feinde, die ihm seine Phantasie zu diesem Zweck vorgaukelte. Er trainierte Stunde für Stunde, nahm Ausgangsstellungen ein, übte plötzliche Sprünge und Wendungen, stieß rasch mit dem Speer zu –wieder und wieder –, ging mit immer perfekteren Methoden zum Nahkampf über, stieß erneut zu, wehrte ab, wich zurück, fiel zu Boden und rollte sich zur Seite, um dem gegnerischen Speer zu entgehen. Tag und Nacht.

Angriff. Rückzug. Vordringen. Zustoßen. Zurückziehen. Parieren ... bis die Schritte dieses kriegerischen Balletts fehlerlos saßen.

Schneller und schneller.

Tag für Tag. Shaka baute den Rammstoß ein, der sich im Kampf gegen den Dlamini als so katastrophal erwiesen hatte, und ergänzte ihn durch ruckartiges Hochreißen des Schildes.

Er faßte den Kurzspeer dicht hinter der Klinge an und stieß ihn dem unsichtbaren Gegner mehrmals in den Leib. Shaka verbesserte seine ursprünglich aufrechte Stellung, indem er mit gespreizten Beinen leicht die Knie beugte, um aus dem Stand heraus mit mehr Schwung angreifen zu können.

Am Ende der fünften Woche, als sein Gesicht von tiefer Erschöpfung gezeichnet war und in seinen Adern die Erregung über eine neue Entdeckung pochte, wußte Shaka, daß er seine Niederlage überwunden hatte, und streckte sich auf dem Felsengipfel des emaNdawe-Plateaus zur Ruhe aus.

Dort schlief er vier Tage und vier Nächte lang. Und in seinen Träumen glaubte er, einen leuchtenden Assegai aus poliertem Silber zu sehen, dessen Klinge länger, breiter und schwerer als bei allen war, die er bisher zu Gesicht bekommen hatte, und dessen Schaft kürzer und dicker war, als er sich bisher hätte vorstellen können. Es war eine wahrhaft wunderbare Waffe mit den Umrissen eines Schwerts, der Leichtheit eines Dolches, der Schärfe einer Lanzette und der Haltbarkeit einer Axt.

Der Speer des Kindes der Weissagung.

»Ilemb'eleq'amany'amalembe ngokukhalipha.«

»Der Speer, der mächtiger als alle anderen ist.«

Das Kind war zum Träger der Waffe geworden.

17 IXWA *Der Klang des Todes*

Im Halbdunkel des Abends wirkte ›umZizima‹, das ehrwürdige Reich der Waldbewohner, schauerlich dräuend. Nebelverhangene Lichtstrahlen fielen zwischen Bäumen und dichtem Pflanzenwuchs herab und verliehen dem Waldkönigreich etwa Irreales, Unheimliches, und in der Nähe lag unter dem heiteren Glanz dieses mondhellen Himmels das Meer: blau, tief, still, ohne die geringste Bewegung, ohne Wellenschlag – träge, stagnierend, wie tot.

Shaka, der die spiegelglatte Wasserfläche hinter sich hatte, beobachtete starr ein verschwommen flackerndes Feuer, das bald heller, bald schwächer irgendwo in der Dunkelheit brannte – das Feuer eines tief in dem bedrohlichen Wald liegenden Lagers.

Von seinem Standort aus konnte Shaka eine Ansammlung seltsamer niedriger Hütten mit flachen, nur wenig abfallenden Dächern sehen, auf denen ganze Schwärme von Geiern hockten und die blutigen Kadaver von Wölfen und Nagetieren zerhackten.

Eine Reihe hoher, bizarr verdrehter Stangen, die Totenschädel trugen, schien einen Pfad zu bilden, der zu der Ansammlung von Hütten führte, und der Zulu folgte ihm jetzt, um zu dieser bedrohlichen Heimstätte zu gelangen. An dem von riesigen Dornbäumen umrahmten Tor nahm der junge Mann die breiten Schultern zurück und trat ein.

Während Shaka aufs Lagerfeuer zuschritt, hatte er den Eindruck, unheilvolle Schattengestalten lauerten in den Winkeln des Waldes und groteske, monströse Fratzen, die ihn aus dem Dunkel anstarrten, verfolgten jeden seiner Schritte, als er sich dem Mittelpunkt der Heimstätte näherte. Im flackernden Feuerschein konnte Shaka jetzt eine Gruppe hockender Gestalten erkennen, die sich um die knisternden Flammen zusammendrängten. Nur hier und dort war ein düsteres, glanzloses Auge auf den Eindringling gerichtet.

Als der Zulu die grausige Versammlung erreichte, drehten einige der zusammengeduckten Gestalten sich nach ihm um und ließen dabei im grellen Feuerschein ihre gräßlichen, entstellten Fratzen erkennen – die abscheulichen Züge mißgebildeter Gnome.

Als Shaka dann noch näher herankam, stießen die Gnome undeutliche Krächz- oder Kreischlaute aus, hasteten in größter Eile in die Schatten davon und ließen nur einen aus ihrer Mitte allein am Feuer zurück, in das er mit gesenktem Kopf starrte.

Diese imposante Gestalt – der Magier Mabodla, der Sohn Ntlabatis aus dem Stamme Mbanambi –, die in Löwenfelle gekleidet war und Haupt und Mähne eines Löwen über Kopf und Schultern trug, schien den Besucher bewußt zu ignorieren, denn ihr Blick blieb auf die knisternden Flammen gerichtet.

»Sakubona, Baba«, begrüßte Shaka den Mann feierlich.

Ohne den Kopf zu heben, erwiderte Mabodla seinen Gruß, indem er sagte: »Ngi-bona wena, Sohn Zulus.«

»Du kennst mich?« Shaka fiel es schwer, sich seine Verwunderung nicht anmerken zu lassen.

»Die auf den Bergen Wohnenden haben uns von deiner Geburt erzählt«, antwortete der Magier von umZizima mit weicher Stimme, die den Geist des anderen zu liebkosen schien. »Sie haben gesagt, daß du zu uns kommen würdest. Wir haben dich erwartet.«

Jetzt hob Mabodla den Kopf und zeigte, daß er männlichschöne, in ihrer kraftvollen Kantigkeit alterslose Züge besaß, die gar nicht in diese scheußliche Umgebung paßten. Wie Sitayi hatte auch Mabodla helle, pastellblaue Augen, aber im Gegensatz zu der Sangoma konnte er sehen.

»Wie können wir dir dienen?« fragte er mit veränderter, ernster klingender Stimme.

»Ich brauche deine Kunst, Baba. Deine Zauberkräfte.«

»Zu welchem Zweck?« Mabodlas Tonfall wechselte erneut, als gingen zwei verschiedene Seelen in seinem Körper ein und aus.

»Um eine Waffe zu schmieden.«

Der Magier nickte nachdenklich vor sich hin. Dann machte er Shaka ein Zeichen, er solle neben ihm am Feuer Platz nehmen. Als der Zulu saß, drängte Mabodla ihn: »Beschreib sie mir – diese Waffe.«

Shaka zog einen Zweig aus dem Feuer, glättete das Erdreich am Rande der Feuerstelle und begann mit raschen, sicheren Strichen im flackernden Feuerschein den Assegai zu zeichnen, der ihm in seinen Träumen erschienen war. Während er damit beschäftigt war, tauchten die Gnome interessiert und neugierig wieder aus der Dunkelheit auf, bildeten einen Kreis um Shaka und den Magier und verfolgten mit beweglichen, scharfen Blicken die einzelnen Phasen seines Entwurfs dieser mächtigen Waffe.

Als Shaka fertig war, betrachtete Mabodla die Zeichnung und überlegte laut: »Das wird seine Zeit dauern. Wir müssen ganz von vorn beginnen. Eine neue Esse. Ein neuer Blasebalg. Neues Eisen, das mit den besten Fetten gehärtet wird.« Er hob den Kopf und starrte Shaka in die Augen.

»Nur dann ist er unbesiegbar.«

Unter Aufsicht des Magiers begannen die Gnome – als Waffenschmiede wahre Künstler – ganz von vorn. Aus einer Herde stattlicher Ziegen wählte Mabodla einen prachtvollen Bock aus, der geschlachtet und gehäutet wurde. Danach wurde das Ziegenfell getrocknet, gegerbt, weichgeklopft und mit phantastischen Ritualen aus uralten Zeiten seinem hehren Zweck geweiht.

Shaka verfolgte mit wachsender Faszination, wie einige der Gnome das Ziegenfell zuschnitten, um daraus einen Blasebalg zu nähen, während die anderen mit dem Bau einer neuen Esse begannen, die sich als gewaltiger Zylinder im abgelegensten, finsteren Teil des Zauberwaldes erhob – eine bei sieben Meter Durchmesser dreizehn Meter hohe Esse aus der nur auf der Zinne der Könige vorkommenden magischen Tonerde.

Als die Vorarbeiten abgeschlossen waren, schritt Mabodla an die Öffnung der Esse, hob die Arme zum Himmel und begann mit einer sanft melodischen Litanei von Beschwörungen, deren graziös harmonisches Timbre Herz und Seele des Zuhörers in seinen Bann schlug. Der Magier von umZizima hob den Kopf, so daß sein Blick die Nacht durchdrang, rief die Elemente an und erflehte ihren gütigen Segen für das Werk des Menschen und das rastlose Streben des menschlichen Herzens.

Plötzlich zuckte ein Blitzstrahl über den schwarzen Himmel und erhellte die Nebel des Waldes mit grellem Leuchten, das wahrhaft bläulich pulsierte. Der Blitz traf die Esse und entzündete ihre aus Eisenerz und Holzkohle bestehende Füllung zu hellrot erstrahlender Glut. Während Shaka wie verzaubert dastand, brachen die Gnome vor Begeisterung über die Macht ihres Herrn und Meisters über die Naturgewalten in ansteckendes hysterisches Lachen aus.

Mit von tanzendem Feuerschein dämonisch erhellter verzückter Miene flüsterte der Sohn Ntlabatis: »Es kann beginnen.«

Die Gnome bedienten den Blasebalg und schaufelten Brennmaterial, während Mabodla, der mit schweißglänzendem Körper an der Öffnung der Esse stand, einen reinen Barren aus Eisenerz und Silber schmolz. Shaka beobachtete wie gebannt, wie der Barren leuchtend erglühte, so daß alle Verunreinigungen verbrannten, und seine Farbe sich von Dunkelrot zur Weißglut änderte.

Wie aus eigenem Antrieb begann der leuchtende, weißglühende Barren aus reinem Eisen und Silber allmählich die Form einer Klinge – Shakas Klinge – anzunehmen. Nun zog der Magier sie aus der Esse, legte sie auf einen Amboß aus Granit, bearbeitete sie mit einem gewaltigen Vorschlaghammer und arbeitete ihre ganze Pracht mit jedem Schlag seines gewichtigen Werkzeugs deutlicher heraus. Als Mabodla mit dem Werk seiner Hände zufrieden war, legte er die Klinge vor die Öffnung der Esse und drehte sich mit suchendem Blick nach dem Wald um.

»Was gibt's, Baba?« wollte Shaka wissen, der die wachsende Spannung fühlte, die elektrisierend in der Luft lag.

»Unser Werk ist getan. Jetzt müssen wir warten.«

»Worauf?« fragte der Zulu mit einem raschen neugierigen Blick in die Dunkelheit des Waldes.

»Auf den Namenlosen«, antwortete Mabodla ehrfurchtsvoll flüsternd. »Nur er kann der Klinge eigenes Leben verleihen. Nur er kann die Zutaten des Menschentodes beisteuern.«

Während Mabodla diese Worte sprach, ruhte sein Blick auf Shaka, dem Kind der Weissagung, Helden, Eroberer, ahnungslosen Werkzeug von Mächten, die selbst von den weisesten Sterblichen nicht ganz zu begreifen waren ... Als der Magier jetzt das Kind der Weissagung betrachtete und seine Schönheit und leichte Besorgnis sah, erkannte er auch, was dieser junge Mann noch war: I-Shaka, das ahnungslose Opfer seines eigenen Gebieterseins.

Bevor Mabodla diese beunruhigenden Gedanken aus seinem Kopf vertreiben konnte, drangen aus dem dunklen Inneren des Waldes Schrittgeräusche, denen ein ... Schniefen folgte.

»Er kommt!« sagte der Sohn Ntlabatis, während die Gnome ängstlich ihre Köpfe mit ihren Ziegenfellkapuzen bedeckten.

Dann war ein Rascheln zu hören, das von einem Lebewesen stammen mußte. Dieses Geräusch schien näherzukommen, und während Shakas geschärfte Sinne die Dunkelheit durchdrangen, wurde die Nachtluft von einem teuflischen Kreischen zerrissen, dem eine grelle Lache folgte.

Danach war wieder alles still. Shaka stand wie angewurzelt da und atmete kaum. Wenig später wurde die Stille erneut durch ein grauenvolles Reißen und Knacken gebrochen, als ob irgendein riesiges Raubtier Fleisch und Knochen verschlänge.

Plötzlich trat eine Hyäne aus dem Dunkel des Waldes. Hinter ihr erschien ein großer, kräftiger Mann, der einen Umhang aus Fellen trug, Fellstreifen um die Taille und seine mächtigen Oberschenkel hängen hatte und sein Gesicht zum Teil unter Tierschwänzen verschwinden ließ, die das teuflische Glitzern seines irren Blicks fast verbargen. Der Riese trug einen schweren Speer in der rechten und einen schmutzigen Ziegenfellsack in der linken Hand.

»Ist er das Kind der Weissagung, von dem sie gesprochen haben?« fragte der Namenlose den Magier.

»Er ist's.«

Der Namenlose trat auf Shaka zu und starrte ihm lange prüfend ins Gesicht. Ohne sich anmerken zu lassen, zu welchem Ergebnis diese Prüfung geführt hatte, äußerte das Wesen mit kehliger Aussprache: »Ich wünsche sie zu sehen.«

Mabodla griff nach der Klinge und hielt sie dem Namenlosen hin, der diese außergewöhnliche Waffe mit einem Feuer in den Augen anstarrte, das dem pulsierenden Leuchten der Klinge gleichkam. Der Mann streckte seine mit lederartiger Pergamenthaut überzogenen Hände aus und schloß sie um das leuchtende Metall, das er kaum mit den Spitzen seiner schuppigen Finger berührte. Indem er sich an Shaka wandte, verkündete er mit finsterem Ernst und hohler Stimme: »Wie du diese Klinge besitzt, wird sie dich besitzen. Mit jeder tödlichen Wunde, die sie zufügt, wirst du einen Bruchteil deiner selbst verlieren – Leben vom Leben, Tod zum Tode. Sohn Zulus, entscheidest du dich für den Weg der Klinge?«

»Ich wähle ihn, Baba«, antwortete Shaka kühl und gelassen.

»Ist deine Sehnsucht nach der Blutsverwandtschaft, zu der du geboren bist, so groß?«

»Sie ist's, Baba.«

»So sei es!«

Der Namenlose wandte sich von Shaka ab und zog sich in einen entfernten Teil der Lichtung zurück, wo Mabodla sich zu ihm gesellte. Die beiden sprachen leise miteinander. Dann öffnete der Namenlose seinen Ziegenfellsack und holte eine Handvoll noch bluttriefender menschlicher Eingeweide daraus hervor.

Der Magier kehrte an die Esse zurück, hielt das glänzende Fett und tiefrote Fleisch der Eingeweide über die glühende Klinge, machte eine leichte ehrfürchtige Verbeugung und legte die Innereien auf das heiße Metall. Als das Fett laut zischte, erschien ein stolzes Erfolgslächeln auf Shakas Lippen.

»Der Geist der Klinge spricht«, sagte der Zulu.

»Der Geist Shakas spricht«, stellte Mabodla in melancholischem Tonfall richtig.

Die bedrohliche, unheimliche Stimme des Namenlosen übertönte das Zischen des verbrennenden Fleisches.

»Sohn Zulus, laß die ersten Strahlen der morgigen Sonne das Schicksal deines Volkes in deiner Waffe versiegeln. Denn dein Geist soll sich wie die Sonne bis ans Ende der Welt ausbreiten.«

Leben vom Leben. Tod zum Tode. Solcherart ist der Fluch der Gebieter.

Derweil die Nacht unaufhaltsam dem Tag entgegenfloß, wurde Shaka von Sitayi, Majola und Mabodla zum Fuß einer hochaufragenden Eisspirale geführt, die sich über dem Gipfel des Großen Berges erhob und deren Spitze in den schwindelerregenden Höhen des Firmaments zu verschwinden schien.

Auf Geheiß des Magiers begann der Sohn Zulus die glitzernden Stufen der scheinbar endlos langen Treppe hinaufzusteigen, die sich ins Sternenlicht emporwand.

Shaka erreichte allein den Gipfel und trat ans polierte Geländer der Plattform auf der Zinne der Könige.

Und als bei Tagesanbruch die ersten flammenden Sonnenstrahlen die Eiszinne trafen, hielt Shaka seine Waffe dem Himmelsgewölbe entgegen und tränkte das glänzende Metall mit dem Gold des Tagesgestirns, bis der Speer selbst mit einer nur der Geburt eines neuen Sterns angemessenen Helligkeit und Leuchtkraft gen Himmel strahlte, und in diesem Glanz ereignete sich ... die Zweite Geburt des Kindes der Weissagung.

»Ah, welch angenehme Überraschung! Willkommen daheim, Shaka! Du hast uns gefehlt!«

Auf dem Hang über emaNgweni stand Shaka in der Reihe der zum Morgenappell angetretenen Soldaten: mit zurückgenommenen Schultern, seine hochgewachsene Gestalt aufrecht und stolz, sein ruhiger Blick ausdruckslos und ohne Reaktion auf Buzas zunehmenden Sarkasmus.

Einige der Männer grinsten über die Begrüßungsworte des Generals. Mgobozi lächelte ebenfalls – nicht über Buzas Worte (wie gewöhnlich fand er die dümmlichen Bemerkungen des Generals nur wenig oder gar nicht erheiternd), sondern weil Nqoboka und er glücklich darüber waren, daß ihr Freund die Schrammen, die sein Stolz im Krieg gegen die Dlaminis davongetragen hatte, überwunden zu haben schien und sich wieder unter sie eingereiht hatte.

Shakas Ausrüstung wies allerdings etliche ins Auge fallende Anomalitäten auf. Beispielsweise war sein Schild weit größer als vorgeschrieben: Er maß von der Unterkante bis zur Spitze über 15 Handbreiten oder knapp zwei Meter. Und natürlich der mächtige Ixwa, den Shaka hinter seinem großen Schild verborgen hielt. ›Ixwa‹ – so hatte er seinen neuen Assegai genannt: nach dem zischend-saugenden Laut, mit dem er die Waffe tief aus dem Leib einer tödlich getroffenen Hyäne gerissen hatte, die ihn auf dem Rückweg angefallen hatte.

Vorerst hielt Buza es jedoch für angebracht, Shakas offensichtlich unvorschriftsmäßige Ausrüstung zu ignorieren und so spöttisch wie bisher weiterzufragen.

»Hast du einen triftigen Grund für deine unerlaubte Abwesenheit?« wollte der Kommandeur wissen.

»Ja, General. Ich mußte nachdenken.«

»Ah!... Wir haben also einen ›Denker‹ in unseren Reihen, was?« spottete Buza, indem er scheinbar bewundernd die Augenbrauen hochzog. »Und worüber hast du ›nachgedacht‹?« Das Lächeln des Generals verwandelte sich schlagartig in eine zornige Miene. »Über deinen Ungehorsam im Krieg gegen die Dlaminis«, brüllte er los, »oder deinen Versuch, mich und mein Regiment dem Gelächter aller preiszugeben?«

»Ja, General«, erwiderte Shaka, ohne eine Miene zu verziehen.

»Ja, General, *was*?« faßte Buza nach.

»Ja, General, darüber habe ich nachgedacht.«

»Aha!« Der Kommandeur warf den Kopf in den Nacken. »Und zu welchem Schluß bist du gelangt?«

»Ich bin töricht gewesen.«

Mgobozi runzelte leicht die Stirn, denn ein Eingeständnis dieser Art schien ganz und gar nicht zu Shakas Charakter zu passen. Buza war andererseits höchst zufrieden mit diesem ›Geständnis‹ (das er aus Shakas Worten heraushörte). Vielleicht ist mit diesem Zulu doch noch etwas anzufangen! überlegte der Kommandeur sich und strahlte. »Sehr gut! Ich bewundere jeden, der einen Fehler eingesteht.«

»Ich habe nicht behauptet, einen Fehler gemacht zu haben. Ich bin nur töricht gewesen, General«, widersprach Shaka, indem er den Blick seines Vorgesetzten weiterhin kühl und unbeugsam erwiderte.

Mgobozi warf Nqoboka einen amüsierten Blick zu, während Buza den Zulu voller wilder Gehässigkeit musterte.

»Wo sind deine Sandalen?« fragte er, um rasch hinzuzufügen:

»Ah, ganz recht, das hätte ich beinahe vergessen. Du hast sie auf dem Schlachtfeld ›verlegt‹, nicht wahr?« Weiteres glucksendes Lachen die Reihen hindurch belohnte den Sarkasmus des Generals. »Wir können dir natürlich ein neues Paar stellen. Oder ›behindern‹ sie dich noch immer?«

»Ja, General, das tun sie.«

»Ah, ich verstehe. Und was soll das hier sein?« Buza deutete mit seinem Knotenstock auf den großen Schild.

»Ein Schild, General.«

»Ist der nicht ein bißchen groß geraten?«

»Das finde ich nicht, General. Er hat genau die richtige Größe, finde ich.«

»Wofür? Um einen Fluß zu überqueren?«

Lachen lief durchs ganze Regiment.

»Nein, General. Er ist für die Schlacht bestimmt«, antwortete Shaka mit ruhigem Nachdruck.

»Ja, natürlich! Darauf verstehst du dich ja besonders gut, nicht wahr?«

Shaka stand stolz und aufrecht da, blickte starr geradeaus und schien den Spott gar nicht wahrzunehmen.

»Und wo sind deine Speere? Oder hast du dir ›überlegt‹, daß wir unbewaffnet kämpfen sollten?«

Eine weitere Woge der Heiterkeit brandete über den Appellplatz hinweg: wogendes Gelächter, das dann abrupt abbrach wie weißschäumende Brecher, die sich an Granitklippen zerschmettern. Eingeschüchtert und verschreckt starrten die Männer den Ixwa an, den Shaka als Antwort auf Buzas spöttische Frage hinter seinem Schild hervorgeholt hatte und nun mit ausgestrecktem Arm emporreckte, so daß seine glitzernde Klinge die Sonnenstrahlen in blendendem Farbenspiel zurückwarf. Die iziCwe starrten den Zulu und seinen Speer schweigend, mit offenen Mündern und dem verblüfftesten Gesichtsausdruck an, den Shaka jemals gesehen hatte. Der Ixwa schien tatsächlich magische Eigenschaften, eine zwingende Aura und einen eigenen Geist zu besitzen – jenes undefinierbare Etwas, das sich Herz und Verstand der Menschen unterwirft.

Buzas Lippen waren blaß geworden. Der General hatte

Mühe, das Gleichgewicht zu bewahren, und auf seiner niedrigen Stirn standen Schweißperlen, als er jetzt stammelte: »Der ist nicht vorschriftsmäßig.«

»Das weiß ich, Kommandeur«, erwiderte Shaka, dem der betroffene Offizier vage leidtat.

Der iziCwe-General forderte Shaka murmelnd auf, ihm seinen ›Ixwa‹ vorzuführen (wobei der Kommandeur den Namen des Speers in gedämpftem Ton aussprach, der eine Gefühlsregung verriet, die an ängstlichen Respekt erinnerte). Shaka, den seine Kameraden mit erstaunten, fragenden Blicken beobachteten, trat auf die Lichtung dem Regiment gegenüber und verlangte drei Freiwillige, die gegen ihn kämpfen sollten.

Die anderen zögerten verständlicherweise. Die meisten von ihnen fürchteten einen Zweikampf mit Shaka, und selbst eine Übermacht von drei zu eins erschien ihnen wenig besser. Dazu kam noch der neue Speer, dessen Zauberkräfte verratendes Blinken Angst und Schrecken hervorrief.

Shaka provozierte einige von ihnen, indem er seine Feinde daran erinnerte, daß sie sich einst so nach einem Kampf mit ihm gesehnt hatten, daß sie vor nichts zurückgeschreckt waren – nicht einmal vor unfairen Mitteln. Und jetzt zauderten sie? Fanden sie einen Hinterhalt männlicher als den offenen Kampf, zu dem er sie herausforderte? fragte er spottend.

Angesichts dieses Vorwurfs faßte Joko, der sich in seinem Stolz gekränkt fühlte, Schild und Assegais fester und trat zu dem Zulu auf die Lichtung hinaus, wo Mtonga sich bald zu ihm gesellte.

»*Drei* Freiwillige, habe ich gesagt«, stellte Shaka erneut fest. »Willst du ihnen nicht beistehen, General?«

Buza warf dem Zulu einen mißtrauischen Blick zu, bevor er sich dafür entschied, seiner Aufforderung nachzukommen, um nicht das Gesicht vor seinen Männern zu verlieren. Nachdem er Mgobozi den Schild und die Wurfspeere entrissen hatte, nahm der Kommandeur seinen Platz neben Joko und Mtonga ein, so daß die drei Shaka in etwa zwanzig Meter Entfernung gegenüberstanden.

»Gut, wir können anfangen«, sagte der Zulu gelassen, als seine Gegner bereit waren. »Tötet mich!«

Mgobozi lief ein eisiger Schauer über den Rücken. Der Kommandeur des iziCwe-Regiments war genau der Mann, der imstande war, diese Gelegenheit zu nutzen, um sich des lästigen Zulus zu entledigen, wobei er Dingiswayo entschuldigend erklären konnte, sein Opfer habe ihn dazu aufgefordert, ja sogar dazu gedrängt!

Statt dessen grunzte Buza jedoch: »Ich habe keine Zeit für Spielereien!«

»Dies ist keine Spielerei, General«, versicherte Shaka ihm. »Das kannst du mir glauben, General.« Und er fügte herausfordernd hinzu: »Los, los, ich warte! Steht nicht wie lauter alte Weiber da! Tötet mich!«

»Du arroganter Hundesohn!« rief Buza aus und schleuderte seinen Assegai, den Shaka mit einer Seitwärtsbewegung seines Schildes mühelos abwehrte.

»Dazu dient der größere Schild«, erklärte er seinen Kameraden, ohne die Gegner dabei aus den Augen zu lassen. »Er lenkt Speere besser ab. Sobald man sich an sein Gewicht gewöhnt hat, kann man einen Schauer feindlicher Speere parieren und praktisch unschädlich machen... Los, Joko und Mtonga!« drängte Shaka die beiden. »Ihr könntet euren Kommandeur wenigstens etwas unterstützen!«

Joko und Mtonga, die sich herausgefordert fühlten, beteiligten sich eifrig an Buzas Angriff. Während Shaka die von ihnen geschleuderten Speere weiterhin mühelos ablenkte und von Zeit zu Zeit harmlos zurückwarf, damit seine Angreifer nicht unbewaffnet dastanden, sprach er ruhig und nüchtern mit den iziCwe – wie ein Ausbilder bei der praktischen Unterweisung.

»Ich habe gleich von Anfang an das Gefühl gehabt, irgend etwas stimme hier nicht«, erklärte er den gespannt zuhörenden Männern. »Aber ich habe nicht recht gewußt, was es war. Natürlich sind die Speere falsch gewesen – und die Schilde, die Sandalen, einfach alles, was wir als ›vorschriftsmäßig‹ bezeichnen. Aber mich hat noch etwas anderes, etwas im Kern des Ganzen gestört. Als ich mir dann die Zeit genommen habe, über meine im Kampf gemachten Fehler nachzudenken, ist mir klargeworden, was in größerem Rahmen mit unserer traditionellen Kriegsführung nicht stimmt ... *Energie*! Wir vergeuden kostbare Energie!«

Buza warf seine Speere jetzt mit aller Kraft, um zu versuchen, den Zulu zum Schweigen zu bringen. Trotzdem sprach Shaka gelassen weiter, als nehme er diesen Hagel von Wurfgeschossen überhaupt nicht wahr.

»Da ich nie Soldat gewesen war, mußte ich die Kriegführung bei meinen Nachforschungen mit etwas in Verbindung bringen, das ich gut kenne, das wir alle gut kennen: mit der Jagd. Beide Betätigungen haben vieles gemeinsam. Auf der Jagd muß man sich seine Kräfte fürs Erlegen des Wildes aufsparen, denn das ist der eigentliche Zweck der Jagd. Aber im herkömmlich geführten Krieg tun wir genau das Gegenteil! Wir vergeuden unsere gesamte Energie, indem wir brüllen, singen, jubeln, Freunden zuwinken und mit Beleidigungen um uns werfen – und mit Speeren, die ebenso harmlos sind. Geht es dann schließlich darum, den Gegner zu töten, haben wir keine Kraft mehr und nicht den wirklichen Wunsch, irgend jemand etwas anzutun. Deshalb laufen wir alle nach Hause und haben für diesen Tag genug!«

Mgobozi grinste.

»In Wirklichkeit«, fügte Shaka hinzu, »kämpfen wir überhaupt nicht wie Männer. Wir haben bestenfalls Ähnlichkeit mit einer Horde schnatternder Paviane!«

Jetzt grinsten auch einige der anderen. Obwohl sie sich diese Tatsache ungern eingestanden, klangen Shakas Argumente vernünftig.

»Ich glaube, daß es zwei Möglichkeiten zur Lösung dieses Problems gibt«, fuhr der Zulu fort. »Neue Waffen und eine neue Kampfmethode. Ein Frontalangriff, der zum Nahkampf Mann gegen Mann führt.« Shaka grinste diesmal selbst. »Mein erster Versuch damit hat katastrophal geendet, wie ihr alle wißt.«

Mgobozi, Nqoboka und selbst Dlaba lachten über dieses entwaffnende Eingeständnis.

»Aber jetzt«, sagte Shaka, »glaube ich sagen zu können, daß die neue Methode funktioniert... Paßt gut auf!«

Shaka rannte plötzlich auf seine drei Gegner zu, wobei sein Körper zum Schutz vor den heranfliegenden Speeren hinter dem Schild zusammengekrümmt blieb. Mit gelenkigen, genau berechneten, raschen Bewegungen sprang der athletische Zulu mit den Füßen voraus durch die Luft, entwaffnete Joko und Mtonga und ließ beide Männer zu Boden fliegen. Dann warf er sich herum, griff Buza an – der jetzt ziemlich besorgt wirkte –, und schilderte den anderen seine Bewegungen, wie er sie an ihrem Kommandeur vorführte: »Feindberührung. Den Schild des Gegners festhaken. Zurückziehen, damit seine ungeschützte Seite frei wird. Und dann ... aufs Herz zielen.«

Tatsächlich hatte Shaka wie angekündigt Berührung mit Buza, verhakte seinen Schild mit dem des Kommandeurs, zog ihn fort, so daß Buzas linke Körperhälfte ungeschützt war, und stieß mit der blitzenden Klinge des Ixwas in Richtung Herz zu ... ohne seinem Gegner jedoch auch nur die Haut zu ritzen.

Dem keuchenden Buza strömte alles Blut zum Herzen, während seine gesamte Militärlaufbahn blitzartig vor seinem inneren Auge vorbeizog – das Gute, das Schlechte, das Fortschrittliche (wenig genug!) und das Sture. Der Kommandeur des iziCwe-Regiments war von Shakas Blitzangriff so überwältigt, daß er vor Verblüffung starr auf dem Boden lag und sich fragte, ob er denn noch lebe.

»Wie ihr seht, klappt die Sache rasch und sicher«, stellte Shaka fest, indem er von dem verwirrten Besiegten zurücktrat. »Dabei wird sehr wenig Energie vergeudet. Und das Verfahren ist äußerst wirksam... Hier, Mgobozi, versuch's mal!«

Mgobozi griff nach dem Ixwa, den Shaka ihm hinhielt, und lächelte wie verzaubert, sobald er den Speer fest in seiner Faust spürte. Er blickte die magische Waffe in seiner Hand mit sichtlicher Ehrfurcht vor ihrer potentiellen Macht an.

Indem Mgobozi sich gegen Joko wandte, der gerade wieder auf die Beine gekommen war, wiederholte er die eben gelernte Lektion und führte die Bewegungen so aus, wie er sie beschrieb: »Feindberührung. Schild festhaken. Seitlich zurückziehen. Aufs Herz zielen.« Auch er stieß nur so zu, daß die Speerspitze kaum Jokos Brust berührte.

Mogobozi gab den ruhmvollen Assegai an Nqoboka weiter, der ›Die Methode‹ (wie sie später genannt werden sollte) ebenfalls versuchte.

Danach begannen auch die übrigen Angehörigen des iziCwe-Regiments Paare zu bilden, um die neue Angriffsart zu üben ... Feindberührung. Schild festhaken. Seitlich zurückziehen. Aufs Herz zielen.

Sämtliche Männer – sogar Joko.

Feindberührung. Schild festhaken. Seitlich zurückziehen. Aufs Herz zielen.

»Was soll diese Komödie?« kreischte Buza schließlich außer sich vor Wut über dieses aus seiner Sicht anarchistische Schauspiel, das sein Regiment bot.

»Aus Mangel an einem besseren Wort, General«, antwortete Shaka mit fester Stimme, »würde ich sie als ... Krieg bezeichnen.«

18 UKULWA *Krieg*

Am Tag nach der Versammlung des Ältestenrats hatte Senzangakona allein in einem Winkel seiner Königshütte gesessen, gegen die durch zuviel Sorghumbier bewirkte Übelkeit angekämpft, mit blutunterlaufenen Augen in die tanzenden Flammen der Feuerstelle gestarrt und sich mit schmerzhaft pochendem Schädel bemüht, das Mosaik aus gehörten und gesprochenen Worten zusammenzusetzen.

An die abschließenden Äußerungen hatte der König sich mühelos erinnern können – und er war bei der Erinnerung daran unwillkürlich zusammengezuckt. »Die Zeit ist reif für einen Krieg!« hatte er nachdrücklich, allzu nachdrücklich ausgerufen. »Keine Sendboten mehr! Keine Diskussionen mehr! Krieg! Unsere Würde steht auf dem Spiel – und vielleicht auch mein Thron!«

Während Senzangakona ins Feuer gestarrt hatte, hatte er über die Bedeutung dieses Wortes für sich selbst nachgedacht. An eine Zurücknahme seiner Entscheidung war selbstverständlich nicht zu denken. In seiner Trunkenheit hatte er sich über Mudli, Mkabayi und die übrigen Ältesten hinweggesetzt. Keine Diskussionen mehr! hatte er gesagt. Gut, dann würde es keine mehr geben. In diesem Punkt stand sein Stolz auf dem Spiel.

Es blieb also dabei, daß es Krieg geben würde. Die Zulus, ein kleiner Stamm ohne stehendes Heer, gegen die Mtetwas, die zahlreiche Stämme unter ihrer Oberherrschaft vereinigten und über 1000 Krieger aufbieten konnten.

Wie hatte Mudli diesen Krieg genannt? Selbstmörderisch?

Zumindest auf den ersten Blick war er es auch! Aber Senzangakona hatte einen Plan. Vage. Unbestimmt. Vielleicht leichtsinnig. Trotzdem ein Plan, der vorsah, König Pungashe, der die starken Butelezis regierte, als Verbündeten zu gewinnen, um eine Allianz aus drei oder vier Stämmen zu bilden, die Dingiswayo vereint entgegentreten würden. Vier gegen einen – die einzige Chance zu einem ›fairen‹ Kampf gegen eine so gewaltige Übermacht.

Würde Pungashe sich jedoch zu diesem Bündnis bereitfinden? Der Zulukönig hatte gehofft, daß der andere einverstanden sein würde, und die folgenden Wochen in konzentriertem Nachdenken ohne Störungen durch Menschen oder Alkohol verbracht, um eine funktionierende, überzeugende Strategie zu entwerfen, die er dem Herrscher der Butelezis vorstellen konnte. Senzangakona hatte sich auf ein Treffen vorbereitet, bei dem es ihm hoffentlich gelingen würde, den anderen Herrscher davon zu überzeugen, daß er die Charakterfestigkeit, das Zielbewußtsein und die Geradlinigkeit besaß, die Königen und sogenannten Regierenden angemessen ist. In persönlicherem Sinn bereitete er sich jedoch auf ein Treffen vor, das ihm hoffentlich helfen würde, einen Verbündeten zu finden, der ihn davor bewahren konnte, »Shakas Marionette zu werden« (wie er es vor dem Ältestenrat ausgedrückt hatte).

In Wirklichkeit brauchte Senzangakona Pungashe, um sich endlich von dem Erstgeborenen zu befreien, der sich von seinem Vater losgesagt hatte und zu einer Gefahr für den eigenen Stamm geworden war.

Das Gipfeltreffen fand kurz nach der Ernte des Jahres 1808 statt, wenige Tage nachdem Shaka seinen Kameraden im iziCwe-Regiment erstmals seine revolutionäre neue Kampfweise vorgeführt hatte.

Der Konferenzort lag am Fuß eines Felshügels, der sich majestätisch aus einer dicht mit salbeigrünen Grasbüscheln bewachsenen harten, leicht gewellten Ebene erhob – aus einer Ebene, über die Pungashes sonore Stimme laut und energisch hinwegrollte.

»Wir wären Narren, würden wir ihm den Krieg erklären!« sagte der Butelezi-König soeben. »Damit würden wir eine Niederlage geradezu herausfordern!«

»Ich bin anderer Meinung, Pungashe«, erwiderte Senzangakona, dessen Blick jetzt auf dem hochgewachsenen Monarchen ruhte, der trotz seiner weit über sechzig Jahre noch immer jugendlich wirkte: mit Frettchenaugen, einem zynischen Mund und kräftiger Gesichtsfarbe, die geradezu vor Gesundheit strahlte.

»Ich glaube sogar, daß eine Kriegserklärung unsere einzige Hoffnung ist, eine Niederlage zu vermeiden«, fuhr der Zulu fort, indem er sich bemühte, mit fester Stimme und in zuversichtlichem Ton zu sprechen. »Wir haben allen Grund zu der Annahme, daß Dingiswayo weiter nach Westen vorstoßen wird. Erst vor kurzem hat er die Dlaminis besiegt – nur fünf Meilen von unseren Grenzen entfernt. Wir sind als nächste an der Reihe, und wenn wir ihm nicht zuvorkommen, erklärt *er* uns den Krieg und überrumpelt uns damit.«

Pungashe runzelte die Stirn, wandte sich an seinen Bruder Mevana und seinen übergewichtigen, heruntergekommen wirkenden Sohn Msicwa und schien durch beide Männer hindurchzusehen, als er rhetorisch fragte: »Weißt du überhaupt, wie stark sein Heer ist?«

»Ja, Pungashe«, antwortete Senzangakona. »Aber ich weiß, daß wir's schaffen können.«

»Über tausend Mann schlagen?« erkundigte der Butelezi sich mit wachsendem Mißtrauen. »Wie denn?«

Der Zulukönig sah rasch zu Mudli hinüber, bevor er seinen Vorschlag machte: »Durch eine vereinigte Offensive. Durch ein Bündnis aus vier Stämmen.«

Um Mevanas Lippen spielte ein listiges Lächeln. »Wir sind der stärkere Stamm, Senzangakona. Ein Bündnis wäre für dich offenkundig vorteilhafter als für uns.«

»Stärker oder nicht – wenn ihr Butelezis allein gegen Dingiswayo antretet, werdet ihr geschlagen.« Senzangakona erwiderte standhaft Mevanas Blick. »Treten wir ihm gemeinsam entgegen, haben wir gute Aussichten, ihn statt dessen zu besiegen. Diese Art der Zusammenarbeit wäre zum *gegenseitigen* Vorteil, finde ich!«

Mudlis Blick ließ ehrliche Bewunderung für seinen Herrscher erkennen. Er hatte den Sohn Jamas nur selten – falls überhaupt – in solch ›königlicher‹ Form erlebt.

»Vier Stämme sagst du«, fuhr Pungashe fort, als könne er sich allmählich für diesen Vorschlag erwärmen. »An welche hast du dabei gedacht?«

»Logischerweise an die vier, die sich jetzt am meisten vom Expansionsdrang der Mtetwas bedroht fühlen: meine Zulus, deine Butelezis, die Mbateni und die Kumalo.«

»Hast du schon mit den anderen Königen gesprochen?« wollte Mevana wissen.

»Ja.« Senzangakona nickte mit gewisser Erleichterung, weil seine Idee Wurzeln zu schlagen schien. »Kali von den Mbateni stimmt mit mir überein, daß das die beste und einzige Möglichkeit ist.«

»Und die Kumalos?« erkundigte Pungashe sich.

»König Donda hat mir Unterstützung angeboten.«

»Wenn *wir* mitmachen, nehme ich an«, warf Msicwa frech grinsend ein.

Aber Senzangakona war scharf auf der Hut vor der anmaßenden Bemerkung des Butelezis. In Wirklichkeit war er auf einen weit gehässigeren Kommentar gefaßt gewesen.

»Wie ich bereits gesagt habe, Msicwa«, entgegnete der Zulu dem Dicken mit entwaffnendem Lächeln, »wäre eure Unterstützung des Bündnisses zu *aller* Vorteil.«

Mudli lächelte fast wider Willen. Die Erwiderung seines Königs war mannhaft und direkt gewesen – eine Antwort, die der Älteste selbst hätte geben können.

»Aber damit hätten wir trotzdem erst sechshundert Mann – gegen die fast doppelte Zahl von Kriegern.«

Diese Feststellung kam von Mevana, und Senzangakona war darauf vorbereitet.

»Darüber bin ich mir im klaren, Mevana.«

»Vielleicht wär's günstiger, ein größeres Bündnis anzustreben. Mit fünf oder sechs Stämmen.«

»Das würde alles noch komplizierter machen, Mevana. Ich bin davon überzeugt, daß wir mit vier Königen genügend Schwierigkeiten haben werden. Fünf oder sechs Herrscher würden eine ungeordnete Verteilung von Bindungen und Treueverhältnissen in der Truppe bewirken und somit der Idee einer Einheitsfront zuwiderlaufen... Außerdem glaube ich, eine andere Lösung unseres Problems gefunden zu haben.« Während die anderen Männer zusahen, kniete der Zuluherrscher nieder und begann eine primitive Landkarte in den roten Gesteinsstaub zu kratzen. »Das hier«, erläuterte er, während er die Karte skizzierte, »ist der Umfolozi mit seinen Nebenflüssen eMpenbeni und iNzololo. Hier liegt das Königreich der Butelezis...« Er zeichnete einen Kreis um ein großes Gebiet südlich des Flusses Umfolozi und trug daneben weitere Stammesgebiete ein. »Hier sind die Zulus, die Kumalos, die Mbatenis – und hier die Mtetwas. Würden wir den Fehler machen, uns Dingiswayos Heer nördlich des Umfolozi zum Kampf zu stellen, würden wir eine Niederlage geradezu herausfordern, wie Pungashe so richtig gesagt hat. Das Land dort ist flach, nach allen Seiten offen – und wir wären wegen unserer zahlenmäßigen Unterlegenheit höchst verwundbar.

Aber ...« Senzangakona blickte auf, um die Reaktion der anderen abschätzen zu können. »Locken wir die Mtetwas jedoch in das Gebiet südlich des Umfolozis, wirkt die Bodengestalt sich zu unserem Vorteil aus. Wir könnten unser Heer hier in dem abfallenden Gelände zwischen dem eMpenbeni und dem Höhenzug des nNtuzuma-Hügels aufstellen.« Senzangakona zeigte erneut auf die Landkarte. »In dieser beherrschenden Stellung sehen unsere sechshundert Mann wie sechstausend aus.«

Obwohl Pungashe wußte, daß dieser Plan durchführbar war, hütete er sich vor allzu hastiger Zustimmung und fragte vorsichtig: »Wie kommst du darauf, daß es gelingen könnte, die Mtetwas in das Gebiet südlich des Flusses zu locken? Dingiswayo ist kein Dummkopf. Er wird die Falle wittern.«

»Vielleicht hast du recht, Pungashe«, gestand der Zulu ein, »aber ich bin trotzdem anderer Meinung. Dingiswayo ist noch nie besiegt worden, was bedeutet, daß er durch seine Siege und sein übermäßiges Vertrauen in die Stärke seines Heeres geblendet sein könnte. Und das dürfte ihn leichtsinnig machen – vor allem wenn er glaubt, nur gegen die Butelezis zu marschieren.«

»Ha?« Pungashe runzelte die Stirn.

Senzangakona warf Mudli einen Blick zu, aus dem jungenhafter Mutwille sprach.

»Dingiswayo weiß gar nicht, daß er's mit vier Stämmen zu tun hat, Pungashe. Du allein erklärst ihm den Krieg, und wenn er gegen dich marschiert, findet er plötzlich ... uns an deiner Seite.« Der Zulu lächelte breit, als er hinzufügte: »Die Mtetwas haben vielleicht die stärkere Armee, aber wir halten dann die bessere Stellung besetzt *und* haben das Überraschungsmoment auf unserer Seite!«

Mevana und Msicwa schienen von dieser verlockend klingenden Strategie geradezu fasziniert zu sein. Pungashe ließ weiterhin ein gewisses Unbehagen erkennen.

»Du hast von einem ›Bündnis‹ gesprochen. Wär's vielleicht möglich, daß hinter deinem ausgefallenen Plan noch etwas anderes steckt?« äußerte der alte Monarch. »Zum Beispiel deine Absicht, eine eigene Oberherrschaft zu erringen?«

Senzangakonas Gesichtsausdruck verhärtete sich, als er aufstand, als wolle er dieser Beschuldigung symbolisch entgegentreten. »Diesen Ehrgeiz habe ich keineswegs, Pungashe. Meine Motive«, fügte er mit ausdrucksloser Miene hinzu, »sind sehr, sehr persönlich.«

»Er ist einfach nicht fürs Militärleben geschaffen, Nkosi. Er ist zu eigensinnig. Zu selbständig! Schlecht für die Moral der Truppe!« wetterte General Buza.

Nachdem Kuta dem Mtetwa-König begeistert Bericht über Shakas neue Kampfweise, seine ›Methode‹, erstattet hatte, hatte Dingiswayo großes Interesse daran bekundet, mehr über den militärischen Geniestreich seines Freundes zu erfahren, und veranlaßt, daß die für das Leben des Zulus in emaNgweni Zuständigen, nämlich Kuta, Buza und Ngomane (der Oberbefehlshaber aller Mtetwa-Regimenter), sich zu einer Audienz bei ihm einfanden.

»In welcher Beziehung taugt er nicht fürs Militärleben, General?« erkundigte Dingiswayo sich.

»Keine Disziplin, Baba!« antwortete der ungehobelte Kerl. »Ich habe getan, was ich konnte, aber er weiß einfach nicht, was dieses Wort bedeutet.«

Der König blickte zu Ngomane hinüber, und die beiden Männer lächelten ein schwaches, wissendes Lächeln. Buza log entweder oder war zu engstirnig, um die Wahrheit zu sehen. In Kutas Berichten war Shaka als sehr disziplinierter, äußerst pflichtbewußter Krieger geschildert worden, der alle Anlagen eines großen militärischen Führers besaß, und Dingiswayo hielt diese Berichte aus gutem Grunde für zuverlässig, weil sie den Zulu als die Persönlichkeit schilderten, die der König aus eigener Erfahrung kannte.

»Keine Disziplin?« wiederholte Dingiswayo.

»Das hast du selbst erlebt, Baba«, behauptete Buza. »Im Krieg gegen die Dlaminis! Er hat sich unverantwortlich aufgeführt!«

»Wirklich?« fragte Ngomane. »Ich habe sein Verhalten interessant gefunden.«

Buza wirkte sichtlich geknickt. Obwohl der General kein großer Menschenkenner war, war er Soldat genug, um zu spüren, wann er in der Minderzahl und eingekreist war. Diese Erkenntnis drängte sich ihm jetzt auf, und er beschloß, schweigend die Stellung zu halten.

»Funktioniert seine Methode denn?« Damit kam Ngomane auf das eigentliche Thema zu sprechen.

»Schwer zu sagen, Ndabezitha«, antwortete Kuta mit gewohntem Freimut. »Sie muß erst noch erprobt werden. Aber ich kann dir versichern, daß sie nach allem, was ich bisher gesehen habe, höchst eindrucksvoll ist.«

»Wirklich eindrucksvoll!« warf Buza ein, der sich nicht länger beherrschen konnte. »Sogar verdammt bemerkenswert, wenn ihr meine Männer zu Mördern machen wollt!«

»Zwischen Soldaten und Mördern hat's schon immer einen deutlichen Unterschied gegeben, General«, stellte Ngomane fest. »Viele würden allerdings behaupten, Soldaten seien potentielle Mörder, weil sie tödliche Waffen tragen – Waffen, die töten *könnten* und getötet *haben*.«

»Ja, aber nur wenn getötet werden mußte, um den Sieg zu erringen, Ndabezitha«, wandte der General des iziCwe-Regiments stirnrunzelnd und hartnäckig besorgt ein. »Und bisher sind wir in allen unseren Kriegen fast ohne Blutvergießen siegreich geblieben! Ich sehe keinen Grund dafür, eine siegbringende Kampfweise gegen eine andere einzutauschen, die erst noch erprobt werden muß, wie Kuta mitgeteilt hat!«

»Ein gutes Argument, General«, sagte Dingiswayo ehrlich überzeugt. In der Tat hatte Buzas Einstellung vieles für sich, und wer das nicht zugab, war so stur und gefühllos, wie es der General bekanntlich war.

»Nkosi ...« Buza verbeugte sich vor seinem König und quittierte sein Kompliment mit zufriedenem Grinsen.

»Trotzdem«, warf Dingiswayo sofort ein, »kann es Augenblicke geben, in denen neue Methoden nützlich sind. Wie du richtig festgestellt hast, sind wir bisher siegreich gewesen, aber das ist noch längst kein Grund, unser Glück überzustrapazieren.«

»Das verstehe ich nicht, fürchte ich, Baba.« Buza zog sich in die Defensive zurück.

»Dann will ich versuchen, es dir zu erklären, General.« Dingiswayo führte den Kommandeur gelassen den Pfad seiner eigenen Logik entlang auf die erwünschten Schlußfolgerungen zu. »Du bist schon ziemlich lange beim Militär, stimmt's?«

»Ja, Nkosi.« Buza reckte stolz die Brust heraus. »Ich habe das Vergnügen gehabt, deinem Vater im Buschmann-Regiment zu dienen. Das ist kein stehendes Herr wie deines gewesen, aber ich kann sagen, daß wir fast immer aktiv und einsatzbereit gewesen sein – und weniger getrunken haben, als heutzutage üblich ist!«

»Und wie ist damals Krieg geführt worden?« fragte Dingiswayo weiter.

»Genau wie heute, Baba! Wir haben uns an Erprobtes und Bewährtes gehalten. Nur so läßt sich's kämpfen.«

»Ganz recht.« Der Mtetwa-König betrachtete den General nachdenklich. »Aber was wäre beispielsweise, wenn du in die Schlacht ziehen und feststellen würdest, daß der Feind *anders* kämpft – einfach nicht vorschriftsmäßig?«

»Ausgeschlossen, Nkosi! Das verbietet unser Ehrenkodex. Der Gegner kann nicht einfach kämpfen, wie's ihm gefällt! Das wäre lächerlich! Was sollte dann aus dem Krieg werden?«

»Aber wenn es doch so wäre, General?«

Buza war von dieser Frage so überrascht, daß er ausdruckslos vor sich hin starrte und dabei murmelte: »Na ja, wir ... wir wären überrumpelt, nehme ich an.«

»Und könnte das den Ausgang der Schlacht beeinflussen?«

»Höchstwahrscheinlich.«

»Mit anderen Worten«, schloß Dingiswayo seinen dialektischen Kreis um Buza, »könnte eine *andere* Kampfweise dazu beitragen, einen Krieg zu gewinnen?«

»Zweifelsohne, Baba«, pflichtete Kuta ihm eifrig bei, um seine Schlußfolgerung zu bestätigen.

Ngomane konnte sich das Potential von Dingiswayos Gedankengang jetzt leicht vorstellen, und da ihn die damit verbundenen erstaunlichen Möglichkeiten begeisterten, warf der

Mtetwa-Oberkommandierende ein, als denke er laut: »Eine in Shakas neuer Methode ausgebildete Sonderbrigade, die in Reserve gehalten wird. Sozusagen an der Seitenlinie des Schlachtfeldes. Nur für den Fall, daß das Erprobte und Bewährte nicht ausreicht, daß im Interesse des Sieges etwas ›anderes‹ notwendig werden sollte ...« Ngomane wandte sich an den König, indem er schloß: »Habe ich deine Gedanken erraten, Baba?«

»Genau«, bestätigte Dingiswayo mit einem abenteuerlustigen Lächeln auf den Lippen.

Buzas Augen starrten Ngomane, dann Dingiswayo und wieder den Oberbefehlshaber an. Irgendwo im Laufe dieser Rundreise erkannte der General, daß er nicht mehr völlig auf dem laufenden war, was die gegenwärtige Situation betraf. Kutas Frage verstärkte diese Befürchtung.

»Wann, Baba?«

»Ich hoffe aufrichtig, daß wir sie nicht brauchen werden, Kuta. Aber ich hätte nichts dagegen, diese Einheit in Reserve zu haben, wenn wir gegen die Butelezis ziehen... Sie haben uns anscheinend den Krieg erklärt.«

»Die Butelezis?« warf Kuta ein. »Aber die sind keine Gefahr für uns!«

»Das wissen wir, und sie wissen's ebenfalls«, bestätigte der König nachdenklich. Dingiswayos Blick fiel auf seine zahllosen Rinder, die dicht an dicht stehend das Viehgehege ausfüllten – eine riesige Herde, die er besaß, weil er klug und vorsichtig gewesen war. Daran erinnerte Dingiswayo sich jetzt, als er halblaut murmelte: »Sie sollten Wert darauf legen, einen Krieg zu vermeiden – und trotzdem erklären sie ihn! Warum sollte ein alter Fuchs wie Pungashe das tun?«

»Das kann ich mir nicht vorstellen«, gab Ngomane in ernstem Tonfall zu. »Aber ich bin davon überzeugt, daß dahinter irgendeine Überraschung steckt.«

»Ganz recht«, stimmte Dingiswayo zu, »deshalb sollten wir ebenfalls eine Überraschung bereithalten.« Der König erteilte Kuta einen knappen Befehl: »Ich wünsche eine fünfzig Mann starke Brigade – zumindest für den Anfang. Diese Zahl läßt sich notfalls später erhöhen. Natürlich lauter Freiwillige – das sind im allgemeinen die besten Soldaten. Glaubst du, daß Shaka so viele Anhänger findet?«

»Bestimmt, Baba. Er und seine neue Waffe besitzen eine sehr starke Ausstrahlung.«

»Gut. Sorgst du dafür, Kuta? Und ich möchte, daß sichergestellt ist, daß Shaka jegliche Handlungsfreiheit erhält. Im übrigen . . .« Dingiswayos Blick galt jetzt Buza, und sein Befehl ließ den General nicht im geringsten im Zweifel darüber, daß Shaka tatsächlich befördert worden war. »In Zukunft wäre es wohl am besten, wenn er und seine Brigade mir direkt unterstellt wären.«

Als Kuta am nächsten Tag in emaNgweni die Aufstellung einer neuen Brigade ankündigte, die nach der neuen Methode mit dem Ixwa kämpfen sollte, und Freiwillige aufforderte, sich zu melden, hätte Shaka Buza beinahe auch um sein gesamtes Regiment gebracht. Tatsächlich bot die Aussicht darauf, einer Eingreifreserve anzugehören, einer Sonderbrigade aus hervorragend ausgebildeten Soldaten, die dem König direkt unterstellt waren und nur in den Kampf geschickt wurden, wenn alles andere fehlgeschlagen war, solche blendenden, heroischen Möglichkeiten, daß nur sehr wenige dieser sich nur einmal im Leben bietenden Gelegenheit, Ruhmestaten zu vollbringen, sich entziehen konnten!

Mgobozi war der erste, der vortrat, um in die Sonderbrigade aufgenommen zu werden. Nqoboka folgte ihm dichtauf. Dann folgten Joko (was Shaka nicht sonderlich überraschte, weil er von Anfang an gewußt hatte, daß Jokos Aggressivität wie die vieler seiner Kameraden auf den richtigen Anreiz reagieren würde), Dlaba, Mtonga und zuletzt nacheinander alle übrigen.

Wie beschlossen bildeten jedoch nur fünfzig Mann die neue Kampfgruppe, die augenblicklich als ›Shakas Fünfzig‹ oder ›Shakas Brigade‹ bekannt wurde, während andere, die sie später in Aktion sahen, sie als ›Isankahlu kuShaka‹ – ›Shakas Zorn‹ bezeichneten.

Als erstes kam die Ausrüstung der Brigade:

Begonnen wurde mit dem Zurichten und Formen der neuen Schilde, die wie Shakas eigener groß genug waren, um den Körper weitgehend zu decken – und trotzdem leicht genug, um in einer Hand gehalten und mühelos bewegt werden zu können.

Dann folgte das Schmieden der Ixwas. Unter Shakas Anleitung wurde in emaNgweni eine neue Esse errichtet, deren Abmessungen dem riesigen Schmelzofen von umZizima entsprachen. Jeder der Männer schmolz sein eigenes Eisen, härtete es und formte daraus das Abbild der ruhmreichen Klinge; die neuen Speere waren mit Shakas identisch, aber ihnen fehlten die ›Zutaten des menschlichen Todes‹, die nur der Namenlose austeilen konnte und auf denen die Überlegenheit des Kindes der Weissagung auch weiterhin beruhen würde.

Außer den Ixwas und den verbesserten Schilden erhielten Shakas Männer praktisch nichts bis auf einen kleinen umTsha oder Lendenschurz, denn sie sollten wie der Leopard mit nicht viel mehr als der Uniform, mit der sie auf die Welt gekommen waren, in den Kampf ziehen.

Danach begann die Ausbildung:

Jeden Tag ein Fünfzigkilometerlauf: tagaus, tagein, bei jedem Wetter, in schlechtestem Gelände, mit blutenden und geschwollenen Füßen, bis Durchhaltevermögen und Willenskraft der Männer über das für menschenmöglich gehaltene Maß beansprucht wurden; tagein, tagaus Trainingsläufe in Formation – in einer dicht geschlossenen Reihe zu zwei oder drei Gliedern, die sich durchs Buschland schlängelte, wobei die Männer ihre übergroßen Schilde so dicht nebeneinander hielten, daß sie eine undurchdringliche Barriere um die gesamte Formation bildeten; laufen – schweigend oder mit ungestümem, durch rhythmisches Aufstampfen begleitetem Gesang, der weit übers Land hallte und das Kommen der furchtlosen ›Fünfzig‹ ankündigte; laufen bis die Fußsohlen zäh wie Leder geworden waren, bis die Beine stark wie Baumstämme wurden, bis die Lungen elastisch und stark wie die brandenden Meereswogen geworden waren, bis der Verstand der Tyrann des Körpers wurde und ihn ohne Ruhepause zu Leistungen trieb, die einst als phantastisch, als unerreichbar gegolten hätten.

Dann wurde das Ballett des Krieges geübt, das Shaka auf der emaNwade-Hochebene vervollkommnet hatte: die Stellungen, die Tritte und Wendungen, das Vorrücken und Zustoßen, die unterschiedlichen Stellungen und Stöße des Nahkampfes, Abwehr, Angriff, Zurückweichen, vor dem Angriff des Gegners zur Seite rollen, dann wieder Vorstoß, Angriff, Abrollen, Treten, Abwehr, kurzes Zustoßen ... bis der Stil, der totale Rhythmus, die Ausgewogenheit zwischen Gleichgewicht und Hebelkraft perfektioniert waren.

Und zuletzt wurde Shakas neue Methode eingeübt: die klassische Sequenz des Tötens – Körperkontakt, den Schild mit dem des Gegners verhakt und zurückgerissen, um seine ungeschützte Seite frei vor sich zu haben, der Stoß des Ixwas in sein Herz... Wieder und wieder, bis die Methode in Fleisch und Blut übergegangen war und blitzschnell, fehlerlos, ohne Zögern, Nachdenken oder Reue ausgeführt wurde.

Zu Ausbildungsbeginn sorgte Shaka für wahres Verständnis zwischen ihm und seinen Männern, indem er an ihren tiefsitzenden Ehrgeiz appellierte.

»Während eurer Ausbildung werdet ihr von mir bis an die Grenzen der menschlichen Leistungsfähigkeit getrieben! Ihr werdet eure Willenskraft wieder und wieder erproben, bis ihr sie zu einer feingeschliffenen Waffe entwickelt habt – so wirksam wie der Ixwa. Als Lohn für eure Hingabe verspreche ich euch Ruhm und Ehre... Falls irgendeiner von euch findet, wunde Füße seien ein zu hoher Preis für Ruhm und Ehre, soll er's jetzt sagen. Mir sind *zehn* gute Männer lieber als fünfzig jammernde kleine Jungen. Außerdem kann ich euch aus Erfahrung sagen, daß das Laufen nur in den ersten fünf Monaten schlimm ist. Danach vergeßt ihr, daß ihr jemals Füße gehabt habt.«

Während die Ausbildung weiterging und die Männer begannen, auf ihre prachtvolle Erscheinung mit straffer Haut und breiten, deutlich definierten Muskeln stolz zu sein, als sie buchstäblich über ihre neugewonnene Kraft, ihr ungewöhnliches Durchhaltevermögen, ihre Willensstärke strahlten, als die ›Fünfzig‹ zu voller Erkenntnis ihrer selbst gelangten und als sie Shaka näherkamen und echte Zuneigung ihrem ›Mentor‹ gegenüber zu empfinden begannen, appellierte der Sohn Zulus an ihre Herzen und Seelen.

»Ich habe niemals behauptet, diese Sache werde ein Kinderspiel sein. Aber schließlich sind wir erwachsene Männer, keine Kinder! Unterdessen sollten wir wissen, daß alles, was sich im Leben wie von selbst ergibt, nur kurzlebig ist. Ich glaube, daß das etwas mit dem Zielbewußtsein zu tun hat, das wir entweder haben oder nicht haben. Wir entscheiden uns dafür, als Sieger oder Verlierer durchs Leben zu gehen. Diese Wahl können letztlich nur wir selbst, wir allein treffen. Wir haben es in der Hand, erfolgreich zu sein, und falls wir versagen, liegt die Schuld ausschließlich bei uns. Unsere täglichen Erfolge sind nur dauerhaft, wenn sie das Ergebnis überlegener Willenskraft und aktiver Mitwirkung an der Gestaltung unseres Lebensweges sind – wenn wir darin eine *Verpflichtung* erkennen!

Und im Kriege, in dem die Verlierer ihr Versagen unter Umständen mit dem Leben bezahlen müssen, muß unser Siegeswille bedingungslos sein! Damit kommen wir wieder auf das Wort Zielbewußtsein zurück. Nichts ist gefährlicher als ein Soldat, der keine Vorstellung davon hat, welche Aufgabe er im Kampf hat! Er kann nicht nur seinen eigenen Tod, sondern auch den seiner Kameraden bewirken.

Deshalb möchte ich ein für allemal feststellen: Wir ziehen in die Schlacht, um zu töten oder getötet zu werden. *Das* tun wir auf dem Schlachtfeld. Es hat keinen Zweck, diese Tatsache mit blassem Idealismus zu bewältigen. Wir reden hier von Blut – von dem der anderen oder unserem eigenen!«

Shakas angeborene Ehrlichkeit in Verbindung mit seinem natürlichen Feldherrentalent erleichterte es seinen Männern, ihm den von ihm geforderten unbedingten Gehorsam zu leisten. Tatsächlich gingen die ›Fünfzig‹ noch weiter – sie vertrauten ihm ihr Leben an. Und Shaka enttäuschte dieses Vertrauen nie, weil er wußte, wie schmerzlich Verrat ist...

Ehrlichkeit, Freundschaft ... und geniale Rednergabe...

»Wie die Rückenwirbel einer Schlange sind wir Einzelglieder, die miteinander verbunden das Rückgrat eines einzigen Tieres bilden! In der Schlacht müssen wir *ein* Mann, *ein* Kopf sein! Ein Wille, der die Summe aller unserer Verpflichtungen verkörpert – der bedingungslose Wille zum Sieg.

Auf dem Schlachtfeld will ich keine von einzelnen vollbrachten Heldentaten sehen. Falls irgendeiner von euch das Bedürfnis hat, den anderen zu beweisen, daß er besser als wir anderen ist, soll er's während der Ausbildung, nicht im Krieg tun! Wir sind eine Gemeinschaft, und ich erwarte den Sieg durch gemeinsame Anstrengungen – nicht mehr und nicht weniger! Wenn wir siegen, sind wir *alle* Helden.

Euer Stolz ist der Stolz der Brigade. Eure Ehre ist Treue den Kameraden gegenüber!«

Shakas wichtigste Neuerung in diesem speziellen Stadium seiner militärischen Laufbahn war die sogenannte ›Stierhornformation‹ für den Angriff. Bei dieser revolutionären Taktik (die der Zulu sich eines Tages ausdachte, während er ohne sonderliches Interesse Dingiswayos gewaltige Rinderherde beobachtete) wurde seine Brigade in drei Gruppen unterteilt: das ›iKandha‹ oder mittlere ›Haupt‹ der Schlachtordnung (das aus den schwersten und stärksten seiner Krieger bestand) sowie rechts und links davon die ›izimPondo‹ oder seitlichen ›Hörner‹ (die aus seinen leichtesten Kriegern, den besten Läufern bestanden).

Shaka erläuterte seinen Männern die neue Taktik.

»Wie der menschliche Körper besteht unsere Brigade aus mehreren Teilen, die alle harmonisch zusammenwirken. Die Augen. Die Ohren. Die Brust. Die Beine. Am wichtigsten sind jedoch Haupt und Hörner, denn im Kampf werden wir angriffslustig wie ein Stier sein.

Die Fünfzig werden folgendermaßen aufgeteilt: zwanzig Mann in der Mitte in vier Reihen zu je fünf Mann, die das ›Haupt‹ der Formation bilden.

Und auf beiden Seiten des Hauptes stellen zwei Gruppen zu je fünfzehn Mann – unsere schnellsten Läufer – die Hörner dar.

Das Haupt rückt zuerst vor, indem die Hörner hinter ihm versteckt bleiben – das ist *Stufe eins*!

Sobald ich den Befehl dazu erteile, greifen die Hörner nach außen – das ist *Stufe zwei*!

Und *Stufe drei* besteht darin, daß die Hörner in einer Zangenbewegung den Gegner einschließen und bekämpfen!«

»Nach jedem tödlichen Stoß«, wies er seine Männer am letzten Tag der Ausbildung vor dem Krieg gegen die Butelezis am eNtuzuma-Hügel an, »wenn ihr euren Speer aus dem Herzen des Feindes reißt, ruft ihr so laut, daß der Himmel euch versteht, ›Ngadla!‹«

»Ngadla!« – der Schlachtruf des unersättlichen Hungers des Kindes der Weissagung nach dem Weg der Klinge.

»Ngadla!« – »Ich habe gegessen!«

19 THABAS NKOS *Der Königshügel*
Die Schlacht am eNtuzuma-Hügel

Am eNtuzuma-Hügel war in der trockenen, winterlichen Jahreszeit ubuSika, im Monat April 1809, König Dingiswayo von den Mtetwas mit seinem gesamten Heer aufmarschiert, um die Herausforderung König Pungashes von den Butelezis anzunehmen.

Dingiswayo sah sich in der Festtagsstimmung um, die seine Untertanen erfaßt hatte: die Schlachtenbummler aus der Heimat, die aufgeregten ›Fans‹, die sein Heer auf dem langen Marsch südlich des Umfolozi begleitet hatten und nun unter den bewaldeten Hängen des eNtuzuma-Hügels am grasigen Ufer des eMpenbeni lagerten, faulenzten und darauf warteten, daß die ›Heimmannschaft‹ den klassischen Wettstreit auf dem Schlachtfeld aufnahm.

Während der schweifende Blick des Königs geistesabwesend die Männer, Frauen und Kinder seines Stammes betrachtete, die sangen, lachten, durcheinanderliefen, spielten, schwatzten, scherzten und fröhlich das Verhalten an den Tag legten, das seit jeher zu diesem ›Sport‹ gehörte, war Dingiswayo in Gedanken bei Pungashe, den er seit seiner eigenen Kindheit kannte, als der Butelezi oft seinen Vater Jobe aufgesucht hatte.

Weshalb hatte Pungashe den Mtetwas den Krieg erklärt, obwohl er genau wissen mußte, daß seine Streitkräfte den ihren weit unterlegen waren? Während Dingiswayo über dieses Rätsel nachdachte, wanderte sein Blick von dem festlichen Treiben seiner Untertanen zu der Lichtung unterhalb des eNtuzuma-Hügels, auf der seine fünf Regimenter (jetzt wegen der neuen Dlamini-Rekruten über 1200 Mann stark) in ihrer prächtigen, imposanten Aufmachung mit Federbüschen, Fellen und farbigen Schilden versammelt waren: ein farbenprächtiges Schauspiel, das die Enge zwischen Fluß und Hügel mit buntem Gewoge füllte.

Obwohl Dingiswayo angesichts seiner zahlreichen Krieger normalerweise stolz und zuversichtlich gewesen wäre, fand der König diesmal wenig Trost darin, weil er sich in Gedanken weiter mit der Überraschung beschäftigte, die Pungashe unter Umständen für ihn bereithielt. Tatsächlich zeigte sich auf seinem Gesicht erst Erleichterung, als sein Blick weiterwanderte und auf die neue Brigade ›Shakas Fünfzig‹ fiel, die etwas abseits der fünf Regimenter aufmarschiert war: zehn dichtgeschlossene Reihen zu fünf Gliedern – alle in Habachtstellung, alle eisern schweigend, Blicke starr geradeaus gerichtet, Ixwas in der Nachmittagssonne glitzernd. Während Dingiswayo diese Brigade inspizierte, hoffte er glühend, daß die unprätentiöse, spartanische Schlichtheit dieser Männer, die auf prunkvolle Federbüsche, Felle und dergleichen verzichtete und sich nur mit Mut und unbeugsamem Siegeswillen ›schmückte‹, daß ihre Herzen die Antwort auf eine etwa von Pungashe ausgehende Bedrohung enthalten würden. Er hoffte erneut, daß Shaka notfalls imstande sein würde, ihm und seinem Königreich das Leben zu retten.

Im Lichte dieser Hoffnung wandte Dingiswayo sich ab und blickte den eNtuzuma-Hügel hinauf, an dessen bewaldeten Hängen die Butelezis Stellung bezogen hatten.

»Wie viele sind's deiner Schätzung nach, Baba?« Ngomane war neben ihm und beobachtete ebenfalls den Gegner.

»Dreihundert«, murmelte Dingiswayo. Er kniff die Augen zusammen. »Vielleicht dreihundertfünfzig. Nicht mehr.«

»Dann gebe ich dir völlig recht, Nkosi«, stellte Ngomane mit zunehmend ungläubiger Stimme fest. »Das ist einfach unvernünftig! Selbst wenn er die bessere Ausgangsstellung hat, sind wir ihm vierfach überlegen. Hat Pungashe den Verstand verloren?«

»Vielleicht, Ngomane«, antwortete Dingiswayo mit schwachem Lächeln. »Das wäre eine Erklärung, auf die ich bisher nicht gekommen bin. Wollen wir seinen Geisteszustand auf die Probe stellen? ... Du entsendest jetzt einen Herold zu den Butelezis, Ngomane. Ich lasse ihrem König mitteilen, daß ich ihm angesichts unserer drückenden Überlegenheit unnütze Verluste und Demütigungen ersparen will. Deshalb bin ich bereit, den Kampf einzustellen und eine Amnestie zu verkünden, wenn er meine Oberhoheit anerkennt und sich in die Mtetwa-Oberherrschaft einfügt.«

»Ich glaube nicht, daß das nötig sein wird, Baba«, wandte Ngomane ein, dessen halblaute, nachdenkliche Stimme plötzlich besorgt klang. »Sieh nur!«

Dingiswayo war sichtlich verblüfft, als er in die Richtung blickte, in die sein Induna zeigte, und dort ein zweites Heer an der linken Flanke der Butelezis aufmarschieren sah: die Mbateni-Krieger König Kalis.

Und bevor der Herrscher der Mtetwas auf diese Überraschung reagieren konnte, kamen zwei weitere Heere in Sicht: die Kumalos König Dondas und Senzangakonas Zulus – beide an der rechten Flanke der Butelezis, so daß die vier Heere den Gipfel des Hügels in dichtgeschlossener Formation bedeckten.

Eine Woge erregter Kommentare rollte über die als Schlachtenbummler erschienenen Mtetwas hinweg, und ihr Schwatzen und Scherzen wich plötzlich nervöser Anspannung und staunender Verblüffung.

Buza war beim Anblick dieser Überraschungstaktik der Butelezis wie vor den Kopf geschlagen. Aus der Sicht des Generals verriet dieser unerwartete Truppenaufmarsch einen ernsten Mangel an Fairness bei Pungashe, denn der feindliche König hatte gegen den Ehrenkodex der herkömmlichen Kriegführung verstoßen, indem er seinen potentiellen Gegner bewußt getäuscht hatte – indem er sich sozusagen nicht an die Spielregeln gehalten hatte. Der General war im Begriff, sich in seiner Empörung Kuta mitzuteilen, als sein Blick auf Shakas Brigade fiel und er zu der schmerzlichen Einsicht gelangte, daß sich an diesem Tag niemand wirklich »an die Spielregeln hielt«. Bedeutet eNtuzuma das Ende der bisherigen Tradition? fragte er sich – und kam sich plötzlich sehr einsam, sehr betrogen vor.

Auch Nandi, die inmitten der Zuschauer auf einem Grashang saß, war bei dem unerwarteten Auftauchen des Zulukönigs und seines Heeres in den feindlichen Reihen zunächst sprachlos und erschauderte zutiefst.

Wie Nandi starrte Dingiswayo jetzt Senzangakona an und empfand Verzweiflung, während er in bezug auf Shaka laut überlegte: »Kann ich einen Sohn auffordern, gegen seinen eigenen Vater zu kämpfen?«

»Wir brauchen ihn, Baba«, betonte Ngomane grimmig, obwohl er sich bemühte, ausdruckslos nüchtern zu sprechen, während er die beherrschende Stellung des Gegners betrachtete. »Wie du ganz richtig vermutet hast, sind unsere Siegeschancen jetzt viel geringer, wenn wir nicht ebenfalls mit einer Überraschung aufwarten.«

Die beiden starrten sich an, während die Entscheidung zwischen ihnen in der Luft hing.

»Dann überlasse ich ihm die Wahl«, beschloß Dingiswayo. Er schritt die Reihen der Mtetwa-Regimenter ab und blieb unter den wachsamen Blicken seiner Krieger vor den ›Fünfzig‹ stehen.

Nachdem Dingiswayo ihm seine Frage gestellt und hinzugefügt hatte, die endgültige Entscheidung hänge einzig und allein vom Urteil seines Freundes ab, hob Shaka den Kopf, um zu den Zulus aufzublicken. Obwohl er den Mann seit über 16 Jahren nicht mehr gesehen hatte – seit den frühen Tagen seiner unerfreulichen Kindheit in esiKlebeni – und obwohl der Zuluherrscher sich sehr verändert hatte, weil seine einst stolze, athletische Erscheinung zur weniger schmeichelhaften Figur eines aufgedunsenen Trinkers verkommen war, obgleich Senzangakona verblüffend anders aussah, erkannte Shaka ihn sofort wieder. Als ihre Blicke sich mit unergründlicher Wahrnehmungsgabe begegneten und der Vater den Sohn auf ebenso geheimnisvolle Weise identifizierte, wie der Sohn den Vater erkannt hatte, schien die große Entfernung, durch die sie am eNtuzuma voneinander getrennt waren, zu einem Nichts zusammenzuschrumpfen, so daß beide – Vater und Sohn – das Gefühl hatten, plötzlich die Hand ausstrecken und einander berühren zu können... In diesem atemlosen Augenblick, in dem diese magische Nähe der beiden Männer auf Messers Schneide zu ruhen schien, wandte Shaka sich ruckartig ab, kehrte Senzangakona den Rücken zu und sagte sich so von dem Mann los, der ihn gezeugt hatte.

»Meine Männer haben zu hart gearbeitet und eine zu lange Ausbildung hinter sich, Baba«, teilte Shaka seinem König förmlich und nüchtern-kalt mit. »Ich lasse ihnen den Weg zum Ruhm durch nichts verbauen.« Shaka blickte aus dem Augenwinkel zur Stellung seines Vaters hinauf und fügte steif hinzu: »Nichts!«

»Meine Anerkennung, Senzangakona!« Pungashe näherte sich dem Zulukönig mit humorlosem Lächeln. »Du hast recht behalten. Sie sehen wirklich sehr verwundbar aus.«

Ja, dachte der Zulukönig, die Mtetwas sehen verwundbar aus. Trotzdem ruhte sein Blick nicht auf den Regimentern des Gegners, sondern auf einer einzigen Frau, der großen Liebe seiner Jugend und seines Lebens, die über dem eMpenbeni im Gras lagerte, und auf ihren Kindern, *seinen* Kindern, wie er sich ins Gedächtnis zurückrufen mußte, Shaka und Nomcoba, jetzt schon beinahe erwachsen, die beiden schuldlosen Menschenopfer dieser Liebe.

Als er von Shaka wieder zu Nandi hinüberblickte, stellte er fest, daß die Augen der Frau auf ihn gerichtet waren. Und da er noch immer beflissen wie ein Leibeigener auf die hypnotisierende Wirkung dieses Blickes reagierte, sah er sich durch ihre fast freundliche Geste zu einem unsicheren Lächeln veranlaßt. Und Nandi erwiderte sein Lächeln, obwohl es nicht ihm galt, wie er genau wußte, sondern der Widerhall irgendeines tiefen, unerforschlichen Gedankens war – als ob sie bereits den süßen Geschmack des Sieges genieße, den unmittelbar bevorstehenden Triumph ihres Sohnes über diesen Mann, der sie zurückgewiesen und gedemütigt hatte. Angesichts dieses Lächelns fühlte Senzangakona plötzlich die Kraft und Entschlossenheit schwinden, die ihn während der Planung und Vorbereitung dieser bewaffneten Auseinandersetzung beflügelt hatten; er hätte am liebsten auf die Schlacht, ja sogar auf seine ganze Existenz verzichtet, um sich bis in alle Ewigkeit diesem Gefühl gewaltiger Enttäuschung, unendlicher Müdigkeit hinzugeben.

»Wie sollen wir deiner Meinung nach unsere Truppen einsetzen?« fragte in diesem Augenblick Donda, der Kumalo-König.

Als der Zulu aufschrak und dann antwortete, staunte er über seine eigene Selbstbeherrschung und seine feste Stimme.

»Pungashe hat die meisten Krieger, deshalb finde ich, daß sein Regiment zuerst hinuntersteigen und den Gegner angreifen sollte.« Sein Tonfall klang gebieterischer, als er Donda jetzt zunickte. »Kali, du und ich bleiben auf dem Hügel und geben seinen Leuten Rückendeckung.«

»Das würde bedeuten, daß wir unsere Kräfte zersplittern«, wandte Kali ein. »Ich hatte den Eindruck, der Schlachtplan basiere auf einer vereinten, starken gemeinsamen Front.«

»Ganz recht, Kali. Und wir bleiben insofern vereint, als unser Angriff koordiniert wird. Denk daran, daß wir die beherrschende Stellung innehaben und sie zu unserem Vorteil nutzen müssen.« Senzangakona wandte sich jetzt an alle drei Könige. »Indem wir unsere Kräfte aufteilen, können wir auf zwei Ebenen kämpfen – hier oben auf dem Hügelrücken und unten am Fuß des Hügels. Ein Angriff dieser Art ist sehr schwer abzuwehren, weil der Feind nicht beide Ebenen gleichzeitig im Auge behalten kann. Früher oder später werden unsere Speere ihre Ziele treffen. Und selbst wenn sie's nicht tun, macht unser Speerhagel es dem Gegner schwer, seine eigenen Speere zu werfen.«

Die Monarchen wechselten zustimmende Blicke. Die Antwort des Zulus auf ihre Einwände klang vernünftig.

»Der konzentrierte Angriff folgt später«, fuhr der Zulukönig fort. »Sobald unsere Speere den Feind ernstlich belästigen, fegen wir den Hügel hinunter, vereinigen uns mit den Butelezis zum entscheidenden Angriff – und werfen die Mtetwas über den eMpenbeni zurück. Einverstanden?«

Dazu gab es nicht viel zu sagen. Donda und Kali, die zustimmend nickten, kehrten zu ihren Kriegern zurück. Pungashe hielt sich nur lange genug auf, um hinzuzufügen: »Nochmals meine Anerkennung, Senzangakona. Ich hätte nie geglaubt, daß du den Scharfsinn deines Vaters besitzt.«

»Ich habe über zwanzig Jahre lang auf diesen Krieg gewartet, Pungashe«, antwortete Senzangakona. »Ich habe nicht die Absicht, irgend etwas schiefgehen zu lassen.«

Shaka stand bei Mgobozi und Joko, die wie er den Hügel betrachteten.

»Zwei Fronten – eine oben, eine unten ... ein zweigeteilter Angriff«, stellte Shaka fest, indem er die gegnerische Taktik analysierte. »Eine sehr kluge Idee zur Abwandlung der herkömmlichen Kriegführung. Dahinter steckt ein überragender Taktiker.«

»Vielleicht hat er deine Gedanken gelesen?« schlug Mgobozi grinsend vor.

»Nein!« antwortete Shaka. »Hätte er das getan, würde er wissen, daß die Aufsplitterung seiner Kräfte – die im Prinzip angebracht und richtig sein kann – im vorliegenden Fall grundfalsch ist. Tatsächlich hat er damit seine einzige Siegchance verspielt.«

Kurze Zeit später erreichten Pungashes Truppen wie vereinbart den Fuß des Hügels und stellten sich in Schlachtordnung auf: in einer geraden Front parallel zum Talrand. Nkalakata, der der Kommandeur der Butelezis und zugleich unbestritten ihr gewaltigster Krieger war, trat vor die Mitte seiner Front und starrte den Gegner mit böse zusammengekniffenen Augen an, aus denen eine stumme Herausforderung sprach.

Ngomane machte ein Zeichen, auf das hin die fünf regulären Mtetwa-Regimenter vorrückten und in fünfzig Schritt Entfernung von den Butelezis haltmachten.

Das Mtetwa-Publikum, das die knisternde Spannung zu Beginn seines liebsten ›Spiels‹ wahrnahm und die ›Lust am Kampf‹ in sich spürte, begann zu jubeln und rief seiner ›Mannschaft‹ aufmunternde Worte zu. Und die ›Spieler‹ erwiderten die Rufe, winkten ihren Angehörigen zu und lächelten mit dem ungekünstelten Vertrauen jener, die sich im Nebel einer durch Mittelmäßigkeit ausgelösten Zufriedenheit bewegen.

Nur Shaka und seine Männer blieben schweigend, unbeweglich, geduldig.

Nkalakata, aus dessen Blick primitive, unbeherrschte Angriffslust leuchtete, erhob seine Stimme zu einem durchdringenden Schrei, der zu einem Schlachtruf wurde. Die Butelezi-Krieger nahmen diesen Schlachtruf auf, so daß ihre Stimmen von den Hängen des eNtuzuma-Hügels widerhallten, auf denen die Zulus, die Mbatenis und die Kumalos bereitstanden, um in den Kampf einzugreifen.

Als die Mtetwa-Regimenter den Schlachtruf erwiderten und ihrerseits durch einen rhythmischen, immer wilder und hektischer werdenden Kriegstanz ergänzten, begannen auch die Butelezis zu tanzen, um ihre Herzen in Kampfeswut zu bringen. Danach begann Nkalakata sein Kriegsgeschrei nach altem Brauch mit Beleidigungen zu würzen, die ihm die Mtetwas nicht schuldig blieben.

Damit hatte das ›Spiel‹ ernstlich begonnen.

Nkalakata, den plötzlich das eigenartige Desinteresse der stoisch schweigend, unbeweglich dastehenden Männer reizte, warf einen mißtrauischen Blick zu Shakas Fünfzig hinüber, lachte über ihr Schweigen – das er als Zeichen von Feigheit deutete – und bemühte sich, den Männern durch seine clownhaften, spöttischen Worte und Gesten eine Reaktion zu entlocken. Aber Shakas disziplinierte Truppe ließ sich auch durch grobe Beleidigungen keineswegs provozieren.

Der Butelezi-Kommandeur, der sich darüber ärgerte, daß es ihm nicht gelungen war, die Brigade in Wut zu bringen, schien plötzlich die über 1000 Mann zu vergessen, während er seine Anstrengungen auf die Fünfzig konzentrierte und seinen Speer warf, der in hohem Bogen durch die Luft segelte und von Shaka mühelos mit dem Schild beiseite geschlagen wurde. Aber als Nkalakata, als sämtliche am eNtuzuma Anwesenden darauf warteten, daß Shaka den Assegai aufheben und zurückschleudern würde (wie es der Brauch war), wurden ihre Erwartungen jäh enttäuscht, weil der Zulu die vor ihm liegende Waffe einfach ignorierte. Tatsächlich blieb Shaka ruhig stehen, wo er war, und betrachtete Nkalakata mit eisigem, unnachgiebigem Blick.

Der stolze Butelezi warf wütend einen zweiten Speer, den Shaka ebenfalls abwehrte und unbeachtet vor sich liegen ließ.

Die Mtetwa-Schlachtenbummler – die so viel von dieser Sonderbrigade gehört und erwartet hatten, daß sie die besondere Zugnummer dieses Nachmittags sein würde – fühlten sich jetzt durch diese ›unmännliche‹ Zurschaustellung militärischer Gleichgültigkeit geradezu betrogen und überschütteten die Fünfzig mit Mißfallensäußerungen.

Buza war durch diese Entwicklung der Ereignisse zutiefst verstört. Aber der Kommandeur des iziCwe-Regiments reagierte darauf mit Zorn: Indem sein Haß auf Shaka sich festigte, gab Buza seinen Männern ein Zeichen, in die Bresche zu springen und den Angriff zu erwidern. Das Regiment gehorchte bereitwillig und warf seine Speere auf die gegnerische Front. Nachdem Pungashes Krieger sie abgewehrt und aufgesammelt hatten, wurden sie zurückgeworfen.

Hin und her. Hin und her. Die Zuschauer schienen halbwegs versöhnt zu sein, als das Spiel weiterging. Aber dann …

Senzangakona spürte, daß die Zeit für die nächste Phase seines Plans reif war: für den konzentrierten Angriff an beiden Fronten. Der Zuluherrscher, der die Augen Kalis und Dondas auf sich gerichtet wußte, hob die Hand, um das Zeichen zum Angriff zu geben, aber bevor er dazu kam, fühlte er ein weiteres Augenpaar auf sich gerichtet, das ihn so durchdringend anstarrte, daß der König aufsah und sofort Shakas Blick begegnete, der ihn nicht mehr losließ. Die beiden Männer, Vater und Sohn, blickten sich erneut übers Schlachtfeld hinweg an. Shaka, dem aufgefallen war, daß Kali und Donda auf Senzangakonas Zeichen zum Angriff warteten, erkannte jetzt, daß die »sehr kluge Idee« eines »überragenden Taktikers« von keinem anderen als seinem eigenen Vater stammte, und sah einen Augenblick, eine flüchtigen Augenblick lang - wie ein Fischer, der den sich bewegenden Schatten eines großes Fisches im Dunkel der Meerestiefe erspäht - ein Bruchstück des Mannes, den seine Mutter einst geliebt hatte. In dieser Sekunde lächelte der junge Mann. Sein Vater erwiderte dieses Lächeln. Und in diesem Augenblick, der dann abbrach, um niemals wiederzukehren und nur als Lichtblitz inmitten allgemeiner Dunkelheit im Gedächtnis zu bleiben ... während dieses Pulsschlags der Zeit empfand Shaka Achtung vor dem anderen und ein Gefühl, das Liebe so ähnlich war, wie es erbitterter Haß nur hervorbringen kann.

Dann war dieser Augenblick vorüber. Senzangakona biß vor unterdrücktem Gefühl die Zähne zusammen, senkte den Arm und gab damit das Zeichen zum Angriff, als solle jeder neue Speer Shaka, nur Shaka gelten!

Ein Hagel von Speeren, der die Sonne verfinsterte, prasselte von dem Hügel herab. Im nächsten Augenblick überschütteten die Butelezis ihre Gegner mit einem weiteren Speerhagel. Der Doppelangriff war so perfekt geplant, daß Dingiswayos Mtetwas diesem Hagel kaum ausweichen konnten.

Shakas Männer blieben unverletzt, weil die Wurfgeschosse lediglich von ihren größeren Schilden abprallten, aber in den gewöhnlichen Regimentern gab es zahlreiche Verwundete und Gefallene, während die Männer sich vergeblich bemühten, die scheinbar aus sämtlichen Richtungen auf sie herabregnenden

Assegais abzuwehren. Buza und die anderen Kommandeure trieben ihre Männer mit lauten Zurufen an, die feindlichen Angriffe zu erwidern, aber als die verwirrten Krieger zu gehorchen versuchten, verdunkelte eine weitere Speerwolke den Himmel und überraschte die Mtetwa-Krieger praktisch wehrlos. Dutzende von Soldaten brachen zusammen.

Vor Schmerz schnaubend und Blut und Lungenflüssigkeit hustend, sank Buza auf die Knie und bemühte sich, den Assegai herauszureißen, der seine Herzschlagader durchbohrt hatte. Aber er erkannte bald, daß seine Bemühungen vergebens waren – so vergeblich wie sein Versuch, Shakas Methode aus dem Puls der Geschichte zu entfernen. Der General sackte zornig stöhnend nach vorn und verschied als ruhmloser Zuschauer in einem von anderen geführten Krieg.

Als der Gegner in einem weiteren konzentrierten Angriff erneut einen Speerhagel herabprasseln ließ, drehten Dingiswayo und Ngomane sich besorgt um und starrten die dichtgeschlossene Formation von Kriegern an, die nun tatsächlich ihr letztes Mittel geworden war.

»Worauf wartet er noch?« knurrte Ngomane aufgebracht, ohne Shakas Brigade aus den Augen zu lassen. »Warum tut er nichts?«

»Abwarten!« befahl Shaka seinen Männern mit unpersönlich kalter Stimme, als fühle er die erregte Aufforderung des Indunas.

Die Fünfzig gruppierten sich in zehn Reihen zu je fünf Mann, während Shaka, der seinen großen Schild und den Ixwa zum Kampf bereithielt, sich allein der Butelezi-Front näherte.

Nandi beobachtete das Verhalten ihres Sohnes scheinbar nüchtern, mit eher klinischem Interesse, während neben ihr Nomcoba und Pampata vor Angst geweitete Augen bekamen, als sie ihren Helden auf so völlig unorthodoxe Weise gegen einen Wald von Speeren anrennen sahen.

Auch die Butelezis, Kumalos, Mbatenis und Zulus waren über diesen unerwarteten Ansturm Shakas gegen ihre Linien verblüfft, und während er den Abstand zwischen sich und Nkalakata rasch verringerte, stellten die Krieger ihren Angriff ein, um den nackten Mann, der mit seinem riesigen Schild und seinem außergewöhnlichen Speer gegen sie anrannte, verwirrt anzugaffen. Als er dann näherkam, wirkte er auf einige von ihnen so komisch, daß sie zu lachen begannen.

Selbst Nkalakata, der es gewöhnt war, sein Soldatentum ernstzunehmen, fand den heranstürmenden Krieger belustigend. Aber er lachte nicht lange. Sekunden später hatte Shaka ihn erreicht, hakte seinen Schild unter den des Butelezis, riß ihn seitlich zurück, so daß die Flanke des Angegriffenen schutzlos vor ihm lag, und stieß ihm seinen Ixwa mit solcher Gewalt in die Brust, daß die Spitze Nkalakatas Herz und Lunge durchbohrte und am Rücken wieder austrat. Aber das wahrhaft Schreckliche an diesem Vorgang – zumindest aus der Sicht der Augenzeugen – war weder Shakas kräftiges Zustoßen noch das hervorquellende Blut, noch Nkalakatas gräßlicher Todesschrei, als sei seine Seele buchstäblich aus seinem Körper gerissen worden ... nein, das wirklich Erschreckende war die Geschwindigkeit, mit der alles abgelaufen war. Shaka hatte lediglich ein paar Sekunden benötigt, um den Butelezi zu seinen Ahnen zu versammeln.

Pungashe sprang auf, als sein Kommandeur fiel. Senzangakona und Mudli waren vor Entsetzen wie gelähmt: Ihre Gesichter erstarrten zu Masken, die Verblüffung und Schrecken ausdrückten. Dingiswayo und Ngomane standen sprachlos erstaunt da – *so* hatten sie sich Shakas Methode im Einsatz nicht einmal in ihren kühnsten Träumen vorgestellt!

Am eNtuzuma bewegte sich keiner; alle gafften sprachlos, atemlos, als sei der Tod selbst aufgetreten, um die versammelte Bevölkerung der fünf Stämme heimzusuchen. In der Tat schienen alle fünf Stämme plötzlich eine einheitliche Front gegen *einen* Gegner zu bilden – Shaka, seine Methode, seine Brigade.

Als Nkalakata zusammenbrach, riß Shaka seine Waffe aus dem Leib des Toten und brach das über dem Kampfplatz hängende Schweigen, indem er ein donnerndes »Ngadla!« rief, das vom Himmel widerzuhallen schien. Während das Echo seines Siegesschreis vom eNtuzuma zurückgeworfen wurde, befahl der Brigadekommandeur mit schallender Stimme: »Stufe eins!«

Die Fünfzig setzten sich in geschlossener Formation in Bewegung und stürmten auf die Butelezi-Front zu, daß ihre bloßen Füße einen Trommelwirbel auf dem Erdboden zu schlagen schienen. Shaka war seinen Männern voraus, als er jetzt weitere verwirrte, praktisch hilflose Butelezis angriff ... Feindberührung. Den Schild des Gegners festhaken. Zurückziehen, damit seine ungeschützte Seite frei wird. Aufs Herz zielen ... »Ngadla!«

Im nächsten Augenblick befanden die Fünfzig sich hinter Shaka, und die Formation rammte den Gegner mit ihren großen Schilden buchstäblich wie der gesenkte Schädel eines anstürmenden Bullen.

»Stufe zwei!« kommandierte Shaka laut.

Während die ersten vier Reihen der Brigade auf dieses Stichwort hin weiter in die gegnerische Front eindrangen und die Butelezis in Nahkämpfe verwickelten, schwärmten die letzten sechs Reihen seitlich aus und bildeten zwei weit auseinandergezogene ›Hörner‹ mit jeweils 15 Mann, die jetzt ihre verwirrten Gegner einkreisten und wie Shaka und ihre Kameraden in blutige Nahkämpfe verwickelten.

Als der Gegner sein Heil in der Flucht suchte, brüllte Shaka: »Stufe drei!«

Die beiden Hörner der Brigade traten in Aktion, kesselten die Butelezis ein und hielten sie in tödlicher Umarmung fest, während das Haupt weiter den Gegner rammte.

Shaka, Mgobozi, Nqoboka, Joko und eine Handvoll der Fünfzig lösten sich von der Brigade, erstürmten den Hügel und rannten gegen die Truppen der anderen drei Könige an. Obwohl die Zulus, Kumalos und Mbatenis, die von Pungashe und Senzangakona gemeinsam zur Gegenwehr angestachelt wurden, Shakas kleiner Kampfgruppe zahlenmäßig weit überlegen waren, erwiesen ihre langen Wurfspeere sich im Nahkampf praktisch als wertlos, und das Massaker der Fünfzig ging weiter. Zu den Opfern gehörten unter anderen die leidenden Seelen Dilikanes und seiner Kameraden (die einst das Unglück gehabt hatten, das Kind der Weissagung zu verfolgen).

Mudli, der den Blick nicht von diesem Blutbad wenden

konnte, murmelte halblaut und mit schicksalsträchtigem Unterton in der Stimme: »Er wird eine neue Zeit einleiten, in der der Name ›amaZulu‹ gleichbedeutend mit Tod und Entsetzen sein wird. So lautet die Weissagung. Und heute haben wir sie in Aktion erlebt.« Der Blick des Ältesten begegnete dem Senzangakonas und ließ ihn nicht mehr los. »Die Saat des Bösen ist gesät und wird durch das Blut von eNtuzuma genährt aufgehen. Nun ist's zu spät. Indem er den Ausgang des Krieges verändert hat, hat er den Gang der Geschichte – *unserer* Geschichte – beeinflußt.«

»Was für eine Kriegsmaschine!« rief Ngomane am gegenüberliegenden Ende des Schlachtfeldes aus, wobei seine erregten Worte die Wirksamkeit von Shakas Methode in gewisser Weise bestätigten. »Fünfzig Männer, die wie tausend kämpfen! An einem einzigen Nachmittag hat Shaka erreicht, daß Jahrhunderte herkömmlicher Kriegführung einem als Kinderspiel erscheinen!«

»Ganz recht, Ngomane.« Dingiswayos Stimme klang hohl, plötzlich müde und so erschöpft, daß Ngomane sich besorgt nach seinem König umdrehte. »Aber ich fürchte, daß er damit auch Jahrhunderten herkömmlichen Friedens den Todesstoß versetzt hat. Nach diesem Tag gibt's kein Zurück mehr!« Seine Andeutungen schienen Mudlis Befürchtungen widerzuspiegeln. »Die Kriegsmaschine ist in Gang gesetzt worden und wird durch ihren Schwung weiterwachsen. In Zukunft wird ein Faktor für unseren Umgang mit anderen Stämmen entscheidend sein: Angst. Und die erzeugt bekanntlich Haß!«

»SI-GI-DI!« skandierte Mgobozi und reckte seinen Ixwa zum Lobe Shakas in die Höhe.

»SI-GI-DI!« ließen sich die ›Fünfzig‹ mit zum Himmel emporgereckten Speeren vernehmen. Ihre Füße stampften donnernd Beifall, daß die Erde erzitterte, als die Krieger den Führer ihrer Brigade mit dem gewaltigen Ehrennamen ›Sigidi‹ – ›Der wie tausend kämpft‹ feierten.

»Der wie tausend kämpft«, wiederholte Dingiswayo, der neben Shaka einherschritt, dieses Lob. Die beiden Männer hatten sich etwas von den langen Kolonnen der Mtetwa-Krieger auf dem Heimmarsch von eNtuzuma abgesetzt. »Was genau hast du getan, Shaka?«

Shaka runzelte wegen dieser verwirrenden Frage die Stirn und antwortete mit fester Stimme: »Die Niederlage in einen Sieg verwandelt, Baba.«

»Mir ist etwas in deinem Blick aufgefallen, Shaka«, fuhr Dingiswayo fort. »Du hast deinen Gefühlen im Kampf Luft gemacht – und das kann bei einem so empfindsamen Menschen wie dir gefährlich sein.«

Shaka ließ unter seiner nonchalanten Art etwas Ungeduld erkennen.

»Wie soll man ohne Gefühle kämpfen, Baba? Wie läßt sich der Sieg erringen, ohne daß man mit Leib und Seele im Kampf aufgeht? Ohne mit ganzem Herzen dabeizusein?«

»Selbst auf die Gefahr hin, dieses Herz zu verlieren?«

Die Haltung des Zulus versteifte sich, als er jetzt zutiefst nachdenklich den Kopf senkte.

»Der Krieg muß stets ein Mittel bleiben, Shaka, ein letztes Mittel –niemals Selbstzweck!«

»Und was ist der eigentliche Zweck?« wollte der Zulu wissen.

»Frieden.«

Als Shaka seine Antwort murmelte, sprach aus seiner Stimme eine Spur von resignierter Trauer.

»Krieg und Frieden sind *beide* Zweck und Mittel, beide untereinander fast austauschbar. Ohne Krieg kann es keinen Frieden geben – und wir brauchen den Krieg, um Frieden zu schaffen.«

»Brauchst du den Krieg, Shaka – um Frieden zu finden?«

Shaka antwortete gekränkt: »Was du da sagst, überrascht mich, Baba! Ich dachte, du könntest mit den Leistungen der Brigade zufrieden sein.«

»Das bin ich auch, Shaka. Ich muß damit zufrieden sein. Erfolg scheint der Maßstab für Klugheit zu sein. Tatsächlich brauchen wir dich und deine Brigade jetzt nötiger als je zuvor. Du bist der einzige, der das von dir geschaffene Ungeheuer zähmen kann. Die ›vorschriftsmäßige Taktik‹ ist überhaupt keine Taktik mehr. Berichte darüber werden wie Lauffeuer die Runde machen, und ich vermute, daß unsere Feinde in Zukunft besser vorbereitet und *voller* Überraschungen sein werden. Deshalb haben Ngomane und ich über deine Beförderung gesprochen. Wie du weißt, ist Buza im Kampf gefallen, und wir möchten, daß du an seine Stelle trittst.«

Dingiswayo mußte unwillkürlich über die Erregung in Shakas Blick lächeln.

»Als Kommandeur des iziCwe-Regiments?«

»›Ehrlich verdient‹, wie du's dir selbst gewünscht hast. Und deine heutigen Verdienste sind unbestreitbar.«

Shaka war jetzt verwirrter als je zuvor. »Das verstehe ich nicht, Baba. Du sprichst von Beförderung, von Verdiensten – aber ich höre aus deinem Tonfall nur Sorge und Tadel heraus.«

Der Mtetwa-König starrte Shaka prüfend an. Er betrachtete die feingeschnittenen Züge des jungen Mannes vor der gelben Kugel des aufgehenden Mondes ... so sanfte Züge, überlegte er sich, viel zu zart und sanft, um die Saat solch absichtlicher Gewalt zu enthalten. Ich muß ihn ins Licht zurückbringen, beschloß der König – langsam ins Licht zurück.

»Deine Verdienste und deine Beförderung sind öffentlich bekannt, Shaka«, antwortete Dingiswayo beinahe flüsternd. »Meine Worte haben nur dir gegolten – als meinem Freund. Du hast mir das Leben gerettet. Jetzt muß ich versuchen, dich daran zu hindern, dein eigenes zu zerstören.«

20 UMPHATI *Kommandeur*

Wie so viele andere Aspekte im Leben des Kindes der Weissagung sollten auch Entstehung und Weiterentwicklung seiner Methode den von den Propheten und den Weisen des Landes diktierten schicksalhaften Lauf nehmen. Das hatte König Dingiswayo vorausgeahnt, als er festgestellt hatte: »Die Kriegsmaschine ist in Gang gesetzt worden und wird durch ihren Schwung weiterwachsen.«

Nachdem das iziCwe-Regiment gründlich in Shakas Methode unterwiesen und – körperlich wie geistig – darauf vorbereitet worden war, so wirkungsvoll wie die ursprünglichen Fünfzig zu kämpfen, gelangte der Sohn Zulus als der neue Regimentskommandeur zu dem Schluß, daß sein König richtig vermutet hatte: Die Nachricht von der neuen Nahkampftechnik würde in der Tat die Runde machen und bestimmt zu Überraschungen führen. Deshalb hielt Shaka es für besser, mit seinem Regiment »vorbeugende Feldzüge« zu unternehmen, bei denen seine Truppe benachbarte Stämme »besuchte«, um sie dazu zu »überreden«, die Oberherrschaft der Mtetwas anzuerkennen, *bevor* diese Stämme Gelegenheit gehabt hatten, eigene »Überraschungen« zu erfinden oder originelle Abwehrmittel gegen seine Methode zu entwickeln.

Die erste Serie dieser Feldzüge sollte nur eine Trockenzeit lang dauern (d. h. von April bis September, den für die Kriegführung geeigneten Monaten) – so hatten es Dingiswayo und Ngomane bei ihren Beratungen mit Shaka festgelegt. Und alle Gewalttätigkeit sollte vermieden werden, solange ein Stamm sich nicht offen weigerte, sich der Oberherrschaft der Mtetwas zu unterwerfen, und selbst dann sollte die Gewaltanwendung auf ein Mindestmaß beschränkt bleiben.

Wie es jedoch in solch explosiven Situationen in den Beziehungen zwischen Stämmen oft der Fall ist, degeneriert der Versuch, »die Bündnistreue widerstrebender Stämme durch Anwendung eines Mindestmaßes an Gewalt zu erwirken«, oft zu einer fortgesetzten Eroberungspolitik, bei der Krieg nicht die Ausnahme bleibt, sondern zur Regel wird.

Vor allem dann, wenn der Befehlshaber eine so außergewöhnliche Persönlichkeit wie das Kind der Weissagung ist und seine Krieger im Soldatentum nicht nur einen Lebensinhalt sehen, der ihnen Ruhm, ein Gefühl der Erfüllung und Befriedigung bringt, sondern es sogar als ihren *einzigen* Daseinszweck betrachten! Die Männer des iziCwe-Regiments und später alle Mtetwa-Krieger, als Shaka auch den Oberbefehl über die anderen Regimenter übernahm, wurden ›Berufssoldaten eines stehenden Heeres‹ – eine für die Nguni-Bantus, ja, für ganz Afrika völlig neuartige Einrichtung ... als Voraussetzung für die völlig neuartige Idee des totalen Krieges!

Und so geschah es, daß Shaka und das iziCwe-Regiment in der Trockenperiode des Jahres 1810 zu einem Präventivfeldzug aufbrachen, der nur einige wenige Monate dauern sollte. Statt dessen bezeichnete dieser prophetische April 1810 jedoch den Beginn einer Landplage aus unaufhörlichen Kriegen, die über achtzehn Jahre lang andauern würde.

Die ersten fünf dieser Jahre bezeichneten den Wendepunkt für Südafrika – und die Chronik der Zinne schildert jene Jahre der Hinführung zu Angst, Blut und Tod als in den Wind geschriebene Tagebuchaufzeichnungen des Kindes der Weissagung:

Schlacht an der eNtsangoyana-Kette, April 1810. Shaka Zulu Kommandeur des iziCwe. Der Stamm der Cambinis: besiegt, 312 Stammesangehörige dahingemetzelt. Sechs ihrer Heimstätten niedergebrannt und dem Erdboden gleichgemacht. Alles Vieh als Siegesbeute beschlagnahmt. Die Überlebenden in die Mtetwa-Oberherrschaft eingegliedert. Verluste der Mtetwas: keine ...

Schlacht am Hlopekulu-Hügel, Juni 1810. Shaka Zulu Kommandeur der Regimenter iziCwe und iNyelezi. Der Stamm der Zungus: besiegt, 416 Stammesangehörige dahingemetzelt. Sämtliche Heimstätten dem Erdboden gleichgemacht. Alles Vieh beschlagnahmt. Keine Überlebenden. Verlust der Mtetwas: zwei Mann ...

Schlacht am iBuse-Damm, April 1811. Shaka Zulu Kommandeur der Regimenter iziCwe, iNyelezi und Uyengondlovo. Der Stamm der Ximbas: besiegt, 311 dahingemetzelt. Sechs Heimstätten niedergebrannt und dem Erdboden gleichgemacht. Alles Vieh beschlagnahmt. Die Überlebenden in die Mtetwa-Oberherrschaft eingegliedert. Verluste der Mtetwas: zwei Mann.

Schlacht am Fluß umLalazi, Schlacht am eHlobane-Massiv, Schlacht am Fluß uSutu, Schlacht am eNkwenkwe-Hügel, Schlacht an der isiHlalo-Kette, Schlacht am Fluß iNcandu, Schlacht am emaJuba-Hügel, Schlacht am Fluß umZinyati, Schlacht am iNgagane-Gebirge, Schlacht auf der uBivane-Hochebene, Schlacht auf der iBululwane-Ebene, Schlacht am Fluß iNgula, Schlacht auf der oKdini-Ebene, Schlacht in der iXopo-Enge und Schlacht am Fluß iVuna. Mai 1811 bis Juni 1815. Shaka Zulu Kommandeur der Regimenter iziCwe, iNyelezi, Uyengondlovo, iziPikili und iNyakeni. Die Stämme der Nibeles, Msanes, Kosas, ezeBisinis, emaQungebenis, emaHlutshinis, Mazibukos, mKwanazis, emDletsinis, emaNcubenis, Mabasos, Sibiyas, Mnqomakazis und emaNtshalinis: besiegt, 2824 dahingemetzelt. 229 Heimstätten niedergebrannt und dem Erdboden gleichgemacht. Alles Vieh (etwa 3500 Rinder) beschlagnahmt. Die Überlebenden in die Mtetwa-Oberherrschaft eingegliedert. Verluste der Mtetwas: 63 Mann.

Schlacht am Fluß Mkumbane, September 1815. An diesem schicksalsträchtigen Fluß, der im Leben Shakas und Nandis eine so wichtige Rolle gespielt hatte, wurde die kleine Streitmacht von König Makedamas Langenis in einer Schlacht besiegt, die als eines der brutalsten Massaker in der Geschichte Südafrikas bekannt werden sollte.

Nach Berichten floß das Blut einen ganzen Tag und eine ganze Nacht lang, färbte die sanft abfallenden Ufer dunkelrot, wo Prinz Senzangakona erstmals die jugendliche Schönheit erblickt hatte, die zur Tragödie seines Lebens werden sollte, färbte die Stromschnellen leuchtendrosa, aus denen Nandi Wasser geschöpft hatte, färbte die Strudel blutrot, die kleinen Wirbel und die tieferen Stellen des Flusses, an dem das Kind der Weissagung gezeugt und empfangen worden war.

»Du bist zu meiner Mutter und mir freundlich gewesen, als wir am bedürftigsten gewesen sind, Makedama«, erklärte Shaka dem Langeni-König, als sie nach dem Massaker miteinander aßen.

»Das vergesse ich dir nicht. Dafür verschone ich dein Dorf.«

Makedamas Lächeln war bitter. Er wußte, daß er den Rest seines Lebens – nein, bis in alle Ewigkeit! – brauchen würde, um den Anblick von soviel Blut zu vergessen! Seine Antwort wurde langsam, mit finsterem Sarkasmus gegeben.

»Ich freue mich, dich weiterhin auf dem Pfad der Gerechtigkeit wandeln zu sehen, Shaka.«

Shakas Sarkasmus konnte jedoch weit bedrohlicher klingen.

»Verurteilst du mich, Makedama?«

»Ich verurteile den legendären ›Sigidi‹, der wie tausend kämpft, und frage mich, wie viele ihn so sehen, wie er wirklich ist – als einen Mörder!«

Shaka warf dem anderen einen durchdringenden Blick zu, als wolle er ihn zum Schweigen bringen. Seine Augen funkelten dabei vor Wut, Gekränktsein und Empörung. Aber Makedama ließ sich nicht das Wort verbieten – wozu denn auch? Er hatte nichts mehr zu verlieren.

»Ein Mörder, der seine Regimenter mit seinem eigenen kaltblütigen Rachedurst angesteckt hat! Das ist dein eigentliches Motiv, nicht wahr? Rache! Die Kriege, die du führst, sind in Wirklichkeit private Rachefeldzüge ... Jede deiner Schlachten ist eine Gerichtsverhandlung, in der der Gegner zum Tode verurteilt wird, weil er deine Entbehrungen und die deiner Mutter verschuldet hat!«

Shakas Gesichtsausdruck blieb eisig. Seine Augen starrten weiterhin den Langeni-König an, und die züngelnden Flammen der Feuerstelle spiegelten sich in ihnen, so daß sie in zornigem Feuer zu stehen schienen.

»Jedes Dorf, das du niederbrennst, ist das Heim, das dir versagt geblieben ist! Jeden Mann, dessen Brust du aufschlitzt, machst du für Nandis Leiden verantwortlich! Jedes Kind, das du weinend vor den aufgetürmten Leichen seiner Angehörigen zurückläßt, büßt für *das eine Kind*, dem vor so langer Zeit eine richtige Familie versagt geblieben ist!« Makedama erhob seine Stimme zu einem fieberhaft drängenden Schrei. »Halt ein, Shaka! Halt ein! Dein Rachedurst ist längst tausendfach gestillt worden ... Sigidi!«

Shaka sprang auf, griff nach seinem Ixwa und richtete ihn auf Makedama, die Spitze zum tödlichen Stoß bereit. Während der Kommandeur den König anstarrte, wütete ein Sturm in seinem Herzen; Makedama beobachtete Shaka seinerseits gefaßt, notfalls zum Sterben bereit, und betete darum, daß seine aus wahrer Zuneigung für Nandis Sohn gesprochenen Worte Shakas Haß durchdringen würde, wie die Sonne durch Morgennebel dringt.

Aber Shaka reagierte längst nicht mehr auf wärmende Einflüsse dieser Art. Sein eigenes Feuer – die flammende Esse seines Herzens –überstrahlte die Sonne. Indem Shaka seinen ursprünglichen Zorn überwand, ließ er den Ixwa sinken und murmelte in unheimlichem Flüsterton: »Du bist, wie gesagt, zu meiner Mutter und mir freundlich gewesen.«

April 1810 bis September 1815: über 30 Stämme in fünf kurzen Jahren besiegt. Die Nation, das Reich wurde zu einer Realität – langsam, aber sicher.

Shaka war müde. Unendlich müde, als er am Ufer des Flusses Empenbeni in der Nähe des riesigen Lagers saß, das seine zahlreichen Krieger zwischen zwei Schlachten für diese Nacht aufgeschlagen hatten.

Er beugte sich nach vorn, reckte den Hals und suchte nach seinem Spiegelbild auf der Wasseroberfläche. Der jetzt 28jährige Kommandeur stellte befriedigt fest, daß der Lauf der Zeit und die Kriegsjahre seine ursprüngliche jugendliche Schönheit kaum beeinträchtigt hatten.

Er erinnerte sich an den kleinen Jungen von sechs Jahren, der an eben diesem Fluß gesessen und versucht hatte, das Spiegelbild des Mondes mit den Händen aus dem Wasser zu schöpfen, und er lächelte schwach, während er an diesen Jungen dachte und sich – tief im Herzensinneren – fragte, was aus ihm geworden war. Versuchte er noch immer, den Mond zu erhaschen, oder hatte er längst aufgegeben?

»Sigidi . . .« Mgobozis Stimme schreckte Shaka von diesem melancholischen Spaziergang durch sein eigenes Herz auf.

»Was gibt's, Mgobozi?«

Müde. Er ist so ermattet! dachte Mgobozi, als er die Stimme seines Freundes hörte.

»Ein Bote ist angekommen. König Dingiswayo wünscht deine Rückkehr und die der Regimenter.«

Shakas Haltung versteifte sich unmerklich, als er sein Körpergewicht verlagerte und sich nach seinem Freund und Untergebenen umdrehte. »Welchen Grund hat Dingiswayo dafür genannt?«

»Ein König braucht nichts zu begründen. Das hast *du* mir gesagt.« Beide Männer lächelten.

»Wahrscheinlich ist's sogar angebracht. Die Männer brauchen Erholung bei ihren...« Er hatte Schwierigkeiten mit diesem Wort. »... bei ihren Lieben.«

»Du auch, Shaka! Du bist seit über drei Jahren nicht mehr zu Hause gewesen.«

Der Kommandeur dachte über diese Feststellung nach und erwiderte: »Das einzige Zuhause, das ich heutzutage kenne, liegt hier bei meinen Soldaten. Sag dem Boten, daß wir bei Tagesanbruch abmarschieren, Mgobozi. Und sorge dafür, daß die gute Nachricht bei den Männern die Runde macht. Sie sind bis nach der Ernte vom Dienst befreit.«

»Ja, Sigidi.«

»Aber wer überschüssiges Fett ansetzt, bekommt's mit mir zu tun!«

Mgobozi wandte sich grinsend zum Gehen. »Gute Nacht, Sigidi.«

»Gute Nacht, General.«

Der andere blieb wie angewurzelt stehen und starrte seinen Komandeur mit weit aufgerissenen Augen und offenem Mund an, bis Shaka laut lachte.

»So ähnlich muß ich ausgesehen haben, als Dingiswayo mir das iziCwe gegeben hat.«

»Das iziCwe«, wiederholte Mgobozi halb in Trance.

»Ganz recht. Und Nqoboka kommandiert in Zukunft das izi-Pikili, Joko das uYengonglovu, Mtonga das iNyakeni und Dlaba das iNyelezi. Diese Beförderungen treten in Kraft, sobald der König ihnen zugestimmt hat.«

Mgobozis staunende Ungläubigkeit verwandelte sich in Entzücken.

»Danke, Shaka! Für das Vertrauen.«

»Spar dir deinen Dank, Mgobozi«, wehrte der Kommandeur ab, dessen Lächeln verblaßte. »Ich bin mir nicht sicher, ob ich dir damit einen Gefallen erwiesen habe.«

In seiner bleibenden Überzeugung, der Aberglaube sei eine Erfindung, das Schwindelprodukt von Köpfen, die für die intimen Zartheiten unserer Beziehungen zu den Lebenden und den Toten unempfindlich seien, eine Entweihung unserer zärtlichsten Erinnerungen und eine schwere Kränkung unserer Würde – in seiner realistischen Beziehung zur Natur beseitigte Shaka während seiner Regierungszeit als oberster Herrscher Südafrikas fast alle geistigen Linderungsmittel des Menschen: jene irrationalen Täuschungen, aus denen existenzielle Trugschlüsse entstehen, durch die der Verstand auf dem Altar fanatischer Besessenheit geopfert wird.

Zu diesen Linderungsmitteln gehörte der als ›ukuSula iZembe‹ bezeichnete, aus uralter Bantu-Tradition stammende Brauch, der bestimmte, ein Krieger, der in der Schlacht getötet habe, müsse ›seinen Speer abwischen‹ – genauer gesagt: Geschlechtsverkehr mit einer Frau haben. Bevor er das getan hatte, galt er als unrein und blieb vom gesellschaftlichen Leben des Stammes ausgeschlossen. So war eine Ledige, die von einem Krieger zum Zwecke dieser ›Zeremonie‹ angesprochen wurde, moralisch verpflichtet, ihm zu Willen zu sein, wie der Soldat seinerseits die Pflicht hatte, die erste geeignete Frau zu nehmen, die ihm über den Weg lief.

Und so geschah es, daß Pampata Ende 1815 auf die Nachricht hin, daß ihr Prinz sich nach seinen berüchtigten Feldzügen auf dem Weg zurück in die Heimat befinde, die Voraussetzungen für dieses faszinierende Ritual zu schaffen beschloß.

Ich muß ihn haben! nahm sie sich mit der Hartnäckigkeit einer Liebenden vor und machte sich Ende 1815 auf den Weg, um dafür zu sorgen, daß sie die erste »verfügbare Frau« war, der er bei der Heimkehr aus dem Krieg begegnete.

Shakas Schritt war fest, sicher und rasch, ohne etwas von den Strapazen jahrelanger Kriegführung ahnen zu lassen, als er auf dem Weg zu Dingiswayos Königlicher Heimstätte im Mtetwa-Königreich dem Umfolozi flußabwärts folgte. In Gedanken war der Kommandeur bei seinem bevorstehenden Zusammentreffen mit dem König, wobei seine Phantasie ihm diese Begegnung in zahllosen Versionen vorspielte, die ihn alle unbehaglich und ruhelos zurückließen, als er plötzlich ein Rascheln in den Büschen am Ufer hörte und sich mit stoßbereit umklammertem Ixwa herumwarf. Dann erkannte er gerade noch rechtzeitig Pampata, die mit weit aufgerissenen Augen und vor Entsetzen wie gelähmt die Klinge anstarrte.

Shaka betrachtete die reizvolle junge Frau und hatte dabei Mühe, ein Lächeln zu unterdrücken.

»Das hätte dich das Leben kosten können!« erklärte er ihr mit gespieltem Tadel.

Ein breites Lächeln ließ Pampatas Züge geradezu erglühen, als sie mit blitzenden Augen zu ihrem Helden aufsah.

»Ich freue mich, daß du zurück bist, Shaka.«

Der Sohn Zulus blickte auf Pampata herab und grinste. Sie gehörte zu den Wesen, überlegte er sich, deren bloße Existenz genügte, um selbstloses Entzücken auszulösen. Dann rief er sich jedoch ins Gedächtnis zurück, daß er als Soldat keine Zeit für solche Überlegungen habe, wandte sich ab, marschierte weiter und antwortete über die Schulter hinweg mit der Absicht, die Kleine dadurch loszuwerden: »Danke, Pampata. Ich freue mich, wieder hier zu sein.«

Pampata ließ sich jedoch nicht einfach abwimmeln: Sie hastete hinter dem Mann her, rutschte mehrmals aus und platschte durchs seichte Wasser am Ufer. Als sie ihn endlich eingeholt hatte, gab sie sich größte Mühe, nonchalant mit ihm Schritt zu halten – angesichts seiner ungewöhnlichen Körpergröße und seines energischen Ausschreitens ein mühsames Vorhaben. Shaka betrachtete die junge Frau, die sich neben ihm abmühte, aus dem Augenwinkel heraus und stellte in seiner gewohnt nüchternen Art fest, daß sie im Laufe der Jahre immer hübscher geworden war.

Da Pampata das anerkennende Leuchten in seinen Augen wahrnahm, faßte sie sich ein Herz und ergriff die Initiative, indem sie nachdrücklicher hinzufügte: »Ich bin zum Fluß gekommen, um dich zu suchen, Shaka.«

Sobald die junge Frau diese Worte ausgesprochen hatte, warf sie Shaka einen erwartungsvollen Blick zu, weil sie sich seine freudig überraschte Reaktion auf ihr Liebesgeständnis vorstellen konnte. Aus seinem Blick sprach jedoch nichts dergleichen; statt dessen las Pampata darin den stärker werdenden Wunsch, in Ruhe gelassen zu werden.

»... *absichtlich*, Shaka«, betonte sie schüchtern und mit einem gezwungenen kleinen Lachen, das ihre völlige Unerfahrenheit in solch schwierigen Herzensangelegenheiten verriet (eine nur noch von Shakas eigener übertroffene Unbeholfenheit). »Ich wollte *absichtlich* die erste Frau sein, die dir über den Weg läuft. Die dich in der Heimat willkommen heißt.«

Noch immer keine Reaktion, während der Mann weiter nach vorn starrte und etwas schneller ging.

»Shaka«, begann Pampata wieder mit sanfter Stimme. »Nach altem Brauch solltest du ... sollten *wir* ...«

»Altweibergeschichten!« knurrte der Zulu, ohne sie ausreden zu lassen.

Pampata fühlte sich plötzlich alleingelassen und beschämt und reagierte aufgebracht.

»Gefalle ich dir nicht genug, um mich zu lieben?« fauchte sie, was Shaka dazu brachte, endlich stehenzubleiben.

Er drehte sich um und betrachtete Pampata, als sehe er die junge Frau zum ersten Mal. Auf seinen schönen Zügen erschien ein Lächeln, das zu einem Lachen wurde. »Ich habe diese Woche fünf Kommandeure ernannt. Du hättest verdient, der sechste zu sein. Deine Taktik ist ein bißchen unbeholfen, aber höchst raffiniert.«

»Ist das alles, wovon du reden kannst?« Sie war jetzt wütend und gekränkt und beschloß, dieses Gefühl nicht zu unterdrücken. »Kommandeure! Taktik! Militärkram!«

»Das ist alles, was mir wichtig ist.«

»Wirklich?« fragte sie und ließ ihre Stimme zu einem sanften Flüstern herabsinken, während sie leicht seine Haut berührte.

»Liebe mich, Shaka«, forderte sie ihn leise auf.

Während er nicht wußte, was er sagen sollte, wanderte ihr Blick über seinen prächtigen Körper, registrierte die Muskelstränge unter der ebenholzschwarzen Haut und genoß die athletische Schlankheit, die solch reine, wilde Männlichkeit ausstrahlte. Als ihre Fingerspitzen über seine breite Brust glitten, über den Magen weiterrutschten und seinen Unterleib erreichten, erlebte Shaka ein für ihn völlig neuartiges Gefühl, das ihn geradezu benommen machte, so daß er im Bereich früher gemachter Erfahrungen nach einem festen Halt tastete. Aber er fand keinen.

Die Entscheidung, seinen Körper für den Augenblick nicht wie sonst meistens vom Verstand steuern zu lassen, war für Shaka kein bewußter Willensakt. Später sagte er sich, sie sei eine vielleicht aus Müdigkeit oder tiefem Bedürfnis nach Zuneigung entstandene Reflexhandlung gewesen, die noch durch seine angeborene Neugier verstärkt worden war, die selten etwas, das sich mit den fünf Sinnen erfassen ließ, seiner Einbildungskraft überließ. Jedenfalls ließ Shaka sich aus irgendwelchen Gründen gehen, als Pampatas Liebkosungen kühner wurden.

Pampata, die jetzt die Initiative ergriff, legte seine muskelbepackten Arme um ihre Taille und fühlte bei der Nähe seiner Wärme ein süßes, wildes Pochen im Unterleib. Als Shaka ihren Körper an seiner kribbelnden Haut spürte, gewann seine Begierde die Oberhand: Er umarmte Pampata fester, klammerte sich an sie und wollte sie überall spüren. Dann schloß er die Augen, weil sich alles vor ihnen drehte, und sank mit nachgebenden Knien in den Schlamm am Ufer des Umfolozi. Die junge Frau, die in seiner Umarmung gefangen war und Shakas Angst, seinen Zorn, seine Liebe, seine Arroganz, seine Kraft und die Vielzahl weiterer Emotionen spürte, die durch den Mahlstrom in seinem Herzen durcheinandergewirbelt wurden, bekam feuchte Augen, weil sie den Mann ihres Lebens zugleich liebte, bemitleidete und begehrte.

Die beiden liebkosten einander zärtlich und unbeholfen und führten sich gegenseitig immer näher an die Erfüllung ihrer Wünsche heran. Aber dazu sollte es nie kommen.

Als Pampata erwartungsvoll nach seinem Geschlecht griff, verschleierte sich Shakas Blick: zuerst aus Verwirrung, dann aus Scham wegen dieses demütigenden Verrats an seinem eigenen Körper, der bisher stets das getan hatte, was der Verstand ihm befohlen hatte. Aber als der Schmerz darüber in ihm aufstieg, erkannte Shaka, daß es hier weder um Logik noch Verstand, sondern allein um Emotionen ging. Reine, ungezügelte Emotionen. Etwas, das er nicht beherrschen konnte; etwas, das er längst überwunden zu haben glaubte.

In seiner Wut auf sich selbst, weil er auf solche Weise von einer Frau hereingelegt, überrascht und besiegt worden war, sprang Shaka auf und lief davon – er flüchtete. Um seine Erniedrigung zu vergessen. Und um durchs Vergessen zu sich selbst zurückzufinden!

»Shaka!« kreischte Pampata hinter ihm her. Sie schluchzte, daß ihr die Tränen übers Gesicht liefen, weil sie fürchtete, ihn für immer verloren zu haben.

»Shaka!« Die Strömung des Umfolozi schien ihr den Namen von den Lippen zu reißen und stromabwärts davonzutragen. »Ich liebe dich, Shaka!«

»Deine Forderung ist unsinnig, Baba. Der Erfolg meiner Feldzüge beruht zum Teil auf der Wucht meiner Kriegsmaschine.« Shaka trat resolut auf, und seine Stimme wurde lauter, weil er von dem Gesagten zutiefst überzeugt war.

»Dieses schlagkräftige Werkzeug jetzt zu zerschlagen, wäre reine Torheit!«

Dingiswayo, Ngomane, Kuta und die übrigen geschätzten Mitglieder des Mtetwa-Ältestenrats verfolgten Shakas gebieterische Gestalt mit besorgten Blicken, als der Kommandeur auf dem steinigen Platz vor der Königlichen Hütte auf und ab ging.

»Bis zum nächsten Mond müssen meine Truppen wieder auf dem Marsch sein?«

»Falls ich und der Rat so entscheiden«, bestätigte Dingiswayo, der sich dazu kalter, majestätischer Strenge bediente.

Shakas Antwort kam prompt und energisch.

»Wie kannst du mir den Oberbefehl über deine Regimenter anvertrauen und mir dann nicht freie Hand in bezug auf militärische Entscheidungen lassen?«

»Du hast freie Hand gehabt, Shaka«, stellte der König anklagend fest, weil der Zorn des anderen ihn zu einer tadelnden tadelnden Antwort reizte. »Und nach den eingegangenen Berichten zu urteilen, hast du diese Freiheit bis zum letzten ausgenützt! Die ›Furcht Shakas‹, wie sie heißt, verbreitet sich durchs ganze Land.«

Shaka mäßigte seinen Tonfall. »Vor fünf Jahren hast du mir von der Nguni-Bantu-Nation erzählt, Baba. Damals ist sie lediglich ein Traum, eine phantastische Vision gewesen. Trotzdem bedrohen heutzutage nur noch zwei Mächte deine Position als Oberherrscher über unser gesamtes Volk: die Qwabes Pakatwayos und die Ndwandwe-Konföderation König Zwides! Beides mächtige Königreiche – aber nicht unbesiegbar!« Shakas Stimme klang lauter und eindringlicher, als er seinen direkten Appell auch an Ngomane und den Ältestenrat richtete. »Wir müssen die Feldzüge fortsetzen, solange diese ›Furcht Shakas‹ Wirkung zeigt! Solange meine Truppen durch den Schwung ununterbrochener Siege vorangetragen werden. Wir müssen *jetzt* zuschlagen – und wenn wir's tun, bin ich sicher, daß wir bald erleben werden, wie unser Traum Wirklichkeit wird.«

»Als ich von dieser Nation gesprochen habe, wollte ich erreichen, daß der Name Mtetwa Frieden bedeutet!« Dingiswayos Herz stand wieder in Flammen. »Ich wollte keinen *totalen Krieg*! Meine Regimenter sollten andere Stämme unterwerfen – nicht vernichten!«

»Um einen anderen Stamm zu unterwerfen, muß man ihn ein für allemal treffen.« Die Stimme des Kommandeurs klang eifrig und unnachgiebig – aber auch von dem Bemühen geprägt, verstanden zu werden. »Das ist die einzig dauerhafte Eroberung! ... Totaler Krieg! Bedingungsloser Gehorsam dem

Oberherrscher gegenüber! Völlige Vernichtung aller, die auch nur gegen ihn zu flüstern wagen! ... Ein Mann in deiner Stellung, Nkosi, verfügt über eine unglaubliche Machtfülle. Aber nur eines kann diese Macht stützen, sie glaubwürdig machen: entsprechende militärische Stärke! Die Fähigkeit, andere zu vernichten. Das ist die einzige Möglichkeit!«

»Doch, Shaka! Es gibt etwas anderes: Glauben!«

»Glauben!« Der Kommandeur spuckte dieses Wort förmlich aus. »Woran?«

»An den Menschen«, lautete die Antwort. »An die Vernunft. An den Drang jedes Menschen, an sich und seine Mitmenschen zu glauben.«

Shada blieb ruckartig stehen. »Zwide von den Ndwandwes bereitet einen Angriff vor.« Seine Stimme klang plötzlich steif und förmlich. »Sein Heer ist so groß wie unseres, vielleicht sogar noch größer. Er hat von unserer neuen Taktik gehört und eine andere entwickelt, die - so fürchte ich - nicht weniger wirkungsvoll als unsere ist. Und was seine Vernunft betrifft, hat er nur einen einzigen Wunsch, Baba.« Shaka lächelte humorlos. »Er will deine Oberherrschaft zerschmettern und seinem Reich eingliedern. Und das tut er nicht mit Glauben! ... Aber wie du festgestellt hast, liegt die endgültige Entscheidung darüber, was getan werden soll, bei dir und dem Rat.« Der Zulu machte eine kurze, leicht theatralische Pause, bevor er in energischem Tonfall schloß: »Und so soll's auch bleiben! ... Ich bitte dich, meinen Rücktritt als Kommandeur deiner Regimenter anzunehmen.«

Der Ältestenrat war wie vor den Kopf geschlagen.

»Bayete, Nkosi«, verabschiedete Shaka sich nickend und schritt davon. Allen Anwesenden - vor allem Dingiswayo und Ngomane -war augenblicklich klar, daß eine Annahme von Shakas Rücktrittsgesuch unter keinen Umständen in Frage kam.

Obwohl die Oberherrschaft (vor allem durch Shakas eigene Bemühungen) riesig und mächtig war, war sie ohne den Zulu praktisch wertlos, da das Überleben des Reiches von seiner Methode und ihrer Ausführung abhing.

»Ngomane...«, gab der Mtetwa-König mit hohler Stimme das Stichwort.

Der Blick des Indunas begegnete dem seines Königs, und als Ngomane Dingiswayos Befürchtungen erkannte, nickte er schweigend zustimmend und hastete davon, um den Sohn Zulus einzuholen.

»Du hast deine Karten gut ausgespielt«, beglückwünschte Ngomane Shaka, als er mit ihm Schritt hielt. »Was verlangst du?«

»Völlige Befehlsgewalt über die Streitkräfte – ohne weitere Einmischung von seiten des Königs oder des Ältestenrats.«

Ngomane blieb wie angewurzelt stehen, so schockierend fand er diese Forderung. »Damit würdest du den Staat praktisch beherrschen«, murmelte er mit ungläubig heiserer Stimme.

Shaka drehte sich ruckartig nach ihm um.

»Wenn Zwide uns besiegt, Ngomane, gibt's keinen Staat mehr! Der Feldzug gegen die Ndwandwe-Konföderation ist ein Kampf auf Leben und Tod! Für mich. Für dich. Für den Rat. Und für Dingiswayo und seinen Traum! Wenn ich diese Verantwortung als Kommandeur tragen soll, darf ich keine Zeit mit Idealismus und Spekulationen über die versöhnlichen Eigenschaften von Menschen vergeuden, Ngomane!« Shakas flammender Blick schien den anderen durchbohren zu wollen. »Zwide will unser *Blut*, nicht unsere Menschlichkeit!«

Der Ältestenrat beriet sich die ganze Nacht lang. Bei Tagesanbruch erhielt Shaka die Antwort auf seine Forderung.

Ngomane fand ihn hoch auf einem Felsen sitzend, von dem aus er einen weiten Blick über die Unendlichkeit des Mtetwa-Königreichs hatte: ein Blick, der liebevoll auf allem ruhte, was er sah, als sei jeder Hügel, jeder Baum, jede Blume und jeder Grashalm sein persönlich geschätzter Besitz. Als er die Gegenwart des Indunas neben sich spürte, drehte er sich nach ihm um und sprach langsam, geistesabwesend, als seien seine Gedanken noch immer von vagen Empfindungen befangen.

»Habe ich sie?« fragte Shaka.

»Ja«, antwortete Ngomane halblaut, indem er ebenfalls

übers Land hinausblickte. »Du hast sie: völlige Befehlsgewalt ohne Einmischung von außen.«

Der Induna warf Shaka einen forschenden Blick zu und suchte auf dem Gesicht des jungen Mannes Hinweise auf Erleichterung, Triumph, vielleicht Freude – oder Befriedigung. Aber der Gesichtsausdruck des Zulus blieb unergründlich.

»Fünf Jahre«, murmelte Ngomane nachdenklich. »Ein steiler Aufstieg vom Führer einer kleinen Brigade ... Durch diese Entscheidung bist du der zweite Mann hinter dem König – und in vieler Beziehung ebenso mächtig.«

»Die Stärke eines Königs liegt in der Macht seiner Generale, Ngomane. Und im Idealstaat *ist* der König zugleich der General.«

»Trachtest du danach, Shaka? Willst du beides sein?«

Der Zulu legte den Kopf schief, betrachtete den Induna und lächelte schwach, als er zurückgab: »Ich will nur, was mir vom Schicksal bestimmt ist.«

21 SENZANGAKONA *Der Rechtschaffene* UMBASA *Februar 1816*

Stille lag über der Königlichen Heimstätte esiKlebeni – tiefer Friede, allumfassende Ruhe, als ob die Erde ein einziges großes Grab sei, als ob alle Hoffnung an einem der Menschheit unbekannten Ort begraben sei.

Die Luft in der Königshütte war zum Ersticken. Graue Rauchschwaden, die das lodernde Feuer ausstieß, vermischten sich mit Qualm und Dämpfen aus Tiegeln, in denen Heilkräuteraufgüsse brodelten. Durch diese konzentrierten Ausdünstungen hindurch kaum sichtbar, lag Senzangakona kaJama Zulu, dessen ausgezehrter Leib immer wieder von Krämpfen geschüttelt wurde, schweratmend auf seiner Matte. Mudli, der Älteste, trat an die Seite seines Herrschers, kniete neben dessen

Schwester Mkabayi nieder und hatte Mühe, den Schmerz zu verbergen, der sein Herz beim Anblick von Senzangakonas ausgemergelten Zügen zerriß, auf denen die schrumpelige, faltige Gesichtshaut sich über knochigen Vorsprüngen spannte, die seine Nase, seine Backenknochen und die Augenhöhlen waren.

Der König litt an chronischer Urämie – einem durch ›uValo‹, Trunksucht, ausgelösten Leiden.

Senzangakona wußte jedoch nicht, woran er litt: Er litt einfach nur. Tatsächlich war das für sein Leben seit seiner Abhängigkeit von dem Allheilmittel Sorghumbier charakteristisch – er wußte niemals, weshalb er litt, er litt nur. Und sein Sehvermögen war im Grunde genommen schon seit vielen Jahren getrübt: Seitdem er damals *ihr* begegnet war, hatte sein weiteres Leben die schemenhafte Undeutlichkeit eines Traums angenommen.

»Ich habe Angst!« gestand der König, indem er den Arm des anderen umklammerte.

»Eine normale Reaktion, Baba.« Der Älteste bemühte sich, mit fester Stimme zu sprechen. »Wir fürchten uns alle davor, eine gewohnte Umgebung zu verlassen. Wahrscheinlich haben wir alle schreckliche Angst, wenn unsere Zeit kommt.«

Senzangakona lachte unerwarteterweise: ein hustendes, bellendes Lachen. »Du wärst imstande, mitten in einem Gewitter die schädliche Wirkung des Sonnenscheins zu erläutern! Du Du hast stets auf alles eine Antwort gewußt, Mudli. Und jetzt sogar auf den Tod! ... *Du* hättest König sein sollen, nicht ich! Du hättest weit besser für diese ›gewohnte Umgebung‹ gesorgt als ich!«

Der Gesichtsausdruck des Herrschers verfinsterte sich jäh, als erinnere er sich an eine letzte lästige Pflicht, die es zu erfüllen gelte.

»Meine Söhne, Mudli. Ich brauche einen Thronfolger, nicht wahr? Und Shaka wird den von mir bestimmten Nachfolger höchstwahrscheinlich umbringen. Wer soll's also sein? ... Das ist eine schwierige Entscheidung, und du mußt mir ein letztes Mal helfen.« Da der Zulukönig fühlte, daß der Älteste davor zurückschreckte, diese Wahl zu treffen, murmelte er heiser: »Gut, ich nehme Bibis Sohn Sigiyana. In der Nacht, in der Nandi geflohen ist, in der ich Igazi getötet habe, die der Anfang meines Endes gewesen ist..., ist er gezeugt worden. Sigiyana soll herrschen, solange Shaka es ihm gestattet. Solange Shaka...«

Und so verschied Senzangakona kaJama Zulu, König des Himmelsvolkes, Enkel des mächtigen Ndaba, Großenkel Magebas, siebter Nachkomme des legendären Zulu kaMalandela, mit dem Namen des Kindes der Weissagung auf den Lippen: in Kummer und Sorge wegen seines verpfuschten Lebens, niedergedrückt durch die Ungerechtigkeit der Welt, angesichts der Erkenntnis überrascht, wie lange er mit der Last dieser Ungerechtigkeit zurechtgekommen war, ohne sein Unglück wirklich zu erkennen, und wegen des unbehaglichen Verdachts ärgerlich, blind und dumm gewesen zu sein...

»Hat er einen Nachfolger benannt?« fragte Shaka Dingiswayo.

»Sigiyana«, antwortete der Mtetwa-König.

»Die schlechteste Wahl unter seinen ehelichen Söhnen! Das muß ihm jemand eingeredet haben... Selbst im Tode hat er sich noch als schwach erwiesen!«

Die drei wichtigsten Männer des Mtetwa-Königreichs – Dingiswayo, Shaka und Ngomane – schritten allein durch die Pracht ihres Reiches.

Dingiswayo beobachtete Shaka aus dem Augenwinkel heraus und war zutiefst besorgt wegen der eisigen Gleichgültigkeit, mit der sein Freund die Nachricht vom Tod Senzangakonas aufgenommen hatte. Keine Trauer. Kein Schmerz. Kein Bedauern. Anscheinend überhaupt keine Gefühlsregung. Der überhaupt keine Gefühlsregung. Der Zulu behandelte das Hinscheiden seines Vaters als rein politische Angelegenheit.

»Shaka...« Der König senkte seine Stimme zu ehrfürchtigem Murmeln. »Ich spreche dir mein Beileid aus.«

»Beileid, Baba?« Shaka wirkte ehrlich überrascht. »Wozu dein Beileid? Sein Tod ist doch zu meinem Vorteil!«

»Aber er ist dein Vater gewesen!«

»Wie Jobe deiner gewesen ist. Auch er hat versucht, seinen Sohn zu töten. Hast du bei seinem Tod auch nur eine Träne vergossen?«

»Ja, ich habe geweint.« Dingiswayos Stimme klang bei der Erinnerung daran traurig.

»Blutsbande!« sagte Shaka mit zynischem Grinsen. »Sie begründen stets eine Treuepflicht. Dabei besteht in den meisten Fällen gar kein Anspruch darauf. Die bloße Tatsache, daß ein Mann einem das Leben schenkt, bedeutet noch nicht, daß man ihn lieben muß. Bei seiner Bestattung weinen! Die Last des Gedenkens an ihn tragen! ... Meine Zeugung ist ein Augenblick des Vergnügens für ihn gewesen – und der Beginn eines Lebens voller Leiden für mich! ... Falls ich Tränen habe, vergieße ich sie um meinetwillen, nicht für den Mann, der mich gezeugt hat!«

»Mit wie vielen Regimentern willst du nach esiKlebeni marschieren?« fragte der Mtetwa-König schließlich nach einer kurzen Denkpause.

»Du verblüffst mich, Baba«, stellte Shaka fest.

»Willst du damit andeuten, daß ich einmarschieren und den Zulu-Thron *gewaltsam* an mich bringen soll? Daß ich mich in die inneren Angelegenheiten eines unterworfenen Stammes einmischen soll? ... Das entspricht keineswegs deiner bisherigen Politik.«

»Ist das nicht der größte Wunsch deines Lebens? Ist das nicht der Beweggrund für deine militärische Laufbahn gewesen? Erhebst du nicht Anspruch auf den Zulu-Thron? ... Ich bin jedenfalls keiner, der einen Mann daran hindert, seinen Schicksalsweg zu gehen. Außerdem ...«, der König lächelte schwach, »außerdem untersteht das Heer dir, Shaka. Du könntest es tun, ohne dich um meine ›Politik‹ zu kümmern. Darum habe ich mir überlegt, daß es für uns beide würdevoller wäre, wenn es so aussähe, als stammte diese Idee von mir.«

Shaka maß seinen König mit einem langen forschenden Blick, aus dem Wohlwollen sprach.

»Das iziCwe-Regiment müßte genügen«, antwortete er halblaut. »Die anderen will ich nicht stören. Sie befinden sich in der Intensivausbildung für den Feldzug gegen Zwide. Vielleicht marschiere ich in esiKlebeni nur mit den ursprünglichen ›Fünfzig‹ ein – zur Erinnerung an die gute alte Zeit.« Shaka sah zu Ngomane hinüber. »Ich brauche einen Zeremonienmeister für meine Krönung. Mudli kann ich dafür nicht nehmen – er würde mich lieber mit dem Königlichen Assegai durchbohren ... Willst du mir diese Ehre erweisen, Ngomane?«

»Mit Vergnügen, Shaka.« Der Induna quittierte diese Auszeichnung dankbar lächelnd.

Dingiswayo ließ das Leopardenfell, das Shaka ihm zu Beginn seiner ›Wanderung‹ geschenkt hatte, von seinen Schultern gleiten und gab es ihm zurück.

»Ich glaube, daß es jetzt rechtmäßig dir gehört, Shaka. Es hat einen Kreis beschrieben – von Wanderer zu Wanderer, von König zu König.«

Der Zulu nahm das Leopardenfell entgegen und strich sanft darüber. Als er wieder sprach, ließ seine Stimme seine Freude und seine tiefe Zuneigung für den anderen erkennen.

»Du bleibst stets mein Oberbeherrscher, Baba.«

»Shaka Zulu ist dazu bestimmt, keine Oberherrscher zu haben. Das wissen wir beide. Ich bete nur, daß wir Freunde bleiben.«

»Das Volk deines Vaters gleicht Hyänen, Shaka«, erklärte Nandi ihrem Sohn, während sie in die heitere Klarheit der Nacht aufblickte, deren laue Lüfte sie umfächelten. »Sie fletschen die Zähne, aber ihre Drohungen sind wie bei Hyänen die von Feiglingen ... Es sollte dir nicht schwerfallen, ihnen abzunehmen, was seit dem Tage deiner Zeugung dein legitimes Eigentum gewesen ist.«

Als Nandi schwieg, war sie in Gedanken beim Morgengrauen des kommenden Tages, an dem sie und ihr Sohn in das Zuludorf einziehen und von einem Schicksal Besitz ergreifen würden, dessen hilf-und glücklose Protagonistin sie gewesen war, seitdem sie damals die Weissagung auf der Plattform der Zinne der Könige gehört hatte. Jetzt empfand sie ein überwältigendes Gefühl unendlicher Größe angesichts der Erkenntnis, daß dieser Traum Wirklichkeit werden würde, und als dieses Größegefühl einem deprimierenden Unbehagen wich, erinnerte sie sich an die Warnung ihres Vaters: »Ich hoffe, daß du dieses Unerreichbare nicht findest, denn sonst wirst du sehr einsam sein.« Einsam. Nein, sagte sie sich, nicht einsam. Ich habe Shaka! Ich werde immer Shaka haben!

Shaka blickte zu seiner Mutter hinüber, betrachtete ihre schönen, im sanften Schein des Mondes noch immer strahlend jugendlichen Züge, sah ihren geistesabwesenden, nachdenklichen Blick und fragte sich, was in ihrem Kopf vorgehen mochte.

»Hat er dich betrübt? Sein Tod, meine ich.«

Nandi senkte den Kopf, starrte direkt in die amorphen Formen der nächtlichen Schatten und horchte auf die inneren Stimmen ihrer Seele, die gedämpft von dem Mann sprachen, der ihre Liebe gewesen war: Stimmen, aus denen wilde Verachtung, wütende Zärtlichkeit und eine Mischung aus Mitgefühl und Bedauern sprachen. Ihre Liebe war unverkennbar – sie war da, sie würde stets dasein; sie war unter Umständen entstanden und lebendig geblieben, die keinen Raum für Zweifel ließen. Und da sie jetzt mit ihrer Liebe allein war, horchte sie auf die Stimmen ihrer Einsamkeit, nicht etwa aufgebracht, sondern im Gegenteil durch die Erkenntnis bedrückt, daß ihr etwas Unwiderrufliches zugestoßen war: Sie hatte ihn für immer verloren.

Hatte sein Tod sie betrübt? Das konnte sie nicht wirklich sagen. Der Teil ihres Ichs, der betrübt hätte sein können, war mit ihm gestorben, so daß sie keinen Schmerz, keine Gefühle, nur die Benommenheit einer in unendliches Schweigen gehüllten Welt spürte. Aber was konnte sie ihrem Sohn sagen? Wie konnte sie seine berechtigte Frage beantworten?

Sie konnte es nicht. Deshalb saß sie schweigend da und hörte ihren eigenen Herzschlag die verstreichenden Sekunden zählen, bis Shaka sagte: »Eine Schande, nicht wahr? Daß der Mann, den du geliebt hast, deine Liebe niemals verdient hat.«

Nandi, die durch diese Feststellung verwirrt war, drehte sich nach ihrem Sohn um und sah, daß er sie direkt anstarrte und eine Antwort erwartete. Und sie wußte, daß sie diesmal nicht wieder schweigen konnte.

Sie wollte ihm sagen, daß man nicht wegen irgend etwas liebt, das in dem anderen steckt, sondern weil man etwas Lebendiges in seinem eigenen Inneren spürt. Aber dann erwiderte sie statt dessen: »Das Herz ist sehr launisch, Shaka. Oft unmöglich zu regieren.«

»Nein, Mutter. Wie der Verstand läßt das Herz sich darin einüben, berechenbar zu reagieren.«

Sie warf ihm einen forschenden Blick zu und lächelte ein schwaches, wissendes Lächeln, als sie erkannte, daß das sein Ernst war. »Das sagst du, weil du noch jung bist. Du bist noch nicht verliebt gewesen. Wart' nur, bis du...«

»Ich liebe *dich*, Mutter«, unterbrach er sie mit ernster Stimme. »Ich habe dich immer geliebt.«

Nandi, die seine Zuneigung dankbar anerkannte, nahm seinen starken Arm und legte ihren Kopf auf seine Schulter.

»Ich weiß, Shaka«, sagte sie mit sanftem Lächeln. »Und ich liebe dich. Aber die Liebe, die ich meine, ist etwas anderes.«

Sie spürte, daß er auf ihre Berührung abweisend reagierte, und fragte sich, warum er das tat. Aber sie konnte nicht ahnen, daß er in Gedanken plötzlich wieder bei seinem demütigenden Erlebnis mit Pampata, dem nicht zustande gekommenen Liebesakt, dem Verrat an seinem Körper war.

»Diese Liebe brauchen wir nicht, Mutter«, behauptete er mit beängstigend hohler Stimme.

»Jeder Mann braucht diese Liebe, Shaka«, erklärte sie ihm – nicht rechthaberisch, sondern sanft überredend.

»Hat er sie gebraucht?« lautete seine knappe Frage.

Als ihre Blicke sich begegneten, hatte Nandi Tränen in den Augen. Shaka schloß sie in die Arme und wiegte sie zart, während er flüsterte: »Du hast mich überleben gelehrt, Mutter. Damit ich der König werde, der *er* hätte sein sollen. Und ich *habe* überlebt! Ich werde dieser König sein! ... Aber wenn du jetzt von mir verlangst, auch seine Fehler anzunehmen, kannst du mich ebensogut mit ihm begraben.«

Sie begann zu weinen, und ihre Tränen tropften auf Shakas Brust. Der Zulu nahm ihr Kinn in seine große Hand und hob es hoch, so daß ihre Blicke sich wieder begegneten.

»Der Mann ist tot, Mutter«, sagte er ernst. »Weine nicht um ihn – um dich. Weine nicht um etwas, das gewesen ist, das hätte sein können ... Vergiß die Vergangenheit! Denk an *uns*, Mutter! Wir sind die Zukunft!«

22 BAYETE ZULU ELIPEZULU
Heil dir, der du hoch vom Himmel kommst

Was hatte Dingiswayo ihn gefragt? »Ist das nicht der größte Wunsch deines Lebens? Ist das nicht der Beweggrund für deine militärische Laufbahn gewesen? Erhebst du nicht Anspruch auf den Zulu-Thron?«

An diesem kühlen Morgen im Monat uLutudlana des Jahres 1816, als der lavendelblaue Himmel über dem Umfolozi sich mit den ersten wärmenden Sonnenstrahlen rötlich verfärbte, lautete Shakas Antwort auf Dingiswayos Fragen: »Ja! Ganz bestimmt! Das ist mein großes Ziel gewesen!«

Und in der Morgendämmerung dieses Tages stand Shaka nach dem von den Propheten und den Weisen vorgeschriebenen Salbungsritual nackt im rasch fließenden knöcheltiefen Wasser des Flusses unter den ernsten, wachsamen Blicken Nandis, der jetzt 24jährigen Nomcoba, Ngwadis (eines hochaufgeschossenen Dreizehnjährigen), Ngomanes, Mgobozis, Nqobokas, Jokos, Mtongas, Dlabas und den übrigen Kriegern der ursprünglichen ›Fünfzig‹, während Pampata als Dienerin den Leib des Kindes der Weissagung für die Krönung vorbereitete und kleidete.

Sein prachtvoller, stattlicher Körper wurde mit einer Paste aus Fett und zerstoßener Hirse eingeseift und mit Wasser abgespült. Als die Haut dann trocken war, wurde sie mit einer

Emulsion aus rotem Ocker eingerieben, die auf der glatten Haut über Shakas sehnigen Muskeln und der strengen Schönheit seiner Gesichtszüge einen rötlichen, seidigen Schimmer erzeugte.

Ein Fransenumhang aus den Schwänzen gefleckter Ginsterkatzen und dem flauschigen Pelz blaugrauer Affen bedeckte Shakas breite Schultern, während Pampata an den Beinen des Zulus dicht über seinen muskulösen Waden prächtige Kupferringe mit herabhängenden Elfenbeinquasten befestigte, die im leichten Wind anmutig klapperten.

Dann setzte Pampata ihm eine wundervolle Krone auf, die mit Geparden-, Luchs- und Löwenfell, den Federn von Gaukler und Lämmergeier, von Eisvogel und Marabu geschmückt und von einer langen, zitternden Schmuckfeder des Paradieskranichs überragt wurde. Und zuletzt wurde das nun schon legendäre Leopardenfell um seine Schultern gehängt, und Shakas rechte Hand umklammerte den Ixwa, indem er ihn gen Himmel reckte.

»SI-GI-DI«, brüllte Mgobozi und brach damit das andächtige Schweigen, das während der Zeremonie geherrscht hatte.

»SI-GI-DI«, wiederholten die Fünfzig.

»Bist du bereit, Shaka?« fragte Ngomane, bevor er zu dem langen Marsch nach esiKlebeni aufbrach.

»Ich bin bereit«, sagte das Kind der Weissagung.

Und er war bereit.

»Umkonto wenkosi o-y-isiMakade«, sprach Mudli und hielt den Königlichen Assegai der Zulus hoch, während er die Krönung des neuen Zuluherrschers leitete, den Senzangakona vor seinem Tode bestimmt hatte. »Nantso-ke inKosi yeNu, naKiti, namhla-nje! – Sehet ihn, ihr von unserem Stamme, der heute euer König ist!«

Mudli überreichte Sigiyana feierlich den Assegai, das Symbol des Zuluherrschers und der neuen Königswürde des jungen Mannes. Der rechtmäßige Thronerbe umklammerte den Speer krampfhaft, als fürchte er, der Assegai könnte ihm aus der Hand fallen oder ihm entrissen werden.

Als Sigiyana jetzt den Kopf hob, um die in dem Tal unterhalb von esiKlebeni versammelte Zulu-Bevölkerung zu betrachten, die in tiefer Verehrung vor ihrem neuen König auf den Knien lag, fiel der Blick des jungen Mannes auf eine Gruppe ferner, näherkommender Gestalten, die sich verschwommen schimmernd wie eine Luftspiegelung von dem strahlendblauen Himmel abhoben. Und als Mudli, der ebenfalls mit zusammengekniffenen Augen den Horizont anstarrte, die hochgewachsene, majestätische Gestalt Shakas und hinter ihm die glitzernden Ixwas seiner Fünfzig erkannte, wünschte der Älteste sich nichts mehr, als tatsächlich eine Luftspiegelung statt der Vorboten einer unmittelbar bevorstehenden Katastrophe zu sehen.

Eine jähe Woge der Angst durchlief die Zulus, als einer nach dem anderen aufblickte und die heranmarschierende Kolonne beobachtete, wobei der unterwürfige Ausdruck ihrer Augen blankem, sprachlosem Entsetzen wich, als sie den berühmten, prächtig geschmückten I-Shaka in seiner prunkvollen, ehrfurchtgebietenden Aufmachung mit Federn, Schwänzen, Fellen und Elfenbein erkannten, der jetzt in Begleitung seiner Familie und seiner tapferen Krieger hangaufwärts auf die Königliche Heimstätte zuschritt.

Und das Meer aus Zulus teilte sich mit unendlicher Bestürzung vor Shaka und seiner Kolonne, duckte sich vor seinem majestätischen Schritt und machte ihm hastig Platz wie ein geprügelter Hund, der die Peitsche seines Herrn erblickt.

Shaka schritt durchs Tor der äußeren Palisade, um das Viehgehege herum und auf den Krönungsplatz zu.

Nicht nur Sigiyana – der sich in einem Zustand tranceartiger Hysterie befand, so daß der Königliche Assegai in seiner Hand sichtbar zitterte –, sondern auch Senzangakonas übrige Söhne standen völlig im Banne der Ankunft ihres berühmten Halbbruders. Vor allem Dingane, der Sohn der Ehefrau Mpikase, ein untersetzter, stämmiger junger Mann Anfang Zwanzig mit schwammigem, amorphem Körper, der einen Mangel an Selbstdisziplin erkennen ließ, und einem aufgedunsenen, dümmlichen Gesicht, aus dem Charakterschwäche sprach –

ein Gesicht, wie es leicht in der Menge untergeht –, starrte seinen Halbbruder an und wünschte sich atemlos ernsthaft, jetzt in der Menge untertauchen zu können.

Nur zwei aus dem Gefolge des Königs schienen vernünftig zu reagieren: Mkabayi, die Mühe hatte, beim Anblick des Kindes der Weissagung nicht zu strahlen, und Mudli, der stolze Verteidiger der bestehenden Ordnung, erfahrene Diplomat und treue Diener seiner Könige, der mit scharfer, vibrierend lauter Stimme verlangte: »Im Namen all dessen, was heilig ist – verlaß diese Heimstätte! Sofort!«

»Deine Stimme klingt ängstlich, Ältester«, erwiderte Shaka, indem er auf Mudli zuging und einige Schritte von dem Zulu-Thron entfernt stehenblieb. »Erschreckt meine Gegenwart dich? Oder zitterst du, weil du dir deiner Schuld bewußt bist?«

Mudlis Gesicht war von Haß verzerrt. Der Älteste sammelte seine Galle im Speichel und spuckte Shaka ins Gesicht, so daß heißes Entsetzen die Augenzeugen durchzuckte, die jetzt auf die Geißel von Shakas Zorn warteten.

Das Gesicht des Zulus verfinsterte sich jedoch nicht vor Zorn. Statt dessen trug Shaka lediglich ein sarkastisches Lächeln zur Schau. »Ein geschätztes Mitglied des Ältestenrats, das seinem König ins Gesicht spuckt? Das ist Hochverrat, Ältester!«

»Du bist nicht mein König«, zischte Mudli, dessen jahrelang aufgestauter Haß aus seiner Seele losbrach. »Auch deine blutrünstigen Krieger können dir meine Treue, meine Ergebenheit nicht sichern! Senzangakona kaJama Zulu – der wahre Nachkomme Zulu kaMalandelas – hat seine Wahl getroffen, und ich werde diese Entscheidung mit meinem Leben verteidigen! Ich lasse nicht zu, daß du die göttlichen Rituale unseres Stammes entweihst.« Er hob feurig empört die Stimme: »Verlaß diese heilige Stätte!«

Shakas Tonfall wurde eisig.

»Wie ich gesagt habe – Verrat.« Er blickte zu Senzangakonas Nachfolger hinüber. »Sigiyana, würdest du bitte das Urteil vollstrecken?«

Der neue Zuluherrscher (der bereits die flüchtigen Sekunden

bis zum Ende seiner tragischen Regierungszeit zählte) war sprachlos, als er diesen Befehl hörte, und saß wie versteinert auf seinem Thron: Sein Mund stand offen, und er keuchte, als hätten ihm die Worte seines Halbbruders die Luft genommen. Unter dem scharfen Blick der flammenden Augen Shakas, die ihn mit wachsender Ungeduld anstarrten, begann Sigiyana zu zittern, seine Zähne klapperten hörbar, und seine Arme bebten unübersehbar, als habe er einen den Symptomen nach an Epilepsie grenzenden Anfall, so daß der Königliche Assegai in seiner Hand unkontrollierbar zitterte und ihm beinahe entglitten wäre. Shaka, der den erschrockenen jungen Mann keine Sekunde aus den Augen ließ, flüsterte drohend: »Hast du nicht gehört? Du sollst das Urteil vollstrecken!«

Sigiyana hielt den Atem an und warf Mudli rasch einen bittenden Blick zu, mit dem er den Ältesten stumm anflehte, Mitleid mit ihm zu haben, ihn zu verstehen und ihm vielleicht sogar zu verzeihen, als er jetzt den Königlichen Assegai mit beiden Händen umklammerte und ruhighielt, bevor er das Symbol des Zuluherrschers mit ausgestreckten Armen in den Unterleib des Mannes stieß, der dieses Symbol über fünf Jahrzehnte lang verkörpert hatte.

Der Älteste umfaßte den aus seinem Leib ragenden Speer mit ungläubiger Miene und sank auf die Knie, während die gesamte Zulubevölkerung eisig schweigend zusah und untätig auf den nächsten Akt der Tragödie ihres Königreichs wartete.

Mudli, dessen Lippen der aus seinem Mund quellende Blutstrom dunkelrot färbte, sah den Tod herannahen und sprach ihn an.

»Das Dunkel naht jetzt«, sagte er mit schwacher Stimme, die an einen fernen Verzweiflungsschrei erinnerte. »Ich bete, daß es nicht ... zu spät ist. Ich bete, daß ... die Ahnen unser Volk ... unser Königreich beschützen. Unsere Vergangenheit bewahren. Wie sie gewesen ist ...«

Als Mudli verstummt und seine Seele zu ihrer letzten diplomatischen Mission zu ihren Königen aufgebrochen war (ein betrüblicher Auftrag, weil er von seinem endgültigen Versagen als stolzer Bewahrer einer Welt, einer Überzeugung und einer

Lebensweise berichten mußte, die mit dem Ältesten endgültig dahingegangen war), ruhte Shakas feuriger Blick noch auf dem leblosen Körper, während er auf die letzten Worte des Ältesten antwortete.

»Nein, Mudli«, flüsterte er mit bitterer Verachtung für die Vergangenheit. »Nichts bleibt, wie es gewesen ist – niemals wieder!« Um die schlimme Vorbedeutung seiner Worte zu unterstreichen, riß Shaka den Königlichen Assegai aus dem Toten und zerbrach die Waffe über seinem Knie.

Durch dieses die Zulus eingeschüchtert zurücklassende Sakrileg schnitt das Kind der Weissagung das Volk des Himmels von seiner Vergangenheit ab und katapultierte es in ein bodenloses Nichts aus Angst und Ungewißheit, in eine unbekannte Zukunft.

Angst spiegelte sich in Sigiyanas Augen, als Shaka sich umdrehte, um das Wort an seinen feigen Halbbruder zu richten.

»Erkennst du mich als König der Zulus an, mein Bruder?« fragte er den Erschrockenen. »Als den legitimen Thronerben an deiner Stelle?«

Die wimmernde, brabbelnde Memme sank auf die Knie, umarmte Shakas Beine und keuchte: »Ja ... ja, Shaka! Du bist mein Herr und Gebieter! Bayete! Bayete, Nkosi!«

»Und du«, fauchte Shaka, den Sigiyanas ekelhafte Unterwürfigkeit anwiderte, »bist ein wehleidiger Narr!«

Senzangakonas legitimer Nachfolger sackte mit einem Gurgeln zusammen, als der Ixwa durch seine Brust gestoßen wurde und das Herz durchbohrte. Dann zog Shaka den Speer aus dem Leichnam seines Halbbruders, wischte ihn mit einer kurzen Bewegung an Sigiyanas Kopfschmuck ab, schob den Toten mit dem Fuß beiseite und nahm seinen Platz auf dem Zulu-Thron ein, so daß sein stolzes Gesicht jetzt seinen schreckensstarren Untertanen zugekehrt war.

Falls Ngomane über dieses Blutbad entsetzt war, stand ihm das Entsetzen nicht deutlich ins Gesicht geschrieben, als er mit ernster Miene an Shakas Seite trat.

»Ist hier jemand, der die Rechtmäßigkeit dieser Entscheidung anzweifelt?« fragte der Mtetwa-Induna mit erhobener

Stimme, um von allen gehört zu werden. »Dann soll er jetzt sprechen oder für immer schweigen.«

Ngomanes Blick suchte die Menge ab, wobei er vor allem die übrigen Söhne Senzangakonas und die Angehörigen der königlichen Familie anstarrte, bevor er fortfuhr: »Keiner spricht? ... Dann huldigt eurem König!«

Dingane sank als erster auf die Knie und gab erneut ein Beispiel für die Feigheit, die zu den hervorstechendsten Eigenschaften der jüngeren Halbbrüder Shakas zu gehören schien. Der Enkel Jamas rief ängstlich aus: »Bayete, Nkosi! Bayete Zulu Elipezulu!«

»Bayete, Nkosi!« kam der Antwortruf der gesamten Bevölkerung – eine in ängstlicher Verwirrung dargebrachte Ovation, in die sich schon bald der heldenhafte Schrei der Fünfzig mischte, die im Chor und mit den Füßen aufstampfend ausriefen: »Bayete, Sigidi! Bayete, Nkosi! Wena wa sendhlu nKulu!«

Shaka, der vor Machtbewußtsein und der außerordentlichen Dankbarkeit über diese völlige Erfüllung strahlte, hob eine Hand und winkte Nandi heran. Die Frau zögerte nur einen Herzschlag lang, bevor sie majestätisch, eindrucksvoll auf den Zulu-Thron zuschritt: mit gemessenen Bewegungen und einem rhythmisch langsamen Wogen ihrer edlen Gestalt, als beherrsche sie sich gewaltsam.

Zum zweiten Mal im Leben ihres Stammes machten die Zulus der Tochter Bhebhes Platz, als sie durch esiKlebeni schritt, aber im Gegensatz zum ersten Mal, als sie die Hure mit dem Bankert gewesen war, die den Stamm 55 Kühe gekostet hatte, war sie jetzt die Nkosikazi, die verehrte Königin der Königinnen des Volkes, von dem sie einst verachtet worden war, die Große Elefantin Zulus, deren Bankert den Stamm nicht nur eine Handvoll Kühe, sondern auch seine Vergangenheit, seine Gegenwart und seine Zukunft kosten würde –und das Wertvollste, was er besaß: seine Identität!

Als Nandi neben ihrem Sohn auf dem Thron saß, fragte er sie eisig: »Ist außer diesem Mann...«, Shakas Blick streifte verächtlich den toten Mudli, »... noch jemand hier, der dich gekränkt oder beleidigt hat?«

Nandis Gesichtsausdruck verhärtete sich. Ihre Katzenaugen glitten an Mkabi vorbei und über die ängstlichen Gesichter Fudukazis, Langazanas, Bibis und der übrigen Ehefrauen Senzangakonas hinweg, um sich auf Mkabayi zu heften. Die Schwester des verstorbenen Königs hielt ihrem Blick mit kalter Gleichgültigkeit stand; ihr Gesichtsausdruck verriet keinerlei Angst, obwohl sie recht gut wußte, daß ihr Leben jetzt in Nandis Hand lag.

»Nein«, antwortete Nandi und sah weg, weil sie sich daran erinnerte, daß Mkabayi ihren Sohn einst vor dem Speer seines Vaters gerettet hatte. »Niemand.«

»So sei es!« sprach der Sohn Zulus, griff nach der Hand seiner Mutter und legte sie sanft auf die seine, so daß beide Hände den Ixwa – das neue Symbol der Zulu-Souveränität – umfaßten.

»Bayete, Nkosi!« erklang die Huldigung an den neuen König, die mit einem Crescendo wiederholt wurde, von dem das Tal zu erzittern schien.

Von allen Anwesenden blieb nur Pampata stumm und hatte feuchte Augen, während sie über die unerforschliche Seele des Mannes nachdachte, den sie liebte, und sich betrübt fragte, welches grausame, selbstsüchtige Los das Schicksal ihm zugedacht haben mochte. Von allen Anwesenden – und weil sie ihn liebte – war Pampata die einzige, die die Wahrheit erkannte. Nur sie sah erschreckend klar, daß der Große I-Shaka nicht nur König, Held und Eroberer, sondern auch das ahnungslose Opfer seines eigenen Schicksals war.

An diesem Abend folgte auf die Krönung wie geplant ein großes Fest. Aber die dabei herrschende Stimmung entsprach ganz entschieden *nicht* dem ursprünglichen Plan. Tatsächlich hatten die Zulus den Verdacht, nach diesem gewaltsamen Machtwechsel werde es für sie nie mehr ein Leben »nach Plan« geben. Während die Ochsen über einem Lagerfeuer brieten und das Bier in Strömen floß, aßen, tranken und tanzten die Zulus deshalb in panischer Angst, die Shaka selbst am treffendsten definierte.

»Kontrollierte Panik«, stellte der neue Zuluherrscher fest, indem er seine Untertanen spöttisch-distanziert beobachtete, während er gemeinsam mit Ngomane auf der Schwelle der Königshütte hockte und aß. »Sie sind alle betrunken! Solch gezwungene Fröhlichkeit hab' ich mein Leben lang noch nicht gesehen! Sie sind vor Schock wie benommen!« Shaka, dessen Appetit durch seinen kürzlichen Triumph zu Heißhunger geworden war, biß ein großes Stück Kalbfleisch ab, bevor er fast beiläufig hinzufügte: »Sie befinden sich in einem Schockzustand, von dem sie sich hoffentlich nie mehr erholen werden!«

»Wie meinst du das?« fragte Ngomane, den diese herzlose Bemerkung verwirrte. »Das ist jetzt dein Volk, Shaka.«

»Deshalb hoffe ich, daß es sich nie mehr davon erholen wird«, antwortete der Zulu lächelnd und fuhr dann fort, um die wachsende Verständnislosigkeit seines Freundes zu erhellen: »Ist dir nicht klar, was heute passiert ist, Ngomane? Das ganze Ausmaß der Ereignisse, meine ich ... Als ich in esiKlebeni einmarschiert bin und den Thron bestiegen habe, ist *Angst* der Faktor gewesen, der das alles ermöglicht hat! Damit habe ich praktisch eine Schreckensherrschaft errichtet. Um meine Macht wirklich zu bewahren und mir die unvergängliche Treue meiner Untertanen zu sichern«, fuhr Shaka leicht ironisch fort, »bin ich jetzt darauf angewiesen, diese Angst sehr lebendig zu erhalten!«

»Wie?« Ngomane hatte es den Appetit verschlagen.

»Indem ich sie von ihrer Vergangenheit, von ihren Überlieferungen abschneide! Und indem ich sie in eine unbekannte Zukunft führe, in der ein Wille – *mein eigener*! – die Richtung angibt. Und selbst dann werden die Zweifel bleiben! Ich werde sie im ungewissen lassen: Was ist Shaka? Wohin führt er uns? Was hat er vor? Was will er eigentlich?«

»*Was* will er, Shaka?«

Der plötzlich ernst gewordene Gesichtsausdruck des Zulukönigs stand in rätselhaftem Gegensatz zu dem schelmischen Glitzern in seinen Augen.

»Veränderungen, Ngomane. Shaka will den Wechsel! ... Ich werde alle ihre emotionalen Stützen entwurzeln: ihre Traditionen, ihre Bräuche, ihre Familienbande, ihre Überzeugungen und ihren Aberglauben! Alles, was der Mensch zu brauchen glaubt, wird abgeschafft! Von heute an sind sämtliche Bestimmungen, Gesetze und Verordnungen nur mehr provisorisch und können jederzeit ohne Vorwarnung abgeändert werden!« Die Heiterkeit in Shakas Blick breitete sich über sein ganzes Gesicht aus, und er lächelte. »Ich werde sie verwirren, bis sie nicht mehr wissen, wo ihnen der Kopf steht! Das ist die einzige Möglichkeit, meinen Thron zu sichern, Ngomane. Macht durch die Angst vor dem Unbekannten.«

»Das kann gefährlich sein, Shaka«, erwiderte der Mtetwa-Induna, der seine moralischen Bedenken gelassen vorbrachte, als sei Shakas erschreckende Zukunftsvision lediglich eine vorbeiziehende Gewitterwolke an einem ansonsten heiteren Himmel. »Traditionen vergehen nicht so leicht. Das menschliche Herz ist sehr widerstandsfähig. Ich fürchte, daß sie dich früher oder später ermorden werden, wenn du ihnen zuviel zumutest.«

»Ich sollte schon mit sechs Jahren ermordet werden, Ngomane. Seither ist jedes weitere Jahr ein geschenktes Jahr gewesen. Aber ich habe meine Vorkehrungen getroffen...« Sein Tonfall wurde vertraulich. »Sogar zwei, um es genau zu sagen. Erstens habe ich zu meinem Schutz eine spezielle Leibgarde aus den jüngsten und wachsten Kriegern meiner Regimenter aufgestellt, die wie Nebel an mir ›kleben‹ werden. So habe ich diese Sondertruppe übrigens auch benannt: ›Ufasimba‹ – Nebel! Und zweitens wird jeder potentielle Attentäter in meinem Königreich damit beschäftigt sein, seine Aggressionen auf Feldzügen abzureagieren. Wer sich weigert, wird beseitigt.«

»Und wenn's keine Kriege gibt?« lautete Ngomanes Frage, als ihm zunehmend klarer wurde, daß Shaka das alles ernst meinte.

»Ich sorge dafür, daß es welche gibt«, hieß die selbstbewußte Antwort. »Auch nach Zwide liegt noch viel Land vor uns, das erobert werden kann. Aus dem, was Dingiswayo mir erzählt hat, schließe ich sogar, daß wir eines Tages an die Schwalben – die Weißen Männer – werden denken müssen.« Shaka legte

Ngomane zuversichtlich eine Hand auf die Schulter. »Nein, Ngomane, es sollte nicht schwierig sein, unsere Soldaten bei Laune zu halten! ... Ich würde mich nicht einmal wundern, wenn Krieg der Normalzustand würde.«

Ein wissendes Lächeln zog Ngomanes Mundwinkel nach oben, als er Shakas Blick erwiderte.

»›Totaler Krieg! Bedingungsloser Gehorsam dem Oberherrscher gegenüber! Völlige Vernichtung aller, die auch nur gegen ihn zu flüstern wagen!‹ Das hast du zu Dingiswayo gesagt. Aber in Wirklichkeit hast du an deine eigene Zukunft gedacht, nicht wahr?«

»Da sind meine Vorstellungen«, bestätigte der Zulukönig mit eisiger Ironie. »Ich kann sie wohl kaum von mir trennen – selbst wenn ich sie einem anderen nahezubringen versuche.«

Die Feiernden verstummten plötzlich, während Shaka und Ngomane ihre Aufmerksamkeit auf einen Mann konzentrierten, der von Mgobozi und Joko vor den König geführt wurde. Der Mann, der Kumalo-Prinz Mzilikazi, dessen athletischer Körper blutbefleckt war, wurde grob vor Shaka zu Boden gestoßen.

Als Mzilikazi den Kopf hob, begegnete sein stolzer Blick dem Shakas, und beide Männer hatten jäh das unheimliche Gefühl, sich in dem jeweils anderen wie in einem Spiegel zu sehen. Ohne ein Wort gewechselt zu haben, wußten beide, daß zwischen ihnen eine Gemeinschaft entstanden war, die stärker als alles war,was sie bisher gekannt hatten.

»Fünfundzwanzigtausend Krieger?! Ich hätte mir nie träumen lassen, daß sie so stark sind!« rief Shaka ungläubig aus, indem er seinen durchdringenden Blick wieder auf Mzilikazi richtete, der in der Königshütte am Feuer saß, das seinen muskulösen Leib hell beleuchtete, während Pampata ihm mit sanfter Hand Heilkräuterkompressen anlegte und die entzündeten Wunden mit Breiverbänden versorgte. Der Kumalo-Prinz war mit knapper Not dem todbringenden Kerker des sadistischen Zwide und seiner hexenhaften Mutter Ntombazi entflohen und berichtete nun von Zwides tückischem Plan.

Der Blick des Zulus glitt ruhelos über die lodernden Flammen, als lese er in ihren Feuerzungen die Antwort auf eine im stillen gestellte Frage. »Die Qwabes sollen mitten im Kampf die Seiten wechseln!« Shaka sah rasch zu Ngomane hinüber. »Eine kindische Taktik! Zwide muß verrückt sein, wenn er sich einbildet, Dingiswayo und ich würden in diese Falle tappen!«

»Genau das hat Pakatwayo auch gesagt«, bestätigte Mzilikazi und zuckte leicht zusammen, als Pampata auf seiner Schulter eine brennende Paste verrieb.

»Ein Lichtstrahl im Dunkel seines Verrats«, warf Ngomane grimmig ein.

Shakas Blick ruhte jetzt mißtrauisch auf seinem außergewöhnlichen Gast. »Woher weiß ich, daß du nicht auch eine Rolle in diesem Plan spielst?« fragte er Mzilikazi.

»Das weißt du nicht«, gab der andere mit entwaffnendem Grinsen zu. »Aber ich bin davon überzeugt, daß du bewährte Methoden hast, um das nachzuprüfen.«

Während Shaka den Kumalo noch mit einem langen, forschenden Blick maß, erschien plötzlich Mgobozi auf der Schwelle der Königshütte.

»Sigidi«, grüßte er beim Eintreten. »Von den Qwabes ist ein Bote gekommen. Pakatwayo wünscht ein Gespräch mit dir – über ein Bündnis gegen die Ndwandwes.«

Der Zulukönig wandte sich amüsiert lächelnd von Ngomane und Mzilikazi ab.

»Mgobozi, sag dem Boten, daß wir bereit sind, uns morgen mit Pakatwayo zu treffen, um über das von ihm vorgeschlagene ›Bündnis‹ zu sprechen ... Sag ihm, daß wir friedlich kommen.«

Als Mgobozi sich verbeugte und gehen wollte, fügte Shaka hinzu: »Noch etwas, Mgobozi: Alarmiere die Regimenter. Alle fünf! Wir marschieren bei Tagesanbruch gegen die Hauptstadt der Qwabes.«

Mgobozi war wegen dieser scheinbar widersprüchlichen Befehle –mit fünf kampfbereiten Regimentern friedlich kommen? – sichtlich verwirrt. Aber Shaka war ein Mann, dem man ohne zu fragen gehorchte, deshalb nickte der iziCwe-Kommandeur schweigend und verließ die Hütte.

»Du kommst natürlich mit«, erklärte der Zulu Mzilikazi. »Du bist mein unwiderlegbarer Beweis ... hoffe ich.«

Das Treffen zwischen Shaka und Pakatwayo begann in freundschaftlicher Atmosphäre, indem die beiden Könige durch die riesige Königliche Heimstätte emaTandeni schlenderten und die politische Lage erörterten, wie sie sich in ihren jeweiligen Königreichen entwickelte. Und der Qwabe, der über zwölf Jahre älter als der Zulu war, wirkte sehr entspannt, völlig Herr der Lage.

»Meinen Glückwunsch, Shaka«, flocht Pakatwayo beiläufig ein. »Andererseits haben wir schon immer gewußt, daß dir der Zulu-Thron mühelos zufallen würde.«

»Wir?«

»Mein Vater und ich. Er hat sehr viel von dir gehalten, Shaka. Er hat dir vertraut, und ich habe von ihm gelernt, es ihm gleichzutun.«

Shaka war in Gedanken wieder bei jenem teils erholsamen, teils glücklichen Abschnitt seines Lebens, den er im Lande der Qwabes unter den schützenden Fittichen des guten Gendeyana verbracht hatte. Er erinnerte sich an Kondlos mutiges Eintreten für ihn und dachte an seine eigenen prophetischen Worte, die sich vor kurzem bewahrheitet hatten.

»Sag den Zulus, sie sollen sich bereithalten, Lutuli«, hatte er als Neunzehnjähriger verlangt.

»Sag ihnen, daß ich früher zurückkehren werde, als sie zu denken wagen. Aber nicht allein! Meine Mutter ist dann an meiner Seite – als Nkosikazi indlovukazi, als Königin der Königinnen!«

Neunzehn! Ein interessantes Alter, überlegte Shaka sich, in dem man als Mann zu Leichtsinn und zu Träumen neigt, weil die Vernunft noch schwach und die Einbildungskraft schon stark entwickelt ist. Glücklicherweise ist mein eigener Traum kein Produkt einer überhitzten Phantasie.

»Ganz recht«, erwiderte Shaka schließlich wehmütig lächelnd. »Kondlo ist ein großer Mann gewesen. Der Letzte der aufgeklärten Herrscher deines Stammes.«

Pakatwayo, dessen Blick rasch zu Shaka hinüberging, reagierte auf die versteckte Beleidigung des Zulus mit breitem Lächeln.

»Er ruhe in Frieden«, sagte der neue Qwabekönig.

»Deine Botschaft hat sehr ... interessant geklungen, Pakatwayo«, fuhr Shaka fort, um zur Sache zu kommen.

»Und ein bißchen unglaubwürdig. Vor allem wegen deines Besuchs bei König Zwide.«

Diese Bemerkung brachte den Qwabe keineswegs aus dem Gleichgewicht. Wie er Zwide bereits erklärt hatte, rechnete er damit, daß die Mtetwas von seinem Aufenthalt in Dlovunga wußten. »Ich will nicht leugnen, daß der Gedanke an ein Bündnis mit den Ndwandwes verlockend gewesen ist. Sehr verlockend! Ihr Heer ist sehr stark und ...«

»Fünfundzwanzigtausend«, warf Shaka knapp ein.

»Ja-a-a.« Der Qwabe stockte einen Augenblick. Er hatte eigentlich nicht damit gerechnet, daß Shaka auch das wissen würde. Aber er erholte sich rasch von diesem kleinen Schock und fügte hinzu: »Richtig, fünfundzwanzigtausend Mann. Mit einem Heer dieser Größe ist das Spiel nicht mehr zu verlieren!«

»Das hängt davon ab, welches Spiel du spielst, Pakatwayo.«

Der Qwabe wich Shakas Blick aus, als dieser fortfuhr: »Und was hat dich daran gehindert, dieses ›verlockende‹ Bündnis einzugehen?« wollte der Zulu wissen.

»Loyalität!« lautete die nachdrücklich gegebene Antwort. »Wie ich bereits gesagt habe, hat mein Vater viel von dir gehalten, und ich bin jetzt aus Loyalität seinem Andenken gegenüber der Auffassung, daß unsere Stämme zusammenhalten müssen.«

»Ich bin ganz deiner Meinung, Pakatwayo.«

Shaka fand ihr Gespräch allmählich amüsant.

»Ich würde sogar noch einen Schritt weitergehen. Warum schließen wir die beiden Stämme nicht zusammen? Unter einem Namen: *Zulu*! Unter einem König: *Shaka*!«

Pakatwayo drehte sich aufgebracht nach dem anderen um, während seine Augen vor Zorn über Shakas Unnachgiebigkeit blitzten. Aber bevor der Qwabe seinem Zorn Luft machen konnte, rief Shaka laut: »Mzilikazi!«

Mzilikazi kaMashone Kumalo kam grinsend durch emaTandeni heranmarschiert, so daß Pakatwayo alles Blut aus dem Gesicht wich und er nur noch wie angenagelt dastehen und stammeln konnte: »Der ... der Kumalo!«

»Der Kumalo«, bestätigte Shaka.

»Aber ...«, begann Pakatwayo und rang sich ein Lachen ab, obwohl seine Nackenhaare sich vor Entsetzen sträubten. »Aber du würdest ihm doch nicht mehr als mir glauben! Das Wort eines völlig Fremden gegen das eines alten Freundes!«

Eines alten Freundes? fragte Shaka sich mit schiefem Lächeln, während er an den Prinzen dachte, der vor so vielen Jahren versucht hatte, seinen Vater gegen den »arroganten Zulu« aufzuhetzen. »Ich bin nicht mehr darauf angewiesen, ihm zu glauben, Pakatwayo«, stellte der Zulu laut fest. »Dein Gesichtsausdruck bei seinem Anblick ist mir Beweis genug gewesen.«

Nachdem Shaka und Mzilikazi einen bedeutungsvollen Blick gewechselt hatten, reckte der Zulu einen Arm hoch. Auf dieses Zeichen hin erklang der donnernde Kriegsruf »SI-GI-DI!« in unmittelbarer Nähe der Qwabe-Heimstätte, die er zu umzingeln schien.

Stumm vor Staunen suchte Pakatwayo die umliegenden Hügel mit wildem, verstörtem Blick ab und war wie vor den Kopf geschlagen, als er Tausende von Kriegern erkannte, aus denen Shakas Heer jetzt bestand. Der Qwabekönig, der einsehen mußte, daß keine Zeit, keine Gelegenheit mehr für einen Gegenschlag blieb, fauchte aufgebracht: »Du hast mich reingelegt, Shaka! Du hast gesagt, du würdest in Frieden kommen!«

»Aber das habe ich doch getan, Pakatwayo«, wehrte Shaka eisig ab. »In demselben Frieden, den du mir angeboten hast.«

23 DINGISWAYO *Der Wanderer*

Durch ein unregelmäßig gezacktes Loch im Wolkengewölbe fiel das Licht einiger weniger Sterne auf das grausige schwarze Meer aus brütendem Bösen, das Zwides Festung Dlovunga war, als seine Herrin Ntombazi, die Mutter Zwides, mit einer brennenden Fackel und einem schmutzigen Ledersack, den ihre arthritische Hand umklammerte, durch die Zitadelle humpelte. Das unheimliche Wesen kam auf seinem Weg an den finsteren Bewohnern der Felsenfestung vorbei, die mit den letzten Arbeiten dieses Tages beschäftigt waren – vorbei an den Ziegen und Schafen, die in ihre strohgedeckten Ställe und Pferche zurückgetrieben wurden, vorbei an den trägen Rinderherden, die behäbigen Schrittes zu ihren Stallungen hinaufzogen, und die schmalen Straßen am Rande der Felsklippen der riesigen Akropolis entlang.

Sobald Ntombazi die Außenbezirke eines weniger besiedelten Gebiets des Königsreichs vor sich hatte, beschleunigte sie ihren watschelnden Gang und bewegte sich mit wachsender Vorfreude auf die gähnende Öffnung zu, hinter der Dlovungas weitläufiges Höhlenlabyrinth begann und die Tag und Nacht von bewaffneten Ndwandwe-Kriegern bewacht wurde. Jetzt salutierten sie vor ihrer Königin, als die schreckliche Alte an den Männern vorbeihumpelte und sofort vom Dunkel eines schrägen Ganges verschlungen wurde, der in die Eingeweide der Erde hinabführte und in dem das Licht ihrer Fackel kleiner und schwächer wurde, bis es wie der letzte erlöschende Stern am Firmament der Hoffnungslosigkeit in pechschwarzem Dunkel verschwand.

Mit stetigem, entschlossenem Schritt bewegte die Alte sich tiefer und tiefer in die Unterwelt hinab, wo der Feuerschein ihrer Fackel an unzähligen Tropfsteinbildungen und riesigen Versteinerungen gigantischer Reptilien aus dem Mesozoikum vorbeihuschte … tiefer und tiefer, bis Ntombazi zuletzt das Ufer eines unterirdischen Wasserlaufs erreichte, der einen kleinen Wasserfall bildete, die beide auf magische Weise eigenes

Licht ausstrahlten und Wände und Decke des unterirdischen Gewölbes mit bläulich schimmernder Biolumineszenz übergossen.

Die Hexe machte einige Schritte vor dem silbrigen Wasserlauf halt, kniete nieder und umfaßte mit ihren braunen Spinnenfingern einen großen Quarzbrocken. Nachdem sie ihn verhältnismäßig mühelos hochgehoben hatte, rollte sie ihn beiseite, und ihr Gesicht trug einen gräßlichen Ausdruck reiner Freude, als der Blick ihrer glitzernden gelben Augen in die Mulde unter dem Felsbrocken fiel, in der ein Nest mit weißen Skorpionen im phosphoreszierenden Leuchten des Wassers sichtbar wurde.

Die durch die plötzliche Helligkeit aufgeschreckten beängstigenden weißen Gliederfüßler bewegten drohend ihre Kieferfühler und reckten ihre stachelbewehrten Schwänze stoßbereit nach vorn. Dieser äußere Ring kampfbereiter Tiere schien das große Weibchen zu beschützen, das mit den Larven seiner Jungen auf dem Rücken in der Mitte des Nests lag.

Ntombazi, die ihre Fackel an einen Felsen lehnte, hielt den Ledersack mit einer Hand offen, während ihre bloße andere Hand über dem Nest schwebte. Dann packte die Hexe mit raschem, sicherem Griff das Weibchen und warf es in den Sack. Dabei gelang es einem der übrigen Skorpione, sie zu stechen, aber die Alte führte gelassen die gestochene Hand an ihre schmalen Lippen, saugte das Gift aus und spuckte es auf die sich in ihrem Nest windenden Tiere zurück.

Bevor Ntombazi davonhumpelte, benützte sie eine scharfe Speerspitze, um aus einer Kalkspatformation ein versteinertes Fledermausskelett herauszubrechen. Nachdem sie die zerbrechlichen prähistorischen Knochen aus ihrer Steinumhüllung gelöst hatte, ließ Ntombazi sie zu dem Skorpionweibchen in den Ledersack gleiten. Dann erhob die Elende sich zufrieden grinsend und trat den Rückweg an.

In der hochgewölbten Höhle, in der sie hauste, begann Ntombazi wenig später mit der Beschwörung des Bösen, dem sie ihre Seele verpfändet hatte. An einem lodernden Feuer hockend, kochte die Alte eine dunkle Flüssigkeit in einem kleinen Tiegel auf. In dieses Gebräu warf sie den Skorpion und beobachtete zufrieden kichernd, wie das Tier, dessen Schale laut zischte, in der kochendheißen Flüssigkeit erstarrte, während die Larven in schleimigen kleinen Explosionen platzten.

Dann rührte Ntombazi das Gebräu um und streute das aus zerstoßenen Fledermausknochen gewonnene weißliche Pulver hinein. Zuletzt füllte sie einige Löffel des Zaubertranks in eine kleine Schale ab und ... leerte sie in einem Zug.

Während die Sterne über dem friedlichen Reich des guten Königs Dingiswayo von den Mtetwas schienen, bereiteten auch die fröhlichen Bewohner der Königlichen Heimstätte sich auf ihre Nachtruhe vor. Der Rauch von Kochfeuern quoll durch Strohdächer, und die Frauen bereiteten das Nachtmahl zu.

Wie bei einem so mächtigen Herrscher wie Dingiswayo üblich, marschierten bewaffnete Wachen vor dem Tor seiner Heimstätte und um die Palisade herum auf, um den Schlaf ihres Herrschers zu behüten und zu beschützen.

Ein junges Mädchen mit Essenschüsseln und Sorghumbier für das Nachtmahl des Königs kam durchs Tor der Königlichen Heimstätte, passierte die Wachposten – die sie erkannten und ihr zulächelten – und näherte sich Dingiswayos geräumiger Schlafhütte. Nachdem die Kleine ihren geschmeidigen Körper durch den engen Hütteneingang geschoben hatte, senkte sie den Kopf und wartete auf den Befehl, näherzutreten.

Der König war allein. Er sah an diesem Abend müder aus, nachdenklicher als sonst, älter, als er in Wirklichkeit war, als er jetzt aufblickte und der jugendlichen Schönheit zulächelte.

»Sakubona, iNgane – komm näher, mein Kind«, forderte Dingiswayo sie auf.

»Ngiyabona, Baba«, antwortete das Mädchen, erhob sich, näherte sich dem König und bot ihm demütig das Nachtmahl dar.

Der König warf einen Blick auf die Gerichte und nickte zustimmend, womit er dem Mädchen das Zeichen gab, die Schüsseln auf die Matte vor ihm zu stellen und ihm die Hände zu waschen, die mit einem dünnen Strahl klaren Wassers übergossen wurden.

Plötzlich riß Dingiswayo in ungläubigem Entsetzen, das zu Horror wurde, weit die Augen auf. Das Blut gerann ihm in den Adern, während er sprachlos beobachtete, wie die Hände des Mädchens mit der Schale sich zu verwandeln begannen: von glatter, blasser Jugendfrische in die runzlige, schwielige Lederhaut einer Greisin. Dann hob der Mtetwaherrscher langsam, ganz langsam den Kopf, um erschrocken und ungläubig in die schreckliche Fratze seiner mit übernatürlichen Kräften begabten Besucherin zu blicken.

Bei Tagesanbruch kniete ein weiteres Mädchen gesenkten Hauptes auf der Schwelle und wartete darauf, mit dem Frühstück des Königs eingelassen zu werden.

Nach langer Pause runzelte sie die Stirn und fragte sich, warum ihr Herrscher noch nicht gesprochen habe. Vielleicht schläft er noch, überlegte sie sich und hob den Kopf, um nach ihm zu sehen, und als sie's getan hatte, stieß sie einen markerschütternden Schrei aus – einen entsetzten Aufschrei, der wie ein Alarmsignal durch die Heimstätte gellte.

Zur selben Zeit, als die aufgehende Sonne die Ndwandwe-Zitadelle erwärmte, hob Ntombazi ihr abstoßendes Gesicht, um das blutüberströmte Haupt Dingiswayos anzulächeln, während sie es in bevorzugter Position auf dem grausigen Querbalken in der Großen Halle befestigte, wo sein Schädel – dessen Gesichtsausdruck zu einer qualvollen Grimasse erstarrt war – einen prominenten Platz über den Köpfen anderer, minderer Könige einnahm.

»Was wird dein Volk jetzt tun, Dingiswayo?« kreischte sie zu dem Schreckenshaupt hinauf. »Wie werden deine Untertanen sich erklären, was der Verstand nicht fassen kann?«

Ntombazis nächster Blick galt ihrem Sohn, der lüstern grinsend neben ihr stand.

»Schicke einen Boten zu den Mtetwas«, wies sie ihn an. »Wir marschieren beim nächsten Vollmond gegen sie!«

»Die Ndwandwes«, stellte Mzilikazi trocken fest. »Königin Ntombazi.«

Der Kumalo stand neben Shaka und Ngomane in der Mtetwa-Königshütte, wo die drei Männer den in eine Rindlederdecke gehüllten Leichnam Dingiswayos anstarrten. Die traditionelle Sitzhaltung, in die der Tote gebracht worden war, ließ den ermordeten Herrscher um so makabrer wirken.

Shaka, dessen Herz durch den Tod seines Mentors, Freundes und Königs wie gelähmt war, fand sich sprachlos, als er jetzt auf die Leiche zutrat und sanft das Leopardenfell über den enthaupteten Oberkörper breitete, als wolle er dem gähnenden Loch in seinem Torso, das bis in die Seele des Mannes zu reichen und sie freizulegen schien, Frieden bringen.

Das berühmte Leopardenfell! Shakas Gedanken kreisten um dieses Thema. Wanderer zum Wanderer. König zum König. Tod zum ... Der Zulu zwang sich dazu, in seinem Herzen die unheimlichen Worte zu wiederholen, die der Namenlose gesprochen hatte: »Leben vom Leben, Tod zum Tode. Dies ist der Weg der Klinge.«

Shakas rascher Blick galt dem Ixwa in seiner Hand, und er hatte einen Augenblick, einen flüchtigen Augenblick lang das beunruhigende Gefühl, er selbst habe mit seiner eigenen Waffe seinem Freund den Todesstoß gegeben.

Aber wen hatte Mzilikazi eben als die wahren Mörder bezeichnet? Die Ndwandwes? Königin Ntombazi? Ja, das war eine mögliche Erklärung. Vielleicht sogar eine logische. Trotzdem machte diese rationale Erklärung das Phantastische nur um so geheimnisvoller und unheimlicher. Das Ganze hatte etwas Teuflisches an sich. Dingiswayos Ermordung und die Art und Weise, wie er zu Tode gekommen war, gehörten zu den Erlebnissen, die einen Menschen aus dem Gleichschritt mit der sonst überall bestehenden Ordnung bringen und zu einem Spielball obskurer Suggestionen machen.

Und Shaka Zulu war weit davon entfernt, ein Spielball obskurer Suggestionen zu sein!

»Wie?« brüllte er, indem er Mzilikazi und Ngomane mit blitzenden Augen anstarrte.

»Auf rätselhafte Weise, Shaka«, antwortete Ngomane. »Wie üblich haben Wachposten am Tor der Heimstätte, entlang der Umzäunung und am Eingang der Königshütte gestanden. Ich habe die Männer selbst verhört, und sie schwören, daß letzte Nacht niemand in die Nähe des Königs gekommen ist – außer seiner Leibdienerin, die gar nicht die Kraft hätte, einem Mann solche Verletzungen zuzufügen.

»Die Wachen lügen«, knurrte Shaka. »Um ihr Versagen nicht eingestehen zu müssen!«

»Das bezweifle ich ernstlich, Shaka.« Die Stimme des Indunas blieb erstaunlich gelassen. »Sie sind deine Leute. Du hast sie selbst ausgebildet. An ihnen hätte sich niemand unbemerkt vorbeischleichen können.«

»Was willst du damit sagen, Ngomane?« Shakas Zorn war jetzt mit Sarkasmus durchsetzt. »Daß alles gar nicht passiert ist?«

»Ich möchte lediglich die Vermutung äußern, daß die Ereignisse dieser Nacht möglicherweise nichts mit menschlichem Versagen zu tun gehabt haben.«

Der Zulukönig hatte keineswegs die Absicht, auch nur mit dem Gedanken an Hexerei zu spielen. Diese Art Aberglaube war seinem Wesen so fremd, wie es eine Bitte um Gnade gewesen wäre.

»Unsinn!« erklärte er Ngomane, als sie die Hütte verließen und durch die Trauerstimmung schritten, von der die Bewohner der Heimstätte erfaßt worden waren.

»Was *wir* glauben, ist nicht weiter wichtig, Shaka«, stellte Ngomane mit einem Blick auf die Mtetwas fest. »Entscheidend ist jetzt, was *sie* glauben!«

Auch Shaka betrachtete nachdenklich die Bevölkerung, während seine Lippen vor Zorn geschürzt blieben.

»Vor allem unsere Krieger«, betonte der Induna.

»Und wie sieht ihre Reaktion bisher aus?« fragte Shaka mit zusammengebissenen Zähnen.

»Sie sprechen von Hexerei und sind der Überzeugung, daß jemand, dem es gelungen ist, Dingiswayo vor der Nase unserer besten Wachen zu ermorden, auch imstande ist, alle unsere Regimenter in Bann zu schlagen.«

»Beschränktheit!« fauchte Shaka.

»Oder Angst vor dem Unbekannten.«

Die beiden Männer starrten einander an.

»Hast du's nicht selbst so genannt, Shaka? Angst ist eine mächtige und oft zweischneidige Waffe. Sie läßt sich zweifellos auch gegen dich einsetzen – wie in diesem Fall.«

Merkwürdigerweise erschien plötzlich ein listiges Lächeln auf Shakas Zügen.

»Dann müssen wir unsere Leute vorerst von dieser Angst heilen, nicht wahr, Ngomane? Durch das beste aller möglichen Gegenmittel: den Glauben des Menschen an sich selbst!«

»Die meisten von euch wissen, was ›Sigidi‹ bedeutet: einer, der wie tausend kämpft.« Shaka stand hoch auf einem Felsen und wandte sich mit diesen Worten an sein gesamtes Heer, das in dem weiten Tal am Umfolozi angetreten war (wobei das Heer jetzt aus den fünf ursprünglichen Regimentern mit jeweils über 1000 Mann und den neuen Qwabe-Kriegern bestand). In seinem Königsornat, dessen Elfenbeinquasten leicht im Wind klirrten, und den Insignien seiner Macht bot der Sohn Zulus einen höchst imponierenden Anblick, als er mit weithin hallender Stimme, die mühelos alle Ohren erreichte, zu seinen Männern sprach.

»Ich habe diesen Ehrennamen erhalten, aber ich muß zugeben, daß ich ihn nicht verdiene.«

Mgobozi und Nqoboka wechselten einen erstaunten Blick, der von einem Stirnrunzeln begleitet war.

»Nicht ich allein, meine ich«, fügte Shaka rasch hinzu. »Eigentlich gebührt dieser Name allen Angehörigen einer Sonderbrigade, die ich vor fast acht Jahren aufgestellt habe. ›Shakas Fünfzig‹ hat sie geheißen.«

Joko sah zu Mtonga hinüber und blinzelte ihm stolz zu.

»Als diese Brigade aufgestellt worden ist«, fuhr der Zulu mit durchs Tal hallender Stimme fort, »haben uns die Leute ausgelacht, weil wir vieles *anders* gemacht und Methoden benützt haben, die im Gegensatz zu der sogenannten Tradition der Kriegführung gestanden haben. Sie haben uns ausgelacht, weil wir uns gegen den Strom allgemein akzeptierter Verhaltensweisen gestemmt haben.«

Kuta und Ngomane hörten aufmerksam zu; beide erinnerten sich noch gut an das Gespräch mit Buza und Dingiswayo.

»Trotzdem sind diese fünfzig Männer die kampfstärkste Einheit geworden, die die Welt bisher gesehen hat! Heute werden Helden wie Joko, Nqoboka, Dlaba, Mtonga – und vor allem Mgobozi – in den Liedern und Sagen ferner Stämme gefeiert.«

Mgobozi senkte den Kopf und errötete leicht, als Nqoboka ihm freundlich auf den Rücken klopfte.

»Heute sind diese Männer die Hauptstützen der nunmehr stärksten Armee weit und breit. Und warum? Weil sie den Mut gehabt haben, anders zu sein! Sie haben vor acht Jahren entdeckt, daß ein Mann, der selbständig denkt und an sich selbst glaubt, den Gang der Geschichte ändern kann. Daß er sie nach seinen eigenen Vorstellungen formen kann!«

Ngomanes Blick wanderte über die Reihen der aufmarschierten Krieger; der Induna beobachtete, daß sie wie gebannt an Shakas Lippen hingen, und gestand sich mit schwachem Lächeln ein, daß die wirkungsvollste Waffe des Zulukönigs möglicherweise nicht sein Ixwa, sondern sein Mundwerk war.

»Ich fordere jeden einzelnen von euch auf, die gleiche Entdeckung in eurem eigenen Herzen zu machen. Habt den Mut, anders zu sein, dann gehört euch die Welt! Seid ein ›Sigidi‹ – nicht nur auf dem Schlachtfeld, sondern in jedem Augenblick eures Lebens! Kämpft gegen die ›tausend‹ überholten Bräuche, Ideale und Aberglauben an, die eure Gedankenfreiheit bedrohen! Mit anderen Worten ...« Seine Stimme war jetzt donnernd laut. »Steht für irgend etwas ein, sonst fallt ihr auf alles herein!«

»SI-GI-DI!« brüllte Joko mit äußerster Lungenkraft.

»SI-GI-DI!« kam das Echo, das durchs Tal bis zum Himmel hallte.

»König Dingiswayo ist mehr als unser Oberherrscher gewesen«, fuhr Shaka fort, als der vieltausendstimmige Jubel verhallt war, »er ist unser aller Vater gewesen. Sein Tod hat uns mit tiefer Trauer und hilflosem Zorn erfüllt. Viele von uns fühlen sich jetzt verwirrt, entwurzelt, ohne klare Orientierung! Das ist nur verständlich, wenn einer Nation wie der unseren plötzlich ein Mann seines Kalibers geraubt wird. Trotzdem müssen wir im Namen dieses Mannes als Streitmacht *vereint* bleiben! Ich sage euch sogar, daß unser Zweck, unser Ziel klarer als je zuvor sind!«

Shaka machte eine kurze Pause, bevor er bewußt heftig hinzufügte: »Wir müssen seinen Tod rächen! Wir müssen die Ndwandwes vom Antlitz der Erde tilgen!«

Auch diesmal hallte der von dem donnernden Stampfen von Tausenden von Füßen begleitete Schrei »SI-GI-DI!« durch das Tal am Umfolozi.

»Zwide möchte uns glauben machen, bei der Ermordung Dingiswayos sei Hexerei im Spiel gewesen«, stellte der Zulukönig fest, als wieder Stille herrschte. »Auch das ist wieder ein Beispiel dafür, wie manche uns an allgemein anerkannte Überlieferungen ketten möchten, damit wir auf alles reinfallen! Aber die Wahrheit sieht anders aus!« Shaka setzte sich hügelabwärts in Bewegung und sprach weiter mit seinen Männern, während er sich ihnen näherte. »Unser geliebter Oberherrscher ist nicht durch Hexerei, sondern durch *Verrat* zu Tode gekommen!«

Ngomane kniff interessiert die Augen zusammen.

»Seine Leibwächter und die Dienerin haben ihren Verrat gestanden und sollen für dieses schwerste aller Verbrechen die schwerste Strafe erhalten, die wir verhängen können: die Pfählung!«

Ngomanes Gesichtsausdruck verhärtete sich. Shaka hat also Sündenböcke gefunden, überlegte der Induna sich. Er hat eine Möglichkeit entdeckt, den ›Fluch‹ mit Menschenblut abzuwaschen.

Tatsächlich kam wenig später eine Abteilung Ufasimba-Krieger anmarschiert und führte die ›Verbrecher‹ (die hübsche Dienerin und die beiden Wachposten, die vor der Königshütte gestanden hatten) zu drei angespitzten Pfählen, die senkrecht aus dem Erdboden ragten. Und während die versammelten Krieger wie gebannt und schreckensstarr zusahen, hoben die Ufasimbas die Wachen und das erbärmlich wimmernde Mädchen über die Pfähle, drückten sie nach unten und zogen kräftig an ihren Armen, bis die Schmerzensschreie der Opfer verstummten.

Danach herrschte tiefes Schweigen. Auch von Mgobozis vollen Lippen war das strahlende Lächeln verschwunden, als er betroffen und angewidert den Kopf senkte.

»Ihre Leichen«, fuhr Shaka fort, »oder was die Geier von ihnen übriglassen werden, bleiben hier zur Warnung hängen, damit alle wissen, was den erwartet, der die Nation verrät.« Seine Stimme klang plötzlich streng. »Jetzt zurück in die Ausbildung – und kein Gerede über Hexerei mehr!«

»Du verblüffst mich immer wieder, Shaka«, erklärte Ngomane dem Zulu, als die beiden Männer später gemeinsam beobachteten, wie die Krieger Shakas Methode übten. »Ich frage mich oft, wieviel von allem, was du sagst, auf ehrlicher Überzeugung beruht.«

»Ich bin Soldat, Ngomane«, antwortete Shaka, um dessen Lippen ein kaum wahrnehmbares Lächeln spielte, »kein Politiker. Was ich sage, wird stets vom Siegeswillen eines Soldaten beeinflußt.«

»Nach den heutigen Ereignissen zweifelt bestimmt niemand mehr daran, wie der nächste Führer der Mtetwa-Oberherrschaft heißen wird.«

»Danach habe ich mich nie gedrängt!« wehrte der Zulu steif ab.

»Das hast du nie nötig, Shaka. Dir scheint alles wie von selbst in den Schoß zu fallen. Zulus, Qwabes, Mtetwas ... und bald auch die Ndwandwes. Ein riesiges Reich. Ein mächtiger Herrscher. Auf deine Weise verwirklichst du Dingiswayos Traum! Die Nation der Nguni-Bantus!«

»Nein, Ngomane – die Zulu-Nation!« Das intensive Leuchten in Shakas Blick unterstrich das Feuer, das in seinem Herzen loderte.

»*Zulu!* Das wird die gemeinsame Identität! Mein Volk wird vergessen, daß es jemals etwas anderes gewesen ist!«

24 SAKUBONA *Ich sehe dich*

»Wir müssen sie dazu bringen, zu glauben, was sie glauben sollen! Durchs Unerwartete überwältigen! Nur so haben wir eine Siegeschance.«

Die Morgenluft war noch frisch, und die hinter dem Waldland aufgehende Sonne umgab die Umrisse der Baumwipfel mit einem goldenen Schimmer, der sich allmählich in helle Grün- und Blautöne verwandelte, als das Tagesgestirn sich vom Horizont löste und mit dem Himmel vereinigte.

Wie es Shakas Gewohnheit war, wenn er geheime Absichten und Pläne mit seinen engsten Beratern und bewährtesten Generalen und Regimentskommandeuren besprechen wollte, hatte er Mgobozi, Nqoboka, Joko, Dlaba, Mtonga, Kuta und Ngomane (der seit kurzem Shakas Haupt-Induna war – sozusagen sein Ministerpräsident) auf die bernstein- und safrangelbe Hochebene der eindrucksvollen emTonjaneni-Höhen kommen lassen, wo der Zulu in der kühlen Frische der Natur auf und ab gehend seine Pläne erläutern konnte, ohne besorgt sein zu müssen, daß fremde Ohren – außer denen der Propheten und der Ahnen – seine Worte hören könnten. An diesem besonderen Morgen, an dem er seine Strategie für den unmittelbar bevorstehenden schweren Kampf gegen König Zwide und den Stamm der Ndwandwes zu erläutern versprochen hatte, war auf Shakas Wunsch auch Mzilikazi anwesend – ein Mann, dem er trotz ihrer erst kurzen Freundschaft instinktiv zu vertrauen gelernt hatte.

»Wie bei eNtuzuma«, führte Shaka aus, indem er auf dem Plateau auf und ab ging, »brauchen wir jetzt das ›Unerwartete‹, um den Sieg zu erringen – zumal unser Heer zahlenmäßig stark unterlegen ist. Tatsächlich haben wir trotz der rekrutierten Qwabe-Krieger nur neuntausend Mann. Das sind neun gegen fünfundzwanzig!«

»Wir haben schon bei größerer Überlegenheit gesiegt«, warf Mgobozi wie gewohnt etwas leichtsinnig zuversichtlich ein.

»Ja, Mgobozi«, bestätigte Shaka lächelnd und legte seinem General freundschaftlich eine Hand auf die Schulter, »aber damals ist meine Methode noch neu gewesen, und wir haben unsere Gegner damit überrumpeln können. In diesem Krieg werden die Ndwandwes auf unsere bisherige Kampfweise gefaßt sein, deshalb müssen wir sie mit etwas Neuem konfrontieren! Mit etwas Unerwartetem!« In Shakas Augen trat ein verschmitzter Ausdruck, als er fast beiläufig hinzufügte: »Deshalb habe ich beschlossen, nur mit der Hälfte unserer Truppen gegen Zwides Streitmacht anzutreten.«

Nach dieser verblüffenden Erklärung Shakas waren die Anwesenden wie vor den Kopf geschlagen: Alle starrten den Zulu forschend an, hofften, er habe nicht plötzlich den Verstand verloren, und vermuteten dann, er habe sich vielleicht nur einen Scherz machen wollen.

»Es handelt sich ganz einfach darum, die scheinbare Wirklichkeit den Bedürfnissen der Phantasie des Gegners anzupassen«, behauptete Shaka so unbekümmert heiter und fast leichtsinnig, daß seine Offiziere in noch größere Verwirrung gestürzt wurden. »Überlegt euch, was bisher geschehen ist, und versucht, die Dinge aus dem Blickwinkel der Ndwandwes zu sehen. Zwide hat offenbar geglaubt, Dingiswayos unheimlicher Tod werde unsere Krieger in panische Angst versetzen – was dann auch beinahe der Fall gewesen ist! Deshalb müssen wir dafür sorgen, daß er glaubt, sein Plan sei erfolgreich gewesen!«

Shakas wie gebannt lauschende Zuhörer waren noch immer verwirrt und benommen. Kuta stellte mit einem raschen Blick in die Runde fest, daß seine Kameraden nicht mehr begriffen hatten als er selbst, und fragte dann den Zulu: »Wie?«

»Aus Dlovunga ist ein Bote mit einer Kriegserklärung eingetroffen«, sagte Shaka langsam und deutlich. »Zwide will beim nächsten Vollmond gegen uns marschieren. Bevor dieser Bote unser Königreich verläßt, spielen wir ihm Informationen zu, die er für streng geheim halten wird.«

»Was für Informationen?« fragte Ngomane, dem allmählich ein Licht aufging.

»Dem Boten wird der Eindruck vermittelt, unsere Lage sei *verzweifelt*!« Shaka setzte seine Argumentation nachdrücklich fort. »Er wird hören, daß nach der unerklärlichen Ermordung unseres Königs über viertausend unserer Krieger in panischer Angst vor den übernatürlichen Kräften Ntombazis und der Ndwandwes desertiert sind, so daß unser Heer auf etwas über die Hälfte seiner ursprünglichen Stärke geschrumpft ist.«

Mzilikazi, auf dessen Gesicht sich wachsendes Verständnis abzeichnete, blickte mißtrauisch drein. »Wie kommst du darauf, daß Zwide das glauben wird, Shaka?«

»Weil er's glauben will! Das ist der Punkt, wo Wirklichkeit und Phantasie verschmelzen.« Shaka lächelte zuversichtlich. »Nichts ist einfacher, als einen Menschen davon zu überzeugen, daß er recht hat. Das ist Zwides eigener Plan gewesen, Mzilikazi: Er wollte mit Dingiswayos Ermordung Angst und Entsetzen in unsere Reihen tragen, und ich bin davon überzeugt, daß er jetzt an den Erfolg seines Plans glauben will. Das ist Menschenart!«

»Aber wo sind die viertausend Mann *wirklich*?« Mgobozi bemühte sich um Klarheit.

»Bei uns, versteht sich«, antwortete Shaka ziemlich nonchalant. »Aber die Ndwandwes sehen sie erst, wenn's zu spät ist!«

»Viertausend Unsichtbare«, murmelte Joko mit hochgezogenen Augenbrauen. »Wenn das nicht ›übernatürlich‹ ist ...«

»Nicht unsichtbar, Joko«, verbesserte Shaka rasch, »nur versteckt!«

»Und wo willst du viertausend Mann verstecken?« fragte Kuta verwirrter als je zuvor.

»Auf dem Qokli-Hügel.«

Als junger Krieger macht Shaka eine folgenschwere Entdeckung: Der traditionelle Assegai (Speer) der Zulus ist für den Kampf eigentlich untauglich. Shaka läßt sich einen neuen, besseren Speer schmieden.

Shakas Mutter Nandi. Sie ist der einzige Mensch, dem er vertraut.

Shaka als junger Krieger.

Shakas Kral.

Am Tag seiner Krönung zum König aller Zulus wird Shaka von den Stammesmädchen geschmückt.

Nandi, Shakas Mutter, erscheint zur Inthronisation ihres Sohnes prachtvoll geschmückt.

Shaka bei Stammesfeierlichkeiten. Jeder fürchtet seinen Zorn.

Shaka wartet in seinem Kral darauf, daß ihm die Weißen vorgeführt werden.

Während eines Festes wird auf Shaka ein Mordanschlag verübt. Doch die Weißen pflegen ihn wieder gesund.

Shaka hat sich bereit erklärt, Leutnant Farewell ein großes Stück Land zu verkaufen. Beide unterzeichnen den Vertrag.

Shaka zieht mit seinen Männern in den Krieg.

Allein am Strand denkt Shaka über die Zukunft seines Volkes nach.

Der Qokli-Hügel war eine höchst eigenartige geographische Formation, die etwa drei Kilometer von den breiten Ufern des Flusses Umfolozi zwischen den Gebieten der Mtetwa-Oberherrschaft und der Ndwandwe-Konföderation aufragte. Der am Fuß fast kreisrunde Hügel erhob sich bis zu einer Höhe von rund 400 Metern. Für Shakas Zwecke war der Qokli deshalb ideal geeignet, weil sein Gipfelplateau eine an den Krater eines erloschenen Vulkans erinnernde weite Mulde bildete, deren Felsrand dicht bewachsen war.

Als der Zulukönig seine Kommandeure nachmittags auf den Hügel führte, um ihnen seine ungewöhnliche Form und vor allem die kraterähnliche Gipfelmulde zu zeigen, erläuterte er seine Taktik mit der »versteckten Reserve« näher.

»Unsere gesamte Streitmacht bildet zwei konzentrische Kreise«, erklärte er seinen Offizieren bei einem Rundgang um die Mulde auf dem Qokli. »Einen inneren Kreis aus den Männern, die angeblich in panischer Angst desertiert sind – den Truppen, von denen Zwide bei Beginn der Schlacht nichts weiß. Diese starke Eingreifreserve von viertausend Mann bleibt außer Sicht, bis wir sie brauchen: Sie hält sich schweigend in dieser Mulde verborgen, wo sie mit reichlich Wasser, Nahrung und Medizin versehen ist. Wie ich bereits gesagt habe, ist dieser innere Kreis für die angreifenden Ndwandwes, die bestimmt nicht einmal wissen, daß der Qokli einen so praktischen Krater hat, vom Tal aus buchstäblich ›unsichtbar‹.«

»Und der zweite Kreis?« fragte Kuta.

»Der bildet einen äußeren Gürtel«, fuhr Shaka mit der Erläuterung seines Plans fort. »Unsere restlichen fünftausend Krieger bilden einen zweiten Kreis auf dem Hügel und sind dort als unsere offizielle Streitmacht deutlich sichtbar.«

Mzilikazis hartnäckige Zweifel bestanden trotz Shakas zuversichtlicher Stimmung weiter.

»Aber was ist mit dem *dritten* Kreis?« wandte der Kumalo skeptisch ein. »Den bilden Zwides Truppen unten im Tal. Dann sind wir umzingelt, Shaka! Das ist selbstmörderisch!«

Diese Feststellung Mzilikazis ließ die anderen kurz zögern

und nachdenklich werden, bevor sie Shaka erwartungsvoll anstarrten. Auch diesmal rief die gelassene Art des Zulus bei einigen Anwesenden besorgtes Stirnrunzeln hervor.

»Ganz recht, Mzilikazi – selbstmörderisch!«

Shakas Stimme klang beinahe triumphierend. »Genau das sollen die Ndwandwes denken – daß unsere Taktik selbstmörderisch ist. Tatsächlich wird fast alles, was wir in diesem Krieg tun, *fehlerhaft* aussehen.«

Der Zulu grinste.

»Ihre Generale werden denken, Shaka habe den Verstand verloren.«

Einer der – aus erzieherischer Sicht – bedeutendsten der vielen Dutzend Verbesserungen und Neuerungen, die Shaka dem Himmelsvolk hinterließ, war die Einführung der ›uDibi-Jungen‹.

Nach dieser neuen Übung verwandelte der bisherige Hirtenjunge sich mit 14 bis 16 Jahren in einen ›uDibi‹: einen jungen Träger, das heißt, er galt jetzt als groß und stark genug, um das Gepäck seines Vaters, das seiner Freunde und vor allem das der Zulu-Krieger auf ihren zahllosen Feldzügen zu tragen. Sein neuer Stand verschaffte ihm den Vorzug, eine größere Welt – die Welt des Krieges – kennenzulernen, die große Ehre, Shakas tapfere Soldaten auf ihren weiten Eroberungszügen zu begleiten, und möglicherweise die bemerkenswerte Gelegenheit, den Großen Sigidi mitten im Kampfgetümmel zu erblicken.

Die Traglasten der Jungen bestanden selbstverständlich nur aus dem für die Soldaten Notwendigsten: ihren Felldecken (die die Jungen auf dem Kopf trugen), Holzkissen und Schlafmatte der Krieger (alles zu einem röhrenförmigen Bündel zusammengerollt), ihren Lebensmitteln, den verschiedenen persönlichen Habseligkeiten und dem Wasservorrat der Soldaten. Obgleich das eine beträchtliche Last für einen Jugendlichen zu sein scheint, ist dabei zu berücksichtigen, daß die eigentlichen Kämpfe sehr kraftraubend waren und die Krieger (zu Shakas Zeit) strikten Befehl hatten, sich ihre Kräfte für die Schlacht aufzusparen. Deshalb wurden die Männer angewiesen, lediglich ihre Waffen und ihren Schild zu tragen, so daß der uDibi Muskeln und Charakter entwickeln konnte, indem er sich mit dem größeren Gewicht des restlichen Gepäcks abmühte.

Die Jugendlichen beklagten sich auch nie darüber. Tatsächlich bezeichnete der Ruf auf diesen Posten einen Höhepunkt im Leben eines Jungen, denn er bedeutete den Abschied vom Hirtenjungendasein und den ersten bewußten Schritt in die Jünglingszeit – gewissermaßen den Beginn einer Laufbahn im Staatsdienst. Damit rückte die Verwirklichung eines Jungentraums ein großes Stück näher: seine Unterbringung in der Heimstätte eines Regiments und der Auftakt seines Soldatenlebens.

In den hektischen Tagen unmittelbar nach Shakas einzigartigen Strategiediskussionen wurden die uDibi-Jungen ziemlich auf Trab gehalten: Sie schleppten mit Lebensmitteln gefüllte riesige Kürbisse und Tongefäße, geräumige Kalebassen, aus denen Wasser aus dem in der Nähe vorbeifließenden Umfolozi schwappte, sowie Medikamente und weitere Vorräte den Qokli hinauf, bis die kraterähnliche Gipfelmulde praktisch mit so großen Proviant- und Wasservorräten vollgestopft war, daß ein ganzes Heer tagelang davon hätte leben können.

Das Ndwandwe-Heer traf beim ersten Vollmond in Sichtweite des Qoklis ein und machte sich daran, auf seinem Marsch zu dem Hügel den seichten Umfolozi zu durchwaten.

Shaka war kampfbereit: Die Gipfelmulde enthielt reichliche Vorräte an Proviant, Wasser und Medikamenten, unter Aufsicht der jungen Träger, die im Einsatz auch als Essenholer und Verwundetenpfleger fungieren würden; die 4000 Mann starke ›geheime‹ Reserve kauerte schweigend und außer Sichtweite in der Mulde, hielt erwartungsvoll ihre Ixwas umklammert und war bereit, in den Kampf einzugreifen, sobald der Befehl dazu kam; die ›offiziellen‹ Truppen (insgesamt 5000 Mann) hielten ihre Waffen für Shakas Ruf zum Kampf bereit.

Die Generale waren zu einer letzten Einsatzbesprechung vor der für den nächsten Tag erwarteten Schlacht um ihren König und Oberbefehlshaber versammelt. Dabei gab Shaka bekannt, daß Joko, Dlaba, Mtonga und Nqoboka die 5 000 Mann regulärer Truppen befehligen würden, während Kuta und Mgobozi die versteckte Reserve kommandieren sollten.

Mgobozi war sehr unglücklich über diese Entscheidung, denn sie bedeutete, daß er möglicherweise während des größten Teils der Schlacht in Bereitschaft würde hocken müssen – eine Aussicht, die den tapferen Haudegen schier zur Verzweiflung brachte.

Auf Shakas Wunsch blieb Mzilikazi auf der Felsterrasse zurück, auf der die Generale zusammengekommen waren. Als die beiden Männer allein waren, beobachtete der Kumalo weiterhin die heranrückenden Ndwandwes.

»Glaubst du, daß sie versuchen werden, den Hügel vor Einbruch der Dunkelheit zu erreichen?« fragte er Shaka.

»Nein. Wahrscheinlich schlagen sie ihr Lager diesseits des Umfolozis auf und greifen bei Tagesanbruch an.« Shaka wandte sich an den anderen. »Mehr oder minder gleichzeitig mit deinem Aufbruch.«

Der Kumalo runzelte fragend die Stirn.

»Ich übertrage dir den Befehl über zweitausend Mann aus der vorderen Front«, erklärte ihm der König mit ausdrucksloser Miene.

»Mir?« Mzilikazi war über dieses Angebot verblüfft. »Aber du kennst mich doch kaum!«

»Ich kenne dich gut genug, Mzilikazi.«

»Ich danke dir für dein Vertrauen, Shaka, aber ...« Der andere war noch immer benommen. »Bevor ich annehme, möchte ich wissen, was du von mir erwartest.«

»Ich möchte, daß du bei Tagesanbruch deine Leute vom Qokli weg über die eTonjaneni-Hügel führst, mit ihnen einen weiten Bogen beschreibst und bei Sonnenuntergang wieder zu uns stößt.«

Mzilikazis Verblüffung war offenkundig.

»Was?! Du bist doch bereits in der Unterzahl, Shaka! Morgen brauchst du jeden kampffähigen Mann! Was versprichst du dir davon, wenn du kostbare zweitausend Krieger umherirren läßt?«

»Damit hast du deine Frage selbst beantwortet«, behauptete Shaka zum stummen Erstaunen des Kumalos. »Hier soll jemand irregeführt werden: die Ndwandwe-Abteilung, die zu eurer Verfolgung eingesetzt werden wird. Ich möchte, daß du sie kreuz und quer durch die Umgebung führst. Sie darf den Qokli erst wieder erreichen, wenn die Sonne untergeht!«

Prinz Nomahlanjana kaZwide Ndwandwe, der Bevollmächtigte seines Vaters Zwide auf dem Schlachtfeld, war von Natur aus hysterisch, kränklich, mager und klein – mit den Handgelenken eines Zehnjährigen. Aber aus diesem schwächlichen (kaum 20 Jahre alten) Leib drang eine volltönende, energische Stimme, die seinen Körperbau Lügen strafte.

»Was hast du zu berichten?« fragte Nomahlanjana einen der Ndwandwe-Kundschafter, der soeben von einer Erkundung des Hügels Qokli zurückgekehrt war.

»Alles ist so, wie du's vorausgesehen hast, Ndabezitha. Der Hügel ist nur schwach verteidigt. Fünf Regimenter – viertausend bis fünftausend Mann.«

Es war kurz nach Sonnenaufgang, und Nomahlanjanas gelbliche Zähne blitzten im Rot der Morgnsonne, als er zum fernen Qokli hinüberlächelte.

»Proviant und Wasser?« fragte der Prinz seinen Kundschafter.

»Sehr wenig. Es wäre schon ein Wunder, wenn sie einen heißen Kampftag durchhalten würden.«

Zwides Sohn warf einen Blick auf das Tagesgestirn und grinste noch breiter. Seine wärmenden Strahlen kündigten in der Tat einen glutheißen Tag an.

»Ist *das* also die Taktik des Großen Shakas?« fauchte der Ndwandwe sorglos unbekümmert. »Eine Handvoll Männer, die wie eingepferchte Ziegen auf einem Hügel hocken!« Mit finsterer Miene fügte er hinzu: »Wir werden sie abschlachten wie Rinder in einem Viehgehege!«

»Das verstehe ich nicht«, wandte Soshangane ein, während er auf den Prinzen zutrat, ohne den Hügel aus den Augen zu lassen. »Das ist nicht Shakas Art.«

»Da gibt's nichts zu verstehen, Kommandeur.« Die Verwegenheit Nomahlanjanas wuchs. »Die Tatsachen sprechen für sich! Ohne Dingiswayos Führung ist Shaka offenbar zu keinem vernünftigen Entschluß imstande... Und morgen wird sein Kopf sich zu denen würdigerer Könige gesellen! Wir marschieren, sobald die Sonne *dort* steht!« brüllte der kleine Mann, indem er mit seinem Knotenstock auf einen Punkt einige Grade über dem Horizont deutete.

Eine Stunde später beobachtete Nomahlanjana sprachlos erstaunt, wie Mzilikazi mit 2000 Mann den Hügel verließ und mit ihnen in gleichmäßigem Tempo in Richtung eTonjaneni-Höhen davontrabte.

»Idiotisch! Unglaublich, diese militärische Unfähigkeit! Dieser Mann wird weit, *weit* überschätzt! Ein Kommandeur in seiner unterlegenen Position dürfte doch auf keinen Fall seine schwachen Kräfte aufsplittern! Er läßt den Hügel praktisch unverteidigt zurück!«

Soshangane empfand ein bedrückendes Gefühl kommenden Unheils, während er Mzilikazis eigenartige Absetzbewegung beobachtete. »Das ist eine Falle, Ndabezitha!«

»Eine Falle?« Nomahlanjanas auf einem dünnen Hals sitzender kleiner Kopf drehte sich ruckartig zur Seite, und der Prinz starrte seinen Kommandeur mit hochgezogenen Augenbrauen aus glänzenden Augen an. »Unsinn!« Dann wurde sein Ton eisig formell. »Verfolge sie, Soshangane. Nimm ein Drittel unserer Truppen mit!«

Soshangane gehorchte, wenn auch wider besseres Wissen. Das war der Anfang vom Ende, und Shaka war sich darüber im klaren, während er verächtlich belustigt zusah, wie Soshanganes über 8000 Mann starke Abteilung sich von dem Ndwandwe-Heer löste und die Verfolgung von Mzilikazis als Köder gedachter Kampfgruppe aufnahm.l

Schon nach einer halben Stunde hatten die restlichen Ndwandwes den Qokli-Hügel umzingelt, an dessen Fuß sie sich schwatzend und scherzend drängten, während sie ungeduldig und übermäßig selbstbewußt darauf warteten, daß die Schlacht beginnen würde. Im Gegensatz zu ihnen hockten Shakas disziplinierte Fronttruppen (aber auch seine versteckte Reserve) unterhalb der Mulde über den Hügel verteilt: mit stoßbereiten Ixwas, in Alarmbereitschaft, unbeweglich, schweigend.

Nomahlanjana machte ein finsteres Gesicht, während er lässig Bier schlürfend an dem Mimosenbaum lehnte und mit großer Selbstgefälligkeit seine Gedanken vor seinen Brüdern und seinen Generalen ausbreitete.

»Wir lassen drei Gruppen zu je fünftausend Mann angreifen«, befahl er. »Eine gleich jetzt. Eine mittags, wenn die Sonne am heißesten ist, und eine bei Sonnenuntergang.« Mit einem Lächeln fügte er hinzu: »Ich rechne fest damit, daß wir die letzte Gruppe nicht mehr ins Gefecht werden schicken müssen.«

Die ersten 5000 Ndwandwe-Krieger marschierten wie befohlen den halben Hügel hinauf, machten dort halt und begannen Shakas Soldaten zu beschimpfen (die Kriegführung der Ndwandwes folgte in diesem Punkt noch den alten Überlieferungen), um sie zum Kampf zu reizen. Die tapferen Truppen der Zulus verharrten natürlich schweigend und unbeweglich in ihren Stellungen am Rande der Gipfelmulde. Die Ndwandwes, deren Selbstbewußtsein durch die ausbleibende Reaktion ihrer ›feigen‹ Gegner gestärkt wurde, rückten näher an den Feind heran und brüllten jetzt lauter, während ihre Generale den Befehl gaben, die ersten Speere zu werfen.

Als Shakas Fronttruppen mit einem Hagel von Wurfgeschossen überschüttet wurden, hoben die Männer unbeirrt und schweigend ihre großen Schilde und wehrten die Speere mühelos ab. Sekunden später kamen Gruppen von uDibi-Jungen aus der schützenden Mulde gehastet, sammelten rasch die ›weggeworfenen‹ Assegais ein und häuften sie am Kraterrand auf.

Die durch diese merkwürdige Taktik etwas verblüfften Ndwandwe-Kommandeure befahlen einen weiteren Speerhagel, aber Shakas Männer hoben erneut unbeirrt ihre Schilde, von denen die Assegais harmlos abprallten – um wieder hastig von den jungen Trägern eingesammelt und am Rande der Mulde aufgestapelt zu werden.

In ihrem Zorn über die Weigerung des Gegners, sich zum Kampf zu stellen, rückten die Ndwandwes noch näher an Shakas Männer heran und bereiteten sich darauf vor, ihren letzten Speer zu werfen. In diesem Augenblick erklang Shakas laute Stimme von der Felsterrasse des Hügels und war bis zum Umfolozi zu hören.

»Ayi!! Hlome!!« brüllte der Sohn Zulus. »Angriff!« lautete sein Befehl, der einem das Blut in den Adern gerinnen lassen konnte.

Auf Shakas Befehl hin erhoben seine 3 000 Krieger sich mit unglaublich präzisen Bewegungen wie ein Mann und verteilten sich perfekt synchronisiert auf vier konzentrische Kreise mit jeweils fünf Schritt Abstand.

Danach grüßten die Männer – erneut in vollkommener Symmetrie und völligem Gleichklang – ihren Kriegsherrn – mit dem Aufstampfen von 3 000 Füßen, dem das ohrenbetäubende Schmettern der Ixwas gegen ihre Schilde folgte.

Von dieser donnernden Kriegserklärung überwältigt und durch die disziplinierte Präzision dieses unheimlichen Gegners entnervt, wichen die Ndwandwes unwillkürlich etwas zurück, als Shakas Heer sich wie eine Lawine in Bewegung setzte und auf sie eindrang. Die Ndwandwes waren keineswegs Schwächlinge und Feiglinge, aber ihre Kraft und Tapferkeit reichte nicht aus, um gegen den übermenschlichen Kampfgeist der Verteidiger Qoklis zu bestehen, die mit Shakas Methode ihren Gegner dezimierten.

Feindberührung! Den Schild des Gegners festhaken! Zurückziehen, damit seine ungeschützte Seite frei wird! Aufs Herz zielen! ... »Ngadla!«

Die Reserveeinheiten unter dem Befehl Mgobozis und Kutas hockten enttäuscht in ihrer Mulde und fühlten sich betrogen, während sie auf den Lärm des in der Nähe tobenden Kampfes horchten.

Shaka lief dabei wild auf und ab, kontrollierte den Fortgang der Kämpfe von sämtlichen Aussichtspunkten aus und war mit dem zufrieden, was er sah.

Die Schlacht tobte weiter und weiter, bis die Hänge des Hügels Qokli mit Gefallenen und Verwundeten übersät waren, als Shakas Krieger den Feind niedermähten, der bald keine Waffen mehr besaß. Das Massaker ging ohne Atempause für die Ndwandwes weiter, bis der frustrierte Nomahlanjana sich zuletzt gezwungen sah, den Befehl zum Rückzug zu erteilen.

»Mittags sieht die Sache bestimmt anders aus!« Nomahlanjanas finsterer Blick kehrte zu dem Hügel zurück. »Jetzt sind sie noch frisch. Aber wie werden sie kämpfen, wenn sie ein paar Stunden lang Durst und Hunger gelitten haben?«

Als der Kampf am Mittag wiederaufgenommen wurde und die zweite Abteilung mit 5000 Ndwandwe-Kriegern den Qokli heraufmarschierte, wiederholte sich der turbulente Ansturm des Morgens ebenso rasch und erschreckend.

»SI-GI-DI!« erklang der stolze Schlachtruf, der von einem menschlichen Erdbeben aus stampfenden Füßen und dem Donner der gegen die Schilde krachenden Ixwas begleitet wurde, als Shakas Krieger den herankommenden Ndwandwes entgegenstürmten, sie in Nahkämpfe verwickelten und systematisch niedermetzelten: in einem noch nie dagewesenen Massaker, das selbst die von den Propheten in den Wind gesungenen flüchtigen Gesänge von Stärke und Sieg nicht hätten beschreiben können.

Zwei Stunden später – nach einem weiteren Rückzugsbefehl an die am Qokli kämpfenden Truppen – zuckten Nomahlanjanas Lippen als Reaktion auf die allmählich tragischen Züge, die diese Schlacht anzunehmen schien. Der nervöse Prinz trabte im Staub vor der Mimose auf und ab, während seine glänzenden Augen, die vor Wut und Verzweiflung glitzerten, auf den Hügel gerichtet blieben.

»Wie viele Männer haben wir noch?« wollte der Prinz plötzlich wissen.

»Achttausend, Ndabezitha«, erwiderte Sixoloba und fügte ernst hinzu: »Das heißt Kampffähige.«

»Mehr als genug!« behauptete Zwides Sohn demonstrativ optimistisch. »Mehr als genug, um den Hügel zu nehmen«, ergänzte er, aber seine Stimme klang dabei gepreßt, weil er sich fragte, ob »mehr als genug« vielleicht nicht ausreichen werde.

»Etwas über sechstausend Mann, Shaka«, meldete Mgobozi seinem Freund und König. »Mit den in Reserve gehaltenen Einheiten.«

»Dann sind wir fast gleichstark!« stellte der Zulu freudestrahlend fest.

»Soll das heißen, daß du mir endlich Gelegenheit zum Kampf geben willst?« fragte Mgobozi, dessen aufgestaute Enttäuschung sich mit dieser Frage teilweise Luft machte.

»Ja, Mgobozi«, lautete die Antwort. »Beim nächsten Angriff kämpfen wir Seite an Seite. Sag deinen Männern, sie sollen sich bereithalten.«

Als die Sonne sich dem Horizont näherte und der Zeitpunkt des dritten und abschließenden vorgesehenen Angriffs des Ndwandwe-Heeres rasch herannahte, erteilte der kleine Prinz von Dlovunga, auf dessen schwachen Schultern plötzlich die Verantwortung für die Zukunft seines Reiches lastete, seinen Generalen Anweisungen für den letzten, den *allerletzten* Angriff.

»Diesmal sollen die Männer ihre Speere nicht werfen! Das hat sich als wenig wirkungsvoll erwiesen. Es ist sogar Zeitverschwendung gewesen. Statt dessen sollen sie damit zustoßen, wie's der verdammte Zulu tut! Zum Beispiel so!«

Um zu demonstrieren, was er meinte, umklammerten Nomahlanjanas schmale Finger einen Speer im vorderen Drittel, um damit wild in die Luft zu stechen.

»Und keine gebrüllten Beleidigungen mehr!« fügte der Prinz nach dieser Vorführung hinzu. »Shakas Männer haben anscheinend keine Ohren – oder keinen Stolz!«

Die Männer »ohne Ohren und ohne Stolz« kauerten unbeweglich wartend um den Gipfel des Qoklis: ihr Gehör für die

Stimme des Schicksals geschärft, ihre Herzen von Stolz auf ihren unmittelbar bevorstehenden Ruhm geschwellt.

Als Shaka sah, daß die Ndwandwes diesmal ohne die sonst üblichen Schmährufe den Hügel heraufmarschierten und ihre Speere wie Dolche umfaßt hielten, flüsterte er Mgobozi sarkastisch zu: »Sie haben dazugelernt. Reichlich spät, aber sie haben dazugelernt...«

Tatsächlich kam ihr Dazulernen viel zu spät.

Als die Ndwandwes bis auf weniger als 80 Schritt an den Kraterrand des Qoklis herangekommen waren, nickte Shaka Mgobozi zu, der sich umdrehte und Nqoboka ein Zeichen gab, das dieser an Kuta weiterleitete. Dann brachen die Reserveeinheiten mit einem markerschütternden »SI-GI-DI!« 4 000 Mann stark wie Ausgeburten der Hölle aus der von unten nicht sichtbaren Gipfelmulde hervor.

Beim Anblick dieser ›übernatürlichen‹ Armee, die aus der Luft herbeigezaubert worden zu sein schien und jetzt wie flüssige Lava aus den Tiefen eines Vulkans aus dem Krater quoll, erstarrten die Ndwandwe-Krieger hilflos verblüfft und zu keiner Bewegung fähig, während die menschliche ›Lava‹ über sie herabflutete. Wer den Mut und die Geistesgegenwart fand, sich dieser Woge entgegenzustellen, ertrank in seinem eigenen Blut; wer in Panik geriet, seine Speere wegwarf und zu fliehen versuchte, wurde schon bald von ›Schädel‹ und ›Hörnern‹ in die Zange genommen, als Shakas Stimme mit knappen Befehlen übers Land hallte: »Stufe eins, Stufe zwei, Stufe drei!«

Als die Sonne unterging, so daß ihre blutrot leuchtenden Strahlen sich mit dem Dunkelrot des Todes mischten, das Hügel und Tal bedeckte, waren alle Ndwandwes gefallen – alle Soldaten, alle Generale, alle Kommandeure, alle Söhne Zwides.

Selbst Nomahlanjana kaZwide Ndwandwe war von Shakas Truppen niedergemacht worden – mit einem Ausdruck äußerster Verwirrung in seinen kleinen Augen, den sie nun bis in alle Ewigkeit bewahren würden.

Als die Sonne unterging, kehrte Mzilikazi wie befohlen mit

seinen 2000 Kriegern zurück, mit denen er die Ndwandwes auftragsgemäß in die Irre geführt hatte: von den eTonjaneni-Höhen über die umHlatuze-Ebene an den Umfolozi und von dort aus zurück zum Qokli.

»Wie weit hinter euch sind die Ndwandwes?« fragte Shaka den Kumalo, aber Mzilikazi hörte ihn nicht, denn sein Herz klopfte zum Zerspringen laut, während er die Spuren des Massakers anstarrte, das ganze 6000 Mann unter einem fast dreimal stärkeren Gegner angerichtet hatten.

»Mzilikazi!« Shaka sprach den Namen aus, um den anderen auf sich aufmerksam zu machen.

»Ja?« Der verwirrte Blick des Kumalos suchte und fand Shaka.

»Die Ndwandwes, Mzilikazi. Wo sind sie?«

»Eine ... eine halbe Stunde hinter uns«, antwortete Mzilikazi, der um Fassung rang.

»Gebt den Befehl zum Rückzug«, forderte der Zulu seine Generale auf, wodurch er Mzilikazis Verwirrung noch vergrößerte.

Rückzug.

Obwohl dieser Befehl für Mzilikazi, Mgobozi, Nqoboka, Kuta und die übrigen Männer, die stolz an Shakas Sieg am Qokli mitgewirkt hatten, sehr verwirrend war (schließlich klang das Wort ›Rückzug‹ eher nach einer Niederlage), gehorchten alle, ohne auch nur mit einem Wort eine Erklärung zu verlangen. Keiner von ihnen zweifelte noch daran, daß der Sohn Zulus genau wußte, was er tat. Das hatte er an diesem Tag auf so unwiderlegbare Weise bewiesen, daß selbst das Universum in stummem Staunen verharrte.

Rückzug ... Bestandteil einer weiteren Neuerung Shakas – einer in Afrika bis dahin unbekannten Taktik. Die Taktik der ›verbrannten Erde‹ (wie sie heute genannt wird), durch die ein Landstrich vor dem Abzug eines Heeres verwüstet wird, um für den nachrückenden Gegner nutzlos zu sein, oder – im Sinne der Schlacht am Qokli – die Taktik, auf dem Rückzug das Land und sämtliche Gebäude zu verwüsten, um dem Feind nichts Brauchbares zu hinterlassen.

So zogen Shaka und seine Männer sich vom Qokli über den Umfolozi, die oNdini-Ebene, den emaYimane-Streifen, den imBekamuzi und den iNyalazi zurück – acht Tage und Nächte lang, während Soshangane sie in qualvollen Märschen verfolgte. Getreu dem Prinzip der verbrannten Erde zerstörte Shakas Heer auf seinem Rückzug jedoch alles für den Gegner Brauchbare, riß Heimstätten und Dörfer nieder, verbrannte sämtliche Mehl- und Weizenvorräte, nachdem alle Krieger sich sattgegessen hatten, vergrub alle Kürbisse und Melonen, von denen der Feind sich hätte ernähren können, und sorgte dafür, daß hinter den abziehenden Einheiten nichts Eßbares zurückblieb – so daß die ihm folgenden Ndwandwes nichts als »verbrannte Erde« und emporquellende Rauchwolken vorfanden, die einen gewundenen Pfad durch die Landschaft bezeichneten, als schlängele sich dort eine brennende Lunte auf ein Pulverfaß zu.

Und die Detonation kam: am Morgen des neunten Tages in der durch den iMfule-Kamm führenden engen Schlucht. Soshangane und seine ausgehungerten, am Rande völliger Erschöpfung dahintaumelnden Männer betraten die Schlucht, um das klare Wasser ihrer Quellbäche zu trinken, und fanden sich von Shakas Truppen umzingelt.

Die Schlacht von iMfule dauerte kaum einen Morgen lang. An diesem Blutmorgen, wie er später genannt wurde, fielen fast alle der 8000 Ndwandwe-Krieger. Die wenigen Überlebenden, darunter auch General Soshangane, flohen nach Norden.

Damit war Shakas Sieg beinahe vollständig – aber noch nicht ganz.

Hoch auf einem der aus Kupfer und Bronze erbauten Türme Dlovungas stieß ein Wachposten in seine Rohrtrompete, um zu melden, daß er eine aus weiter Ferne heranziehende gewaltige Staubwolke gesichtet habe, unter der sich – so vermutete er zumindest – das siegreiche Ndwandwe-Heer verbarg, das mit reicher Beute beladen nach Hause zurückkehrte.

Zahnlos grinsend stieg Ntombazi, die scheußliche Hexe der Zitadelle, eine Holzleiter zu einem der Ausgucke der Bastion hinauf, wo sie ihre blutunterlaufenen Augen anstrengte, um die verschwommenen Umrisse der heranmarschierenden Truppen zu erkennen, an deren Spitze sie die kühnen Züge ihrer Generale neben den stolzen Gesichtern Nomahlanjanas und ihrer übrigen Enkel zu sehen erwartete.

Während sie noch erwartungsvoll in die Ferne starrte, durchlief plötzlich ein kalter Schauder ihren Körper, und ihrem bösen Herzen entrang sich ein kummervoller Schreckensseufzer.

Unter ihr marschierten Shaka und sein Heer ungehindert bis an den Granitwall der äußeren Festungsmauer, den gewundenen Pfad aus Glimmer und Quarz hinauf, über die Holzbrücke und durchs Jadetor, wo die ausgehungerten Löwen freigelassen wurden, um ihre kreischenden bisherigen Wärter anzufallen und zu verschlingen.

Als die siegreichen Eroberer in die Festung strömten, brach unter den schmutzigen Bewohnern der Zitadelle eine Panik aus. Sie wimmelten wie tollwütige Ratten auf den Straßen durcheinander; manche hasteten in die verhältnismäßige Sicherheit der Höhlen Dlovungas, während andere sich von hohen Felsen stürzten, weil sie den Selbstmord dem Los vorzogen, das sie ihren Befürchtungen nach in den Händen der Männer Shakas zu erwarten hatten.

Und die Angst von gnadenloser Vergeltung war gerechtfertigt, denn Shaka hatte Sitayis Stimme laut im Ohr, als er Dlovunga erstürmte. »Jene, die die Unterwelt bewohnen«, hatte die blinde Sangoma dem Kind der Weissagung erklärt. »Besiege sie! Vernichte sie! Dann schließt sich der Kreis um seinen Kaiser!« Und der Zulu befolgte die Ermahnung der Alten.

Shaka und Mzilikazi trafen Königin Ntombazi, die Herrin von Dlovunga, auf ihrem Thron in der Großen Halle des Ältestenrats sitzend an. Sie schien sie erwartet zu haben, denn sie lächelte und nickte einen finsteren Gruß – oder war es eine Geste des Abschieds? –, während sie ihre Hand hob und den sich windenden Leib eines großen Skorpionweibchens an ihren Hals hielt, so daß die Scheren sich dicht an ihrer runzligen Haut öffneten und schlossen.

»Nein!« brüllte Mzilikazi, rannte auf die Frau zu, die ihm solches Leid zugefügt hatte, und schlug ihr den Skorpion mit einem scharfen Hieb seines Assegais aus der Hand. »Du hast meinen Vater ermordet. Wie du zu Tode kommst, habe allein ich zu bestimmen!«

Mit starken Seilen um Knöchel und Handgelenke, an denen sie wie eine gotteslästerliche Marionette im Theater der Verdammten hing, wurde Ntombazi, die Königin der Unterwelt, ins Verlies von Dlovunga hinabgelassen.

Hysterisch kreischend, mit Schaum vor dem Mund, ihre gelblichen Augen vor teuflischer Wut weit aufgerissen und mit wild um sich schlagenden Armen, sank sie allmählich tiefer, bis sie in Reichweite eines heißhungrigen Rudels knurrender Schakale kam. Über ihr eigenes Kreischen hinweg konnte sie die Raubtiere in Erwartung ihres grausigen Mahls mit gefletschten Zähnen knurren hören. Während ihr schrilles Schreien und Kreischen, das nichts Menschliches mehr an sich hatte, durch die verwüstete Zitadelle hallte, schlugen die ersten Reißzähne sich in die gummiartigen Falten ihrer Haut, rissen sie von dem Muskel und legten das blutende Gewebe um die Knochen frei. Die nächsten Reißzähne sanken tiefer ein, zerfetzten den Muskel und zersplitterten die darunterliegende Rippe bis aufs Mark. Und die nächsten Bisse gingen noch tiefer ...

Dlovunga existierte noch einige Tage über den Tod seiner Herrin hinaus, bevor ein gewaltiger, von einem Erdbeben begleiteter Sturm losbrach. Während der Himmel Blitze schleuderte, öffnete sich ein gigantischer Abgrund unter der Festung und verschlang sie mitsamt all ihren Türmen aus Kupfer und Bronze, ihren phantastischen Höhlen, ihren juwelengeschmückten Palästen und ihren bösen Kindern und deren schandbaren Plänen.

Sie alle verschwanden für immer in der Unterwelt – bis auf Zwide und Soshangane, die später mit ihren Racheplänen zurückkehren und das Vertrauen des Kindes der Weisheit zu den Fremden entweihen würden.

Ende 1822 hatte Shaka Zulu, die Sprache des Himmels, seinen Herrschafts- und Einflußbereich über ein Gebiet größer als Europa ausgedehnt, wodurch ein riesiges Reich entstanden war, das das seines Zeitgenossen Napoleon Bonaparte bei weitem übertraf. Mehr als 120 Stämme, Königreiche und Konföderationen waren zu einer geschlossenen politischen und militärischen Einheit zusammengefaßt worden: zur Zulu-Nation, über der Shaka als absolutistisch regierender Oberherrscher thronte. Als integraler Bestandteil dieser Konsolidierung zu einem einzigen großen Reich wurden alle besiegten Stämme dazu gezwungen, ihre ursprüngliche Identität aufzugeben und in jeder Hinsicht Zulus zu werden: Angehörige der großen Zulufamilie.

Wer diese Anpassung verweigerte, wurde auf der Stelle umgebracht oder aus Shakas Reich vertrieben, um ein unstetes Wanderleben als heimatloser Ausgestoßener zu führen (dem Kind der Weissagung nicht unähnlich, dem vor langer Zeit das gleiche Los beschieden gewesen war). Obwohl das Reich des Sohns der Zulus Ende 1822 schon riesig war, sollte es noch wachsen und die fernsten Horizonte seiner Welt erreichen – Horizonte, die ans Reich der Schwalben grenzten.

25 INDABA KASHAKA *Die Affäre Shaka*

Der Himmel über der englischen Grafschaft Berkshire war wie gewöhnlich mit Wolken verhangen, aus denen der Nieselregen fiel, den Gott in seiner Güte großzügig über Seiner Majestät Heimat verteilt, um so die Gefahr einer Trockenheit weit von Großbritanniens Küsten fernzuhalten.

Und an diesem speziellen Tag, als die Hufe der Rotfüchse die lackierte Kutsche in raschem Tempo über den Kiesweg nach Windsor Castle rollen ließen, warf Henry Bathurst, der äußerst würdevolle und etwas dickliche Earl von Bathurst, der seit über einem Jahrzehnt den Titel Seiner Majestät Minister für Krieg und die Kolonien trug, zufällig einen Blick aus dem winzigen Kutschfenster auf den bleigrauen Himmel über ihm und überlegte sich, dieser Juni des Jahres 1823 könnte den Wolken nach auch jeder andere Monat sein –vielleicht April oder September, Mai oder sogar August.

Der Earl senkte den Blick, um die hohen Stechpalmen entlang der Auffahrt zu Windsor Castle zu betrachten, fuhr sich nachdenklich mit einer Hand durch seinen Salz-und-Pfeffer-Schnurrbart und fragte sich, wie jetzt das Wetter an der Südspitze Afrikas, am Kap der Guten Hoffnung, sein mochte. Als er ans Kap dachte, mußte er lächeln – ein Lächeln, das Besitzerstolz verriet. In gewisser Beziehung gehörte das Kap ihm, seitdem er seinen Posten als Direktor der Münze aufgegeben hatte, um Kolonialminister zu werden.

Für Krieg und die Kolonien. Ein merkwürdiger Titel! Eine seltsame Kombination von Aufgabengebieten unter einem Königlichen Dach.

Krieg und die... Seine Gedanken wurden plötzlich wieder auf das lange und recht beunruhigende Schreiben auf seinen Knien gelenkt, das ein Hofkurier am vergangenen Morgen überbracht hatte: an sein Amt gerichtet und von Sir Charles Somerset, dem britischen Gouverneur am Kap, auf dem schnellsten Wege expediert. Der Tenor des Briefes ließ es denkbar erscheinen, daß die beiden Begriffe ›Krieg‹ und ›Kolonien‹ vielleicht doch noch zusammenpassen würden.

Bathurst hakte sich die Bügel seiner Lesebrille hinter die Ohren und machte sich daran, Somersets Brief zum fünften Mal zu lesen. »... möchte ich hiermit meine tiefe Sorge um die Zukunft der Kronkolonie am Kap von Afrika schriftlich übermitteln und erlaube mir, folgendes Beweismaterial in bezug auf die vom Stamme der Zulus unter seinem König Shaka Zulu ausgehende Bedrohung zu unterbreiten.

Seitdem er den Thron der Zulus bestiegen hat (meinen Berichten nach vor weniger als acht Jahren), hat Shaka eines der mächtigsten Reiche zusammengeschmiedet, das der afrikanische Kontinent je gesehen hat. In dieser kurzen Zeitspanne ist sein kleiner, unbedeutender Stamm aus dem Nichts aufgestiegen und hat seinen Namen einer gewaltigen, zu einer furchterregenden Kriegsmaschine organisierten Nation gegeben. Berichte über Shaka, die...«

»Halt, wer da?« erscholl der knappe Anruf des Wachpostens am Schloßtor.

»Der Earl von Bathurst, um Seine Majestät aufzusuchen«, antwortete der Kutscher.

Nach altem Brauch trat der Wachposten an den Schlag und blickte rasch in die Kutsche – nur lange genug, um Bathurst zu erkennen, der seinen Blick durch die Lesebrille unter buschigen Augenbrauen erwiderte.

»Bitte zu passieren, M'lord!« kläffte der junge Uniformierte schneidig, während er das Gewehr präsentierte, so daß das schlanke Bajonett neben seinem Ohr blitzte.

In der über die kiesbestreute Auffahrt zum Schloß rumpelnden Kutsche befaßte der Earl sich wieder mit Somersets Schreiben.

»Berichte über Shaka, die von Kaffernhändlern verbreitet werden, lassen ihn als abstoßendes Ungeheuer erscheinen, dessen Aktivitäten weit über den primitivsten Verhaltenskodex hinausgehen. Der Zulu wird als Massenmörder dargestellt, als verkommener Menschenfresser, dessen Eroberungsdrang keine Grenzen kennt. Er hat sein Land mit dem Blut Unschuldiger überschwemmt, die heiligsten Familienbande ignoriert und den Vater gegen den Sohn, den Sohn gegen die Mutter zu einem Blutbad aufgehetzt, das jeglicher Beschreibung spottet. In der Tat würde die Aufzählung der Untaten dieses Ungeheuers Eurer Lordschaft lediglich zu einem Zeitpunkt verwirren, in dem ich am meisten auf Ihre völlige Kaltblütigkeit angewiesen bin.

Ich bedaure, Eurer Lordschaft mitteilen zu müssen, daß mir aus Quellen, die ich nur als äußerst zuverlässig beschreiben kann, zugetragen worden ist, daß die von Shaka Zulu ausgehende Bedrohung sich schon bald gegen die in den Kronterritorien ansässigen weißen Siedler richten könnte. Sollte es dazu kommen, wäre das Kap praktisch wehrlos und diesem unbarmherzigen Barbaren hilflos ausgeliefert.

Ich unterbreite diese dringende Angelegenheit achtungsvoll dem Urteil Eurer Lordschaft und dem Seiner Majestät. – Gezeichnet: Sir Charles Somerset, Gouverneur der Kapkolonie, Kolonialafrika. Kapstadt, den 7. Januar 1823.«

Eine bemerkenswert lebendige Beschreibung, dachte der Minister. Dabei sind Übertreibungen sonst gar nicht Sir Charles' Art. Das kann nur bedeuten, daß der Mann den Verstand verloren hat oder – was Gott verhüten möge – daß alles wahr ist!

»Guten Morgen, Euer Majestät«, sagte Bathurst mit einer respektvollen Verbeugung vor dem König.

»Ist's denn einer, Sir Henry?« fragte Georg IV. mit der gereizten Verdrießlichkeit eines Menschen, der das Leben und seine verschlungenen Pfade nicht mehr liebt.

»Sir?« erkundigte Bathurst sich, den die seltsame Frage erstaunte, die sein ansonsten harmloser Gruß nach sich gezogen hatte.

»Ihr Gesicht, Sir Henry. Es verspricht alles andere als einen guten Morgen.«

Trotzdem konnte Sir Henry nur wenig unternehmen, um die leichte Mißbilligung zu unterdrücken, die sein Mienenspiel beeinflußte, als er in das geräumige Schlafzimmer des Königs trat (dessen geschmackvolle Einrichtung für den Kunstsinn Georgs sprach) und den aufgedunsenen, ›schlagflüssigen‹ Körper des Monarchen betrachtete, der in einem Kissenmeer und unter einem Gewirr aus Satinlaken und weitgeschnittenen Satin- und Spitzengewändern lagerte. Die königliche Person des Herrschers schlief noch halb (obwohl es längst nach Mittag war) und war damit beschäftigt, ein üppiges Frühstück aus Austern und weißem Bordeaux zu verzehren, während ein geschäftiger Friseur am Kopfende des königlichen Bettes hockte und Georgs Locken aus- und zurückkämmte.

»Das tut mir schrecklich leid, Euer Majestät«, antwortete Bathurst, um sich für seinen eigenen Gesichtsausdruck zu entschuldigen.

»Keine Entschuldigungen! Ändern Sie ihn lieber!« lautete die dringende Aufforderung.

Bathurst, der kein großer Schauspieler und überhaupt kein Lügner war, rang sich sehr mühsam ein Lächeln ab, und der König betrachtete das Spiegelbild des Earls in dem vergoldeten Spiegel in seiner fetten Hand mit finsterer Miene. Der König schlug angewidert die Bettdecke zurück und schwang seine dicken weißen Beine über den Matratzenrand. Als Georg dann stand, streckte er wie eine Vogelscheuche die Arme aus, was für zwei Diener das Zeichen war, ihm rasch einen karmesinroten Schlafrock überzustreifen. Der Monarch tappte barfuß zu einem Sofa vor einem gewölbten Erkerfenster, ließ seinen unförmigen Leib auf einen weiteren Kissenstapel sinken und keuchte nach dieser langen Anstrengung ohne Ruhepause bereits schwer. Der Friseur, der hinter ihm hergehastet war, begab sich rasch hinter den König und setzte seinen Angriff auf die königlichen Locken fort.

Nach scheinbar endlos langer Pause richtete Georg IV. seinen gelangweilten Blick wieder auf den Earl.

»Ich bin ganz Ohr, Sir Henry. Spucken Sie aus, was Sie müssen.«

»Es handelt sich um die Kolonie, Euer Majestät«, begann Bathurst, nachdem er sich geräuspert hatte. »Wir scheinen vor einem gewissen Problem zu stehen.«

»Ihr Amt scheint stets ›gewisse Probleme‹ mit den Kolonien zu haben.«

»Nun, Sir, es ist das *Kolonial*amt, und wer mit Schmelztiegeln umgeht, kann kaum vermeiden, sich ab und zu die Finger zu verbrennen.«

»Wer ist's diesmal?« erkundigte Georg IV. sich steif. »Die Kanadier?«

»Nein, Euer Majestät«, erwiderte Bathurst. »Ich freue mich, mitteilen zu können, daß der *Rest* Nordamerikas noch sicher ... ›unter unserem Daumen‹ ist, um es so auszudrücken.«

Georg warf dem Kolonialminister einen kritischen Blick zu. Die unbedachte Benützung des Wortes ›Rest‹ durch den Earl bereitete dem unförmig aufgedunsenen Monarchen leichtes Magendrücken. Zugleich wurde die Erinnerung an seinen Vater in ihm wach. Georg III., der würdevolle Vater Georgs IV., hatte das unverzeihliche Pech gehabt, Ende der siebziger Jahre des 18. Jahrhunderts den Fehler zu machen, die 13 nordamerikanischen Kolonien zu verlieren.

»Es geht um Afrika, fürchte ich.« Sir Henry beeilte sich, den König vom undankbaren Amerika abzulenken. »Ich habe dieses besorgniserregende Schreiben von Lord Somerset am Kap erhalten.«

Der Kolonialminister zog es aus seinem Portefeuille und hielt es dem König hin.

»Sie erwarten doch nicht etwa, daß ich das lese?« knurrte Georg indigniert, indem er das Schreiben mit hochmütigem Blick musterte.

»Es betrifft die Zulus, Sir«, stellte Bathurst peinlich berührt fest, während er das unwillkommene Schreiben wieder verstaute.

»Die Zulus?!« wiederholte Georg IV., auf dessen feistem Gesicht sich eine interessante Mischung aus Erschrecken und Erheiterung abzeichnete. »Wollen Sie damit andeuten, Sir Henry, daß das Kolonialamt des Britischen Weltreichs einen Stamm von Wilden, die herumlaufen, wie Gott sie geschaffen hat, *als Problem* betrachtet? Welch hanebüchener Unsinn!«

»Bedauerlicherweise handelt es sich um mehr als nur einen Stamm, Euer Majestät«, erwiderte Bathurst in ruhigem, reserviertem Tonfall. »Unserer Auffassung nach haben wir es hier mit einem regelrechten Imperium aus über einer Million solcher Menschen zu tun, die herumlaufen, wie Gott sie geschaffen hat.«

»Sie vermehren sich wie Karnickel, was?« stieß der britische Monarch lachend hervor und hatte dabei Tränen in den Augen, so sehr strengte ihn sein Spott an.

»Euer Majestät, die Zulus planen möglicherweise einen Angriff aufs Kap«, stellte Bathurst gelassen fest. »Sollte es dazu kommen, hätten wir's mit vielen solchen ›Karnickeln‹ unter Führung eines Märzhasen namens Shaka zu tun.«

Diese Ankündigung wirkte schlagartig ernüchternd auf Georg IV., der zurückknurrte: »Gut, schicken Sie doch Verstärkung hin!«

»Daran hatten wir bereits gedacht, Sir«, erwiderte Sir Henry, um die Voraussicht seines Amtes zu verteidigen. »Aber das Kap ist schrecklich weit entfernt, wissen Sie. Sechstausend Meilen und vier Monate Seereise, um es genau zu sagen. Und das Schreiben des Gouverneurs läßt befürchten, daß es zu spät sein könnte, bis frische Truppen dorthin verschifft und in dieser Form der Kriegführung gegen Eingeborene ausgebildet sind.«

»Dann verlegen Sie einen Teil unserer bengalischen Truppen aus Indien dorthin!«

Bathurst fühlte den Drang, seinen König daran zu erinnern, daß Großbritannien zwar den Krieg gegen Napoleon gewonnen, aber damit sozusagen einen Pyrrhussieg errungen hatte, der es Tausende und Abertausende von Soldaten und Millionen von Goldsovereigns gekostet hatte.

»Die bengalischen Truppen können wir nicht verlegen, Sir. Das würde uns Indien kosten.«

Georg IV. starrte den Kolonialminister stirnrunzelnd an und ärgerte sich darüber, daß dieser Mann ihm den Tag mit Problemen verdarb, zu deren Lösung er allein hätte imstande sein müssen. Er warf Bathurst einen strengen schrägen Blick zu, schüttelte seinen Friseur mit einem Schulterzucken ab, stemmte sich mühsam hoch, watschelte auf dicken Beinen ans Erkerfenster und blickte zum Himmel auf.

»Sehen Sie dort hinaus, Sir Henry. Was sehen Sie dort ... fallen?«

»Regen, Euer Majestät.« Bathurst schürzte leicht irritiert die Lippen.

»Und ist das ein in England häufiges Ereignis? Daß Regen fällt, meine ich.«

»Nur allzu häufig, Sir«, bestätigte der Earl, indem er sich an seine eigenen Überlegungen in bezug auf den Regen während der Fahrt zum Schloß erinnerte.

»Und was verkörpern die Kolonien für uns, Sir Henry?«

Obwohl Bathurst Georgs anmaßende Art leicht beleidigend fand, erwiderte er höflich, nachdem er kurz über die Frage des anderen nachgedacht hatte: »Sonnenschein, Sir?«

»Ganz recht.« Die schwammigen, feuchten Lippen des Königs verzogen sich zu einem Lächeln. »Und Sie genießen das Privileg, diesen Sonnenschein für England zu sichern.« Das Lächeln verschwand so mühelos, wie es gekommen war. »Thomas Jefferson hat meinen Vater zum Wahnsinn getrieben. Ich vertraue darauf, daß Sie mir ein ähnliches Los ersparen werden ... Kümmern Sie sich um Ihre Zulus, Bathurst, sonst wird es unsere traurige Pflicht, jemanden zu finden, der's kann.«

Sir Henry Bathurst, dem Minister für Krieg und die Kolonien, unterstanden seine parlamentarischen und beamteten Staatssekretäre sowie deren Mitarbeiter. Darüber hinaus verfügte der Earl über vier beamtete Unterstaatssekretäre: einer für juristische Fragen, der zugleich für den ›Rest Nordamerikas‹, Australasien und Cooks Entdeckung im Pazifik zuständig war; einer für Afrika; ein dritter für Ost- und Westindien, Auswanderung, Gefängnisse und Krankenhäuser; und ein vierter für ›weitere Besitzungen‹.

Gemäß dieser Aufgabenverteilung fiel Afrika in den Zuständigkeitsbereich des Unterstaatssekretärs David Worthing und seines Assistenten, des jungen, tatkräftigen Tim Wilkins. Da Bathurst über eine spezialisierte, mit erstklassigen Kräften besetzte Abteilung verfügte, hätte er Somersets Problem leicht und gefahrlos an Worthing und Wilkins delegieren können, ohne einen weiteren Gedanken darauf zu verschwenden. Aber der drohende Ton, mit dem König Georg IV. ihn aufgefordert hatte, sich um ›seine‹ Zulus zu kümmern, bewog Sir Henry dazu, dieser Affäre Shaka höchste Dringlichkeit einzuräumen.

Gegen Anfang August, als viele Amtsangehörige bereits die Hoffnung aufgegeben hatten, erhielten die wenigen, die noch mit der Affäre Shaka befaßt waren, neuen Auftrieb durch Tim Wilkins, der eine großartige Idee hatte.

Es war kurz nach zwei Uhr morgens, und Worthing, Wilkins und Bathurst, die nicht schlafen konnten, saßen im Arbeitszimmer des Earls in der Downing Street zusammen und fühlten die bedrückende Last namens Shaka Zulu auf ihren Schultern.

»Was hat man davon, ein Drittel der Erde zu besitzen, Georg, wenn man dann nicht schlafen kann?« Bathurst betrachtete das von Sir Thomas Lawrence gemalte Porträt des Königs, das er pflichtbewußt über den Kamin gehängt hatte.

»Oh, ich vermute, daß Seine Majestät unterdessen ziemlich fest schläft«, sagte Worthing mit seiner tiefen, sehr britischen Stimme. »Warum auch nicht? Schließlich hat er uns, damit wir uns den Kopf für ihn zerbrechen. Natürlich tut er's!«

»Wie groß dürfte er schätzungsweise sein?« erkundigte sich der junge Wilkins, ohne von seinem Skizzenblock aufzusehen.

»Wer, König Georg?« fragte Worthing stirnrunzelnd, während sein Blick auf Wilkins' Hand fiel, die in fliegender Eile über die Seite huschte. »Fünf Fuß sieben Zoll, acht Zoll, würde ich sagen.«

»Ohne seine Filzpantoffeln«, warf Bathurst trocken ein.

»Nein, ich meine diesen Shaka«, stellte Wilkins richtig.

»Hmm, schwer zu sagen...«, begann Bathurst, um dann plötzlich die Stirn zu runzeln. »Was, zum Teufel, hat die Größe dieses Barbaren mit unserer verwickelten Lage zu tun?«

»Was halten Sie von diesem Porträt?« fragte Wilkins grinsend und zeigte seinen Vorgesetzten eine übertriebene Darstellung davon, wie ein Engländer sich einen Eingeborenenkönig vorstellte, der herumlief, »wie Gott ihn geschaffen hatte« (um Georgs IV. Ausdruck zu gebrauchen).

»Na ja.« Worthing betrachtete die Zeichnung kritisch. »Sie haben die Stimmung getroffen, mein Junge. Aber was die Ähnlichkeit angeht, wage ich zu behaupten, daß Ihre Vermutung so wenig zutrifft wie jede andere.«

»Soll das heißen, daß ihn noch kein Weißer zu Gesicht bekommen hat?« erkundigte sich der junge Mann hörbar aufgeregt.

»Unseres Wissens nicht.« Die Antwort kam von Bathurst.

»Was bedeutet, daß das Umgekehrte ebenfalls stimmt...«,

murmelte Wilkins halblaut vor sich hin. Dann blickte er ruckartig auf und verzog sein sommersprossiges Gesicht zu einem breiten Lächeln. »Was für blinde Hühner wir gewesen sind! Wir sitzen hier und zerbrechen uns den Kopf darüber, wie wir Shaka mit einem Regiment Soldaten konfrontieren können, obwohl wir in Wirklichkeit nur einen geeigneten Weißen brauchen!«

»Wovon reden Sie überhaupt?« fragte der Staatssekretär, während er beobachtete, wie Wilkins sich erhob und nervös auf dem Parkett des Arbeitszimmers auf und ab ging, als treibe er seine eigenen Ideen vor sich her durch den Raum.

»Worthing«, begann der junge Mann, als überlege er laut. »Tun Sie bitte mal so, als seien Sie dieser König Shaka, damit wir darüber diskutieren können. Oder Sie, Sir Henry – spielen Sie bitte diesen brutalen Massenmörder, wie Somerset ihn uns geschildert hat.«

»Wirklich, Wilkins...!« knurrte Worthing, der Bathursts und sein Anstandsgefühl dadurch verletzt sah.

»Kommen Sie, David!« warf der Earl ein, um seinen Unterstaatssekretär zu beruhigen. »Lassen Sie den Jungen ausreden!«

»Danke, Sir Henry«, fuhr Wilkins fort, während Worthing unmutig die Unterlippe vorschob. »Nehmen wir einmal an, Sie spielten mit der Idee, die Weißen zu überfallen – also Wesen, die Sie noch nie gesehen haben... Sie wären vorsichtig, nicht wahr? Selbstverständlich! Gegen bekannte Gegner zu kämpfen, ist leicht, aber gegen *Mondbewohner*? Das ist etwas ganz anderes, stimmt's?«

Wilkins ging weiter auf und ab, während er sich mit einer Hand durch sein rotes Haar fuhr und seine Gedanken konkreter werden fühlte. »Und was wäre, wenn einer dieser Mondbewohner als eine Art Gesandter an Ihren Hof käme – aus einer anderen Welt. Und wenn er sagen würde: ›Augenblick, Shaka, wir wissen, was du im Schilde führst. Aber willst du dir nicht erst anhören, was ich zu sagen habe, bevor du einen Krieg vom Zaun brichst? Wir haben Speere, die Feuer spucken, weißt du. Hier, sieh dir den an! Peng, peng, und ein Löwe ist aus zweihundert Schritt Entfernung tot! Wir haben ein Zauberpulver, das Blitze erzeugt, und ausgehöhlte Bäume, die Donner machen . . .!‹«

»Sie wollen ihm Angst einjagen?« Der Unterstaatssekretär wirkte skeptisch.

»In gewisser Beziehung, Worthing.«

»Er scheint mir kein Mann zu sein, der leicht einzuschüchtern ist«, warf Bathurst ein, während er sich einen Cognac einschenkte.

»Nein, Sir Henry, er ist *genau* der Typ dafür! Alle Primitiven sind ängstlich, wenn sie mit etwas konfrontiert werden, das sie für übernatürlich halten!«

»Aber seine Spione haben ihm bestimmt schon von Schießpulver und Kanonen berichtet!« Dieser Einwand kam von Worthing.

»Das mag sein, Worthing, aber das sind nicht unsere einzigen überlegenen Waffen! Wir besitzen eine weitere, die wir ›Zivilisation‹ nennen: siebentausend Jahre erprobtes und bewährtes doppelzüngiges Gerede! Sollte es uns nicht gelingen, das wilde Tier zu zähmen, können wir wenigstens versuchen, es so lange zu verwirren, bis wir eine ausreichende militärische Verteidigung organisiert haben.«

Als Wilkins seine Darlegungen beendet hatte, kehrte er zu seinem Sessel zurück, nahm wortlos Platz und erwiderte die Blicke der beiden anderen Männer gelassen lächelnd. Er schien überzeugt zu sein, daß sie ihm zuletzt recht geben würden, und wollte diesen Gesinnungswandel ruhig abwarten.

Bathurst stand auf, ging statt des jungen Mannes auf dem Parkett auf und ab, trank zwischendurch einen kleinen Schluck Cognac und warf gelegentlich einen Blick auf Wilkins' Skizze. Schließlich blieb er stehen und sah aus dem Fenster, vor dem gelegentlich eine Droschke durch die Nacht vorbeirasselte.

»Sie wissen natürlich, daß Ihr Plan nicht gerade britisch ist – in bezug auf Fairplay und so weiter«, stellte Bathurst fest.

»Wirklich nicht, Sir Henry?« Wilkins' Stimme klang leicht ironisch. »Ich hätte gedacht, daß Pläne dieser Art genau der Aufgabenstellung des Kolonialamts entsprechen.«

Bathurst machte auf dem Absatz kehrt und warf dem jungen Mann einen scharfen Blick zu, der jedoch rasch milder wurde, als Wilkins ihm freundlich zulächelte.

»Und wo sollen wir Ihrer Meinung nach einen solchen ›Mondmenschen‹ auftreiben, der es auf sich nimmt, diese neuartige und ziemlich fragwürdige Aufgabe durchzuführen?« fragte der Earl weiter.

»Ich weiß genau den richtigen Mann dafür, Sir Henry!« antwortete Wilkins mit vor Jagdeifer leicht heiserer Stimme. »Ich habe das Vergnügen gehabt, in der Royal Navy unter ihm zu dienen. Er heißt Leutnant Francis George Farewell. Ein Meister zu Lande und zu Wasser ... und verrrückt genug, um's zu tun!«

26 ULWANDLE *Meer*
Francis George Farewell, R.N.

Auf der weiten Wiesenfläche am Ärmelkanal in der Nähe des englischen Seebades Brighton drängten sich festlich gestimmte Männer, Frauen und Kinder in ihrem georgianischen Sonntagsstaat mit Schirmen gegen den Nieselregen und Umhängen gegen die Morgenkälte. Junge und alte fliegende Händler schlängelten sich durch die Menge und hielten ihre Waren feil: Union Jacks, Abzeichen, Fisch mit Kartoffelchips, lauwarme Suppe, Tee und dergleichen mehr.

Ein leichtfingriger Junge, der die Ablenkung durch eine näherkommende Kutsche ausnützte, erleichterte einen teuer gekleideten Gentleman um Taschenuhr und Geldbörse. Die Kutsche schwankte über die nasse Wiese und kam spritzend zum Stehen. Wilkins und Worthing stiegen aus, klappten ihre Mantelkragen zum Schutz gegen den Regen hoch und beobachteten dann mit zusammengekniffenen Augen das Treiben um sie herum.

»Wissen Sie bestimmt, daß wir hier richtig sind?« Der Nieselregen und das Gedränge paßten Worthing ganz offensichtlich nicht.

»Ganz sicher, Worthing«, antwortete Wilkins mit einem Blick auf ein über der Menge hängendes großes weißes Spruchband mit dem Text: BRIGHTON – CALAIS PER BALLON. »Kommen Sie nur mit«, forderte der junge Mann seinen Vorgesetzten auf, während er sich in Bewegung setzte und auf die Stelle zumarschierte, wo das Gedränge am dichtesten war. Worthing folgte ihm verwirrt und mißmutig.

Die beiden Männer schlängelten und drängten sich durch die Menge, erreichten den Strand und starrten dort bewundernd einen großen Gasballon an, dessen Seidenhülle farbenprächtig mit dem Union Jack verziert war und den die Füllmannschaft auf dem felsigen Untergrund verankert hatte. Im Ballonkorb stand ein gutaussehender, charmant lächelnder Mann Anfang Dreißig in der schneidigen Uniform eines Leutnants der Royal Navy.

»Ist das ...?« fragte Worthing, indem er den riesigen Gasballon bewundernd anstarrte.

»Leutnant Farewell? Ja.« Wilkins nickte grinsend, winkte dem Mann im Korb zu und rief: »Leutnant!« Der junge Mann duckte sich, um unter den Seilen hindurchzuschlüpfen, mit denen der Füllplatz abgesperrt war, und näherte sich Farewell, während der Leutnant, der den Zuruf nicht gehört hatte, weiter zum letzten Mal seine Ausrüstung überprüfte: Teleskop, Barometer, Thermometer, Kompaß, Seekarten, Mundvorrat, Ballast und so weiter.

»Leutnant«, wiederholte Wilkins, worauf Farewell den Kopf hob und den jungen Mann forschend anstarrte. Wilkins kam ihm offenbar bekannt vor, aber der Leutnant wußte nicht gleich, wo er ihn einordnen sollte. Dann war plötzlich die Erinnerung da, und Farewell schnalzte lächelnd mit den Fingern.

»›His Majesty Ship Bacchante‹«, erklärte er dem Rothaarigen.

»Aufklärung in der Adria ... Wilkins! Tim Wilkins.«

»Jawohl, Sir«, bestätigte Wilkins strahlend.

»Der beste Erste Maat, den ich jemals gehabt habe«, behauptete Farewell und bückte sich in seinen Korb.

»Danke, Sir!« Wilkins grinste noch strahlender.

Worthing, der dieses kurze Wiedersehen »alter Kameraden« mit wachsender Ungeduld verfolgt hatte, räusperte sich mehrmals, um Wilkins ein Zeichen zu geben, auf den Grund ihres mühsamen Fußmarsches durch Schlamm und Regen zu sprechen zu kommen.

»Sir«, sprach Wilkins den Korb an, in dem Farewell im Augenblick nicht zu sehen war. »Ich möchte Sie mit Mr. David Worthing, dem Unterstaatssekretär für die Kolonie Afrika, bekannt machen.«

Worthing streckte instinktiv die Rechte aus, weil er annahm, daß der Leutnant ihm die Hand schütteln würde, aber als Farewell aus den Tiefen seines Korbes auftauchte, hielt er einen schweren Sandsack in der Hand, den er über den Korbrand hievte (wobei er Worthings Hand nur knapp verfehlte), und meinte geistesabwesend: »Ah, Afrika! Interessant! ... Nett von Ihnen, daß Sie gekommen sind!« Dann winkte der Leutnant der Menge zu (die zu jubeln begonnen hatte), kappte die Haltetaue und begann seinen Aufstieg.

»Aber, Sir ...«, stieß Wilkins hilflos hervor, während er mit Worthing beobachtete, wie der Ballon in die Höhe stieg, vom Wind erfaßt wurde und den Mann über die wogende See des Ärmelkanals hinaustrug.

»Frechheit!« knurrte Worthing, ohne den kleiner werdenden Ballon aus den Augen zu lassen.

»Die Schaluppen!« rief Wilkins aus, als sein Blick auf einige Boote fiel, die auf den Wellen tanzend am Strand lagen, um mit abenteuerlustigen Zuschauern und einer großen Zahl von Journalisten hinter dem exzentrischen Leutnant herzusegeln.

»Die *was?*« fragte Worthing entgeistert, weil er sich plötzlich daran erinnerte, daß er zu den wenigen Angehörigen des Kolonialamtes gehörte, die so wenig seefest waren, daß ihnen schon bei dem Gedanken an das Schlagwort ›Britannia rules the Seas‹ fast übel wurde. »Ich habe nicht die Absicht, Wilkins!« rief er nachdrücklich, als er seinen jungen Mitarbeiter den

Strand hinabrennen sah, um zwei Plätze in einem der flachen Boote zu buchen. »Ich denke nicht daran, diesen verdammten Ballon über den Kanal zu verfolgen! ... *Wilkins!* Mann, hören Sie denn nicht?«

»Alles in allem, Gentlemen, sehe ich zwei große Schwierigkeiten bei der Durchführung Ihres Plans.«

Als Tribut an die Hartnäckigkeit der Jugend hatte Worthing »diesen verdammten Ballon« und seinen Piloten tatsächlich über den Ärmelkanal verfolgt und saß jetzt in einer Luxussuite in einem der besten Hotels von Calais. Worthings Teint war etwas gelblich (die Überfahrt hatte bei ziemlichem Seegang fünf Stunden gedauert), sein Anzug war schrecklich verknittert (auf dem kleinen Boot hatte sich eine ganze Meute von Reportern gedrängt), und sein Stimmungsbarometer stand ganz entschieden auf Sturm.

Trotzdem saßen sie endlich Farewell gegenüber: Der exzentrische Leutnant lag in einer mitten im Wohnraum einer Suite stehenden Badewanne.

»Erstens ...«, begann Farewell, rutschte dann ohne erkennbare Vorwarnung in die Wanne, verschwand unter dem Seifenschaum und ließ seine Besucher verblüfft starrend zurück.

Worthing schürzte die Lippen. Auch wenn der Mann ein Kriegsheld war, der zu Admiral Hostes und Nelsons bewährtesten jungen Offizieren gehört und sich in den Seeschlachten von Lissa und Cattaro, von Gibraltar und Trafalgar ausgezeichnet hatte, war Worthing entschlossen, sich nicht mehr viele Unverschämtheiten von ihm gefallen zu lassen. Trotzdem lehnte er sich auf dem Sofa zurück und wartete geduldig darauf, daß der Offizier aus der Wanne auftauchen würde.

»... müßte man Shakas Bekanntschaft machen«, fuhr der Leutnant mit seinem Gedankengang fort, nachdem er wieder aufgetaucht war. »Allein das dürfte sich als Haupthindernis erweisen. –Entrez!« rief Farewell, als an die Tür geklopft wurde.

Ein Hausdiener brachte Lt. Farewells frischgebügelte Uniform, eine Abendzeitung und ein zusammengerolltes Stück Pergament.

»Mettez-le la bas«, wies Farewell den Franzosen an, wartete, bis der Mann seinen Befehl ausgeführt hatte, und entließ ihn mit den freundlichen Worten: »Merci, c'est tout pour le moment.«

»Ich wußte gar nicht, daß Sie so gut Französisch sprechen, Sir«, sagte Wilkins bewundernd.

»Ich hab's mir im Krieg ein bißchen angeeignet. Sie wissen ja, wie es heißt, Tim: ›Kenne deinen Feind!‹« Der Leutnant wurde schlagartig wieder ernst, als er fortfuhr: »Womit wir wieder bei Shaka wären.«

Farewell stieg aus der Wanne, griff nach dem Handtuch, das Wilkins ihm hinhielt, wickelte es sich um die Taille, trat barfuß an den Schreibtisch und nahm die Pergamentrolle zur Hand. Nachdem der Leutnant sie entrollt hatte, wobei sich zeigte, daß er die neueste, sehr genaue Südafrikakarte der Admiralität in Händen hielt, hängte er sie am Kaminsims auf und ließ sich von dem lodernden Feuer trocknen.

»Als erstes«, begann er, »müssen wir die Lage unseres Problems peilen, um einen seemännischen Ausdruck zu benützen. Dies hier ist die Kapkolonie mit Port Elizabeth und Kapstadt als den beiden Haupthäfen. Und hier – vom Großen Kei-Fluß nach Norden bis zum Pongola – liegt das unerforschte Gebiet, das die dortigen Kolonisten als Natal bezeichnen – vermutlich das Territorium von Shakas Reich.«

Wilkins und Worthing waren ganz Ohr; auch der ältere Mann war von Farewells Detailkenntnissen über Südafrika sichtlich beeindruckt. Tatsächlich erwärmte der Unterstaatssekretär sich allmählich für diesen unkonventionellen Offizier der Royal Navy.

»Um auf meine ursprüngliche Frage zurückzukommen«, fuhr Farewell fort, während er seinen gutproportionierten Körper mit Kölnisch Wasser abrieb und mit Talkum einpuderte, bevor er sich anzukleiden begann. »Wie sollen wir Shakas Bekanntschaft machen, um Tims cleveren Plan in die Tat umsetzen zu können?«

Wilkins lächelte zu Worthing hinüber, der anerkennend zurücknickte.

»Aus Berichten, die ich vergangenen Winter während meiner Reise nach Portugiesisch-Delagoa einholen konnte, scheint die von Shaka erbaute neue Hauptstadt – die von den Eingeborenen ›Bulawayo‹ genannt wird – irgendwo in dieser Gegend zu liegen.« Er zeigte auf ein Gebiet im äußersten Nordosten Natals. »Es gibt zwei Möglichkeiten, dorthin zu gelangen: auf dem Landweg vom Kap aus ...« Farewell deutete den langen Marsch an – über 1 400 Meilen durch wilde, unerforschte Gebiete. »Diese Möglichkeit möchte ich allerdings a priori ausschließen, da der einzige Weiße, der die Strecke zu bewältigen versucht hat – ein gewisser Dr. Cowan –, seither spurlos verschollen ist.«

Wilkins und Worthing wechselten einen besorgten Blick, während der Leutnant unbeirrt nonchalant und charmant fortfuhr.

»Somit bleibt uns nur die andere Lösung: eine Landung von See aus irgendwo an dieser Küste – der sogenannten ›Wilden Küste‹ Natals. Von der portugiesischen Marine vor zwei Jahren durchgeführte Erkundungsfahrten lassen erkennen, daß die am besten geeigneten Landeorte die St. Lucia Bay, hier, oder die Mündung des Rio de Natal, hier, zu sein scheinen ...«

Der Seeoffizier deutete, während er dies sagte, auf zwei Punkte an der vom Indischen Ozean umspülten Südostküste Afrikas.

»Aber auch diese Möglichkeit könnte sich als problematisch erweisen, fürchte ich«, gestand Farewell ein, während er in seinen tadellos aufgebügelten Uniformrock schlüpfte.

»In welcher Beziehung, Leutnant?« erkundigte Worthing sich.

»Nun ja, Gentlemen, an dieser Küste ist noch keiner gelandet – beziehungsweise lebend zurückgekehrt, um damit zu prahlen.«

»Wir scheinen in einer Sackgasse zu stecken, Sir.« Was Wilkins nach wie vor beschäftigte, war nur allzu offenkundig, während die drei Männer sich ihren Weg ins Innere des eleganten Konzertsaals bahnten – vorbei an ganzen Trauben von Reportern, die Farewell mit Fragen und Interviewbitten bestürmten, als sei er tatsächlich ein berühmter Mann – und ihre Plätze in einer für den Leutnant reservierten kleinen Loge einnahmen, die unmittelbar an das Podium mit dem schon spielbereiten Orchester anschloß.

»Nicht ganz, Tim«, antwortete Farewell auf Wilkins' Feststellung flüsternd, weil der Dirigent jetzt den Stab hob, an dem die erwartungsvollen Blicke der Musiker hingen. »Die bloße Tatsache, daß noch kein anderer diese Küste erobert hat, bedeutet nicht, daß *ich's* auch nicht kann. Ich habe auf See weiß Gott schon größere Gefahren überwunden.«

»Heißt das, daß Sie mitmachen, Sir?« Wilkins strahlte geradezu vor Freude, und sein Ausruf löste an einigen Stellen im Parkett ein indigniertes »Pst!« aus.

»Ganz entschieden, Tim! Ich würde niemals eine Gelegenheit auslassen, meinem König zu dienen ...«, behauptete der Leutnant flüsternd, worauf Worthing zufrieden lächelte und leicht errötete, wobei Lächeln und Erröten rasch wieder abklangen, als Farewell nüchtern hinzufügte: »... und das Elfenbein einzusammeln.«

»Das *was*, Sir?«

Wilkins starrte Farewell stirnrunzelnd und leicht verwirrt an.

»Später, Gentlemen«, wehrte Farewell ab, als das Orchester Beethovens ›Wellingtons Sieg bei Vittoria‹ anstimmte. »Hören wir uns erst einmal an, wie dieser Preuße die Taten unseres geliebten Wellingtons gerühmt hat.«

»Haben Sie *Elfenbein* gesagt, Leutnant?« wollte der Unterstaatssekretär für Afrika von Farewell wissen, als die drei Männer, in deren Ohren Beethovens Musik noch nachhallte, die Treppe vor dem Konzertsaal hinabstiegen.

»Richtig, das habe ich, Worthing«, antwortete Farewell lächelnd. »Natal soll nämlich ein Paradies für Elfenbeinjäger sein.«

»Aber dieser finanzielle Aspekt ist doch sicher ...«, begann Worthing, um dann einen neuen Anlauf zu nehmen: »Ich meine, das ist alles ganz schön und gut, aber ... nun ja, wie Sie bereits erwähnt haben, handelt es sich hier um einen Dienst für den König, und ...«

»Mein lieber Worthing«, unterbrach der Leutnant die wirren Ausführungen des anderen, »sind Sie sich etwa nicht darüber im klaren, daß ich gute, abenteuerlustige Männer brauchen werde, die mich bei diesem Unternehmen begleiten? Männer, die imstande und vor allem willens sind, den Gefahren dieser Küste und Shaka Zulu zu trotzen. Und ich weiß aus Erfahrung, daß Männer dieses Kalibers sich am ehesten durch Aussicht auf Reichtümer locken lassen ... Was sollte ich Ihrer Meinung nach sagen, um sie dazu zu bewegen, mir Gefolgschaft zu leisten? ›Ihr tut's für euren König! Zum Ruhme Großbritanniens!‹?«

Der Unterstaatssekretär, der einsehen mußte, daß Farewell recht hatte, kniff die Lippen zusammen und nickte widerstrebend.

»Ich brauche ihren Mut, Worthing«, unterstrich Farewell, »nicht ihren Patriotismus! Und Mut hat stets seinen Preis – der in diesem Fall mit Elfenbein entrichtet wird. ›The Farewell Trading Company‹ ...« Der Seeoffizier grinste. »Dieser Name gefällt mir, muß ich sagen!«

The Farewell Trading Company. Warum eigentlich nicht? überlegte Worthing sich. Das wäre nicht das erste Mal, daß Forschungsreisende und koloniale ›Diplomaten‹ sich an den Reichtümern des Landes schadlos gehalten haben. Man braucht sich nur James Cook oder Francis Drake anzusehen – sogar Christoph Kolumbus. Wahrscheinlich, dachte der Unterstaatssekretär mit schiefem Lächeln, gäbe es ohne ein bißchen Geldgier überhaupt keine Kolonien!

Der große Falke kreiste mit ausgebreiteten Schwingen am Himmel, nutzte die Luftströmungen aus, segelte mit dem Wind über die Bäume und umkreiste die dreieckigen Giebel von Holbrook House an der Severn Bay in der englischen Grafschaft Glouchester – dem prächtigen Landsitz, der seit Generationen von den Farewells bewohnt wurde. Dann legte der stolze Vogel plötzlich die Flügel an und stieß auf eine der weiten Terrassen des Herrenhauses herab, um auf Farewells behandschuhter Hand zu landen. Der Leutnant betrachtete den edlen Beizvogel und spürte seinen Mut und seine Kraft ins eigene Herz fließen. Die beiden Lebewesen, Mensch und Tier, wechselten einen stummen flüchtigen Blick gegenseitiger Achtung und Verständnisses.

»Ist das ein weiteres Ihrer Steckenpferde, Leutnant? Falknerei?« erkundigte Worthing sich, indem er versuchte, nonchalant zu wirken, obwohl die Nähe des Raubvogels ihm eigentlich Angst machte.

»Wenn überhaupt, bin ich *sein* Steckenpferd«, antwortete Farewell gutmütig.

»Bei unserem Gespräch in Frankreich, Sir«, begann Wilkins, um zu rekapitulieren, »haben Sie von zwei Hauptschwierigkeiten bei der Durchführung meines Plans gesprochen ...« Die Männer hielten sich jetzt seit fast zwei Tagen in Holbrook House auf, und obwohl die Idee, als Farewells Gäste auf seinen Landsitz zu kommen, dem Wunsch entsprungen war, die Reise nach Natal und zu Shaka besser diskutieren und organisieren zu können, war wegen der eindrucksvollen Interessen und »Steckenpferde« des Leutnants (Pferdezucht, Billard, Bogenschießen, Jagd, Polo, eine riesige Bibliothek mit eigenen Abteilungen für Anthropologie und Naturwissenschaften, eine Sammlung von Schiffsmodellen, ein vollständig eingerichtetes Labor, in dem Farewell chemische Versuche anstellte, und dergleichen mehr) bisher wenig oder keine Arbeit geleistet worden. Wilkins' Bemerkung war eine sanfte Ermahnung, seinen ›cleveren Plan‹ nicht gänzlich zu vergessen.

»Wenn ich Sie richtig verstanden habe, Sir«, fuhr der rothaarige junge Mann fort, »besteht das erste Problem darin, zu Shaka vorzudringen. Und das zweite?«

»Das liegt doch auf der Hand, Tim!« antwortete Farewell, indem er den Falken auf eine hölzerne Sitzstange setzte. »Der König eines primitiven Reiches muß davon überzeugt werden, daß unsere Zivilisation zu fürchten ist, obwohl wir ihm dort draußen keineswegs gewachsen sind.«

Der Falke hackte in ein Stück rohes Fleisch, das sein Besitzer ihm hinhielt, während der Leutnant fortfuhr: »Der Zulu hat wahrscheinlich große Ähnlichkeit mit diesem Falken. Er wird bestimmt durchschauen, daß unsere zivilisierte Art uns verwundbar wie Geflügel auf einem Hühnerhof macht. Nein, Gentlemen, Angst ist nicht die richtige Lösung. Ich bin davon überzeugt, daß Shaka uns auf diesem speziellen Gebiet weit überlegen ist! Wenn wir uns diese ›siebentausend Jahre erprobten und bewährten doppelzüngigen Geredes‹ zunutze machen wollen, müssen wir an eine andere Gefühlsregung appellieren. Vielleicht an Neid. Oder an Stolz, Haß, Besitzgier ...«

»Eitelkeit, Francis«, sagte eine Frauenstimme hinter ihm. »Das ist die größte Schwäche aller männlichen Wesen – seien sie Falken, Hunnen, Engländer oder Zulus!«

»Elizabeth!« rief Farewell strahlend lächelnd aus, indem er sich nach einer bildschönen Frau umdrehte, die über die Terrasse auf die beiden Männer zukam.

Wilkins und Worthing starrten die Frau an, die ihnen im makellosen Glanz ihrer Weiblichkeit wie eine Lichtgestalt erschien. Als sie die Männer zuschritt, fiel plötzlich ein Sonnenstrahl durch ein Wolkenloch, wurde von einer Fensterscheibe reflektiert, fiel über ihren Weg und ließ die Masse ihres langen, gelockten Haupthaars aufleuchten, so daß es wie der gleißende, brünierte Helm Minervas wirkte.

Farewell, der stolz registrierte, welche Reaktion seine Frau hervorrief, schlug geradezu ein Rad, als er die Besucher vorstellte: »Elizabeth, ich möchte dir Mister Worthing und Tim Wilkins vorstellen – sie kommen aus dem Kolonialamt – Gentlemen, meine Frau.«

Mit diesen drei Worten – »Gentlemen, meine Frau« – schien Farewell von der Schönheit Besitz zu ergreifen und machte sie dadurch plötzlich für jeden anderen unerreichbar. Wilkins und seinem Begleiter fiel es schwer, eine Verbindung zwischen dem Abenteurer Farewell und den einengenden Worten »meine Frau« herzustellen, so daß die beiden sekundenlang sprachlos verwundert dastanden.

»Tut mir schrecklich leid, Madam«, stammelte Worthing, als er seine Sprache wiedergefunden hatte. »Ich ...«

»Sie brauchen sich nicht zu entschuldigen, Mr. Worthing«, unterbrach Elizabeth ihn lächelnd. »Die meisten Leute können kaum glauben, daß Francis mit jemand anders als seinen Träumen zusammenlebt.«

»Dabei hätte ich mit meinen Träumen ohne die praktische Veranlagung meiner Frau längst Schiffbruch erlitten«, fügte Farewell hinzu, ohne den Blick von Elizabeths dunkelblauen Augen zu wenden, obwohl er eigentlich mit seinen Gästen sprach. Die beiden Liebenden wechselten einige Worte über Mrs. Farewells kurzen Aufenthalt in ihrem Sommerhaus in Swansea, aus dem Elizabeth eben zurückgekommen war, bevor der Leutnant mit einem Lächeln, das die freudige Reaktion seiner Frau vorwegnahm, ankündigte: »Ich habe eine wundervolle Nachricht für dich, Liebling. Wir besuchen demnächst deine Mutter am Kap!«

»Oh, Francis!« Sie umarmte ihn impulsiv. »Ich danke dir!«

»Mir brauchst du nicht zu danken! Dein Dank gebührt dem Kolonialamt, das diese Idee gehabt hat. Oder eigentlich hat Tim Wilkins sie gehabt. Glauben Sie übrigens, Tim, daß Ihre Behörde Sie eine Zeitlang entbehren könnte? Ich bin sicher, daß das für Sie ein sehr lohnendes Erlebnis wäre.«

Die Augen des jungen Mannes leuchteten vor Aufregung, als er sich mit einem bittenden »Sir?« an Worthing wandte.

»Auf einmal *Sir*?« fragte der Unterstaatssekretär mit gespielter Strenge. »Seitdem wir uns kennen, haben Sie mich nie anders als mit dem unverschämten ›Worthing‹ angesprochen – eine Stufe *unter* der Anrede mit dem Vornamen. Wem verdanke ich diesen plötzlichen Anstieg in Ihrer Hochachtung? Dem Elfenbein?«

Farewell und seine Frau lachten über Wilkins, der vor Verlegenheit rot wurde, während Worthing ein Lächeln unterdrückte und in ›dienstlichem‹ Tonfall entschied: »Gut, wir brauchen ohnehin einen Mann an Ort und Stelle. Und schließlich stammt diese verrückte Idee von Ihnen!«

Wilkins strahlte vor Freude und Aufregung, während Farewell vorschlug: »Wollen Sie nicht auch mitkommen, Worthing?«

»Lieber nicht, Leutnant«, wehrte der andere ab, dessen Magen bei der Vorstellung, eine viermonatige Seereise erdulden zu müssen, augenblicklich rebellierte. »Im Gegensatz zu unserem geliebten Herrscher gefällt mir unser Klima recht gut.«

27 INKUMBI *Heuschrecke* UMFUMFU *Oktober 1823*

Der schlanke Bug der *Elizabeth Catherine* verschwand fast unter der glitzernden Gischt des eisigen Atlantiks. Das Schiff – ein ranker Dreimast-Toppsegelschoner mit Vollschifftakelung, der mit Zwölfpfündern bewaffnet war und den Union Jack führte – teilte elelgant die schaumgekrönten Wogen, während er unter vollen Segeln von einer steifen Herbstbrise getrieben in stolzer Fahrt dahinflog.

Unter Deck saß Farewell mit einem Federkiel in der Hand in dem eleganten Salon an seinem Eichenschreibtisch und war damit beschäftigt, die Notizen zu sichten und zusammenzufassen, die er sich während der wochenlangen Vorbereitungen vor seiner Abreise nach Afrika bei langen Besprechungen im Kolonialamt sowie später in der Admiralität gemacht hatte.

Und jetzt – etwas über fünf Tage nach dem Ablegen in Plymouth – war Farewell endlich mit seinen Gedanken allein, rief sich die geführten Gespräche ins Gedächtnis zurück und stellte befriedigt fest, daß seine ursprünglichen Annahmen sich bestätigt hatten. Ein Marsch auf dem Landweg war tatsächlich unmöglich. Diese Überzeugung war durch die Meldung bestätigt worden, daß zwei weitere Männer, die mit dem gleichen Ziel wie Dr. Cowan aufgebrochen waren, ebenfalls spurlos verschwunden waren. Folglich blieb als einzige Chance nur eine Annäherung von See her übrig – über die anscheinend unwirtlichen Strände der ›Wilden Küste‹.

Farewell hob den Kopf und blickte von seinen Aufzeichnungen zu einer detaillierten Südafrikakarte hinüber, die er vom Nautischen Archiv der britischen Admiralität bezogen hatte. Die Karte, eine hydrographische Untersuchung der Küsten von Britisch-Kaffernland und Natal, die Captain William Fitz-William Owen, R. N., Anfang 1823 mit H. M. S. *Lelen* durchgeführt hatte, enthielt auch Owens Abschätzung der Risikofaktoren bei Landungen an diesen afrikanischen Küsten des Indischen Ozeans. Owens Berechnungen (die Farewell für sehr zuverlässig hielt) zeigten, was die ursprüngliche Vermutung des Leutnants erneut bestätigte, daß die beiden aussichtsreichsten Punkte für Landungsversuche an der Wilden Küste tatsächlich die St. Lucia Bay (etwas südlich von Portugiesisch-Delagoa) oder die Mündung des unerforschten Rio de Natal waren. In einem kurzen Gespräch, das Farewell glücklicherweise in Plymouth mit dem Captain hatte führen können, hatte Owen hinzugefügt, falls er selbst dieses kühne Unternehmen zu wagen hätte (er hatte es als »selbstmörderisch« bezeichnet), würde er »auf den Rio de Natal setzen«.

Rio de Natal! Der Leutnant griff ohne zu zögern nach seinem Federkiel und zeichnete einen dünnen Kreis um die Flußmündung auf der Karte. Als er zufrieden lächelnd aufsah, fiel sein Blick auf die schönen Züge seiner Frau.

Elizabeth saß in einem Sessel zusammengerollt und stickte an einer bayerischen Landschaft – ein Geschenk für ihre Mutter, einer geborenen Deutschen (aus einer Kleinstadt bei München, deren Namen Elizabeth vergessen hatte), die nach dem Tode von Elizabeths Vater in zweiter Ehe den reichen Kaufmann Johann Lodewyck Peterssen geheiratet hatte und jetzt in Kapstadt lebte. Während Elizabeth einen schneegekrönten Berggipfel stickte, erinnerte sie sich daran, wie sie im Juni 1822, als sie ihre Mutter und ihren Stiefvater am Kap besucht hatte, einen jungen und ziemlich berühmten Seeoffizier kennengelernt hatte, der auf einer Reise nach Rio de Janeiro in Kapstadt Station machte. Für beide war es Liebe auf den ersten Blick gewesen: Sie hatten schon wenige Monate später geheiratet und waren heimgekehrt, um im Holbrook House zu leben, wo die Frauen der Farewells schon immer gewohnt hatten, wie Francis in sehr britischer Art behauptet hatte. Elizabeth lächelte bei der Erinnerung daran, sah ebenfalls auf und begegnete dem Blick des berühmten Seeoffiziers, den sie geheiratet hatte.

Plötzlich runzelte der Leutnant jäh die Stirn, weil ihm ein bisher unbekanntes Gefühl zu schaffen machte: ein dunkles Gefühl unendlicher Grausamkeit, schrecklicher Gefahr, ein wahrhaftes Todesgefühl voll drohender Gewalt, das ihm buchstäblich den Atem aus den Lungen saugte. Während der Leutnant unwillkürlich nach Luft rang, erreichte ein unheimlicher Laut seine Ohren: ein Laut, der deutlich an das hohle Stöhnen eines von verzweifelten Schmerzen Geplagten erinnerte, und während dieser Laut in seiner Seele anschwoll, klang in ihm plötzlich ein weiteres Geräusch, ein fernes, harmloses Geräusch an – das leise Klirren von Elfenbeinquasten.

»Was gibt's, Francis?« Elizabeth war über den ängstlichen Gesichtsausdruck ihres Mannes verblüfft.

»Hörst du's auch, Elizabeth?« Seine Stimme klang ebenso hohl wie das Stöhnen.

»Was soll ich hören?« Auch Elizabeth hatte jetzt Angst.

»Das ...« Plötzlich verstummten die Laute, so daß nur mehr das Klatschen des Wellengangs am Schiffsrumpf zu hören war.

»Nichts«, sagte Farewell mit gezwungenem schwachem Lächeln. »Ich muß es mir eingebildet haben.«

Das Unwetter brach am Heiligen Abend los. Elizabeth und Francis Farewell befanden sich im Salon. Ein kleiner Weihnachtsbaum, der mit Plätzchen und ausgeschnittenen Bildern, Flitter, Glitzerkram und einem funkelnden Rauschgoldstern an der Spitze geschmückt war, verbreitete Festtagsstimmung. Elizabeth saß an einem Klavichord, spielte das bekannte Weihnachtslied ›Good King Wenceslas‹ und sang dabei mit, so daß ihre Stimme den Salon mit der der Feier der Geburt Christi so angemessenen heiteren Freudigkeit und Fröhlichkeit erfüllte. Farewell lächelte erwartungsvoll, als er leise hinter seine Frau trat, ihr sanft mit den Fingern durchs lange Haar fuhr und dabei heimlich eine Perlenkette um ihren Hals befestigte.

»Fröhliche Weihnachten, Mrs. Farewell«, sagte er und küßte ihr schimmerndes Haar.

Als Elizabeth die Perlen auf ihrer weichen Haut spürte, verließ ihre Hand das Klavichord, ertastete instinktiv die Kette und liebkoste sie mit den Fingerspitzen. Dann sprang sie aufgeregt auf und lief durch den Salon, um sich im Spiegel zu betrachten.

»Oh, Francis! Sie sind wundervoll!« rief sie aus und umarmte ihn stürmisch.

»Was hast du neulich über Männer und ... Eitelkeit gesagt?« neckte er sie.

»Gut, Mister Farewell, ich muß mich korrigieren. Sie ist die größte Schwäche *beider* Geschlechter«, gestand Elizabeth ein, um rasch halblaut hinzuzufügen: »Obwohl Narziß ein Mann gewesen ist.«

Francis, aus dessen Lachen die Fröhlichkeit dieses Augenblicks sprach, erwiderte die Umarmung seiner Frau. »Ich liebe Sie, Mrs. Farewell!« sagte er leise, bevor er sie küßte.

Ein Klopfen an der Tür unterbrach ihren Kuß.

»Herein!« rief der Leutnant mit kaum verhehltem Unmut.

Wilkins betrat den Salon. Sein Gesichtsausdruck war ernst.

»Der Monsun, Sir. Er ist losgebrochen!«

Die Masten und Segel der *Elizabeth Catherine* knarrten und ächzten unter den Stößen des böig auffrischenden Windes, während der vom Flaggenkopf bis zum Kiel erzitternde Schoner unter dem Druck der über seine Decks heulenden Sturmböen in den schäumenden Wassern des Südatlantiks stampfte und schlingerte.

Bis auf die Haut durchnäßte Seeleute kämpften in schwindelerregender Höhe über den Decks an die Rahen geklammert gegen heulenden Wind und peitschenden Regen an, um in mühsamer Arbeit die Rahsegel festzumachen und die Stagsegel zu bergen, während ihre Kameraden die Kanonen festzurrten und den Anker an Bord hievten.

Farewell und Wilkins, die im Sturm die Augen zusammenkniffen und von Regen und überkommender Gischt von oben und unten durchnäßt wurden, standen auf der Back, starrten ins Auge des Sturms und bemühten sich, seine verborgenen Absichten zu erkennen und Richtung und Stärke seines Vorstoßes zu erraten – des Vorstoßes eines mächtigen Gegners, der sie seit St. Helena begleitet hatte.

Der Leutnant ließ Wilkins stehen und rief etwas davon, daß er Henry Ogle, den Zweiten Offizier, am Ruder ablösen wolle: Worte, die Tim im Heulen des Sturmes nur undeutlich hörte. Auf seinem Weg zurück zum Achterdeck holte Farewell keuchend Luft und schluckte Salz- und Regenwasser, als er einen hastigen Blick in den peitschenden Regen wagte – vorsichtig, als fürchte er, sein Sehvermögen könnte durch den Aufruhr der tobenden Elemente Schaden nehmen.

Plötzlich empfand Farewell vage Angst und litt unter dem gleichen Unbehagen wie zu Beginn der Reise – unter einem an seiner Seele nagenden Gefühl, das die Eiseskälte unfaßlicher Angst und die dunkle Last des leibhaftigen Todes mit sich brachte. Sein Blick fiel instinktiv auf die aufgewühlte See, und er zwang sich dazu, die Augen zu öffnen und in die Schwärze des Sturms zu blicken; dabei wurde dieses nagende Gefühl stärker, bis Farewell den Eindruck hatte, sich abrupt vom Meer und seinem Schiff zu lösen und isoliert, vom Strom seiner eigenen Existenz abgeschnitten zu sein. Und durch diese packende Empfindung wurde er in eine Dimension völliger Stille versetzt ... Stille bis auf das unschuldige Klappern von Elfenbeinquasten, das mit schwachen Trommelgeräuschen unterlegt war – fernen Trommeln, die aus den ursprünglichen Tiefen seines Wesens zu ertönen schienen.

Unter dem Eindruck, von dieser rätselhaften Erscheinung tiefer und tiefer in einen geistigen Abgrund aus unvorstellbarer Nacht und Verzweiflung gezogen zu werden, unternahm Farewell bewußt eine verzweifelte Anstrengung, auf diese Dimension der Stille zu reagieren, drängte sie langsam und mühselig zurück und hatte allmählich das Gefühl, aus dem Abgrund freizukommen, als das Klappern und die Trommelschläge leiser wurden. Er freute sich beinahe über das Heulen des Sturms, das nun wieder über ihn herfiel. Der Leutnant riß nach Atem ringend den Mund auf, nahm keuchend einen großen Schluck Wasser und spürte, wie das Salz ihm die Kehle verbrannte und seine Sinne wieder ganz wachrüttelte.

Der Sturm setzte der *Elizabeth Catherine* die ganze Nacht und den ganzen nächsten Tag mit sinnloser, zerstörerischer Wut zu, und als die Schatten der Nacht erneut von herabzuckenden Blitzen zerrissen wurden, kämpfte die ruhelose Mrs. Farewell sich tapfer aufs Achterdeck hinauf, wobei die eiserne Entschlossenheit auf ihrem regennassen Gesicht sie noch schöner erscheinen ließ.

Nachdem Elizabeth das Deck erreicht hatte, arbeitete sie sich gegen den Sturm voran, um das Ruder zu erreichen, an dem ihr Mann sich als Rudergänger festgelascht hatte. Farewell wirkte erschöpft und am Ende seiner geistigen und körperlichen Reserven.

»Trink das!« rief sie und gab ihm eine Flasche mit warmer Suppe. »Ich übernehme das Ruder!«

»Geh wieder nach unten!« blaffte der Leutnant mit vor Müdigkeit glasigem Blick. »Heldentum ist hier fehl am Platz!«

»Genau!« bestätigte Elizabeth ebenso streng. »Trink jetzt endlich!«

Farewell, der zu müde war, um energischer zu widersprechen und die Erholungspause brauchte, die sie ihm ermöglichte, ließ das Steuerrad los (das weiterhin sicher an ihm festgebunden blieb) und umklammerte mit kältestarren Händen dankbar die warme Flasche.

»Vorm Wind bleiben!« rief er, als Elizabeth die Radspeichen umklammerte.

»Aye, aye, Sir«, bestätigte sie lächelnd, während sie sich einstemmte, um festen Halt zu haben.

Ihr Lächeln mußte ansteckend sein, denn Farewell erwiderte es.

Am Morgen des siebten Sturmtages, dem Silvestertag, segelte die *Elizabeth Catherine* endlich aus dem Dunkel und Aufruhr des Sturms in golden strahlenden Sonnenschein hinaus. An Deck blickten die Seeleute fast ungläubig zu dem tiefblauen

Himmel auf und fühlten in ihren Herzen eine Rückkehr zum Leben, eine Rückkehr zu Hoffnung und einer Zukunft.

Farewell, der grinsend zu dem prachtvoll blauen Himmel aufblickte, legte einen Arm um Elizabeth, deren Gesicht wie seines voll neugewonnener Lebensfreude leuchtete. In diesem Augenblick spielte der Leutnant mit dem Gedanken, seiner Frau von der unheimlichen, wiederkehrenden Empfindung zu erzählen, deren packend gewalttätige Absicht noch immer in seiner Seele nachwirkte, aber er zögerte noch, weil er die Freude dieses Augenblicks nicht trüben wollte – und weil er's für zwecklos hielt, seine Frau mit einem unerklärlichen Vorfall zu erschrecken, der hoffentlich bald der Vergangenheit angehören würde.

Unter weißen Schwingen glitt die *Elizabeth Catherine* niedrig über die blaue See wie ein zu seinem Nest heimkehrender großer müder Vogel. Sie machte auf geradem Kurs zum Kap gute Fahrt, bis – Ende Januar 1824 – seine Küste hinter der Kimm aufstieg und durch einen freudigen Ruf aus dem Mastkorb begrüßt wurde: »Land in Sicht an Steuerbord voraus!«

Kapstadt war ein ruhiger Seehafen am Fuße des großartigen, wie abgeschnitten wirkenden Massivs des Tafelberges. Seine niedrigen, gutproportionierten Häuser mit ihren weißen Mauern und weinbewachsenen Veranden verkörperten die elegante Behaglichkeit des frühen 19. Jahrhunderts. Als einzige größere Stadt Südafrikas war Kapstadt eine Metropole geworden, die oft mit europäischen Großstädten verglichen wurde. Aber obwohl seine breiten Alleen, Plätze und die Grand Parade den Eindruck weiträumiger Eleganz weckten, war dieser Vergleich eher romantisch als realistisch. Obwohl die ›Großstadt‹ farbig und lebendig war – mit einem Gedränge aus Malaien mit roten Turbanen, wasserschleppenden Sklaven, Hausierern, Handkarren und Ochsenfuhrwerken –, war sie im Grunde ihres Wesens eigentlich doch eine ›Kleinstadt‹ mit entschieden provinzieller Färbung geblieben.

Eine große Provinzstadt, überlegte Farewell sich, als er in

der Gouverneursresidenz am Erkerfenster von Lord Charles Somersets Arbeitszimmer stand. Sein Blickfeld umfaßte die St. Mary's Cathedral, die Klinkergebäude und Glasdächer des Botanischen Gartens und dahinter die geschäftige Adderley Street, auf der Kutschen und Fuhrwerke zu am Duncan Dock und in der Tafelbai liegenden Schiffen hinab unterwegs waren. So provinziell wie das Herz seines Gouverneurs.

Als der Leutnant Kapstadt den Rücken zuwandte, fiel sein Blick auf Somersets massive Gestalt in einem Polstersessel hinter seinem langen Mahagonischreibtisch. Auf der Knollennase des anderen saß eine Lesebrille, deren Metallbügel sein breites Gesicht umfaßten und im Gewirr seiner grauen Koteletten verschwanden. Sir Charles war in das Schreiben vertieft, das Sir Henry Bathurst Farewell und Wilkins nach Afrika mitgegeben hatte – ein Schreiben, das nicht nur als Antwort auf den Brief des Gouverneurs gedacht war, sondern auch dazu dienen sollte, den Leutnant offiziell als den ›Deus ex machina‹ des Kolonialamts in der Affäre Shaka vorzustellen. Obwohl Farewell nur eine vage Vorstellung vom Inhalt des vertraulichen Schreibens hatte, blieb ihm nicht verborgen, daß Bathursts Worte den Gouverneur beunruhigten.

Somerset blickte von seiner Lektüre auf, starrte ins Leere und fühlte das Blut in seinen Schläfen pochen.

»Wie kann Bathurst mir das nur antun?« rief Somerset aus, indem er seine natürliche Neigung zu Selbstmitleid an Farewell ausließ. »Nach allem, was ich fürs Kap getan habe! Die Merinozucht! Die Banken! Die Krankenhäuser! Die Siedlungen auf dem Lande! Alles floriert dank meiner Fürsorge! Und wenn ich dann einmal eine Gegenleistung möchte... Ein schöner Dank aus der Downing Street! Aber was schert *die* das schon? Sie thronen erhaben und sorglos in der Sicherheit ihrer getäfelten Räume auf den Britischen Inseln – mit ihrem Tee und Teekuchen, mit ihren Sonntagen in Ascot, mit ihrer maßvollen Politik in ihrem gemäßigten Klima – und summen ›Hail Britannia!‹, während wir hier draußen die Kärrnerarbeit tun! Und dann bezeichnet Bathurst mich als Autokraten, weil ich eigene Entscheidungen treffe. *Irgend jemand* muß sie doch treffen, verdammt noch mal! Jedesmal, wenn ich sie auffordere, *ihr* Pferd vor den Karren zu spannen, lahmt der Klepper! Und jetzt *das hier*!«

Somerset knüllte das Schreiben erbittert zusammen, so daß Farewell sich verblüfft fragte, ob der andere es etwa zerfetzen wolle. Dann lief er dunkelrot an, während er um Selbstbeherrschung rang. Nachdem Somerset sein Temperament mühsam gezügelt hatte, strich er den Pergamentbogen auf seinem Schreibtisch glatt, rückte seine Lesebrille zurecht und begann das Schreiben zum zweiten Mal zu lesen – diesmal laut, um den Leutnant zu informieren.

»An Sir Charles Somerset, Gouverneur der Kapkolonie, Kolonialafrika«, las er vor. »Mein lieber Sir Charles, ich kann Ihnen kaum sagen, wie besorgt ich nach Empfang Ihres Schreibens gewesen bin. Ich versichere Ihnen, daß Seine Majestät und ich Ihre tiefe Besorgnis wegen der von Ihnen so lebhaft geschilderten Zulu-Gefahr teilen. Auf Grund der wirtschaftlichen und militärischen Umorientierung, zu der sich die Krone seit Beendigung der Napoleonischen Kriege veranlaßt gesehen hat, ist Ihrer Majestät Regierung zum gegenwärtigen Zeitpunkt leider nicht bereit, der Entsendung britischer Truppen zuzustimmen.« Somersets Hände begannen zu zittern, als er fortfuhr. »Nach reiflicher Überlegung hat das Kolonialamt jedoch einen Alternativplan ausgearbeitet, Sir Charles, dessen Architekt der Überbringer dieses Schreibens, der Ihnen bekannte Lt. Francis George Farewell, ist.«

Der Gouverneur holte irritiert tief Luft.

»Ich vertraue darauf«, las er weiter, »daß Euer Lordschaft erkennen werden, daß Lt. Farewells Unternehmen jegliche Förderung und allen Beistand verdient, da es sehr gefährlich ist und im Erfolgsfalle die beste Lösung des gegenwärtigen Problems bringen dürfte. Mit vorzüglicher Hochachtung, Sir Henry Bathurst, Seiner Majestät Minister für Krieg und die Kolonien ...«

Somerset hob den Kopf und sah Farewell an.

»Sie?« fragte der Gouverneur ungläubig.

Als Farewell fast entschuldigend nickte, starrte Somerset

den Leutnant schweigend an. Dann entstand irgendwo tief in dem gewaltigen Leib des Gouverneurs ein überraschendes Lachen, das nach oben stieg und in einer Explosion nervöser Fröhlichkeit über seine Lippen drang.

»Achtzigtausend wilde Zulukrieger stehen bereit, die Kolonie anzugreifen«, stellte er von Lachanfällen geschüttelt fest. »Und was habe ich von der Krone und Seiner Majestät, um sie daran zu hindern, sämtliche Männer, Frauen und Kinder entlang ihres Pfades abzuschlachten? Ein hochmütiges Entschuldigungsschreiben und – nichts gegen Sie persönlich, Leutnant – *Sie*?!«

Farewell nickte erneut grimmig, während Somersets Lachen abklang und einen ernsten Ausdruck auf seinem breiten Gesicht zurückließ.

»Pungashe von den Butezelis, Zwide von den Ndwandwes, Pakatwayo von den Qwabes...«, zählte der Gouverneur einige der illustren Nguni-Könige auf.

»Sagen Ihnen diese Namen irgend etwas, Leutnant?«

»Nein, Sir Charles.«

»Mit Recht nicht. Ihre Geschichte muß erst geschrieben werden – bestimmt mit dem Blut unserer Siedler.« Somerset empfand unendliche Müdigkeit, als er von seinem Schreibtisch aufstand, die Hände auf seinem breiten Rücken zusammenlegte und ans Fenster trat, um auf seine Stadt hinauszublicken. »Sie sind afrikanische Häuptlinge gewesen, Leutnant. Einige der tapfersten Männer, die dieser Kontinent hervorgebracht hat. Jeder von ihnen hätte es auf militärischem Gebiet mit einem Napoleon Bonaparte aufnehmen können. Trotzdem sind sie diesem Schwarzen Napoleon, wie er genannt wird..., diesem Shaka Zulu nicht gewachsen gewesen.« Er spuckte den Namen mit angewiderter Miene aus. »Über zwei Millionen Menschen, Leutnant. Er hat über zwei Millionen Menschen systematisch ausgerottet oder vertrieben!«

Somerset drehte sich um, so daß sein Blick dem Farewells begegnete. »Die Einwohnerschaft Londons! Und Sie wollen ihn allein aufhalten?«

Farewells Antwort bestand darin, daß er erneut zuversichtlich nickte und zugleich etwas die Zähne zusammenbiß, so daß sein Kinn energischer wirkte – als wolle er Somerset sein völliges Vertrauen zu seinen eigenen Fähigkeiten demonstrieren.

»Finden Sie Ihr Verhalten nicht übermäßig gelassen, Leutnant Farewell? Angesichts des Ernstes der Lage, meine ich.«

»Der Geist braucht einen Schuß Leichtsinn, wenn er mit Verdrießlichem zu tun hat, Sir Charles«, gab Farewell unbekümmert zurück. »Das hilft einem, klaren Kopf zu behalten.«

Auf Somersets Gesicht zeichnete sich völlige Mutlosigkeit ab, während er weiterhin Farewell anstarrte und dabei halblaut sagte: »Was hat dieser Kolonialbewohner Jefferson gleich wieder gesagt? ›Wenn ich bedenke, daß Gott gerecht ist, zittere ich um mein Land...‹ Ich brauche einen Drink, Leutnant. Leisten Sie mir dabei Gesellschaft?«

»Gern, Sir Charles.«

Die weiten smaragdgrünen Rasenflächen des Cape Racket and Country Club waren mit weißen Tischen gesprenkelt, an denen elegant gekleidete britische Untertanen, die sich von Hottentotten bedienen ließen, sich den Nachmittag damit vertrieben, daß sie Drinks nippten und behaglich miteinander schwatzten.

In diese reservierte, steif koloniale Atmosphäre hatte Somerset Farewell mitgebracht, und die beiden Männer saßen jetzt mit Wilkins, dem Reverend Josiah Bellow (dem Leiter einer Missionsstelle, dem Somerset den ersten Hinweis auf die von den Zulus drohende Gefahr verdankte) und dem Xhosa-Schullehrer Daniel zusammen.

»Eine Niederlassung von Elfenbeinhändlern mitten in Shakas Reich?« fragte der Gouverneur soeben verblüfft. »Eine lächerliche Idee, Leutnant!« fügte er mit verächtlicher Miene hinzu. »Er würde Sie vernichten, bevor Sie Zeit hätten, die erste Unterkunft zu errichten!«

Wilkins spürte, daß ihn bei Somersets Worten ein kalter Schauer durchlief, und ein Blick zu Farewell hinüber bot wenig Trost – zumal der Leutnant nach einem Schluck aus seinem Glas nonchalant antwortete: »Dieses Risiko werden wir auf uns nehmen müssen, Sir Charles.«

»Diese Sache ist wirklich Ihr Ernst, nicht wahr, Leutnant Farewell?« erkundigte Bellow sich mit gerunzelten buschigen Augenbrauen.

»Ja, Reverend, mein völliger Ernst. In etwa zwei Monaten beabsichtige ich, mit einer Gruppe handverlesener Männer an der Küste von Natal zu landen. Nach außen hin werden wir als Elfenbeinhändler auftreten – aber der Handel dient lediglich zur Tarnung. Mein eigentlicher Auftrag besteht darin, ein Bündnis zwischen Shaka Zulu und seiner Majestät Georg IV. zustandezubringen.«

Somerset, Bellow und Daniel waren über diese unglaubliche Idee so verblüfft wie über die nonchalante Art, in der Farewell sie vorgebracht hatte. Selbst Wilkins, von dem dieser Plan ursprünglich stammte, war etwas skeptisch, als er ihn so lässig vorgebracht hörte.

»Bündnisse, Leutnant«, stellte Somerset ohne sonderlichen Nachdruck fest, als sei dies eine allgemein bekannte Tatsache, »sind etwas für zivilisierte Menschen. Nicht für Wilde!«

Als das Wort ›Wilde‹ fiel, sah Wilkins rasch zu Daniel hinüber. Der Xhosa, dem der peinlich verlegene Blick des jungen Engländers auffiel, reagierte darauf mit einem schwachen Lächeln, als wolle er Wilkins bedeuten, daß solche herabsetzenden Bemerkungen ein fester Bestandteil des Kolonialalltags seien, an den er sich längst gewöhnt habe. Tatsächlich hatte die Anwesenheit des Lehrers in diesem exklusiven Club (auf die gönnerhafte Einladung des Rev. Bellow hin) schon einige Gäste dazu veranlaßt, indigniert die Augenbrauen hochzuziehen. Als ob der Xhosa diesen Eindruck noch verstärken wolle, sah er bewußt zu den an den Tischen bedienenden schwarzen Kellnern hinüber und gab dem rothaarigen jungen Mann auf diese Weise stillschweigend zu verstehen, daß sie Sklaven seien.

»Selbst wenn es Ihnen gelänge, irgendeine Art Abkommen zu erzielen«, fuhr Bellow mit seiner von Vorurteilen geprägten Unterscheidung rassischer Moralität fort, »würde Shaka seine vertraglichen Verpflichtungen niemals erfüllen. Die Zulus sind gottlose Heiden. Ihre Vorstellungen von Gut und Böse, Leben und Tod beruhen auf keinerlei Sittengesetz. Sie besitzen in ihren menschlichen Beziehungen keinerlei göttliche Perspektive. Sie sind *Heiden*, Leutnant –Heiden, denen Vernunft und ethische Maßstäbe fehlen!«

»Wirklich, Reverend Bellow?« fragte Farewell, dem die Galle überlief, so erbittert, daß keiner der Zuhörer seinen Tonfall verkennen konnte. »Ist nicht auch Cicero ein sogenannter Heide gewesen? Und Virgil, Tacitus, Homer, Sokrates, Aristoteles, Plato ... Muß ich fortfahren?«

»Diese Männer sind aufgeklärt gewesen«, stellte Bellow fest, dessen Gereiztheit durch das schwache Lächeln, das er auf Daniels Lippen entdeckte, nur verstärkt wurde. »Die können Sie unmöglich mit Shaka vergleichen! Er ist ein Barbar! Ein Massenmörder!«

»Das ist auch Karl der Große gewesen – auf seine spezielle Weise.« Farewells Augen funkelten.

»Ich verstehe nicht, worauf Sie hinauswollen, Leutnant«, warf Somerset offenbar mühsam beherrscht ein.

»Dann möchte ich's Ihnen erklären, Sir Charles«, antwortete Farewell, der seine explosiven Empfindungen und Gefühle kaum noch beherrschen konnte, mit so lauter Stimme, daß einige der Gäste an den Nebentischen sich mit schockiert hochgezogenen Augenbrauen nach ihm umdrehten.

»Sir Charles, die Krone hat nur eine Chance, ihre Position in Afrika, Amerika und Asien zu behaupten, indem sie endlich ihre Heuchelei abschüttelt und andere als gleichberechtigt zu behandeln beginnt. Ich glaube, daß das die *wahre* christliche Botschaft ist, nicht wahr, Reverend Bellow? Oder rechtfertigt Ihr Moralkodex nur Ihre eigenen Fehler?« Bellow senkte empört den Blick, während Farewell fortfuhr: »Ich habe wie gesagt die Absicht, Shaka Zulu aufzusuchen, um mit ihm über einen Bündnisvertrag mit Seiner Majestät König Georg IV. zu *verhandeln.* Dabei kann ich nur hoffen, daß König Shaka, obwohl er ein schwarzer Heide ist, sich als vernünftiger als Papst Alexander Borgia erweisen wird.«

Den Ausführungen des Leutnants folgte vieldeutiges Schweigen, während Daniel und einige der bedienenden Hottentotten den exzentrischen Seeoffizier mit aufrichtiger Bewunderung betrachteten. Somerset und Bellow wechselten einen sorgenvollen Blick, bevor der Gouverneur ein überlegenes Lächeln aufsetzte und den Leutnant und seinen Plan abzutun versuchte, indem er sagte: »Ich weiß Ihren Idealismus zu schätzen, Leutnant. Aber Sie sind offenbar nicht ausreichend über die Situation in Afrika informiert, und ich glaube nicht, daß ich Ihren absurden Auftrag billigen werde.«

Wilkins mischte sich tapfer ein, indem er den Fehdehandschuh aufhob: »Ihnen bleibt keine andere Wahl, Sir Charles! Leutnant Farewells Mandat stammt aus der Downing Street, und das Kolonialamt ersucht Sie um Ihre volle Unterstützung.«

Farewell sah zu Wilkins hinüber, um ihm für seine Solidarität zu danken, bevor die beiden Männer aufstanden, um sich zu verabschieden.

»Besten Dank für den Drink, Sir Charles«, sagte der Leutnant überraschend freundlich, indem er Somersets aufgebrachten Blick ignorierte und Bellow und Daniel zunickte. »Wenn Sie uns jetzt bitte entschuldigen wollen – wir haben nicht vier Monate lang der See getrotzt, um über Geschichte zu diskutieren!«

»Leutnant Farewell...« Das war Daniels Stimme. »Sie brauchen bestimmt einen Dolmetscher, und Sie werden merken, daß ich die Sprache der ... ›Heiden‹ recht gut beherrsche.«

Während Bellow seinen Missionsangestellten mit mißbilligend gerunzelter Stirn anstarrte, warf Farewell den Kopf in den Nacken und lachte ein kehliges Lachen, durch das sich seine aufgestaute Spannung löste und das zugleich eine willkommene frische Note in den Tratsch der Mitglieder des exklusiven Clubs brachte.

28 ISIHOGO *Hölle*

In einer Rede vor dem Unterhaus hatte Sir Henry am 15. Mai 1823 mutig festgestellt, daß »der Zustand der Sklaverei mit den Grundsätzen der britischen Verfassung und des christlichen Glaubens unvereinbar ist und in den britischen Kolonien so rasch wie möglich abgeschafft werden sollte...«

Zum Unglück für Männer wie Bathurst dauerte es über ein Jahrzehnt – bis zum August 1834 –, bis dieser Gleichstellungsprozeß beschleunigt wurde und alle Sklaven unter britischer Herrschaft die Freiheit erhielten.

Zum Unglück für Männer wie Farewell war die Vorstellung von der Gleichstellung seiner Brüder noch in weite Ferne gerückt, als sein Beiboot in bedrückendem nächtlichem Dunkel über das schwarze Wasser des Südatlantiks vor der Kapstädter Tafelbai tanzte. Die Dollen des flachen Boots quietschten mit störender Regelmäßigkeit, wenn die Riemen wassertriefend aus der nachtschwarzen See gehoben wurden, einen Bogen beschrieben und erneut eingesetzt wurden, um das Beiboot näher und näher an einen aus dem Wasser aufragenden riesigen Schatten heranzubringen: ein gewaltiges Monument des Elends und der Verzweiflung in Form des portugiesischen Sklavenschiffs *Espirito de Guanabara.*

Sobald das Beiboot an der heruntergekommenen Galeone angelegt hatte, griff Farewell nach der schmutzstarrenden Strickleiter, die über den gewölbten Schiffsrumpf herabhing, schwang sich aus dem Boot und begann hinaufzuklettern. Oben zog der Leutnant sich über die Reling und betrat das Deck der *Espirito.*

Farewells prüfender Rundblick, der seiner trübseligen Umgebung galt, zeigte ihm einzelne gelblich brennende Laternen, die unmittelbar unter den leicht bewegten dunklen Segeln der Galeone hingen. Unter einer dieser schwankenden Laternen hockte eine Gruppe von Rum benebelter portugiesischer Seeleute, die lachten und prahlerisch lärmten, während sie auf der zersplitterten Stirnfläche eines alten Fasses Karten spielten.

»Senhor Fynn, por favor?« erkundigte Farewell sich bei den Männern, indem er in den gelblichen Lichtkreis der Laterne trat.

Die Matrosen blickten auf und maßen den Unbekannten in britischer Uniform mit verächtlichen Blicken aus blutunterlaufenen Augen. Nach einigen abfälligen Bemerkungen, die sie im Dialekt der Algarveküste wechselten, wies einer der Männer endlich mit dem Daumen nach unten, auf den Laderaum des Schiffs, und knurrte dabei: »Em baixo!«

»Obrigado«, bedankte Farewell sich ungerührt, bevor er im Halbdunkel auf die offenen Türen des Deckshauses zuging und die knarrenden Stufen hinabstieg, die ins stinkende Innere dieses schaurigen Schiffs der Verzweiflung hinunterführten.

Der an sich ziemlich geräumige Laderaum der *Espirito de Guanabara* erinnerte an das überfüllte Nest eines dicht zusammengedrängten Schwarms menschlichen Ungeziefers mit Hunderten von schwarzen Gestalten, die in allen Stellungen von Schmerz, Verlassenheit und Verzweiflung kauerten, lagen, hockten, standen, sich wanden, aneinander lehnten und einander umklammerten.

Inmitten dieser wogenden schwarzen See aus Qual und Leid erkannte Farewell die Gestalt eines Weißen. Der Mann – Henry Francis Fynn – kniete mitten unter den Sklaven und hielt sein schlankes Stethoskop an den ausgezehrten Brustkorb eines alten Mannes gedrückt, während er die schwachen Töne des müden, gebrochenen Herzens abhörte. Fynn ließ sich nicht anmerken, ob er Farewells Anwesenheit wahrgenommen hatte; statt dessen konzentrierte der Arzt sich weiterhin ganz auf den Sterbenden, der zusammengekrümmt vor ihm auf den Planken lag.

»Mr. Fynn? Henry Francis Fynn? … Mein Name ist Farewell«, stellte der Leutnant sich schließlich vor, ohne damit irgendeine Reaktion bei dem anderen Weißen hervorzurufen. »Ich habe Ihnen eine Anfrage in Ihre Wohnung geschickt«, fügte Farewell hinzu, als wolle er damit sein Auftauchen in diesem gottverlassenen Laderaum erklären. »Wegen Ihrer Beteiligung an meiner bevorstehenden Expedition nach Natal.

Als ärztlicher Berater und Frachtsuperintendent.« Die Stimme des Leutnants klang gepreßt, weil er sich zunehmend unbehaglich und unruhig fühlte. »Soviel ich gehört habe, besitzen Sie auf beiden Gebieten große Erfahrung.«

Ohne sein Ohr von dem Stethoskop zu nehmen, mit dem er die Herztöne abhörte, drehte Fynn sein blasses Gesicht zur Seite, um den Besucher zu betrachten. Sein Blick streifte Farewells Uniform mit schweigender Gleichgültigkeit, bevor er sich wieder seinem Patienten zuwandte, dessen altersschwaches Herz in diesem Augenblick noch ein-, zweimal schlug, um dann für immer zu verstummen. Fynn hob den Kopf, blickte in das zu einer Totenmaske erstarrte Gesicht des Sklaven, warf sein Hörrohr betrübt seufzend in eine ausgebeulte, abgewetzte Arzttasche und holte aus dieser Tasche eine eselsohrige, in schwarzes Leder gebundene Bibel.

»Ich taufe dich im Namen des Vaters, des Sohnes und des Heiligen Geistes.« Indem seine Finger die Lider über den glänzenden, leblosen Augäpfeln schlossen, die zu einem bittenden Ausdruck erstarrt waren, fügte er nachlässig hinzu: »Amen.«

»Ja, ich weiß«, sagte Fynn ohne bestimmten Adressaten, als er aufstand, durch den Laderaum schlurfte und den unausgesprochenen Vorwurf nickend quittierte. »Ich weiß, daß ich sie taufen sollte, bevor sie sterben, aber dazu bleibt nie genug Zeit. Zu beschäftigt, den Leib zu retten, um an die Seele zu denken... Niemals genug Zeit!«

Der Leutnant beobachtete Fynn freimütig abschätzend, als der Ire in eine Ecke des Laderaums trat, in der seine Instrumente auf einer Kiste verstreut lagen. Nachdem Fynn die Arzttasche abgestellt und seine Bibel neben die Instrumente gelegt hatte, goß er sich medizinischen Alkohol über die Hände und Arme, zündete die brennbare Flüssigkeit an und verwandelte seine Gliedmaßen in lohende Fackeln, bevor er sie rasch in ein Wasserfaß tauchte, um diese merkwürdige Zeremonie mit leisem Zischen zu beenden.

»Angeblich verhindert das Infektionen«, erläuterte Fynn, der jetzt eindeutig den Leutnant anzusprechen schien.

»Nach vier Malariaanfällen beginne ich allerdings, an der Wirksamkeit dieser Methode zu zweifeln.«

»Ist das ihr Hauptleiden?« fragte Farewell, indem er auf die Sklaven deutete. »Malaria?«

»Das und eine Vielzahl anderer«, erwiderte Fynn und zählte einige davon auf, während er sich die Hände abtrocknete. »Gelbfieber. Ruhr. Lebervergrößerung. Schwindsucht. Denguefieber ...«

Als Fynn wieder zu dem Leutnant hinübersah, stellte Farewell überrascht fest, wie hell die Augen des Iren waren – so hell, daß sie in der schwachen Beleuchtung des Laderaums fast durchsichtig wirkten.

»Und seelische Leiden«, fügte der Arzt geistesabwesend und mit müdem Lächeln hinzu, »die schwerer zu diagnostizieren und fast unmöglich zu heilen sind. Nur durch die Gnade Gottes werden sie ihre Bestimmungsorte lebend erreichen. Oder vielleicht ist's sein Wille, daß sie dort nie ankommen.«

Fynn wandte sich erneut an den Engländer und wechselte Tonart und Thema mit einer Abruptheit, die geistige Beweglichkeit und rasche Entschluß- und Handlungsfähigkeit verriet.

»Ihre Anfrage? Ja..., ich erinnere mich daran. Sie hat mich etwas verwirrt, Leutnant. Zu welchem Zweck wollen Sie sich in diese gottverlassenen Gebiete wagen?«

Farewell antwortete ebenso geistesgegenwärtig: »Um einen Mann namens Shaka aufzusuchen. Was wissen Sie über ihn?«

Schon die Erwähnung des Zuluherrschers genügte, um die Sklaven in höchste Erregung zu versetzen. Ihre Lippen bewegten sich rasch und gaben ein vages, hohles Murmeln voller Trostlosigkeit von sich, das an das ferne Brausen eines aufkommenden Sturms erinnerte.

»Ist Ihre Frage damit beantwortet, Leutnant?« erkundigte Fynn sich mit einem nachdenklichen Blick auf die Menschenfracht der *Espirito.*

»Die Opfer des Hasses...« Selbst Fynns weicher irischer Akzent nahm seinen Worten nichts von ihrer Bitterkeit. »Die Masanes, die Nxumalos, die Hlubis, die Cunus, die Ngwanes, Fingos und unzählige andere! Die Vertriebenen Südafrikas. Aus ihren Reihen rekrutieren sich diese Sklaven! Sie fliehen vor Shakas Speeren in die offenen Arme weißer Sklavenhändler, die nur allzu gern bereit sind, aus ihrer Hoffnungslosigkeit Gewinn zu schlagen.«

Farewell und Fynn schlenderten durch die Nacht die Old Beach Road zwischen Mouille Point und Tafelbai entlang. Die kühn geschnittenen Züge des Iren waren vom Ernst seiner Worte nervös angespannt.

»In gewisser Beziehung sind diese Menschen die eigentlichen Opfer der jüngsten Geschichte, Leutnant«, fuhr er fort. »Wenn Sie mir den Vergleich gestatten, sind sie die ›wandernden Juden‹ Afrikas, die auf der Flucht vor dem ›Pharao‹ Shaka in die ›Babylonische Gefangenschaft‹ der portugiesischen, englischen, spanischen und französischen Sklavenschiffe geraten.«

»Soviel ich gehört habe, Fynn, ist das Reich des ›Pharaos‹ ziemlich riesig. Logischerweise muß er seinen Untertanen irgendeinen Lohn für ihre Treue bieten, sonst befänden sie sich alle auf ›Wanderschaft‹.« Farewells Einwand war nicht als Verteidigung Shakas gedacht, sondern sollte lediglich eine Art Gegengewicht zu Fynns anscheinend einseitiger Verurteilung des Zulus darstellen.

»Haben Sie den ›Faust‹ gelesen, Leutnant?« erkundigte der Arzt sich.

»Marlowes, Lessings oder Goethes?« lautete Farewells mit verschlagenem Lächeln gestellte Gegenfrage.

»Touché!« gestand der Ire grinsend ein. »Sie können nehmen, welchen Sie wollen... Womit ist Faust für seine ›Treue‹ belohnt worden?«

»Wollen Sie damit etwa andeuten, Shaka sei ein Mephisto?« erkundigte Farewell sich mit gerunzelter Stirn. »Der seinem Volk ... was verspricht? Macht? Wenn seine Untertanen ihm dafür ihre Seelen verkaufen?« Der Sarkasmus des Leutnants war jetzt unüberhörbar. »Tut mir leid, das finde ich grotesk!

Er ist ein Kaiser, Fynn – wie viele andere! Skrupellos wie Nero, wenn Sie so wollen – aber der *Satan* in Person?« Farewell lachte schallend. »Machen Sie sich nicht lächerlich!«

»Die eingeborenen Sangomas – die Medizinmänner – kennen eine Sage«, begann Fynn und blickte dabei zum Mond auf. »Die Sage berichtet von einem Kind, dem Kind der Weissagung, dessen Geburt vor fast tausend Jahren angekündigt worden ist. So wird's jedenfalls erzählt. Ein Kind, mit dessen Leben eine Zeit beginnt, in der der Name seines Stammes gleichbedeutend mit totalem Krieg, Terror und Tod sein wird. So heißt's jedenfalls.«

Aus Fynns Worten sprach ein gewisser feierlicher Ernst, der Farewell beunruhigte und seine Stimmung beeinträchtigte.

»Dieser Stamm sind die Zulus, Leutnant«, sagte Fynn heiser, indem er den anderen anstarrte. »Und viele halten Shaka für die Verkörperung dieser Weissagung.«

»Unsinn, Fynn!« Farewell rang sich ein Lachen ab. »Sie sehen viel zu intelligent aus, um auf solchen Hokuspokus reinzufallen!«

»Ich habe dieses Kind gesehen, Francis! Und Sie auch!«

Farewell blieb stehen und betrachtete Fynn stirnrunzelnd. Dem Leutnant kam der Verdacht, daß dieser tapfere, hingebungsvoll arbeitende Mann vielleicht nicht ganz richtig im Kopf war – ein Visionär, einer jener Verkünder des Übernatürlichen, die umherziehen und die Phantasie der Massen mittelmäßiger Geister, von denen die Welt bevölkert ist, mit vergifteten Geschichten, die kaum etwas mit Vernunft und Wirklichkeit zu tun haben, reizen und quälen.

Fynn schien zu erraten, welche besorgten Überlegungen dem anderen durch den Kopf gingen, denn er ließ rasch eine Erklärung folgen: »Natürlich nicht in Person! Wir haben ihn in den Augen dieser Sklaven gesehen! Und ob die Sage Hokuspokus ist oder nicht – *er* existiert! Und ihm muß Einhalt geboten werden! Nicht nur aus dem Grund, was er der Kolonie antun *könnte*, sondern aus dem, was er seinem eigenen Volk bereits *angetan hat*!«

»Und wie sollen wir Ihrer Meinung nach diesem ... ›teuflischen Kind‹ Einhalt gebieten?« fragte Farewell, dessen zurückhaltende Art verriet, daß er Fynns Urteil über Shaka nicht recht traute. »Mit einem Pflock durchs Herz am Vorabend eines Vollmondes ...?« Der Leutnant nickte ironisch grinsend dem Erdtrabanten zu, der sein mildes Licht über das glitzernde Wasser der Tafelbai ergoß.

»Wenn alles andere fehlschlägt, Leutnant – ja!« lautete Fynns engagierte Antwort. »Ja, ganz gewiß«, wiederholte er ohne die geringste Erregung, aber nachdrücklich nickend. »Wir *müssen* ihn töten!«

»Natal, das portugiesische Wort für Weihnachten«, führte Farewell bei einer Besprechung mit den Expeditionsteilnehmern aus. »Der Tag der Geburt Christi. Trotzdem hat seine Küste sich bisher nur als todbringend erwiesen, seitdem Vasco da Gama sie vor fast drei Jahrhunderten entdeckt hat.«

Der Leutnant machte eine Pause, um die Gesichter der um ihn Versammelten zu mustern: Wilkins, Fynn, Daniel, Henry Ogle (der Zweite Maat der *Elizabeth Catherine*) und die Männer, die Wilkins angeheuert hatte – John Cane, Richard und Thomas Holstead, George Biggar (›Reiher‹), Hockly, Michele Disantamaria (besser unter dem Spitznamen ›Gin-naro‹ bekannt), Alex Thompson und Popham. So unterschiedlich, überlegte Farewell sich. Jeder mit seiner eigenen Vergangenheit, aber jetzt alle mit der gleichen außergewöhnlichen Zukunft! Und während er sie betrachtete, fragte er sich, wie viele von ihnen im nächsten Jahr um diese Zeit noch leben würden. Würde *er* dann noch leben?

»1552, Schiffbruch der *Sao Jao.* 1683, Schiffbruch der *Wainsworth*«, fuhr der Leutnant nonchalant mit seiner Aufzählung der Opfer der ›Wilden Küste‹ fort, wobei die Gesichter der Männer bei jeder Wiederholung des Wortes ›Schiffbruch‹ länger wurden. »1689, Schiffbruch der *North.* 1699, Schiffbruch der *Fidelity.* 1705, Schiffbruch der *Postlooper.* 1718 der *Hope,* 1782 der *Grosvenor,* 1796 der *Hercules* – alle gestrandet!«

»Klingt nicht gerade ermutigend, Sir«, gestand Wilkins ein, indem er die von ihm Angeworbenen beobachtete und sich fragte, ob er sich nach dieser Besprechung erneut auf die Suche nach Abenteurern werde machen müssen.

»Im Gegenteil, Tim.« Farewell lächelte mit gewohnter Selbstsicherheit. »Ich finde diese Liste höchst ermutigend.« Als der Leutnant sah, daß Wilkins verständnislos die Stirn runzelte, erkundigte er sich: »Sind Sie in der Seefahrtsgeschichte noch auf dem laufenden, Tim?«

»Ich nehme's an. Ja, Sir.«

»Dann beantworten Sie mir eine Frage.« Der Leutnant ging nachdenklich im Salon des Schoners auf und ab. »Was haben alle von mir erwähnten Schiffe gemeinsam gehabt?«

»Sie sind alle große Schiffe gewesen, Sir«, antwortete Wilkins sofort. »Galeonen, Linienschiffe, Ostindienfahrer ... für lange Seereisen geeignete Handelsschiffe.«

»Ganz recht!« Farewell war mit der prompten Antwort seines jungen Maats sichtlich zufrieden. »Groß und *schwer*! Mit Geschützdecks, Schotten, hohen Aufbauten und übergroßen Seitengalerien! Schiffe mit einer Wasserverdrängung von Tausenden von Tonnen und über zwölf Fuß Tiefgang! Kein Wunder, daß sie gesunken sind! Sie sind den Sankbänken und Stürmen, die eine Landung an dieser Küste praktisch unmöglich machen, nicht gewachsen gewesen! ... Und das ist ein Fehler, den wir vermeiden wollen!«

Die Männer wirkten etwas ermutigt – mehr durch Farewells nonchalanten Tonfall als durch den Inhalt seiner Worte.

»Wir benützen ein geeigneteres Fahrzeug – eine Schaluppe wäre ideal: groß genug, um Stürmen zu widerstehen, und trotzdem klein genug, um zwischen Untiefen zu segeln, ohne auf Grund zu laufen.« Der Leutnant trat an Captain Owens hydrographische Übersichtskarte der Küste von Natal, die von einem Decksbalken herabhing, und erläuterte die geplante Route anhand der Karte. »Wir segeln mit der Schaluppe die Küste hinauf und bleiben sicherheitshalber in Küstennähe, bis wir die Mündung des Rio de Natal erreichen. Dort ankern wir, warten die Flut ab und ... lassen uns von ihr mitnehmen!« Farewell machte eine Bewegung, als sei seine Hand die Schaluppe, die mit der Flut in die Flußmündung gelange, während die Männer ihn mit fast skeptischen Mienen beobachteten. Da der Leutnant spürte, von welchen Zweifeln sie geplagt wurden, fügte er entwaffnend feurig hinzu: »Und Sie, Mr. Ogle, übernehmen das Kommando auf der *Elizabeth Catherine* und folgen unserer Schaluppe auf See, um uns zur Hilfe kommen zu können, falls ...« Farewell lächelte. »... falls meine Zuversicht enttäuscht werden sollte ... Noch Fragen?«

Es gab keine, und auf einigen Lippen, die zuvor nervös zusammengekniffen gewesen waren, erschien jetzt sogar ein schwaches Lächeln.

»Gut, dann ...« Der Leutnant griff nach einer Flasche westindischen Rums und zog den massiven Korken heraus. »Auf Natal, Gentlemen!«

Als das Rumaroma den Salon füllte, jubelten und lachten die Männer gezwungen fröhlich, während Farewell die Flasche kreisen ließ. Aber in ihren Herzen lauerten weiterhin unbestimmte Ängste. Selbst wenn es ihnen gelang, die Brandung zu überwinden und die Flußmündung zu erreichen ...

... was war mit Shaka?

Shaka Zulu – der Name des Eingeborenenherrschers brannte in Elizabeths Herz, als sie auf der Schwelle des Salons stand und mit ernster Miene die Jovialität betrachtete, die den Mann umgab, den sie liebte. Und während ihre Angst ihr die Kehle zuschnürte, fragte sie sich unwillkürlich, ob sie ihn jemals wiedersehen werde.

29 UKUMA NJALO NGOKUNGAFI *Unsterblichkeit*

»Das Ankertau ist völlig ausgesteckt, Sir!« brüllte Wilkins verzweifelt laut, um das Heulen des Windes zu übertönen. »Der Anker schleppt über Grund!«

Es war am Morgen des fünften Tages der langerwarteten Seereise ins Königreich des ›Schwarzen Napoleons‹. Wie von Farewell geplant, lag die Schaluppe der Expedition (ein seetüchtiges Fahrzeug von 25 bis 30 Tonnen Wasserverdrängung, das den Namen *Julia* trug) vor der Mündung des Rio de Natal vor Anker, um auf die Flut zu warten.

Unerwartet war die *Julia* einem Ansturm der Elemente ausgesetzt, dem sie in einem Mahlstrom aus peitschendem Regen und donnernder Brandung zu erliegen drohte, und die Besatzung der Schaluppe (Farewell, Wilkins, Fynn, Daniel und die acht neu angeheuerten Expeditionsteilnehmer) kämpfte mit allen Kräften, um sich selbst und ihre kostbare Fracht aus Pferden, Ziegen und Schweinen sowie die Kisten und Fässer mit den Vorräten der Expedition zu retten.

Farewell spähte durch Regen und Gischt nach vorn und kniff die Augen zusammen, um die Einfahrt in den Rio de Natal und die zerklüfteten, messerscharfen Klippen, auf die die Schaluppe von der starken Strömung unaufhaltsam zugetrieben wurde, besser sehen zu können. Danach warf der Leutnant sich herum, blickte nach achtern und konnte dort die verschwommenen Umrisse der *Elizabeth Catherine* ausmachen, die wie vorgesehen zwei Seemeilen vor der Küste stand und mit gerefften Segeln den Sturm abwetterte. Voller Vertrauen, daß sein Schoner und der Mut seines Zweiten Maats Henry Ogle sie retten würden, holte der Leutnant tief Luft und befahl Wilkins mit hallender Stimme, die lauter als der Sturm war: »Ankertau kappen!«

Während alle Mann den Atem anhielten, wobei viele damit rechneten, daß dies ihr letzter Atemzug gewesen sein könnte, gehorchte Wilkins und kappte das tropfnasse Ankertau mit einem kräftigen Schnitt, so daß die *Julia* wie aus der Kanone geschossen auf die Flußmündung zuflog.

Das Schiff lief blindlings, übel zugerichtet und Hals über Kopf durch die tosende, gischtende, donnernde Brandung. Sein Bug pflügte in eine Sandbank, so daß die Schaluppe auf ganzer Länge erzitterte, aber als ihr Keil bereits in der Sand- und Kiesbank festzusitzen schien, erzitterte die *Julia* nochmals und kam wie durch ein Wunder frei. Sie glitt über die Untiefe hinweg, hielt sich schwimmend und lief weiter über die schaumgekrönten Wellen. Nachdem die Schaluppe dann mit knapper Not die Klippen zu beiden Seiten der Flußmündung passiert hatte, erreichte sie eine weite, ruhigere Wasserfläche, auf der sie beidrehte und ihre Fahrt allmählich herabsetzte, bis sie unschuldig auf der stillen Oberfläche ihres neuen Hafens dümpelte.

Obwohl die Gefahr, in die Liste der zahlreichen Opfer der ›Wilden Küste‹ aufgenommen zu werden, jetzt hinter ihnen zu liegen schien, verharrten die Männer völlig unbeweglich, als fürchteten sie, die kleinste Bewegung könnte den Bann brechen, der sie in seiner Illusion von Sicherheit gefangen hielt. Ihre Blicke gingen hin und her, während sie versuchten, den weiterhin um sie herum tobenden Sturm zu durchdringen und ihre neue Umgebung einzuschätzen. Obwohl die *Julia* von hartnäckigen Regenschleiern und Nebelschwaden eingehüllt war, die den Männern die Sicht nahmen, erkannten Farewell und seine Gefährten allmählich, daß sie tatsächlich in Sicherheit waren.

Farewell zweifelte keinen Augenblick daran, daß die *Elizabeth Catherine* weiterhin ungefährdet vor der Küste stand, um auf das Abflauen des Sturm zu warten. Er konnte jedoch nicht ahnen, daß der tosende Sturm sich als zu stark für das schwere, wenig bewegliche Fahrzeug erweisen würde. Unter dem Winddruck brach der Kreuzmast, blieb zunächst noch in den Stagen und Wanten hängen, zerfetzte sie dann und krachte aufs Achterdeck. Die *Elizabeth Catherine* bekam Schlagseite, während die hochgehende See nach Klüverbaum und Rahen schnappte und gewaltige Wassermassen ihre Decks überfluteten, sich durch das gähnende Loch ergossen, das der herausgebrochene Mastfuß hinterlassen hatte, und den Laderaum und die übrigen Räume unter Deck mit schäumendem Salzwasser füllten. Farewell konnte auch nicht wissen, wie verzweifelt Ogle gegen die Wut der Elemente ankämpfte, bis er mit Zornestränen, die sich mit dem über sein Gesicht laufenden Salzwasser vermischten, einsehen mußte, daß ihr Kampf gegen die See verloren war. Darauf hinkte Ogle übers Deck des Schoners und brüllte die von Seeleuten am meisten gefürchteten Worte: »Alle Mann in die Boote! Alle Mann von Bord!«

Als der Sturm abgeflaut war und die Sichtverhältnisse wieder normal waren, konnten die Männer der *Julia* die Umgebung ihres Liegeplatzes genauer betrachten. Dabei zeigte sich zu ihrer großen Überraschung, daß die Schaluppe nicht in der Flußmündung, sondern in einer bezaubernden Bucht lag – daß der ›Rio de Natal‹ in Wirklichkeit die ›Natal-Lagune‹, die ›Natal-Bai‹ oder ›Port Natal‹ war (wie diese Bucht später heißen würde). Die staunenden Männer sahen, daß die Bucht auf drei Seiten von sanft ansteigendem Buschland umgeben war: Im Norden und Westen war sie von einem Streifen dichter tropischer Vegetation eingerahmt, während im Süden eine schmale, dicht bewaldete Landzunge die Bucht vor der donnernden Brandung schützte.

In diesem natürlichen Hafen herrschte fast unnatürliche Stille. Abgesehen vom fernen Brausen der See waren die einzigen Laute das Geplapper von Affen, das Schnattern und Kreischen von Wasservögeln und das Rascheln von Flußpferden im Schilf an der Küste.

Hier verbrachte die Expedition ihre erste, ziemlich aufregende Nacht, die Wilkins in seinem Tagebuch fürs Kolonialamt festhielt:

»Wir entschieden uns für eine Senke unter ansteigendem Gelände, um vor Wind geschützt zu sein, und begannen mit der Zubereitung unseres Abendessens.

Da wir nach unserer Reise die Küste entlang und nach der Schreckensfahrt über die Sandbänke sehr müde waren, legten wir uns bald schlafen. Wir hatten jedoch noch nicht lange geschlafen, als gegen Mitternacht ein Gewitter losbrach. Nicht nur wir, sondern auch unser Bettzeug wurde gründlich durchweicht, und ein reißender Bach, der sich durch die Senke ergoß, zwang uns dazu, höhergelegenes Gelände aufzusuchen. Dort machten wir uns daran, ein loderndes Feuer zu entzünden, und wickelten uns in unsere nassen Decken, als wir plötzlich ein Wolfsrudel heulen hörten. Wir fachten das Feuer an, soweit es der Regen gestattete, da wir hofften, daß es die Wölfe auf Distanz halten werde, aber sie kamen trotz des Feuers und unseres Geschreis näher und standen bedrohlich vor uns. Da unsere Schußwaffen vom Regen naß waren, konnten wir uns uns nicht besser gegen diese Bestien verteidigen, als mit Feuerbränden in den Fäusten Rücken an Rücken dazustehen. Einige Tiere kamen uns so nahe, daß sie nach uns schnappen konnten, aber es gelang uns, sie mit den Feuerbränden zurückzuschlagen..., was den lebensrettenden Effekt hatte, die Wölfe zu vertreiben.«

Soweit die erste wirklich koloniale Nacht des sommersprossigen jungen Kolonialbeamten. Am nächsten Morgen trug er in sein Expeditionstagebuch ein:

»Am nächsten Morgen machten die Handwerker – Richard und Thomas Holstead, Hockly, Cane und Biggar – sich an die Arbeit, fällten Holz und errichteten ein Blockhaus mit 150 Quadratfuß Bodenfläche, dessen Ritzen mit Lehm zugeschmiert wurden, während Fynn und ich auf der Suche nach Landesbewohnern um die Bucht herumgingen. Wir begegneten keinen, obwohl wir mehrere Fußabdrücke entdeckten...«

Tatsächlich waren die Angehörigen eines der von Shaka ausgesandten Erkundungstrupps (der routinemäßig das Küstengebiet am Fluß umNgeni durchstreift hatte) ziemlich erschrocken gewesen, als sie ein fremdartiges ›Wesen mit weißen Schwingen‹ auf dem Wasser einer stillen Lagune treiben sahen. Noch mehr erschreckt hatte die Krieger der Anblick »seltsamer Tiere, die wie wir aussahen – nur ohne Farbe«, die Wald und Buschland durchstreiften, um die Umgebung ihres Landeortes genau zu erkunden. Die Kundschafter beeilten sich, in die Hauptstadt ihres Reiches (Shakas Zitadelle ›Bulawayo‹) zurückzukehren, wo sie dem Zulu-Ministerpräsidenten Ngomane ihre Wahrnehmungen meldeten.

Am nächsten Morgen wurde auf Befehl Shakas ein Regiment – das iziCwe mit seinem Kommandeur Mgobozi sowie den Generalen Joko und Nqoboka als Beobachter – an die Küste des Großen Meeres entsandt, um die Lage zu klären und Shaka darüber Bericht zu erstatten. Das gleichmäßig trabende Regiment erreichte die Umgebung von ›Port Natal‹ bereits am Nachmittag des zweiten Tages. Wilkins schilderte die Ankunft des iziCwe-Regiments am Landungsort der *Julia* mit folgenden Worten:

»Als der Leutnant, Fynn und ich an dem idyllischen Strand saßen, den aus dem Busch dringenden Lauten zuhörten, die weißschäumende Brandung beobachteten und darüber sprachen, wie man am besten mit dem Zulukönig in Verbindung treten könne, fiel mir auf, daß der Boden unter mir eigenartig erzitterte, als ob in unserer Nähe eine Herde Seekühe umhertolle. Zugleich hörte ich ein Geräusch wie von Männerstimmen, die sich zu heroischem Gesang vereinen (was mich sofort an die Berichte erinnerte, die ich über Napoleons marschierende Truppen gehört hatte).

Nachdem meine Neugier auf diese Weise geweckt worden war, sah ich auf und hatte plötzlich einen außergewöhnlichen Anblick vor mir: Ein riesiges Heer von Eingeborenen, ein uferloses schwarzes Meer, flutete die Küste herab auf uns zu. Die Reihen dieser Masse trabender Männer waren so dicht geschlossen, daß unmöglich auszumachen war, wo sie endete.

Der Leutnant, Fynn und ich sprangen sofort auf und befanden uns in Gesellschaft unserer wortlos staunenden Gefährten Daniel, Cane, der Holsteads, Biggar, Popham, Hockly und der anderen, die rechtzeitig genug herankamen, um mitzuerleben, wie dieses Heer in unglaublichem Tempo herankam und dabei um so furchterregender wirkte, je näher es uns rückte. Diese mit Assegais und Schilden bewaffneten Krieger waren offensichtlich von einem ganz anderen Schlag als die Kapafrikaner: hochgewachsene, kräftig gebaute Männer mit extrem gutentwickelten Körpern und einer unverkennbaren Arroganz, die keinen Zweifel an ihrer Überlegenheit ließ...«

Der junge Kolonialbeamte konnte nicht ahnen, daß Mgobozi, Joko und Nqoboka an der Spitze des näherkommenden Regiments die staunende Besorgnis der ›Schwalben‹ teilten, indem sie diese rätselhaften Lebewesen »aus dem Meer« mit wachsender, lähmender Bestürzung anstarrten, die ihre »unverkennbare Arroganz« Lügen strafte.

Als das riesige schwarze Heer nahe genug herangekommen war, hob Mgobozi wortlos den Arm: Auf diesen stummen Befehl hin kamen die Krieger aus ihrem gemessenen Trab schlagartig zum Stehen. Ihr Gesang verstummte, und die beiden Fronten – die Schwalben auf der einen Seite, die Zulus auf der anderen – betrachteten einander schweigend mit starkem Interesse, leichter Verwirrung und großer Neugier. Keine der beiden Seiten wußte so recht, was sie tun sollte; keine war bereit, den ersten Schritt zu tun.

An einer Front blieben Farewell, Wilkins, Fynn und die anderen wachsam unbeweglich, während Cane seine Muskete fester umklammerte, Richard Holstead heimlich die Pistole aus seinem Gürtel zog und Thomas Holsteads Hand auf dem Griff seines großen Jagdmessers lag. An der anderen Front standen die Krieger des iziCwe-Regiments wie zu Bildsäulen erstarrt und hielten mit eisernem Griff ihre Ixwas umklammert, während Joko stirnrunzelnd das unglaubliche Rot von Wilkins' Haar betrachtete, Nqobokas Blick auf dem halbfertigen Blockhaus ruhte und Mgobozi zur *Julia* hinübersah, die in Strandnähe festgemacht lag und in den kleinen Wellen dümpelte, die sich im Sand verliefen.

Der von dem legendären »Tier mit den großen weißen Schwingen« faszinierte iziCwe-Kommandeur stapfte durch den Sand, watete zu der Schaluppe hinaus und blieb in hüfttiefem Wasser am Bug der *Julia* stehen. Mgobozi gaffte kindlich staunend den Mast der Schaluppe, ihre gerefften Segel (die weißen Schwingen »angelegt«?), ihre Takelage, ihre Rahen und ihren wie ein Speer nach vorn ragenden Bugspriet an. Der General faßte sich ein Herz, hielt seinen Ixwa bereit (für den Fall, daß es sich wirklich um ein »Tier« handelte!) und berührte das Schiff – anfangs nur zögernd, dann selbstsicherer, während ein Lächeln auf seine Lippen trat. Mgobozis Hand schloß sich um den Bugspriet, zog ihn herab und ließ ihn wieder los; sein Lächeln verwandelte sich in ein belustigtes Lachen, als er beobachtete, wie die *Julia* auf der Wasserfläche der Bucht tanzte.

Nqoboka und Joko, die ebenso fasziniert wie ihr Kamerad waren, stimmten in Mgobozis Lachen ein, in das auch Farewell, Wilkins und Cane einfielen. Als der General jedoch die Hand hob, nach den Geitauen des Stagsegels griff und an ihnen zu zerren begann, verschwand Farewells Lächeln, weil er den bevorstehenden Schock voraussah. Wirklich lösten sich plötzlich die Geitaue, so daß das Stagsegel herabrauschte und sich flatternd im Wind blähte. Diese unerwartete Bewegung schreckte eine Möwe vom Hauptmast der Schaluppe auf, und der protestierend kreischende Vogel flog davon. Mgobozi, der vor dem entfalteten Segeltuch und dem schrillen Vogelschrei erschrak, wich mit stoßbereitem Ixwa zurück, starrte das Schiff mit großen Augen an und fragte sich, was er getan habe, um es »lebendig zu machen«.

Als Mgobozi Jokos fröhlich anschwellendes Lachen hörte, das auf seine Kosten ging, erkannte er die davonfliegende Möwe und lief verlegen rot an, als ihm klar wurde, was sich ereignet hatte.

Joko konzentrierte seine Aufmerksamkeit erstaunt auf Thomas Holsteads langes blondes Haar. Da ihn dieses ›Menschenstroh‹ reizte, schlug Joko nach Holsteads Zopf und beobachtete seine Pendelbewegungen, bevor er ihn mit der Klinge seines Ixwas abschnitt und grinsend den geflochtenen goldenen Schatz in seiner Hand betrachtete.

»Du frecher Mistkerl!« sagte Holstead und betastete seinen Hinterkopf, von dem sein langes Haar herabgehangen hatte. Sein leidenschaftlicher Ausruf sollte als »erster wirklicher Dialog zwischen Seiner Majestät Regierung und dem Zulu-Reich« einen herausragenden Platz in Wilkins' Tagebuch einnehmen (»Nicht eben vielversprechend«, wie der junge Mann als Nachschrift hinzufügte). Holstead, der sich seiner Haut zu wehren wußte (wie alle Männer, die in den Liverpooler Docks aufgewachsen sind), riß sein Jagdmesser aus der Scheide und schnitt eine der Federn von Jokos Kopfschmuck ab, weil er kein langes Haar fand.

Die Krieger des iziCwe-Regiments ließen augenblicklich wie ein Mann ihre Speere sinken und stampften mit den Füßen auf, um zu zeigen, daß sie bereit seien, diese Kränkung eines ihrer Kommandeure zu rächen.

Joko und Holstead starrten einander drohend an: Beide Männer schienen bereit zu sein, diese Begegnung zwischen Engländern und Zulus in ein Blutbad ausarten zu lassen.

Aber als Farewell eben eingreifen wollte, löste das entwaffnende Lachen des iziCwe-Kommandeurs auf willkommene Weise die gefährliche Spannung. Tatsächlich war jetzt Mgobozi an der Reihe, sich auf Kosten eines Kameraden zu amüsieren: Der stämmige General ging um Joko herum und lachte über die gekappte Feder, bis schon bald Nqoboka und – mit großer Erleichterung – Wilkins, Cane, Hockly, Biggar und die anderen (die bereits den nahen Tod vor Augen gehabt hatten) einfielen. Nur Fynn ließen diese Ereignisse merkwürdig kalt.

»Sagen Sie ihnen, daß wir als Freunde kommen«, forderte Farewell Daniel auf, um diese heitere Stimmung zur Anbahnung eines wirklichen Dialogs zu nutzen. »Vom König der Weißen, sagen Sie ihnen. Und daß wir mit Shaka zu sprechen wünschen.«

Wie es in diesem Teil Afrikas anscheinend üblich war, wirkte die bloße Erwähnung des Namens des Zuluherrschers ernüchternd Mgobozis Lachen brach abrupt ab und machte einer finsteren Miene Platz, während er streng zu Farewell hinübersah.

»Ukhuluma-ni?« wollte der Kommandeur von Daniel wissen, um von dem anderen Schwarzen zu erfahren, was die Schwalbe gesagt hatte.

»Febana ka Mjoji ...«, antwortete Daniel. »Er kommt mit Freundschaft von König Georg.« Und er fügte erklärend hinzu, daß Georg (phonetisch ›Joji‹) der König der Weißen sei und daß sein Bevollmächtigter »Febana« (»der Freundschaft bringt« – wie Farewell bei den Zulus heißen würde) um Audienz bei Shaka bitte.

Mgobozi starrte die Gesichter Farewells, Wilkins' und Fynns mißtrauisch an, bevor er unerwartet reagierte. Als Antwort auf Farewells Freundschaftsangebot streckte Shakas General eine Hand aus, packte den zitternden Daniel am Arm und zerrte ihn mit sich in die Mitte seiner Krieger. Auf einen scharfen Befehl seines Kommandeurs hin machte das Regiment Sekunden später kehrt und trabte davon, daß der Erdboden unter den stampfenden Schritten der Männer erbebte.

»Was schlagen Sie vor, daß wir jetzt tun sollen, Sir?« erkundigte Wilkins sich, obwohl er wußte, daß diese Frage fast rhetorisch war.

»Uns bleibt nur eines, Tim«, lautete Farewells Antwort. »Warten. Wir haben den ersten Schritt getan, indem wir hergekommen sind. Jetzt ist er an der Reihe.«

»Wie viele sind sie?« fragte Shaka, dessen athletischer Körper in seiner riesigen neuen Königshütte in der Zitadelle ›Bulawayo‹ (›Ort des Tötens‹) am Feuer ausgestreckt lag.

»Zwölf, Sigidi«, antwortete Mgobozi, dessen Blick seinen König verließ und Shakas Spiegelbild im blankpolierten schwarzen Boden der Hütte betrachtete.

»Wo?«

»An der Küste, Baba«, sagte diesmal Joko. »Südlich des umNgeni.«

Der Zuluherrscher blieb schweigend unbeweglich; seine Katzenaugen waren auf die knisternden Flammen gerichtet.

»Sind weitere Landungstruppen in Sicht gewesen?« erkundigte er sich zuletzt fast flüsternd, während sein nachdenklicher Blick auf Holsteads blonden Zopf fiel, der in seiner Pranke lag.

»Nein, Sigidi. Sie sind allein gewesen.«

Wieder schwieg Shaka, aber sein Blick aber lebendig, und in seinem Gehirn jagten sich Überlegungen und Aktionspläne. Dann befahl er: »Stellt Posten in der Nähe ihres Lagers auf. Ich möchte über alles, was sie tun, genauestens unterrichtet werden.«

»Bayete, Nkosi«, sagten die Generale, während sie sich ehrfürchtig verbeugten, um zu gehen.

»Mgobozi«, rief Shaka halblaut, indem er den Kopf hob und seinen Freund erstmals ansah.

»Baba...?« fragte der General vom Eingang der Hütte her.

»Sind sie ...« Die Stimme des Zulus klang höchst uncharakteristisch unruhig. »Sind sie«, wiederholte er, »... wie wir?«

Da der General die brütende Unrast seines Freundes spürte, rang er sich ein Lächeln ab und versuchte, eine heitere Note ins sorgenschwere Herz seines Monarchen zu tragen, indem er antwortete: »Nein, Sigidi – das wäre unmöglich!«

»Ja«, bestätigte Shaka mit müder Stimme und erwiderte das Lächeln. »Unmöglich.«

Als die Generale gegangen waren, betrachtete Shaka wieder den Zopf in seiner Hand und schwieg dabei, so daß die Stille, die ihn umgab, nur durch das Knistern des Feuers unterbrochen wurde.

»Was hältst du davon, Ngomane?« fragte er nach langer Pause.

»Ein Spähtrupp, Nkosi«, antwortete der Ministerpräsident aus den Schatten der riesigen Hütte.

»Hmm.« Shaka nickte nachdenklich. »Wahrscheinlich sollen sie feststellen, wie stark wir sind. Was bedeutet, daß ihre Leute uns fürchten. Deshalb sprechen sie von ... ›Freundschaft‹. Freundschaft«, wiederholte er mit schiefem Lächeln, »ein Wort, das vieles bedeuten kann.«

»Wer weiß, Baba«, lautete Ngomanes nüchterne Antwort. »Womöglich ist das ihr Ernst. Wäre Dingiswayo an deiner Stelle gewesen, hätte er sich die Gelegenheit, möglicherweise ein Bündnis zu schließen, nicht entgehen lassen.«

Bei der Erwähnung seines Mentors milderte sich Shakas Gesichtsausdruck, und aus seinem Lächeln sprach Zuneigung.

»Ich glaube, daß es selbst einem Idealisten wie Dingiswayo schwergefallen wäre, sich dieses spezielle Bündnis vorzustellen.« Shaka wirbelte den Zopf mit einer Hand herum, während er nonchalant mit allen möglichen Namen für das fiktive Bündnis spielte. »Die Nguni-Weiße Konföderation? Die Bantu-Weiße Oberherrschaft? Die Zulu-Schwalben Nation? Das klingt alles recht kurzlebig, nicht wahr?«

Mit einer bewußt abschließenden Geste warf Shaka den Zopf ins Feuer und beobachtete, wie das ›Stroh‹ verbrannte, indem es sich rasch kräuselte und mit winzigen blau-gelben

Explosionen aufflammte. Die Augen des Zulus leuchteten, als er miterlebte, mit welch verblüffender Leichtigkeit die lodernde Flamme dieses ›Abbild‹ der Schwalben überwältigte, denn er sah in der Verbrennung des Zopfes ein Symbol für seine Überlegenheit über die Abgesandten des fremden Königs ›Joji‹. Als Shakas sonore Stimme danach wieder die Königshütte füllte, klang sie weit zielbewußter. »Herein mit ihm!« bellte er einen Ufasimba-Krieger an.

Der Wachposten gab den Befehl nach draußen weiter, und Sekunden später wurde Daniel in die Hütte geschleppt und vor den großen afrikanischen Herrscher geführt. Shakas kritischer Blick glitt prüfend über den verknitterten europäischen Anzug mit Weste hinweg, den der Xhosa anhatte, und musterte sein schmutziges weißes Hemd, die Krawatte und den ausgebleichten steifen Hut, den der Lehrer auf dem Kopf trug.

Unter dem Eindruck der gewaltigen Machtfülle dieses imposanten Zuluherrschers und aus Ehrfurcht vor Shakas überwältigendem Charisma stockte Daniel unwillkürlich, als er sich der riesenhaften Herrschergestalt am Feuer näherte, und obwohl sein Herz vor Haß gegen diesen brutalen Unterdrücker raste, merkte der Xhosa, daß er wie von selbst achtungsvoll seinen steifen Hut zog. In diesem Augenblick stießen die mit steinernen Mienen neben ihm stehenden Ufasimba-Krieger den Lehrer auf die Knie und drückten ihn zu Boden, so daß ihm der Hut aus der Hand glitt, über den polierten schwarzen Steinboden rollte und neben Shaka liegenblieb. Der König hob die fremdartige Kopfbedeckung auf und betrachtete sie, während er mit der Vernehmung des vor ihm ausgestreckt daliegenden merkwürdigen Subjekts begann.

»Zu welchem Stamm gehörst du?«

»Xhosa«, antwortete Daniel in der Zulusprache – in einem Tonfall, der seinen Abscheu vor dem verriet, was dieser mächtige König verkörperte.

»Wo bist du gefangengenommen worden? Im Süden?« fragte Shaka weiter. Er spürte die aggressive Einstellung des Xhosas und genoß sie, während er nonchalant das seidene Hutband der Melone betrachtete.

»Ich bin kein Gefangener, Nkosi«, erwiderte Daniel von der Frage des Zulus überrascht und bewirkte damit, daß Shaka sich seinerseits überrascht zeigte, indem er mit erstaunt hochgezogenen Augenbrauen aufblickte.

»Soll das heißen«, bemühte der Herrscher sich um Klarheit, »daß du dich den Weißen angeschlossen hast – *absichtlich*?«

»Ja, Nkosi«, lautete die ruhig gegebene Antwort.

»Warum?«

»Sie haben mir eine Würde gegeben, die mir gefehlt hat.« Daniel bemühte sich, Shakas forschendem Blick zu begegnen. »Eine Gelegenheit, mit der Vergangenheit zu brechen.«

Ngomane fand diese Antwort interessant, während Shaka eine Pause machte, damit sein erfahrener Blick tiefer ins Herz des Mannes eindringen konnte.

»In meiner Nation«, prahlte der Zulu, als wolle er den Xhosa bewußt provozieren, »kann jeder Mann unabhängig von seiner Herkunft und ohne Rücksicht auf Rang und Vermögen seiner Familie allein durch Verdienste zum Häuptling und Kommandeur aufsteigen. Bieten die Schwalben dir die gleiche Möglichkeit, Würde zu erwerben?« Als Daniel hartnäckig weiterschwieg, wurde Shakas Grinsen breiter, und seine Augen glitzerten, als er spöttisch flüsternd schloß: »Dann jagst du dem Spiegelbild des Mondes in einem Fluß nach.«

Als Shaka erneut nachdenklich schwieg, betrachtete Ngomane seinen König und überlegte sich, daß ein Mann wie Shaka, der soviel unumschränkte Macht besaß, ständig, unablässig an sich glauben müsse – bis hin zum Größenwahn. Oder wie sollte er sonst weiterhin die Last seiner stetig wachsenden Verantwortung tragen?

»Was tust du für die Weißen?« fuhr Shaka fort. »Bist du ihr Kundschafter?«

»Ich bin Lehrer, Nkosi.«

Shaka, der aus der Antwort des Xhosas tiefen Stolz heraushörte, warf ihm einen prüfenden Blick zu. Sein Charakter ist fest, sagte der König sich, und diese Festigkeit setzt Mut voraus. »Wollen die Schwalben unsere Bräuche lernen?« fragte Shaka laut.

»Ich lehre mein Volk ... ihre Bräuche.«

Shakas Katzenaugen schienen zu glühen. »Ist das nicht Verrat?« wollte er streng wissen.

»Nein, Nkosi.«

Daniel ließ sich nicht einschüchtern. »Ein Mensch kann nur sein eigenes Gewissen verraten. Und dieses Lernen betrifft den Verstand, nicht die Seele.«

Shakas Blick blieb unverwandt auf Daniel gerichtet, weil der Herrscher nicht recht wußte, was er mit dieser Antwort anfangen sollte. »Was lehrst du?« erkundigte er sich schließlich.

»Lesen und Schreiben.« Als Daniel sah, wie Shakas Miene sich verständnislos verdüsterte, fügte er intuitiv hinzu: »Darf ich's dir zeigen, Nkosi?«

Der stets wachsame Monarch zögerte, bevor er den Ufasimbas zunickte. Als die Wachen Daniel losließen, stand der Xhosa auf und rieb sich den steifen Nacken. Während Shaka, dessen Mißtrauen vorerst durch Neugier gedämpft wurde, ihn aufmerksam beobachtete, trat Daniel ans Feuer, griff nach einem Brocken Holzkohle und schrieb mit großen Buchstaben das Wort SHAKA auf eine Strohmatte.

»›Shaka‹«, sagte der Lehrer, indem er auf den Namen deutete. »Ein ›geschriebenes‹ Wort, das ›gelesen‹ wird und ›Shaka‹ bedeutet.«

Der König betrachtete die merkwürdige Zeichnung und konnte seine wachsende Faszination nur mühsam verbergen, als er jetzt auf die Buchstaben zeigte und zögernd fragte: »Das bin ich?«

»Ja. Das ist die sichtbare Darstellung deines Namens«, erklärte der Xhosa seinem einzigartigen Schüler. »Und dies ist mein Name – ›Daniel‹«, fügte er hinzu, während er ihn neben den gefürchteten Namen schrieb, vor dem ganz Südostafrika zitterte.

»Und wozu taugen diese Zeichen?« wollte der König wissen. Er verzog angewidert das Gesicht. »Um Menschen zu verhexen, in einen Zauberbann zu schlagen?«

»Nein, Nkosi. Man benützt sie, um Ideen und Gefühle über weite Entfernungen hinweg zu übermitteln.«

»Dafür habe ich Boten!« stellte Shaka knapp fest.

»Ja, das kann ich mir vorstellen.«

Daniel unterdrückte seine Erbitterung und machte sich insgeheim Vorwürfe, weil er diese lächerliche Demonstration überhaupt begonnen hatte. »Aber diese Zeichen geben dir die Gewißheit, daß alles,was du *hier* sprichst, *dort* im selben Wortlaut gehört wird.«

»Diese Gewißheit habe ich bereits.« Der Zulu blickte mit einem schiefen Grinsen zu Ngomane hinüber. »Falls meine Boten es wagen sollten, meine Befehle falsch wiederzugeben, werden sie gepfählt.«

Nun war die Reihe an Daniel, den anderen prüfend zu betrachten und seinen geschulten Verstand dazu einzusetzen, einen potentiellen Schwachpunkt zu entdecken. Während der Lehrer angestrengt nachdachte, befaßte er sich in Gedanken mit der Realität dieses Mannes Shaka, wie er ihn kannte. Der Xhosa sagte sich im stillen, daß jemand, der sich damit abfindet, Menschen zu töten (wie es der Zulu zweifellos getan hatte), keiner großen Anstrengung bedarf, um sich mit der Tatsache abzufinden, selbst sterben zu müssen.

Daniel vermutete recht scharfsinnig und zutreffend, daß der Zuluherrscher ein geradezu intimes Verhältnis zum Tod haben müsse. Und daraus ergab sich fast zwangsläufig ein ebenso enges Verhältnis zum Übernatürlichen. Nach dieser Erkenntnis setzte der Lehrer seine Unterweisung mit neuem Zielbewußtsein fort.

»Die Schrift kann auch dazu dienen, dein heute gesprochenes Wort zu ›speichern‹, so daß selbst spätere Generationen es noch ›hören‹ können«, erklärte er dem Herrscher und fügte bewußt nachdrücklich hinzu: »Das ist eine Form der … ›Unsterblichkeit‹, Nkosi.«

Die bloße Erwähnung des Wortes ›Unsterblichkeit‹ genügte, um den König, dessen Augen interessiert aufleuchteten, sofort zu fesseln. Obwohl dieses aufflammende Interesse auch Daniel nicht entgangen sein konnte, bemühte Shaka sich rasch, es mit gespielter Gleichgültigkeit zu tarnen.

»Die Schwalben haben dich geblendet«, erklärte er dem

Xhosa. »Ideen oder Gefühle lassen sich nur im Verstand und im Herzen speichern.« Shaka tippte sich an Stirn und Brust. »Und zukünftige Generationen werden stets die Stimme des Windes hören, der ihnen Botschaften aus der Vergangenheit bringt ...« Seine Stimme wurde zu einem kaum hörbaren Flüstern, als er hinzufügte: »... von Shaka.«

»Ja«, bestätigte Daniel verbittert und von der Arroganz des Königs entnervt. »Und diese Stimme wird von Gewaltherrschaft sprechen!«

»Ist das die Meinung deiner Weißen von mir? Halten sie mich für einen Gewaltherrscher?« wollte Shaka prompt wissen. Was Daniel als Beleidigung gemeint hatte, empfand Shaka als schmeichelhaft.

»Das ist die Meinung, die ihnen ›der Wind bringt‹.«

Shaka erwiderte das trotzige Lächeln des Xhosas, indem er zurückgab: »Du behauptest, sie hätten dir die Möglichkeit gegeben, mit der Vergangenheit zu brechen und deine Lebensumstände zu verbessern. Bedeutet das in Wirklichkeit nicht, daß sie dir deine Vergangenheit genommen und ...« Der Herrscher musterte Daniels dreiteiligen Anzug. »... und ich gezwungen haben, wie sie zu sein? Ist das nicht auch eine Gewaltherrschaft?«

»Ich bin noch immer ein Xhosa!« antwortete der Lehrer mit zurückgewonnener Gelassenheit.

»Wirklich, ›Danl‹! fragte Shaka, indem er den angenommenen Namen des anderen verspottete. »Oder hast du lediglich deine Hautfarbe behalten?«

Dem Xhoas lief bei dieser scharfsinnigen Erkenntnis Shakas ein kalter Schauer über den Rücken, was der Herrscher merkte und sofort für seine Zwecke ausnützte.

»Und ihr König? Er heißt Joji, habe ich gehört. Stimmt das?« erkundigte Shaka sich nüchtern.

Daniel nickte steif.

»Ich glaube, daß Joji und ich vieles gemein haben«, reizte Shaka ihn. »Wir kennen beide die Bedeutung des Wortes ... ›Überzeugung‹.« Seine Stimme klang plötzlich schneidend scharf. »Und da du deine Identität verlegt zu haben scheinst,

›Danl‹, schenke ich dir kraft meiner Überzeugungsgabe eine neue, auf die du stolz sein kannst. Von jetzt an bist du ein Zulu und dienst mir als Dolmetscher. Bewährst du dich, belohne ich dich großzügig. Hintergehst du mich, lasse ich dich und deine Gefährten bis zum letzten Mann töten!«

Mit diesen furchterregenden Worten kehrte der Zulu dem Xhosa den Rücken zu, entließ ihn mit einer Handbewegung und fauchte, als die Wachen Daniel hinausschleppten: » Und sorgt dafür, daß er diese lächerlichen Sachen auszieht!«

Danach fiel der Blick des Zuluherrschers wieder auf die Schrift auf der Strohmatte – auf den Namen SHAKA. Ohne seinen »unsterblichen« Namen aus den Augen zu lassen, befahl der König: »Alarmiere die Heimstätten aller meiner Regimenter, Ngomane. Ich wünsche, daß mein Heer sich zum Monatsende in Bulawayo versammelt.«

»Zu einem neuen Feldzug, Baba?« Ngomane begriff den Sinn dieser Mobilmachung nicht recht.

»So könnte man's nennen«, bestätigte Shaka mit humorlosem Lächeln. »Allerdings denke ich mehr an eine ›Vorstellung‹ – für die Schwalben.«

»Zehn Regimenter für eine Handvoll Männer, Baba? Die ... in Freundschaft kommen?« Der Ministerpräsident hatte Mühe, sein Erstaunen zu verbergen. »Erscheint dir diese Vorsichtsmaßnahme nicht etwas übertrieben?«

»Bist du mein Freund, Ngomane?«

»Ja, Nkosi«, erwiderte der Angesprochene mit treuem Blick. »Der bin ich!«

»Obwohl ich dir jederzeit das Leben nehmen könnte?«

»Das ist in gewisser Beziehung die Grundlage unserer Freundschaft, Baba. Wir haben ein Leben gemeinsam.« Ngomane lächelte unwillkürlich. »Mein eigenes.«

»Und so wird's auch mit den Schwalben sein«, behauptete Shaka zuversichtlich. »Sobald sie meine Militärmacht, meine Fähigkeit, ihr Volk jederzeit zu vernichten, mit eigenen Augen gesehen haben, können Joji und ich über ›Freundschaft‹ sprechen. Über *meine* Freundschaft! Im Gegensatz zu Dingiswayo bin ich der Auffassung, daß nur gegenseitige Angst haltbare Bündnisse ermöglicht. Ich werde ihnen einen Empfang bereiten, von dem noch spätere Generationen ›hören‹ sollen – auch ohne dieses … Gekritzel!«

Mit diesen Worten griff Shaka nach der Strohmatte, hielt sie auf den Fingerspitzen hoch, blies kräftig auf das Wort SHAKA und lächelte zuversichtlich, als er den Kohlestaub davonfliegen sah. Sein Lächeln verschwand jedoch, als er feststellen mußte, daß die schwachen dunklen Umrisse seines Namens hartnäckig am Stroh hafteten und sich selbst mit größter Anstrengung nicht wegblasen ließen. Bei näherer Betrachtung erwies sich sogar, daß die Schrift anscheinend unauslöschlich war …

30 FEBANA KA MJOJI

Der Freundschaft von König Georg bringt

An diesem Apriltag des Jahres 1824 war die bleigraue See mit weißen Schaumkronen gesprenkelt, und der Wind hatte mehr als nur einen Hauch des bevorstehenden Winters in sich. Die alte Galeone *Santa Maria de Portimao* durchpflügte den Indischen Ozean vor Natal. Ihr breit ausladender Rumpf hob sich von der aufgehenden Sonne ab, ihre geflickten Segel blähten sich in der frischen Morgenbrise, und ihr plumper Rundbug klatschte schwerfällig in die schäumenden Wogen.

Socrates Marinho, der Erste Maat, stand in bunten Kniehosen und engem Hemd, das seine sehnige Brust erkennen ließ, auf dem knarrenden Achterdeck der Galeone und hielt sein Teleskop auf die Kimm gerichtet.

»Capitao!« rief Marinho über die Schulter, so daß Kapitän Parmananda von seiner Kiste mit Batavia-Öl aufsah und sein dunkles, von Wind und Wetter gegerbtes Gesicht dem Ersten Maat zuwandte.

»O que tem?« grunzte der Kapitän mit tiefer, kehliger Stimme, während ein irritiertes Zucken parallel zu der sein Gesicht entstellenden Narbe verlief.

»Olhe!« antwortete Marinho, indem er auf die Kimm deutete.

Parmananda watschelte zu Marinho hinüber. Auf dem Achterdeck entriß er seinem Ersten Maat das Teleskop und suchte damit die Kimm ab. Auf seinen Lippen erschien ein Lächeln, als er Wrackteile in den Wogen treiben sah: Teile des Bugspriets eines Schoners, Trümmer des geborstenen Schiffsrumpfs ... und einen Union Jack.

»Um navio ingles«, sagte Parmananda fast andächtig, als sehe er ein Geschenk des Himmels vor sich. »›Union Jack‹ – Almirantado.« Der Kapitän setzte das Teleskop ab, ließ grinsend seine Goldzähne glitzern und wiederholte: »Almirantado. O Governator Somerset tera muito prazer em nossa ... cooperacao. Eh, Marinho?« kicherte er. »*Muito* prazer!«

»Captain Parmananda«, sagte Somerset streng. »Welch Vergnügen, Sie zu sehen!«

Parmananda durchschritt das geräumige Arbeitszimmer des Gouverneurs der Kapkolonie und war zufrieden, daß er sich auf keinen bestimmten Aktionsplan festgelegt hatte. Statt dessen hatte der außergewöhnliche Kapitän der *Santa Maria de Portimao* sich vorgenommen, sich alle Wege offenzuhalten. Er würde den Gouverneur aufsuchen und Schritt für Schritt vorgehen und dabei Augen und Ohren aufsperren, um jede sich bietende Gelegenheit, Geld zu verdienen, ergreifen zu können.

»O prazer e meu, Eminencia!« antwortete der Kapitän, indem er sich tief verbeugte und so geschickt den demütigen Servilen spielte, daß Marinho grinsen mußte.

»Sie sehen wohlhabend aus«, stellte Somerset, den die nur schlecht verhehlte Unredlichkeit dieses portugiesischen Hais irritierte, beißend sarkastisch fest. »Die ›Bettlerei‹ floriert wohl?«

»Ich kann nicht klagen, Eminencia«, erwiderte der Kapitän, als sei die Frage des Gouverneurs ein legitimer Auskunftswunsch zwischen zwei Geschäftsleuten gewesen. »Wir sind zu Arbeit und Plackerei geboren, praza a Deus!«

»Schon gut, schon gut, lassen wir das Theater!« Somersets Reizbarkeit hatte noch zugenommen. »Was führt einen Piraten wie Sie zu mir?«

»Ah, ah, ah, Eminencia!« Parmananda drohte dem Gouverneur vorwurfsvoll mit dem Zeigefinger. »Es gibt keine Piraten mehr! Das hat Ihr König gesagt, und Ihr König ist kein Lügner! ... Come se diz? ›Hail, Bretanha, Bretanha rule the Seas!‹«

»Kommen Sie zur Sache, Sie Stück Treibholz!« reagierte der Gouverneur grob auf die rührenden Freundschaftsbekundungen des Besuchers. »Wo haben Sie diese Flagge her?« Der Anblick der Admiralitätsflagge, mit dem er so unerwartet konfrontiert wurde, ließ Somerset einen kalten Schauder über den Rücken laufen.

»War ein größeres Schiff«, sagte Parmananda ernst nickend, »ein Schoner. Vielleicht haben Sie davon gehört, Eminencia ...?« Der Kapitän holte ein zerfleddertes Logbuch aus seinen wallenden Gewändern hervor und las den mit Goldbuchstaben in den schwarzen Umschlag eingeprägten Schiffsnamen vor. »›Elizabeth Catherine‹. Sie kennen das Schiff?«

»Hat's Überlebende gegeben?« fragte Somerset gespannt.

»In diesen Gewässern, Eminencia ...? Impossivel!«

Der Gouverneur wirkte merkwürdig erleichtert, und Parmananda, der sich darauf verstand, das Mienenspiel anderer zu deuten, registrierte diesen Gesichtsausdruck mit Interesse. Sein scharfer Raubvogelblick ließ den Gouverneur nicht mehr los, als Somerset jetzt weitersprach.

»Dieser unbelehrbare Narr!« fauchte Somerset, indem er Parmananda das Logbuch entriß. »Ich habe ihn gewarnt, daß das Selbstmord sei!«

»Selbstmord, Eminencia?« erkundigte sich Parmananda mit gespielter Harmlosigkeit. »Was ist selbstmörderisch gewesen? Hat der Schoner vielleicht versucht ..., an der Küste zu landen?«

Seine Suggestivfrage machte Somerset sofort mißtrauisch. »Ich habe nicht gesagt, daß sie zu landen versucht haben«, wehrte er ab.

»Segurio de no!« stimmte der Kapitän rasch zu. »Aber warum? Ist's das Elfenbein?« fuhr er fort, als überlege er laut. »Ist der König von Bretanha nicht reich genug? Will er sich jetzt das Elfenbein in Natal sichern, bevor es die Portugiesen von ihrer Kolonie Delagoa aus tun? Um ... come se diz ... ›Portugal zuvorzukommen‹? Oder will die Admiralität vielleicht etwas ganz anderes?«

»Tut mir leid, daß ich Ihre Hoffnungen enttäuschen muß, Parmananda«, sagte Somerset, dem die Galle überlief, »aber hier gibt's nichts für Sie zu verdienen!«

»Vielleicht ja, vielleicht nein. Die Wege des Herrn sind unerforschlich! Talvez – vielleicht findet sich ein Weg. Vielleicht kann *sie* uns helfen?«

»Wer?« Das Stirnrunzeln des Gouverneurs war mißtrauisch und interessiert zugleich.

»›Elizabeth Catherine‹«, antwortete Parmananda, indem er triumphierend auf den Namen auf dem Logbuch tippte.

Am Ende der ersten Woche in Port Natal notierte Wilkins in seinem fürs Kolonialamt geführten Expeditionstagebuch:

»Lt. Farewell hat die Männer angewiesen, mit dem Bau einer Festung zu beginnen, die Fort Farewell heißen soll (zweifellos ein symbolischer Tribut an *alle* Expeditionsteilnehmer). Dieses Fort soll eine Bodenfläche von rund 200 Quadratyards bedecken und in Dreiecksform erbaut werden. Während wir uns dieser Aufgabe widmen (die der Leutnant sich bestimmt nur hat einfallen lassen, um die Spannung zu mindern, die die Männer seit der Entführung Daniels erfaßt hat), werde ich an diesen langen Tagen häufig an Lt. Farewells Worte erinnert: ›Uns bleibt nur eines, Tim. Warten. Wir haben den ersten Schritt getan, indem wir hergekommen sind. Jetzt ist er an der Reihe.‹ Und ich frage mich, wie lange es noch dauern wird, bis Shaka erneut auftritt – durch seine Truppen oder einen Boten oder ...«

Einen Tag nach dieser Eintragung ins Expeditionstagebuch wurde Wilkins' Frage durch Mgobozi und eine kleine Abordnung von etwa 200 Kriegern beantwortet, die in Port Natal eintrafen, um zu verkünden, ihr König sei jetzt bereit, Farewell (»Febana kaMjoji«) und seine Gefährten, die »die Freundschaft König Georgs bringen«, zu empfangen. Die Männer der *Julia* waren bei Mgobozis Ankunft sprachlos erstaunt – weniger wegen der Rückkehr der gefürchteten Zulukrieger oder der Aussicht auf eine baldige Begegnung mit dem Mächtigen Berg Afrikas, sondern wegen der riesigen Menge Elfenbein, die er mitbrachte – mehr als genug, um selbst einem Heiligen den Mund wäßrig zu machen.

»Er versucht uns zu beeindrucken«, meinte Farewell angesichts des hohen Stapels aus glänzenden Stoßzähnen, der sich vor ihm am Strand auftürmte.

»Und das nich' schlecht, würd' ich sagen«, warf Cane ein, dessen Pupillen sich beim Anblick des Elfenbeins geweitet hatten.

»Machen Sie sich keine vorschnellen Hoffnungen, Cane«, wiegelte der Leutnant ab, um zu erreichen, daß der andere auf dem Boden der Tatsachen blieb. »Ich habe das Gefühl, daß alles Elfenbein, das wir in diesem Königreich bekommen, schwer erarbeitet sein wird.«

Als ob Mgobozi Farewells Worte verstanden hätte, riß er sich von der Betrachtung der seltsamen Bauten los, mit denen die Weißen die Küstenstreifen verunstaltet hatten, sprach Popham auf Zulu an und forderte den Mischling auf, seinem Anführer die Botschaft Shakas zu übersetzen.

»Er sagt, daß der Große Elefant, der Sohn Zulus, wünscht, daß wir diese Geschenke mit seinen Grüßen empfangen«, erklärte Popham Farewell. »Er sagt, daß Shaka jetzt bereit ist, mit unseren Führern zusammenzutreffen, sobald es ihnen genehm ist.«

»Sagen Sie ihm, daß wir sofort aufbrechen«, wies Farewell Popham an. Während der andere übersetzte, wandte der Leutnant sich an seine Männer: »Wilkins, Fynn, Thomas, Cane und Popham begleiten mich. Die anderen bleiben hier, um Schiff und Siedlung zu bewachen und das Fort fertigzustellen. Und noch etwas, Gentlemen«, fügte er ernst hinzu. »Ich möchte Ihnen raten, die *Julia* gut zu bewachen ... Diese

Schaluppe stellt unsere einzige Verbindung zur Außenwelt dar.«

Es war eine farbenprächtige Karawane, die auf dem ersten Abschnitt der 300 Kilometer langen Reise zu Shaka die Küste entlangzog (»einem Seekuhpfad folgend«, wie Wilkins später festhielt). Mgobozi und seine Krieger trabten in gleichmäßigem Tempo voraus, so daß der Sand unter ihren Füßen dröhnte, während die Weißen ihnen zu Pferde folgten und dabei in ihrem Sonntagsstaat herausgeputzt waren, der ihnen für eine Audienz bei einem König angemessen erschien.

In seiner Galauniform als Seeoffizier mit Dreispitz und Epauletten war Farewell von allen Europäern am elegantesten gekleidet. Seine Erscheinung stand in scharfem Gegensatz zu der Fynns, der sich mit einer verknitterten Leinenhose, einem Hemd aus dem gleichen Material und einem schmuddeligen Strohhut begnügte, der tief in sein blasses Gesicht gezogen war und die beweglichen hellen Augen beschattete – Augen, die ständig seine Umgebung beobachteten und Eindrücke aufnahmen, die auf allen Bewußtseinsebenen gespeichert wurden. Wilkins, der neben Farewell ritt, schien aus der Reise arglos fasziniert neue Kraft zu schöpfen und sprudelte vor »kolonialer Begeisterung«, während Cane und Thomas, die ihm folgten, eher vorsichtig reserviert waren und sich vollständig mit Pistolen, Musketen und Jagdmessern bewaffnet hatten. Das Schlußlicht bildete Popham, der schweigsam ein mit Geschenken für den Zuluherrscher beladenes Packpferd führte.

Als die Sonne bei Anbruch des zweiten Tages über dem Indischen Ozean aufging, durchquerte die Karawane den Amatikulu, bog erstmals landeinwärts ab und ließ den sandigen Küstenstreifen hinter sich. Wilkins richtete sich instinktiv im Sattel auf, drehte sich nach der bereits fernen See um und sagte ihr liebevoll und besorgt Lebewohl.

Farewell, dem sein melancholischer Gesichtsausdruck auffiel, lächelte dem sommersprossigen jungen Kolonialbeamten verständnisvoll zu.

»Fragen Sie sich, ob Sie sie jemals wiedersehen werden,

Tim?« erkundigte der Leutnant sich nüchtern, als habe er die Gedanken des anderen gelesen.

»Ich neige sonst nicht zu solchen Träumereien, Sir«, sagte Wilkins entschuldigend. »Aber ... ja, dieser Gedanke ist mir gerade gekommen.«

»Sie sind in Bathursts Amt tätig, Tim. In dieser Funktion müssen Sie erkannt haben, daß es ... nun, daß es keine Kolonien gäbe, wenn unsere Forscher dazu neigten, sich umzusehen! Blicken Sie nach vorn, Tim!« forderte der Leutnant ihn kühn auf. »Sie sind im Begriff, ein Gebiet zu betreten, das noch kein Weißer zu Gesicht bekommen hat. Dies ist ein historischer Augenblick, und Ihr Name wird in die Annalen der Geschichte eingehen!« Trocken fügte er hinzu: »Hoffentlich ist's *unsere* Geschichte, nicht etwa ihre.«

Als die Expedition am dritten Tag eine weite, mit Akazien gesprenkelte Savanne überquerte und die ersten Heimstätten (von Regimentern wie Bauernfamilien) in Sicht kamen, notierte Wilkins über die erste Begegnung zwischen Europäern und Zulus:

»Sämtliche Eingeborenen waren freundlich, ohne aufdringlich zu sein, und harmlos neugierig, ohne lästigzufallen. Die Jungen wirkten begeistert, die Alten vergnügt; manche tanzten, andere sangen; alle schienen ihre Dankbarkeit (oder gab es darüber hinaus ein weiteres Motiv, das ich nicht erfaßte?) über unsere Anwesenheit in ihrem Königreich zu bezeugen. Dieses erste Zusammentreffen mit den Eingeborenen fand ich recht erfrischend, weil ihre Reaktion auf unsere Gegenwart ganz menschlicher Natur war. Lediglich eine Tatsache rief einige Verwirrung bei mir hervor: die eigentümliche Verteilung der Altersgruppen. Auf den ersten Blick schien keiner der Eingeborenen jünger als zwölf oder dreizehn Jahre zu sein. Eine merkwürdige Beobachtung, die ich sofort wieder verdrängte, weil ich der Überzeugung war, dieser erste Eindruck müsse ein Irrtum und das Ergebnis der Neuartigkeit des Ganzen sein ...«

Wilkins hatte sich nicht getäuscht. Und Mgobozi wußte davon, und während der iziCwe-Kommandeur die Weißen heimlich beobachtete, fragte er sich, wie lange sie brauchen würden, um die tragische Wahrheit über Shakas Reich zu erkennen – eines Reiches ohne Nachkommenschaft.

»Am vierten Reisetag erreichten wir einen bequemen Paß an der Schulter eines steilen Berges, dessen Gipfel wir erstiegen, um einen weiten Blick über die Umgebung zu haben. Der gesamte Gesichtskreis war großartig und eindrucksvoll, und ich betrachtete die Landschaft mit staunender Bewunderung. In der Tat zeigte das Landesinnere eine glückliche Mischung aus sanft gewellten Hügeln und weiten Tälern und Ebenen mit verschiedenen Arten von Feigen, Palmen und Dornenbäumen – von denen die meisten uns in Form und Farbe völlig neu waren – sowie dichtem Buschwerk, in dem es von tropischen Insekten wimmelte. Diese Ebenen und Täler wurden von zahlreichen klaren Bächen durchflossen, die dem müden Reisenden kühlende Erfrischung boten. In der Ferne ragten außergewöhnlich hohe Berge mit schwindelerregenden Gipfeln auf und nahmen einen großen Teil der Landschaft ein...

Während wir über weite bernsteingelbe Ebenen und die grünsten, fruchtbarsten Hügel zogen, kamen wir an vielen Herden sehr schöner Antilopen vorbei, die unsere Nähe nicht zu erschrecken schien, und sahen einige Exemplare einer uns unbekannten kleineren Art (äußerlich den Kudus nicht unähnlich, jedoch auffällig zierlich und scheu), die bei unserer Annäherung erstaunlich behende die Flucht ergriffen. Wir beobachteten ganze Schwärme von Vögeln verschiedenster Arten sowie Perlhühner und wilde Truthähne, Springböcke, eigenartige Ginsterkatzen, Giraffen, Affen aller Arten und Falken (zum Entzücken des Leutnants). Zugleich muß hier vermerkt werden, daß dieser Teil Afrikas von allen möglichen wilden Tieren bewohnt wird – wie wir auf Kosten unserer ›Städter-Nerven‹ zu mehreren Malen verifizieren konnten –, die das Land äußerst gefährlich machen und den Reisenden dazu zwingen, ständig auf der Hut zu sein, um nicht auf den Leoparden in seinem Lager oder den Büffel im Dickicht der umliegenden Wälder zu stoßen. Auch begegneten wir giftigen Insekten und Reptilien verschiedenster Arten; vor allem Schlangen waren häufig zu beiden Seiten unseres Weges zu beobachten. Dieses Land ist wirklich ein regelrechtes Füllhorn der Schöpfung Gottes...«

Aber obwohl die Natur sich in reichster Artenvielfalt zeigte, brachte eine ganz bestimmte Tierart Thomas Holstead dazu, die Augen weit aufzureißen, als sein Blick auf eine riesige Elefantenherde an einem See fiel, wo ihre nassen Stoßzähne und Leiber in strahlendem Sonnenlicht schimmerten.

»Dort wartet ein Vermögen auf uns«, stellte er fest, während er das Elfenbein kalt und abschätzend begutachtete, ohne einen Gedanken auf die Schönheit der Szene zu vergeuden.

Mgobozi, der das allzu vertraute Glitzern menschlicher Gier erkannte, hielt den Zeitpunkt für gekommen, die Schwalben mit dem Gesetz des Landes vertraut zu machen – dem Gesetz, das der Wille Shakas war. Ohne Holstead aus den Augen zu lassen, knurrte er Popham einige kurze Sätze zu, die dieser übersetzte: »Er sagt, daß der Große Sigidi ein großzügiger König ist, was die Schwalben bereits an seinem Elfenbeingeschenk gesehen haben. Trotzdem warnt er die Schwalben davor, diese Großzügigkeit auszunützen.«

»Was soll das heißen, verdammt noch mal?« erkundigte der jüngere Holstead sich mit gierigem Blick, aus dem potentielle Gewalttätigkeit blitzte.

»Wenn wir einen dieser Dickhäuter ohne seine Erlaubnis anrühren«, antwortete Cane ernst, »haben wir unser Leben verspielt!«

»Ich dachte, wir seien hergekommen, um Elfenbein zu erbeuten, Farewell«, schnaubte Holstead den Leutnant verächtlich an, so daß Mgobozi ihn nachdenklich betrachtete. Der General hatte die Weißen unterwegs studiert und sich Einzelheiten ihres Verhaltens, ihrer Stärken, ihrer Schwächen und ihrer Einstellung ihrer neuen Umgebung gegenüber gemerkt (für den Fall, daß Shaka vor seiner Begegnung mit den Fremden entsprechende Informationen verlangte). In den vergangenen vier Tagen war ihm vor allem ein Faktor aufgefallen, der im Verhalten der Weißen dominierte: Sie alle waren Individualisten – jedem Mann war sein *eigenes* Schicksal weit wichtiger als das seiner Gruppe; das Handeln jedes Mannes wurde durch sein Streben nach Unabhängigkeit beeinträchtigt, dem jegliche Rücksichtnahme auf die Gruppeninteressen fehlte.

»Sie bekommen Ihr Elfenbein«, wehrte Farewell den starrköpfigen Holstead ab. »Wie wir alle«, fügte er an Cane gewandt hinzu. »Sobald uns der König die Erlaubnis zur Jagd erteilt hat.«

»Und wenn er's nicht tut?« Holsteads Tonfall blieb trotzig aufbegehrend.

»Das würde bedeuten, daß unser Auftrag fehlgeschlagen ist, Thomas«, erklärte ihm der Leutnant mit eisiger, scharfer Stimme. »Und in diesem Fall wird sich zeigen, daß unser Leben ein weit größerer Schatz als alles Elfenbein ist.«

»Wir standen im Morgengrauen des fünften Tages auf, setzten unsere Reise fort, sobald es der starke Tau zuließ, und durchquerten die Flüsse Mafote und Nondote, wobei es in letzterem von Krokodilen wimmelte. An diesem Tag legten wir noch etwa 15 Meilen zurück (und verringerten dadurch unaufhörlich den Abstand zu Shakas Zitadelle) und ritten durch üppiges Weideland, in dem wir mehrere Heimstätten und viele wohlgenährte Viehherden sahen. Die Sonne schien warm auf uns herab und nötigte uns gelegentlich dazu, im Schatten einiger Bäume zu rasten...«

Bei einer dieser »gelegentlichen Rasten« entfernte Thomas Holstead sich allein zu Pferde (»um ein bißchen frische Luft zu schnappen«, wie er Cane mürrisch erklärte), weil er offenbar noch immer ans Elfenbein dachte. Und bei seinem einsamen Galopp über die Savanne zertrampelte Holsteads Pferd unabsichtlich das Gelege in einem Straußennest. Um sich für diesen Angriff auf ihr Nest zu rächen, kam die Straußenhenne in blinder Wut aus dem Busch gestürmt, um den Störenfried zu verfolgen. Aber als der Laufvogel und Holsteads Pferd einander erblickten, erstarrten beide vor Entsetzen. Der erschrockene Strauß stieß einen schrillen Schrei aus und trabte davon, während das Pferd in panischer Angst vor diesem unbekannten Wesen laut wieherte, hochstieg und Holstead abwarf. Der Mann raffte sich fluchend auf und nahm die Verfolgung des großen Vogels auf, vor dem sein Pferd gescheut hatte.

Beim Anblick des Wütenden, der hinter dem tänzelnden Vogel herlief, brachen die Zulus in Gelächter aus, in das wenig später auch die Weißen einstimmten – was Holstead erst recht wütend machte. Als er schließlich erkannte, daß er den flinken Vogel nicht würde einholen können, blieb er stehen und legte in rachsüchtigem Zorn seine Muskete an.

»Thomas!« rief Farewell besorgt, aber seine Warnung kam zu spät. Der Mann hatte bereits abgedrückt, und der erste Schuß in der Geschichte des Zulureiches hallte übers afrikanische Buschland und schreckte unzählige Tiere auf.

Der tödlich getroffene Strauß überschlug sich und brach zusam, während das aus seiner Rückenwunde quellende Blut den Staub der Savanne dunkelrot färbte.

Farewell, der die Reaktion der Zulus voraussah, drehte sich ruckartig nach ihnen um und stellte fest, daß sie ängstlich besorgt die Muskete anstarrten, während der Schuß noch in ihren Ohren nachhallte. Aber Farewell und seine Leute waren weit besorgter als Mgobozis Krieger, als sie jetzt wie gelähmt abwarteten, wie die Zulus auf den »Stock, der Feuer spuckt« reagieren würden.

Mgobozi, der in den Blicken seiner Soldaten ihr Entsetzen las (das er als Kommandeur durchaus teilte), war geistesgegenwärtig genug, um zu erkennen, daß er prompt etwas unternehmen mußte, um das Vertrauen seiner Männer zurückzugewinnen und die Lage in der Hand zu behalten. Der iziCwe-Kommandeur marschierte auf den erlegten Vogel zu und betrachtete die Einschußwunde in seinem Rücken, bevor er stirnrunzelnd die Muskete Holsteads anstarrte, aus deren Lauf sich noch immer der Rauch des Todes kräuselte. Dann starrte Mgobozi den Weißen an und sprach aufgebracht auf ihn ein – eine Tirade scharfer, gutturaler Worte.

»Was hat er gesagt, verdammt noch mal?« brüllte Holstead zu Popham hinüber.

»Daß du wie ein Feigling gehandelt hast«, übersetzte Popham etwas ängstlich, worauf Holstead sofort wütend die Lippen zusammenkniff. »Er sagt ..., obwohl deine Waffe gut ist, fehlt deinem Herzen Würde.«

Mgobozi nickte Holstead zu, als wolle er seine Behauptung unterstreichen, machte kehrt und schritt davon. »Du schwarzer Hundesohn!« schrie der in seinem Zorn rachelüsterne Engländer ihm nach und zielte dabei mit seiner Muskete auf den Rücken des Zulus.

Als habe er geahnt, wie der Weiße reagieren würde, blieb Mgobozi stehen, packte seinen Ixwa fester und drehte sich ganz langsam nach Holstead um.

»Her mit der Muskete, Thomas!« befahl Farewell ihm schneidend streng.

»Zu wem halten Sie eigentlich, Farewell?« höhnte sein Untergebener. »Zu mir oder zu den verdammten Kaffern?«

»Her mit der Waffe, hab' ich gesagt!« wiederholte der Leutnant mit zusammengebissenen Zähnen so scharf, daß die übrigen Weißen erstarrten.

»Kommt nicht in Frage!« lautete die trotzige Antwort Holsteads.

Mgobozi drehte sich mit rascher, genau dosierter Präzision von Absicht und Bewegung halb zur Seite, während sein Blick von Holsteads Muskete zu Farewell und wieder zurück wanderte. Der General erfaßte, worum es zwischen den beiden Männern ging, und beschloß, die Sache selbst in die Hand zu nehmen und dem Aufsässigen eine Kostprobe von der unter Shaka üblichen Disziplin zu geben.

In Zehntelsekunden (die Holstead bis ans Ende seiner Tage nicht mehr vergessen würde) erreichte der Zulu den Weißen, hakte seinen Schild über den Musketenlauf, schlug Holstead die Waffe aus der Hand und zielte aufs Herz der Schwalbe, so daß seine Speerspitze in die Haut eindrang, daß ein wenig Blut floß, und nur knapp vor dem tödlichen Stoß innehielt.

Farewell und seine Männer standen wie gelähmt da, während der Sohn Richard Holsteads sich vor Angst in die Hose machte. Geschwindigkeit und Ausführung von Shakas Methode waren mit nichts zu vergleichen, was sie jemals erlebt hatten.

Mgobozi ließ sein Opfer los (das noch immer unter Schockwirkung stand), hob die Muskete auf, trat auf Farewell zu und übergab ihm die Waffe, die sein Untergebener nicht freiwillig hatte herausgeben wollen. Die Blicke der beiden Männer hielten stumme Zwiesprache, und obwohl sie sich sonst nicht verständigen konnten, war die Botschaft klar: Mgobozis Krieger gehorchten, Farewells Männer nicht.

»Verdammter Idiot!« fauchte der Leutnant Holstead an. »Sie haben ihnen unsere schlimmste Seite gezeigt. Bei der nächsten Befehlsverweigerung bin ich nicht so gnädig wie er – dann bringe ich Sie um!«

Über den sechsten Tag der Expedition notierte Wilkins:

»Gegen Sonnenuntergang bedeckte sich der gesamte Horizont mit einer dunklen, bedrohlich wirkenden Wolke. Der Wind, der schon tagsüber zugenommen hatte, begann jetzt immer stärker aus Westen zu wehen, und alles deutete auf ein heraufziehendes Unwetter hin. Mit Hilfe Mmgoboosis bereiteten wir uns aufs Schlimmste vor, indem wir einen provisorischen Unterstand aus Ästen und zu diesem Zweck abgeschnittenen Zweigen errichteten. Außerdem zündeten wir rings um uns her Feuer an, um Raubtiere abzuhalten, da dieser ganze Landstrich (so sagte man uns jedenfalls) von Leoparden, Panthern und Hyänen wimmelte. Kaum hatten wir die Pferde angebunden und uns unter das neuerrichtete Schutzdach zurückgezogen, als ein unbarmherziger Sturm in wildester Wut losbrach. Der in schrecklichen Schlägen herabkrachende Donner und die unablässig vor uns über den Himmel zuckenden Blitze machten unsere augenblickliche Lage keineswegs beneidenswert.

Noch erbärmlicher war jedoch die Lage der Zulus, die schutzlos in dem wolkenbruchartigen Regen hockten und wie verzaubert mit emporgewandten Gesichtern in den Sturmhimmel blickten. Wer sie und ihre seligen Mienen sah, mußte fast glauben, sie genössen diese Demonstration himmlischer Macht. Von Popham erfuhr ich später, daß bei den Eingeborenen der Aberglaube vorherrscht, der Name ›Zulu‹ hänge irgendwie mit dem Himmel zusammen, und daß die Zulus sich für ›Kinder des Himmels‹ halten. Eine interessante Überlieferung, die an die keltischen Gottheiten (›Götzen‹, wie Rev. Bellows sie nennen würde) und an unsere eigene christliche Vorstellung von ›einem Vater im Himmel, dessen Kinder wir sind‹, erinnert. Im weiteren Sinne ist diese Ähnlichkeit von Vorstellungen bei solch unterschiedlichen Kulturen nur zu erwarten. Falls die Offenbarung Christi real ist, muß sie Rechtens universal sein ...«

Während Wilkins sich diesen »imperialistischen« Überlegungen hingab, goß es wirklich in Strömen, und Farewell und Fynn fanden sich in Gesellschaft Mgobozis am Feuer wieder.

»Sagen Sie ihm«, begann Farewell, nachdem er Popham aufgefordert hatte, dem iziCwe-Kommandeur seine Worte zu übersetzen, »daß wir sein Land herrlich finden! Ein wahres Paradies!«

Popham blickte in den Regen hinaus, bevor er lustlos mit den Schultern zuckte und das Kompliment Mgobozi übermittelte, der stolz grinsend zustimmend nickte und dem Leutnant seinerseits eine Frage stellte.

»Er fragt, ob Ihr Land ebenso schön ist?« teilte Popham Farewell mit.

»Oh, gewiß, sagen Sie ihm das«, antwortete Farewell rasch. »Allerdings in seiner Schönheit ganz anders. Vielleicht kann er sich eines Tages selbst davon überzeugen.«

Als Mgobozi Pophams Übersetzung hörte, warf er Farewell einen langen prüfenden Blick zu. Dieser tapfere, mutige Krieger (der als Soldat zu blutrünstigen Greueltaten imstande war, die den Weißen den Atem verschlagen hätten) war im Grunde seines Herzens durchaus gütig und in Gefühlsdingen sehr verwundbar. Obwohl der General den Schwalben gegenüber mißtrauisch war, rührte ihn die Einladung, die Heimat des anderen zu besuchen, und er lächelte Farewell dankbar zu. Aber sein Lächeln verschwand schlagartig, als er die Übersetzung von Fynns nächster Bemerkung hörte.

»Aber sagen Sie ihm auch«, warf der Ire laut ein, um den prasselnden Regen zu übertönen, »daß wir's merkwürdig finden, daß wir so wenige junge Familien gesehen haben. Und keine Säuglinge und Kleinkinder.«

Sobald Popham ausgesprochen hatte, senkte Mgobozi den Kopf, ballte die Fäuste, als könne er nur so einen Gefühlsausbruch verhindern, und überlegte angestrengt, was er auf Fynns zutreffende Beobachtung erwidern könnte – eine Erwiderung, die zutreffend erläutern mußte, was der Begriff ›Shakas Zulus‹ seit vielen Jahren für eine ganze Generation von Afrikanern bedeutete.

In gewisser Beziehung hatte Shaka seinem Volk Macht, Stolz, einen ›Lebenszweck‹ geschenkt – nicht gerade für die Seelen seiner Untertanen, aber für ihre persönliche Zukunft. Und Shaka und die Zulunation hatten eine Zukunft gemein: die Shakas. Sein Volk hatte ihm »alles, was es hätte sein können«, geschenkt, um *jetzt* eine Identität zu erhalten, auf die es stolz sein konnte.

Der Zulu hatte sein Reich auf den edelsten und geachtetsten Lebensprinzipien aufgebaut: Unterordnung unter die Staatsgewalt, Gesetzestreue, Disziplin von Geist und Körper, Freiheit von Linderungsmitteln des Herzens (Aberglauben und dergleichen), Achtung vor Vorgesetzten, Ordnungsliebe und Selbstbeherrschung, Mut und Opferbereitschaft, Bürgersinn und so weiter, und so weiter. Der einzige schwache Punkt von Shakas System war, daß es zwar im Prinzip richtig war, aber nicht auf Liebe, sondern auf Haß basierte (wie Shaka bald einsehen würde, wenn Fynn ihm von einem anderen König der Könige erzählen würde: von Jesus Christus).

Aber während der Himmel jetzt seine Schleusen über Mgobozi öffnete, dachte der General über den Preis nach, den seine Generation gezahlt hatte: eine Zukunft ohne Kinder (die eine Zukunft ohne Zukunft war). Darauf hatte Shaka es nie angelegt; diese Entwicklung war lediglich ein Nebeneffekt seiner

Politik des Totalen Krieges und des Absoluten Gehorsams dem Oberherrscher gegenüber. Da die Vorstellung, ein Soldat könnte Weib und Kind haben, lächerlich war (weil die Verantwortung für eine Familie und die gefühlsmäßigen Bindungen an sie unweigerlich seinen Kampfwert geschmälert hätten), erhielten Shakas Krieger Heiratsverbot, »bis die Kriege vorbei sind und der Frieden gesichert ist«. Seit dem Jahre 1811, in dem die großen Feldzüge begonnen hatten, befand die gesamte Jugend der Nation sich im Zustand eines erzwungenen Zölibats: die Männer in den Heimstätten der Regimenter oder an der Front, die jungen Frauen allein zu Hause oder in entsprechenden »Mädchenbünden«, die Shaka vor kurzem unter Befehl seiner Schwester Nomcoba und unter Aufsicht Nandis gegründet hatte. Absichtlich oder unabsichtlich, das spielte für Mgobozi jetzt kaum eine Rolle, hatte Shaka durch die Ehelosigkeit seiner Krieger sowie durch die Mfecanes und Fingos ganz Südostafrika mit seinem eigenen Leiden infiziert – der geistigen Krankheit eines »ständig in Haß und Krieg lebenden Ausgestoßenen ohne Familie«. Das Reich Shaka Zulus schien das Fleisch und Blut Shaka Zulus zu sein ...

Wie wird's bei uns in zehn Jahren aussehen? fragte Mgobozi sich. Oder in zwanzig Jahren? Aber im Augenblick ging es um Wichtigeres, als er jetzt wieder Fynns Blick erwiderte: Er mußte die Frage des Weißen beantworten, ohne seinem eigenen Volk dadurch untreu zu werden. Als der General schließlich antwortete, sprach aus seiner Stimme Kummer, den er nicht gänzlich verbergen konnte.

»Er sagt«, übersetzte Popham, »daß ein Soldat sein Leben nicht zwischen Familie und Vaterland aufteilen kann. Er sagt, daß eine Zeit kommen wird, in der Familien gegründet und Kinder großgezogen werden – sobald der Frieden gesichert ist.«

Als habe er Mgobozis Gedanken gelesen, forderte Farewell den Mischling auf, ihm eine weitere Frage zu stellen: »Fragen Sie ihn, ob Shaka den jungen Leuten verbietet, zu heiraten und Kinder zu bekommen?«

Der General erstarrte, als ihm diese Frage übersetzt wurde,

und seine Antwort blieb kurz. Dann stand er auf und schritt in den Regen hinaus, um sich zu seinen Kriegern zu gesellen.

»Was hat er gesagt?« wollte Fynn von Popham wissen.

»Unsere jungen Leute haben den Wunsch, der Nation zu dienen, hat er gesagt.«

Fynn seufzte bekümmert. »Sparta«, war sein einziger Kommentar.

»Sparta...« Der Leutnant blickte zu dem von Blitzen erhellten Himmel auf und zitierte den großen griechischen Historiker Thukydides. »›Ein Monolith des Krieges – in jedem Teil seiner hochaufragenden Gestalt abgestorben.‹«

Leben zum Leben, Tod zum Tode, schien der von Blitzen durchzuckte Himmel zu sagen, als wolle er der Schwalbe antworten. Dies ist der Weg des Schwertes. Dann grollte der afrikanische Donner, als wolle er Farewell fragen: Wie sieht dein Weg aus, Febana? Wie sieht der Weg von König Georgs Freundschaft aus? Bringst du Leben? Oder die Plage deiner eigenen Heuchelei?

Aber Farewell achtete nicht auf die Stimmen des Himmels, denn er dachte über Shaka nach und überlegte sich bereits, wie er diesen Schwachpunkt der Zulu-Nation am besten nutzen könnte, um seinen Auftrag erfolgreich durchzuführen.

Ist der Weg von König Georgs Freundschaft die Plage deiner eigenen Heuchelei? fragte der Donner Afrikas erneut.

Aber die Heuschrecke gab keine Antwort.

Die Plage hatte eingesetzt.

31 UKUZWA *Leben*

»›Mir graut davor, ansehen zu müssen, wie das nasse Grab sich über uns schließt‹«, las Elizabeth Farewell die letzte Eintragung im Logbuch des Schoners vor, der einst ihren Namen getragen hatte. »›Aber für einen Christen ist der Tod allerorten nur die Pforte, durch die er ins Himmelreich eingeht…«

»Commovente, no?« fragte Parmananda Marinho mit schiefem, leicht verächtlichem Grinsen, als die Frau eine Pause machte, um sich gerührt zu räuspern.

»›Ich kann nur beten‹«, fuhr sie fort, »›daß der Allmächtige um unseres Opfers willen die *Julia* verschonen wird…‹« Elizabeth klappte das zerfledderte Buch zu, ließ es in ihrem Schoß liegen, hob den Kopf und begegnete Somersets Blick merkwürdig gefaßt. »Das ist nicht die Schrift meines Mannes, Gouverneur. Die Eintragung stammt von Mr. Ogle, glaube ich. Zum Zeitpunkt dieses bedauerlichen … ›Vorfalls‹ ist er der Captain der *Elizabeth Catherine* gewesen.«

»Das verstehe ich nicht, Madam«, sagte Gouverneur Somerset drängend. »Soll das heißen, daß Ihr Gatte nicht an diesem Unternehmen teilgenommen hat?«

»Es sind zwei Schiffe gewesen, Sir Charles.« Elizabeths Stimme klang fest, aber farblos, während Parmanandas scharfer Blick sie prüfend musterte. »Mein Mann hat sich an Bord des zweiten Schiffs befunden – an Bord der Schaluppe *Julia*, von der in dieser letzten Eintragung die Rede ist.«

Sie blickte zu Parmananda hinüber und fragte mit leichtem Beben in der Stimme: »Haben Sie irgendeine Spur von ihr entdeckt, Captain?«

Parmanandas Blick wechselte rasch von Elizabeth zu Somerset hinüber, während er fieberhaft über die beste Antwort nachdachte. Schließlich breitete er die Arme aus und seufzte vertraulich.

»Auf See sieht ein Stück Holz wie das andere aus, Senhora.« Sein Tonfall kündete vom Gewicht seiner Erfahrung. »Es ist oft schwierig, zwischen Funden zu unterscheiden… Especialmente wegen der Winterstürme, die …« Parmanandas waagrecht gehaltene Hände kreisten umeinander. »… große und kleine Trümmer durcheinanderwirbeln. Aber ich kann guten Gewissens sagen, daß es für eine Schaluppe schwierig, fast unmöglich ist, Senhora, sich über Wasser zu halten, wo ein Schoner sinkt. Das wäre eigenartig.«

Elizabeth holte kurz Luft, bevor sie steif fragte: »Was wollen Sie damit sagen, Captain? Das mein Mann tot sein könnte?«

»Por amor de Deus, Senhora!« rief Parmananda aus, indem er sich erhob und einen Schritt auf Elizabeth zutrat. »Nur Gott weiß, wer tot ist. Und wir Sterblichen ... ah, wir können nur hoffen und beten und alles in unserer Kraft Stehende tun, um unseren Lieben zu helfen ... Ja, wir dürfen die Hoffnung niemals aufgeben – um ihretwillen. Koste es, was es wolle ...« In seinen Augen schien ein bittender Ausdruck zu stehen, als er nachdrücklich wiederholte: »Koste es, was es wolle!«

Und Elizabeth verstand.

Koste es, was es wolle, wiederholte sie in Gedanken, während sie Parmanandas Blick erwiderte. Was würde mich diese Hoffnung wohl kosten?

»Als der Abend mit dunklen Schleiern am Horizont heraufzog«, notierte Wilkins, »und die Büffel aus dem Dickicht des Waldes traten, um auf den üppigen Weidegründen zu grasen, suchten wir eine Zuflucht für die Nacht; da wir jedoch Gefahr von diesen Tieren befürchteten, mußten wir sie weit ausholend umgehen. Durch diesen Umgang gelangten wir in die Nähe einer Heimstätte, aus der das erbärmliche Heulen und Jammern einer Totenklage an unsere Ohren drang ...«

Da die Aufmerksamkeit der Schwalben geweckt war, näherte die Gruppe sich der Heimstätte und konnte von einem Beobachtungspunkt aus einen großen Leichenzug sehen, der sich durch die langen Schatten der herabsinkenden Nacht bewegte. Die Prozession bestand aus den Angehörigen und nahen Verwandten der Toten sowie einem vielköpfigen Gefolge von Klageweibern. Neben dem Leichnam des verstorbenen jungen Mädchens, der nach hiesiger Sitte in Häute gewickelt und zu sitzender Position verschnürt war, schritt die räuberische Gestalt des dörflichen ›Inyangas‹ einher.

»Glauben Sie, daß wir uns die Zeremonie aus der Nähe ansehen könnten?« erkundigte Wilkins sich.

Popham gab die Frage an Mgobozi weiter, der sich nach Wilkins umdrehte, als er den etwas makabren Wunsch der

Schwalbe hörte, seine blasse Haut und die Sommersprossen betrachtete und mit einem Lächeln antwortete.

»Er sagt«, übersetzte Popham ebenfalls lächelnd, »daß Männer, deren Haut die Farbe von Geistern hat, bei einer Bestattung willkommen sein dürften.«

Wilkins, der diese Antwort mit einem Grinsen quittierte, schwang sich aus dem Sattel und stellte dann fest, daß auch Fynn, Farewell, Thomas und Cane seinen Wunsch teilten, die Zeremonie aus der Nähe zu sehen.

»Aber Sie dürfen die Zeremonie nicht stören, sagt er«, fügte Popham warnend hinzu, »sonst könnte der ›Inyanga‹, der Medizinmann, Sie anklagen, ›umTakati‹, ein Zauberer, zu sein – und das könnte Ihr Todesurteil sein.«

Cane und Thomas überlegten sich die Sache plötzlich anders und gingen zu ihren Pferden zurück, während das unerschrockene Trio aus Farewell, Fynn und Wilkins sich in Begleitung von Popham und Mgobozi immer weiter der Grabstätte näherte.

Der Leichenzug hatte das flache Grab erreicht, und die hockende Gestalt der jungen Verstorbenen wurde soeben eingegraben, als die gräßlichen Züge des Inyangas sich zu erstaunter Wut verzerrten, weil der Blick seiner blutunterlaufenen Augen auf die näherkommenden Weißen fiel. Der Medizinmann stieß einen kreischenden Schrei wie ein verletzter Geier aus, schlug hysterisch mit den Armen auf und ab und flüchtete sich in eine Ecke des Grabes, aus der heraus er die ›unmenschlichen‹ Gesichter Farewells, Fynns und Wilkins' angstschlotternd angaffte. Als auch die Frauen der Schwalben ansichtig wurden, verstummte ihre Totenklage abrupt, und der tränenreiche Schmerz der Trauergemeinde wich zunächst verblüfftem Staunen und sprachloser Angst. Die Trauernden zogen sich entsetzt starrend vor den Neuankömmlingen zurück, die sie tatsächlich für die fleischgewordenen Geister der Verstorbenen hielten.

Fynns analytischer Blick wanderte von den verwirrten Mienen der Zulus zu der im Grab hockenden Leiche. Bei seiner Begutachtung der hier üblichen Bestattungsart merkte er sich, wie die Rinderhäute um Rumpf und Beine der Toten gewickelt und mit langen Stricken aus Wurzelgeflecht verschnürt waren. Als nächstes galt das wissenschaftliche Interesse des Iren den Lederklappen, die das Gesicht der Toten verbargen und nur die Lippen freiließen, damit...

Plötzlich glaubte Fynn, das Blut müsse ihm in den Adern gefrieren. Die Lippen! Sie ... sie bewegten sich kaum merklich. Sie zitterten, als versuche die Leiche zu sprechen.

»Sie lebt!« flüsterte der Arzt – und erschrak fast vor seinen eigenen Worten.

»Was?« knurrte Farewell, indem er Fynn entsetzt anstarrte.

»Sie wird lebendig begraben!« rief der Ire schreckensbleich aus und rannte auf die Grabstätte zu.

»Fynn! Um Gottes willen, was haben Sie vor? Hiergeblieben!« rief der Leutnant besorgt, während er dem anderen folgte.

Aber sein Befehl kam zu spät. Fynn hörte auf nichts und niemand mehr; er kannte nur noch seine Pflicht als Arzt, Leben zu retten. Unter dem verächtlichen Blick des schnaubenden Inyangas und zur völligen Verwirrung der Zulu-Familie sprang der Weiße ins Grab und zerrte an den Verschnürungen um Hals und Gesicht der Frau, um ihr das Atmen zu erleichtern.

Mgobozi, der bereits zu gewissen Schlußfolgerungen in bezug auf die rebellische, unabhängige Natur der Schwalben gelangt war, fragte sich jetzt, ob diese Rebellion sich auch gegen ›Unabänderliches‹ wie den Tod richtete. Im Interesse dieser Feststellung beschloß der General nach einem raschen Rundblick, vorerst abzuwarten, was der Weiße vorhatte.

Farewell, Wilkins und Popham, die im Augenblick wie gelähmt waren, beobachteten den scheinbar geistesgestörten Fynn, der in fliegender Eile die Umhüllung auseinanderriß und das Gesicht der ›Verstorbenen‹ freilegte. Im nächsten Augenblick hielten sie alle den Atem an, so bezaubernd schön waren die Züge der jungen Frau.

»Sie glüht vor Fieber!« rief Fynn aus, dessen Hand auf ihrer Stirn lag.

»Helfen Sie mir, sie ins Dorf zurückzutragen«, forderte er den Leutnant auf.

Der junge Held der Napoleonischen Kriege zögerte angesichts dieser Situation, in der es um Leben und Tod ging, auf uncharakteristische Weise, und sein Blick wechselte zwischen Fynn und Mgobozi hin und her, während er zu einem Entschluß zu gelangen versuchte. Daß die junge Frau lebte, stand für ihn außer Zweifel; Fynn war ein viel zu guter Arzt, als daß er sich so hätte täuschen können. Aber sollten wir sie opfern? fragte der Leutnant sich. Um die Zulus nicht gegen uns aufzubringen? Wär's nicht besser, sie die Bestattung durchführen zu lassen und die Affäre zu vergessen, als vielleicht unseren Auftrag zu gefährden, indem wir uns hier einmischen und ...

»Francis!« unterbrach Fynns Stimme seine Überlegungen. »Wenn wir nicht bald etwas tun, ist sie *wirklich* tot!«

Während Mgobozi darüber nachdachte, wie es kam, daß ›Febana, der Führer der Schwalben‹, so nachdrückliche Anweisungen von einem seiner Untergebenen erhielt, schob Farewell seine Nützlichkeitserwägungen beiseite und sprang ins Grab, um Fynn zu Hilfe zu kommen.

Fynn kämpfte die ganze Nacht gegen das zehrende Fieber an, um Tsani, die junge Frau, zu retten, und wendete dabei alle geeigneten Salben und Tränke aus seiner abgeschabten Arzttasche an.

Bei Tagesanbruch wurden Fynns Mühen belohnt: Tsani schlug die Augen auf und blickte ihren Retter an. Dabei wurde ihr sanfter Blick ungläubig, während sie den Kopf zur Seite drehte, das lächelnde weiße Gesicht anstarrte und sich fragte, ob sie sich etwa in der geheiligten Gegenwart irgendeines außergewöhnlichen Ahnen befand. Erst als die erwachende Schönheit die glückstrahlenden Gesichter ihrer Eltern sah, erkannte sie, daß sie noch lebte: eine Erkenntnis, die Fynns Erscheinung um so rätselhafter machte.

»Wayengummangalasi«, erklärte Tsanis Vater seiner Tochter, indem er zu Fynn hinübernickte, als wolle er ihn ihr vorstellen. »Der Wunderwirker«, erläuterte er seinem wiederauferstandenen Kind.

»Wayengummangalasi«, wiederholte Tsani, nahm Fynns Rechte in ihre weichen Hände und preßte sie an ihre blassen Lippen.

»Wahrscheinlich werde ich jetzt als Zauberer hingerichtet«, meinte Fynn fatalistisch, während er sich in einem in der Nähe fließenden Bach die Hände wusch.

»Im Gegenteil, Fynn!« versicherte Farewell ihm grinsend. »Die Eingeborenen glauben, Sie hätten sie vom Tode auferweckt.«

»Das ist gotteslästerlich!« widersprach Fynn mit plötzlich wutverzerrtem Gesicht. »Und … absurd!«

»*Und* höchst nützlich«, warf Farewell listig ein.

»Nützlich?« wiederholte der Ire überrascht, indem er sein Gesicht mit Wasser benetzte und spürte, wie das kühle Naß seine Müdigkeit vertrieb.

»Können Sie sich vorstellen, Fynn«, begann der Leutnant erklärend, »wie Alexander der Große auf die medizinischen Neuerungen Leeuwenhoeks, William Harveys und Lavoisiers reagiert hätte? Oder wie Cäsar in einer Zeit, in der das Herz lediglich als poetisches Symbol für Mut gegolten hat, ein Stethoskop bestaunt hätte?«

»Wovon reden Sie überhaupt, verdammt noch mal, Francis?« wollte Fynn wissen, während er aufstand und das Wasser abschüttelte, daß es spritzte.

»Als was sind Sie dort drinnen bezeichnet worden?« Farewell blinzelte ihm zu. »Ah, richtig … als ›umMangalasi‹, als ›der Wunderbewirker‹.«

Als Fynn wütend nach seiner Segeltuchtasche griff und davonstapfte, rief Farewell ihm nach: »Zu spät, Fynn! Sie spielen bereits mit!«

Fynn blieb wie angewurzelt stehen und drehte sich halb nach dem Leutnant um.

»Das tun Sie, seitdem Sie sich für Ihren besonderen Beruf entschieden haben! Sie haben's selbst gesagt – an Bord des Sklavenschiffs. ›Nur durch die Gnade Gottes werden sie ihre Bestimmungsorte lebend erreichen.‹ Wollen Sie etwa bestreiten, daß *Sie* für viele dieser Ärmsten dieses göttliche Wunder bewirkt haben, daß Sie ›umMangalasi‹ gewesen sind? Und jetzt haben Sie das Wunder wiederholt. In den Augen der Eingeborenen *haben* Sie sie von den Toten auferweckt... Begreifen Sie denn nicht, daß wir töricht wären, wenn wir daraus nicht unseren Vorteil schlagen würden?«

»Ja, Farewell, das begreife ich!« fauchte der Arzt verächtlich, weil Müdigkeit und nervöse Anspannung sich bei ihm in bittere Empörung verwandelten. »Ich begreife, wie ein Mann ohne Skrupel hierzulande leicht zu einem Gott werden könnte! Aber Sie übersehen die Tatsache, daß ich, Henry Fynn...« Sein irischer Dialekt wurde ausgeprägter. »... daß ich an Gott und die Integrität meines Berufs glaube und den Arztberuf niemals dazu mißbrauchen werde, Gott zu spielen! Das dürfen Sie von mir nicht erwarten!«

»Gut, wie Sie wollen, Fynn«, antwortete Farewell nonchalant, als habe ihn der Ausbruch des anderen unbeeindruckt gelassen. »Ich tu's auch nicht. Aber ich habe das Gefühl, daß Shaka es von Ihnen erwarten wird, sobald er von Ihrem ›Wunder‹ hört. Und ich wage zu behaupten, daß Sie sich *ihm* gegenüber nicht werden weigern können. Außerdem...«

Das amüsierte Lächeln Farewells ließ erkennen, wie sehr er diese paradoxe Wende genoß. »Außerdem paßt das alles zu Ihrer faustischen Auffassung von König Shaka. Wer wäre Mephisto besser gewachsen als Gott?«

»Weißt du bestimmt, daß sie tot gewesen ist, Alter?« Shakas Stimme war zu einem heiseren Flüstern herabgesunken, und sein Gesicht war übellaunig finster, während sein eisig scharfer Blick Tsanis Vater zu durchbohren schien. »Denk daran, bevor du antwortest, daß dein Leben auf dem Spiel steht!«

»Yebo, Baba Nkosi«, antwortete Tsanis Vater, dessen zitternder Körper auf dem Boden der Königshütte in Bulawayo hingestreckt war und der die Augen vor dem durchdringenden Blick des Herrschers schließen mußte. »Yebo, Baba Nkosi!« wiederholte der Alte von Angst und Verzweiflung geschüttelt. »Der Inyanga hat's mir gesagt, hat's mir *versichert*! ... Yebo,

Baba Nkosi!« wiederholte er geradezu in Angstkrämpfen. »Würde ich hingehen und meine eigene Tochter lebendig begraben?«

Shaka betrachtete die angstschlotternde Gestalt des hingestreckt vor ihm Liegenden, der ihn an eine vor Schrecken starre Echse erinnerte, und gewann die Überzeugung, der Alte habe die Wahrheit gesagt.

»Du kannst gehen«, entließ er Tsanis Vater. »Ich belohne deine Treue mit zwanzig meiner besten Ochsen.«

»Baba Nkosi«, sagte Tsanis Vater, während er unter mehrfachen Verbeugungen rückwärtsgehend die Hütte verließ.

Als seine kriecherisch demütige Gestalt verschwunden war, fiel Shakas Blick auf die Strohmatte mit den Umrissen des Namens SHAKA, die er an einem der Stützbalken der Königshütte befestigt hatte – als Symbol für die ›Unsterblichkeit‹ der Schwalben.

»Was hältst du davon?« fragte er schließlich seine Mutter, die während des scharfen Verhörs wortlos in den Schatten im Hintergrund der Hütte gesessen hatte. »Falls der Alte die Wahrheit gesagt hat, besitzt ihr Sangoma Kräfte, von denen wir nichts wissen.«

Nandis klare Augen leuchteten im Halbdunkel des Hütteninneren. Die Frau schwieg weiterhin, als sie aufstand und sich dem flackernden Schein der Feuerstelle näherte, der ihr noch immer schönes Gesicht mit einem warmen Schimmer übergoß und die verräterischen Linien glättete, die sich in ihre ansonsten weiche, glatte Haut einzugraben begannen. Als Nandi den massiven Stützpfosten erreichte, blieb sie stehen, um ausdruckslos die Matte anzustarren, auf der Shakas Name in Schwarz stand – in der Farbe des Todes.

»Wir brauchen ihre Unsterblichkeit nicht, mein Sohn«, sagte sie nach langer Pause. »Ein Berg kann nicht sterben. Noch kann das Lebensblut eines Flusses aufhören, seinem Ziel, der See, entgegenzuströmen. Du bist der Berg von Afrika. Und das Lebensblut, das du diesem Land geschenkt hast, wird für immer in den Adern unseres Volkes fließen. Mehr darfst du nicht begehren.«

»Aber es kann doch nicht schaden, Mutter«, wandte Shaka mit kindlicher Hartnäckigkeit ein, »ihren Zauber zu unserer Verfügung zu haben.«

»Wer sich Zauberei dienstbar machen will, wird eines Tages ihr Knecht, Shaka«, antwortete Nandi streng. »Falls der Alte die Wahrheit gesagt hat, bedeutet das, daß sie ihr Leben auf Illusionen aufbauen, während du dein Volk gelehrt hast, in der Wirklichkeit zu leben! Selbst wenn die Schwalben jeder hundert Leben besäßen, wären sie alle nicht das Leben eines Shakas wert, denn du, mein Sohn, bist der Herr des Himmels!«

»Auch der Leopard ist ein Gebieter, Mutter.« Shakas Blick begegnete dem ihren. »Ein Herrscher unter Gebietern. Das hast du mir selbst gesagt. Jeder stolze Tag seines Lebens ist Hunderte von Tagen im Leben der Raben wert. Aber wenn dem Leoparden Flügel angeboten würden, mit denen er fliegen könnte, wäre er töricht, sie abzulehnen.«

»Nein, Shaka«, erwiderte Nandi mit der sanften, liebevollen Bestimmtheit, mit der sie ihren Sohn von frühester Jugend an geführt und aus ihm den Funken geschlagen hatte, der Afrika in Brand gesetzt hatte. »Er wäre töricht, sie anzunehmen. Das Königreich des Leoparden ist die Erde. Auf der Erde ist er ein Gebieter; am Himmel wird er zum Opfer! Wenn die Schwalben dir Flügel anbieten, mit denen du fliegen können sollst, wollen sie dich nur zu ihrem Opfer machen.«

Nandi verstummte und wandte sich ab, um in die Schatten in den hintersten Winkeln der Königshütte zu blicken. Dabei glaubte sie über das Knistern und Knacken des Feuers hinweg das Heulen des Windes um die Zinne der Könige und die unheimliche Stimme Sitayis zu hören, mit der die Sangoma der Großen Elefantin, der Mutter der Sprache, der Mutter Afrikas etwas zuflüsterte – eine unheimliche Stimme, deren Ermahnung fast drohend klang: »Nandi, Tochter Bhebhes. Aus deinem Leib ist gekommen die Sprache des Himmels: eingebrannt ins Herz dessen, der groß gemacht worden ist. Sein Ruhm und der seines Hauses erstrahlt bis zur Sonne. Und jene mächtige Nation aus roten Speeren und donnernden Lichtschilden ist geboren worden. Sein Schatten und der furchterregende Glanz des amaZulu haben sich über die Erde ausgebreitet – so weit das Auge reicht. Alle Wesen gehorchen ihm; alle knien zu seinen Füßen, denn er regiert als der Heilige Herrscher, von dem die Ahnen gesprochen haben, wenn sie in den Wind gesungen haben... Bleib' deinem Erbe treu«, flüsterte Sitayi lauter, drohender. »Oder wie der Himmel dir Größe geschenkt hat, wird er deinen Samen durchs Blut deines Blutes vernichten. So will es der Bund der Treue.«

32 DINGANE KASENZANGAKONA ZULU
Der Bedürftige

Shaka Zulu, ›odlung'emanxulumeni‹ – ›Der gegen die Nationen wütete‹, ›Ilangfa eliphahl'elinye ngemisebe‹ – ›Die Sonne, die das ganze Universum überstrahlt‹, der Große Berg Afrikas, uShaka, hatte vierzehn Halbbrüder, fünf Halbschwestern und eine Schwester.

Seine Schwester, die einzige, die Shaka wie eine Schwester liebte, war natürlich Nomcoba, die Tochter Nandis und Senzangakonas, die im Jahre 1824 bei der Ankunft der Schwalben 32 Jahre alt war: unverheiratet und Kommandeurin der vier ›Mädchenregimenter‹ Shakas, die gezwungenermaßen diszipliniert und enthaltsam in militärischen Heimstätten lebten, obwohl sie niemals wirklich an Kampfhandlungen teilnahmen.

Die von ihrem berühmten Bruder ignorierten und gleichgültig behandelten fünf Halbschwestern befanden sich zum Zeitpunkt der Ankunft der Weißen in Regimentsheimstätten, in esiKlebeni oder in Bulawayo.

Die 14 Halbbrüder, alle natürlich jünger als Shaka, waren: Ngwadi, Sohn Nandis und Gendeyanas, dem als einzigem die Zuneigung des Herrschers galt und der – als die *Julia* in Port Natal einlief – 21 Jahre alt und in der Heimstätte seines uFogisa-Regiments war, und die übrigen Söhne Senzangakonas und seiner 16 Frauen, die alle von Shaka wegen seiner lieblosen Einstellung gegenüber Senzangakonas Nachkommen nur mit Mühe toleriert wurden.

Von diesen 13 Halbbrüdern, die Söhne Senzangakonas waren, lebten im Jahre 1824 sieben nicht mehr; von den verbliebenen sechs Halbbrüdern lebten zu dem Zeitpunkt, als Wilkins sein Expeditionstagebuch zu schreiben begann, Kolekile, Nzibe, Magwaza und Mpande in den Heimstätten der Regimenter amaWombe und uNomdaya, während Dingane und Mhlangana sich in der Heimstätte des iziZimazane-Regiments befanden.

Von diesen sechs hegten nur drei jemals den Gedanken, den Zulu-Thron eines Tages von ihrem Halbbruder Shaka, dem Usurpator, zurückzugewinnen: Dingane, Mhlangana und Mpande.

Von diesen drei sollten zwei Könige werden.

Von diesen beiden würde nur Dingane an Shakas Stelle regieren.

Dingane kaSenzangakona Zulu, der zweitgeborene Enkel Jama kaNdabas.

Als Elfjähriger hatte Dingane erstmals zu spüren begonnen, wie verzweifelt schwierig es war, der Zweitgeborene eines Königshauses, der jüngere Bruder des Kindes der Weissagung zu sein, das dazu bestimmt war, der ›Große Elefant, die Sprache seines Volkes‹ zu werden. Und die Last dieses Vergleichs hatte Dinganes Seele Tag für Tag, Jahr für Jahr bedrückt und ihn als Jugendlichen und jungen Erwachsenen belastet. Er hatte den Eindruck gehabt, dieser Bruder, den er nie gesehen hatte und der sich in fernen Landen einen berühmten Namen machte, sei keineswegs fern, sondern allgegenwärtig, um sein Leben in esiKlebeni zu belasten und unerträglich zu machen. Ein im Schatten Shakas gelebtes Leben. Ein Leben, das dem stämmigen Sohn Mpikases wenig oder keine Zuneigung, wenig oder kein Lob, wenig oder keinen Stolz auf sich oder seine Zukunft gebracht hatte.

Wie zu erwarten gewesen war, hatte Dingane auf diesen Vergleich dadurch reagiert, daß er seine eigene stark ausgebildete Persönlichkeit, die bewußt das genaue Gegenteil der Persönlichkeit seines Bruders werden sollte, bis zu einem Punkt verfeinert hatte, an dem seine Existenz nicht mehr von eigener ›Aktion‹, sondern nur noch von ›Reaktion‹auf Shaka bestimmt wurde, weil Dinganes verzehrender Neid ihn dazu trieb, alles sein zu wollen, was sein Bruder nicht war.

Krieg und Macht waren Shakas beherrschende Leidenschaften, während Dingane nur Frauen, Luxus und Nichtstun kannte. Shaka war kühn und tapfer, so daß sein Name die war kühn und tapfer, so daß sein Name die Herzen der Feinde erzittern ließ; Dingane wurde zu drohnenhaft, um gefürchtet zu werden, und zu gefügig, um bei irgend jemand Gehorsam zu finden. Shaka wurde zum Kampfe geboren und erzogen; Dingane bevorzugte und kultivierte träges, oberflächliches Müßiggängertum im Frieden. Der eine war pflichtbewußt und ein geborener Krieger, der andere hatte einen unsteten, wankelmütigen Charakter, der nur das Streben nach Luxus und Vergnügen zu kennen schien.

Wo Shaka aufrichtig war, war Dingane heuchlerisch und heimtückisch geworden. Und obwohl er öffentlich und formell sein Einverständnis mit Shakas gewaltsamem Thronraub erklärt und feierlich geschworen hatte, den neuen Zulukönig zu ehren, zu verteidigen und ihm zu dienen, wartete Dingiswayo im Grunde seines Herzens auf den Augenblick, in dem er den verhaßten Bruder vernichten würde, der seine Jugend zerstört und aller Zuneigung und alles Lobes beraubt hatte. Dingiswayo wartete auf den Augenblick, in dem er Shakas Platz als Erstgeborener des Hauses Zulu einnehmen konnte ... Dieser Augenblick kam schließlich im Jahre 1824, als zwei besondere Ereignisse Dingane aus dem Alltagstrott in der Heimstätte des izi-Zimazane-Regiments wachrüttelten.

Das erste Ereignis war ein zufälliges Zusammentreffen mit Pakatwayo kaKondlo von den Qwabes. Eine Besprechung, bei der Dingane deutlich vor Augen geführt wurde, wie sehr der Sohn Kondlos den Mann haßte, der ihm seinen Thron geraubt hatte. Und bei späteren Treffen schworen die beiden Männer einander, Shaka zu ermorden, sobald sich Gelegenheit dazu bot.

Zu den ursprünglichen Verschwörern stießen wenig später Zwide von den Ndwandwes und General Soshangane, die nach längerem Exil im Norden zurückgekehrt waren, um das Blutbad von Qokli und die Zerstörung von Dlovunga zu rächen.

Das zweite Ereignis war die Gelegenheit selbst: die Landung der *Julia*.

Pakatwayo, Dingane und sein Bruder Mhlangana (den Dingane ohne Mühe für die »gerechte Sache« hatte gewinnen können) trafen sich an dem Tag auf der Ebene eNtsangoana, an dem Mgobozi, Farewell und seine Gefährten über das zum Friedhof gewordene Schlachtfeld am Hügel Qokli zogen.

»Wann?« fragte Dingane, der Zweitgeborene des Hauses Zulu, der Halbbruder des Großen Sigidis.

»Sobald die Schwalben kwaBulawayo erreicht haben«, antwortete Pakatwayo ka Kondlo, der entthronte König der Qwabes. »Das ist der rechte Zeitpunkt zum Losschlagen. Niemand darf daran zweifeln, daß sein Tod durch die Ankunft der Weißen verursacht worden ist. Sie ist der Anlaß, auf den wir gewartet haben – endlich!«

»Und was ist mit Shakas Leibwache, mit der er sich umgibt? Sie ist buchstäblich unüberwindbar und unbestechlich.«

»Nichts ist unüberwindbar«, stellte Pakatwayo fest, dessen scharfe Augen, aus deren Blick eine haßerfüllte Seele sprach, im Mondschein zu leuchten schienen. »Niemand ist unbestechlich. Sorgt dafür, daß der Weg zu eurem Bruder frei ist, dann erledigen meine Männer alles übrige.«

»Diese Heuchler haben ihn als tot aufgegeben!« Elizabeth ging in dem eleganten Salon ihrer Mutter in Kapstadt auf und ab.

»Eigentlich hätte Sir Charles wohl die Pflicht, ein Schiff zu entsenden und diese Küste absuchen zu lassen«, meinte Anna Schmidt-Peterssen und blickte von ihrem Tee auf. »Schließlich hat Francis im Interesse der Kolonie gehandelt!«

»*Handelt*«, verbesserte ihr Ehemann Johann Peterssen sie mit leichtem Tadel in der Stimme, indem er seine Frau über seine holländische Zeitung hinweg anblickte. »Er *handelt* im Interesse der Kolonie!«

»O Mutter!« rief Elizabeth aus, die vor Sorge und Empörung so außer sich war, daß sie gar nicht auf den feinen Unterschied achtete, auf dem ihr Stiefvater bestand. »Sir Charles hat nie geglaubt, daß Francis Erfolg haben würde! Er hat seinen Auftrag von Anfang an als Verrat durch Seiner Majestät Kolonialamt betrachtet! Er wollte vollzählige Regimenter, keinen einsamen Abenteurer! Und ich glaube, daß der Gouverneur jetzt höchst zufrieden ist, weil er recht gehabt zu haben scheint! Ich glaube, daß er sich im Innersten wünscht, Francis' Auftrag solle fehlgeschlagen sein. Wenn die Kapkolonie an die Zulus fiele, wäre sein eigenes Versagen kaschiert!«

»Und was soll dann aus uns werden? Was wird aus den Siedlern?« Anna runzelte besorgt die Stirn. Ihr selbstgebackener Marillenkuchen schien ihr mit einem Mal nicht mehr zu schmecken.

»Wir befinden uns in der gleichen Lage wie nach der Übernahme durch die Briten.« Johann blickte erneut von seiner Zeitung auf, und sein holländischer Akzent wurde vor Empörung stärker, als er an jenen verhängnisvollen Sommer des Jahres 1803 dachte, in dem die britische Regierung der Niederländischen Ostindien-Gesellschaft das Kap weggenommen und in Kapstadt neue Verwaltungseinrichtungen sowie eine neue Amtssprache eingeführt hatte (wobei der zweite Faktor weit schwieriger zu ertragen war als der erste). »Wir sind verraten und verkauft, verdammt noch mal! Wir können nur beten, daß uns das weiße Paradies in dieser schwarzen Hölle erhalten bleibt!«

»Johann!« sagte Anna tadelnd. »Mußt du immer so schrecklich holländisch sein?«

»Ja!« Ihr Mann nickte so heftig, daß die Lesebrille auf seiner großen Nase auf und ab rutschte. »Allerdings! Solange das Kap so schrecklich britisch ist, bleibe ich so schrecklich holländisch, wie du schrecklich deutsch bleibst!«

Er zeigte auf den Kuchen. »Willst du nicht noch ein Stück?«

Elizabeth lächelte ihrem gutmütig polternden Stiefvater zu. Anna blieb jedoch ernst, als sie jetzt ihre Tochter fragte: »Willst du etwa behaupten, Sir Charles sei es gleichgültig, was aus uns wird?«

»Ja, Mutter! Das ist der springende Punkt!« rief Elizabeth aus. »Unser Schicksal interessiert ihn nicht wirklich. Somerset hat seine ›Pflicht‹ getan. Er hat seinen Sohn und Colonel Cloete nach Norden entsandt, um sie die Grenze von Britisch-Kaffernland mit ihren zweitausend Mann schützen zu lassen...«

Johann warf seiner Stieftochter einen nachdenklichen Blick zu, während er ihrem Gedankengang folgte. Er wußte, daß sie von der autokratischen Entscheidung sprach, die der Gouverneur kurz nach seiner hitzigen Diskussion mit Farewell getroffen hatte. Somerset, der den Eindruck hatte, bei der Bewältigung der durch Shaka drohenden Krise nicht erst abwarten zu können, ob das »von Bathursts Amt verordnete unsinnige Mittel« anschlagen würde, hatte aufgrund seiner »Autorität als Gouverneur in Krisenzeiten« das Kolonialamt übergangen und seinen Sohn – Colonel Henry Somerset – angewiesen, »die erforderlichen militärischen Maßnahmen zu treffen«. Daraufhin hatten Somerset, Colonel Josias Cloete und Hauptmann Scott Aitchison vom 25. Linienregiment Fort Frederick am Kap verlassen und waren mit ihren Truppen sowie einigen englischen und holländischen Freiwilligen (insgesamt 2074 Mann) an die Grenze von Britisch-Kaffernland gezogen, um die von Shaka drohende Gefahr abzuwehren. Dort hatte Colonel Somerset sein Hauptquartier in Reverend Bellows Missionsstation aufgeschlagen, um die Lage im Grenzgebiet aufmerksam beobachten und notfalls eingreifen zu können.

»Cloete rechnet damit, daß das 25. Linienregiment das Kap bei einem Angriff Shakas etwa eine Woche lang halten könnte.« Elizabeths Tonfall war sarkastisch. »Lange genug, damit Somerset eine Passage nach Plymouth buchen und zu Hause traurig berichten kann, wie zwecklos es ist, Afrika den Afrikanern vorenthalten zu wollen!«

Während Anna die Lippen schürzte, sah Johann, dessen Augen hinter den dicken Brillengläsern lachten, zu seiner Stieftochter hinüber.

»Ich habe nie geahnt, wie sehr Francis' rebellischer Geist dich beeinflußt hat!« sagte Anna mit leichtem Tadel in der Stimme.

»Er hat mir lediglich die Augen geöffnet, Mutter – für viele Dinge!«

»Ich brauche Zeit!« stellte Johann fest, indem er seine Lesebrille abnahm und die Zeitung ordentlich zusammenfaltete. »Ungefähr eine Woche. Vielleicht auch zwei. Aber ich bin überzeugt, daß ich das Geld für den Kauf eines weiteren Schiffs aufbringen kann, das deinen ...« Er hatte Grübchen in den rosigen Wangen, als er jetzt lächelte. »... rebellischen Geist suchen soll.«

»Danke, Papa.« Elizabeth erwiderte die lächelnde Zuneigung Johanns mit einem Blick, aus dem aufrichtige Dankbarkeit sprach. »Aber Francis und ich müssen diesen Kampf wie alle unsere anderen allein ausfechten.«

Johann und Anna wechselten einen bedächtigen Blick, aus dem die Hochachtung Peterssens vor seiner couragierten Stieftochter sprach.

»Außerdem«, fuhr Elizabeth mit einem Seitenblick auf die Schönheit der Tafelbai fort, »brauche ich gar kein Schiff. Ich brauche einen Kapitän und eine Besatzung! Und beides wird sich schwer beschaffen lassen, denn Kapstadt ist klein, und jede Nachricht macht blitzschnell die Runde. Seit dem Schiffbruch der ›Elizabeth Catherine‹ könnte der Name Farewell zu einem Tabu für jeden ehrbaren Seeman geworden sein! Sie sind alle so schrecklich abergläubisch!« Sie machte eine Pause, um nachdenklich fortzufahren: »Ehrbar ... Aber natürlich. Vielleicht ist er der Mann, den ich brauche.«

»Wer?« fragte Anna.

»Kapitän Parmananda«, antwortete ihre Tochter.

»Das kann doch nicht dein Ernst sein, Elizabeth!« protestierte Anna. »Dieser Mann ist ...«

»... ein Söldner!« warf Johann grinsend ein. »Ein Halsabschneider. Ein Pirat! Ein Freibeuter! Wahrscheinlich schlimmer, als er dargestellt wird!«

»Und trotzdem genau der Mann, den Francis nehmen würde, wenn er an meiner Stelle wäre«, bestätigte Elizabeth, um ihre Argumentation und die ihres Stiefvaters fortzuführen. »Genau der richtige Mann!«

»Hast du dir schon überlegt, daß unter Umständen alles...« Anna schluckte, bevor sie ihre Frage zu Ende brachte. »... alles zwecklos sein könnte?«

»Nein, Mutter!« widersprach Elizabeth energisch. »Er lebt! Das spüre ich!«

33 BULAWAYO *Der Ort des Tötens*

»Nachdem wir etwa 200 Meilen durch malerische Landschaften zurückgelegt und mehrere Flüsse durchquert hatten«, hielt Wilkins in seinem Expeditionstagebuch fürs Kolonialamt fest, »erreichten wir den Gipfel des Berges Ongoyee, von dem aus sich uns ein besonders großartiger und imposanter Ausblick bot. Im Tal unter uns fiel mein Blick auf eine Szenerie, die mir fast den Atem verschlug und an die ich mich sicherlich bis ans Ende meiner Tage, vielleicht sogar darüber hinaus, erinnern werde...

Auf den sanft ansteigenden Hängen der gegenüberliegenden Talseite lag in gut einer Meile Entfernung Shakas große Heimstätte, die alles überstieg, was wir uns unter ihr hätten vorstellen können. Gewiß hatten wir auf dem Marsch ins Landesinnere Gelegenheit gehabt, zahlreiche Zulu-Heimstätten (darunter etliche von kleineren Häuptlingen) zu sehen, aber so eindrucksvoll und ausgedehnt einige von ihnen gewesen waren, hatten sie doch kaum Ähnlichkeit mit dem, was ich jetzt als Shakas Residenz vor mir sah...

Man hätte sie am ehesten mit einer riesigen Platte oder Scheibe (von vier bis fünf Meilen Umfang) vergleichen können, die von einer äußeren Palisade umgeben auf dem Gegenhang dieses weiten Tales lag. Den Mittelpunkt der Heimstätte bildeten das riesige runde Viehgehege und der sich anschließende Paradeplatz; umgeben waren beide von über 1700 Hütten (welche Zahl uns später genannt wurde), die eine Fläche von fünf bis sechs Quadratmeilen bedeckten und an eine dichtbesiedelte Stadt erinnerten. Am oberen Scheibenrand war die eigentliche Residenz des Königs (von den Zulus als ›isiGodlo‹ bezeichnet) durch eine innere Palisade abgetrennt.

Die riesenhafte Größe dieser Anlage wurde durch die dort versammelte dichtgedrängte Menschenmenge noch unterstrichen. Selbst aus dieser Entfernung waren die Vielköpfigkeit und die Erregung der Menge unverkennbar. Die gedämpften Geräusche zu Sprechgesang vereinter Stimmen und stampfender Füße drangen übers Tal an unsere Ohren und bildeten den wild rhythmischen Hintergrund zu dem Brüllen von Shakas gewaltiger Rinderherde. Darüber hinaus waren in der Mitte der Zitadelle sämtliche Regimenter Shakas aufmarschiert, so daß der Paradeplatz fast gänzlich unter ihnen verschwand. Mit ihren blinkenden Speeren, den wogenden Schilden in sämtlichen Farben und ihrem Kopfschmuck aus nickenden Straußenfedern boten die Krieger (angeblich 80000 Mann) einen prachtvollen Anblick und zugleich ein bedrohliches Schauspiel militärischer Disziplin und wilden Kampfgeistes...

Ich glaube, mit Bestimmtheit sagen zu können, daß noch kein anderer Weißer solch eine Szene erblickt hat: Sie war furchterregend!«

»Bulawayo«, sagte Mgobozi, dessen weit ausholende Handbewegung die gigantische Residenz umfaßte, während seine ebenmäßigen weißen Zähne zwischen seinen zu einem stolzen Lächeln verzogenen Lippen blitzten. Nachdem der General den Schwalben auf diese Weise die Zitadelle ›vorgestellt‹ hatte, beobachtete er die Weißen prüfend und stellte befriedigt fest, daß sie sichtlich beeindruckt waren.

»Großer Gott!«

Das war alles, was Farewell beim Anblick von Shakas Residenz herausbrachte.

»Ist das ein Ausruf des Erstaunens oder ein Gebet gewesen, Francis?« erkundigte Fynn sich. Den Iren hatte die Pracht der Heimstätte Shakas weit weniger verblüfft.

»Beides, Fynn«, seufzte der Leutnant, bevor er sich an Wilkins wandte. »Sie können gleich unseren ersten Bericht in der ›Affäre Shaka‹ ans Kolonialamt notieren, Tim. Nur vier Wörter: ›Wir haben keine Chance!‹«

Mgobozi näherte sich Popham und rief ihm einen kurzen Befehl zu, bevor er in Richtung Bulawayo davontrabte.

»Wir sollen hier warten, bis wir gerufen werden«, übersetzte Popham eilig.

»Wer will schon weg von hier?« warf Cane mit einem furchtsamen Blick auf das Meer von Kriegern in Shakas Heimstätte ein.

»Schultern zurück, Fynn! Kinn hoch!« ermahnte Farewell den irischen Arzt. »Wir müssen vorgeben, die Welt zu regieren!«

Drei Stunden nach Mgobozis Verschwinden war ein Bote mit der Nachricht zu den Schwalben gekommen, daß der Große Shaka jetzt gnädigst bereit sei, Febana und seinem Sangoma (was als ›Medizinmann‹ Fynn interpretiert wurde) eine Audienz zu gewähren. Und nun ritten die beiden Weißen auf die phantastische Zitadelle zu, wobei sie von prächtig gewandeten Kriegern des amaWombe-Regiments eskortiert wurden, deren stattliche Gestalten sie hügelabwärts zum Tor von Bulawayo begleiteten. Wie der Leutnant verlangt hatte, nahm er jetzt selbst die Schultern zurück, so daß die goldenen Schulterstücke seiner Marineuniform genau auf ihnen lagen.

»Kommt diese Maskerade nicht ein bißchen spät, Francis?« erkundigte Fynn sich mit einem leidenden Blick auf die militärisch straffe Haltung seines Gefährten.

»Im Gegenteil, Fynn! Die Vorstellung beginnt soeben, der Vorhang geht hoch, und wir stehen allein auf der Bühne. Ich schlage vor, daß wir dem Publikum ...« Er nickte zu den gaffenden Einwohnern Bulawayos hinüber. »... für sein Geld etwas bieten.«

»Improvisieren ist noch nie meine Stärke gewesen.«

»Dazu wird wenig Gelegenheit sein, Fynn. Ich bin überzeugt, daß wir mit einem sorgfältig ausgearbeiteten Stück konfrontiert werden, sobald wir dieses Tor erreichen.«

»›Macbeth‹?«

»Eher wie ›Hamlet‹. Die Handlung dürfte auf Ungewißheit beruhen – um den Gegenspieler zu verunsichern. Und das unterschwellige Motiv dürfte Wahnsinn sein.«

Als ›Febana und sein Sangoma‹ weiter auf die unübersehbare schwarze Menge zuritten, die sich auf den sechs Quadratmeilen der Königlichen Heimstätte Shakas zusammendrängte, gafften die Zulus staunend und verzaubert die eigenartigen Abgesandten König Jojis an, die auf dem Vogel mit weißen Schwingen gekommen waren, um den Großen Berg zu besuchen. Und die Zulus waren beeindruckt, und das Herz des Himmels schlug stolzer bei dem Gedanken, daß diese weißen Lebewesen es für nötig gehalten hatten, aus der Ferne zu kommen und die Freundschaft des Herrschers jener anderen Welt zu bringen – ein offenkundiger Akt der Unterwürfigkeit, der nur dazu beitrug, Shakas Ansehen in den Augen seines Volkes zu mehren.

Auf dem Thronpodest (einem fast drei Meter hohen Lehmhügel mit Blick auf den Paradeplatz) saß Shakas Gefolge: Ngomane, Mbiya, Lutuli, Ngwadi, Kuta, Mzilikazi, Mgobozi, Nqoboka, Joko und Dlaba ... sowie die Frauen: Pampata, Nomcoba, Mkabi und Mkabayi. Die erste Frau und die Schwester Senzangakonas waren auf Nandis Wunsch in die ›Familie‹ integriert worden – teils aus Schuldgefühl, teils aus Dankbarkeit und aus weiteren, eher traditionellen Motiven, denn diese beiden Frauen hatten – jede auf ihre eigene Weise – Shaka das Leben gerettet: Mkabi, indem sie ihn durch die Totgeburt ihres eigenen Sohnes unabsichtlich zum Erstgeborenen gemacht hatte; Mkabayi, indem sie Shakas Flucht ermöglicht und ihm den Weg zu seiner jetzigen Größe gebahnt hatte.

Und in seiner Größe befand Shaka sich unter den wachsamen Blicken der allgegenwärtigen Ufasimbas hinter den hohen Palisaden des isiGodlos, der Privatresidenz des Herrschers, des eingegrenzten ›Allerheiligsten‹ des gewaltigen Himmelstempels namens Bulawayo, des »Ortes des Tötens«. Während der Zulukönig die näherkommenden Weißen verstohlen durch einen Spalt im Flechtwerk seiner Hütte beobachtete, waren einige auserwählte uDibi-Knaben, die im Vergleich zu Shakas mächtiger Gestalt zwergenhaft wirkten, damit beschäftigt, Rumpf und Arme des Königs mit Schaffett und Butter einzureiben, so daß seine hellbraune Farbe glänzte, und ihn mit seinem braunschwarzen Fransenumhang aus Tierschwänzen, seinen kupfernen Armreifen, seinen Beinreifen mit Elfenbeinquasten, seinem Leopardenfell und seiner Krone mit der zitternden Schmuckfeder des Paradieskranichs zu bekleiden. Shaka konnte es nicht ertragen, bei dieser Ankleidezeremonie stillzustehen, so sehr pochte sein Blut durch hochgeschraubte Erwartungen und seine Neugier erhitzt in seinen Adern...

Aber sein Puls war durch Angst beschleunigt. Obwohl der Herrscher sich diese Tatsache nicht einmal in der Abgeschiedenheit seines eigenen Herzens eingestehen wollte, hegte er gewisse Befürchtungen in bezug auf seine Begegnung mit den Fremden. Shakas Gehirn schien vor brennender Sorge und Besessenheit zu glühen, während seine weit aufgerissenen Augen auf das ferne Tor seiner Zitadelle gerichtet blieben, dem die winzigen Gestalten Fynns und Farewells sich jetzt näherten, als die beiden Weißen auf den Eingang seiner prächtigen Residenz zuritten.

Fynn und Farewell erreichten das Ende des aus Zulukriegern gebildeten Kordons, passierten das Tor Bulawayos, zügelten ihre Pferde und kamen auf der fast zwei Meilen langen Bahn zum Stehen, die als großes Oval den inneren Zaun des riesigen Viehgeheges umgab. Während die faszinierten Schwarzen sich dichter um die Weißen scharten, reagierten die beiden Männer recht unterschiedlich auf diesen beinahe Platzangst erzeugenden Ansturm von Zehntausenden von Menschen: Francis George Farewell fast ekstatisch, mit breitem Lächeln, während er Shakas Untertanen betrachtete, seine Gesichtszüge im Licht seines abenteuerlustigen Geistes strahlend; Henry Francis Fynn auf unbestimmbare Weise entsetzt, mit dem Gefühl, hilflos im schwarzen Meer von Shakas Macht zu treiben, sein empfindsamer Geist von der Erinnerung an alle Schiffe gequält, auf denen er Leben zu retten versucht hatte, und sein verwundbares Herz unter der Erkenntnis leidend, daß diese vielen Tausende von Menschen ebenso Sklaven waren wie die im Laderaum der *Espirito de Guanabara* angeketteten Unglücklichen – Sklaven, die zurückgeblieben waren, um ihrem ursprünglichen Herrn zu dienen.

»Guten Tag, Gentlemen!« rief Daniels Stimme aus der Menge. »Willkommen in Dantes ›Inferno‹. Ich hoffe, daß Sie eine angenehme Reise gehabt haben. Mein Name ist Virgil, und ich soll Ihr Führer sein.«

Der Arzt und der Marineoffizier reagierten mit gemischten Gefühlen, als sie Daniel lächelnd durch die dichtgedrängten Reihen der Zulus auf sich zukommen sahen. Im ersten Augenblick waren sie erfreut, ihn noch am Leben zu sehen; dann stellten sie amüsiert fest, daß der Xhosa die Gewänder eines Zulu-Indunas trug, deren Krönung recht unpassend sein staubiger steifer Hut bildete.

»Daniel...?« fragte der Leutnant, nur um ganz sicherzugehen, daß sie wirklich ihren Mann vor sich hatten.

»Erzählen Sie mir bitte nicht, Sie seien überrascht, mich als Afrikaner gekleidet zu sehen, Leutnant«, neckte der Xhosa ihn gutmütig. »Dem wären meine Jahre der Christianisierung nicht gewachsen.«

»Nein, ich finde sogar, daß Sie recht eindrucksvoll aussehen«, meinte Farewell und entlockte damit selbst dem ernsten Fynn ein Lächeln. »Schließlich ist *das* der wahre Zweck von Kolonien, nicht wahr, Daniel? Zulu-Indunas, die steife Hüte tragen und italienische Dichter zitieren. Ich bin nur erstaunt, Sie *überhaupt* zu sehen! Bei guter Gesundheit, meine ich! Was haben Sie getan, um Shakas Vertrauen zu gewinnen?«

»Wenn mein Instinkt mich nicht trügt, glaubt er, uns brauchen zu können, Leutnant«, antwortete Daniel, der lauter sprechen mußte, um die Zulus zu übertönen, die sich um ihn drängten. »Er glaubt, wir besäßen Aladins Wunderlampe.«

»Und was will er vom Geist der Lampe?« erkundigte Fynn sich.

»Ein narrensicheres Mittel gegen ein weitverbreitetes Leiden.«

»Nämlich?« fragte Farewell.

»Gegen das Sterben«, lautete Daniels Antwort.

»UShaka ngiyesab'ukuthi nguShaka! – Shaka, ich fürchte mich, zu sagen, daß er Shaka ist!« rief Joko mit sonorer Stimme, indem er seinen blinkenden Ixwa gen Himmel reckte. »Unomakhwelo ingonyama! Ugaqa libomvu nasekuphatheni! – Er, der wie der Löwe ist! Er, dessen Speer selbst am Griff rot ist!«

»Oth'esadl'ezinye wadl'ezinye, wath'esadl'ezinye wasdlj'ezinye –Er, der einige verschlungen hat, während er andere verschlungen hat, und er, der andere verschlungen hat, während er noch einige verschlungen hat!« brüllte der gewaltige Chor der 4000 heroischen Stimmen von Jokos uYengonglovu-Regiment als Antwort auf die Beschwörung ihres Generals mit erhobenen, in der Sonne glitzernden Ixwas, während ihre donnernde Proklamation durchs weite Tal hallte.

»UShaka ngiyesab'ukuthi nguShaka!« intonierte Mgobozi laut. »Unomakhwelo ingnyama! Ugaqa linomvu nasekuphatheni!«

»Oth'esadl'ezinye wadl'ezinye, wath'esadl'ezinye wasdll'ezinye«, kam die dröhnende Antwort seines iziCwe-Regiments, das im Chor den Refrain des ›Shakaliedes‹ sang (dessen Musik und Text von Shaka selbst stammten).

Die Stimmen der Regimenter schwollen mit der bebenden Kraft eines entstehenden Erdbebens an, als die gesamte Bevölkerung in das Lied der Krieger und Mädchen einstimmte und die Erde, »so weit das Auge reichte«, mit ihrem Lobgesang auf den Zuluherrscher überflutete. Danach ging die bebende Litanei ohne Unterbrechung ins Röhren der Zulu-Nationalhymne über (die ebenfalls von Shaka stammte), die von Bulawayo aus das Land zu überfluten, die gesamte Schöpfung zu überschwemmen und alles Leben dazu zu bringen schien, im Rhythmus ihrer triumphierenden, heldischen Choralnoten zu pulsieren.

Farewell und Fynn, die in diesem grenzenlosen Meer aus Lobpreisungen dahintrieben, waren von den tosenden Massenchören wie gelähmt und in eine Art Trancezustand versetzt. Beide Schwalben erlebten die Intensität des kollektiven Stolzes der Zulus wie einen Schock.

Auf seinem Beobachtungsposten im isiGodlo, von dem aus er die Ereignisse verfolgen konnte, ohne selbst gesehen zu werden, genoß Shaka die Lobgesänge und die Pracht seiner Hymne. Als sein flammender Blick die Wirkung seiner Macht auf die sprachlosen Weißen erkannte, gaben die Lippen des Zulus seine blitzend weißen Zähne zu einem Raubtierlächeln frei, das von geradezu orgasmischer Ekstase kündete. Shaka knurrte einen kurzen Stakkatobefehl, auf den hin einer seiner Leibwächter eilends das isiGodlo verließ, um die Palisade herumrannte und durch die Menge lief, die rasch auseinanderdrängte, um Shakas Boten Platz zu machen. Als der Ufasimba den Standort der Weißen am unteren Ende des Viehgeheges erreicht hatte, teilte er den Wunsch des Herrschers Daniel mit, der listig blinzelnd zu Farewell aufblickte.

»Ihre Pferde interessieren den Herrscher, sagt er«, übersetzte Daniel. »Der Große Berg wünscht mehr über sie zu erfahren.«

»Wollen Sie sich nicht deutlicher ausdrücken, Daniel?« erkundigte der Leutnant sich stirnrunzelnd.

»Wenn ich richtig verstanden habe«, erläuterte der Xhosa, »möchte er die Tiere ... in Bewegung sehen. Vielleicht im Trab – oder im Galopp, um ihre Schnelligkeit und Leistungsfähigkeit beurteilen zu können.«

»Aha«, sagte Farewell ausdruckslos. Sein Blick galt der sie dichtgedrängt umstehenden schwarzen Masse, als er hinzufügte: »Und wo sollen wir dieses ...« Er zögerte, weil er nach dem richtigen Wort suchte. »... diesen ›Versuch‹ durchführen, ohne Menschen niederzureiten?«

Daniel wandte sich ab, um kurz mit dem Ufasimba zu sprechen. Der Angehörige von Shakas Leibgarde begriff sofort, welche Maßnahmen erforderlich waren, um den Pferden freie Bahn zu verschaffen: Er hob einen Arm und rief einen knappen, dringenden Befehl, der von Ufasimba zu Ufasimba entlang der Umzäunung des Viehgeheges weitergegeben wurde. Wie um einen weiteren Beweis für die von Shaka erzwungene straffe Disziplin zu geben, wich die Menge auf diesen Befehl hin augenblicklich zur Seite, so daß eine etwa 20 Meter breite und zwei Meilen lange Bahn um den Zaun des Viehgeheges freigegeben wurde – eine Rennbahn mit weichem Boden, die nach Größe und Zustand ohne weiteres mit dem manikürten Turf von Ascot hätte konkurrieren können.

Farewell, aus dessen Miene Unternehmungslust und gutmütige Improvisationsgabe sprachen, machte Fynn ein Zeichen, ihm zu folgen, und die beiden Männer ließen ihre Pferde über die lange ovale Bahn galoppieren. Die Zulus beobachteten interessiert und fasziniert, wie die beiden Schwalben ihre Reittiere gekonnt und scheinbar mühelos den Zaun entlanggaloppieren ließen, wobei die Zuschauer in den vorderen Reihen von ihrer Geschwindigkeit wie elektrisiert waren. Inmitten dieser atemlos gaffenden Menge war die Gefühlsverfassung der beiden Weißen erneut unterschiedlich: Farewell amüsierte sich köstlich, während Fynn einen leidenden Gesichtsausdruck zur Schau trug und sich nur widerstrebend an dieser unwürdigen »Zirkusvorstellung« beteiligte.

Shakas Katzenaugen blieben auf die galoppierenden Tiere gerichtet, während seine rasche Auffassungsgabe ihre Fähigkeit zu schneller, eleganter Fortbewegung analysierte – beides Eigenschaften, die der Zulukönig sehr zu schätzen wußte. Ohne seinen Blick von den Pferden zu wenden, die auf der ovalen Bahn in raschem Tempo vorankamen, erteilte der Herrscher den Ufasimbas einen weiteren knappen Befehl. Im nächsten Augenblick hatten drei prachtvoll gebaute, athletisch durchtrainierte Krieger ihren König mit dem lauten Ruf »SI-GI-DI!« gegrüßt und trabten in Richtung Rennbahn davon.

Zur großen Verblüffung Fynns und Farewells bogen die drei

Ufasimbas auf die Bahn ab, schlossen zu den Pferden auf und hielten mit stampfenden Füßen Schritt mit den donnernden Hufen.

»Sie sollen beweisen, daß sie schneller sind!« rief Farewell.

»Halten Sie das für möglich?« erkundigte Fynn sich über den Lärm der Menge hinweg. »Daß ein Mann schneller als ein Pferd ist?«

»Normalerweise wäre das eine absurde Vorstellung«, antwortete der Leutnant. »Aber bei der Ausbildung dieser Leute...« Farewell ließ den Satz unvollendet, spornte sein Pferd an, richtete sich in den Steigbügeln auf, beugte den Oberkörper weit nach vorn und rief seinem Gefährten im Davongaloppieren zu: »Schneller, Fynn! Wir müssen Shaka in seinem eigenen Spiel schlagen!«

Farewells Entschlossenheit und die sportliche Herausforderung dieses Wettkampfes rissen Fynn mit sich, so daß er sich selbst und seinem Pferd die Sporen gab und die Verfolgung des Leutnants aufnahm. Getreu ihrer straffen militärischen Ausbildung griffen die Ufasimbas auf ihre scheinbar unerschöpflichen Reserven an Schnelligkeit und Ausdauer zurück, setzten den Tieren nach, holten sie ein und hielten in ihrem eleganten, kraftvollen Laufstil mit den galoppierenden Pferden Schritt.

In der Hitze dieses eigenartigen Wettkampfes fühlte Farewell sich merkwürdig gestärkt und verzog seine vollen Lippen zu einem Lächeln, das dem neben ihm herlaufenden Ufasimba galt. Der Zulukrieger schien zu spüren, was in der Schwalbe vorging: Er blickte auf, und als sein Blick dem Farewells begegnete, huschte die Andeutung eines Lächelns über sein ansonsten spartanisch strenges Gesicht.

Die Krieger und die Pferde lieferten sich auf der ovalen Bahn ein Kopf-an-Kopf-Rennen, in dem die wellenförmig bewegten sehnigen Schenkel der Pferde mit den langgestreckten Beinmuskeln der Krieger in Konkurrenz standen, während schäumender Schweiß an den Sätteln und dampfendes Fell von Anstrengung zeugte, die bei den Zulukriegern dazu führte, daß ihre Lungen über die Grenzen gewöhnlicher menschlicher Leistungsfähigkeit hinaus beansprucht und ausgeweitet wurden. Aber die Krieger liefen scheinbar unermüdlich weiter, auch wenn ihre Gesichter von übermenschlicher Anstrengung gezeichnet waren, und zwangen die Norm menschlichen Durchhaltevermögens unter einen Willen, der in seiner Verpflichtung, dem Herrscher zu gefallen, selbstmörderisch war. Die Pferde galoppierten Meile für Meile weiter – von dem Bedürfnis der Schwalben vorangetrieben, in einem Land, in dem hervorragende Leistungen alltäglich waren, Hervorragendes zu zeigen. Eine Runde nach der anderen auf der langen Rennbahn unter den faszinierenden Blicken der versammelten Zulus und vor dem flammenden Auge ihres Herrschers, das wie im Wahnsinn glitzerte.

Alle Beobachter wurden von der Spannung und der mitreißenden Leidenschaft dieses Wettrennens gepackt: Wilkins, Cane, Holstead und Popham ... Mgobozi, Nqoboka, Kuta, Ngomane, Pampata und Nomcoba. Alle Augenzeugen außer Mkabayi. Sie allein erkannte das Rennen als das, was es in Wirklichkeit war: eine gefährliche Farce. Nur Mkabayi war sich der Tatsache bewußt, daß man keinen Wettstreit zulassen darf, wenn man bereits eindeutig, unbestreitbar überlegen ist. Damit begeht man den Fehler, eine unnötige Niederlage zu riskieren.

Und diese überflüssige Niederlage kündigte sich schon wenig später deutlich an, als einer der Ufasimbas einen gequälten gurgelnden Laut ausstieß, bevor ihm ein Blutstrom aus dem aufgerissenen Mund quoll und Kinn und Oberkörper färbte. Trotzdem rannte der disziplinierte Krieger weiter, bis seine Lungen platzten und er zu Boden sank, wo seine leblose Gestalt bald von galoppierenden Hufen zertrampelt wurde.

Im isiGodlo riß Shaka wutentbrannt die Augen auf, als Sekunden später auch die beiden anderen Krieger zusammenbrachen, wobei einer auf der Stelle tot war, während der andere die Hände in den weichen Boden krallte und mitleiderregend keuchte, während er versuchte, seiner geplatzten Lunge Erleichterung zu verschaffen.

Farewell und Fynn, die auf diese Weise das Rennen ›gewonnen‹ hatten, zogen die Zügel an und ließen ihre schweißbedeckten, erschöpften Pferde im Schritt weitergehen. Als der Leutnant sich nach vorn beugte, um seinem Pferd auf den schweißnassen Hals zu klopfen, wurde er auf die anklagenden, zum Teil brutal aggressiven Blicke aufmerksam, mit denen die dichtgedrängte Menge sie jetzt bedachte. Durch ihren Sieg über die Ufasimba-Läufer hatten die Schwalben indirekt auch einen Sieg über den Großen Berg errungen, was der Zulubevölkerung offenbar sehr mißfiel. Die nicht an Niederlagen gewöhnten Zulus sahen in dieser Unterwerfung der drei Ufasimbas einen verdächtigen Akt des Verrats von seiten der Besucher Shakas. Oder zumindest einen Akt großer Unhöflichkeit.

»Wir haben einen Fehler gemacht, glaube ich, Fynn.« Farewell gab seiner Besorgnis Ausdruck, während er die anklagenden Mienen der Bevölkerung beobachtete. »Sehen Sie sich diese Gesichter an!«

»Fehler?« In Fynns Stimme schwang Ironie mit, als seine Aufmerksamkeit auf die Zulus gelenkt wurde. »Was hätten wir denn tun sollen? Absichtlich verlieren?«

»Das wäre diplomatischer gewesen, nehme ich an. Schließlich sind wir hier zu Gast. Da hat's wenig Zweck, sich Mühe zu geben, den Hausherrn zu verärgern.«

»Dieser ›Zirkus‹ ist Shakas Idee gewesen, Francis!« wandte Fynn gekränkt ein. »Wir haben ihm lediglich auf diplomatische Weise gezeigt, daß wir keine Clowns sind!«

Fynn hatte kaum ausgesprochen, als die Zehntausende von Zulus, die sich in Shakas Heimstätte drängten, plötzlich in erstaunlichem Gleichtakt zu Boden sanken und ihre Körper und Gesichter gegen die Erde preßten. Fynn und Farewell, für die diese unerwartete Ergebenheitsbezeugung überraschend kam, betrachteten staunend die riesigen, unbeweglichen Menschenmassen, von denen der weitläufige Innenbereich der Zitadelle jetzt bedeckt war. Auf der Suche nach dem Grund für diese einzigartige Demonstration tiefster Unterwürfigkeit erreichte Fynns Blick den höchsten Punkt der schräg am Hang liegenden Zitadelle. Dann lief dem Iren plötzlich ein kalter Schauer über den Rücken, während seine Augen sich staunend weiteten.

Am Tor des isiGodlos war die hohe Gestalt Shaka Zulus, des Nkosi yamaKosi, des Königs der Könige Afrikas, erschienen. Die majestätische Silhouette des imposanten Herrschers stand genau mitten zwischen den hoch aufragenden Torsäulen seiner Residenz, zeichnete sich vor dem rötlichen Glanz der untergehenden Sonne ab und verlieh dem Großen Berg durchaus die Wirkung einer übernatürlichen Erscheinung. Angesichts des überwältigenden Charismas und der Souveränität dieser ›Erscheinung‹ (die Fynn und Farewell sofort für Shaka hielten, ohne darüber aufgeklärt werden zu müssen) nahm Lt. Farewell instinktiv den rechten Fuß aus dem Steigbügel, schwang das Bein über den Pferderücken und saß ab. Fynn folgte automatisch seinem Beispiel, ohne dabei den Blick von der bemerkenswerten Erscheinung vor dem flammenden Abendhimmel zu wenden.

Dann erschien unerwartet eine zweite schimmernde Silhouette neben der Shakas und vor der leuchtenden Sonne, deren Helligkeit sie teilweise verdeckte: Nandi, die Tochter Bhebhes, die Nkosikazi Indlovukazi, die Große Elefantin, die Königin der Königinnen Afrikas, die Mutter des Kindes der Weissagung, die Schwester des Himmels. Fynn und Farewell starrten die Silhouette der Mutter neben der des Sohnes Zulu an und standen sprachlos, zur Unbeweglichkeit erstarrt da, als sei das Blut in ihren Adern zu Eis geworden. Beide wußten mit absoluter Gewißheit, daß diese Wesen keine gewöhnlichen Sterblichen waren; beide waren sich darüber im klaren, daß sie etwas vor sich hatten, was den Rahmen des Gewöhnlichen sprengte, als habe das Übernatürliche der Menschheit seine Reverenz erweisen wollen. Und beiden Männern (vor allem Fynn) wurde die Bedeutung der Legende namens Shaka eindrucksvoll vor Augen geführt.

In der völligen Stille, die sich über Bulawayo gesenkt hatte, als halte die gesamte Bevölkerung ehrfürchtig den Atem an, streifte eine sanfte Brise die Elfenbeinquasten an Shakas Beinen und ließ sie ganz leicht klirren. Und als dieses Klirren Farewells Ohren erreichte, wurde der Leutnant, der sich in den Napoleonischen Kriegen ausgezeichnet hatte, der Held der Seeschlachten von Lissa, Ragusa, Cattaro und Manfedora, »der tapfere Farewell von ›HMS Bacchante‹, den selbst Admiral Nelson gekannt hatte, bis ins Innerste seiner Seele von namenlosem Entsetzen erfaßt. Denn seine Seele erkannte dieses Klirren wieder und brachte es eindeutig mit dem beängstigenden Gefühl in Verbindung, das ihn an Bord der *Elizabeth Catherine* zweimal befallen hatte: die dunkle Empfindung lauernder Grausamkeit, unerklärlicher Gefahr, lähmenden Entsetzens, drohenden Todes. Und in diesem Augenblick, beim leisen Klirren dieser Elfenbeinquasten und angesichts jener Silhouetten vor dem flammenden Abendhimmel, wußte Francis George Farewell, daß er seinem eigenen Tod Angesicht zu Angesicht gegenüberstand.

Nicht auf Vernunft gegründet, unlogisch – aber gewiß!

Dank seiner (wie bei den meisten Exzentrikern) widerstandsfähigen Natur gelang es ihm jedoch, die warnende Stimme seines Instinkts zum Schweigen zu bringen: Farewell setzte sich mit einem unbekümmerten Schulterzucken über sein Unbehagen hinweg, überwand den eisigen Schauder des Augenblicks durch die wärmende Wirkung seiner Neugier und flüchtete keineswegs vor dem Entsetzen, das ihn unvermutet angefallen hatte, sondern warf sich dem Abenteuer in die offenen Arme und lächelte dabei sogar, um die Gewißheit als irrational zu verdrängen, daß diese Umarmung ihm den Tod bringen würde.

In Bulawayo herrschte weiter ehrfürchtiges Schweigen, als Shaka durch seine Residenz schritt, wobei die demütig zu Boden geworfenen Leiber seiner treuen Untertanen vor ihm zurückwichen, wie das Rote Meer sich vor Moses geteilt hatte. In der Mitte des Viehgeheges blieb Shaka neben Mgobozi stehen und forderte den General mit einer Handbewegung auf, sich zu erheben. Mgobozi gehorchte, und die übrigen Generale folgten seinem Beispiel wie ein Mann: Nqoboka, Kuta, Joko, Dlaba, Ngwadi – alle. Danach stand das gesamte iziCwe-Regiment (rotweiße Schilde, blaue Federbüsche) mit verblüffender Präzision auf und blieb in Habachtstellung stehen. Einen Herzschlag später erhob sich ein Regiment nach dem anderen, bis die 80000 Krieger und die 8000 Mädchen in exakt geometrischen Formationen auf dem Paradefeld aufgestellt waren: 160 Reihen zu je 500 Kriegern, alle in jeweils zehn Schritt Abstand senkrecht zur Sonne aufgestellt.

Nach dieser eindrucksvollen Zurschaustellung perfekter Disziplin und Unterwürfigkeit richtete der Herrscher seinen flackernden Blick auf die Bahn, auf der das improvisierte Rennen stattgefunden hatte. Sein Blick wurde starr und ausdruckslos, als er auf die kniende Gestalt des einzigen überlebenden ›besiegten‹ Ufasimba-Läufers fiel. Der Krieger hob den Kopf und begegnete Shakas Blick. Da er recht gut wußte, welche Strafe jeder zu erwarten hatte, der den Herrscher enttäuschte, hob der Krieger grüßend den Arm und rief loyal »SI-GI-DI!«, bevor er stoisch ergeben den Kopf hängen ließ. Der Zulukönig wirkte finster entschlossen, als er jetzt zu einer Abteilung Ufasimbas hinübersah und seinen Leibwächtern gebieterisch zunickte. Die Ufasimbas traten ohne zu zögern auf den knienden Läufer zu, packten seinen Kopf und drehten ihn ruckartig um, so daß sein Leben mit dem dumpfen Knacken seines splitternden Rückgrats endete.

Shaka, der die Hinrichtung des Ufasimba-Läufers eisig gelassen, beinahe desinteressiert beobachtet hatte, konzentrierte seine Aufmerksamkeit jetzt nonchalant auf die fremdartigen Vierbeiner, die sich als schneller als seine Krieger erwiesen hatten. Indem er die Weißen ignorierte, schritt Shaka an Farewell und Fynn vorbei und näherte sich den Pferden.

Der forschende Blick des Zuluherrschers verriet, daß er von diesen schnellen und ausdauernden Reittieren sehr beeindruckt war. Shaka streckt eine Hand aus, streichelte das nächste Pferd, spürte die Hitze unter seinem Fell und roch den klebrigen Schweiß, der seine Hand befeuchtete. Danach begutachtete der Herrscher die kräftigen Beinmuskeln und -sehnen des Pferdes, tätschelte Brust und Schultern des Tieres und ließ seine Finger über den muskulösen Hals und den kräftigen Nacken gleiten. Im nächsten Augenblick packte der Zulu, dessen Lippen dabei ein schwaches Lächeln umspielte, das Pferd an der Mähne und schwang sich unter den erstaunten Blicken seiner Untertanen in den Sattel, von dem aus seine lang herabhängenden Beine fast den Erdboden berührten.

Fynn warf seinem britischen Gefährten einen sorgenvollen Blick zu, denn die beiden Männer konnten sich nur allzu gut vorstellen, was passieren würde. Tatsächlich scheute das Pferd wiehernd, weil es spürte, wie ungelenk dieser Reiter im Sattel saß, schlug aus und warf den König der Könige Afrikas ab.

Während Nandi vor Sorge um Gesundheit und Stolz ihres Sohnes erstarrte, stieg ein lauter Schrei des Entsetzens aus der in Bulawayo versammelten Menge auf. Und während eine Million Herzen stillzustehen drohten, spuckte die Sprache des Himmels einen Mundvoll Erde aus und kam langsam auf die Beine. Der Zulukönig trat mit wutverzerrtem Gesicht vor das Pferd hin, umschloß dessen Nüstern mit seiner gewaltigen Pranke und zwang das Tier dazu, seinen Blick zu erwidern. Wie ihre Blicke begegneten sich auch ihre Herzen, und das Pferd spürte Shakas wilde, ungestüme, herrschsüchtige Wesensart. Da es außerstande war, die unergründlichen Tiefen nackter, brutaler menschlicher Leidenschaft zu begreifen, fühlte es nur Shakas stürmische Aggressivität und wieherte erschrocken. Das Pferd scharrte aufgeregt mit den Hufen und versuchte sich loszureißen. Aber Shaka hielt es nur noch fester und blickte gebieterisch zu dem Mann hinüber, der Erfolg gehabt hatte, wo er gescheitert war: Francis George Farewell.

Der Leutnant reagierte keineswegs ängstlich, sondern machte im Gegenteil die Entdeckung, daß er die Begegnung mit diesem ungewöhnlichen Potentaten durchaus reizvoll fand. Deshalb lächelte Farewell jetzt entwaffnend und klatschte sich auf die Innenseite seines Oberschenkels, als wolle er Shaka dadurch bedeuten, daß man als Reiter auf Schenkelschluß zu achten habe.

Der Zulukönig runzelte fragend die Stirn, bevor er die Geste wiederholte und sich auf die Innenseite seines eigenen mächtigen Schenkels klatschte.

Farewell, der noch breiter grinste, nickte dem Großen Berg zustimmend zu, worauf Shakas Zorn verflog und einem verständnisinnigen Lächeln Platz machte – das Fynn wiederderum dazu veranlaßte, die beiden Männer ungläubig anzustarren.

Während Bulawayo den Atem anhielt, schwang Shaka sich mit neuer Entschlossenheit wieder in den Sattel, wobei seine kräftigen Beine den Pferdebauch wie Stahlklammern umschlossen. Das Tier versuchte erneut, den lästigen Reiter abzuwerfen, aber Shaka hatte seine Lektion gelernt. Der Herrscher packte die Pferdemähne, versetzte dem Tier einen schmerzhaften Schlag auf die Kruppe und sprengte im Galopp auf der Bahn davon, wobei er das Pferd durch kräftige Rucke an der Mähne lenkte. Unter den faszinierten Blicken der Schwalben und der Zulus bekam Shaka das Reittier schließlich so in seine Gewalt, daß er zuletzt kaum weniger flüssig und mühelos zu reiten schien wie die erfahrereneren Weißen.

»Er lernt schnell, was?« meinte Farewell grinsend, indem er Shakas Galopp verfolgte.

»Ganz recht«, stimmte Fynn betont ruhig zu. »Und er hat heute ziemlich viel dazugelernt. Vor allem über uns.« Sein Blick begegnete dem Farewells. »Jetzt weiß er, daß wir ihm ebenbürtig sind, Francis, und das ist ein großer Nachteil für uns!«

Seltsamerweise hegten Mkabayi und Nandi, die jetzt einen Blick wechselten, den gleichen Gedanken. Indem Shaka bewiesen hatte, daß er's mit den Schwalben aufnehmen konnte, hatte er sich in eine entschieden nachteilige Lage gebracht! Schließlich liegt ein Großteil des Zaubers eines Großen Berges darin, daß er unbesteigbar ist.

Und als Dingane kaSenzangakona Zulu, der ›Zweitgeborene‹, seinen verhaßten König und Bruder freudig lachend um die Bahn galoppieren sah, lächelte auch er.

Ja, sagte er sich mit wissendem Nicken, Pakatwayo hat recht gehabt. Die Ankunft der Schwalben kann unser Vorhaben, den Thronräuber zu beseitigen, auf höchst vorteilhafte Weise begünstigen!

34 PAMPATA *Die Schmeichelnde*

»Am Morgen nach der prächtigen Zurschaustellung von Macht und Glanz des Zulureiches, die Shaka für uns arrangiert hatte«, schrieb Tim Wilkins in sein Expeditionstagebuch, »trafen Abgesandte aus Bulawayo ein, die uns die Aufforderung des Königs überbrachten, wir alle sollten unsere Pferde besteigen und ihn zur ersten formellen Begegnung in seiner Residenz aufsuchen...

Und so hatten wir binnen kurzem die Zitadelle durchquert (mein Gott, dieses bedrückende, erstickende Menschengewirr) und das Tor von Shakas isiGodlo erreicht, wo ein Diener uns den weiteren Weg wies. Nach dem Eintreten trafen wir Seine Majestät von seinem Hofstaat umgeben (so jedenfalls mein Eindruck) im Schatten einer Euphorbie an. Außerdem anwesend waren die Königinmutter persönlich, eine einzigartige schöne Frau (mit dem beruhigenden Namen Nan-dee, wie mir gesagt wurde), des Herrschers Tante Machabayee (die Schwester seines verstorbenen Vaters Issenzagakoona), Ngoomanee (der wichtigste Vertraute und Berater des Zuluherrschers, wie wir von Popham erfuhren) und Mmgoboosi in Gesellschaft weiterer Generale.

Den Mittelpunkt dieser vornehmen Gruppe bildete Shaka in Person. Zu unserer großen Überraschung war der Monarch völlig nackt und im Begriff, seine Morgentoilette vorzunehmen – auf wahrhaft pompejanische Art: unter freiem Himmel und vor aller Augen. Drei anmutige Mädchen brachten Wasser in Gefäßen, die sie mit ausgestreckten Armen hoch über dem Kopf trugen, wie sie es meiner Beobachtung nach bei allem taten, was sie dem König brachten. Während Shaka von Kopf bis Fuß gewaschen wurde (wobei eine Paste aus geschlagenem Fett als ›Seife‹ diente), unterhielt er sich scherzend mit seinem Gefolge und ließ uns unbemerkt (so schien es jedenfalls!) und unbeachtet warten, bis es ihm gefallen würde, uns seine Aufmerksamkeit zu schenken.

Nach dieser Waschung, bei der eine leichte Brise ein Handtuch ersetzte, machten die drei Mädchen sich daran, ihren Herrscher mit seinem Lendenschurz aus Ochsenschwänzen, seinen Fellen und Quasten sowie seinem üblichen Kopfschmuck mit der langen Kranichfeder zu bekleiden. Und nachdem er auf seinem Thron – der aus einer gewaltigen Rolle Binsengeflecht besteht – Platz genommen hatte, sein Körper mit einem großen Umhang aus roten Federn verhüllt worden war und seine ganze Haltung eine seiner Macht entsprechende Würde angenommen hatte, geruhte der Zulukönig endlich, unsere Gruppe eines Blickes aus blitzenden Augen zu würdigen – des ersten in unsere Richtung...

›Euer König Joji! Ist er der einzige König der Schwalben?‹ fragte er uns schließlich durch Daniel, den offiziellen Dolmetscher. ›Nein, das ist er nicht‹, erwiderte Farewell darauf. ›Ist er dann der mächtigste?‹ wollte Shaka nun wissen. ›Ja, das könnte man sagen‹, hielt es der Leutnant einzuräumen für ratsam (zweifellos um unsere eigene Verhandlungsposition zu stärken). Der König schwieg nachdenklich, während sein durchdringender Blick nacheinander unsere Gesichter musterte, um zuletzt wieder auf Farewell zu ruhen. Dann lächelte er ein merkwürdiges Lächeln, das wenig Humor verriet, sondern mehr eine Grimasse des Mißtrauens zu sein schien. ›Sieht Joji so gut aus wie ich?‹ ließ er durch Daniel fragen. Auf Leutnant Farewells Lippen erschien ein ungekünstelt amüsiertes Lächeln (vermutlich stellte er sich dabei die etwas korpulente, gichtige Erscheinung unserer britischen Majestät vor), und er sah, daß er dem Zulu schmeicheln konnte, ohne die Unwahrheit zu sagen, indem er antwortete: ›Nein, nicht so gut.‹

Shaka, der starkes Interesse an seinem Gegenspieler aus dem Hause Hannover bewies und offensichtlich davon überzeugt war, ihm moralisch und körperlich überlegen zu sein, wandte sich jetzt an Fynn, deutete auf seinen großen bienenstockartigen, strohgedeckten Palast und wollte wissen, ob König Georg ›sich eines ebenso guten rühmen‹ könne. ›Ja, und seiner ist viel größer‹, antwortete Fynn, dessen Stärke nicht gerade die Diplomatie ist. ›Oh, vielleicht ebenso groß‹, meinte Shaka, ›aber nicht so gut!‹ – ›Doch, doch, ebenso gut‹, antwortete Fynn mit unbeirrbarer Wahrheitsliebe (die unser aller Verzweiflung hervorrief). ›Du hast dir meinen nicht genau genug angesehen‹, beharrte der Zulukönig, den der Ehrgeiz packte, auf seinem Standpunkt und drängte Fynn: ›Sieh ihn dir noch mal an! Joji hat vielleicht ein gleichgroßes Haus, das ebenso gut zu sein scheint, aber weniger gut ausgestattet ist.‹ Trotzdem bestand Fynn darauf, König Georgs Haus sei seinem in jeder Beziehung überlegen. König Shaka, der nun dem Platzen nahe war, forderte ihn auf, sich erneut umzusehen, und wiederholte seinen Befehl immer lauter kreischend. Das (sowie unsere geflüsterten Ermahnungen) brachte Fynn schließlich dazu, widerstrebend einzugestehen: ›Ah, ganz recht. Jetzt sehe ich, daß deines viel behaglicher ist.‹

Nachdem Daniel das übersetzt hatte, waren Shakas Eitelkeit und Stolz befriedigt, und er wies uns an, mit der Überreichung unserer Geschenke zu beginnen …«

So verlief die einleitende, etwas gespannte Phase der ersten wirklichen Begegnung zwischen Zulus und Schwalben, zwischen Shaka und Farewell (als dem Vertreter Georgs IV.). Jetzt klappte der Leutnant den Deckel der großen Seekiste mit Geschenken für den Sohn Zulus auf: Sie enthielt sämtliche damals in Kapstadt erhältlichen Arten von Schmuckketten, verschiedene Wolldecken, eine größere Anzahl gedrehter und lackierter Messingstangen, Kupferplatten, Messingreifen und einen Uniformrock der Royal Navy mit goldenen Epauletten.

Da der Zulu in erster Linie Soldat war, galt seine Aufmerksamkeit sofort dem bunten Rock, den Daniel ihm als Teil der Uniform vorstellte, die von den Schwalbenregimentern auf den ›Vögeln mit weißen Schwingen‹, den ›umkhumbi chamba ngoseyili‹ oder ›Segelschiffen‹ getragen werde. Shaka zog den Uniformrock mit den Fingerspitzen aus der Seekiste, hielt ihn auf Armeslänge von sich entfernt hoch und betrachtete ihn eingehend, bevor er ihn anzuziehen versuchte (wie er Farewell den seinen tragen sah). Trotz aller Mühe gelang es dem Zulukönig jedoch nicht, seinen mächtigen Arm in einen der Ärmel zu zwängen, ohne dabei die Nähte aufzureißen, und seine komisch wirkenden Bemühungen riefen freundschaftliches Gelächter bei Ngomane, Mgobozi, Nqoboka, Joko, Mzilikazi und den übrigen Generalen hervor (selbst Nandi und Mkabayi mußten ein Lächeln unterdrücken) und bewogen einige der Gefährten des Leutnants zu gutmütig scherzhaften Bemerkungen. Da der Uniformrock Farewell gehört hatte, war die Unfähigkeit des Zulus, ihn zu tragen, in der Tat ein überzeugender Beweis für die körperliche Überlegenheit Shakas über seinen britischen Gast, und während die Anwesenden lächelten, sah Fynn sich veranlaßt, darüber nachzusinnen, wie viele andere ausländische ›Geschenke‹ sich als ›zu knapp‹ für Shakas mächtige Gestalt und auf ähnliche Weise für die geistige Größe des herzförmigen Kontinents Afrika erweisen würden.

Indem Shaka zuletzt den Versuch aufgab, von diesem Uniformstück Besitz zu ergreifen, zuckte er gutmütig ergeben mit den breiten Schultern und gab es an den kleineren, schlankeren Mgobozi weiter, der mühelos in den Rock schlüpfte und ihn stolz und freudestrahlend trug, während die goldenen Epauletten unter dem Schwall der von seinem Kopfschmuck herabfallenden weißen und schwarzen Federbüschen hervorleuchteten.

Shaka beugte sich vor, um mit unstillbarer Neugier die Schmuckstücke und Halsketten zu betrachten, deren Glanz ein ganzes Fach der Seekiste füllte. Der Herrscher griff hinein, wühlte mit spitzen Fingern in dem Tand, der ihm als Schatz erscheinen mußte, und wählte schließlich ein prachtvolles Glasperlenhalsband aus, das er herausfischte. Der imposante Monarch stand von seinem Thron auf, näherte sich seiner Mutter und legte die bunte Kette liebevoll um Nandis schlanken Hals. Ein schwaches, fast kokett wirkendes Lächeln schmückte die sinnlichen Lippen der Schönen, als ihre Hand instinktiv nach der Halskette tastete und ihre Finger sanft über die glattpolierten Perlen glitten.

Durch Nandis Akt weiblicher Selbstbewunderung angeregt, zog Farewell aus einem anderen Fach einen kleinen silbergefaßten Handspiegel, hielt ihn Shaka hin und bedeutete ihm mit einer Geste, er solle ihn seiner Mutter reichen. Der Herrscher, den der unbekannte Gegenstand in der Hand des Leutnants sehr interessierte, riß ihn dem Engländer förmlich weg, betrachtete ihn stirnrunzelnd von allen Seiten und fragte sich, wozu er wohl diente. Sobald Shaka dann sein eigenes Spiegelbild erblickte, veränderte sein Gesichtsausdruck sich schlagartig.

Der Zulukönig war anfangs mißtrauisch, als er den Mann im Spiegel betrachtete, der aus dem Reich des Übernatürlichen zu stammen schien, und sein Mißtrauen wuchs noch, als er sah, daß das Gesicht im Spiegelglas sein eigenes Mienenspiel absichtlich, fast trotzig zu imitieren schien – als wolle es ihn verspotten! Shaka drehte seinen Kopf nach links und rechts, hob und senkte ihn, bewegte ihn erneut seitlich und hielt den Atem an, als er sah, daß der Mann im Spiegel jede dieser Bewegungen getreulich mitmachte. Danach berührte er sein Gesicht, fühlte den Druck seiner Fingerspitzen auf der Haut und stellte fest, daß das Bild auf der flachen Silberscheibe das gleiche fühlte.

Und dann wußte er plötzlich, wen er sah. Und diese Erkenntnis lähmte ihn im ersten Augenblick.

Der Mann, der ihn aus dem Spiegel anblickte, war derselbe Mann wie der, der den Spiegel hielt. Shaka holte erneut tief Luft und hielt unwillkürlich den Atem an. Dann erkannte er jedoch, daß der Spiegel im Grunde genommen harmlos war: Die Lähmung fiel von ihm ab, und er empfand Neugier, die sein Herz erwärmte.

Shaka begann mit verblüffender Objektivität und der wachsenden Befriedigung eines Narziß diesen Mann im Spiegel zu betrachten und war sehr von diesem Gesicht begeistert, das sein eigenes war. Indem der Zulu sich statt aufs ganze Gesicht auf den Haaransatz des Spiegelbildes konzentrierte, fiel ihm – mit gelinder Verzweiflung, die sich in einem halblauten Seufzer Luft machte – sein Grauwerden auf: das erste verräterische Anzeichen beginnenden Alters. Ohne den Spiegel aus den Augen zu lassen, griff er mit der freien Hand nach oben und zupfte an einzelnen Strähnen, als könne er das Grau dadurch zum

Verschwinden bringen. Dann blickte er automatisch zum Haar seiner Mutter hinüber, das wegen ihres fortgeschrittenen Alters teilweise ergraut war.

Alter, sagte Farewell sich, als er Shakas inneren Aufruhr beobachtete und richtig deutete. Wie recht Elizabeth gehabt hat! Eitelkeit ist in der Tat die größte Schwäche aller Männer – ob Falken, Hunnen, Engländer oder Zulus! ... Ist Eitelkeit wirklich der Schlüssel, nach dem ich gesucht habe? überlegte der Leutnant, während Shaka sich wieder auf den Spiegel in seiner Hand konzentrierte.

Der König erstarrte förmlich, als sein Blick dem des Mannes im Spiegel begegnete und er die Seele dessen sah, der er geworden war. Shakas Seele erlebte einen unheimlichen Sprung ins Nichts der Zeitlosigkeit, in Raum und Zeit ohne Dimension. Und die Vergangenheit zog, der Zukunft trotzend, die Bilanz der Gegenwart.

Alle sahen, daß der Spiegel in der mächtigen Pranke des Herrschers ganz leicht zu zittern begann. Dann riß Shaka sich endlich von seinem Bild los, drehte sich nach Nandi um und hielt ihr das silbergefaßte Glas hin. Dabei schien der Zulukönig, aus dessen Blick große Verwirrung sprach, seine Mutter stumm und mit kindlichem Drängen um Beantwortung zahlreicher Fragen zu bitten.

Nandi nahm ihm den Spiegel aus der zitternden Hand und blickte forschend hinein. Und sie erkannte sofort, was er ihr zeigte. Ihr eigenes Spiegelbild war von Shaka dem Jungen und Shaka dem Mann überlagert: der Vergangenheit und der Gegenwart, aus denen sie selbst die ›unerreichbare‹ Zukunft geschmiedet hatte, die ihr Mädchentraum gewesen war. Aber das Bild, das sie jetzt sah, strahlte nicht die Freude und Heiterkeit aus, von denen dieser Traum in ihrer Jugend begleitet gewesen war. Obwohl dieses Bild von Macht kündete, enthielt es noch immer die Hoffnungslosigkeit des Jungen; obwohl die Macht unbestreitbar vorhanden war, waren sie und ihr Sohn weiterhin Ausgestoßene und würden es auch bleiben, solange das Ziel ihres Ehrgeizes so unerreichbar wie der ständig zurückweichende Horizont blieb.

Nandi ließ unwillkürlich die Hand sinken, als sei sie plötzlich ermüdet, so daß der Spiegel sich leicht neigte und nun auf seiner glatten Oberfläche zwei Bilder nebeneinander zeigte: das Nandis und das ihres Sohnes. In fast ehrfürchtigem Staunen vor dem neuen Spiegelbild in dem magischen Silberrahmen starrten Mutter und Sohn ihre vereinigten Gestalten an, die ihre miteinander verschlungenen, ineinander verwobenen Existenzen zu symbolisieren schienen. Und während die beiden ihre Spiegelbilder betrachteten, schien für alle im isiGodlo Anwesenden die Zeit tatsächlich stillzustehen.

»Ein bemerkenswertes Versäumnis«, flüsterte Farewell kaum hörbar vor sich hin, während er Mutter und Sohn, die beiden mächtigsten Menschen Südostafrikas, beobachtete. »Jahrhunderte voller Dichtkunst, aber meines Wissens ist noch niemand auf die Idee gekommen, dem Gefallenen Engel einen Spiegel zu reichen... Eine höchst dramatische, ergreifende Szene!«

»Doch, das haben die Dichter getan, Francis.« Fynn hatte seine Bemerkung gehört und antwortete ebenso leise. »*Alle* Poesie, die nicht Gott widerspiegelt, ist der Spiegel des Gefallenen Engels!«

Wenig später, als die Zeremonie der Geschenkeüberreichung den Herrscher zufriedengestellt hatte, begab die ganze Gruppe sich ins Innere der riesigen Königshütte, wo auf ein Zeichen hin junge Frauen große Körbe mit gekochtem Rindfleisch und mehrere irdene Gefäße mit Milch brachten, die den Weißen als Erfrischungen angeboten wurden. Angeführt wurde dieser Zug anmutiger Weiblichkeit von der schönen, noch immer jugendlichen Pampata (die jetzt im 33. Lebensjahr stand), deren gewohnt zurückhaltendes, fast schüchternes und liebenswertes Wesen ihren Namen verständlich machte: ›Pampata – die Schmeichlerin‹...

Als Shaka damals vor neun Jahren nach seinem gescheiterten Versuch, Pampata zu lieben, erstmals erkannt hatte, daß er impotent war, hatte er zunächst alle Beweise für diese ›unmännliche‹ Eigenschaft vernichten wollen – was natürlich die Vernichtung der ersten und einzigen Frau, mit der er zu schlafen versucht hatte, bedeutet hätte: der einzigen Frau, die ihn auf dieses Manko seiner ansonsten makellosen Konstitution aufmerksam gemacht hatte. Ja, er hatte daran gedacht, Pampata – und mit ihr die Erinnerung an seine lähmende Behinderung – aus der Welt zu schaffen.

Aber sein von Nandi ererbter tiefsitzender Gerechtigkeitssinn hatte gegen die Ermordung des zierlichen, hübschen Wesens aufbegehrt, das ihm einst das Leben gerettet hat – die sanfte junge Frau, für die er (das mußte er zugeben) Dankbarkeit und Zuneigung, sogar eine Art Zärtlichkeit empfand. Bei nüchterner Überlegung hatte Shaka sich die Zeit genommen, Pampatas Verhalten zu analysieren, und mit kaltem Verstand festgestellt, daß es untadelig, weit entfernt von Böswilligkeit und Verrat war – lediglich das aufrichtige, ungekünstelte Betragen einer Liebenden.

Tatsächlich war Shaka in seiner festen Entschlossenheit, seine Behinderung aus seinem Gedächtnis zu verbannen, praktisch ein ›Asexueller‹, ein ›Hohepriester des Krieges‹ geworden, der zur Enthaltsamkeit verpflichtet war. Und unter seiner abstinenten Herrschaft wurde alles, was ihn an seine Impotenz hätte erinnern können, aus dem Alltag seiner Untertanen verbannt.

Diese strikte Lebensauffassung bewirkte eine von Shaka geprägte Realität und Moralität, die –in ihrer ›Impotenz‹ – notwendigerweise auf totalem Krieg, totalem Gehorsam gegenüber dem Oberherrscher basierte: der ›Vollkommene Staat‹, in dem der König ein General ist und seine Untertanen Krieger sind; der ›Vollkommene Staat‹, in dem alle Sehnsüchte durch die beiden wirkungsvollsten Linderungsmittel gestillt werden: Tod und Töten.

Die Rückkehr Pampatas an die Seite ihres Herrschers war das Ergebnis der Einsamkeit, von der Shakas Seele in den Jahren unmittelbar vor seinem Tod befallen worden war – in den Jahren, in denen er Bulawayo, den Ort des Tötens, hatte erbauen lassen: die riesige Zitadelle, die auf der Welt nicht ihresgleichen hatte (und größer als Jojis war, wie Shaka Fynn gegenüber mit Recht behauptet hatte), die feste Burg, in der der Ausgestoßene sich in seine eigene Macht zurückziehen konnte, wie der mächtige Adler auf schwindelnder Bergeshöhe Zuflucht findet. Angesichts dieses emotionalen Zustandes von Shaka hatte Wilkins mit seiner Analyse, daß »siebentausend Jahre bewährter und erprobter Doppeldeutigkeiten« ausreichen müßten, um einen aggressiven »Wilden« zu bändigen, den Nagel auf den Kopf getroffen. Gegen Ende seines Lebens wünschte der Große Berg sich nichts mehr als ›Doppeldeutigkeiten‹, beruhigende Doppeldeutigkeiten, die ihm bei seinem niemals endenden Prozeß des Vergessens eine Hilfe sein konnten.

Pampata als Bewahrerin von Shakas Geheimnis (das sie niemandem, nicht einmal Nandi, anvertraut hatte) wurde aufgefordert, bei ihm im ›innersten Bereich‹ von Bulawayo zu leben, wo ihre Gegenwart den Zuluherrscher irgendwie beruhigte. Shaka fühlte sich in ihrer Gesellschaft wohl, weil er ihre Weiblichkeit wegen ihrer stillschweigenden Kenntnis seiner Impotenz nicht als bedrohlich zu empfinden brauchte, sondern die Wärme ihrer unverbrüchlichen Liebe genießen konnte, ohne etwas dafür leisten zu müssen. Bei Pampata rechtfertigte das Geheimnis der Impotenz seines Körpers irgendwie die Impotenz seines Herzens. Und in seiner Suche nach Einsamkeit machte dieser Faktor Pampata einzigartig, denn nicht einmal Nandi konnte ständig ›die Schmeichelnde‹ sein...

Als Pampata nun die Königshütte an der Spitze einer Kolonne von jungen Frauen betrat, die den weißen Gästen Erfrischungen servieren sollten, hätte niemand ihrem sicheren Schritt, ihrer aufrechten stolzen Gestalt und der heiteren Miene ihres schönen Gesichts ansehen können, welch gewaltige geistige Last sie unter dem sichtbaren Gewicht der auf ihrem Haupt ruhenden Schale mit Früchten trug. Während sie die Schale vor den Gästen ihres Gebieters auf den Boden stellte, warf sie rasch einen neugierigen Blick auf die Männer, deren Haut die Farbe von Sorghum hatte, und die von ihrer sanften Lieblichkeit gefesselten Weißen erwiderten diesen Blick. Shaka beobachtete diesen Blickwechsel kritisch, überlegte, wie die

Schönheit ›seiner Frau‹ die Weißen beeinflussen konnte, und fragte sich mit gewisser Eifersucht, ob Pampata diese Männer wohl ihrerseits attraktiv fand.

Pampata, die etwas schüchtern leicht errötete, erkannte nun – mehr zu ihrer eigenen als zu Shakas Überraschung –, daß sie die Wirkung ihrer Schönheit auf die Schwalben durchaus genoß. Als sie sich erhob, um zu gehen, begegnete ihr Blick dem Farewells, und sie wandte sich verlegen rasch ab, wurde dann aber von dem unbezähmbaren Sehnen befallen, diese gutgeschnittenen ›bleichen‹ Züge erneut zu betrachten. Pampata hielt inne, richtete ihre großen Augen wieder kurz auf den Leutnant und stellte dabei fest, daß ihre Blicke sich sekundenlang in gegenseitiger Bewunderung begegneten. Dieses stumme Zwiegespräch brach jedoch jäh ab, als die Frau den mißvergnügten Blick ihres Gebieters auf sich spürte. Pampata reagierte auf Shakas wütendes Starren, indem sie die Schale stehenließ und sich beeilte, an die Seite des Herrschers zu gelangen. Dort nahm sie eine halb kauernde, halb sitzende Haltung ein: Ihr Kopf ruhte an seinem muskulösen Oberschenkel, ihre Hände lagen gleichgültig schlaff in ihrem Schoß, und auf ihren Zügen stand die Resignation eines erschöpften Geistes in einem erschöpften Körper – die Haltung eines Menschen, der verzweifelt krank oder phlegmatisch traurig ist.

Als wolle er die aufgetretene Spannung bewußt überspielen, zog Shaka jetzt den silbernen Handspiegel aus der Seekiste, hielt ihn mit graziöser Bewegung Pampata hin, drängte sie, ihr Spiegelbild zu betrachten, und drückte ihr den Gegenstand in die Hand, als schenke er ihr dadurch ihre eigene Schönheit.

Im Gegensatz zu dem Zulukönig und seiner berühmten Mutter hatte Pampata nichts von ihrem Spiegelbild zu befürchten, denn in ihrem Blick stand lediglich eine aus unerfüllter Liebe geborene Resignation, die zwar nicht angenehm zu beobachten, aber niemals erschreckend war. Tatsächlich konnte Pampata bei der Betrachtung ihres Spiegelbildes nicht anders als dem hübschen Gesicht zuzukichern, das dieses Kichern erwiderte.

Shaka, der den Spiegel nicht mehr aus den Augen ließ, fuhr

sich mit einer Hand durchs Haar und ließ Farewell durch Daniel bewußt nonchalant fragen: »Wie alt Ihr König ist, möchte er wissen.«

Der Leutnant unterdrückte ein wissendes Lächeln, als ihm das Wort ›Eitelkeit‹ einfiel. »Anfang Sechzig, können Sie ihm sagen«, antwortete Farewell laut.

Daniel übersetzte wieder: »Und hat Joji sein Königreich allein aufgebaut?«

»Nein, sagen Sie ihm, daß er dabei die Unterstützung anderer genossen hat«, warf Wilkins ein. »Die seines Vaters, seines Großvaters und seines Urgroßvaters.«

Shaka runzelte die Stirn, als ihm das übersetzt wurde, und ließ durch den Xhosa fragen: »Von seinen Ahnen?«

»Ja«, antwortete Farewell mit hochgezogenen Augenbrauen, »so könnte man's ausdrücken.«

Die nächste mit melodischer Stimme gestellte Frage des Herrschers lautete: »Wie viele Frauen besitzt Joji?«

Bei dieser Frage sahen Nandi und Pampata neugierig zu dem Großen Berg hinüber, während Wilkins an Georgs IV. bedauernswerte Gemahlin dachte – Königin Caroline, die vor kurzem (an Vernachlässigung, Untätigkeit und Langeweile, wie es hieß) gestorben war – und erwiderte: »Keine, können Sie ihm sagen.«

Shaka schien mit der Ehelosigkeit Jojis sehr zufrieden zu sein und äußerte sich in seiner Antwort lobend über die Weisheit des englischen Königs.

»Die Klugheit seines Bruders Joji, keine Frauen zu haben, findet seinen Beifall«, übersetzte Daniel mit ausdrucksloser Stimme. »Das ist die Erklärung für sein hohes Alter, sagt er. Joji und Shaka scheinen vieles gemeinsam zu haben.«

Der Zulukönig lachte herzhaft über seinen eigenen Scherz, so daß die Weißen sich verpflichtet fühlten, höflich einzustimmen. Farewells Interesse galt jedoch der schweigenden Gestalt Pampatas, die mit gesenktem Blick wie ein Haustier zu Füßen Shakas kauerte und die Lippen schürzte, während sie ihren Jammer unterdrückte. Als der Leutnant ihren Zustand erkannte, hatte er unwillkürlich Mitleid mit ihr: Er hatte den

Eindruck, dieses gebrechliche Wesen, dessen Vergangenheit und Gegenwart ihm unbekannt waren, sei das eigentliche Opfer von Shakas grobem ›Scherz‹.

Der Raubvogelblick des Königs erfaßte Farewells mitleidige Miene; im nächsten Augenblick war das Lächeln von Shakas Lippen verschwunden, und sein Gesichtsausdruck veränderte sich so stark – er wurde wild, kantig, drohend und verschlagen –, daß die Weißen sich fragten, ob plötzlich eine andere Seele von seinem Körper Besitz ergriffen habe. Der Herrscher blickte auf und rief den allgegenwärtigen Ufasimbas einen geknurrten Befehl zu. Sekunden später wurde Tsani, das Mädchen, dem Fynn das Leben gerettet hatte, in die Königshütte geführt, vor Angst zitternd und mit weit aufgerissenen Augen vor der imposanten Gestalt ihres Herrn und Gebieters.

Fynn war durch das unerwartete Erscheinen seiner denkwürdigen Patientin wie vor den Kopf geschlagen. Er spürte, daß ihn schieres, unerklärliches Entsetzen erfaßte, und fühlte, wie das Blut schneller durch seine Adern strömte und von bösen Vorahnungen getrieben in seinen Schläfen pochte. Der Ire beobachtete abwechselnd Tsani und Shaka, während er ein Stoßgebet gen Himmel schickte und den Zulu mit gemessener Stimme, in der ein grausamer Unterton mitschwang, sprechen hörte.

»Er fragt«, begann Daniel mit vor Erregung leicht zitternder Stimme, »wem in Ihrem Lande das Leben gehört? Dem König oder seinen Untertanen?«

Farewell, den diese Frage völlig überraschend traf, wußte nicht gleich, was er erwidern sollte, weil ihm Dutzende von Antworten vom Lächerlichen bis zum Abgedroschenen durch den Kopf gingen. Zuletzt fand er die Gelassenheit und Einsicht, um wahrheitsgemäß zu antworten.

»In unserem Lande ist jeder Mann der Herr seines eigenen Lebens«, erwiderte der Leutnant mit so gleichmäßiger Stimme wie möglich. »*Nur* seines eigenen Lebens. Das gilt auch für den König, können Sie ihm sagen.«

Bei dieser Antwort Farewells blieb Shakas Gesichtsausdruck scheinbar unverändert, aber in seinen Augen glitzerte stählerne Entschlossenheit. Als er dann weitersprach, klang seine Stimme ausdruckslos nüchtern.

»Kann Ihr König Sie dazu veranlassen, in den Krieg zu ziehen?« übersetzte der Xhosa, aus dessen Tonfall wachsende Nervosität sprach.

»Ja«, antwortete der Leutnant, der nicht recht wußte, worauf der Zulu hinauswollte.

»Und können Sie im Krieg fallen?« lautete Daniels Übersetzung der nächsten kurzen Frage des Herrschers.

»Ja«, bestätigte Farewell – und hielt plötzlich den Atem an, als er begriff, wohin Shakas Spitzfindigkeit ihn führte.

Auf den Lippen des Zulukönigs erschien jetzt ein gerissenes Lächeln, als er seine Überlegungen mit der sich aufdrängenden Schlußfolgerung abschloß.

»Dann haben Sie unrecht, sagt er«, fuhr Daniel widerstrebend fort. »Ihr Leben gehört Ihrem König.«

Bevor Farewell oder Fynn versuchen konnten, Shakas Behauptung zu widerlegen, sprach der Zuluherrscher weiter – diesmal mit der vollen Autorität seines Amtes. Als der König ausgeredet hatte, zitterten Daniels Lippen, während er der sichtlich entsetzten Tsani einen Blick zuwarf, bevor er murmelte: »Er sagt, daß das gleiche Prinzip wie bei Joji für die Zulunation gilt. Hier gehört alles Leben Shaka... *Ihr* Leben gehört Shaka.«

Daniel deutete mit einer Handbewegung an, daß er von Tsani sprach. »Sie haben kein Recht gehabt, ihr ohne die Erlaubnis des Großen Elefanten Leben zu schenken.«

Dann nickte Shaka den Ufasimbas zu, und Pampata schloß ihre Augen. Diese beiden einfachen, elementaren Gesten, die an sich harmlose, reine unaffektierte körperliche Ausdrücke waren, genügten, um zu bewirken, daß Fynn schlagartig blaß wurde. Der Mund des Iren war zu einem gequälten Schrei geöffnet, aber Fynn brachte nur ein heiseres Gurgeln heraus, als einer der Ufasimbas Tsani seinen Ixwa ins Herz stieß. Während die Weißen diese Szene zur Sprachlosigkeit erstarrt beobachteten, spuckte das Mädchen Blut und Schleim und sackte zusammen. Wilkins, der als erster aus seiner Erstarrung erwachte, fiel krampfhaft würgend nach vorn und übergab sich in die Seekiste auf den von ›Bruder Joji‹ geschenkten Tand.

Fynn sprang mit wutverzerrtem Gesicht auf, als wolle er wegen dieses sinnlosen, barbarischen Mordes an einem unschuldigen Mädchen über Shaka herfallen, aber Farewell warf sich sofort dazwischen und hielt den Arzt zurück, bevor die Ufasimbas ein weiteres Blutbad anrichten konnten.

»Was soll das, verdammt noch mal, Fynn?« fauchte der Leutnant halblaut.

»Im Namen Gottes, lassen Sie mich los!« Fynns Worte waren wegen seines irischen Dialekts – und weil er vor Wut zitterte – fast unverständlich. »Das muß er mir büßen!«

»Wir können hier nicht rechten und richten, Fynn!«

»Was erwarten Sie sonst von mir?« Fynns Augen blitzten vor Zorn. »Soll ich so tun, als wäre nichts passiert?«

»Ja, Fynn!« antwortete Farewell nachdrücklich. »Genau das müssen wir tun, wenn uns unser eigenes Leben lieb ist!«

Während Fynn darum kämpfte, seine Selbstbeherrschung zurückzugewinnen, erfüllte Shakas eisige Stimme das Innere der Königshütte. Und als Daniel seine Worte übersetzte (in einem Tonfall, in dem die Verbitterung des Xhosas mitschwang), wurde Fynn plötzlich erschreckend deutlich, daß Shaka, der bereits das Bedürfnis gehabt hatte, Farewells Pferd zu zähmen, es jetzt darauf anlegte, *ihnen* seinen Willen aufzuzwingen.

»In Zukunft«, lautete Daniels gequält klingende Übersetzung, »werden die Schwalben ihre Fähigkeiten nur für den Großen Elefanten persönlich und die von ihm Auserwählten gebrauchen.«

Nandi, die die Schreckensszene mit leidenschaftslos steinernem Gesichtsausdruck beobachtet hatte, beugte sich zu ihrem Sohn hinüber und sprach leise auf ihn ein, wobei ihre Katzenaugen listig funkelten.

Der Herrscher erstarrte bald bei den Worten seiner Mutter, und als die übrigen Zulus begriffen, was Nandi gesagt hatte, war die abgestandene, rauchige Luft in der Königshütte plötzlich mit nervöser Spannung geladen, als sei erregendes Entsetzen mit kitzelnder Vorfreude vermengt wie ein Blitzstrahl herabgezuckt.

Als Antwort auf Farewells fragenden Blick flüsterte Daniel mit fast körperlos klingender Stimme: »Die Königin sagt, daß die Schwalben beweisen sollen, ob sie diese Fähigkeiten wirklich besitzen. Sie sollen das Mädchen wiederbeleben.«

Die Audienz, die in fast herzlicher Atmosphäre begonnen hatte, schien allmählich und unaufhaltsam in die schauerlichen Tiefen eines Alptraums abgeglitten zu sein. Der Abenteurer Farewell blieb jedoch sich selbst treu und stellte wieder einmal fest, daß er am besten reagierte, wenn die Gefahr am größten war. Und da er recht gut wußte, daß die ›Auferstehung‹ Tsanis (die übrigens seine eigene Idee gewesen war) nichts mit »übernatürlichen Kräften der Weißen« zu tun hatte, kam dem Leutnant seine erstaunliche Geistesgegenwart zu Hilfe, und der junge Held der Flotte Nelsons antwortete: »Bei allem schuldigen Respekt vor Ihrer Majestät: Wir haben den unverzeihlichen Fehler gemacht, dem Herrscher einmal nicht zu gehorchen. Ich halte es für unsere vornehmste Pflicht als Gäste seiner Majestät, diesen Fehler nicht zu wiederholen. Wie der Große Elefant es wünscht, werden unsere Fähigkeiten in Zukunft *ausschließlich* zu seinem Vorteil und in seinem Interesse gebraucht.«

Daniel, der diese ziemlich ironische Antwort übersetzte, mußte unwillkürlich über Farewells unverforenes, typisch britisch-imperiales Auftreten lächeln. Aber selbst mit dieser »imperialen Elastizität« wäre es bestimmt niemandem gelungen, eine Wiederauferstehung zu ›schaukeln‹. Farewell, der sich darüber im klaren war, stellte befriedigt fest, daß Shaka mit seiner Antwort zufrieden zu sein schien. Aber als der Zulukönig sich abwandte, um den Ufasimbas zu befehlen, die Leiche des armen Mädchens hinauszuschaffen, intervenierte Nandi mit einem schmalen, herausfordernden Lächeln auf den Lippen erneut.

»Die Königin sagt«, erklärte Daniel Farewell mit einem Gesichtsausdruck, der zu warnen schien: Ihr Bluff ist durchschaut!, »daß es sehr wohl im Interesse des Großen Elefanten liegt, daß die Schwalben ihre Fähigkeiten unter Beweis stellen.«

Leutnant Farewell erwiderte gelassen Nandis Blick. Ohne seine ausdruckslose Miene zu verändern, sah Farewell dann zu Shaka hinüber und stellte zu seinem Erstaunen fest, daß der Zulukönig unsicher schwankte. Der Herrscher blickte ihm forschend in die Augen, als wolle er fragen: Könnt ihr's wirklich? Besitzt ihr diese Fähigkeiten wirklich?, bevor er zustimmend nickte und dadurch den Wunsch seiner Mutter zu seinem eigenen machte.

Farewell, der von Natur aus ein Spieler war, nickte ebenfalls, seufzte abgrundtief, zuckte mit den Schultern, wandte sich an Fynn und drängte halblaut: »All right, Fynn, machen Sie sie wieder lebendig.«

»Sind Sie übergeschnappt?« Der Ire starrte seinen Gefährten verständnislos an.

»Nein, verdammt noch mal!« Farewell war jetzt wütend. »Aber Sie sind's gewesen, als Sie in das verfluchte Grab gesprungen sind! Tun Sie jetzt um Himmels willen was, sonst schaufeln wir demnächst alle unsere Gräber!«

Fynn starrte Farewell unverwandt an. Als der Ire dann erkannte, daß ihm nichts anderes übrigblieb, als seine Rolle in dieser Farce zu Ende zu spielen, schickte er ein Stoßgebet gen Himmel und griff nach seiner abgewetzten Arzttasche, um womöglich doch ein Wunder zu bewirken. Fynn, der die ganze Last dieser grotesken Travestie auf seinen Schultern spürte, näherte sich Tsani, nahm das Stethoskop aus seiner Tasche, drückte es gegen ihre Brust und fand bestätigt, was er schon zuvor gewußt hatte: Tsanis ›Schlaf‹ war in der Tat ewig.

Während der Arzt sich seiner unlösbaren Aufgabe widmete, beobachtete Farewell den Sohn Zulus weiterhin mit ruhigem, stetigem Blick. Shakas feurige Augen ließen Fynn nicht mehr los, und der Leutnant merkte, daß der Wunsch des Herrschers, das Unglaubliche zu glauben, um so stärker wurde, je deutlicher sich abzeichnete, daß Febanas ›Sangoma‹ vielleicht tatsächlich außerstande sein würde, die Tote ins Leben zurückzurufen. Und Farewell sah, daß das Kind der Weissagung, das auf dem Pfad seines Gefährten Tod zum Gebieter geworden war, *verzweifelt glauben wollte und mußte*, daß die ›Unsterblichkeit‹ der Schwalben wirklich existierte und daß eine Wiederbelebung möglich war.

Shaka riß sich von Fynns mitleiderregender, hilflos kniender Gestalt los, und seine Miene verfinsterte sich mißtrauisch, während sein Blick die ›unsterbliche‹ Schrift auf der Strohmatte am Mittelpfeiler der Königshütte suchte – die fünf Symbole, die gemeinsam den Namen SHAKA bildeten.

»Isihlahla somgqwabagqwaba esibasasishulwephi«, erklang die Stimme des Sohnes Zulus mit gequältem Unterton. »Satshakwaphi safike sahluma!«

Mit diesen Worten erhob der Herrscher sich, warf seiner Mutter einen anklagenden Blick zu – den ersten überhaupt! – und stürmte aus der Königshütte, in der Nandi, Pampata, Ngomane, Mgobozi, Mzilikazi und die anderen verwirrt und erschrocken zurückblieben.

Daniel fing Farewells fragenden Blick auf.

»Wenn die Unsterblichkeit der Schwalben eine Lüge ist«, übersetzte der Xhosa leise, beinahe feierlich, »dann klebt das Blut dieses Mädchens an ihren, nicht an meinen Händen. Wenn ihre Unsterblichkeit eine Lüge ist, dann sind ihre Herzen wie ihr Silberglas – ein Spiegelbild, dem die Dimension der Tiefe fehlt.«

Pampata senkte den Kopf, betrachtete erneut ihr Spiegelbild, sah die Tränen über ihre Wangen strömen und dachte an die Illusion. Und sie erkannte in dem Spiegel die Unwahrheit, die tief in den Notwendigkeiten unserer Existenz liegt, in den geheimen Ängsten und brennenden Sehnsüchten des Lebens, in dem tiefsitzenden Mißtrauen uns selbst gegenüber, in unserer Hoffnungsliebe und der Angst vor ungewissen Zeiten. Und sie fühlte bei der Betrachtung ihres Spiegelbildes, daß die Illusion als größter Feind der Realität die beruhigendste aller Täuschungen ist.

35 UKUVUSA *Auferstehung*

Gegen Ende des Jahres des Herrn 1824 war Algoa Bay eine kleine britische Ansiedlung an der zerklüfteten Küste des Indischen Ozeans östlich von Kapstadt. Diese Niederlassung – für Schiffe, die aus der Kapkolonie mit Kurs auf Indien ausliefen, die letzte Verbindung mit der Zivilisation – war ein desolates Nest, das einsam in tiefster Wildnis lag und nichts mit dem behaglichen Luxus Kapstadts gemein hatte: ein Ort, an dem Spuren menschlichen Fleißes selten waren und die menschliche Besiedlung sich auf ein altes portugiesisches Steinfort sowie eine Handvoll primitiver Hütten zwischen den vom Wind umheulten Dünen beschränkte.

»Hier ist die Straße zu Ende, M'lady«, sagte Peterssens Kutscher mit deutlichem Cockneyakzent, indem er durch die offene Klappe im Kutschendach sprach.

Der Schlag wurde von innen geöffnet. Ein bestickter Spitzenschirm wurde ins Freie gestreckt und gegen den Regen entfaltet; dann erschien Elizabeth Farewells elegante Gestalt. Die Frau begutachtete rasch ihre im Halbschatten liegende Umgebung und nickte wissend, als ihr Blick auf die offenen Türen der Seemannskneipen unterhalb des Forts fiel.

»Danke, Henry«, verabschiedete sie ihn, wobei sie wegen des Regens mit zusammengekniffenen Augen zu ihm aufsah. »Ich gehe zu Fuß weiter.«

»Soll ich nicht auf Sie warten, M'lady?« fragte der Kutscher besorgt.

»Nein, das wird nicht nötig sein, Henry«, antwortete Elizabeth mit fester Stimme. »Ich rechne damit, per Schiff zurückzukehren.«

Mit diesen Worten ging sie davon, stieg über eine Pfütze hinweg und verschwand im Dunkel, so daß Henry nichts anderes übrigblieb, als fatalistisch mit den Schultern zu zucken, zu wenden und die Pferde in die Richtung zurücktraben zu lassen, aus der er gekommen war.

Als Elizabeth das Fort erreichte, wo ihre Eleganz und Vornehmheit in auffälligem Gegensatz zu ihrer finsteren Umgebung standen, schritt sie die Reihe der Spelunken und portugiesischen ›Baiucas‹ ab und las ihre eigentümlichen, originellen Namen, bevor sie unter einem Schild stehenblieb, auf dem in roter Schrift ›Refugio Bahia‹ stand. Sie näherte sich der von innen beleuchteten offenen Tür, hinter der eine Treppe in die Kellerkneipe hinunterführte, mit gewissem Widerwillen und etlichen Befürchtungen. Aber sie stärkte sich mit dem Gedanken an den Mann, den sie liebte, trat in den hellen Lichtschein der flackernden Laternen und stieg die weißgekalkte Treppe hinab – auf den lauten, betrunkenen Gesang und die fröhliche portugiesische Musik zu, die aus dem Inneren heraufdrangen.

Elizabeth blieb am Fuß der Treppe stehen, damit ihre Augen sich an den Kerzenschein gewöhnen konnten, der den Raum mit den langen Holztischen erhellte, bevor sie versuchte, Einzelheiten zu erkennen. Dabei schwanden die meisten ihrer anfänglichen Befürchtungen, denn die Fröhlichkeit der Musik und der hier herrschenden Stimmung erfaßte auch ihr Herz, so daß sie davon mitgerissen unwillkürlich lächelte. Die bunt zusammengewürfelte Gästeschar verstummte schon bald, als den ›Piraten‹ und ihren ›Damen‹ nacheinander auffiel, daß in ihrer dekadenten Mitte eine elegante Dame stand, die wirklich Würde und Klasse ausstrahlte.

»Miragrosa!« bellte Parmananda. »Que coisa miragrosa!« wiederholte der Dicke aus der Tiefe der Baiuca, indem er Elizabeth ansprach und die Hafenkneipe mit seinem theatralisch anschwellenden Gemisch aus Portugiesisch und Englisch füllte. »Ist ein Wunder, Senhora! Wun-der! Erst heute abend sitze ich da und sage: ›Marinho!‹ ... Sie erinnern sich an Marinho, no, Senhora? Marinho, mein Erster Maat! Sie haben kennengelernt! Ein guter Mann, Marinho«, bekräftigte Parmananda nickend, so daß sein Erster Maat, der am Ende des langen Tisches saß, vor Vergnügen über die lärmende Vorstellung seines Kapitäns breit grinste. »Ich sage zu ihm: ›Marinho – diese arme Frau, Senhora Farewell! Allein! Sozinha sem marido! Que pena, que pena, que pena! Wie schrecklich! Wir müssen etwas tun, Marinho‹, sage ich. ›Um solch einer Dame zu helfen.

Solch einer *wirklichen Dame!‹* ...« Selbst Elizabeth lächelte unwillkürlich, als Parmananda mit der Hand auf den Tisch schlug und fortfuhr: »›Aber was können wir tun, Marinho?‹ frage ich. ›Was nur?‹ ...«

»Was, Senhora Farewell? Was führt Sie zu Parmananda?«

Das in der Spelunke eben noch so clowneske Betragen des Captains hatte sich grundlegend verändert, seitdem er mit Elizabeth am Hafen stand: Seine Stimme klang hart, und sein Gesichtsausdruck war resolut.

Die Frau blickte ins Narbengesicht des Mannes auf. Jetzt war sie an der Reihe, streng und entschlossen aufzutreten, als sie fragte: »Wieviel verlangen Sie dafür, daß Sie meinen Mann finden?«

Der Captain schwieg nachdenklich, während er die verwitterten Planken des Steges unter seinen Füßen betrachtete. Wie gewöhnlich spielte sein Ränke schmiedender, geldgieriger Verstand mit bestimmten Summen und überlegte, wie am besten an sie heranzukommen war. Elizabeths Kommen hatte Parmananda keineswegs überrascht. Er hatte gewußt, daß sie kommen würde! Alles war nur eine Frage der Zeit gewesen ... Und nachdem sie jetzt hier war, wußte Parmananda, daß ihre Liebe und Treue zu ihrem Ehemann sich in klingende Münze für ihn verwandeln ließ.

»Tausend englische Sovereigns«, forderte er schließlich. »In Gold!« betonte er grinsend. »Portugals Bündnis mit England ist dauerhaft, aber nicht unbegrenzt haltbar. Gold ist beides.«

»Das ist ein unerhörter Betrag!« Elizabeth hatte Mühe, ihren hilflosen Zorn zu beherrschen.

»Ganz Ihrer Meinung, Senhora. Unerhört hoch!« Parmananda blickte zum Sternenhimmel auf. »O Cristo ist der einzige, der jene, die nicht mehr sind, ins Leben zurückbringen kann. Gehen Sie zu einem Priester. Der findet Ihren Mann für ein paar Shilling – die Kosten einer Votivkerze und eines Gebets am Altar Maior!«

Sein tadelnder Tonfall steigerte ihre Empörung und ihren hilflosen Ärger nur noch. Wie sie das alles haßte! Wie erniedrigend es war, nachts an einem verlassenen Kai zu stehen, mit einem Hai in Menschengestalt über Leben und Tod des Menschen, den sie am meisten liebte, zu diskutieren und den Preis für die Rettung ihres Mannes mit einem Freibeuter auszuhandeln, der Christus und Gold im gleichen Atemzug und mit der gleichen possenreißerischen Verehrung erwähnte! Trotzdem blieb ihr keine andere Wahl.

»Warum sollte ich Ihnen trauen, Captain?«

»Weil Ihnen nichts anderes übrigbleibt, Senhora«, antwortete er einfach. »Sie und ich glauben als einzige, daß Ihr Mann noch lebt.« Permananda zog die Augenbrauen hoch, als wolle er seine Aussage unterstreichen: »Deshalb haben Sie die weite Fahrt auf sich genommen, um mich aufzusuchen.«

Elizabeth erwiderte seinen Blick unbeirrt, bevor sie tief seufzte und endlich zustimmte: »Gut, Captain, Sie sollen Ihr Geld bekommen.«

»Ausgezeichnet, Senhora.« Auf dem von Wind und Wetter gegerbten Gesicht des Seewolfs lag ein breites Lächeln. »Ausgezeichnet!«

Shaka, den Wilkins in seinem Expeditionstagebuch als »das ungeheuerlichste Monstrum der Menschheitsgeschichte« bezeichnete, überraschte seine unfreiwilligen Gäste am Tag nach der grausamen, sinnlosen Ermordung des Mädchens Tsani mit einer seltsamen Geste. Er ließ den Schwalben durch einen Boten ausrichten, der Große Berg freue sich über die Ankunft der Weißen in seinem Reich und werde abends ein großes Fest zu Ehren der Gäste geben, die so weit gereist seien, um Freundschaft zu bringen.

Obwohl Fynn als Arzt überdurchschnittlich gut ausgebildet war, konnte er noch nichts von einer als Schizophrenie bezeichneten Krankheit wissen. Hätte er diesen Ausdruck gekannt, hätte er ihn vermutlich benützt, um Shakas merkwürdiges Verhalten zu definieren, das ihm höchst absonderlich vorkam – zurückhaltend ausgedrückt! »Er ist verrückt, wissen Sie! Völlig übergeschnappt!« äußerte Fynn Farewell gegenüber. »Und ich fürchte, daß zuletzt *wir* Aladins Wunderlampe brauchen werden, um uns zu retten!«

Das große Fest begann gegen Abend, als die untergehende Sonne die hohen Palisaden von Bulawayo lange Schatten über die riesige Zitadelle werfen ließ. Der Paradeplatz (auf dem die Königliche Familie und Shakas Regimenter in prunkvollster Aufmachung versammelt waren) wurde durch brennende Schilfbüschel, die von Statuen gleichenden Ufasimbas unbeweglich hochgehalten wurden, hell und festlich beleuchtet. Und als die Dunkelheit einsetzte, als die Musik durch Tanzen und Singen, durch das Klatschen, Johlen und schrille Kreischen der Mädchenregimenter, durch das Stampfen und kriegerische Trommeln der regulären Regimenter abgelöst wurde, und als die Zehntausende von in Bulawayo Versammelten sich Festfreude und Fröhlichkeit hingaben, achtete niemand (außer Dingane und Mhlangana) auf die beiden bewaffneten Männer Pakatwayos, die sich als Ufasimba-Krieger gekleidet unbemerkt in die Heimstätte schlichen und sich unter die übrigen Angehörigen von Shakas Leibwache mischten. Keiner beachtete die beiden Männer, als sie sich im flackernden Fackelschein langsam, unaufhaltsam ihren Weg durch die Menge bahnten und näher und näher an den oberen Rand des Viehgeheges und die majestätische Gestalt des Königs herankamen, der dort in Gesellschaft seiner Mutter, der weißen Gäste und seines Gefolges saß.

Nur Wilkins war (wegen eines leichten Ruhranfalls) abwesend und schilderte die tragischen Ereignisse dieses festlichen Abends später folgendermaßen:

»Nachdem ich mich eine Zeitlang durch Lektüre zerstreut hatte, veranlaßte meine Neugier mich etwa um Mitternacht dazu, mein helles Zelt zu verlassen und einen Blick auf die tanzenden und singenden Massen in der Zitadelle zu werfen. Ich hatte diese Szene erst wenige Minuten beobachtet, als ich einen gellenden Entsetzensschrei vom Paradeplatz aufsteigen hörte; danach war zu sehen, daß die Menschen ziellos durcheinanderliefen, während aus der dichtgedrängten Masse, die Bulawayo füllte, lautes Wehklagen aufstieg. Frauen kreischten verzweifelt. Männer brüllen zornig auf. Von Panik erfaßte Menschen irrten umher, stießen zusammen, gingen zu Boden oder rappelten sich auf und liefen weiter. Die Gestrauchelten wurden in einer Welt, die plötzlich Amok zu laufen schien, niedergetrampelt ...!

Indem ich das Lager rasch in Begleitung unseres Dolmetschers Popham verließ, gelang es mir (zweifelsohne durch die Aufregung), die Schwächung durch meine Krankheit zu überwinden und das Tor von Shakas Residenz zu erreichen. Während Popham und ich uns einen Weg durch die erregte Menge bahnten, bemühten wir uns von allen, die zuzuhören bereit waren, den Grund für diesen ungewöhnlichen Aufruhr zu erfahren. Zu meiner großen Verblüffung und Besorgnis stellte sich schließlich heraus, daß Shaka beim Tanz einen Messerstich durch den Arm und in die linke Brust erhalten hatte. Ich machte mich sofort auf die Suche nach den anderen – nach dem Leutnant, Fynn, Cane, Holstead und Daniel –, aber die lärmende Menge stand so dichtgedrängt, daß kein Durchkommen war. Zu meinem Schrecken folgte Popham nun dem Beispiel vieler anderer: Er brach zusammen und wand sich in Krämpfen am Boden, so daß ich weder Fragen stellen noch weitere Auskünfte einholen konnte, wo meine Gefährten sich befanden und ob sie überhaupt noch lebten ...

Ich versuchte, den oberen Rand des Viehgeheges auf eigene Faust zu erreichen, aber die Menschen um mich herum zerrten mich bald hierhin, bald dorthin und waren alle wie wahnsinnig. Das Gedränge wurde ständig dichter, und der Aufruhr nahm wegen des Kreischens und Weinens beängstigend zu, was meine Lage sehr unbehaglich und äußerst unangenehm machte ...«

In der allgemeinen Hysterie nach dem Mordanschlag waren nur Mgobozi und Joko schnell und geistesgegenwärtig genug, die beiden Attentäter zu verfolgen, die so frech die berühmten Federbüsche und Farben der Ufasimbas zur Schau trugen. Mgobozi, der einen der beiden einholte, warf ihn zu Boden, bog ihm einen Arm auf den Rücken und brach ihm dabei den Ellbogen.

»Tötet ihn!« rief Dingane, der plötzlich aus der Dunkelheit

auftauchte, den beiden Generalen empört und wutentbrannt zu. »Tötet ihn, um das Volk zu besänftigen!« verlangte er mit listig glitzerndem, verschlagenem Blick.

»Darüber haben nicht wir zu bestimmen, Dingane«, wehrte Mgobozi ab. »Das Urteil spricht Sigidi, sobald er sich wieder erholt hat.«

»*Falls* er sich jemals erholt«, flüsterte der Zweitgeborene des Hauses Zulu. »Wir müssen realistisch denken«, erklärte er Joko und Mgobozi im Verschwörerton. »Wir müssen mit der Möglichkeit rechnen, daß der Große Elefant stirbt. Und zum Wohle der Nation muß rasch ein neuer Führer nachfolgen – so schnell wie möglich!«

»Und wer soll dieser Führer sein?« Die Verachtung in Mgobozis Stimme war unüberhörbar. »Du, Dingane?«

»Allerdings, General!« brüllte der ›Bedürftige‹ plötzlich los, indem er ein Leben voller Haß und Frustrationen, ein Leben im langen Schatten seines Bruders abreagierte. »Ich bin Dingane kaSenzangakona Zulu! Der direkte Nachkomme Jamas, Ndabas, Magebas, Pungas und Zulu kaMalandelas! Im Namen meiner Ahnen, General, der Vorväter, die ich mit deinem König gemeinsam habe, befehle ich dir, diesen Mann zu töten, der es gewagt hat, eine Hand gegen meinen Bruder zu erheben.« Seine verschlagene Stimme klang drängend, als er lauter, nachdrücklicher sprach: »Töte ihn jetzt! Sonst tue ich's selbst!«

Ohne Dingane aus den Augen zu lassen, blieb Mgobozi trotzig unbeweglich, bis Shakas Halbbruder wegen dieser ›Befehlsverweigerung‹ des Generals vor Wut zitterte. Dingane beschloß endlich, die Sache selbst in die Hand zu nehmen, riß Joko den Ixwa aus der Hand, stieß ihn Pakatwayos Schergen tief in die Brust und tötete den vor ihm liegenden Attentäter dadurch augenblicklich. Dann gab er Joko die Waffe zurück, machte auf dem Absatz kehrt, schritt davon und tauchte in der erregten Menge unter.

Sekunden später sah er sich mit Mkabayis festem, durchdringendem Blick konfrontiert.

»Du hast den Beweis vernichtet«, erklärte sie ihrem Neffen,

wobei sie Pakatwayos Schergen meinte, den Dingane soeben durch einen Speerstoß für immer zum Schweigen gebracht hatte. »Aber deine Schuld hast du dadurch nicht beseitigt.« Mkabayis schmale Lippen verzogen sich zu einem listigen Lächeln. »Was er wohl über dich, Mhlangana und Pakatwayo hätte erzählen können, wenn du ihn nicht davor bewahrt hättest, gefoltert zu werden?«

Dingane hatte Mühe, den starken Schock zu verbergen, den diese zutreffende Frage seiner Tante in ihm auslöste. Sein Gehirn arbeitete angestrengt, um eine Erwiderung oder Zurückweisung zu finden, die als Widerlegung von Mkabayis erschreckend präziser Schuldzuweisung dienen konnte. Da Dingane jedoch den Scharfblick der Schwester seines Vaters kannte, wurde ihm schon bald klar, daß alles Leugnen bei einer Frau mit ihren Geistesgaben vergeblich gewesen wäre. Deshalb gestattete er sich mit schmalen Lippen ein dünnes Lächeln, während er sich vornahm, mit Mkabayi später abzurechnen – sobald er sicher auf dem Zuluthron saß.

»Wie lange weißt du das schon?« fragte Dingane mit unüberhörbarem Ressentiment in der Stimme.

»Seit deiner Geburt, Dingane«, antwortete sie provozierend. »Ich habe seit damals gewußt, daß dieser Tag kommen würde. Als ich dann erfahren habe, daß dein Bruder und du sich regelmäßig – und heimlich – mit dem Qwabe getroffen haben, ist der Rest nicht schwer zu vermuten gewesen. Nur schade, daß ich den Zeitpunkt nicht herausbekommen konnte, sonst wäre dieses Verbrechen verhindert worden!« Mkabayi, die ihren Abscheu nicht länger unterdrücken konnte, fügte er angewidert hinzu: »Du bist ein Narr, Dingane! Ist deine Machtgier so groß, daß du dein eigenes Volk verraten würdest – die stolze Bestimmung der amaZulus?«

»Shaka hat unser Volk verraten!« kreischte Dingane nachdrücklich. Seine haßerfüllte Stimme wurde höher und lauter wie ein schlimmer Wind über dem Zischen und Brausen der aufgewühlten See. »*Er* hat uns verraten! Indem er das Leben seines Vaters zerstört hat! Indem er mich um das gebracht hat, was mir als dem ältesten legitimen Erben zugestanden hätte!

Indem er eine Nation von Kriegern aufgebaut hat! Indem er uns ein Jahrzehnt voller Kriege beschert hat, in dem die jungen Frauen zu kinderlosen alten Jungfern und die jungen Männer zu zahnlosen alten Kämpfern geworden sind! Endlose Kriege, endloses Blutvergießen, endloser Haß, endloses Morden ...«

»Und Siege! Und Ruhm!« kreischte Mkabayi, um den von allen Seiten auf sie eindringenden Lärm zu übertönen. »Und ein Reich! Das größte, das dieses Land jemals sehen wird! Glaubst du wirklich, daß solche Macht sich erringen läßt, ohne daß Opfer gebracht werden müssen? Er hat die Träume unserer Vorfahren verwirklicht, und jetzt hast du ... *du* hast diese Träume in einen Alptraum verwandelt! Was willst du der Nation sagen, Dingane? Was soll unser Volk glauben? Daß einer seiner eigenen Krieger, seiner *treuen* Ufasimbas, seinen Speer gegen seinen Gebieter richten würde?«

»Du unterschätzt mich, meines Vaters Schwester«, antwortete Dingane kunstvoll listig. »Mein Plan wäre selbst der überlegenen Strategie meines Bruders würdig. Das Volk soll erfahren, sein Tod sei ein Wink des Schicksals!« Dinganes Stimme wurde zu einem schlangenartigen Zischen. »Wie der Mensch gelebt hat, so soll er sterben. Ich werde den amaZulus mitteilen, sein Tod sei von den Ahnen beschlossen worden.«

»Aus welchem Grund?« fauchte Mkabayi.

»Verrat!« antwortete Dingane mit halblauter Stimme, aus der Haß und persönlicher Ehrgeiz sprachen. »An seinem Volk. Wir erklären den Leuten, daß die Ahnen vorausgesehen haben, daß der Große Berg im Begriff gewesen sei, dem Zauber der übers Meer gekommenen Fremden zu erliegen. Wir machen ihnen klar, daß dem Sohn Zulus Einhalt geboten werden mußte, bevor er die Nation mit eigener Hand, durch seine eigene ...« Shakas Halbbruder grinste verächtlich, als er seinen Satz zu Ende brachte. »... Neugier vernichtete.«

Mkabayi erstarrte, ohne etwas zu erwidern zu können, als Dingane mit der konzentrierten Boshaftigkeit eines ganzen Lebens hinzufügte: »Das glauben sie bestimmt, Mkabayi. Schließlich ist's fast die Wahrheit, nicht wahr?«

Der Sohn Zulus, der Große Berg Afrikas lag in seiner Königshütte, in der ein knisterndes Feuer seinen majestätischen Leib in rote Flammen und schwarze Schatten tauchte – die Farben des Todes und des Sterbens. Während sein stolzes Herz unbeirrbar sein fieberglühendes Blut durch seinen Körper pumpte, tasteten seine Gedanken wirr durch die ihn umgebende Dunkelheit nach einem Funken Leben. Aber so sehr Shaka sich auch bemühte, den Glanz des Lebens zu erfassen, so deutlich spürte er die unabweisbare Nähe seines Gefährten Tod. Und während er den Atem seines Gefährten auf seiner Seele spürte, empfand er eine gewisse Befriedigung über die Leichtigkeit, mit der er seinem Leben ein Ende setzen konnte. Er brauchte nur loszulassen.

Trotzdem tat er's nicht. Er konnte nicht. Zumindest noch nicht. Nicht so!

Um in der um ihn kreisenden Welt einen Fixpunkt zu finden, konzentrierte Shaka sich auf den leichten Druck, den er am Arm spürte: den Druck einer sanften Berührung, einer Liebkosung, den zarten Kontakt von Fingerspitzen mit seiner Haut. Indem Shaka dieses Gefühl als Rettungsleine benützte, zog er sich allmählich aus dem Mahlstrom seiner Willenlosigkeit und kehrte in eine bewußte Realität mit pochenden, qualvollen Schmerzen in seiner Seite zurück.

Der Zulu schlug die Augen auf und erkannte durch die leuchtenden Schleier, die seinen fiebrigen Blick einengten, Pampatas liebliche Züge. In ihrer unerschütterlichen Ergebenheit kniete die Frau an seiner Seite, beugte sich über ihn und hielt seinen mächtigen Arm graziös umarmt. Als Pampata erkannte, daß ihr Gebieter wiedererwacht war, drängte sie ihre Tränen zurück, und ihr Mund mit den vollen Lippen öffnete sich in erwartungsvoller Vorfreude. Dann blickte Shaka an ihr vorbei und suchte mit den Augen das Gesicht seiner Mutter.

Als sein Blick dem Nandis begegnete, als er ihre zeitlose Schönheit in kummervoller Verzweiflung erstarrt sah, wurde ihm klar, daß der Tod bedeutet hätte, sie zu verlieren: die Geborgenheit, die Wärme, die Führerin und Bewahrerin seines Lebens und seiner Liebe.

Shaka hob den Arm, löste ihn aus Pampatas Umarmung, streckte seine langen Finger nach der Hand seiner Mutter aus, erfaßte sie und drückte sie. Er fühlte ihre Wärme und die pulsierende Gleichmäßigkeit, mit der ihr Blut durch ihre Adern strömte; er spürte ihr Leben und wollte plötzlich auch wieder leben – für sie, in ihr und mit ihr!

Nandi, immer Nandi!

»Febana«, sagte der König mit hohler Stimme, die ein Echo des Todes war.

Farewells Blick ruhte auf Pampata: auf ihrem Leid, auf ihrer unbelohnten Ergebenheit, auf ihrem kummervoll gesenkten Gesicht. Als er seinen Namen hörte, starrte er Shaka verblüfft an und antwortete zu seiner eigenen Überraschung: »Yebo?«

Shaka drehte den Kopf zur Seite und suchte Farewells Blick. Mit einer seinem Wesen völlig fremden bittenden Geste streckte der Herrscher die andere Hand aus und griff an Farewell vorbei nach Fynns Handgelenk, das er hilfesuchend umklammerte.

»Sondela!« Die Stimme des Königs klang drängend, als er jetzt den Iren ansprach.

»Sie sollen näherkommen«, flüsterte Daniel dem Arzt zu.

Während die Hand des Zulus seinen Arm fester umschloß, rückte Fynn widerstrebend näher ans Feuer und an die riesenhafte, imposante Gestalt des Großen Berges heran. Als Shaka weitersprach, erwiderte der Arzt seinen Blick und entdeckte in den scharfen Augen des Zulus zu seiner Überraschung ein angedeutetes Flehen und eine gewisse Verwundbarkeit.

»Er fragt...«, begann Daniel, dessen Stimme plötzlich vor Rührung heiser war. »Er fragt, ob Sie ihn retten können. Können Sie ihm das Leben zurückgeben, wie Sie's dem Mädchen geschenkt haben?«

Als Fynn den Kopf hob, sah er, daß Nandi und Pampata ihn gespannt beobachteten, wobei ihre bittenden Mienen vorsichtige Hoffnung und sehnsüchtige Erwartungen verrieten.

»Sind denn alle übergeschnappt?« Fynns gepreßte Stimme war mit Verzweiflung unterlegt, als er Daniel und Farewell anstarrte. »Das Mädchen ist nicht tot gewesen!« Er empfand eine

Art Platzangst, weil er sich hinter den eisernen Gitterstäben von Wahnvorstellungen und Narretei gefangen fühlte, was die Erregung in seiner Stimme deutlich zeigte. »Die Kleine hat im Koma gelegen! Katatonie! Die Übergangsstadien der Hypoglyzämie! Sie wäre von selbst wieder zu sich gekommen, wenn ihre Angehörigen nicht versucht hätten, sie zu begraben! Begreifen Sie das denn nicht?«

»Doch, ich verstehe, Fynn«, antwortete Daniel gelassen. »Aber *er* kann's nicht begreifen.« Der Xhosa erwiderte Shakas nachdrücklich forschenden Blick. »Für ihn gibt's nur Licht und Dunkelheit. Er sieht die Dunkelheit kommen und glaubt, Sie könnten ihm das Licht zurückgeben.«

»Möchten Sie mit der ganzen Sache lieber nichts zu tun haben, Fynn?« fragte der Leutnant, als er sah, daß es dem Iren widerstrebte, auch nur einen Finger für Shakas Wohlergehen krummzumachen. »Lassen Sie ihn einfach verbluten und sterben! Hoffen Sie, daß Gott ihn verdammt, wie Sie's getan haben!«

»Und warum nicht?« Fynns gerechte Empörung betonte seinen irischen Akzent noch stärker. »Männer wie er haben den Tod verdient!«

»Wir auch?« knurrte Farewell, der sich bemühte, seinen wachsenden Zorn vor den neugierigen Blicken Nandis und Pampatas zu verbergen. »Haben *wir* den Tod verdient, Fynn? Hören Sie den Mob dort draußen?« Die Hand des Leutnants zitterte, als er nach draußen deutete, wo sich tumultartige Szenen abzuspielen schienen. »Sie sind ein gebildeter Mann, Fynn. Denken Sie an Cäsar und die Anarchie des Interregnums unter Führung ›ehrenwerter‹ Männer wie Brutus und Cassius! Das gleiche kann hier passieren! Shakas Armee ohne Shaka kann sich zu einer weit größeren Bedrohung entwickeln, als wir je für möglich gehalten hätten! Und ich fürchte, daß *wir* die ersten Opfer dieser Anarchie sein werden!« Bei der Erwähnung seines Names konzentrierte Shakas Aufmerksamkeit sich auf den Marineoffizier, und der König hörte gespannt zu, als verstehe er Farewells Worte, während der Leutnant weiter erregt auf Fynn einredete. »Begreifen Sie denn nicht, daß wir jetzt eine Gelegenheit haben, Shakas Gunst zu erringen? Diese Chance dürfen wir uns nicht entgehen lassen! Wenn wir seine Seele beherrschen, kontrollieren wir die Zukunft Südafrikas!«

Daniel starrte den Leutnant sprachlos an.

»Seine Seele beherrschen?« rief Fynn mit vor unterdrückter Bewegung zitternder Stimme aus. »Wie denn? Indem wir beweisen, daß wir Macht über Leben und Tod besitzen?« Sein Tonfall wurde plötzlich sarkastisch. »*Das* ist also unser Spiel – nicht wahr, Francis?«

»Leben und Tod?« wiederholte Daniel mit vor Staunen leiser Stimme. »Wissen Sie, was Sie da tun, Leutnant?«

»Ja, das weiß ich, Daniel.« Farewell schien vor seiner eigenen Kühnheit fast zu erschrecken. »Der Herr vergebe mir dafür.«

»Das tut er bestimmt.« Fynns schwaches Lächeln machte einem finsteren Gesichtsausdruck Platz. »Allein schon deshalb, weil Gott sicher nichts an Ihrer Phantasie auszusetzen findet. Aber Sie haben dabei etwas vergessen, Francis. Wir besitzen diese Macht *nicht*, und ich bin mir keineswegs sicher, ob ich ihn mit meinen ›normalen‹ Fähigkeiten retten *könnte*. Die Speerspitze ist in seinen Brustkorb eingedrungen, und er spuckt Blut und Schleim, was auf eine Lungenperforation schließen läßt! Sollte das der Fall sein, ist er ebenso verloren wie das Mädchen, das er hat ermorden lassen!«

»Dann müssen Sie beten, Fynn«, forderte der Leutnant ihn knapp auf.

»Beten?« wiederholte der Arzt empört. »Für ihn?« Sein Blick streifte die mächtige Gestalt des sterbenden Herrschers.

»Nein, für uns«, lautete Farewells gleichmütige Antwort.

Daniels Blick blieb auf Farewell gerichtet, während er sich ins Gedächtnis zurückrief, was dieser exzentrische, idealistische Engländer einst gesagt hatte. Wir sind Heuchler, hatte er verkündet. Das sind wir seit den Kreuzzügen und der Inquisition! Seitdem Cortez die Azteken hingeschlachtet hat, weil sie sich weigerten, unsere Wertvorstellungen von ›Gut‹ und ›Böse‹ zu übernehmen...

Woraus bestehen diese Wertvorstellungen? Was ist Gut und

Böse für diese Männer, deren Haut die Farbe von Sorghum hat und die Gott spielen und es verstehen, das Vertrauen eines Mannes wie Shaka zu gewinnen? fragte Daniel sich, während er beobachtete, wie Fynn auf der Suche nach einem weiteren Wunder seine Arzttasche öffnete.

Ja, überlegte Daniel sich, ich werde beten – für uns.

Aber vor allem würde er für Afrika beten.

»Nkosi sikelela Africa«, flüsterte er. »Gott segne Afrika und bewahre es vor jenen, deren Spiegelbild die Dimension der Tiefe fehlt.«

»›Wenn ich mit Menschen- und Engelszungen redete und hätte der Liebe nicht, so wäre ich ein tönend Erz oder eine klingende Schelle ...‹«

Die klingende Stimme, die laut die unsterblichen Verse aus dem Ersten Korintherbrief des Apostels Paulus zitierte, gehörte dem Reverend Josiah Bellow, einem anglikanischen Geistlichen und geschätzten Pionier des B.B.C.A.M. (British Board of Commissioners for African Missions). Hoch von seiner strohgedeckten Kanzel in der primitiven Kirche der Missionsstation aus richtete der Mann Gottes seine Worte an eine gemischte Gemeinde, die das Gotteshaus in drei klar unterschiedenen, deutlich getrennten Abteilungen bis zum letzten Platz füllte. In der ersten Abteilung (Bellow, der Kanzel und dem Kruzifix am nächsten) saßen die weißen Mitglieder seiner kleinen Gemeinde: seine Frau und seine Kinder, seine weißen Helfer und (als Somersets spezielle Vorsichtsmaßnahme gegen die Bedrohung der Kolonie durch die Zulus) Colonel Josias Cloete (der Kommandeur der über 2000 britischen Soldaten und Freiwilligen), Hauptmann Scott Aitchison und einige der gläubigeren Offiziere und Mannschaften von Seiner Majestät 25. Linienregiment; die zweite Abteilung war mit den Xhosa- und Tembu-Lehrern der Missionsstationen und »bekehrten eingeborenen Schülern« besetzt; und die dritte (an die Tür anschließende) Abteilung war mit den ehrfürchtig staunenden Gestalten der verarmten, von Gott und den Menschen verlassenen Fingos, den vor Shakas Eroberungsfeldzügen Geflüchteten, überfüllt.

»›Und wenn ich weissagen könnte und wüßte alle Geheimnisse und alle Erkenntnis und hätte allen Glauben, so daß ich Berge versetzte, und hätte der Liebe nicht, so wäre ich nichts...‹ ‹

Mrs. Rebecca Bellow preßte die Lippen zusammen und nickte in stummer Übereinstimmung mit den von ihrem Gatten so meisterhaft vorgetragenen Worten des Apostels Paulus. Unter hochgezogenen Brauen glitt ihr aufmerksamer Blick rasch in den rückwärtigen Teil der Kirche, wo das schwarze Gewoge aus Fingos von den weit ausholenden Gesten und rhetorischen Floskeln, die sie von den Höhen der Kanzel erreichten, wie gebannt zu sein schienen. Und während der scharfe, stechende rend der scharfe, stechende Geruch dieser Heimatlosen Rebeccas zierliche Nase erreichte, während sich unter ihren Achseln Schweißtropfen bildeten, die ihr weißes Seidenkleid dunkel färbten, lauschte die Pastorsfrau der starken Stimme ihres Gatten und dachte resigniert an ihr großes Opfer namens Afrika. Christus wird sie retten, sagte sie sich, indem sie den Fingos zulächelte, und fühlte ihr Herz vor Rechtschaffenheit weit werden. Christus wird ihnen zuflüstern, daß das Schlimmste, was die Welt ihnen antun kann, für Gläubige nur eine Kleinigkeit ist, und daß Gott diese Schwarzen besonders ins Herz geschlossen hat, so schwer die Wege der Vorsehung auch manchmal zu sein scheinen.

Indem ihr Lächeln sich bei diesem tröstlichen Gedanken vertiefte, galt ihre Aufmerksamkeit wieder der weißen Abteilung der Kirche, und ihr Blick fiel auf Colonel Cloete. Wie blendend er mit seinem ergrauten Backenbart, seinen dunkelblauen Augen und in seiner schneidigen Uniform mit goldbetreßtem Rock und enger weißer Reithose aussah!

»›Die Liebe freuet sich nicht der Ungerechtigkeit, sie freuet sich aber der Wahrheit‹«, rezitierte Bellow aus dem Gedächtnis. »›Sie verträgt alles, sie glaubet alles, sie hoffet alles, sie duldet alles. Die Liebe höret nimmer auf, so doch die Weissagungen aufhören werden und das Zungenreden aufhören wird und die Erkenntnis aufhören wird...‹«

Und die Fingos hörten barfuß und schmutzig zu; sie beobachteten Bellow, während er sprach: verständnislos, aber nicht gefühllos und tief im Herzen spürend, daß sie von Sünden erlöst werden sollten, die sie nie begangen hatten, und Antworten auf Fragen erhielten, die sie nie gestellt hatten.

»›Da ich ein Kind war‹«, fuhr der Reverend mit dem Apostel Paulus fort, »›da redete ich wie ein Kind und war klug wie ein Kind und hatte kindliche Anschläge; da ich aber ein Mann ward, tat ich ab, was kindlich war.‹«

Hauptmann Aitchison setzte sich auf und nahm – ganz stolzer Offizier – die Schultern zurück.

»›Wir sehen jetzt durch einen Spiegel in einem dunklen Wort; dann aber von Angesicht zu Angesicht. Jetzt erkenne ich stückweise; dann aber werde ich erkennen, gleichwie ich erkannt bin.‹« Bellow machte eine Pause, verließ den Korintherbrief, schwenkte in Gedanken auf die Gleise seiner vorbereiteten Predigt ein und beugte sich lächelnd nach vorn.

»Geliebte Gemeinde«, begann er, indem er sich an die Weißen und die Schullehrer wandte, »wir erfüllen hier einen göttlichen Auftrag. Wir sind auserwählt worden, den Kindern Afrikas die Liebe Gottes zu bringen, die Unwissenden in seinen Geboten zu unterweisen und den Einfältigen die große Komplexität der göttlichen Vorsehung nahezubringen. Wir müssen uns ihrer annehmen...« Bellows Blick galt jetzt den Fingos. »... und sie lehren, daß nichts ohne den Willen Gottes geschieht, daß dieser Gott ein gerechter Gott ist, dem wir dienen müssen, wie sie...« Der Reverend nickte zu dem schwarzen Gewoge hinüber. »... aufgerufen sind, ihren irdischen Herren zu dienen. Wie sie von ihren Gebietern bestraft werden, wenn sie ungehorsam sind, so werden wir von Gott gestraft, wenn wir ihm ungehorsam sind. Wir müssen ihnen begreiflich machen, daß sie ohne unser Kommen niemals von der erlösenden Gnade unseres Herrn gehört hätten, so daß Christus für sie vergeblich gestorben wäre! Zum Glück...« Bellow lächelte den Fingos zu. »... sind wir jedoch hier, und sie haben die Möglichkeit, durch unseren Herrn und Heiland Jesus Christus die ewige Seligkeit zu erlangen. Mit diesem tröstlichen Gedanken wenden wir uns dem...«

»Colonel Cloete!« erscholl ein Ruf vom Eingang her und unterbrach Bellows melodische Stimme. »Colonel!« rief der Soldat erneut und bahnte sich seinen Weg durch eine zähe Masse aus Fingo-Kindern.

»Was gibt's, Korporal?« Cloete, der unbehaglich beobachtet hatte, wie Bellow in kaum unterdrücktem Ärger die Lippen zusammenkniff, drehte sich nach dem herankommenden jungen Uniformierten um.

»Sir!«

Der Korporal nahm Haltung an und meldete: »Nachrichten aus dem Norden, Sir – über Shaka!«

Im Hintergrund der Kirche erklang verzweifeltes Stöhnen, und Cloete fühlte sein Herz rascher schlagen, während der Reverend Bellow und seine ganze Gemeinde besorgt an den Lippen des Uniformierten hingen.

»Hat er mobilgemacht?« fragte der Colonel.

»Wohl kaum, Sir«, antwortete der junge Soldat, um mit schwachem Lächeln hinzuzufügen: »Es sei denn, die Zulus ließen sich von Geistern befehligen!«

»Drücken Sie sich deutlicher aus, Korporal!« Cloete begann die Geduld zu verlieren.

»Jawohl, Sir. Soviel aus den Meldungen hervorgeht ... Wir haben allen Grund zu der Annahme, daß ... nun, Sir ... der Kerl ist ermordet worden!«

Ein schockiertes Atemholen durchzuckte die erste Abteilung der Gemeinde, als die Weißen den Korporal sprachlos anstarrten.

»Shaka Zulu ... tot?« fragte Cloete zweifelnd. »Wissen Sie das bestimmt?«

»Jawohl, Sir«, bestätigte der Soldat. »Ich habe mir erlaubt, meine einheimischen Quellen heranzuziehen. Sie sind äußerst zuverlässig, würde ich sagen. Oben im Norden scheint große Unruhe zu herrschen. Wie es heißt, hat er einen Stich ins Herz gekriegt. Schon vor fast einer Woche.«

»Der Herr sei gelobt!« rief Bellow hörbar erleichtert.

»Amen, Reverend«, fügte Cloete grinsend hinzu, stand auf und wandte sich an Aitchison. »Hauptmann!«

»Sir?« Aitchison erhob sich ebenfalls und nahm Haltung an.

»Lassen Sie alle patrouillierenden Einheiten und Freiwilligen sammeln. Wir treten bei Sonnenaufgang den Rückmarsch zum Kap an!«

»Ist das nicht etwas voreilig, Sir?« wandte Aitchison ein. »Vielleicht rotten die Zulus sich unter einem neuen Führer erneut zusammen.«

»Höchst unwahrscheinlich«, wehrte Cloete zuversichtlich ab.

»Shaka ist ein glücklicher Zufall gewesen! Eine in Afrika einmalige Erscheinung. Ohne ihn verfallen diese Eingeborenen wieder in ihren natürlichen Zustand von Waschweibern und Jammerlappen! ... Nein, wir haben nichts mehr zu befürchten, und der Herr sei gepriesen.«

»Amen!« rief Bellow und erschlug eine afrikanische Fliege, die es auf seine Halsschlagader abgesehen hatte.

36 UBUSHA *Jugend*

Am Morgen des achten Tages nach dem Attentat schritt Dingane kaSenzangakona Zulu durch das Chaos der von laut wehklagenden Zulus besetzten Zitadelle Shakas und ließ durch Auftreten und Haltung seine wachsende, deutlich verräterische Überzeugung erkennen, sein mit dem Qwabe Pakatwayo ausgeheckter Plan habe den gewünschten Erfolg gehabt, so daß er schon bald der Oberherrscher der von seinem Halbbruder erdachten und zusammengeschmiedeten Nation sein werde.

Nachdem Dingane mit einiger Mühe den oberen Rand des Viehgeheges erreicht hatte, blieb er am Tor zum isiGodlo stehen, das von Mgobozi, Nqoboka, Mzilikazi, Joko und einer

Abteilung Ufasimbas vor der erregten, zu Gewalttätigkeiten neigenden Menge bewacht wurde. Als Mgobozi ihm mit erhobener Hand den Durchgang versperrte, erwiderte der Sohn Senzangakonas den feindseligen Blick des Generals mit heiterer, zuversichtlicher Miene.

»Willst du mir verwehren, meinen sterbenden Bruder aufzusuchen, General?« fragte Dingane beunruhigend gelassen, bevor er seinen falschen Zügen einen strengen Ausdruck verlieh und hinzufügte: »Willst du dem legitimen Erben des Hauses Zulu das Recht verwehren, den isiGodlo zu betreten?«:

Mgobozis Reaktion auf diese listig gestellten Fragen bestand darin, daß er rasch zu Ngomane hinübersah, der als Shakas Ministerpräsident stillschweigend als sein Bevollmächtigter betrachtet wurde, solange Shaka ›unwohl‹ war. Der ältere Mann nickte zustimmend, worauf Mgobozi den listigen zweitgeborenen Enkel Jamas widerstrebend losließ. Dingane, der den iziCwe-Kommandeur überlegen lächelnd betrachtet hatte, grinste jetzt zufrieden, als er an Mgobozi vorbei das innerste Heiligtum Bulawayos, betrat.

Bei seiner Annäherung an die riesige Königshütte wechselte Dingane einen gespannten Blick mit Nandi und Pampata, die im Schatten der Euphorbie saßen: unbeweglich, unansprechbar, mit starren Mienen, die verrieten, daß ihre Herzen erkaltet und bar jeglicher Hoffnung waren. Am Eingang zur Königshütte stieß Shakas Halbbruder auf Wilkins, Farewell, Cane, Holstead, Popham und Daniel, die von bewegungslosen, schweigenden Ufasimbas an der Schwelle des Gebäudes hockend bewacht wurden. Während die Schwalben Dinganes verschlagene Züge unruhig beobachteten, knurrte der Zulu eine Frage, die Daniel in freier Übersetzung wiedergab: »Er wünscht unseren ›Sangoma‹ zu sprechen.«

Bevor Farewell oder Wilkins darauf antworten konnten, trat Fynn aus Shakas Hütte und blinzelte ins Sonnenlicht, um seine müden, blutunterlaufenen Augen wieder an die Helligkeit des Tagesgestirns zu gewöhnen.

»Sinjani isimo seNkosi na?« fragte Dingane den Medizinmann steif.

»Er erkundigt sich nach dem Gesundheitszustand des Königs«, sagte Daniel.

»Sagen Sie ihm, daß der Zustand des Königs unverändert ist«, erwiderte Fynn und kratzte sich die juckende Haut unter den verfilzten, ungekämmten Bartsträhnen, die seine untere Gesichtshälfte bedeckten und über seine blassen Lippen herabhingen. »Sagen Sie ihm, daß er und das Volk augenblicklich von jeder Veränderung – von jeder Besserung – seines Zustandes unterrichtet werden.«

Auch nach Daniels Übersetzung blieb Dinganes Gesichtsausdruck streng und anklagend. »Uma beqamba amange«, antwortete er schroff. »Bazongcwatshwa nayo iNkosi.«

Fynn sah fragend zu Daniel hinüber. »Er hofft, daß der Sangoma der Schwalben die Wahrheit sagt«, übersetzte der Xhosa. »Sollte der König bereits tot sein, werden wir ihn ins Grab begleiten.«

Der Arzt, dessen im allgemeinen zurückhaltende Art durch Übermüdung zu gleichgültiger Passivität geworden war, reagierte keineswegs ängstlich, sondern deutete mit einem Schulterzucken auf die Königshütte. »Sagen Sie, daß er selbst hineingehen und nachsehen kann, wenn er mir nicht glaubt! Mir geht's nicht darum, den Mann zu verstecken, sondern ihn zu retten!«

»Ungangena uzibonele«, forderte Daniel den Halbbruder des Königs auf, und der ›Bedürftige‹ betrachtete den gähnenden Hütteneingang und das dahinter dräuende Dunkel mit nervöser Ungeduld und einem leichten Zittern der Lippen, das sehr an Angst erinnerte. Als diese Lippen sich dann sprechend bewegend, galt Dinganes Aufmerksamkeit wieder den Schwalben, die er mit tückischem Blick betrachtete.

»Ngizobuya ngokushona kwelange!« knurrte er und stolzierte aus dem isiGodlo hinaus.

»Er kommt bei Sonnenuntergang zurück, um weitere Auskünfte einzuholen«, übersetzte der Lehrer umständlich.

»Zweifellos der Thronfolger«, meinte Wilkins, der Dinganes Auftritt interessiert verfolgt hatte und dem Zulu jetzt fragend nachblickte.

»Ganz recht«, bestätigte Daniel spöttisch lächelnd. »Geduld ist noch nie eine Tugend königlicher Familien gewesen.«

»Wie geht's ihm wirklich, Fynn?« Farewell starrte ins dunkle Innere der Königshütte.

»Er liegt im Sterben, Francis«, erklärte ihm der Arzt mit gereiztem Bedauern in der Stimme. »Und ich kann anscheinend nicht das geringste dagegen ausrichten! Wenn sein Fieber nicht bis Sonnenuntergang zurückgeht, überlebt er die nächste Nacht nicht mehr.«

Wilkins und Daniel, die den beiden am nächsten waren, durchzuckte bei dieser Diagnose heiße Angst, denn sie hatten übereinstimmend das seltsame Gefühl, trotz seiner grausamen und tyrannischen Art sei mit Shaka leichter umzugehen als mit der gefährlich erregbaren, unvernünftigen Bevölkerung, die außerhalb der verhältnismäßig Sicherheit bietenden hohen Palisaden von isiGodlo wehklagte und jammerte. Als habe Ngomane die Gedanken der Schwalben erraten, warf er einen vielsagenden Blick nach draußen, wo die entfesselte Menge tobte, trat auf die Gruppe zu und sprach Daniel nachdrücklich besorgt an.

»Sezizinde izinsuku«, sprach der Ministerpräsident würdevoll, aber mit deutlich drängendem Unterton. »Sekunesidingo sukuthi isiswe simbone uShaka, manje.«

»Er sagt, daß viele, zu viele Tage vergangen sind«, erklärte der Xhosa den Weißen. »Das Volk muß Shaka sehen, bevor es zu Aufruhr und Unruhen kommt.«

»Er hat recht, glaube ich«, stimmte Farewell zu.

»Unmöglich, Francis!« widersprach Fynn aufgebracht. »Er kann nicht einmal stehen und erst recht nicht bis zum Tor gehen!«

Farewells Blick folgte Fynns erhobener Hand zum Tor im Palisadenzaun der inneren Residenz Bulawayos.

»Dann müssen wir ihm eben helfen«, antwortete der Leutnant mit unternehmungslustigem Blinzeln.

Im Halbdunkel der Königshütte hoben Farewell und Joko den gewaltigen, muskulösen Leib Shakas von seinem Lager aus Strohmatten neben der Feuerstelle, aus der dichte Schwaden medizinischer Dämpfe in die rauchgeschwängerte Luft des Kuppelbaus aufstiegen. Der Körper des Herrschers hing schlaff zwischen ihnen – kraftlos baumelten die Arme, die Augen waren geschlossen, und wie bei einem Ohnmächtigen lag der Kopf im Nacken, während die Adern wie Peitschenschnüre an seinem langen, sehnigen Hals hervortraten

Mit Unterstützung Mgobozis und Mzilikazis richteten die beiden Männer, die Mühe hatten, sein massives Gewicht im Gleichgewicht zu halten, den Großen Berg zu stehender Position auf. Während Wilkins half, Rumpf und Schultern des Zulukönigs zu stützen, legten Fynn und Pampata ihm sein prächtiges Festgewand an und vervollständigten seinen Ornat mit der Kranichfeder und den Elfenbeinquasten, die Farewell selbst um die mächtigen Arme und Beine des Herrschers schloß (vielleicht um dem vertrauten Klirren Trotz zu bieten, das im Herzen des Leutnants mehr als einmal jenes unerklärliche Gefühl von finsterer Grausamkeit und unmittelbar bevorstehendem Tod hervorgerufen hatte).

Als sie den sie alle überragenden Zulukönig dann zum Ausgang schoben, fiel Farewells Blick auf eine kleine Porzellandose in Fynns offener Arzttasche. Auf der Dose stand ROWLAND'S MACASSAR OIL, und der Engländer wußte, daß dieses Mittel nicht nur als Antiseptikum zur Wundbehandlung diente, sondern auch (in den extravaganteren Kreisen Londons) als schwarzfärbende Haartinktur benützt wurde.

Ein Haarfärbemittel! sagte der Leutnant sich mit einem raschen Blick auf Shakas ergraute Schläfen und dachte daran, wie der König dieses beunruhigende Anzeichen fortgeschrittener Jahre trübselig angestarrt hatte, als er sich in dem Silberspiegel betrachtet hatte.

In diesem Augenblick tat Farewells Narretei einen weiteren unerschrockenen Schritt auf dem Weg zur Schändung Afrikas. Während Mgobozi, Mzilikazi und Pampata mißtrauisch verwundert zusahen und Fynn und Wilkins erstaunt die Stirn runzelten, rieb der Leutnant Shakas Kopf mit Makassaröl ein, massierte es ins Haar ein und färbte das Grau mit dem ›Verjüngungsmittel‹ jugendlich schwarz.

»Ein zusätzlicher Effekt, Fynn.« Farewell grinste, als er den fragenden Blick des Iren sah. »Zur Steigerung der Bühnenwirkung.«

Shakas imposanter Körper ließ Farewell und Mgobozi fast zwergenhaft erscheinen, als die beiden den König stützten und seine bleiernen Schritte lenkten, die wie von selbst das hochaufragende isiGodlo-Portal ansteuerten.

Nandi, die weiterhin bewegungslos im Schatten der Euphorbie saß, starrte wie gebannt die Gestalt ihres Sohnes an, der im stützenden Haltegriff der beiden menschlichen Krücken so ungemein verwundbar wirkte. Als ihr Blick dann nach oben glitt und den jugendlichen Glanz seines Haars bemerkte, erstarrte sie vor Überraschung und Verwunderung. Unsterblichkeit! Dieses Wort drängte sich ihr wider Willen auf. Ist's vielleicht doch wahr, daß ...? Sie unterdrückte den Gedanken, bevor er Besitz von ihrer Seele ergreifen konnte.

Cane, Holstead und Popham standen mit großen Augen und offenen Mündern im Hintergrund, als sie diesen merkwürdigen Zug sahen, der wenige Schritte vor dem Tor haltmachte.

»Sagen Sie ihm, daß er allein weitergehen muß«, wies Farewell Daniel an. »*Allein* – verstanden?«

»Bathi bacela, iNkosi«, erklärte Daniel Shaka. »Iqhubeke yodwa.«

Aber Daniels nicht drängend und kraftvoll genug gesprochene Worte beeindruckten den fiebrigen Geist des Königs so wenig wie ein Windhauch, wie eine vorüberziehende Wolke. Shaka blieb unbeweglich stehen und sackte allmählich in den Händen der Männer zusammen, weil eine neuerliche Ohnmacht von ihm Besitz ergriff. Farewell, der den Ernst der Lage erfaßte, berührte mit seinen Lippen fast Shakas Ohr und wiederholte eindringlich und nachdrücklich: »Iqhubeke yodwa!«

Der mächtige Sohn Zulus – dessen Augen geschlossen blieben, dessen Gesicht das aschfahle Grau des nahen Todes aufwies, dessen Züge mit kaltem Schweiß bedeckt und vor Anstrengung verzerrt waren – hörte Farewells Worte in seiner Muttersprache und erwachte aus seiner Teilnahmslosigkeit zu torkelndem Bewußtsein.

»Bathi bacela, iNkosi! Iqhubeke yodwa!« wiederholte Farewell, wobei er jedes einzelne Wort scharf betonte, Daniels Aussprache perfekt imitierte und hoffte, betete, der König möge ihn verstehen.

Nach scheinbar endlos langer Pause richtete Shaka sich zitternd auf und nickte fast unmerklich zustimmend.

Als die beiden Männer den Großen Berg losließen und von Shaka zurücktraten, kämpfte der Zulu darum, das Gleichgewicht zu halten; indem er auf seine übermenschlichen Reserven an Ausdauer und Willenskraft zurückgriff, trat er dann selbständig einen Schritt vor – aufs Tor zu, hinter dem die tobende Menge wie von Sinnen wehklagte und kreischte.

Eine Ironie des Schicksals wollte es, daß Dingane ihn als erster sah. Der ›Bedürftige‹, der ewige ›Zweitgeborene, Zweitbeste‹, hielt den Atem an, rang keuchend nach Luft und starrte ungläubig die majestätische Erscheinung seines Halbbruders an, der – allein – am Tor seiner Residenz stand. Zugleich mit Dinganes stummem Aufschrei, aus dem grenzenlose Verwunderung und Verblüffung sprachen, erstarrte die gesamte Zulubevölkerung wie ein Mann, und das Jammern, Klagen und Weinen verwandelte sich augenblicklich in völliges, tiefstes Schweigen.

Nur das leise Klirren von Elfenbeinquasten war jetzt zu hören: ein in der atemlosen Stille, die sich über die Zitadelle gesenkt hatte, beängstigender Laut, der einem das Blut in den Adern gerinnen ließ. Und in dieser Sekunde schlug Shaka die Augen auf und verwüstete die Menge mit der Intensität seines starren Blickes – ein Blick grenzenlosen Zorns und unendlicher Macht. Die von Shakas strafendem Blick überwältigten Zulus warfen sich zu Boden und bildeten ein einziges schwarzes Meer, das winselnd seinen Herrscher pries.

»Bayete! Bayete, Nkosi!« murmelte Dingane ängstlich und unaufrichtig.

»Bayete! Bayete!« erklang der donnernde Aufschrei der zitternden Bevölkerung. Ihr Herr und Gebieter, der Große Berg Afrikas, lebte und war für viele, für die meisten ... unsterblich! Und als ein Untertan nach dem anderen auf seine schwarzglänzende Haarpracht aufmerksam wurde, schwoll die Flut der Verehrung durch die Erkenntnis an, daß ihr Herrscher verjüngt vom Tode auferstanden war!

Als Shaka diese stürmischen Lobpreisungen hörte, verzogen seine tigerhaften Lippen sich zu einem Grinsen, das zu manischem Gelächter wurde. Dann richtete der Herrscher sich mit neugewonnener Vitalität auf, und in seinen Augen glitzerten ein seltsames, boshaftes Leuchten und das Feuer des Lebens, das den drohenden Ansturm des Todes vorerst noch zurückhielt.

»Er hat eine Prise Macht gebraucht, sonst nichts«, sagte Farewell nonchalant zu Daniel. »Für Männer seines Schlages ist das im allgemeinen die beste Medizin!«

Als habe Shaka diese Worte verstanden, drehte er den Kopf etwas zur Seite, um Farewells lächelndem Blick zu begegnen. Der Zulu erwiderte dieses Lächeln, und auf seinem Katzengesicht lag der Widerschein von Eigenschaften, die seinem Charakter völlig fremd waren: verwundbares Vertrauen, Leichtgläubigkeit, Empfindlichkeit und eine Andeutung von Dankbarkeit.

Und Nandi sah dieses Lächeln und spürte, daß irgend etwas nicht in Ordnung war – besorgniserregend nicht in Ordnung! Aber sie wußte nicht, was es war. Ihre Aufmerksamkeit wurde erneut auf Shakas ›verjüngtes‹ Haar gelenkt, und als sie jetzt in sich hineinhorchte, erschauerte sie in tiefster Seele, als höre sie das Brausen des Windes und seine Stimme …

Auf dem Gipfelplateau der Zinne der Könige las Sitayi aus dem Buch der Ungerechtigkeit, aus dem Evangelium Afrikas, und ihr unheimliches Zischen durchdrang das Firmament, als sie flüsterte: »Leben, Jugend, Unsterblichkeit … Welchen anderen glitzernden Tand werden sie dir für dein Land, dein Erstgeburtsrecht, deine Freiheit … dein Herz bieten? Welchen anderen glitzernden Tand werden sie dir anbieten, mein Kind? Womit werden sie deine unschuldige Seele kaufen, Afrika?«

»Wie lange dürfte er brauchen, um sich völlig zu erholen?« erkundigte Farewell sich bei seinem hageren, schwächlichen Expeditionsarzt auf einem Spaziergang durch die nähere Umgebung von Bulawayo, bei dem ihre Sinne die therapeutische Pracht und Schönheit der afrikanischen Flora und Fauna genossen, die sie für den Augenblick die Spannung und Beunruhigung der vergangenen Tage vergessen ließ.

»Selbst ein Mann von so außergewöhnlich robuster Konstitution wie Shaka braucht Zeit, um ins Leben zurückzukehren«, antwortete Fynn mit einem Blick auf den Mhlatuze, der behäbig an ihnen vorbeiströmte. »Lassen Sie ihm wenigstens ein paar Tage Zeit.« Der Ire drehte sich mit schiefem Lächeln nach Farewell um. »Bevor Sie ihn in weitere Diskussionen über dieses ›Bündnis‹ mit ›Bruder Joji‹ verwickeln.«

»Höre ich aus Ihrem Tonfall Ironie heraus, Fynn?« Farewell lächelte dem Arzt gutmütig zu. »Glauben Sie noch immer, daß unsere Kolonie am besten durch die Ermordung Ihres Mephistos zu retten wäre?«

Fynn schwieg nachdenklich, bevor er antwortete, und sein Blick verlor sich sekundenlang in den kleinen Strudeln des afrikanischen Flusses. Ihn ermorden? dachte er. Niemals! Ganz im Gegenteil! Shakas Seelenverfassung hatte etwas erschreckend Groteskes an sich, das Fynns religiöse und wissenschaftliche Phantasie sehr anregte und in dem Iren den Wunsch weckte, mehr über diesen ungewöhnlichen Menschen zu erfahren. Tatsächlich waren Shaka, Nandi, ihr Verhältnis zueinander und ihre Macht so einzigartig und faszinierend, wie es nur etwas Unmenschliches oder ›Übermenschliches‹ sein konnte, und Fynn sehnte sich danach, mit der Denkweise ›seines Mephistos‹ vertrauter zu werden – vielleicht um zu lernen oder um zu lehren, zu lauschen oder ... sie zu teilen. Das wußte er nicht genau. Aber er wußte eines: Er war froh, daß Shaka noch lebte. Und was die Kolonie betraf ... nun, das war vielleicht egoistisch, aber es gab wenige Dinge, die ihm im Augenblick gleichgültiger waren.

»Vom rein literarischen Standpunkt aus wäre das allerdings reizvoll, Francis«, antwortete Fynn schließlich. »Die Idee, jemanden zu heilen, um ihn dann zu ermorden, ist in der Praxis lächerlich – vor allem für einen Arzt wie mich. Außerdem«, fügte er lächelnd hinzu, »bin ich seit dem Mordanschlag allmählich der Auffassung, daß es für uns in Natal keinen sichereren Ort als Shakas Hütte gibt!«

»Vor allem seit Ihrem ›Wunder‹!« bekräftigte Farewell laut lachend.

»Francis ...« Fynns Gesichtsausdruck wurde plötzlich ernst, als er stehenblieb und den Leutnant am Arm festhielt. »Wir haben dem Mann das Leben gerettet. Ich vermute, daß er uns seine Dankbarkeit handgreiflich bezeigen wird. Glauben Sie, daß wir in Zukunft auf weitere ›bühnenwirksame Wunder‹ verzichten können? Sie wissen schon: Aladins Wunderlampe, Wiederbelebung, Makassaröl ... Wie heißt das alte Sprichwort gleich wieder? ›Der Krug geht so lange zum Brunnen, bis er bricht.‹ Das trifft genau auf unsere Situation zu, fürchte ich!«

»Ach, ich weiß nicht, Fynn.« Der Leutnant trug nach wie vor sein entwaffnendes Lächeln zur Schau. »Aber ich verstehe Ihre Besorgnis. Wir verzichten auf die übernatürliche Masche – *falls* Shaka uns läßt.« Als der Ire fragend die Stirn runzelte, erklärte Farewell ihm: »Wie die meisten großen Männer ist Shaka ein ›Glaubender‹. Das von ihm erbaute Reich hat in seiner Vorstellungskraft längst existiert, bevor es eine Realität geworden ist. Wie Sie sagen, haben Sie ihm das Leben gerettet, aber jetzt haben Sie's noch mit seiner Phantasie zu tun, fürchte ich.«

»Soll das heißen, er will, daß wir Gott spielen?« Fynn fand diese Idee verblüffend.

»Nicht ganz, Fynn.« Farewell bemühte sich um eine Klarstellung. »Aber für einen Mann, der wie Shaka den Gipfel des Berges erreicht hat, kann das Leben ... sehr einsam sein, und die Einsamkeit bringt einen auf alle möglichen Gedanken. Denken Sie nur an Alexander den Großen! Als er erkannte, daß es für ihn nichts mehr zu erobern gab, hat er Aristoteles gebeten, ihm ein höheres Wesen zu benennen, das die plötzlich in seinem Herzen entstandene Leere ausfüllen könne. Ich glaube, daß Gott existiert, weil wir ihn brauchen ...« Der

Leutnant runzelte die Stirn, schüttelte ungläubig den Kopf und überlegte: »Oder ist's genau umgekehrt? Jedenfalls müssen Sie schon bald Rechenschaft über die Bibel ablegen, die Sie mit sich herumschleppen.«

»Ist es einer der Ufasimbas gewesen?« fragte Shaka von seinem Lager aus Strohmatten aus. Seine Stimme klang angestrengt, und sein mächtiger Brustkorb hob und senkte sich schwer unter der noch verbliebenen Last aus Fieber und Schmerzen. Pampata war an seiner Seite; am knisternden Feuer saßen Ngomane, Dingane, Mgobozi, Joko und Mzilikazi.

»Nein, Baba«, erwiderte Mgobozi. »Er hat nur ihre Uniform getragen.«

Die Erleichterung auf dem Gesicht des Herrschers war unübersehbar, als er weiter nachdenklich in die wabbernden Flammen starrte und leise fragte: »Hat er vor seinem Tod irgend etwas gestanden,«

»Nein, Baba.« Joko warf Dingane einen vorwurfsvollen Blick zu. »Wir sind um die Gelegenheit gebracht worden, ihn zu verhören.«

Dingane spürte, wie seine Nacken- und Schultermuskeln sich nervös anspannten. Er kniff die Lippen zusammen und senkte den Blick, um jeglichen Ausdruck zu verbergen, der seine wahre Einstellung und seine Angst, entlarvt zu werden, hätte verraten können. Als er erneut aufblickte, sah er zu seinem Entsetzen Shakas durchdringenden Blick auf sich gerichtet.

»Wie schade!« meinte der König mit einem langen, vielsagenden Seufzer, der bewirkte, daß mißtrauisches Unbehagen Dinganes Miene überzog.

»Darf ich reden, Baba?« erklang Mkabayis Stimme vom Eingang der Königshütte her.

»Tritt näher, Weib«, sagte der Herrscher mit tiefer, sonorer Stimme, indem er der unerwarteten Besucherin entgegensah.

Als die Schwester Senzangakonas die Hütte betrat, erstarrte Dingane vor Angst zu einer Salzsäule, während sein Unbehagen sich unaufhaltsam zu blankem Entsetzen und schierer Todesangst steigerte. Dann blieb seine Tante väterlicherseits neben ihm stehen und blickte unverwandt auf ihn herab, wobei der ›Bedürftige‹ sie sagen hörte: »Ich weiß, wer für den Anschlag auf dein Leben verantwortlich gewesen ist, Baba.« Dingane hielt unwillkürlich den Atem an, und sein Herz schlug nach einem Adrenalinschub wie rasend. Er erwiderte Mkabayis Blick mit weit aufgerissenen Augen, die reumütig bittend und demütig flehend leuchteten.

Dem scharfen Blick des Zulukönigs war dieser stumme Dialog nicht entgangen. »Nun ...?« fragte er und nickte Mkabayi zu, sie solle sprechen.

»Pakatwayo hat die Mörder entsandt«, berichtete sie, während das Innere der Hütte vor Dinganes Augen verschwamm und der Boden unter ihm zu schwanken schien.

»Der Qwabe?« faßte Shaka interessiert nach. »Woher willst du das wissen?«

»Vielleicht kann meines Bruders Sohn darüber Auskunft geben, Nkosi«, antwortete sie und wälzte die Aufgabe, nähere Aufschlüsse zu geben, damit auf ihren heimtückischen Neffen ab. Dingane schwieg jedoch, weil er seiner Stimme nicht traute.

»Nun ...?« drängte Shaka erneut, indem er seinen Halbbruder anstarrte.

»Das stimmt, Baba«, erwiderte der ›Bedürftige‹, der nach einem rettenden Strohhalm suchte.

»Woher weißt du das?« Die Stimme des Herrschers klang jetzt scharf und energisch.

»Nach deiner Verwundung, Baba«, begann Dingane, während sein perfider Verstand sich bemühte, einen Lügenkokon um den wahren Kern der Dinge zu spinnen, »habe ich Kundschafter nach Norden über den Pongola ausgesandt. Sie haben mir gemeldet, daß Pakatwayo sich heimlich mit Zwide und Soshangane getroffen hat ...«

Shakas Gesichtsausdruck verhärtete sich bei der Erwähnung des Ndwandwe-Königs und seines Generals, die beide die Schlacht am Qokli und die Zerstörung Dlovungas überlebt hatten.

»Sie haben ein neues, schlagkräftiges Heer aufgestellt, das mit dem Ixwa ausgerüstet und nach deiner Methode ausgebildet ist«, fuhr Dingane fort. Sein Tonfall wurde selbstbewußter, als er objektiv die Wahrheit sagte, ohne jedoch seine direkte Beteiligung an diesen Ereignissen zu erwähnen: »Meine Kundschafter haben mir berichtet, daß ein Überfall auf kwaBulawayo geplant gewesen sei, sobald Pakatwayo und Zwide die Bestätigung erhalten hätten, daß der Große Elefant gefallen sei.«

»Du überraschst mich, Dingane«, erklärte Shaka ihm mit gepreßter Stimme und schwachem Lächeln, das seinen Haß auf seinen Halbbruder nur zu unterstreichen schien. »Ich habe gar nicht geahnt, daß du dir so große Sorgen um die Sicherheit der Nation machst, solange sie noch *meine* Nation ist.« Sein Blick ließ Dingane nicht mehr los. »Von Mgobozi und Joko habe ich gehört, daß du sie nach meinem ... Unfall sehr nachdrücklich daran erinnert hast, daß wir dieselben Vorfahren haben. Wolltest du damit andeuten, daß *du* meinen Platz auf dem Thron einnehmen würdest, falls mir etwas zustieße?«

Dingane senkte rasch den Kopf, um Shakas forschenden Blick nicht länger ertragen zu müssen. Die Frage des Herrschers schien schwer in der rauchgeschwängerten Luft der Königshütte zu hängen; ihre ernsten Konsequenzen – Hochverrat und Mord – wetterleuchteten aus den blauschwarzen Qualmwolken der verbrennenden Heilkräuter.

»Ich kann nicht beurteilen, wie meine Worte ausgelegt worden sind, Baba, und habe keinen Einfluß auf ihre mögliche Wirkung auf andere«, antwortete Dingane schließlich. Sein verschlagener Blick blieb auf den Boden gerichtet, damit sein trügerisches, falsches Glitzern nicht verriet, wie schwer ihm Jokos und Mgobozis Anschuldigung zusetzte. »Ich kann nur sagen, daß meine Worte aus Angst entstanden sind.« Er sah wieder auf, weil er sich zutraute, seine Antwort zu Ende zu bringen, ohne seine treulosen Absichten offenzulegen. »Angst, daß die von dir geschaffene Nation aus Mangel an Führung zerfallen würde. Aber die brauche ich jetzt nicht mehr zu haben, denn du lebst und bist gesund.«

»Ja, Dingane«, sagte Shaka in unheimlichem Flüsterton, der dem anderen das Blut in den Adern gerinnen ließ. »Ich lebe und bin gesund.«

Nachdem die Katzenaugen sich geschlossen hatten, um anzudeuten, daß Dingane entlassen sei, befahl der Herrscher: »Mgobozi, du alarmierst die Heimstätten aller Regimenter. Wir marschieren nach der Ernte gegen Zwide und Pakatwayo. Zum zweiten und *letzten* Mal.«

»Yebo, Baba.« Mgobozi verbeugte sich zum Zeichen des Gehorsams.

»Und du wählst fünfzig Ufasimbas aus, die gepfählt werden. Mitten im Viehgehege – wo alle sie sehen können.«

Erstaunen und Entsetzen durchzuckten alle Anwesenden.

»Aber, Baba...«, begann Mgobozi.

»Der untadelige Ruf meiner Leibwache ist befleckt worden«, unterbrach Shaka ihn. »Und wir müssen ihn mit den drastischsten Mitteln wiederherstellen!«

»Yebo, Baba.« Obwohl die Antwort des Königs ihm große Sorgen bereitete, verbeugte der iziCwe-Kommandeur sich ergeben.

»Laßt mich jetzt allein.« Shakas Stimme klang plötzlich müde, als habe die Auseinandersetzung mit Dingane ihn völlig entkräftet. »Ich muß ruhen.«

Als die anderen gegangen waren und Ngomane mit seinem König allein war, fragte der Herrscher mit weiterhin geschlossenen Augen: »Ist der zweite Attentäter gefaßt worden?«

»Ja, Nkosi.«

»Und hat er ... geredet?« Shakas Stimme klang körperlos wie die eines Mannes in Trance.

»Ja.« Ngomane nickte und fügte mit leichtem Bedauern hinzu: »Nach langem ... Drängen. Im wesentlichen hat er Dinganes Darstellung der Tatsachen bestätigt.«

»Im wesentlichen«, wiederholte Shaka mit schwachem Lächeln.

»Nur im wesentlichen. Dieser Wurm aus dem Stamm meines Vaters hat den wichtigsten Punkt unerwähnt gelassen: daß auch er an dem Mordkomplett beteiligt ist.«

»Glaubst du das wirklich, Nkosi?« Ngomane war sichtlich erschrocken.

»Heute morgen habe ich's geglaubt, Ngomane. Seitdem ich mit ihm gesprochen habe, bin ich mir meiner Sache *sicher*. Sein Verrat ist für jedermann deutlich erkennbar gewesen. Er hat aus seinem Blick gesprochen – und aus dem Mkabayis.«

»Und trotzdem hast du ihn am Leben gelassen?«

»Ich brauche ihn lebend, Ngomane. Er zieht die Unzufriedenheit wie Schweißfliegen an. Und wenn sie zum nächsten Schlag ausholen, bin ich vorbereitet!«

»Ich danke dir für dein Schweigen.« Als Dingane jetzt neben seiner Tante herging, verriet sein elastischer Schritt große Erleichterung und gehobene Stimmung. »Darf ich fragen, warum du so unerwartet zu mir gehalten hast?«

»Verwandtschaft«, antwortete Mkabayi knapp, ohne ihn auch nur anzusehen. Sie hatte Dingane noch nie leiden können, und sein Mordanschlag auf Shaka hatte keineswegs dazu beigetragen, ihn für sie einzunehmen. »Ich wollte den Sohn meines Bruders nicht zum sicheren Tod verurteilen.«

»Könnte der Grund dafür auch in der Tatsache liegen, daß du als ›vorsichtige‹ Frau bekannt bist?«

Mkabayi blieb stehen, um Dingane ins Gesicht zu starren, und ihre Abneigung gegen ihren Neffen wuchs, als sie in seinem Blick den abscheulichen Verfall einer durch und durch lügenhaften Seele sah.

»Wir alle wissen, daß du Shaka während seines bewegten Lebens stets unterstützt hast«, erklärt Dingane ihr mit verschlagenem Lächeln. Du hast oft sogar deinen eigenen Ruf aufs Spiel gesetzt, um diesen Mann und seinen ›Traum‹ von einem riesigen Reich zu verteidigen. Und seitdem dieser Traum Wirklichkeit geworden ist...« Auf sein Gesicht trat ein häßlich boshafter Zug. »Für wen würdest du dich entscheiden, wenn du jemals zwischen Shaka und der Nation zu wählen hättest?«

»Die beiden sind identisch!« fauchte Mkabayi empört und erbittert.

»Natürlich! Natürlich! Völlig identisch!« stimmte Dingane rasch, allzu rasch zu. »Aber nehmen wir einmal an, sie wären es nicht«, spann er seinen Gedankenfaden zu einem Netz weiter. »Was wäre, wenn du eines Tages das Gefühl hättest, Shaka sei – vielleicht unabsichtlich, möglicherweise aus Schwachheit – im Begriff, seinen Traum zu zerstören?« Dingane zog die Augenbrauen hoch, um seiner Frage Nachdruck zu verleihen. »*Deinen* eigenen Traum? Was wäre, wenn dieser Tag käme? Für wen würdest du dich entscheiden – für den Mann oder das Reich?«

Mkabayi erwiderte Dinganes Blick stetig und unerschrokken. Obwohl sie davor zurückschreckte, sich offen dazu zu bekennen, brachten die Worte des ›Bedürftigen‹ in ihrem Herzen eine vertraute Seite zum Klingen, und sie wußte, daß seine Anspielungen – auch wenn sie ihren Ursprung in Heimtücke und Heuchelei hatten – irgendwie Gedanken widerspiegelten, die sie selbst seit einiger Zeit insgeheim hegte. Beunruhigende Gedanken! Und Dingane brachte sie auf subtile, hinterlistige Weise dazu, über Shakas merkwürdiges Verhalten in jüngster Vergangenheit nachzudenken: über den großartigen – lächerlich großartigen! – Empfang, den er den Schwalben bereitet hatte; über sein Bestreben, »wie sie zu sein«, das seinen Ausdruck in Shakas hartnäckigem Bemühen gefunden hatte, Farewells Vierbeiner zu zähmen; über die Absurdität, seine herausgehobene Stellung dadurch unterstreichen zu wollen, daß er das von den Schwalben gerettete Mädchen Tsani töten ließ; und über den gesamten Komplex der ›Unsterblichkeitsfrage‹, die im Prinzip absurd, aber ›für die Nation‹ äußerst gefährlich war, falls Shaka sich wirklich in sie verbiß.

Ja, Mkabayi mußte sich eingestehen, daß Gefahr drohte – und daß sie durch die Gegenwart der Schwalben personifiziert wurde! Dabei fiel ihr auch ein, daß Shaka selbst nach seiner Verwundung auf Fynns ›Zauber‹ vertraut, die Medizinmänner und sogar Majola weggeschickt und die von Menschen seines Stammes angebotenen Heilungsversuche ausgeschlagen hatte, um sich der ›Kräfte‹ (falls es wirklich Kräfte waren!) der Fremden von dem Vogel mit weißen Schwingen zu bemächtigen.

Ja, die Gefahr ist da, sagte sie sich und antwortete laut: »Wenn ich zwischen dem Mann und seiner Nation zu wählen hätte und sicher wäre, daß ein Teil ohne den anderen existieren könnte und *müßte*, würde ich mich für den weniger verwundbaren entscheiden. Wie du ganz richtig gesagt hast, Dingane ...« Mkabayi lächelte, als zwischen ihnen plötzlich eine seltsame, ziemlich morbide Intimität entstand. »Deines Vaters Schwester ist als vorsichtige Frau bekannt.«

Am selben Nachmittag wurden, wie Shaka befohlen hatte, fünfzig Ufasimbas zu zwei vollkommen symmetrischen, parallelen Pfahlreihen geführt, die mitten im Viehgehege aufgerichtet worden waren.

Während die Zulubevölkerung voller Angst und Entsetzen zusah, wurden diese fünfzig Männer – stolze, tapfere Soldaten eines Regiments, dessen einziger Auftrag der Schutz des Herrschers war; Männer, die Shaka aufrichtig liebten und ihm bis in den Tod treu dienten; Krieger, deren unbeugsame Loyalität diese schmachvolle Strafe nicht verdient hatte – vor den Augen der sprachlosen, eingeschüchterten Untertanen Shakas gepfählt.

Und zum ersten Mal seit Shakas Machtergreifung befielen dumpfe Angst und nagende Zweifel die dem Herrscher am nächsten Stehenden: Nandi, Pampata, Mkabayi (besonders Mkabayi!), Ngomane, Mgobozi und die übrigen Generale.

Zum ersten Mal hatten die Vertrauten des Königs den Verdacht, die Grausamkeit des Zuluherrschers sei willkürlich und habe nichts mehr mit den festgelegten und akzeptierten Regeln seiner Schreckensherrschaft gemein.

»Ego sum via et veritas et vita ...«, verkündete der portugiesische Geistlich an Bord des alten Seelenverkäufers von einer Galeone, die den Namen *Santa Maria de Portimao* trug. »... nemo venit ad patrem nisi per me.«

Parmananda, Marinho und die malerisch zusammengewürfelte Besatzung des ›Piratenschiffs‹ knieten andächtig auf den sonnengebleichten, verzogenen Planken des Hauptdecks – alle mit betend gesenkten Köpfen und bittend aneinandergelegten rauhen Händen.

»Te benedico...«, begann der Geistliche feierlich die Segensformel, während seine gepflegte Hand unter dem goldbetreßten Meßgewand hervor nach dem von einem Ministranten gehaltenen silbernen Weihwasserkessel griff. »... in nomine patris...« Weihwasserspritzer regneten über Kapitän und Besatzung der Galeone herab; ein Tropfen des heiligen Wassers folgte genau Parmanandas Gesichtsnarbe. »... et filii et spiritus sancti.«

»Amen«, grunzte der Kapitän der alten Galeone, indem er schwerfällig auf die Beine kam. Dann zauberte er einen goldenen Sovereign aus den Falten seines arabisch anmutenden Gewandes, watschelte auf den Mann Gottes zu und drückte ihm die Goldmünze in die bereitwillig aufgehaltene Hand.

»Deo gratias, Capitao.« Der katholische Geistliche steckte den glänzenden Sovereign ein und vereinnahmte so auf Erden, was der Herr im Himmel gesegnet hatte.

»Espero que sim, Padre«, knurrte Parmananda mit fast drohendem Unterton, ließ den Priester stehen und begab sich schweren Schritts von Bord seiner im Hafen von Kapstadt liegenden Galeone.

»Adeus, Senhora.« Das ›Treibholz‹ griff lächelnd nach Elizabeth Farewells Hand, um sich von seiner Auftraggeberin zu verabschieden.

»Wann kann ich damit rechnen, von Ihnen zu hören?« fragte Elizabeth, deren Blick unwillkürlich auf dem soeben gesegneten Schiff ruhte, das um tausend Sovereigns schwerer geworden war – um *ihre* tausend Sovereigns.

»In sechs Tagen, sechs Wochen, sechs Monaten...«, erwiderte Parmananda beunruhigend unbekümmert.

»Gott allein weiß, wie und wann wir Ihren Mann finden. Und wie Sie sehen...« Der Kapitän deutete auf den Geistlichen und seinen Ministranten. »... sind wir jetzt in Seiner Hand.«

»Warum habe ich das Gefühl, einen schrecklichen Fehler zu machen, Captain?« fragte Elizabeth, während ihre blauen Augen das markante, verschlagene Gesicht Parmanandas musterten.

»Eu creo, Senhora, daß das rassische Vorurteile sind«, antwortete der ›Pirat‹, indem er sich den Bart kratzte und gespielt nachdenklich die Stirn runzelte. »Die Ingles werden dazu erzogen, den Portugues zu mißtrauen. Das ist Geschichte! Aber wir werden die Geschichte widerlegen! Eh, Senhora ...?« Der Mann grinste und ließ dabei einen blanken Goldzahn sehen. »Wir werden's ihr zeigen! Ich, ein Portugues, habe Ihr Geld, und Sie, eine Inglesa, haben mein Wort! Wir werden sehen, was mehr wert ist!«

Der Mann lachte kurz, bevor er Elizabeth die Hand küßte und sich tief verbeugte. »Adeus, Senhora Farewell. Parmananda wird Ihren Mann finden! Er wird der Geschichte zeigen, daß sein Wort Ihr Gold wert ist!«

Elizabeths Blick folgte dem Mann stumm flehend, als er sich abwandte, an Bord seines Schiffs zurückwatschelte und den Befehl zum Ablegen brüllte.

»Ja«, flüsterte Elizabeth wenig überzeugt und zunehmend besorgt vor sich hin, »wir werden's der Geschichte zeigen!«

»Mrs. Farewell?« unterbrach eine junge Männerstimme ihre trübseligen Gedanken, so daß Elizabeth sich fragend umsah. »Thomas Pringle, Redakteur des ›South African Commercial Advertiser‹.« Der hagere Mann berührte seine Hutkrempe, während er sich vorstellte. »Wenn Sie gestatten, Madam, möchte ich Ihnen ein, zwei Fragen stellen.«

»In bezug worauf, Mr. Pringle?« lautete Elizabeths kurze, abwehrende Antwort. Sie wußte, daß der ›Commercial Advertiser‹ mit der ›South African Chronicle‹ zu den führenden ›meinungsbildenden‹ Zeitungen Kapstadts gehörte und hatte darin erst vor kurzem einen Artikel über ihren Mann und Shaka gelesen, der sie empört hatte.

»In bezug auf Ihren Gatten«, antwortete Pringle in sanftem, gewinnendem Tonfall. »Und auf Shaka Zulu.«

»Das sind überholte Nachrichten, nicht wahr?« meinte Elizabeth sarkastisch. Sie wandte sich ruckartig ab, ließ den Journalisten stehen und ging den Kai entlang davon.

»Tatsächlich?« fragte Pringle, der ihr auf den Fersen blieb und mit ihr Schritt hielt.

»Wie Ihre Zeitung so unerschrocken berichtet hat, Mr. Pringle, sind beide tot!« Ihre Stimme bebte vor bitterer Ironie, als sie aus dem Artikel zitierte: »›Francis George Farewell, Seiner Majestät tapferer Ritter im Kampf gegen den Zulu-Drachen, dem er die tödliche Wunde zufügt, während zugleich das Lebensblut aus seinen eigenen Adern fließt‹! Solchen Schund habe ich noch selten gelesen, Mr. Pringle, nicht einmal in den schäbigsten Salonstücken! Ich bin empört darüber, den Namen meines Mannes von Ihrem Skandalblättchen in den Schmutz gezogen zu sehen!« Elizabeth ging rascher und verabschiedete sich mit einem knappen: »Guten Tag, Mr. Pringle!«

»Ich bin ganz Ihrer Meinung, Mrs. Farewell!« Der an solche Abfuhren gewöhnte Journalist ließ sich nicht abschütteln, sondern blieb an ihrer Seite. »Das ist Schund gewesen! Aber Aber vielleicht können wir uns rehabilitieren, indem wir die Wahrheit drucken. Mit Ihrer Hilfe, meine ich.«

Elizabeth blieb stehen, verschränkte abwehrend die Arme und starrte angelegentlich auf die Tafelbai hinaus. »Und was ist die Wahrheit, Mr. Pringle?« fragte sie schließlich.

»›Seiner Majestät tapferer Ritter im Kampf gegen die Blindheit und rassische Bigotterie des Gouverneurs der Kapprovinz‹.«

Elizabeth drehte sich um und blickte ihn forschend an.

»Somerset ist der Überzeugung«, erklärte Pringle ihr, »daß man mit diesen ›Kaffern‹ nur umgehen kann, indem man sie abknallt. Soviel ich gehört habe, ist der Standpunkt Ihres Gatten weit ... äh ... ›humaner‹ gewesen, nicht wahr? Die Eloge auf ihn könnte eine lehrreiche Lektion für die zukünftigen Verwalter Kolonialafrikas sein.«

Bei dem Wort ›Eloge‹ senkte Elizabeth leidvoll den Blick. Pringle, der sofort erfaßte, daß dies der falsche Zungenschlag gewesen war, fuhr rasch fort: »Aber für eine Eloge besteht kein Bedürfnis, nicht wahr? Immerhin lebt er noch...«

»Und worauf gründet sich Ihre Vermutung, Mr. Pringle?« fragte Elizabeth mit nervösem, humorlosem Lächeln.

»Auf ihre weibliche Intuition und die tausend Sovereigns, die Sie diesem Piraten Parmananda dafür gezahlt haben, daß er die Küste am Rio de Natal nach einem ›Gespenst‹ absucht, dessen Namen Sie tragen.«

Die beiden maßen sich gegenseitig mit prüfenden Blicken. Im Grunde ihres Herzens sehnte Elizabeth sich verzweifelt danach, diesem Mann vertrauen zu können. Da sie ihren Kampf um die Rettung ihres Mannes praktisch allein führte, brauchte sie dringend jemanden außerhalb ihres beschränkten Familienkreises (und eine ›menschlichere‹ Gestalt als einen Hai wie Parmananda), zu dem sie Vertrauen haben und mit dem sie ihre Hoffnungen und Ängste teilen konnte. Aber welchen Grund hatte sie, Pringle nach diesem grausamen Artikel über den sensationell aufgebauschten angeblichen Tod ihres Mannes zu vertrauen?

»Ich bewundere Ihren Einfallsreichtum, Mr. Pringle«, antwortete Elizabeth, ohne seiner Überredungskunst zu erliegen. »Aber ich schlage vor, daß Sie Ihre Aufmerksamkeit aktuelleren Themen zuwenden. Wie ich Ihnen bereits erklärt habe, gehört der Fall meines Mannes zu den überholten Nachrichten!« Mit diesen Worten ließ Elizabeth den Mann stehen und schritt davon.

»Sollten Sie sich die Sache anders überlegen, Ma'am«, rief Pringle ihr nach, »dürften Sie feststellen, daß unser ›Skandalblättchen‹ sich als Ihr bester Verbündeter erweisen könnte! Und vielleicht als Ihr *einziger*...«

Als Pringles Worte Elizabeths Herz trafen, blieb die Frau stehen und drehte sich nach dem jungen Journalisten um, dessen Blick auf der heruntergekommenen *Santa Maria de Portimao* ruhte, die mit Kurs auf die offene See schwerfällig die Tafelbai kreuzte. Während Elizabeth die alte Galeone mit ihrer freibeuterhaften Besatzung anstarrte, überlegte sie sich mit wachsender Hoffnungslosigkeit, daß die oftmals geflickten Segel nicht nur von leichtem Ostwind, sondern auch von ihrer Hoffnung geschwellt wurden – vielleicht von ihrer einzigen Hoffnung, ihren Mann jemals wiederzusehen.

37 NKOSI JAMA KOSI *König der Könige*

Das Feuer in der Königshütte war fast herabgebrannt, als Shaka erneut die Augen öffnete. Langsam und mit gewaltiger Willensanstrengung überwand der Herrscher die lähmende Mattigkeit seines Fiebers, starrte in die Glut der Feuerstätte und ließ sich von ihrem Pulsieren anregen.

Sobald der König wieder bei wachem Verstand war, erinnerte er sich an den vermutlich bedeutsamsten Weg, den er in jüngster Vergangenheit zurückgelegt hatte: die wenigen kurzen Schritte, die ihn aus todähnlicher Erstarrung zum Tor seiner Residenz geführt hatten. Und er erinnerte sich an Febana an seiner Seite – und an den nachdrücklichen Befehl, den der Weiße auf Zulu erteilt hatte: »Bathi bacela! Iqhubeke yodwa! – Allein! Du mußt allein weitergehen!«

»Allein.« Das schien das Schlüsselwort in Shakas Leben zu sein, und Febanas Ermahnung, er müsse »*allein* weitergehen«, hatte für den Herrscher weit mehr bedeutet als die wenigen Schritte, die er ohne fremde Hilfe hatte tun müssen. In seinem fieberhaft überreizten Zustand bedeutete sie, daß er sich nicht von seinem Gefährten Tod von seiner Einsamkeit erlösen lassen durfte; für Shaka bedeutete sie, daß er sich ans Leben klammern und seinen einsamen Weg »weitergehen« mußte.

»Allein weitergehen!«

Und er hatte es getan. Er hatte das hohe Portal seiner Residenz erreicht und dort gehört, wie seine Zitadelle, seine Welt von seinem Lob widerhallte. Aber die nachwirkende Freude über diese neuerlichen Huldigungen wurde durch starke Schmerzen in seiner Seite jäh und gewaltsam ausgelöscht. Und dabei wurde er an Dinganes Verrat – an den Verrat durch sein eigenes Haus – erinnert, der zu einem weiteren großen Krieg gegen die Ndwandwes führen würde.

Dabei fühlte er sich so müde. Todmüde.

Wieviel Zeit war seit dem Attentat vergangen. Ein Tag? Zwei Tage? Ein Monat? Wie lange hatte er schon nicht mehr ausruhen können? Ein Jahr? Zwei Jahre? Sein Leben lang?

Allein.

Während sein Blick auf die flackernde Glut in der Feuerstelle gerichtet blieb und die Ereignisse nach dem Mordanschlag sich in den Vordergrund seines pulsierenden, fiebrigen Bewußtseins drängten, fiel ihm etwas Bemerkenswertes ein: Die Schwalben, Febanas Sangoma, waren für seine ›Auferstehung‹ verantwortlich gewesen! Wären sie niemals gekommen oder hätte ihre Landung an den Küsten seines Königreichs sich irgendwie verzögert, wäre er jetzt tot!

Die Schlußfolgerung lag auf der Hand: Er verdankte den Schwalben sein Leben!

Dann drängte sich ihm ein anderer Gedanke auf. Beunruhigend! Die Schwalben, vor allem Febana, hatten ihn buchstäblich ans Tor seiner Residenz getragen, damit seine Untertanen sich davon überzeugen konnten, daß er noch lebte.

Was wäre gewesen, wenn die Weißen nicht umsichtig an diesen Beweis gedacht hätten – oder wenn Febana diese wichtige Bestätigung hinausgezögert hätte? Wäre es Dingane dann womöglich gelungen, das Volk gegen seinen König aufzuwiegeln? Shaka wußte, daß das nicht auszuschließen war. Kein Herrscher, nicht einmal der Große Elefant, konnte sich seiner Macht jemals völlig sicher sein – vor allem dann nicht, wenn sie auf etwas so Vergänglichem wie Angst basierte. Aber zum Glück war Febana geistesgegenwärtig genug gewesen, um der durch Dinganes Verrat drohenden Gefahr rasch entgegenzutreten.

Die nächste Schlußfolgerung: Durch Febanas Eingreifen verdankte er den Schwalben den Fortbesitz seiner Macht!

Leben und Macht. Die wichtigsten Voraussetzungen für einen Mann, dessen Staat auf Totalem Krieg, Totalem Gehorsam gegenüber dem Oberherrscher und Totaler Beherrschung durch die Angst vor dem Unbekannten aufgebaut ist.

Dann versetzten ihm die ungeheuerlichen Konsequenzen dieses Gedankengangs einen Schlag, der ebenso schwächend wie der Speerstich des Attentäters war. Wie konnte er jemals wieder *uneingeschränkt* über sein Reich herrschen, wenn er diesen Fremden, deren Haut die Farbe von Sorghum hatte, etwas so Entscheidendes wie sein eigenes Leben, wie die Erhaltung seiner Macht verdankte?

»In meinem Königreich«, hatte er den Weißen erklärt, »gehört alles Leben Shaka.« Aber stimmte das nach seiner ›Auferstehung‹ noch? Wem gehörte Shakas Leben ... jetzt?

Der Zulu wurde plötzlich von nackter Panik erfaßt und fühlte, wie eine ungewohnte Angst nach seinem Herzen griff. Als ihm ein Blick in die Runde zeigte, daß er allein war, hatte der Herrscher das dringende Bedürfnis, Nandi bei sich zu haben, ihre Hand in seiner zu halten und ihre Wärme, den Trost ihrer Berührung zu spüren – die beruhigende Stimme zu hören, die ihm ein Leben voller Leiden erträglich gemacht hatte.

Shaka, der das Gesicht wegen der stechenden Wundschmerzen zu einer Grimasse verzog, holte tief Luft und setzte sich auf, um seinen Leibwächtern zuzurufen, sie sollten seine Mutter holen. Dabei fiel der Blick des Königs jedoch auf Fynns Arzttasche, die der Ire in der Nähe des Krankenlagers stehengelassen hatte. Der König stellte sie vor sich auf den Boden und betrachtete sie mißtrauisch und ehrfürchtig zugleich. Während seine Handflächen vor Nervosität feucht wurden, griff Shaka vorsichtig nach dem Metallbügel, mit dem die Tasche verschlossen war, und klappte ihn behutsam hoch, wie er's bei Fynn gesehen hatte.

Der Herrscher beugte sich in der Hocke nach vorn, blickte in Fynns Arzttasche und lächelte mit kindlicher Vorfreude über die verlockende neue Welt, die sie enthielt. Eine Welt aus Instrumenten und Vorrichtungen aus Bronze, Kupfer und Messing. Eine Welt von Messungen und Wägungen, mit Skalen, Schrauben und Knöpfen. Die Welt der Technik der Weißen und ihres Bestrebens, »den Göttern gleich zu sein«.

Beim Anblick dieser Welt holte Shaka tief Luft und hielt sich mit einer Hand den Mund zu, der ihm vor Staunen offenstand. Dann griff er vor Aufregung grinsend in die Tasche und liebkoste mit leichter Berührung seiner langen, kräftigen Finger die vielen geheimnisvollen Gerätschaften, die sie enthielt.

Ein faszinierendes neues Reich der Spielsachen des Heilberufs.

Er fuhr mit einem Finger die Schneide eines Skalpells entlang, fand das Instrument rasiermesserscharf und experimentierte damit an seinem Arm, bis hervorquellendes Blut seine Haut färbte.

Shaka, den diese winzige ›Waffe‹ faszinierte, grinste um so mehr, hielt das Skalpell wie einen Miniatur-Ixwa und drückte einen imaginären Schild beiseite, um die Klinge ins Herz eines unsichtbaren Feindes zu stoßen. Als er dann die Klinge schräg hielt, um die einzigartige, raffinierte Methode zu begutachten, mit der die Schwalben diese Schneide geschliffen hatten, wurde der König plötzlich auf sein Spiegelbild auf dem glänzenden Stahl aufmerksam. Er betrachtete seinen Mund mit den zu einem amüsierten Lächeln verzogenen Lippen; Kinn und Wangen, die voller Bartstoppeln waren; die Augen, die noch immer fiebrig glänzten; das Haar, das...

Er erstarrte, während ihm ein Stich durchs Herz ging, der ihm den Atem verschlug. Das Grau war verschwunden: Sein Haar war wieder so gleichmäßig tiefschwarz wie in seiner Jugend.

Jugend!

Leben! Macht! Jugend! – Unsterblichkeit! War es also wirklich wahr? Besaßen die Schwalben diesen Zauber tatsächlich?

Und er glaubte die Stimme seiner Mutter zu hören: »Wir brauchen ihre Unsterblichkeit nicht... Du bist der Berg von Afrika, und das Lebensblut, das du diesem Land geschenkt hast, wird für immer in den Adern unseres Volkes fließen. Mehr darfst du nicht begehren... Wenn die Schwalben dir Flügel anbieten, mit denen du fliegen können sollst, wollen sie dich nur zu ihrem Opfer machen.«

»Nein, Mutter!« widersprach Shaka so laut, daß seine Stimme durch die leere Königshütte hallte. »Ich werde nur dann ihr Opfer, wenn ich mir ihr Wissen nicht aneigne.«

»Du täuschst dich!« erklang Nandis Stimme in seinem Herzen.

»Ist's eine Täuschung, daß ich noch lebe, Mutter?« fragte er das Dunkel der Hütte. »Ist *dies* eine Täuschung?« fauchte er und raufte sich mit zitternden Händen sein ›wiederverjüngtes‹ Haar.

Dann setzte die Panik wieder ein und ließ sein Blut in verzweifelter Hast durch seine Adern pulsieren. Shaka, dessen anfängliche Zurückhaltung jetzt völlig verflogen war, leerte die Arzttasche aus, zerriß und zerfetzte sie und kippte ihren Inhalt auf den harten Boden der Königshütte, daß Metall klirrte und Glas und Porzellan zersprangen. Während er unter der Last unerklärlicher Angst schwer atmete, wühlte der Zulukönig auf seiner blinden, mitleiderregenden, absurden Suche nach dem Geheimnis der Macht der Weißen verzweifelt in den Geräten, Instrumenten und Scherben.

Plötzlich wurde der Herrscher auf Fynns schwarze Bibel aufmerksam, die aus dem ausgekippten Tascheninhalt herausragte, und erstarrte zu völliger Bewegungslosigkeit, während er das seltsame ›Instrument‹ mit wiedererwachter Neugier betrachtete. Während Shaka das Buch – das erste, das er jemals gesehen hatte – in die Hand nahm, starrte er das goldene Kreuz auf dem Einband an und fragte sich, wozu dieses Ding dienen mochte. War es ebenfalls ein Bringer von Leben, Jugend und Macht?

Der König schlug das Buch unbeholfen auf und runzelte verwirrt die Stirn, als er die gedruckten Worte sah, die in unterschiedlich starken Gruppen in genau parallelen Reihen auf dem dünnen Papier standen. In dieser ›militärischen‹ Anordnung erinnerte ihn der Satzspiegel an die Aufstellung seiner Regimenter auf dem Paradeplatz.

»Shaka«, sagte Daniels Stimme in seinem Kopf. »Ein ›geschriebenes‹ Wort, das ›gelesen‹ wird und ›Shaka‹ bedeutet.«

Der Zulukönig drehte ruckartig den Kopf zur Seite, um die am Mittelpfeiler befestigte Strohmatte zu betrachten, und sein flammender Blick glitt über die Buchstaben ... SHAKA.

»Shaka«, wiederholte er seinen eigenen Namen, als ›lese‹ er ihn – und flüsterte ihn dann nochmals zögernd, als gehöre der aus fünf Buchstaben bestehende Name einem anderen Mann, in eine andere Dimension.

»Die Schrift kann auch dazu dienen«, sagte die Stimme des Xhosas, »dein heute gesprochenes Wort zu ›speichern‹, so daß selbst spätere Generationen es noch ›hören‹ können. Das ist eine Form der Unsterblichkeit.«

Shakas gerunzelte Stirn verriet wachsende Faszination, in die sich ein wilder, starker, elementarer Drang mischte, Wissen – und dadurch das Unbekannte – in sich aufzunehmen und zu besitzen. Die Augen des Herrschers starrten wieder in die Bibel, die aufgeschlagen in seinen Händen lag. Mit unbeholfener Handbewegung blätterte er die Seiten um, bis er zu einem Kupferstich kam, der die Bergpredigt darstellte. Beim Anblick dieses großen, breitschultrigen, gutaussehenden Mannes mit langer Haar- und Barttracht, der streng und imposant hoch auf einem Felsenhügel stand und die Arme ausbreitete, während er die Massen ansprach, die ihn entrückt anstarrten, war Shaka augenblicklich von Christus gefesselt, weil er sah, daß dieser charismatische Mann wie er selbst Aufstieg und Macht verkörpern mußte!

Im Bewußtsein der übermächtigen Anziehungskraft der Hauptperson dieses Buchs blätterte Shaka eifrig nach einer weiteren Abbildung und fand eine Darstellung vom triumphalen Einzug Jesu in Jerusalem am Palmsonntag vor seinem Tod. Auch darin erkannte der Zuluherrscher die unmißverständlichen Anzeichen großer Macht! Sie drückte sich in der stattlichen Art aus, in der dieser Mann auf seinem Vierbeiner ritt. Sie lag auf den Gesichtern der unübersehbaren Menge von Gläubigen, die sich drängten, um ihm näher zu sein.

Shaka grinste, und seine Augen glitzerten in Übereinstimmung mit der Majestät des Mannes in diesem Buch. Als er jedoch eine weitere Abbildung aufschlug, weiteten die Augen des Zulus sich vor Verwirrung und Entsetzen, während sich seinen Lippen ein tiefbekümmerter, schmerzlicher Seufzer entrang.

Das Bild, das den Großen Berg erstaunt und bekümmert reagieren ließ, stellte die Kreuzigung dar. Shaka starrte ungläubig den am Kreuz hängenden Christus an und betrachtete die durch seine Hände und Füße getriebenen Eisenpflöcke, die

Dornenkrone, die in Golgatha verstreuten Menschenschädel, Maria, die Mutter Jesu, und die weinende Magdalena sowie die feindseligen römischen Legionäre, deren Waffen dem Ixwa beunruhigend ähnlich waren.

Shaka, dessen stolze Seele sich gegen das Dargestellte auflehnte, drehte das Buch nach links und rechts, hob es dichter ans Gesicht und kniff die Augen zusammen, um das schreckliche Bild der Passion Christi genauer zu betrachten. Seine Aufmerksamkeit wurde auf die durch den Speer eines Legionärs verursachte tiefe Wunde in der Seite des Gekreuzigten gelenkt, worauf Shaka an sich herabblickte und die Speerwunde in seiner linken Brustseite sah.

So saß er verwirrt da, während sein Verstand von einem Mahlstrom aus Konsequenzen erfaßt wurde, den sein glühender Glaube ans Übernatürliche hervorrief – ein wirbelnder Strudel aus phantastischen Erklärungen für diese außergewöhnliche und bedeutungsvolle Übereinstimmung. »Könnte diese Ähnlichkeit der Wunden bedeuten, daß dieser Mann ebenfalls von einem Angehörigen seines eigenen Hauses verraten worden ist?« überlegte Shaka halblaut. »Hat es auch in seinem Leben einen Dingane gegeben?«

Die von ihm schon früher wahrgenommene bemerkenswerte geistige Verwandtschaft mit dem Mann in dem Buch nahm in Shakas Seele beunruhigende Ausmaße an, und während er ungläubig den Kupferstich betrachtete, fragte er sich, wie solche Macht in Erniedrigung, Einsamkeit, Verrat und dem schändlichsten aller Tode enden konnte.

In seiner fiebrigen Erregung beschloß Shaka, mehr über diesen »zum Opfer gewordenen Gebieter« in Erfahrung zu bringen und die von ihm gemachten Fehler zu vermeiden.

»Ngubani lo?« fragte Shaka gebieterisch und mit vor Ungeduld flammendem Blick, während er die Bibel (in der die Darstellung der Kreuzigung aufgeschlagen war) fest in der ausgestreckten Hand hielt.

»Wer ist er? fragt er«, übersetzte Daniel, und Fynn spürte sein Herz schwer werden.

Der Ire hatte bereits vermutet, daß irgend etwas nicht in Ordnung war, als ein Bote mit der dringenden Mitteilung gekommen war, der Große Elefant wünsche den ›Sangoma‹ der Weißen sofort zu sprechen. Er hatte gewußt, daß irgend etwas Teuflisches im Gange war, nachdem er (mit tiefem Schmerz und Abscheu) die sich windenden Leiber der gepfählten Ufasimbas gesehen hatte. Und er war der Überzeugung gewesen, die frühere Wildheit des Herrschers sei im Zuge seiner Genesung zurückgekehrt, als er seine zerfetzte Arzttasche und seine auf dem Fußboden der Königshütte verstreuten Instrumente gesehen hatte. Trotzdem hätte er sich niemals träumen lassen, daß es seine Aufgabe sein würde, den Sohn Gottes dem Sohn Zulus ›vorzustellen‹. Shaka wollte nichts anderes als alle schlichten Christen: Jesus in wenigen Worten. Aber wie konnte man Alpha und Omega, Beginn und Ende des Universums in wenigen Worten zusammenfassen?

Mit starkem Glauben motivierte der Ire sich. Und mit etwas Hoffnung und Nächstenliebe.

Und natürlich mit großer Schlichtheit.

»Er ist ein König gewesen, können Sie ihm sagen«, antwortete Fynn endlich, wobei sein Blick die Bibelillustration verließ und Shakas konzentrierte Miene mit den flammenden, ungeduldigen Augen musterte, die jetzt wieder auf Daniel gerichtet waren.

»Yinkosi«, übersetzte der Xhosa in einem Wort.

»Joji...?« fragte der Herrscher erstaunt.

»Nein, nicht Georg«, erwiderte Fynn, indem er mit einem Lächeln auf die Übersetzung verzichtete. »Er ist der König der Könige gewesen – Christus.«

»Akusyiyena uJoji«, dolmetschte Daniel, wobei er innerlich über die Vorstellung lächelte, einer so ungewöhnlichen Erscheinung wie dem Zulukönig den Christus zu ›erklären‹, den er in Bellows Missionsstation kennengelernt hatte. »Yinkosi yama Kosi – uCristo.«

»uCristo?« wiederholte der Herrscher mit lautem Klicken.

»uCristo«, nickte der Xhosa. »Inkosi yama Kosi.«

Shaka lehnte sich mißtrauisch zurück und verschränkte seine mächtigen Arme, ohne die Bibel dabei aus der Hand zu legen.

»uCristo...«

Seine sonore Stimme erfüllte die Königshütte, als er die nächste drängende Frage stellte. »Wayemkhulu Jojo na?«

»Ist Christus größer als Georg gewesen? möchte er wissen.«

»Ja.« Fynn mußte unwillkürlich über diese kolossale Untertreibung lächeln. »Größer als Georg. Größer als...« Der Arzt zögerte leicht. »Größer als Shaka, können Sie ihm sagen.«

Daniel starrte Fynn verblüfft an. »Soll ich das wirklich sagen?« fragte er den Weißen nervös und ängstlich.

»Nur wenn Sie's glauben, Daniel«, erwiderte Fynn gelassen.

Nach einer kurzen Pause, in der die Seele des Xhosas seinen Christenglauben gegen die Wahrscheinlichkeit unmittelbar bevorstehenden Märtyrertums abwog, wandte Daniel sich mutig an den Zulukönig und übersetzte: »Yebo, Nkosi. Wayengapheluza ka Joji. Engaphezula ka ... Shaka.«

Anstatt empört oder wütend zu reagieren, bewies der Zulu erneut seinen außergewöhnlichen Charakter: Shaka grinste mit blitzenden Augen, als finde er die angedeutete Rivalität zwischen ihm und ›uCristo‹ erregend.

»Ukufa ngalendlela«, bemerkte Shaka mit einem abfälligen Blick auf die Bibelillustration. »Akuyifanele inkosi.«

»Sein Tod, sagt er«, teilte Daniel Fynn mit. »An einem Baum hängend... Das ist eines Königs nicht würdig.«

»Nein, das ist er nicht«, gab Fynn mit traurigem Gesichtsausdruck zu.

»Cha, akuyifanele«, erklärte Daniel dem Zulukönig, wobei sein Tonfall nicht nur die Worte, sondern auch die Trauer des Weißen wiedergab.

Shaka, der erwartet hatte, eine ärgerliche Reaktion zu provozieren, fand diese leidenschaftslos gegebene Antwort sehr beunruhigend und so verdächtig, daß er die beiden Männer lange forschend anstarrte, bevor er sein eigenes Schweigen mit einer Frage brach: »KwaKwenzenjani na?«

»Warum hat er sterben müssen? fragt er.«

»Sagen Sie ihm, daß er verraten worden ist«, seufzte Fynn,

auf dessen Schultern die Bürde von Judas' Verrat zu lasten schien. »Von denen, die er am meisten geliebt hat.«

»Wanikelwa yibona«, übersetzte Daniel wieder. »Labo owaye bathande kahule.«

»Yebo«, nickte Shaka, weil Fynns Antwort seinen Verdacht bestätigte, zwischen ihm und dem Mann in der Bibel gebe es in der Tat große Übereinstimmungen.

»Yebo«, wiederholte er, weil er einzusehen begann, was dieser andere ›König der Könige‹ falsch gemacht hatte. »Kwakuliphuta, inKosi kakufanele ibenothando.«

»Ja, hat er gesagt«, erklang Daniels Stimme. »Es ist ein Fehler, zu lieben. Vor allem für einen König.«

Fynn vernahm einen kurzen, erstickten Seufzer tiefer Betroffenheit und blickte zu Nandi hinüber. Als ihre Blicke sich trafen, berührten ihre Seelen sich flüchtig, bevor die Große Elefantin dem forschenden Blick des Iren auswich, um nachdenklich in einen dunklen Winkel der Königshütte zu starren. In diesem flüchtigen Augenblick erkannte Fynn jedoch Nandis tiefe Melancholie, ihre ganz private Verzweiflung und ihre Einsamkeit, die ihn dazu bewogen, über den betrüblichsten Aspekt der Macht nachzudenken: die Tränen Christi in Gethsemane.

»Lamabutho«, fuhr Shaka fort, indem er sich wieder auf die Kreuzigungsszene konzentrierte. »Kwakungamabutho akhe na?«

»Er fragt: Die Krieger mit den Speeren – haben sie zu seinen Regimentern gehört?«

»Sagen Sie ihm, daß Christus keine Regimenter gehabt hat.« Fynn trug ein starres Lächeln zur Schau, als der Stolz auf seine Rolle als Verfechter Christi in seiner Seele emporstieg. »Nur zwölf Männer, unbewaffnete Männer.«

»Diese Art Selbstaufopferung versteht er bestimmt nicht«, meinte Daniel nachdenklich.

»Ich auch nicht«, gestand Fynn ein. »Und sie wird ein Geheimnis bleiben, auch wenn noch so viele Bücher über dieses Thema geschrieben werden. Warum berichten wir nicht einfach die Tatsachen und geben dem Glauben eine Chance?«

»Ganz wie Sie wollen, Doktor«, antwortete der Xhosa mit einem Lächeln, aus dem wachsender Respekt und aufrichtige Zuneigung für den anderen sprachen. Der schwarze Lehrer wandte sich an Shaka, der ihr kurzes Zwiegespräch mit fragendem Blick verfolgt hatte, und erklärte ihm: »Wayenganawo amabutho, Nkosi.«

»Yize kunjalo«, fauchte Shaka ungläubig und verächtlich zugleich. »Wena umbiza ngekosi yamaKosi? Wayengaphezula ka Shaka?«

»Und Sie bezeichnen ihn als König der Könige? fragt er. Größer als Shaka?«

»Yebo, Nkosi.« Fynns Antwort war ohne weitere Erläuterungen verständlich.

»Yini?« Shakas Stimme klang vor Erbitterung laut.

»Warum? fragt er.«

»Du kannst seine Lippen sehen, Nkosi. Sie bewegen sich ...«, begann Fynn gelassen seine Antwort.

»Uyabona, Nkosi, ukuthi uyakhuluma«, erklärte Daniel dem Herrscher, der den Kupferstich sofort stirnrunzelnd genauer betrachtete.

»Er spricht«, fuhr Fynn fort, »er sagt: ›Baba, vergib ihnen, denn sie wissen nicht, was sie tun.‹«

»Uthi, bathethelele ngoba abazi ukuthi benzani«, lautete die wie ein Gebet vorgetragene Übersetzung.

»Yekela?« Shakas Stimme wurde zu einem wütenden Brüllen, während er den Kopf hob und Febanas Sangoma empört anstarrte. »Ungabusa kanjani ngokuthethelela?«

»Vergeben? sagt er. Wie kann jemand auf so törichte Weise regieren wollen?«

»Dieser Meinung sind viele«, bestätigte der Arzt leise.

Nachdem Daniel kurz gedolmetscht hatte, beugte der König sich auf dem Thron nach vorn, bis sein Gesicht nur noch eine Handbreit von dem Fynns entfernt war, und starrte den Sangoma, dessen schwächliche Antwort ihn sichtlich empört hatte, durchdringend an. Der Zulukönig fragte sich dabei, wie Männer, die die begehrten Schlüssel zu den Toren des Lebens und der Jugend besaßen, so naiv sein konnten, an einen König der Könige zu glauben, dessen ganze Herrschaft auf Glauben und Narretei beruht zu haben schien.

»Umfowabo, nJoji«, wollte Shaka schließlich wissen. »Uthini yena na?«

»Und was hält Georg von diesem König? fragt er.«

»Georg und die meisten seiner Untertanen«, sagte Fynn mit gleichmäßiger Stimme, »beten diesen König als den Messias an – als den göttlichen Herrscher, von dem die Ahnen gesprochen haben.«

»uJoji nawo onke amaKhosi«, übersetzte der Xhosa, dem peinlich bewußt war, mit welcher Intensität Shaka jedes gesprochene Wort aufnahm und abwog, »omhlaba akhonze kuyo lenkosi yamakosi.«

Als Daniel ausgesprochen hatte, saß Shaka regungslos und benommen da und stierte fassungslos erstaunt vor sich hin. Diese zufällige Übereinstimmung mit dem Mann in dem Buch wurde für den Zulu immer beunruhigender. Die Definition des Auftrags uCristos, wie sie die Schwalbe gegeben hatte, wies deutliche Parallelen zu Shakas eigenem Bund mit dem Land und seiner eigenen Stellung als göttlicher Herrscher auf. Konnte es zwei Bünde, zwei Weissagungen gegeben haben? Eine für die Zulus und eine für die Schwalben? Gab es *zwei* ›Nkosi yama Kosi‹ – einen für die Weißen und einen für Afrika? Und welcher war stärker? Welcher würde zuletzt obsiegen? Was würde die Sprache des ›geeinten Volkes‹ Bantu sein?

Da Fynn außerstande war, das wahre Motiv für Shakas mitleiderregende Seelenpein zu erkennen, machte er unabsichtlich alles noch schlimmer, indem er mit lobenswertem Glaubenseifer verkündete: »Christus ist der Herr der Schwalben, der Herr der Zulus, der Herr aller Menschen. Er ist der Sohn Gottes, des Herrn des Himmels.«

Nachdem Daniel Fynns Aussage mühevoll übersetzt hatte, erkundigte Shaka sich mit finsterer Miene: »Amandla akho uwathatha kuyena?«

»Ob Sie Ihre Kräfte ihm verdanken, möchte er wissen.«

»Christus *ist* Macht, das können Sie ihm sagen!« Der Ire erhob seine Stimme so kühn und nachdrücklich, daß Daniel sich fragte, ob das Märtyrertum ihnen nicht doch unmittelbar bevorstehe. »Mit Christus im Herzen ist man stärker als alle Regimenter der Welt.«

»Uma unoCristo!« dolmetschte der Xhosa, indem er sich bemühte, seine Stimme nicht ängstlich klingen zu lassen. »Ungaphezula kwawo onke amabutho omhlaba.«

»Kuleli amaZulu, yinye inKosi yama Kosi«, warf Nandi unerwartet in einem Tonfall ein, der an das Zischen einer ihr bedrohtes Nest verteidigenden Schlange erinnerte. »Lowo ngu-Shaka!«

»Der Himmel gehört den Zulus, hat sie gesagt, und Shaka ist sein Sohn«, berichtete Daniel, während er beobachtete, wie Nandis stolze Gestalt an die Seite des Königs trat. »Wenn die Schwalben seine Freunde sein wollen, müssen sie wissen, daß es hierzulande nur einen König der Könige gibt – Shaka!«

Fynn wirkte sichtlich geknickt. Er sagte sich, daß es töricht gewesen sei, die Hoffnung zu hegen, in diesem Höllenpfuhl das Wort Gottes predigen zu können – und sich einzubilden, der Herr könnte ihn jemals mit einer bizarren und einzigartigen Bekehrung belohnen.

»Yebo, Baba.« Der Arzt verbeugte sich und näherte sich dem Thron. Als er jedoch die Hand ausstreckte, um sich seine Bibel wiedergeben zu lassen, merkte er zu seiner Überraschung, daß Shaka zögerte, als trenne er sich nur widerstrebend von dem Buch.

Fynn erinnerte sich lächelnd daran, daß die Wege des Herrn in der Tat wunderbar sind, und forderte Daniel auf: »Sagen Sie ihm, daß das Buch ein Geschenk ist – von den Schwalben.«

»Izinkonjane, Nkosi«, lautete die Übersetzung des Xhosas. »Ziyakupha lelibhuku.«

Shakas finstere Miene veränderte sich kaum, als er hörte, welches Geschenk Fynn ihm machte. Der Herrscher nickte lediglich, um zu zeigen, daß er es annahm, und hielt die Bibel noch fester umklammert. Als Fynn und Daniel sich jedoch nach einer Verbeugung abwandten, um die Königshütte zu verlassen, stellte Shaka eine weitere Frage, die den Xhosa erstarren und dann kläglich seufzen ließ.

»Was hat er gesagt?« erkundigte Fynn sich besorgt.

»Er will wissen...« Daniel brachte die Worte kaum heraus. »Er will wissen, ob ... ob Christus *ebenfalls* wiederauferstanden ist.«

»Barmherzige Muttergottes!« flüsterte der Ire betroffen. »Francis hat recht gehabt«, murmelte er mit Tränen der Verzweiflung in den Augen. »Er will, daß wir Gott spielen!« Fynn drehte sich langsam nach Shaka um. »Yebo, Baba«, bestätigte er nickend.

Nandi und Shaka beugten sich instinktiv über die Kreuzigungsszene und konzentrierten ihre Aufmerksamkeit auf die leblose Gestalt Christi, die in ihren Augen plötzlich auf wunderbare Weise mit Lebensodem erfüllt war. Für Nandi und das Kind der Weissagung war dieser gutaussehende, bärtige Mann, an den die Schwalben glaubten, nicht mehr nur eine gezeichnete Gestalt.
Durch seine Wiederauferstehung hatte Christus für sie eine objektive Existenz angenommen, die so real und greifbar war, daß Shaka zu Fynn aufblickte und wissen wollte: »Ikhaya lakhe likuphi?«

»Wo lebt er? fragt er«, übersetzte Daniel tief seufzend.

»Mit dieser Frage habe ich gerechnet«, gab Fynn zu und rieb sich deprimiert sein hageres Gesicht. Was als Versuch begonnen hatte, den ›Corpus mysticum‹ in wenigen Worten zusammenzufassen, endete nun damit, daß die Auferstehung Christi erläutert werden sollte.

Nein, sagte Fynn sich verzweifelt, niemand kann von mir erwarten, daß ich dem Zulukönig die Auferstehung erkläre! Das muß Gott verstehen – und er muß mir einige Zugeständnisse »um der Bühnenwirksamkeit willen« genehmigen.

»Sagen Sie ihm«, begann Fynn, wobei er Daniels Blick auswich, »daß er in England bei Georg ist.«

»Was soll ich ihm sagen?« erkundigte sich der Xhosa ungläubig.

»Na ja, er ist doch in England, nicht wahr?« Fynns Erbitterung verstärkte seinen irischen Dialekt.

»Im übertragenen Sinne.«

»Shaka spricht aber nicht im übertragenen Sinne!« stellte der Lehrer fest.

»Schon gut, Daniel«, wehrte Fynn, der kurz vor einem Wutanfall stand, irritiert ab. »Übersetzen Sie doch einfach, was ich gesagt habe!«

»Ikheya lami lisekwaJoji«, dolmetschte der Xhosa und mied Shakas durchdringenden Blick.

Der Zuluherrscher betrachtete die beiden mißtrauisch interessiert, während seine langen Finger träge den Konturen seines tiefschwarzen Haares folgten.

»Das Makassaröl, Francis! Haben Sie sich wirklich eingebildet, er würde nichts davon merken? Er glaubt, wir hätten ihn wiederverjüngt – physiologisch wie ästhetisch! Und jetzt will er, daß wir auch seine Mutter verjüngen!«

»Immer mit der Ruhe«, wehrte der Leutnant beschwichtigend ab, während sein Blick nachdenklich auf eine Elefantenherde gerichtet blieb, die im schlammigen Wasser des seichten Tümpels badete, den die beiden Männer seit einiger Zeit jedesmal aufsuchten, wenn sie Ruhe und Konzentration brauchten. »Ich finde, daß die ganze Sache sich im Prinzip ganz entschieden zu unseren Gunsten entwickelt. Und Sie haben meiner Ansicht nach hervorragende Arbeit geleistet, indem Sie Christus dazu benützt haben, um eine Verbindung zwischen Shaka und Großbritannien herzustellen. Wir müssen uns jetzt dem Wunsch des Zulus beugen und diese Bindung festigen, indem wir seine Mutter wiederverjüngen.«

»Indem wir *was* tun?«

»Nur äußerlich, Fynn«, versicherte Farewell ihm rasch. »Nur äußerlich!«

In prunkvollster Aufmachung und im hellen Schein der Morgensonne geradezu leuchtend, thronte Nandi majestätisch und ehrfurchtgebietend auf dem fast drei Meter hohen Königspodium am oberen Ende des Paradeplatzes von Bulawayo. Umgeben war sie von Shaka, Farewell, Wilkins und den übrigen

Schwalben sowie von Pampata, Mkabayi, ihrer Tochter Nomcoba, ihrem Sohn Ngwadi, Mbiya, Ngomane und den Zulugeneralen.

Ehrfürchtiges Schweigen hatte die interessierte und verzauberte Bevölkerung der Zulunation erfaßt, die sich auf der mehrere Quadratmeilen großen Fläche der Zitadelle Shakas zusammendrängte. Henry Francis Fynn, der nun das Podium betrat, trug seinen alten Strohhut und einen mutlosen Gesichtsausdruck, weil er sich wie ein Possenreißer wider Willen vorkam, der in einer grotesken Pantomime auftreten mußte, die aus der Feder John Richs oder Laurence Sternes hätte stammen können.

Nachdem der deprimierte Arzt behutsam den Porzellantiegel mit der Aufschrift ROWLAND'S MACASSAR OIL geöffnet hatte, machte er sich daran, die beiden für ihn so kostbaren Dinge herabzusetzen: seinen Beruf und seinen Glauben. Fynn goß etwas von der dunklen Flüssigkeit auf Nandis Kopf, massierte das Öl bis zu den Haarwurzeln ein und bewirkte dadurch eine gleichmäßige Rückkehr der einstigen jugendlichen Färbung.

Als alles Grau verschwunden war, als das Haar sein ursprüngliches Schwarz zurückerhalten hatte und als alle Anwesenden Nandi in stummer Verwunderung und Verehrung anstarrten, trat Pampata auf ihre Königin zu und hielt ihr den silbernen Spiegel hin, den Shaka ihr während der ersten tragischen Audienz der Schwalben gegeben hatte. Bevor Nandi ihr Spiegelbild betrachtete, zögerte sie und warf ihrem Sohn einen Blick zu, aus dem große Unsicherheit sprach. Shaka lächelte seiner ›jugendlichen‹ Mutter zu, nickte zufrieden und drängte sie, ihre wiedergewonnene Jugend, ihre wiederhergestellte Schönheit zu betrachten.

Beim Anblick ihres Spiegelbildes, das eine Reflexion dessen zu sein schien, was einst gewesen war, holte Nandi freudig überrascht und erleichtert tief Luft. Die Nkosikasi indlovukazi, die Königin der Königinnen Afrikas, die Große Elefantin erhob sich und stand für alle sichtbar erhobenen Hauptes da, während sie sich auf die Unterlippe biß, um ihre Tränen und ihre innere Bewegung vor ihren Untertanen zu verbergen. Im nächsten Augenblick war die gesamte Bevölkerung zu Boden gesunken und zitterte buchstäblich vor abergläubischer Ehrfurcht vor der wiederverjüngten Mutter ihres unsterblichen Gebieters.

Nandi sah erneut zu ihrem Sohn hinüber, der jetzt vor Stolz und Freude strahlte, und lächelte. Die Befriedigung der allen schönen Frauen eigenen großen Eitelkeit schien sie zumindest in diesem Augenblick für die Schwalben eingenommen zu haben. Und als die Tränen der Dankbarkeit sich nicht länger zurückhalten ließen, weinte sie, dachte an den mächtigen Leoparden, der Flügel erhalten hatte, und überlegte sich, daß ihr Sohn vielleicht doch recht gehabt hatte, als er bestrebt gewesen war, die Macht der Fremden für sich zu nutzen.

Auch Farewell strahlte vor Freude. Er fand, sein ›Bündnis‹ komme gut voran, sah zu Fynn hinüber und stellte zu seiner Überraschung fest, daß der Ire wie Nandi weinte.

»... und vergib uns unsere Schuld«, betete Fynn stumm, »wie wir vergeben unseren Schuldigern. Führe uns nicht in Versuchung, sondern erlöse uns von dem ...«

Bei diesen Worten blieb Fynn stecken und konnte das Vaterunser nicht zu Ende sprechen, weil sein Herz immer wieder den Text änderte. Statt von den Worten »erlöse uns von dem Übel« hallte seine Seele von »erlöse Afrika von uns« wider.

Unmittelbar nach der ›Verjüngungszeremonie‹ (wie Wilkins sie in seinem Expeditionstagebuch nüchtern bezeichnete) verkündete Shaka öffentlich seine tiefe Dankbarkeit, die er wegen des Lebens und der Jugend, die sie dem Sohn des Himmels und seiner Mutter gebracht hatten, gegenüber den Schwalben, uJoji und uCristo empfand. Indem der Herrscher Febana durch Daniel ansprach, drängte er den Führer der Weißen, den Großen Berg von seiner Dankesschuld zu entlasten und eine Möglichkeit vorzuschlagen, wie Shaka seiner Dankbarkeit greifbaren Ausdruck verleihen könne.

Ohne zu zögern dachte Farewell an seine mit Elfenbein handelnde ›Trading Company‹ und überlegte sich, daß ein Stück Land wohl das für alle Beteiligten passendste Geschenk wäre.

Schließlich besaß Shaka so viel davon, daß er bestimmt ein paar Quadratmeilen entbehren konnte. »Außerdem«, erklärte der Leutnant Wilkins listig lächelnd, »ist Shakas Zug zu den Kolonien vielleicht am besten dadurch aufzuhalten, daß man die Kolonien zu Shaka bringt...«

Und so wurde der Landübereignungsvertrag von Febana aufgesetzt und vor der gesamten Zulunation in einer Zeremonie unterzeichnet, die als Meilenstein in die Geschichte der Knechtung Afrikas eingehen sollte. Durch diese Schenkung kaufte Francis George Farewell, R. N., Seiner Majestät Bevollmächtigter in der Affäre Shaka, im Grunde genommen Land mit einer Währung, die weit mehr als Gold oder Silber funkelte: mit wiedergewonnener Jugend.

Die Urkunde wurde von Wilkins (als Vertreter des Kolonialamts) offiziell laut verlesen und von Daniel simultan übersetzt. Sie hatte folgenden Wortlaut:

»Ich, Inguousi Shaka, König der Zulus und des Landes Natal sowie des gesamten Gebiets zwischen Natal und der Delagoa-Bai, schenke, übereigne und verkaufe hiermit am siebten November im Jahre des Herrn achtzehnhundertvierundzwanzig in Gegenwart meines Ministerpräsidenten und meines Generalstabs aus freien Stücken Francis George Farewell & The Farewell Trading Company das uneingeschränkte, immerwährende Eigentum – auch für ihre Erben und Nachfolger – an dem Hafen Natal mit allen dazugehörigen Inseln und dem umliegenden Gebiet sowie an einem etwa hundert Meilen weit ins Landesinnere reichenden Küstenstreifen mit sämtlichen Rechten auf das Elfenbein, die Flüsse, die Bodenschätze und sonstige darin enthaltene Gegenstände. Besagtes Gebiet soll ab diesem Tage der alleinigen Nutzung von Farewell & Company, ihren Erben und Nachfolgern unterstehen und von ihnen frei von jeglicher Belästigung oder Behinderung durch mich oder meine Untertanen so genutzt werden können, wie sie es für richtig erachten.

Zum Zeugnis dessen habe ich diesen Vertrag in vollem Bewußtsein der Tatsache unterzeichnet, daß ich mich dadurch zur Einhaltung aller seiner Artikel und Bestimmungen verpflichte, die ich dem besagten F. G. Farewell, den ich hiermit als ALLEINIGEN HÄUPTLING des besagten Gebiets mit voller Befehlsgewalt anerkenne, aus freien Stücken zugestanden habe. Dies tue ich als Belohnung für die freundliche Fürsorge der Weißen, die sie mir während meiner Erkrankung nach einer Verletzung erwiesen haben, sowie wegen ihrer Aufmerksamkeit gegenüber der Königinmutter.«

Gezeichnet:	SHAKA, König der Zulus, mit X
Eingeborene	Ngoomanee, mit X
Zeugen:	Mmgoboosi, mit X
	Daniel (Zulu-Dolmetscher), mit Namen

Nach der Unterzeichnung und Beglaubigung der Schenkungsurkunde erhob Shaka sich, um zu den Zulus zu sprechen. »Ngithi ziqapheleni izimanga«, röhrte seine Stimme bis in den hintersten Winkel der Zitadelle, »zabamhlophe. Isizwe sonke masibahlonipke ngendela...«

»Er wünscht, daß sein Volk die Schwalben betrachtet, ihren Bund mit dem Himmel sieht und Shakas eigene Größe und seinen Mut anerkennt, daß er mit der Angst gebrochen und gewagt hat, sein Land und seinen Reichtum mit Jojis und uChristos Freunden, die übers Meer gekommen sind, zu teilen«, übersetzte Daniel hastig. »Er erwartet, daß seine Nation den Weißen die Königen gebührende Achtung zollt und...«

»Die Geschichte der Kriegführung in einer klebrigen, dunklen Flüssigkeit destilliert«, flüsterte Wilkins dem Leutnant während Shakas pompöser Rede zu. »Makassaröl! Wenn ich daran denke, daß das Kolonialamt es für Whisky gehalten hat...«

»Ich hätte nie geglaubt, daß ein Haarfärbemittel ein politischer Aktivposten sein könnte«, murrte Fynn halblaut.

»Weil Sie eben nicht praktisch veranlagt sind, Fynn«, sagte Farewell und grinste selbstgefällig.

»Gut, das kann ich auch sein!« erwiderte Fynn.

»Der Farbtiegel ist schon fast leer. Was passiert, wenn uns

das Makassaröl ausgeht und auf diesen gekrönten Häuptern graue Haare nachwachsen?«

»Erfindungsgabe, Fynn«, flüsterte ›Häuptling Febana‹ aus dem Mundwinkel heraus, während sein starres Lächeln weiter den Zulus (jetzt ›seinen‹ Zulus) galt. »Findigkeit ist das ›Färbemittel‹, mit dem wir uns behelfen werden, wenn das Makassaröl zu Ende ist. Und ich vertraue darauf, daß wir davon reichlich besitzen – einen Vorrat, der mindestens so lange anhält wie unser Wagemut.«

Am nächsten Morgen beschlossen Shaka und sein neuer Häuptling Febana, die Schwalben sollten nach Port Natal zurückkehren, um nach den übrigen Mitgliedern ihrer Expedition zu sehen und offiziell von der neuerworbenen ›Kolonie‹ der Farewell Trading Company Besitz zu ergreifen. Weiterhin wurde (zur großen Freude Canes und Holsteads) beschlossen, eine Elefantenjagd zu veranstalten, um die Landschenkung und die neuen ›Freundschaftsbande‹ zu feiern.

In weniger als sieben Tagen gelangte die Karawane der Weißen in Sichtweite des Indischen Ozeans und der Handvoll Hütten und behelfsmäßiger Unterkünfte, aus denen das Wohngebiet von Port Natal bestand.

Die Wiedersehensfeier wurde durch lärmende Fröhlichkeit und ungläubiges Staunen geprägt, als die Zurückgebliebenen (die bereits alle Hoffnung auf ein Wiedersehen mit ihren Kameraden aufgegeben hatten) von den Fährnissen, den Tragödien und dem unerwarteten, überwältigenden Erfolg der ersten diplomatischen Mission bei dem Zuluherrscher hörten.

Die folgenden Wochen wurden zur Fertigstellung von Fort Farewell benützt, das Wilkins bereits beschrieben hatte: »Dieses Fort soll eine Bodenfläche von rund 200 Quadratyards bedecken und in Dreiecksform erbaut werden.«

Nach über einem Monat schwerer Arbeit wurden am Heiligen Abend des Jahres 1824 der Union Jack am Flaggenmast des Forts gehißt, die Kanone der *Julia* (die zu einem Bestandteil der Festung geworden war) tapfer abgefeuert und Port Natal mitsamt dem dazugehörigen Hinterland mit der für den Imperialismus des 19. Jahrhunderts charakteristischen Anmaßung zu britischem Territorium erklärt.

Die Große Elefantenjagd (wie Wilkins sie in seinem Expeditionstagebuch bezeichnete) fand vom 3. bis 10. Januar 1825 statt. Ausgeübt wurde dieser ›Sport‹ von einer aus Zulus und Weißen bestehenden gemischten Jagdgesellschaft. Gemischt war auch die Art und Weise, wie die Tiere erlegt wurden: Sie reichte von der von Shaka eingeführten Methode, die Sehnen des Großwilds zu durchtrennen, bis zu barmherzigeren Musketenschüssen.

In diesen acht Tagen fanden 31 Bullen und 42 Kühe in einer als ›höchst erfolgreich‹ eingestuften Elefantenjagd den Tod. Die Stoßzähne wurden herausgelöst und an Bord der *Julia* geschafft, die demnächst die Rückreise mit der ersten Ladung der Farewell Trading Company antreten sollte. Da alle Männer (außer Farewell, Fynn und Wilkins) sich danach sehnten, in ihre gewohnte Umgebung zurückzukehren, und da die *Julia* (mit ihrer gewichtigen Fracht) lediglich mit verringerter Besatzung fahren konnte, wurden Strohhalme gezogen und vier Männer für die Rückfahrt bestimmt.

Am 16. Januar 1825 verließ die Schaluppe *Julia* Port Natal mit 16 Tonnen Elfenbein und einer vierköpfigen Besatzung aus Richard Holstead, Hockly, Biggar und Alex Thompson, der ein Schreiben Farewells an seine Frau Elizabeth sowie ein weiteres an Lord Charles Somerset mitnahm, in dem Farewell dem Gouverneur mitteilte, daß »Shaka meiner Ansicht nach zum gegenwärtigen Zeitpunkt keine Gefahr für unsere weißen Siedler darstellt; er hat im Gegenteil sein Wohlwollen dadurch bewiesen, daß er mich vor kurzem zu einem seiner Häuptlinge ernannt hat«. Die Schaluppe sollte zum Kap segeln, ihre Fracht in einem verläßlichen Lagerhaus deponieren (das Elizabeths Stiefvater Johann Peterssen gehörte) und so rechtzeitig nach Port Natal zurückkehren, daß sie noch in diesem Sommer eine weitere Ladung Elfenbein nach Kapstadt transportieren konnte. Darüber hinaus sollte die *Julia* auf der Rückreise nach

Natal eine ganze Kiste Porzellantiegel mit einer als ›Rowland's Macassar Oil‹ bekannten »schwarzen, klebrigen Flüssigkeit« mitbringen.

Als die *Julia* am 16. Januar auslief, betonte Farewell nochmals, während alle sonstigen Aufträge gleichwertig seien, *müsse* sie (oder ein Ersatzschiff) unter allen Umständen zurückkehren! Wie der Leutnant nachdrücklich erläuterte, saß die Expedition ohne ein Schiff in Natal fest und war einem Mann, dessen Haar weiterwachsen würde – selbst *nachdem* der Porzellantiegel leer war –, auf Gnade und Ungnade ausgeliefert.

Nach dem Auslaufen aus Port Natal blieben die *Julia*, ihre Besatzung und ihre kostbare Fracht jedoch für immer spurlos verschollen.

38 UCRISTO *Christus*

»Das neue Jahr 1825 begann recht glückverheißend«, lautete der Eintrag in Wilkins' Expeditionstagebuch, »mit dem Erfolg der Großen Elefantenjagd, die sich für alle Teilnehmer als kurzweiliger Zeitvertreib und darüber hinaus als zusätzliches bindendes Element in den herzlichen Beziehungen erwies, die sich zwischen Shaka und uns anzubahnen schienen... Zu unserem Glück wurde unsere kleine Gemeinschaft aus sieben Männern (Daniel mußte weiterhin in Bulawayo bleiben) schon bald durch ein größeres Kontingent von eingeborenen Männern und Frauen (die meisten kräftig und arbeitsfähig) ergänzt, die sich bereitwillig in Port Natal niederließen, ihre Bienenkorbhütten im hügeligen Buschgelände über uns erbauten und eifrig bestrebt und bemüht waren, uns in jeder Weise dienlich zu sein.

Auf Anweisung des Leutnants brachten wir die hilfswilligen Eingeborenen bald dazu, ein Kornfeld für unsere Kolonie anzulegen, was sie zu unserer großen Zufriedenheit erledigten, und nach Ablauf einiger Monate erschien dann der Erntevogel (den die Zulus mit freudigen Zurufen begrüßen).

In diesem heiteren, erholsamen Zeitraum – von Weihnachten 1824 bis April 1825 – bemühten wir uns, die Sprache der Zulus zu erlernen, um uns leichter mit den Eingeborenen verständigen und Shaka bei unserem nächsten Besuch in der Zitadelle mit einem handgreiflichen Beweis für unseren Wunsch nach einigem Zusammenleben in Natal beeindrucken zu können. Wieviel Zeit der einzelne benötigt, um eine Sprache soweit zu beherrschen, daß er sich mit den Einheimischen verständigen kann, hängt davon ab, wie begabt man für das Erlernen einer Fremdsprache ist. Ich bin stolz darauf, berichten zu können, daß der Leutnant, Fynn und ich die Zulusprache in weniger als einem Vierteljahr beherrschten.

Gegen Ende dieser ersten Ernte in Port Natal kehrte Fynn von seinem allmonatlichen Besuch in Bulawayo zurück. Seine regelmäßigen Besuche waren erforderlich, damit er in einer feierlichen Zeremonie in Gegenwart der gesamten Zulubevölkerung die ›gekrönten Häupter‹ des Königs und der Königinmutter mit Rowland's Macassar Oil behandeln konnte (bevor das nachwachsende Grau sich gefährlich deutlich zeigte). Am Morgen nach der Rückkehr Fynns – an einem Aprilmorgen – erhielten wir zu unserem gelinden Erstaunen einen frühen, unerwarteten Besuch von Maloori, einem der angesehensten Ältesten unserer Kolonie, einem einflußreichen Mann, der offenbar die Gunst Shakas genießt (da er ein Blutsverwandter des königlichen Ratgebers Lutuli ist). Maloori erhob schwere Vorwürfe gegen zwei unserer Leute: Vorwürfe, die geeignet waren, unser Verhältnis zu Shaka ernstlich zu beeinträchtigen sowie unsere geachtete, beherrschende Stellung innerhalb der gemischtrassigen Einwohnerschaft Port Natals zu gefährden. Der Anklage zufolge sollten Holstead und Popham auf der Jagd Malooris junger Frau begegnet sein und ihr einige Glasperlen dafür geboten haben, daß sie ihnen zu Willen sei. Als die treue und empörte Ehefrau ihre Geschenke rundweg abgewiesen hatte, sollte Popham der Ärmsten seine Muskete an den Kopf gehalten haben, während Holstead sich mit Gewalt verschaffte, was er durch Überredung und Bestechung nicht hatte erlangen können, und die Widerstrebende vergewaltigte.

Der über Malooris Anschuldigungen entsetzte Leutnant ließ Holstead und Popham augenblicklich zu sich rufen. Die beiden Männer leugneten anfangs, aber nach einem Wutausbruch Lt. Farewells (der Grund zu der Annahme hatte, daß Holstead ihn belüge) gestand Popham ihre Schandtat und zwang seinen Komplizen so dazu, ebenfalls ein Geständnis abzulegen.

Wir anderen waren entsetzt und wütend über dieses unehrenhafte Verhalten unserer Männer, das in so eklatantem Gegensatz zu unserer Absicht stand, das sittliche Niveau der Eingeborenen unserer Kolonie zu heben. Unser Sprecher, Lt. Farewell, mußte feststellen, daß nichts, was er sagte, irgendeine Wirkung auf unseren illustren Besucher hatte – schon deshalb nicht, weil der ganze Fall bereits dem König unterbreitet worden war. Deshalb beschlossen Mr. Farewell, Fynn und ich, sofort nach Bulawayo aufzubrechen, wo wir die Situation bereinigen zu können hofften.

Am Abend des sechsten Tages erreichten wir das Tor der Residenz innerhalb der Zitadelle und wurden sofort eingelassen. Ein Diener teilte uns mit, der König halte eine ›en-daba‹ (eine Beratung) mit seinen Kriegern ab, um mit ihnen einen bevorstehenden Feldzug zu diskutieren: einen großen Krieg gegen König Zweedy (oder so ähnlich) und seine Nawandees. Als wir endlich vorgelassen wurden, empfing Shaka uns sehr kühl und ließ sich nicht anmerken, ob unsere neuerlernte Beherrschung seiner Sprache ihn beeindruckte oder nicht. Anstatt sofort die Vergewaltigung von Malooris junger Frau anzusprechen, erwähnte der Herrscher zu unserer Überraschung den Krieg, den er gegen jene zu führen gedachte, die ihm nach dem Leben getrachtet hatten, und sprach davon, daß wir mit ihm ins Feld ziehen müßten. Wir waren verständlicherweise ziemlich erschrocken und bemühten uns, Shaka über die Gesetze in Jojis Reich und die seinen Untertanen auferlegten Pflichten aufzuklären – vor allem in bezug auf Angriffe auf andere Nationen. Als der König diese Weigerung hörte, erinnerte er uns mit schneidend scharfer Stimme daran, wie abhängig wir – insbesondere seit der Abfahrt unseres Schiffs – von ihm seien.

Als der Leutnant sich auch durch diese Drohung nicht umstimmen ließ und unsere Weigerung, an seiner Seite zu kämpfen, bekräftigte, kam Shaka zuletzt auf das schändliche Benehmen Holsteads und Pophams zu sprechen. Er erklärte Lt. Farewell, dieser Vorfall habe ihn nicht völlig überrascht, denn sein General Mmgoboosi habe ihn schon bei der ersten Ankunft der Weißen in Bulawayo über den bedauerlichen Mangel an Disziplin in unseren Reihen informiert. (Bei dieser Gelegenheit erwähnte Shaka erstmals die Straußenjagd und Holsteads wiederholte Weigerung, Befehle des Leutnants auszuführen.) Es sei vorhersehbar, merkte Shaka an, daß ein Mann mit dieser Veranlagung ohne entsprechende Zurechtweisung eines Tages das Wohl der Allgemeinheit gefährden werde. Und um den Fall Holstead ein für allemal aus der Welt zu schaffen, stellte der König nüchtern fest: ›Er muß sterben! Um Maloori, Lutuli und seine Familie zu beschwichtigen. Einen Tod, der so schändlich wie das verübte Gewaltverbrechen ist ... Pfählung!‹ schlug er in einem Ton vor, der uns wie vor dem Zischen einer Schlange oder dem Brüllen eines Löwen zurückzucken ließ.

Um unseren Gefährten, der eigentlich keine Nachsicht verdient hatte, vor einem Schicksal ›schlimmer als der Tod‹ zu bewahren, gestanden wir freimütig ein, daß seine und Pophams Untat schwere Strafe verdient habe, bemühten uns jedoch, dem Herrscher zu erklären, daß eine Pfählung ›bei den Untertanen Jojis (und uCristos, fügte Fynn rasch hinzu) nicht der Brauch‹ sei und daß es möglich sein müsse, eine andere, ›traditionellere‹ Strafe zu finden.

Seltsamerweise wurde Shakas Tonfall abrupt gemäßigter, beinahe vertraulich, und er bemerkte, indem er sich mit einer Hand durch sein schwarzgefärbtes Haar fuhr, er sei ›weiterhin unser Freund‹ und werde sein ›Bestes tun, um die Bräuche der Untertanen Jojis und uCristos zu respektieren‹. Andererseits, so bekannte er, müsse er seine durch den bedauerlichen Vorfall ziemlich erregten Ältesten irgendwie beschwichtigen. Das lasse sich am besten dadurch erreichen, daß wir mit ihm ins Feld zögen, meinte Shaka, indem er auf seine ursprüngliche Forderung zurückkam. ›Schließlich *ist* Febana mein Häuptling‹, fügte er hinzu, ›und es *ist* Brauch, daß der ins Feld ziehende König von allen seinen Generalen und Häuptlingen begleitet wird...‹

Und so geschah es, daß wir alle am 17. April 1825 die Encootoo-Hügel überschritten und uns am Ufer des Flusses Eençome befanden...« Im Morgengrauen des Tages nach dieser Eintragung in Wilkins' Expeditionstagebuch standen die beiden riesigen Heere sich auf den Hängen des iNcome-Tals zu der Schlacht gegenüber, die als die ungewöhnlichste und phantastischste Schlacht auf afrikanischem Boden in die Geschichte eingehen sollte.

Auf der einen Talseite waren in Flußnähe die Zulus aufmarschiert: 17 Regimenter mit 68000 Mann sowie Häuptling Febanas sieben ›Freiwilligen‹; auf dem Gegenhang standen die verbündeten Truppen König Zwides, General Soshanganes und König Pakatwayo kaKondlo Qwabes (40000 Mann in zehn Regimentern unter der Stammesbezeichnung ›Ndwandwe‹, obwohl die ursprüngliche Bevölkerung des Königreichs dieses Namens im Jahre 1821 bei der Zerstörung Dlovungas durch Shaka ausgerottet worden war).

Während beide Heere schweigend auf den Beginn der Kampfhandlungen warteten und jede Front damit rechnete, daß die andere die Initiative dazu ergreifen werde, saß Shaka auf einem Felsvorsprung und beobachtete die dichtgeschlossenen Reihen des Gegners mit ausgesprochen nachdenklicher Miene. Der König wußte (aufgrund eingehender Nachforschungen seiner Kundschafter), daß Zwides Truppen unter Soshanganes Befehl eine gründliche Nahkampfausbildung erhalten hatten. Da sie zudem die von ihm selbst entwickelte berühmte ›Methode‹ beherrschten, unterschieden sie sich lediglich dem Namen und der Zielsetzung nach von seinen Kriegern.

Shaka sagte sich, daß hier etwas Neues gebraucht werde. Eine unerwartete, fremdartige Taktik, die verblüffen und verwirren würde. Während er diesen Gedanken nachhing, fiel sein Blick auf die Handvoll Weißen, die trotz ihrer von Zulukriegern übernommenen Erkennungszeichen (die sie über ihren zerfetzten europäischen Kleidungsstücken trugen) aus der Mitte seiner regulären Truppen herausragten wie eine schaumgekrönte Woge aus einem bernsteinfarbenen Meer. Der König hatte bereits geahnt, daß sie ihm viel würden nützen können, und deshalb darauf bestanden, daß sie mit ihm in die Schlacht zogen.

Aber wie können sie mir in diesem speziellen Fall nützen? fragte Shaka sich, während er wieder die Ndwandwe-Krieger beobachete. Wie können sieben Mann im Kampf gegen 40 000 den Ausschlag geben?

Dann hatte er plötzlich eine Idee. Als sie in seinem Kopf deutlichere Formen annahm, flüsterte der Zulu vor Aufregung heiser: »uCristo!« Shaka, der jetzt aufstand und hügelabwärts auf seine wartenden Regimenter zuschritt, fühlte sich in unerwartet gehobener Stimmung, denn für ihn hatte die Schlacht am iNcome soeben eine neue, andersartige Bedeutung angenommen. Sie war nicht mehr nur eine Auseinandersetzung zwischen seinen und Zwides Truppen, sondern eine klare Herausforderung des mit ihm rivalisierenden ›Königs der Könige‹ und zugleich ein guter Prüfstein für Fynns Behauptung: »Christus ist Macht!«

»Du und deine Männer – ihr marschiert allein gegen den Feind«, erklärte Shaka Febana gelassen, so daß der Engländer verblüfft und verwirrt zu völliger Bewegungslosigkeit erstarrte. »Meine Regimenter stehen als Rückendeckung bereit, falls und wenn ihr Unterstützung braucht.«

Mgobozi, Nqoboka, Mzilikazi, Joko und die übrigen Generale Shakas runzelten die Stirn, als könnten sie diesen scheinbar unsinnigen Befehl ihres Königs nicht glauben, während die Schwalben sprachlos dastanden, zu benommen waren, um zu reagieren, und mit vor Entsetzen geweiteten Augen wie magisch angezogen zum Gegenhang hinüberstarrten, auf dem es von feindlichen Kriegern wimmelte.

Sobald der Leutnant seine Beine wieder in der Gewalt hatte, trat er auf den Herrscher zu und betrachtete die unergründliche Miene des Zulus mit langem, forschendem Blick. Als Farewell in Shakas flammenden Katzenaugen las, daß dieser Befehl sein Ernst war, bemühte er sich, etwas Licht ins Dunkel der absurden Weisung des Königs zu bringen. Mit halblauter Stimme, die nur mühsam verbarg, daß er am liebsten aufgeschrien hätte, erkundigte er sich: »Du willst, daß wir – wir acht Männer – allein gegen sie ... gegen vierzigtausend Mann kämpfen?«

Shakas Antwort bestand aus einem Lächeln.

»Unmöglich!« stellte der Leutnant etwas hochmütig fest, indem sein Verstand sich bemühte, die tragischen Hintergründe der Überlegungen Shakas auszuloten, und sein Herz aufrichtig hoffte, der ganze Zwischenfall werde sich als geschmackloser Scherz entpuppen.

»Völlig unmöglich«, wiederholte er. »Aber das weißt du natürlich, nicht wahr?«

Der Herrscher schwieg weiterhin lächelnd, ohne Farewell aus den Augen zu lassen. »Hast du nicht Christus in deinem Herzen?« wollte der Zulu schließlich wissen.

»W-w-was?« fragte der englische Abenteurer wie vor den Kopf geschlagen. *Diese* Frage hatte er von allen denkbaren am wenigsten erwartet!

»Dein Sangoma hat mir erzählt«, fuhr Shaka fort, aus dessen Augen finstere Phantasie zu blitzen schien, »daß ein Mann mit Christus im Herzen stärker als alle Regimenter der Welt ist.«

Fynns Brust entrang sich unwillkürlich ein kurzes, schmerzliches Stöhnen.

»Stimmt das denn nicht ...?« erkundigte sich der Herrscher, indem er gespielt harmlos die Augenbrauen hochzog.

Farewell, der sich tief in die Oberlippe biß, warf Fynn einen sorgenvoll fragenden Blick zu.

»Haben Sie ... haben Sie das gesagt, Fynn?« wollte der Leutnant wissen, wodurch er bewirkte, daß die geknickte Gestalt des reumütigen Iren von forschenden Blicken förmlich durchbohrt wurde.

»Ja«, antwortete Fynn, der nicht wagte, seinem Gefährten in die Augen zu sehen, sondern statt dessen einen Schwarm über sie hinwegziehender Webervögel beobachtete.

»Ich verstehe...«, sagte Farewell heiser und blickte zu den Vögeln auf, als seien sie für Fynns Untat mitverantwortlich. »Yebo, Baba«, erklärte er dann dem Zuluherrscher. »Das *ist* wahr, aber die Bedeutung dieser Aussage ist ... anders zu verstehen.«

»Anders?« fragte Shaka verständnislos, während alle Blicke sich jetzt auf Farewell konzentrierten.

»Er hat nicht *wirkliche* Regimenter gemeint, Baba.« Der Engländer begann zu schwitzen. »Er wollte damit sagen ... Sagen Sie's ihm, Fynn!« drängte er den anderen. »Erklären Sie ihm, was Sie gemeint haben!«

»Ich...« Weiter kam der Ire nicht, bevor keuchendes, hysterisches Lachen seinen schwächlichen Leib erschütterte.

»Ihr marschiert gegen sie. Allein!« wiederholte Shaka ungeduldig. »Wir werden ja sehen, wer der wahre König der Könige ist! Wer ... *Macht* ist!« Er spuckte dieses Wort förmlich aus. »Wenn euer Christus wirklich Herr der Zulus sein will, muß er sich diese Stellung erkämpfen – wie ich's getan habe!«

Shaka machte auf dem Absatz kehrt, um die Diskussion zu beenden und weiteren Widerspruch unmöglich zu machen, und stolzierte davon, um gemeinsam mit seinen Generalen schweigend zu beobachten, was die Weißen als nächstes tun würden.

Nachdem Febanas Männer sich durch flüchtige entsetzte Blicke davon überzeugt hatten, daß sie alle wie vor den Kopf geschlagen waren, schulterten die Schwalben – deren Herzen von flammenden Visionen unmittelbar bevorstehender, grausamer Vernichtung brannten – ihre Musketen und nahmen ihre Pulverfäßchen und Kugelbeutel auf. Dann drängten die acht Männer sich angesichts der felsigen Ebene ihres ›Armageddons‹ Schulter an Schulter, Ellbogen an Ellbogen zusammen, rückten mitleiderregend langsam gegen die feindlichen Ndwandwes vor und zogen dabei die zweirädrige Lafette mit der Kanone der *Julia* hinter sich her.

»Wer ist Ihr Katechet gewesen?« fragte der Leutnant Fynn, der den heißen Atem von Farewells Zorn auf seiner Wange spürte.

»Pater Patrick Mulligan«, antwortete der Arzt, dessen stolzer Tonfall reichlich unangebracht klang. »Holy Trinitiy Church, Dublin.«

»Der Teufel soll die Iren holen!« murmelte Holstead.

»Sie haben allen Grund, den Mund zu halten!« wies Wilkins ihn zurecht. »Daß wir hier in der Klemme sitzen, verdanken wir Popham und Ihnen!«

»Glauben Sie, daß das sein Ernst gewesen ist, Leutnant?« wollte Cane wissen. »Daß wir allein gegen sie kämpfen sollen, mein' ich.«

»Scheint so zu sein, Cane«, bestätigte Farewell mit einem Blick über die Schulter auf die hartnäckig unbeweglich dastehenden Reihen der Zulus.

»Wo bleibt sein Sinn für Dankbarkeit?« knurrte Holstead. »Wir haben ihm sein verdammtes Leben gerettet!«

»Fragen Sie, Fynn«, brummte Daniel. »Er ist unser Theologe.«

»Die Antwort liegt auf der Hand, finde ich«, antwortete der Ire abwehrend. »Shaka stellt uns auf die Probe, sonst nichts. Er will sehen, ob unsere Taten so laut wie unsere Worte sprechen! Das Ganze ist eine Glaubensfrage!«

»Sollte ›Nero‹ Sie nochmals auffordern, Ihren Glauben zu beweisen«, sagte Farewell beißend ironisch, »wäre ich Ihnen dankbar, wenn Sie das Kolosseum nicht erwähnen würden!«

»Könnten wir uns nicht ergeben, Sir?« erkundigte Wilkins sich schüchtern. »So was kommt schließlich vor. Ehrenvoll, meine ich.«

»Ja, Tim, das könnten wir vermutlich.« Farewells Blick ruhte auf den Ndwandwe-Regimentern, die bedrohlich den Gegenhang besetzt hielten. »Aber ich habe den schlimmen Verdacht, daß diese Gentlemen keine Gefangenen machen ...«

»Was für eine verrückte Taktik ist das?« Pakatwayos Miene verfinsterte sich in verständnislosem Zorn, während er flammenden Blickes das Häuflein der heranrückenden Weißen beobachtete.

»Närrisch!« schalt Zwide, dessen Kopfschmuck aus schwarzen Federbüschen dabei bebte, als wolle er diesen Tadel bekräftigen.

»Das hat dein Sohn vor Qokli auch gesagt, Zwide«, wandte Soshangane vorsichtig ein. »Hätte er damals nicht über Shakas Taktik gespottet, hätten er und Dlovunga vielleicht überlebt... Ich stehe dem Zulu nicht zum ersten Mal gegenüber und habe gelernt, was es bedeutet, ihn zu unterschätzen.«

»Dann kannst du uns Auskunft geben, Soshangane«, schlug Pakatwayo ironisch vor. »Wozu hat er diese Affen entsandt? Um uns zu belustigen?«

»Nein, Pakatwayo.« Soshangane war noch immer nachdenklich. »Sie sind nicht zu unserer Belustigung da. Hinter Shakas Maßnahmen steckt immer ein guter Grund, selbst wenn sie noch so ›närrisch‹ wirken ... Sikhunyana!« rief der General einem seiner Offiziere zu. »Schick eine Handvoll Krieger hinunter! Wir wollen sehen, ob ihr Blut die gleiche Farbe wie unseres hat!«

Farewells tapferes Herz schlug rascher, als er die Abteilung Ndwandwes auf sie zutraben sah, und seine militärische Ausbildung trat in den Vordergrund, indem sie ihm sofort die Pflicht auferlegte, den Abwehrkampf zu organisieren und zu befehligen.

»Fertigmachen zum Feuer!« blaffte er seine Männer an und brachte dadurch halbwegs Ordnung in ihre verwirrten Herzen.

Die Weißen reagierten rein instinktiv, ließen sich auf ein Knie nieder und legten mit ihren Musketen auf den wild heranflutenden Gegner an. Mit dem Zeigefinger am Abzug des Steinschlosses seiner Muskete befahl Farewell laut: »Zielen ... Feuer!«

Als die Schüsse durch das Tal hallten, wurden vier der anstürmenden Ndwandwes von den Bleikugeln dieser Salve getroffen, stürzten zu Boden und brachen über ihren wie Spielkarten nach vorn kippenden Schilden zusammen. Der Rest der kleinen Abteilung machte, von diesen unbekannten Waffen verwirrt, halt, weil die Ndwandwes sich die rätselhafte Treffsicherheit von Stäben, die Feuer spuckten und aus der Ferne töteten, nicht erklären konnten.

»Nachladen!« befahl Farewell, ließ eine feinen Strom Pulver in seinen Vorderlader rieseln und rammte eine weitere zwei Unzen schwere Bleikugel in den langen schlanken Lauf. Die anderen Weißen, denen der verhältnismäßige Erfolg ihrer ersten Abwehrmaßnahme wieder einigen Mut gemacht hatte, gehorchten bereitwillig und luden ihre Musketen für die nächste Salve nach.

Die Überlebenden von Soshanganes Kampfgruppe erwachten zu spät aus ihrer verwirrten Benommenheit: Als sie sich endlich mit blutrünstigen Schreien Mut gemacht hatten und wieder blindwütig vorwärtsstürmten, waren die Weißen, Farewells Beispiel folgend, erneut schußbereit.

»Feuer!« befahl der Leutnant mit lauter Stimme, die gebieterisch durchs Tal hallte und deren Echo sich mit den Schüssen mischte, die in die Reihen der anstürmenden Feinde schlugen und den restlichen Ndwandwes den Tod brachten.

»Aus der Ferne wirksam wie der herkömmliche Speer«, murmelte Soshangane vor sich hin, indem er über die Wirkung der ›Feuerstäbe‹ nachdachte, »aber die Waffe wird wie der Assegai Shakas nicht weggeworfen ... Äußerst eindrucksvoll! Und bei annähernd gleichen Kräfteverhältnissen wirkungsvoll. Aber was ist, wenn ...« Der General drehte sich nach Sikhunyana um und knurrte: »Laß ein ganzes Regiment angreifen! Und keiner soll zurückkommen, bevor diese acht Männer tot sind!«

Während der Ndwandwe-Offizier davontrabte, um den Befehl auszuführen, runzelte Pakatwayo verwundert die Stirn. »Viertausend gegen acht? Ich gebe zu, daß ihre Waffen recht wirkungsvoll sind, aber ... findest du dieses Verhältnis nicht etwas kränkend für unseren Stolz?«

»Im Kriege hat der Stolz sich dem Siegeswillen unterzuordnen, Pakatwayo«, erwiderte Soshangane trocken, während sein Blick zum Gegenhang hinüberschweifte, wo Shaka und seine Truppen weiterhin unbeweglich ihre Stellung hielten. »Und im Kampf mit einem gefährlichen Gegner wie dem Zulu kann man nie vorsichtig genug sein – so ›kränkend‹ das Kräfteverhältnis auch sein mag... Auch diese Lektion habe ich am Qokli gelernt. Immerhin hat sie uns fast fünfundzwanzigtausend Mann gekostet.«

»Sollen wir einen Angriff vorbereiten, Baba?« fragte Mgobozi, als er sah, wie das starke Nwandwe-Regiment den Hügel herab und ins Tal hinaus auf die winzige Streitmacht der Weißen zuflutete.

»Noch nicht, Mgobozi«, antwortete Shaka geistesabwesend, während er die Schwalben mit glitzernden Augen beobachtete, aus denen brennendes Interesse und eine Vielzahl einander zuwiderlaufender Absichten sprachen.

Mit nüchterner Objektivität mußte Shaka sich sagen, daß die Handvoll Männer, aus denen Febanas ›Miniaturregiment‹ bestand, nicht die geringste Chance hatte, sich auch nur einigermaßen erfolgreich gegen den donnernden Ansturm von Tausenden von herantrabenden Feinden zu verteidigen. Trotzdem zögerte Shaka, ihnen zu Hilfe zu kommen, weil ein Aufruhr von wirren, widersprüchlichen Gedanken, die sein Urteilsvermögen erstmals trübten, ihn zur Unschlüssigkeit verdammte. Mgobozi war zutiefst verzweifelt über Sigidis unerwartete und eigentümliche Entschlußschwäche, aus der ein nie dagewesener Mangel an Willenskraft und Zielbewußtsein sprach, der nun Taktik rasch zu Improvisation verkümmern ließ.

»So werden sie niedergemacht, Sigidi«, stellte Mgobozi, dem das Los der Schwalben gleichgültig war, leidenschaftslos fest. »Willst du das, Baba? Oder glaubst du ernstlich, daß sie sich durch ihren ... Zauber retten können?«

Shaka blickte seinen ältesten Freund rätselhaft lächelnd an. »Ich beginne zu glauben, Mgobozi, daß die größte Illusion des Menschen sein Wunsch ist, keine zu haben. Du hast doch die

Sache mit dem Mädchen miterlebt, nicht wahr? Das Mädchen, das ... tot war. Du hast gesehen, wie es begraben wurde. Und trotzdem hat es gelebt! Und du hast die Wunde in meiner Seite gesehen. Sie ist tödlich gewesen – und trotzdem lebe ich.« Shakas Lächeln verstärkte sich, als er jetzt wieder die wenigen Schwalben und die heranstürmenden Ndwandwes beobachtete. »Und trotzdem lebe ich«, wiederholte er fast betend. »Hältst du's für falsch, mein Freund, daß ich weiter ›nachforschen‹ will?«

Auf dem Schlachtfeld lief die Zeit für Febana und seine Männer rasch ab. Das gesamte Ndwandwe-Regiment hatte das Tal erreicht und seine Schlachtordnung mit 20 Reihen zu je 200 Mann eingenommen. Wie Shaka hatte auch Farewell längst erkannt, daß es sinnlos gewesen wäre, diesen massierten Angriff allein mit Musketen abwehren zu wollen. Nein, er war sich darüber im klaren, daß dringend etwas anderes gebraucht wurde, wenn dieser herandonnernde Ansturm aufgehalten oder zumindest verlangsamt werden sollte.

Farewells Blick fiel auf die gedrungene Kanone der *Julia*. Der Leutnant berechnete in fieberhafter Eile mögliche Schußbahnen, die dem Gegner größte Verluste beibringen würden, und gelangte zu der beunruhigenden Erkenntnis, daß ihre gegenwärtige Stellung artilleristisch wie infanteristisch ungeeignet war. Sie mußte tiefer und geschützter liegen.

Als Farewell das umliegende Gelände absuchte, fiel sein Blick auf eine keine 150 Meter entfernte tiefe Senke: die ideale Feuerstellung für die Kanone der *Julia*. Als der Leutnant den Kopf hob, begegnete er Canes Blick.

»Ich werd's wohl schaffen müssen!« grinste der andere, umschlang die Kanone mit seinen mächtigen Armen, hob sie vor Anstrengung grunzend auf seine breiten Schultern, setzte sich in Bewegung und trabte in gleichmäßigem Tempo auf die Senke zu. Farewell grinste anerkennend, nahm mühelos die Holzlafette auf die Schultern, hielt mit seinem muskulösen Gefährten Schritt und forderte die anderen auf, ihnen zu folgen und möglichst viel Pulver und Kanonenkugeln mitzuschleppen.

Im Bewußtsein der hinter ihnen heranstürmenden, kaum 200 Schritt entfernten Ndwandwes geriet Gin-naro in Panik. Als der Neapolitaner den Erdboden unter sich erzittern fühlte, verlor er die Nerven, blieb stehen, warf sich herum und ließ die Verbindung zu seinen Kameraden abreißen, während er blindlings in die Reihen der Feinde schoß. Und als er in verzweifelter Hast den mitleiderregenden Versuch machte, seine Muskete nachzuladen, schlug die wogende schwarze See über ihm zusammen. Mit einem herzzerreißenden Aufschrei, von dem der Himmel widerzuhallen schien, wurde der Italiener von dem Massenansturm überwältigt und niedergetrampelt.

John Cane erreichte die natürliche Deckung als erster und rutschte unelegant auf dem Hosenboden hinein, während er die schwere Kanone mit gekrümmtem Rücken auf den Schultern balancierte. Farewell folgte dichtauf und hatte Sekunden später die Lafette in der Senke in Stellung gebracht.

Während die anderen den Grabenrand erreichten und hastig in die Senke hinuntersprangen, half der Leutnant Cane, die Kanone auf ihre Lafette zu setzen und zu richten.

»Feuer frei!« rief Farewell seinen Männern zu. Während Cane und er Schießpulver ins Kanonenrohr kippten, zielten Wilkins, Fynn, Holstead, Popham und Daniel mit ihren Musketen auf die nur noch 100 Meter von ihnen entfernte menschliche Flutwelle.

Schießen, nachladen, wieder schießen. Zwei Salven schlugen in die dichtgeschlossenen Reihen des stürmenden Regiments ein, fällten einige Krieger und konnten den unaufhaltsamen Sturmlauf des Feindes trotzdem nicht einmal verlangsamen.

Nachladen und schießen. Die dritte Salve. Und der Gegner war nur noch 50 Meter entfernt, als Farewell das Pulver mit dem Ladestock feststampfte und eine der Eisenkugeln ins Kanonenrohr schob.

Vor der nächsten Salve hatte Cane die Zündschnur der gewaltigen Kanone mit einer brennenden Lunte berührt. Die Zündschnur brannte und zischte, aber während die Weißen sie ängstlich beobachteten, blieb das erwartete Ergebnis aus, so daß ein atemloses Vakuum entstand...

Dann zerriß plötzlich ein ohrenbetäubender, dumpf hallender Donnerschlag den Himmel, und eine grauweiße Phosphitwolke wurde gewaltsam aus der Kanonenmündung ausgestoßen, während die Kugel auf die gegnerischen Reihen zuflog.

Die Kanonenkugel traf die Front der Ndwandwes auf Kernschußweite und schlug eine tiefe Bresche in den Wall aus Menschenleibern. Dutzende und Aberdutzende von Kriegern wurden in einem schrecklichen Ausbruch von Blut und zerfetztem Fleisch buchstäblich in Stücke gerissen, so daß ihre Überreste auf die nachfolgenden Reihen herabregneten.

Das durch den Donnerschlag und das gleichzeitige Blutbad wie gelähmte Regiment machte halt und starrte die Schwalben mit abergläubischem Entsetzen an – mit dem gleichen Entsetzen, mit dem Soshangane, Zwide und Pakatwayo die lächerlich kleine Gruppe von sieben Mann anstierten, die den Ansturm tausender Krieger auf übernatürliche Weise zum Stehen gebracht hatte: mit einer Waffe, in der sich die Explosivkraft des Donners mit der Wucht des Wirbelsturms vereinte.

Auch Shaka, Mgobozi, Mzilikazi, Joko und das gesamte Zuluheer waren sprachlos erstaunt über die vernichtende Wirkung dieser Zauberwaffe. Aller Augen waren in atemloser Spannung auf die Senke gerichtet, als Cane jetzt die Zündschnur der Kanone erneut mit seiner Lunte berührte, so daß die zweite Kugel eine Schneise in die feindlichen Reihen schlug und das Ndwandwe-Regiment in zwei Hälften teilte.

Als die erste Schreckensstarre abklang, wurde das Regiment plötzlich von Panik überwältigt. Die überlebenden Krieger vergaßen jegliche militärische Disziplin, wurden zu einem Ameisenschwarm, liefen wild durcheinander und trampelten sich gegenseitig hysterisch nieder, indem sie versuchten, vor dem nächsten vernichtenden Donnerschlag zu flüchten.

»Alle Regimenter zum Angriff!« brüllte Soshangane, als er wieder sprechen konnte.

»Angriff!« wiederholte Zwide, dessen Stimme kehlig und heiser war – wie die eines aus einem Alptraum aufgeschreckten Mannes.

»Angriff! Angriff!« ging der Befehl von Sikhunyana aus durch die Reihen der Ndwandwe-Generale.

Die verbliebenen 36 000 Mann stellten sich gehorsam zum Angriff auf, aber ihre Mienen ließen deutlich ihr Widerstreben erkennen, sich auf ein Schlachtfeld zu wagen, auf dem sie ein mit scheinbar übernatürlichen Kräften begabter Feind erwartete.

Shakas Blick war jetzt wieder auf den Gegenhang gerichtet und nahm die kleinsten Einzelheiten der Bewegungen der Ndwandwes wahr. Aber obwohl der Zuluherrscher beobachtete, daß Zwides gesamtes Heer sich jetzt zum Angriff auf die Weißen formierte, blieb er weiterhin gefährlich unschlüssig. Ereignisse, Notwendigkeiten, Entschlüsse – sie alle schienen seiner Herrschaft zu entgleiten, und er hatte das Gefühl, als brandeten ihm schwerste Seen durch Herz und Verstand. Er nahm seinen beschleunigten Puls wahr und spürte, wie die bisher unantastbare Überlegenheit seiner Autorität auf heimtückische Weise durch diesen unerhörten Quell von Wundern und staunenswerten Kräften bedroht wurde, den er selbst wissentlich, blindlings und ... stur erschlossen hatte. Trotz dieser Erkenntnis blieb Shaka jedoch vorerst wie gelähmt. Er wollte ... er konnte seine Herausforderung an die Weißen und ihren uCristo nicht zurücknehmen, obwohl er jetzt – zu spät! – erkannte, daß er das Opfer eines an sich selbst verübten Verrats zu werden drohte. Tatsächlich hatten die Schwalben seinen Bluff auffliegen lassen (falls es wirklich ein Bluff gewesen war) und schienen jetzt vor einem Sieg zu stehen, der wahre Macht verkörperte.

Canes Gesichtsausdruck verriet weit weniger Vertrauen zu den Fähigkeiten der Weißen, als er das riesige Ndwandwe-Heer beobachtete, das hangabwärts auf ihre Stellung zuflutete.

»Unser Pulver reicht noch für drei Schüsse«, erklärte der sanfte Riese Farewell mit einem Anflug von gleichmütiger Resignation. »Bei Abständen von dreißig Sekunden haben wir noch ungefähr eineinhalb Minuten zu leben.«

»Nicht wenn wir sie mit dem Übernatürlichen laden, Cane«,

lautete Farewells forsche Antwort. Während Cane und die anderen mit aufgerissenen Augen die heranbrandende schwarze See anstarrten, legte der Leutnant rasch seinen Umhang aus Federn und Schweifen ab und band ihn um eine Kanonenkugel. Als er sicher befestigt war, tränkte Farewell dieses seltsame Geschoß mit Petroleum aus einer Laterne, stopfte es ins Kanonenrohr und rammte es mit dem Ladestock fest. Dann warf er einen prüfenden Blick in Richtung Feind, um den besten Schußwinkel zu bestimmen.

»Sechzig Grad Erhöhung, Cane«, wies der Leutnant ihn gelassen an. »Und brennen Sie die Zündschnur an, ja?«

»Wozu haben Sie das getan, Leutnant?« fragte der Riese, indem er das Kanonenrohr hochstellte und seine Lunte an die Zündschnur hielt.

»Um einen zusätzlichen Effekt zu erzielen«, antwortete Fynn träge, während er Farewells munteres Lächeln beobachtete und sich grimmig vorstellte, was der andere damit bezweckt hatte. »Bestimmt ›der Bühnenwirksamkeit wegen‹.«

Als das Brüllen der Kanone wiederkehrte, um das iNcome-Tal zu betäuben und zu quälen, spuckte ihr gußeiserner Schlund ein flammendes Projektil aus, das täuschend an einen Kometen erinnerte: ›Febanas Komet‹. Und obwohl der funkensprühende Bolide im Gegensatz zu den anderen Kugeln harmlos über den Feind hinwegsegelte, richtete er weit mehr Schaden an – aus geistiger und emotionaler Sicht. Tatsächlich standen beide Fronten (die Zulus ebenso wie die Ndwandwes) unter einem lähmenden Schock, der sie mit offenen Mündern und weit aufgerissenen Augen den über den Himmel ziehenden ›Astralkörper‹ anstarren ließ, dessen flackernder rötlicher Schein ihren atemlosen Trancezustand beleuchtete. Um das von Farewell so wirkungsvoll in Szene gesetzte ›übernatürliche‹ Schauspiel zu vervollkommnen, zog die Feuerkugel dann mit erstaunlicher Präzision vor der Sonne vorbei, die für Augenblicke verdeckt wurde, und prallte gegen den Felsgipfel eines Hügels.

Die Feuerkugel, deren Flug damit beendet war, sprang zurück, änderte ihre Richtung und rollte feuerspuckend bergab mitten zwischen die Ndwandwes. Zwides Krieger flüchteten entsetzt vor dem Kometen und fielen übereinander, während sie sich bemühten, dem Meteor auszuweichen, der an ihnen vorbeipfiff und sie versengte. Der ›metaphysische Flug‹ des Boliden endete schließlich damit, daß die Feuerkugel in den iNcome sprang und zischend erlosch, wobei eine wirkungsvolle weiße Dampfwolke aufstieg.

Dann herrschte Stille in dem weiten Tal, während die vor Schreck erstarrten Ndwandwes ihre Blicke nicht von der aus dem Fluß aufsteigenden quellenden Dampfwolke wenden konnten. Shaka, der allmählich aus seiner verblüfften Erstarrung erwachte, erkannte jetzt, daß er zu lange gewartet hatte und daß der überwältigende Triumph der Schwalben einen bevorstehenden Sieg ankündigte – einen Sieg, der sich für ihn in eine Niederlage verwandeln konnte.

»Stufe eins!« rief der Zuluherrscher, um seine Regimenter zum Angriff zu treiben. Trotzdem zögerten die Männer, als wüßten sie nicht recht, wie sie reagieren sollten.

»Wir kommen zu spät, Baba«, erklärte Mgobozi seinem König und drückte damit das beunruhigende Zögern der Krieger aus. »Die Schwalben haben bereits gesiegt. Wir marschieren nur als Leichenfledderer auf.«

»Stufe eins!« wiederholte Shaka wütend seinen Befehl.

»Yebo, Baba.« Mgobozi fügte sich traurig dem Wunsch seines Herrschers und trabte davon, um vor seinem Regiment Aufstellung zu nehmen. Dort reckte der iziCwe-Kommandeur seinen Ixwa gen Himmel und brüllte – wohl zum letzten Mal: »SI-GI-DI!«

»SI-GI-DI!« wiederholten die iziCwes.

»SI-GI-DI!« riefen Joko und seine uYengonglovus.

»SI-GI-DI!« intonierten Nqoboka und seine iziPikilis.

»SI-GI-DI!« verkündeten die Stimmen Dlabas und seiner iNyelezis, Ngwadis und seiner uFojisas, Mzilikazis und seiner amaPenjanas – aller Regimenter, als die Krieger loyal aufstampften und die Erde erbeben ließen, bevor sie davontrabten, um dem Feind eine Schlacht zu liefern, die eine Farce zu werden drohte.

Bevor Mgobozi seinen Männern folgte, warf er Shaka einen Abschiedsblick zu. Als ihre Blicke sich flüchtig begegneten, hatte der Zuluherrscher den Eindruck, in den Augen seines treuen, liebevollen Jugendfreundes stehe die traurige Gewißheit eines endgültigen Abschieds.

»Lieber zu spät als nie«, knurrte Holstead hörbar erleichtert, als er sah, daß die Zulus das Schlachtfeld betraten.

»Erstaunlich, nicht wahr?« meinte Wilkins, der dadurch seiner imperialistischen Beobachtung Ausdruck gab. »Wie diese Eingeborenen auf elementare Technologie reagieren!«

»Ja, wirklich erstaunlich«, murrte Fynn, den das ›metaphysische Massaker‹ dieses Nachmittags anwiderte. Sein Blick blieb auf Farewell gerichtet, während er hinzufügte: »Wie ich schon einmal festzustellen Gelegenheit gehabt habe, könnte ein Mann ohne Skrupel in diesem Land leicht ein Gott werden.«

»Was haben Sie von mir erwartet, Fynn?« erwiderte Farewell, der die Anklage im Blick des Iren spürte. »Hätte ich untätig bleiben und uns abschlachten lassen sollen?«

»Nein, Francis«, gab der Arzt zu. »Ich bewundere Ihren Einfallsreichtum sogar. Mich stört nur, daß Sie diese Sache genossen haben! Und noch schlimmer als ein Mann, der Gott spielt, ist einer, der Gulliver spielt!«

Obwohl die Kampfweise die gleiche war – Feindberührung! Den Schild des Gegners festhaken! Zurückziehen! Aufs Herz zielen! – und ihr Mut nichts zu wünschen übrigließ, war die Schlacht am iNcome unbefriedigend für die Zulus. Vor allem für die Herzen alter Generale Shakas wie Mgobozi, Nqoboka, Dlaba, Joko und Mzilikazi. Ihnen fehlte etwas Kostbares: der Zweck des Kampfes!

Die Männer hatten irgendwie das Gefühl, den Krieg anderer zu führen. Die überschäumende Begeisterung der guten alten Zeit, der Tage der ›Fünfzig‹, der Tage der Schlachten von eNtuzuma und Qokli, war der Erkenntnis gewichen, daß ihr König zugelassen hatte, daß die Weißen ihnen die Schau stahlen – und damit zugleich den Stolz der amaZulus. Selbst die ruhmreiche ›Methode‹ verkümmerte dazu, daß Männer sich mit brutaler Gewalt, die ans Selbstmörderische grenzte, ihren Weg durch die feindlichen Reihen hieben und stachen.

Zum ersten Mal in seinem Leben kämpfte Shaka nicht selbst mit. Hatte er sich nicht von Beginn der Kampfhandlungen an für die Rolle des Zuschauers entschieden?

Nqoboka fiel als erster. Dann folgte Ngwadi, Shakas geliebter Bruder. Und zuletzt ... Mgobozi-ovela-entabeni.

Als der Kampf zu Ende war und die Toten gezählt wurden, ließ sich auf den ersten Blick nicht genau sagen, wer gesiegt hatte – obwohl die Verluste der Zulus weit geringer als die der Ndwandwes waren. Hätte man ein Urteil über den Ausgang der Schlacht am iNcome fällen müssen, hätte man mit einiger Berechtigung feststellen können, daß die Verlierer in gewisser Beziehung die Zulus *und* die Ndwandwes gewesen waren – und daß nur Febana gesiegt hatte.

Shaka schritt an einer Abteilung Ufasimbas vorbei, die Zwide und Pakatwayo gefangenhielt (Soshangane sollte wieder einmal entkommen sein), warf einen Blick auf die Leiche Nqobokas und erreichte schließlich den wie immer jungenhaft wirkenden Mgobozi. Der tapfere Krieger atmete noch, und als Shaka auf ihn zutrat und an seiner Seite niederkniete, streckte er eine Hand aus, mit der er den Arm des Herrschers umklammerte, während seine blutbefleckten Lippen Worte formten: »Nichts ist gefährlicher als ein Soldat, der keine Vorstellung davon hat, was er auf dem Schlachtfeld zu suchen hat. Dadurch kann er seinen Tod und den seiner Kameraden verursachen.«

Shaka erwiderte den Blick seines Freundes.

»Meine Worte«, gab der König zu.

»Deine Worte«, bestätigte Mgobozi lächelnd. Dann verschwand sein Lächeln, als er fragte: »Welche Vorstellung hast du heute gehabt, Nkosi?«

Shaka senkte den Kopf. Nun herrschte Schweigen, bis der tödlich Verwundete seine verletzte Lunge mit Luft gefüllt hatte und weitersprechen konnte.

»Baba ..., die Schwalben werden dir niemals dienen. Sie haben die Absicht, dich ihnen dienstbar zumachen. Und heute haben sie bewiesen, daß das möglich ist.« Während Shaka ein kalter Schauder über den Rücken lief, schluckte Mgobozi trocken, bevor er fortfuhr: »Ihre Waffen, der ›Zauber‹, den sie heute gegen Zwide eingesetzt haben, wird eines Tages gegen dich und alle anderen, deren Hautfarbe nicht wie Sorghum ist, gebraucht werden.«

Die Haltung des Zulukönigs versteifte sich bei diesen Worten seines Freundes, denn seinem Herzen fiel es leichter, unter seinem Fehler zu leiden, als ihn einzugestehen.

»Heute sind sie Sigidi gewesen – einer gegen tausend. Wenn die Hügel und Täler dieses Landes dereinst von der Schlacht am iNcome singen, werden sie nicht von den amaZulus singen. Es wird kein Loblied auf Mgobozi-ovela-entabeni geben – und keines auf Shaka!«

»Du siehst nicht mehr klar, mein Freund.« Shakas Stimme klang ungewöhnlich schwach und farblos. »Ich rufe den Sangoma der Schwalben zu dir. Er soll die Dunkelheit vertreiben.«

»Nein, Baba.« Mgobozi schüttelte mit schwachem, resigniertem Lächeln den Kopf, weil er merkte, daß seine Warnung bei seinem Freund und König auf taube Ohren stieß. »Ich würde lieber sterben, als den Tod deines Volkes ... meines Volkes zu erleben.« In seinen Augen standen Tränen, die ihm übers Gesicht liefen und Spuren auf seinen blutigen Wangen zurückließen. »Shaka ..., du hast zugelassen, daß sie ihre Saat in unserem Garten aussäen. Wenn du sie jetzt noch unseren Sonnenschein stehlen läßt, gehört die Ernte ihnen.«

»Einer von uns beiden hat unrecht, Mgobozi.« Shaka beharrte auf dem, was er glauben wollte. »Du wirst bald wissen, wer sich getäuscht hat. Schicke deinen Geist zu mir und laß ihn mir ins Ohr flüstern.«

»Das hat er bereits getan, Shaka«, lautete die schlichte Antwort. »Im Tode verschmelzen Vergangenheit, Gegenwart und Zukunft in den Worten, die ich spreche – aber du willst nicht hören... Sala kahle, Mngane«, sagte er mit schwachem Lächeln und verschied. »Bayete, Nkosi, wena wa silo. Bayete, Nkosi yama Kosi ...«

»Hamba kahle, Mgobozi«, erwiderte Shaka, als er das Leben aus dem Körper seines Freundes fliehen spürte. » Bayete – uya kuhlasela-pi na! Gehe in Frieden, mein Bruder. Mein Herz geht mit dir!«

Nachdem Shaka Mgobozis Hand sanft in die seines Gefährten Tod gelegt hatte, stand er schwerfällig auf und drehte sich nach den Schwalben und ihrer Zauberwaffe um. Während sein Gesichtsausdruck sich verhärtete, sobald sein Entschluß feststand, näherte der Zulukönig sich gemessenen Schrittes den Weißen, ohne die mächtige Kanone aus den Augen zu lassen. Dann blieb der Sohn Zulus stehen, legte eine Hand auf die eiserne Mündung und drehte sie so herum, daß sie genau auf Zwide und seinen elenden Komplizen Pakatwayo gerichtet war. Als die beiden Exkönige erkannten, was er beabsichtigte, begannen sie wimmernd um Gnade zu flehen, während die Ufasimbas nach beiden Seiten zurückwichen, so daß sie der Kanone allein gegenüberstanden.

»Gebt ihr Feuer!« befahl Shaka, dessen flammender Blick auf Farewell ruhte.

»Wir sind nicht eure Scharfrichter!« warf Fynn ein, der Shakas Zorn tapfer entschlossen entgegentrat.

»Und diese Toten?« fauchte der König mit einer Handbewegung, die das blutige Schlachtfeld umfaßte, auf dem auch die zerfetzten Leiber der den Kanonenkugeln zum Opfer Gefallenen lagen. »In wessen Namen sind sie gefallen? Seid ihr *meine* Scharfrichter oder eure eigenen gewesen? Welcher König hat dieses Massaker gelenkt – ich oder euer ... ›verzeihender‹ Christus?«

Fynn starrte Shaka unverwandt an, während die beiden sich einen stummen Kampf mit Wille und Verstand lieferten. Zuletzt seufzte der Ire tief, riß Cane die Lunte aus der Hand und hielt sie an die Zündschnur.

Sekunden später ließ ein hallender Donnerschlag Zwides und Pakatwayos entsetzte Schreie für immer verstummen.

Der Große Berg ordnete an, Mgobozi-ovela-entabeni, der iziCwe-Kommandeur, solle mit allen einem König zustehenden Ehren bestattet werden. Deshalb wurde im Mittelpunkt des Kraters auf dem Hügel Qokli eine riesige Grube (sieben mal sieben mal sieben Meter) ausgehoben.

Am Nordrand der Grube, der dem Fluß zugekehrten Seite, wurde eine große Nische (drei mal drei Meter) in die Wand gegraben. Diese Nische wurde mit poliertem Elfenbein ausgekleidet, mit Meeresmuscheln verziert und mit dem glitzernden Tand aus Febanas Seekiste geschmückt.

Mgobozis sterbliche Überreste wurden in sitzender Haltung in Leopardenfelle (das Symbol der Macht und Oberherrschaft der Zulus), in ein Gepardenfell (das Symbol der Geschwindigkeit), in geflochtene Elefantenhaut (das Symbol für Ausdauer) und in die farbenprächtigen Hand- und Armschwingen des Gauklers (das Symbol der Taktik) gehüllt.

Der Leichnam des gefallenen Generals wurde von Joko und Dlaba in die Nische hinabgetragen und auf einen Thron aus dem Fuß des »iNto eMosayo« – des riesigen Weißen Elefantenbullen – gesetzt.

Als Grabbeigabe erhielt Mgbozi die Kanone der *Julia*, die so vor der Nische aufgestellt wurde, daß ihre Mündung in einem Winkel von 60 Grad (der Bahn von ›Febanas Komet‹) von dem General wegzeigte.

Auf dem Grab wurde ein Gedenkstein mit der Inschrift ›MGOBO-ZI-OVELA-ENTABENI‹ errichtet (die Daniel auf Befehl Shakas in seiner schönsten und deutlichsten Schrift anbrachte: der Schrift, die am ›unsterblichsten‹ sein würde).

Auch die Schwalben mit ihrem Häuptling Febana nahmen an der Beisetzung Mgobozis teil.

Aus diesem Anlaß hatte Farewell seinen Offiziersrock gegen ein weites Gewand aus Ginsterkatzenschwänzen und Löwenfell vertauscht und trug statt eines Dreispitzes einen prächtigen Kopfschmuck aus einem von Straußenfedern gekrönten Streifen Leopardenfell.

Fynn, der neben ihm stand, beobachtete aus dem Augenwinkel heraus den selbstgefälligen Gesichtsausdruck des Leutnants (die Miene eines echten ›afrikanischen Häuptlings‹, des stolzen Siegers der Schlacht am iNcome) und erkannte, daß Francis George Farewell sich jetzt Ikarus gleich zu einem Flug auf den Schwingen Febana ka MaJojis erhoben hatte – zu einem tragischen Flug ins Verderben.

Nandi und Nomcoba nahmen nicht an der Zeremonie teil. Die beiden Frauen trauerten um den im Kampf gefallenen Ngwadi und hatten sich zu einer einsamen Totenwache neben dem Rankengewirr des Dornenbaums zurückgezogen, unter dem sie den Sohn Gendeyanas neben dem Grab seiner Großmutter Mfunda beigesetzt hatten.

Auch Shaka fehlte bei der Beerdigung.

Aus einem Bedürfnis heraus, allein zu sein, sich weit von den Menschen und ihren Worten zu entfernen und die Erde mit ihrer schmerzlichen Gegenwart zu vergessen, hatte der Herrscher seine Zitadelle verlassen.

Er war ins Land hinausgewandert.

Einer inneren Stimme gehorchend, einem Impuls in seinem Blut, einer Vision sublimer, vergangener Dinge ... der Wärme der Liebe gehorchend, der er sein Dasein verdankte, war der Sohn Zulus die Hänge des emTonjanenis herabgestiegen und fand sich am Ufer des Flusses Mkumbane wieder.

Und der Strom war noch genauso, wie er vor einer Generation gewesen war – als Nandi und Senzangakona sich erstmals begegnet waren, als ihre stürmische Liebe gewachsen war und sich in den hochgehenden Wassern dieses Flusses gespiegelt hatte.

Wie damals. Genau wie damals. Fast als habe er darauf gewartet, daß das an seinen Ufern gezeugte Kind der Weissagung an diese von Liebesleid geprägte Stätte zurückkehren werde, um den Zyklus der Sprache zu vollenden.

Während Shaka unbeweglich am Ufer kauerte und in die gurgelnden, strudelnden Fluten des Mkumbanes starrte, schwebte sein Geist in der tranceartigen Benommenheit eines Wachtraums. Shaka bildete sich ein, auf der Wasseroberfläche das Bild seiner Mutter zu sehen – ein Bild aus vergangener Zeit, in der Nandi noch jung gewesen war. Und in diesem leicht bewegten Spiegel näherte die jugendliche Nandi sich ihrem Sohn, überwand ihre Scheu, griff nach seinem mächtigen Arm, umschlang ihn und legte ihre weiche Wange an seine Schulter.

Es begann zu regnen.

Shaka, der allmählich aus seinem Wachtraum in die Wirklichkeit zurückkehrte, starrte das Spiegelbild an und erkannte beinahe erschrocken, daß die Berührung real war – daß die Vision aus der Vergangenheit auf wunderbare Weise gegenwärtig war. Und als die Lippen der jugendlichen Nandi seine Haut zart küssend streiften, spürte er, wie ihre Wärme seine Leidenschaft entfachte, und gab sich langsam dieser liebkosenden, tröstenden Berührung hin.

Dann wandte Shaka sich nach der Frau um, schloß sie in die Arme und drückte ihren Körper an seinen, während die Bande seiner aufgestauten Sexualität von ihm abfielen. Nachdem Shaka sie sanft ins Laub gebettet hatte, nahm das Kind der Weissagung seine Mutter … und obwohl er sah, daß sie Pampata war, obwohl er wußte, daß sie Pampata war, obwohl er ihre Stimme Liebesworte flüstern hörte, schloß Shaka die Augen und liebte die einzige Liebe seines Lebens.

Nandi, immer Nandi.

Ein Blitzstrahl spaltete die unergründlich klaren Tiefen des Himmels und erhellte einen fernen Hügelrücken, auf dem zwei Gestalten, deren grausige Silhouetten sich von lavendelfarbenen Wolken abhoben, von Sturm und Regenschleiern umtost standen. Ein weiterer greller Lichtblitz tauchte ihre Umrisse in stählernes Leuchten, das ihre gespenstischen Züge um so grausiger wirken ließ.

Die beiden Gestalten – Sitayi und eine unbeweglich zu ihren Füßen sitzende Hyäne – schienen zu warten, zu beobachten, zu sondieren. Schließlich erhob Sitayi ihr Haupt, und ihre pastellblauen blicklosen Augen waren ins Unendliche gerichtet, während sie nach dem Schöpfungszyklus Ausschau hielt.

Und als die Sangoma wußte, daß alles gut war, daß das Zweite Kind der Weissagung gezeugt worden war, wandte sie sich mit der Hyäne vom Mkumbane ab und schlurfte den Hügel hinab davon, bis die windgepeitschten Regenschleier sie wieder ins stille, schweigende Land der Mysterien zurückführten.

39 SINDA *Flucht*

»... und Jesus sprach zu ihr: ›Dein Bruder wird auferstehen.‹«, rezitierte Fynn aus dem Gedächtnis. »Martha sprach zu ihm: ›Ich weiß wohl, daß er auferstehen wird in der Auferstehung am Jüngsten Tage.‹ Jesus sprach zu ihr: ›Ich bin die Auferstehung und das Leben. Wer an mich glaubt, der wird leben, ob er gleich stürbe; und wer da lebet und glaubet an mich, der wird nimmermehr sterben.‹«

Der Union Jack über Fort Natal wehte auf Halbmast, und die kleine Ansiedlung aus primitiven Hütten war in leichten Nieselregen gehüllt, als die überlebenden Schwalben – Farewell, Fynn, Wilkins, Cane, Holstead, Daniel und Popham – um das Grab versammelt waren, in dem sie den entstellten Leichnam ihres italienischen Gefährten beigesetzt hatten. Das am Kopfende des Grabes in den weichen afrikanischen Boden gerammte Kreuz aus Elefantenstoßzähnen trug folgende Inschrift:

HIER RUHT MICHELE ›GIN-NARO‹ DISANTAMARIA
GEB. ? GEST. 18. APRIL 1825
IM DIENSTE SEINER MAJESTÄT KOLONIEN
R.I.P.

»Er ruhe in Frieden!« sprach der Ire am Grab und streute eine Handvoll feuchte Erde über den sanft gewölbten Hügel, unter dem der Tote bestattet lag.

»Was wir gewiß nicht zu erwarten haben, verdammt noch mal!«

grunzte Holstead, der damit die verblüfften und empörten Blicke seiner Kameraden auf sich zog. »Das sollte keine Gotteslästerung sein, damit wir uns recht verstehen«, fügte Thomas hastig hinzu. »Ich meine nur ... na ja, inzwischen sind vier Monate vergangen, Leute. Ich glaube, daß wir uns allmählich mit der Tatsache abfinden müssen, daß die *Julia* gesunken ist oder nicht mehr zurückkommt. Was bedeutet, daß wir an Land festsitzen. Und das macht einen Seemann wie mich irgendwie nervös – vor allem nach zwei Beerdigungen in einer Woche.«

Betroffenheit über Holsteads Bemerkung malte sich deutlich auf den Zügen der anderen, denn keiner, nicht einmal Farewell, konnte ehrlich behaupten, seine Feststellungen seien unwahr. Trotzdem war der Leutnant rasch mit optimistischem Widerspruch zur Hand.

»Wir sitzen vielleicht an Land fest, Holstead, aber es gehört *uns*! Durch einen regelrechten Vertrag – mit Unterschrift und Siegel!«

»Von einem Mann, der uns beinahe in den Tod gejagt hätte!« stellte Holstead prompt fest und vertrieb damit endgültig den Anschein feierlichen Ernstes, der Gin-naros Bestattung irgendwie geehrt hatte. »Wie ich die Sache sehe, Leutnant, haben wir lediglich einen Vertrag über einen Friedhof – unseren eigenen! Und was das Elfenbein betrifft...« Er warf einen irritierten Blick auf das Grabkreuz aus Elefantenzähnen. »Von einem Grabstein hat man nicht viel – vor allem nicht, wenn man darunter liegt.«

»Was haltet ihr anderen davon?« fragte Farewell seine Männer.

»Eine Tatsache steht fest, Sir«, antwortete Cane als erster. »Wir brauchen dringend ein Schiff! Irgendwas, mit dem wir schnell wegsegeln können, falls Shaka auf weitere Ideen kommt, wie er unseren Glauben auf die Probe stellen könnte, wenn Sie wissen, was ich meine.«

»Ich glaube, daß uns allen nichts lieber wäre, Cane.« Fynn sah, daß der Leutnant ruhig und herablassend zu bleiben versuchte, als er jetzt fortfuhr: »Aber Schiffe wachsen nicht auf Bäumen, stimmt's!«

»In gewisser Beziehung doch, Leutnant«, warf Holstead ein. »Hier gibt's massenhaft Bäume, aus denen sich eine Art Schiff bauen läßt.«

»Ganz recht, Thomas«, bestätigte Farewell in gönnerhaftem Ton, während sein Blick achtlos die bis zum Strand von Port Natal herabreichenden Wälder mit ihren »für Schiffsmasten geeigneten hohen Einzelbäumen« (wie Wilkins in seinem Tagebuch festgehalten hatte) streifte. »Und wir werden unser Schiff bekommen, sobald Shaka das Bedürfnis nach einem empfindet.«

»Vielleicht ist das gerade unser Problem«, murmelte Popham kaum hörbar. »Daß wir so abhängig von den Launen und Wünschen dieses verrückten Königs sind.«

Farewell setzte eine strenge Miene auf, als er merkte, daß die anderen Pophams beunruhigende Meinung stillschweigend teilten.

»Sie überraschen mich, Gentlemen!« sagte der Leutnant nachdrücklich tadelnd. »Glauben Sie wirklich, daß wir zu sechst etwas Schwimmfähiges zustandebrächten, ohne uns dabei von Shakas Kriegern helfen zu lassen? Das würde ein bis zwei Jahre lang dauern! Und selbst dann könnten wir unsere Arbeit unmöglich geheimhalten – nicht in einem Reich, in dem der König seine Augen und Ohren überall hat! Nein, das kommt nicht in Frage!« Er schüttelte energisch den Kopf. »Nicht ohne Shakas Genehmigung.«

»Ich hab' an nichts Kompliziertes gedacht.« Holstead ließ nicht locker. »Ein paar Baumstämme und ein Segel wären schon genug. Und wenn wir nachts ablegen ... na ja, dann weiß Shaka doch nichts davon!«

Da Farewell spürte, daß ihm die Befehlsgewalt über seine Männer zu entgleiten drohte, erhob er seine Stimme. »Von hier bis Port Elizabeth, dem nächsten Hafen, sind's die Küste entlang über vierhundert Meilen! Mit zehn Meter hoher Brandung und messerscharfen Riffen! Sie behaupten doch, ein Seemann zu sein, Holstead – glauben Sie wirklich, daß wir's mit einem Floß schaffen könnten?«

»Ich behaupte nur, daß die Sache einen Versuch wert wäre.«

Holstead blieb unnachgiebig. »Jedenfalls besser als untätig abzuwarten, was diesem Verrückten als nächstes einfällt! Eine Schlacht haben wir mit knapper Not überlebt! Nächstes Mal haben wir bestimmt nicht wieder soviel Glück!«

»Aber was ist mit der Bedrohung der Kolonie? Und mit unserem Auftrag?« warf Wilkins mit etwas zuviel naivem Patriotismus und angedeuteter Empörung ein. »Wir können nicht einfach kneifen, wenn wir so gute Fortschritte machen!«

»Acht Männer gegen vierzigtausend brüllende Krieger«, stellte Cane sarkastisch fest, »und das nennt er ›Fortschritte‹!«

Das humorlose Grinsen auf einigen Gesichtern verschwand augenblicklich, als der Leutnant explodierte.

»Ja, Cane, das *sind* Fortschritte gewesen! Jeder gute Kartenspieler weiß, daß man nicht aufgeben soll, wenn er eben einen Bluff des Gegenspielers aufgedeckt hat. Shaka hat uns herausgefordert, das Unmögliche zu vollbringen, und wir haben durch unser Überleben eigentlich bewiesen, daß wir zu ›Wundertaten‹ imstande sind. Es wäre eine Schande, das alles aufzugeben, nur weil einige wenige von uns...« Farewells mißbilligender Blick streifte Holstead. »... kalte Füße bekommen haben. Wir sind uns und den Kolonien weit mehr schuldig!« Seine Stimme wurde schneidend streng, und er war zornig geworden. »Als Führer dieser Expedition entscheide einzig und allein ich über Art und Zeitpunkt unserer Abreise! Bis dahin verbitte ich mir jegliches Gerede darüber, was wir hinter Shakas Rücken tun könnten! Verstanden?«

Mit diesen Worten machte der Leutnant auf dem Absatz kehrt und marschierte davon.

Zwei Stunden später entdeckte Fynn ihn in einem entfernten Winkel der Bucht, wo er auf einem Felsen hockte und nachdenklich die Wogen anstarrte, die sich in den langgestreckten, kaum aus dem Wasser ragenden Sandbänken brachen. Der Ire näherte sich Farewell und ließ sich neben ihm in den Sand fallen.

»Der Leutnant Farewell, den ich einst gekannt habe«, sagte der Arzt halblaut, »wäre innerhalb einer Woche auf diesem

Floß gewesen – nur um zu sehen, ob's zu schaffen wäre. Aber nicht Febana...«

Farewell senkte den Kopf und schien sich zu versteifen.

»Haben Sie vergessen, wozu wir hier sind, Fynn?« Die Stimme des Leutnants war kehlig.

»Oder vielleicht Sie?« lautete die Gegenfrage. »Sie wollen nicht wirklich fort, stimmt's, Francis?«

Der Leutnant blickte seinen Gefährten an, ohne die Frage zu beantworten.

»Ich habe geglaubt, Sie hätten Spaß daran«, fuhr der Ire fort, dessen Dialekt unauffällig und beschwichtigend klang. »Aber ich hätte nie gedacht, daß Sie davon besessen sein könnten. Trotzdem hätte ich diese Entwicklung vermuten müssen. Sie sind das Produkt einer militärischen Erziehung und haben gelernt, Entschlußkraft und Tapferkeit über alles andere zu stellen. Und in diesem Land...« Fynns helle Augen glitten über die wilde Schönheit der Küste hinweg. »... wo westlicher Zynismus und herkömmliche Anstandsregeln keine Hindernisse aufbauen, kann ein Mann wie Sie weit größere Betätigungsgebiete finden. Febana ka MaJoji hat vielleicht eine weit bedeutendere Zukunft vor sich, als Leutnant Francis George Farewell jemals für möglich gehalten hätte!«

»Sie sind albern«, wehrte Farewell mit dumpfer Stimme ohne wahre Überzeugungskraft ab.

»Schon möglich«, meinte Fynn nachdenklich, »aber vieles, was hierzulande passiert, ist albern. Sie haben nicht nur Shakas Bluff, sondern den Bluff der vergangenen zehn Jahrtausende dessen aufgedeckt, was wir als ... Zivilisation zu schätzen gelernt haben. Leben, Tod, Jugend, Auferstehung, Freundschaft und Macht – und damit noch nicht genug! Wir haben sogar die Heiligkeit Christi, an den wir beide glauben, zu einem Werkzeug der Politik gemacht!« Der Ire lachte bitter auf. »Shaka ist möglicherweise in Gefahr, ein Opfer unserer Sophistik zu werden, aber – was noch schlimmer ist – wir sind's wohl auch! Vor allem Sie, Francis! Obwohl wir für diese Rolle richtig gekleidet sind...« Fynn warf einen Blick auf Farewells Eingeborenenkostüm. »... können wir niemals Zulus sein, was wenig oder gar nichts mit unserer Hautfarbe zu tun hat! ... Francis! Sie brauchen dieses Schiff mehr als die Männer. Die anderen verlieren vielleicht den Mut, aber Sie verlieren etwas viel Wertvolleres und Unersetzliches: sich selbst!«

Farewell löste sich von dem intensiven Blick seines Gefährten und starrte das leuchtende Spiegelbild der untergehenden Sonne auf dem Meer an. Und obwohl er sehnsüchtig an Elizabeth, sein Haus, sein Land und sein Volk dachte, spürte er tief in seiner Seele ein alles verzehrendes Fieber wüten: ein Fieber namens Afrika.

»Vielleicht wär's keine schlechte Idee, zurückzufahren und den Gouverneur aufzusuchen«, sagte Farewell schließlich, indem er wie aus einer Trance erwachend zu sich selbst zurückfand. »Um ausführlich Bericht für Seine Majestät zu erstatten. Und um Elizabeth wiederzusehen. Wirklich keine schlechte Idee...«, wiederholte er nachdenklich. »Aber Shaka darf nicht glauben, wir wollten flüchten. Das würde alles ruinieren! Der Schiffsbau muß gerechtfertigt sein.«

»Einverstanden.« Der Ire runzelte die Stirn. »Dann müssen Sie ihm einen Grund, einen guten Grund nennen, der glaubhaft ist. Und ich möchte Sie daran erinnern, daß er viel zu gerissen ist, um sich täuschen zu lassen... Sie sind hergekommen, um ein Bündnis mit König Georg anzubahnen, nicht wahr? Das ist Ihr ursprünglicher, völlig wahrheitsgemäßer Auftrag gewesen... Gut, dann teilen Sie Shaka mit, jetzt sei der Zeitpunkt für die beiden Herrscher gekommen, diesen Pakt zu schließen.« Der Leutnant drehte sich interessiert nach Fynn um. »Wir begleiten Shakas Abgesandte nach Kapstadt, wo ein regelrechter Friedensvertrag zwischen Seiner Majestät Regierung und dem Zulureich abgeschlossen werden kann.«

Fynn lächelte, als er seine Schlußfolgerung anfügte: »Das begründet die Notwendigkeit eines Schiffs.«

»Bei Ihnen klingt das so einfach...«

»Das kann's auch sein«, erwiderte Fynn nüchtern, »wenn Sie daran denken, welchen König Sie in Wirklichkeit vertreten.«

»... und wie kommst du darauf, daß ich meine Abgesandten so bereitwillig in euer Königreich entsenden möchte?« fragte Shaka, dessen funkelnder Blick eher Trotz als Neugier erkennen ließ.

»Das entspräche, so glaube ich«, antwortete Farewell in bewußt liebenswürdigem Tonfall, »ganz deinen eigenen Wünschen, Nkosi.«

Fynn, der das in der Abgeschiedenheit der Königshütte stattfindende Wortgefecht zwischen König und ›Häuptling‹ als schweigender Zuhörer verfolgte, beobachtete jetzt, wie Shakas starke Nackenmuskeln sich spannten, als der Herrscher irritiert die Zähne zusammenbiß.

»Meinen Wünschen ...?« fragte er Farewell scharf. »Weshalb sollte ich das wünschen?« erkundigte er sich mit durchdringendem Blick und drohend gerunzelter Stirn.

»Wir haben nun schon fast ein Jahr lang deine liebenswürdige Gastfreundschaft genossen«, erwiderte der Leutnant nach kurzer Pause. »Wir haben die Gaben unserer Kultur großzügig mit euch geteilt, wie ihr euch großzügigerweise bereitgefunden habt, die Früchte eurer Eroberungen mit uns zu teilen, indem ihr uns das Recht zugestanden habt, in Port Natal und Umgebung zu leben«, spann der Engländer seinen verführerischen Appell weiter. »Wir haben uns bemüht, ein gemeinsames Leben auf der Grundlage von Frieden und Freundschaft aufzubauen – und haben selbst im Krieg Seite an Seite gekämpft. Und wir haben gesiegt!«

Shaka, der plötzlich Mgobozis letzte Worte zu hören glaubte, war etwas besänftigt, als der Leutnant »wir« sagte.

»In der Tat«, fuhr Farewell fort, »haben die meisten Aspekte unseres hiesigen Aufenthalts bewiesen, daß es für Weiße und Zulus möglich ist, friedlich zusammenzuleben. Und ich finde, daß Joji von der guten Nachbarschaft, die sich hier etabliert hat, erfahren sollte. Meines Erachtens ist die Zeit reif für den nächsten Schritt in Richtung auf ein förmliches Bündnis, das zu noch dauerhafterer Einigkeit führen wird.«

Shaka betrachtete den Engländer weiterhin mit gewisser Vorsicht und empfand dabei mißtrauisches Unbehagen. Obwohl sein Herz nach wie vor den starken Wunsch hegte, die Beziehung zu den Schwalben zu erhalten, und obgleich Febanas Worte im Grunde genommen aufrichtig klangen, sprach aus seiner ganzen Art irgend etwas, das Shaka auf der Hut sein ließ.

»Einigkeit«, wiederholte der Herrscher, indem er das Wort abwog. »Eine interessante Vorstellung, Febana, vor allem in Verbindung mit unseren Königreichen, in denen Menschen leben, die so offensichtlich...« Shaka streckte eine geöffnete Hand aus, als wolle er auf seine Hautfarbe hinweisen. »... unterschiedlich sind. Können Tag und Nacht ... Einigkeit finden? Oder ist ihr ›Bündnis‹ lediglich ein Zyklus, in dem sie sich abwechseln?«

Farewell grinste, weil er die unverbildeten philosophischen Erkenntnisse seines illustren Gastgebers immer wieder anregend fand.

»Falls es sich um einen Zyklus handelt, Nkosi, kann es keine wirklichen Wechsel geben«, überlegte der Leutnant laut, indem er die Analogie des Zulukönigs weiterentwickelte. »Wir schlafen nachts in dem Vertrauen ein, daß trotz der gegenwärtigen Dunkelheit der Tag zurückkehren wird, und sind tagsüber nie so töricht, uns einzubilden, die Nacht habe uns für immer verlassen. In Wirklichkeit«, fuhr er freimütig fort, um Shakas Angriff in ihrem Wortgefecht ganz zu parieren, »sind Tag und Nacht aufeinander angewiesen, um den Zyklus des Himmels zu vervollständigen. Und in der Wirklichkeit dieses Angewiesenseins liegt ihre wahre Einigkeit.«

Shaka, der den Ball sofort wieder auffing, verzog seine vollen Lippen zu einem herausfordernden Grinsen. »Und du meinst, daß *ich euch brauche*?« fragte er und wartete sofort gespannt auf Febanas Antwort.

»Ja, Nkosi.« Die Stimme des Leutnants klang nüchtern und leidenschaftslos, denn er stellte lediglich Tatsachen fest. »Wenn du uns nicht bräuchtest, hättest du uns umbringen lassen – schon lange.«

Nun folgte eine kurze Pause, in der Shaka Febana unverwandt anstarrte. Dann warf der König seinen Kopf in den

Nacken, während er in brüllendes Gelächter ausbrach, das anschwoll und die riesige Königshütte erfüllte. Fynn und Farewell ließen sich von diesem Heiterkeitsausbruch anstecken und lachten mit, obwohl ihr Blick keine echte Belustigung verriet.

Dann verstummte Shaka allmählich, und als er weitersprach, kam seine Frage für die Weißen überraschend.

»Und wozu braucht ihr mich, Febana?« wollte der Herrscher verblüffend direkt wissen.

»Du bist die Zukunft dieses Landes, Baba«, antwortete Farewell, womit er nicht nur Shaka, sondern auch Fynn zufriedenstellte, der seine Antwort für eine merkwürdige Mischung aus Wahrheit und Schmeichelei hielt. »Wer sich hier niederlassen möchte, braucht dich.«

»Ja.« Das mächtige Haupt des Zulukönigs nickte zustimmend. »Ich bin die Zukunft. Das muß Joji und uCristo mitgeteilt werden.«

Bei der Erwähnung Christi fragte Fynn sich, wie lange der Heiland noch »körperlich, irdisch und ein Bewohner des Buckingham-Palasts« bleiben konnte, bevor er sich gezwungen sah, die Frage der Himmelfahrt Christi anzuschneiden.

»Gut, ihr brecht im Morgengrauen auf«, entschied Shaka, womit er Fynn aus seinen Gedanken an die Himmelfahrt riß und in Farewell wachsame Besorgnis weckte. »Mit zwei Regimentern, die euch als ...« Er suchte nach dem rechten Wort: »... als ›königliche Eskorte‹ zur Zitadelle Jojis und zurück begleiten.«

»Sie ist sehr weit entfernt, Baba«, hörte der Leutnant sich sagen, während er sich einen Fußmarsch nach Kapstadt vorstellte – oder, noch phantastischer, einen Marsch durch ganz Afrika bis nach England.

»Wir haben Zeit«, erwiderte der Zulu und verschränkte die Arme, als habe er bereits zu warten begonnen.

»Ganz recht«, bestätigte der Leutnant, der wieder Boden unter die Füße bekam. »Aber es wäre sinnlos, sie zu vergeuden, wenn sie sich besser für wertvollere Zwecke verwenden läßt. Außerdem wäre diese Reise höchst gefährlich ... Wir sind der

Meinung«, fügte er rasch hinzu, »daß es zweckmäßiger wäre, auf dem Seeweg zu reisen.«

Einige Zehntelsekunden verstrichen, bevor die wahre Bedeutung von Farewells Worten Shakas Intuition erreichte, so daß der König mit leicht schräggelegtem Kopf erstarrte und Febana mit unergründlicher Miene betrachtete. Obwohl der Leutnant seinen Plan gut koloriert hatte, schien die darunterliegende Realität durch, und Shaka spürte, daß es sich bei der vorgesehenen Abreise um eine Reise ohne Wiederkehr handeln könnte. Für den stets mißtrauischen König waren die Worte »auf dem Seeweg« gleichbedeutend mit dem Begriff »Flucht«.

Als der Herrscher sich seine Welt ohne die Schwalben vorzustellen versuchte, wurde er plötzlich von einem Gefühl beunruhigender Leere erfaßt. Er brauchte die beruhigende Gewißheit ihrer ›Zauberkräfte‹; er brauchte die Spannung der unlösbaren Rätsel, vor die ihn die sagenhafte, illusorische Hauptfigur aus dem Buch der Schwalben stellte: der zum Opfer gewordene Gebieter, der absurde ›Rivale‹, der König des Widersprüchlichen, der im Reiche des Lächerlichen mit dem Zepter der Liebe regiert.

Nein, sie würden ihn nicht für immer verlassen! Das würde er zu verhindern wissen.

»Auf dem Seeweg …?« wiederholte der König schließlich. »Mir ist nicht gemeldet worden, daß euer Fahrzeug – das Boot mit den weißen Schwingen – zurückgekehrt ist.«

»Es ist auch nicht zurückgekehrt, Baba. Mit deiner Hilfe werden wir jedoch ein neues bauen.« Der Blick des Leutnants fiel zufällig auf die Strohmatte mit Daniels ›unsterblicher‹ Schrift. »Ein weit besseres Schiff«, fuhr er fort, »das Joji beeindrucken wird. Und wir werden es *Shaka* nennen.«

»Shaka?« wiederholte der Zulukönig mit kaum verhohlener kindlicher Freude und großer Dankbarkeit darüber, daß ein Schiff die ›unsterblichen Buchstaben‹ auf Daniels Matte in ferne Länder tragen würde.

»Es soll das schönste aller Schiffe werden«, versicherte Farewell ihm lächelnd.

»Und wer würde dich auf dieser ... Botenfahrt zu Joji begleiten?«

»Natürlich meine Männer«, sagte der Leutnant beiläufig und ohne jeglichen Nachdruck, »und jene, die das Recht haben, in deinem Namen zu sprechen, Baba. Dein Ministerpräsident und zwei oder drei deiner Haupt-Indunas – damit die Gesandtschaft glaubwürdig wirkt.«

»Ich verstehe«, bestätigte der Herrscher, dessen Tonfall plötzlich finster, bedrohlich klang. Fynn und Farewell wechselten einen unbehaglichen Blick, als sie ihn feststellen hörten: »Du hast dein Netz fein gesponnen, Febana. Aber du hast zu berücksichtigen vergessen, daß der Große Elefant kein Tölpel ist. Bildest du dir wirklich ein, ich würde euch alle einfach heimkehren lassen – mit meinem Ministerpräsidenten und einigen Indunas als ›Trophäen‹, damit du beweisen kannst, daß deine ›Jagd‹ erfolgreich gewesen ist?«

Farewell war wie vor den Kopf geschlagen und starrte den König sprachlos verblüfft an, bis der Ton seiner eigenen Stimme ihn aus seiner Erstarrung weckte.

»Ich verstehe nicht, was du damit meinst, Nkosi.« Die Stimme des Engländers klang ungläubig hohl, während er jegliche Hoffnung auf eine ungehinderte Abreise zerschellen sah. »Das ist nie meine Absicht gewesen.«

»Auch meine nicht, Febana«, stellte der Herrscher fest und zog sich in den Panzer seiner absoluten Befehlsgewalt zurück. »Trotzdem ist dein Vorschlag an sich richtig, und wir wollen danach verfahren«, fügte er zur erneuten Verblüffung der beiden Schwalben hinzu. »Allerdings mit einer kleinen Abänderung! Febana, du und umFekethile reisen allein. Während du ...« Der Zulukönig starrte Fynn durchdringend an. »... und die anderen hierbleiben. Als Beweis eures guten Willens und eurer ›Freundschaft‹.«

Für Farewell war dieser Befehl niederschmetternd. Er bedeutete, daß lediglich Wilkins (›umFekethile‹ – ›der Sommersprossige‹) und er mit dem Schiff abfahren durften, während Holstead, Popham, Cane, Daniel und Fynn zurückbleiben mußten.

Der Leutnant versuchte zu widersprechen, aber Shaka schnitt ihm das Wort ab und ergänzte seine bittere Entscheidung sogar noch, bevor er die beiden Weißen entließ: »Ich werde mein ›Bedürfnis‹ nach dir und deinen Leuten bis nach der nächsten Ernte unterdrücken. Solltest du bis dahin nicht zurück sein, müssen deine Gefährten sterben.«

»... und so machten wir uns mit Entschlossenheit und Kühnheit daran«, hielt Wilkins nach dem spannungsgeladenen Gipfeltreffen mit Shaka in seinem Expeditionstagebuch fest, »diese gigantische Aufgabe zu bewältigen, das heißt, ein Schiff aus einheimischem Material zu bauen, soweit es in geeigneter Beschaffenheit zur Verfügung stand. Obgleich das Unternehmen recht mühsam, wenn nicht sogar fast undurchführbar erschien (vor allem wegen der Kürze der uns zur Verfügung stehenden Zeit von nur einem Jahr), trug die Erkenntnis, daß endlich etwas getan wurde, um die Verbindung zur Außenwelt wiederherzustellen, erheblich dazu bei, die nicht geringe Unzufriedenheit unserer Kameraden zu mindern...«

Wie aus Wilkins' Tagebuch hervorging, nahm dieses »recht mühsame Unternehmen« etwa ein halbes Jahr in Anspruch – ein Zeitraum, der angesichts der außergewöhnlichen Umstände des Schiffsbaus als wahrhaft erstaunliche Leistung gewertet werden muß.

In diesen Monaten hielt Wilkins keine besonderen Vorkommnisse fest – mit Ausnahme eines »tragischen Vorfalls« im November 1825, »der all unsere Hoffnungen auf eine Abreise aus Natal um ein Haar zunichte gemacht hätte«.

Offenbar hatte Holstead sich bald nach Baubeginn (»... irgendwann Anfang August«) eines Nachts heimlich mit Popham getroffen. In der Verborgenheit und Abgeschiedenheit des Buschlandes oberhalb des Forts hatten die beiden Männer sich in ihrer unerschütterlichen Angst bestätigt, der Zulukönig werde sich nicht von seiner Entscheidung abbringen lassen, alle außer Farewell und Wilkins in Natal zurückzuhalten. Deshalb hatten sie beschlossen, »die Sache selbst in die Hand zu nehmen und heimlich soviel Baumaterial wie irgend möglich beiseite zu schaffen..., um daraus eines Tages ein Floß zu erbauen, auf dem sie selbständig flüchten konnten«.

Mit diesem Vorsatz bauten Holstead und Popham insgeheim ihr Fluchtfahrzeug und »versuchten, es in der mondlosen Nacht zum 14. November in den dunklen Schatten der als Point Fynn bezeichneten felsigen Landzunge zu Wasser zu bringen«. Aber die beiden Schurken hatten etwas übersehen, was Farewell einst festgestellt hatte: Sie befanden sich »in einem Reich, in dem der König seine Augen und Ohren überall hat«.

Am Morgen des 14. November (berichtete das Tagebuch weiter) erwachten die Einwohner Port Natals zu einem »herrlichen Sommertag, weder übermäßig heiß noch allzu feucht«. Dieser milde Sommertag wurde jedoch durh den Anblick Pophams überschattet, der gepfählt an einem aus den zerklüfteten Felsen der Landzunge ragenden Pfahl hing und dessen von gräßlicher Angst und unsäglichen Schmerzen gezeichnetes Gesicht zu einer grausigen Totenmaske erstarrt war.

Abscheu und Entsetzen erfaßten die wenigen Weißen, die das Fort bewohnten. Und als Farewell die nähere Umgebung nach dem Schuldigen an diesem gräßlichen Verbrechen absuchte, stieß er auf Shaka und den von einer Abteilung Ufasimbas gefangengehaltenen zitternden Holstead.

»... nur durch Vorfälle wie die Pfählung Pophams«, lautete die nächste Tagebucheintragung (unter dem 15. November 1825), »wird man daran erinnert, daß Shaka zwar viele Charakterzüge aufweist, die angenehm und sogar erfreulich, zuvorkommend und großzügig sind, aber daß er trotzdem ein zügellos roher Mensch ist, der es genießt, das Blut unschuldiger Opfer zu seinen Füßen fließen zu sehen...«

Am Heiligen Abend des Jahres 1825 schrieb Wilkins: »Unsere Ketsch war nun zum Stapellauf bereit, und nachdem wir sie (in einer großen Julfestzeremonie, die unseren Gastgeber entzückte) auf den Namen ›Shaka‹ getauft und diesen Namen an den Bug gemalt hatten, glitt sie sanft die Helling hinab ins Wasser. Auf dem Meer dümpelnd, reckte sie ihren Bug dann den schaumgekrönten Wellen entgegen, als wolle sie von dem Ort ihrer Geburt – eine Geburt, die mit der ›uChristos‹ zusammenfiel – sehnsüchtig Abschied nehmen. Obwohl sie mit ihrem breiten Bug, dem in rötlichem Ockerton gehaltenen Rumpf, ihrem Deck aus ungehobelten Planken und den im Wind flatternden schweren, aus Rindlederstücken zusammengenähten Segeln eigenartig, vielleicht sogar komisch aussah, wirkte sie so stolz und seetüchtig wie jede herausgeputzte Admiralitätsfregatte. Wir nannten sie ›die Arche Farewell‹, ohne dabei das Gefühl zu haben, Noah Unrecht zu tun...

Wenig später gingen Lt. Farewell und ich an Bord und hißten den Union Jack am Hauptmast neben einer improvisierten ›Zuluflagge‹, die Daniel entworfen hatte: ein weichgegerbtes Leopardenfell mit dem Emblem der blauen Kranichfeder und der Elfenbeinquasten...

Nachdem die *Shaka* mit ihrer Fracht aus Vieh, Lebensmitteln, Elfenbein und weiteren ›Geschenken für Joji‹ beladen worden war, kamen Shakas Gesandte an Bord – mit großem Unbehagen, gewissem Widerstreben und wahrscheinlich sogar Angst, wie ich hinzufügen könnte (tatsächlich war noch keiner von ihnen auf einem ›Wesen mit weißen Schwingen‹ gewesen). Die Abordnung bestand aus Ngomanee und den Indunas Lutuli und Kuta...

Nachdem wir uns in einer sehr emotionalen Abschiedszeremonie mit dem Versprechen einer erfolgreichen Reise und einer raschen Rückkehr vor der Ernte (oder zumindest bis April, dem von Shaka gesetzten Termin) gerührt von unseren Kameraden verabschiedet hatten, glitt unser gutes Schiff am Spätnachmittag aus der Bucht. Fynn, Holstead, Cane und Daniel blickten uns mit kaum verhohlener Sorge nach, so daß sich mir im stillen der Gedanke aufdrängte: ›Wir werden sie nie wiedersehen!‹ Ich holte die Meinung des Leutnants dazu ein. ›Das, mein lieber Tim‹, antwortete er, ›hängt zum großen Teil davon ab, wie diese nautische Mißgeburt die Reise übersteht – und wie der Gouverneur und die Kapstädter Behörden auf unser einzigartiges Unternehmen reagieren. Wir können nur hoffen, daß Gott wirklich mit uns ist und daß Somersets Neugier sich als stärker als seine Vorurteile erweist. Wie sagt man am Heiligen Abend, Tim? Friede auf Erden und den Menschen ein Wohlgefallen? Nun, ich wünsche uns allen nichts als Frieden – und mögen die politischen Einrichtungen des Pilatus, die Frieden für etwas Unerwünschtes halten, uns eine weitere Kreuzigung ersparen‹ ...«

40 BABA *Vater*

Am Ende des zweiten Monats nach ihrer Begegnung am Ufer des Mkumbanes wußte Pampata, daß sie von Shaka schwanger war, und diese unerwartete, staunenswerte Erkenntnis rief in ihr ein Gefühl großer Vertrautheit, kostbaren Besitzes und tiefer Erfüllung hervor. Sie begriff jetzt deutlich, daß sie nie dazu bestimmt gewesen war, von Shaka geliebt zu werden, seine Frau und teure Gefährtin zu sein; sie hatte auch nicht die Rolle einer Vertrauten spielen sollen, die seine Hoffnungen, seine Ängste, seine Träume, seine geheimsten Gedanken teilte. Nein, ihr Schicksal, das Los der ›Schmeichlerin‹, war gewichtiger, weit bedeutender (zumindest in ihren Augen): Sie war auserwählt worden, seine Vortrefflichkeit durch die Fortpflanzung seines Samens zu erhalten; sie sollte sein Kind, den Nachkommen des Großen Berges, gebären.

Aber wie würde er auf diese unerwartete Mitteilung reagieren? Würde er gegen die von ihm selbst verordnete Ehe- und Kinderlosigkeit verstoßen und das Kind akzeptieren? Diese Fragen gingen Pampata durch den Kopf, während sie sich daran erinnerte, daß es nach Shakas eigenem Gesetz verboten war, »eine Familie zu haben« – daß keine Frau ohne die ausdrückliche Zustimmung des Herrschers schwanger werden durfte. In ihrem Fall war diese förmliche Zustimmung natürlich nicht erteilt worden, und sie hatte ihn – gewissermaßen aus durch Entzücken entstandener Nachlässigkeit – ohne entsprechende Vorsichtsmaßregeln empfangen.

Das bedeutete, falls die Entscheidung des Herrschers aufrechterhalten wurde, daß man sie zwingen würde, die widerlich schmeckende ›iHlunguhlungu‹-Wurzel zu verzehren, die einen Schwangerschaftsabbruch bewirken und dadurch (in Pampatas eigenem Fall) den Traum eines Lebens zerstören würde.

Aber würde Shaka von mir verlangen, sein eigen Fleisch und Blut abzutreiben, nur um für seine Krieger ein Exempel zu statuieren? fragte sie sich, während ihr Puls allein bei dem Gedanken an diese gräßliche Möglichkeit zu jagen begann. Pampata, die ihren Leib mit beiden Händen umfaßte, bildete sich ein, Kindsbewegungen zu spüren, hielt den Atem an und bemühte sich, schon den Gedanken zu unterdrücken, daß dieser winzige Lebenskeim, den sie in sich fühlte, zu Schaden kommen könnte. Aber die Zweifel wirbelten weiter durch ihren Kopf, bis ihre wachsende Sorge sie wie ein schwindelerregender Strudel erfaßte, indem sie die Orientierung verlor.

Es gab nur einen Menschen, der ihr raten konnte.

Nandi.

»Weiß er's?« war die erste Frage, die Nandi Pampata stellte, als sie von der Schwangerschaft hörte.

»Nein, Ndlovukazi. Ich hab's für besser gehalten, erst deinen Rat einzuholen.«

»Du hast recht getan...«, bestätigte die Königin der Königinnen, indem sie sich von der knisternden Glut der Feuerstelle in die schützende Dunkelheit der Schatten entlang der gekrümmten Hüttenwände zurücklehnte.

Für Nandi kam die Nachricht von Pampatas Zustand überraschend, und die Königinmutter saß jetzt unbeweglich da, weil ihr Verstand Zeit brauchte, um die möglichen Konsequenzen zu überdenken.

Nandis erster Gedanke galt natürlich Pampata, und sie erkannte mit gelindem Selbstvorwurf, daß sie diese junge Frau niemals recht ernst genommen hatte. Dazu hatte nie Anlaß bestanden – oder Nandi hatte es sich zumindest eingebildet. Das war offensichtlich eine Fehlentscheidung gewesen. Pampatas Rolle an der Seite ihres Sohnes war wohl doch mehr als nur dekorativ.

Und das störte die Königin.

Mit leicht schiefgehaltenem Kopf musterte Nandi die jüngere Frau kritisch; ihre Katzenaugen unterzogen Pampatas Leib und Seele einer bewußten, aufmerksamen Prüfung, als sehe sie die andere zum ersten Mal. Und sie war sich plötzlich einer aufkeimenden Eifersucht bewußt, die ihre Bemühungen, objektiv zu bleiben, zu beeinträchtigen drohte. Sie würde sich zur Wehr setzen! Keine andere Frau würde sie von ihrem rechtmäßigen und bisher unstreitigen Platz an der Seite ihres Sohnes verdrängen können!

Keine!

Andererseits trug sie sein Kind unter ihrem Herzen. Das Kind ihres eigenen Kindes! Und das ließ sich nicht ändern ..., das durfte nicht geändert werden, entschied die Königin, die mit zwingender Einsicht erkannte, daß sie bereits eine große Woge von Zuneigung und Wärme für das kleine Wesen im Leib der anderen empfand – daß sie sich danach sehnte, es in den Armen halten zu können. Sie spürte, daß sie dieses ›königliche‹ Kind, das wahre Blut ihres Blutes, fast so sehr ersehnte, wie sie sich Shaka gewünscht hatte.

»Du hast gut daran getan, zu mir zu kommen und meinen Rat einzuholen«, sagte Nandi schließlich laut, wobei in ihrer Stimme Befriedigung und Verschwörertum mitschwangen. »Du hast gut daran getan, mein Kind ...«

Und so begab es sich, daß Pampata beim ersten Mond des Monats uNtlangulana (Juni 1825) weit weg in die eTaleni-Hügel am Fluß emHlatuze geschickt wurde, um dort in emKindini, einer der privaten Heimstätten der Königin der Königinnen, im Verborgenen zu leben.

Die Große Elefantin hatte entschieden, daß die junge Frau in diesem abgelegenen Versteck bleiben sollte, bis das Kind geboren war und nur sie selbst den Zeitpunkt für gekommen hielt, dem Herrscher dieses bedeutsame Ereignis mitzuteilen.

Sieben Monate nach Pampatas Begegnung mit Nandi, am siebten Tag des siebten Monats uNyaka des Jahres 1825 – am Tag des Stapellaufs der Ketsch *Shaka* und am Geburtstag uCristos –, wurde in emKindini in einer stillen Nacht unter sternenglänzendem Himmel, an dem der Mond friedlich und rein leuchtete, ein Knabe geboren.

Und noch bevor das erste freudige Lachen über ihre Lippen perlte, gab Pampata ihrem Sohn in Erfüllung des Auftrags Derer, die auf den Bergen wohnen, den Namen Ukuma kaShaka Zulu.

Ukuma kaShaka – die »Unsterblichkeit Shakas«.

Der Erstgeborene seiner Nation.

Das Kind, das die Sprache des neuen Afrikas war, das vom Schicksal zur Bekämpfung der Plage ausersehen war.

uBaba y MaBantu – der Vater des geeinten Volkes …

… und von ihrer Kanzel hoch auf der Zinne der Könige las Sitayi die Nacht, und ihre Herz erkannte, daß alles recht und gut war. Aber als sie mit der Kraft des Himmels den Wind auffrischen ließ, spürte die Sangoma, wie sich die Dunkelheit über die Geburt des Thronfolgers herabsenkte.

So blieben die Tore für die Plage geöffnet, die zehn-und-zwei Jahre lang wüten würde, bevor der Versöhner kam.

Obwohl sämtliche Kundschafter des Herrschers den ausdrücklichen Befehl hatten, sie aufzuspüren, meldete dann Joko seinem König, daß sie sich in Nandis Heimstätte emKindini versteckt hielt.

Er berichtete Shaka auch von dem Kind.

Von seinem Kind.

Pampata spürte seine unheildrohende Gegenwart als erste und erstarrte mit vor Entsetzen weit aufgerissenen Augen. Danach hörte Nandi sein gepreßtes Atmen, und als sie die Angst wahrnahm, die sich auf den Zügen der anderen malte, drehte sie den Kopf zur Seite und erkannte am Eingang der Hütte die Gestalt ihres Sohnes, der breitbeinig auf der Schwelle stand.

Langsam, mit bleischwerem Schritt, näherte Shaka sich der zusammengekauerten Mutter seines Sohnes, und Pampata, die wilden Zorn in seinen Augen glitzern sah, wich furchtsam vor ihm zurück und barg ihr Kinn schützend an ihrer Brust.

»Shaka...« Die junge Frau riskierte es, den Mann anzusprechen, um den beunruhigenden Bann seines wilden Blicks zu brechen. Shaka ignorierte sie jedoch, indem er an die Matte trat, neben seinem eigen Fleisch und Blut niederkniete und das Kind ungläubig verwirrt anstarrte – benommen, betäubt von der Existenz dieser Nachschöpfung seines eigenen Ichs.

Shaka, der sich plötzlich geschwächt fühlte – als zehre sein Sohn bereits an seinen Kräften, als bestreite er seinem Vater das Recht auf Leben –, konnte seinen Wunsch nicht unterdrücken, eine zitternde Hand auszustrecken und leicht das Gesicht des Jungen zu streifen. Pampata lächelte, als seine Hand ihren Sohn berührte, und da sie seine Geste als hoffnungsvolles Zeichen deutete, legte sie den kleinen Shaka sanft in die Arme.

Der Säugling umklammerte instinktiv Shakas Hals und drängte sich mit dem süßen Geruch von Milch und Leben an ihn. Der entgeisterte Herrscher erstarrte vor Widerwillen, vor Entsetzen, im rätselhaften Aufruhr seines Herzens, während sein Sohn sich an ihn klammerte, als sei dieser Titan an Grausamkeit ein sicherer Hort vor Schaden, vor Angst, vor Schmerz, vor dem Unbekannten.

Und während ihm der Säugling am Hals hing, während Pampata zu hoffen wagte, fühlte Shaka, daß Schwäche zehrend, zehrend, zehrend sein Herz erfaßte. Der König sagte nichts..., empfand nichts außer dem zwecklosen Bedauern, daß es für ihn zu spät war, daß es für ihn immer zu spät gewesen war. Schon von Anfang an.

Dann kehrte sein leidenschaftlicher Zorn zurück, der alle Ablenkungen ignorierte, und Shaka spürte, wie sein Herz von erneut in ihm aufsteigender Bitterkeit erfaßt wurde. Indem der Herrscher einen langen Finger um den molligen Arm seines

Sohnes hakte, löste er sich aus seiner Umarmung, gab den Kleinen geistesabwesend Pampata zurück, die er weiterhin geflissentlich übersah, und richtete seinen gespenstischen Blick auf Nandis schreckensstarre Züge.

»Du hast mich also getäuscht!« begann er mit heiserer, herausfordernder Stimme. »Wie du meinen Vater getäuscht hast! Mit dem Fluch eines unerwünschten Kindes!«

Pampata holte erschrocken tief Luft, während ihr Blick verständnislos zwischen Nandi und Shaka hin und her irrte.

»Shaka...« begann Nandi bittend, als ihr Sohn sich ihr näherte, aber dann stockte ihr die Stimme.

»Ich habe dich zur Königin der Königinnen gemacht«, warf er ihr fieberhaft erregt vor, »zur mächtigsten Frau der Welt! Aber das hat dir wohl nicht genügt, Mutter? Du wolltest mehr!« Sein flammender Blick ruhte auf dem Kind. »Du wolltest *mich* durch ihn besitzen!«

»Ich liebe dich, Shaka...« Nandi konnte ihre Tränen kaum mehr zurückhalten.

»Liebe?« wehrte der Herrscher verächtlich ab. »Wir sind außerstande, dieses Gefühl zu empfinden, Mutter. In Wirklichkeit haben wir stets nur Haß und Rachsucht empfunden. Haß ist unser Lebenszweck gewesen! Er ist das Gefühl, das unseren Ehrgeiz angestachelt hat!«

Shakas Stimme klang plötzlich wie von großer Trauer überwältigt. »Die Liebe hat bei uns nie eine Chance gehabt... Hätte mein Vater dich nicht geliebt, hätte er ein Mann sein können. Hätte er mich nicht geliebt, wäre er ein König gewesen. Statt dessen hat er ein Hundeleben geführt, während wir uns wie Aasfresser an seiner heimlichen Zuneigung gütlich getan haben!«

»Nein!« kreischte Nandi mit Tränen in den Augen. »Das begreifst du nicht! Ich habe ihn geliebt! Ich habe deinen Vater geliebt.«

Von diesem erstaunlichen Eingeständnis betroffen, stand Shaka mit leicht schiefgehaltenem Kopf bewegungslos da und starrte seine Mutter verwirrt an. Davon hatte sie noch nie etwas gesagt! Im Gegenteil: Seit seiner frühesten Jugend hatte

Nandi ihm stets versichert, sie hasse Senzangakona. Und nun war er gekränkt – verwirrt und verletzt.

»Ich habe ihn geliebt, Shaka!« schluchzte die Tochter Bhebhes laut. »Mehr als jeden anderen! Mehr als ...«

»Mich?« unterbrach der Sohn Zulus sie. »Mehr als mich, Mutter?« fragte er mit drohendem Blick unter streng gerunzelter Stirn.

»Anders.« Nandi konnte keinen klaren Gedanken mehr fassen und wußte nicht, wie sie sich ausdrücken sollte. »Bei ihm ist's anders gewesen. Ich bin ...« Sie verstummte seufzend.

»Siehst du, Mutter?« Shakas Lächeln war unheimlich, makaber. »Für uns ist das alles zu verwirrend. Das Hassen ist einfacher gewesen.«

Der König drehte sich um und blickte auf seinen Sohn herab. »Viel einfacher«, wiederholte er mit dumpfer Stimme, indem er den Säugling betrachtete.

»Er ist die Zukunft, Shaka«, sagte Nandi flehend. »Durch ihn sind wir ...«

Shaka, der sich mit zornblitzenden Augen herumwarf, holte plötzlich aus und schlug Nandi ins Gesicht – ein klatschender Schlag, der die Frau mit Blut an Nase und Lippen auf den Boden der Hütte warf.

»Nein, Mutter!« widersprach ihr der vor Wut schwer atmende Herrscher. »Nicht *wir*! Nicht mehr *wir*! ... Du hast mich verraten! Der ›Käfer‹ muß seinen Weg allein weitergehen! *Er* ist die Zukunft! Er allein ...«

Als Shaka die Hütte verließ, begegnete sein wilder, schmerzlicher Blick dem Jokos, und er nickte dem General zu, um ihm den Befehl zu erteilen.

Der König schritt davon und verschwand in der Nacht. Er beschleunigte seinen Schritt, erreichte das Tor emKindinis, vor dem sich die Umrisse des Buschlandes im Mondschein abzeichneten, ging schneller, immer schneller und ließ die Heimstätte hinter sich.

Augenblicke später hatte er bereits fast den Horizont erreicht.

Aber die Nacht war still, und obwohl er weit davongehastet war, drangen Pampatas hysterische Schreie trotzdem an sein Ohr. Und das Wimmern eines Säuglings. Das schrille, verzweifelte Jammern eines jungen Lebens, das in die Hand seines Gefährten Tod fiel.

Obgleich Shaka wußte, was geschehen war, war er außerstande, noch Schmerz, noch Gefühle zu empfinden. Statt dessen nahmen seine Sinne lediglich ein dumpfes Pochen in den Schläfen wahr, das ausstrahlte, seinen Geist versengte und das rauhe, heisere Flüstern des Namenlosen mit sich brachte.

»Wie du diese Klinge besitzt, wird sie dich besitzen«, wiederholte die Geisterstimme ihre vor vielen Jahren gesprochenen Worte. »Mit jeder tödlichen Wunde, die sie zufügt, wirst du einen Bruchteil deiner selbst verlieren – Leben vom Leben, Tod zum Tode. Sohn Zulus, entscheidest du dich für den Weg der Klinge?«

»Ich wähle ihn«, hatte das Kind der Weissagung erwidert.

»So sei es!« hatte die Antwort gelautet, die sein Schicksal besiegelt hatte.

41 ILIKAPA *Kapstadt*

Farewell und Wilkins standen an der Reeling und betrachteten Kapstadt zum ersten Mal seit fast zwei Jahren wieder.

Ihre Reaktionen waren unterschiedlich. Wilkins, der sommersprossige junge Mann aus dem Kolonialamt, war unverkennbar begeistert über diese Rückkehr in die Zivilisation, die er für triumphal hielt – weil die Architekten des erstrebten Bündnisses mit den Zulus jetzt tatsächlich verfügbar waren.

Die Gefühle, die den Leutnant bewegten, waren jedoch etwas komplexer, als er zu den vertrauten Formen und Gestaltungen seiner Kultur hinüberblickte. Der Marineoffizier fühlte sich seltsam entfremdet von diesen weinbewachsenen Veranden, den Gebäuden aus »Flechtwerk und Lehm« und den gepflasterten Bürgersteigen, auf denen sich in Baumwolle und Spitzen gekleidete Passanten mit Gedanken an Einkäufe, Tee und Gebäck, Schalterstunden von Banken und das dichterische Werk Thomas Moores ergingen. Er fühlte sich von all diesen Dingen irgendwo losgelöst, als gehöre er nicht mehr hierher – als sei er aus den Gewißheiten und Werten seiner Kultur ›herausgewachsen‹.

»Was wohl in ihren Köpfen vorgehen mag...?« Wilkins' Stimme riß ihn aus seinen Gedanken.

Der Leutnant drehte sich um und folgte dem Blick des jungen Mannes zu Ngomane, Lutuli und Kuta hinüber, deren Mienen undurchdringlich eisig waren, während sie die Zitadelle der Schwalben mit ausdruckslosen Blicken stoisch musterten. Man hätte glauben können, in den drei Zulus sei jegliches Gefühl erstorben.

»So sind sie, seitdem das Kap in Sicht gekommen ist«, stellte Wilkins fest. »Ob sie wohl Angst haben?«

»Nein, Tim«, antwortete Farewell nüchtern, »sie sind nur vorsichtig. Sie befinden sich jetzt auf unserem Territorium und haben sich wie der Leopard in lauernde, wachsame Bereitschaft zurückgezogen. Und unser Bündnis wird zu einem großen Teil davon abhängen, was sie hier zu sehen bekommen...«

»Nehmen Sie Platz, Leutnant.«

Sir Charles Somerset lächelte, obwohl sein Blick kalt blieb. »Darf ich Ihnen ein Glas Rum anbieten? Oder haben Sie vergessen, was das ist?«

»Rum...?« wiederholte Farewell stirnrunzelnd, indem er Somersets Arbeitszimmer durchquerte und vor seinem massiven Mahagonischreibtisch Platz nahm. »Die stärkste Waffe der Kolonisten, nicht wahr? Neben Missionaren und Kanonen.« Unter seinem Bemühen, sarkastisch zu sein, spürte er große Mattigkeit, als er fortfuhr: »Alles Bestandteil der inoffiziellen Regierungspolitik, wenn's darum geht, die eigenen Grenzen ins Land der sogenannten Eingeborenen vorzuverlegen.« Sein Tonfall wurde beißend scharf. »Als erstes entsendet sie Missionare, um ihre schlichten Herzen irrezuführen. Dann Rumhändler, um ihre Mägen zu gewinnen. Und schließlich Truppen, um das Land ›rechtmäßig‹ in Besitz zu nehmen.«

Farewell nahm das Glas, das ihm der Gouverneur anbot, trank einen kleinen Schluck und spürte das Brennen der wärmenden Flüssigkeit bis hinunter zum Magen. »Ja, Sir Charles, ich weiß noch, was Rum ist.«

Somerset hockte zusammengesunken in seinem Sessel und musterte Farewell schweigend, während der Leutnant sich mit dem Rand seines Glases über die Lippen fuhr und gedankenverloren das süße Aroma einsog.

Seit nunmehr über einem Jahr hatte der Gouverneur das Verschwinden Farewells insgeheim für einen Segen gehalten. Es hatte diesem autokratischen Politiker die seltene und zeitlich günstige Gelegenheit verschafft, die Downing Street ins Unrecht zu setzen und so seine kostbare Selbständigkeit als Gouverneur dieser fernen britischen Kolonie erneut zu festigen.

Obwohl Somerset die von Bathurst und Seiner Majestät vorgeschlagene Lösung der Affäre Shaka in weiser Voraussicht für albern und tollkühn zugleich gehalten hatte, war der unbesonnene, impulsive Leutnant trotzdem aufgebrochen und hatte den Reverend Bellow und den Gouverneur im Kielwasser seiner Arroganz gekränkt und wütend zurückgelassen. Sein rasches Ende (auf das der Schiffbruch der *Elizabeth Catherine* und das Verschwinden der *Julia* unzweifelhaft hinzudeuten schienen) hatte Sir Charles' auf langer Kolonialerfahrung beruhende Voraussage lediglich wie erwartet bestätigt. Farewells vermutlicher Tod hatte dazu gedient, Somersets Position als De-facto-Regent der Kapkolonie zu stärken. Er hatte den Kolonisten vor Augen geführt, daß Sir Charles besser als die Downing Street wußte, was für diesen prächtigen afrikanischen Vorposten gut war; er hatte gezeigt, daß Sir Charles die Zügel in der Hand hielt, auch wenn Georg IV. hier nominell König war.

Ja, Somerset wußte, daß das eine seltene und zeitlich günstige Gelegenheit gewesen war. Und selbst wenn Shaka tatsächlich angreifen sollte, würde Charles Somerset als der letzte und tapferste Herr über die Kapkolonie in die Geschichte eingehen.

Aber jetzt war Farewell zurück ... gesund und munter, empörenderweise als Zulu gewandet und Kapitän eines Schiffes, das eine Beleidigung für die Wellen war, über die Britannia herrschte.

Somerset war sich darüber im klaren, daß er ihn loswerden mußte – so rasch und unauffällig wie möglich.

»Früher habe ich Sie lediglich für einen Idealisten gehalten, Leutnant«, erwiderte der Gouverneur schließlich auf Farewells sarkastische Anmerkungen. »Für einen der vielen harmlosen Visionäre, die dieses Jahrhundert verderben. Aber jetzt sehe ich, daß Sie weit gefährlicher sind. Obwohl Sie Ihr eigenes Volk kritisieren, fürchte ich, daß Sie ein ebenso großer Heuchler sind, wie Sie uns zu sein vorwerfen.«

»Ich habe meinen Auftrag erfüllt, Sir Charles, und ich habe ihn gut erfüllt!« Farewell war so aufgebracht, daß seine Stimme leicht zitterte. Sie sind's nicht wert! sagte er sich. Diese kleinen Bürokraten, die am liebsten die ganze Welt auf die unterste Ebene ihrer Selbstgefälligkeit herabziehen würden! Laut fuhr er fort: »Das Kap hat zwei Jahre Gnadenfrist gehabt, und wir stehen jetzt auf der Schwelle eines dauerhaften Friedens mit den Zulus. Aber wenn Sie diese stolzen Männer an Bord meines Schiffes wie Vieh behandeln...« Farewell bebte vor Zorn am ganzen Leib. »... indem Sie uns die Erlaubnis zum Anlegen versagen, indem Sie sich weigern, sie zu empfangen, steht unter Umständen nichts als Ihre voreingenommene Torheit zwischen dieser Kolonie und achtzigtausend kampferprobten Kriegern! ... Ich habe sie im Einsatz gesehen, Sir Charles. Wenn Shaka sich vornimmt, das Kap zu erobern, ist's sein!«

»Das klingt entschieden nach einer Drohung, Leutnant«, erwiderte der Gouverneur steif. »Und da Sie im Namen eines Mannes sprechen, der amtlich tot ist, muß ich annehmen, daß

Sie nicht irgendeinen selbsternannten Eingeborenenhäuptling vertreten, sondern selbst dieser Häuptling sind.«

»Was sagen Sie da?« erkundigte Farewell sich verblüfft.

»Unseres Wissens ist Shaka letztes Jahr gestorben«, antwortete Somerset knapp.

»Ich gelte ebenfalls als ›amtlich tot‹, Sir Charles.« Der Leutnant versuchte zu lächeln, aber er brachte kein Lächeln zustande. »Aber wie sie selbst sehen, stimmt das nicht! Und Shaka lebt ebenfalls! Er ist quicklebendig, möchte ich hinzufügen!«

»Das wissen wir nur von Ihnen, Leutnant.« Die Anschuldigung des Gouverneurs war keineswegs verdeckt.

»Tim Wilkins kann ...«

»... Ihre Aussage bestätigen«, unterbrach Somerset ihn ironisch. »Ganz recht, Leutnant. Das haben wir gehört.«

»Wollen Sie etwa behaupten«, begann Farewell verblüfft, »daß ich mich ...« Er schüttelte sich vor Lachen. »... zum König der Zulus aufgeschwungen habe?«

»Das wäre nicht der erste Fall.« Sir Charles wirkte selbstgefällig, als spreche er als weiser Mann mit großer Erfahrung. »Diese Eingeborenen halten uns Weiße für geborene Führer! Und der Weg von der Vermutung zur Tatsache ist oft recht kurz – vor allem wenn am Ende des Weges ungeahnte Macht liegt!«

Farewell, der den Gouverneur sprachlos angestarrt hatte, erhob sich langsam und schlenderte ans Fenster des Arbeitszimmers. Während er die fernen Umrisse der an der Hafeneinfahrt ankernden *Shaka* betrachtete, spürte er plötzlich eine an Schwindel grenzende Orientierungslosigkeit. Farewell streckte eine Hand aus, um sich an der Fensterbank festzuhalten, und als er sein Gleichgewicht wiedergefunden hatte, merkte er, daß er grinste.

Das gefiel ihm! Es gefiel ihm, als ›König der Zulus‹ betrachtet zu werden, und er wußte, daß es zwecklos gewesen wäre, sein eigenes Herz täuschen zu wollen. Die Freude darüber leuchtete ihm förmlich aus den Augen und zwang ihn dazu, von dem Gouverneur der Schwalben wegzusehen.

Als er sich schließlich umdrehte, hatte er jede Zurückhaltung aufgegeben und leuchtete vor innerer Kraft, die seinen Inquisitor sehr beunruhigte.

»In Wirklichkeit, Sir Charles ...« Jetzt sprach Febana, nicht mehr der Leutnant, und selbst sein Tonfall hatte sich verändert. »... macht es keinen Unterschied, keinen wesentlichen Unterschied, ob Sie's mit Shaka Zulu oder ... Febana ka MaJoji zu tun haben. Die Forderung der Zulus bleibt gleich: Anlegeerlaubnis und eine Audienz bei dem Vertreter Seiner Majestät. Sonst gibt's Krieg!« Er durchquerte das Arbeitszimmer und nickte Somerset zu. »Guten Tag, Gouverneur. Ich erwarte Ihre Entscheidung.«

»Verdammt noch mal, Farewell!« knurrte der Gouverneur aufgebracht. »Auf welcher Seite des verfluchten Zauns stehen Sie eigentlich?«

»Das überlasse ich Ihnen zu bestimmen, Sir Charles«, antwortete Febana, wodurch er dem anderen die Verantwortung dafür aufbürdete, seine eigene Identität festzulegen.

»Erwarten Sie wirklich von mir, daß ich als Gouverneur des Kaps einem Haufen Wilder, die auf einem Stück Treibgut dümpeln, mein Ohr leihe?«

»Ja, Sir Charles, das tue ich.« Der Tonfall war erstaunlich friedlich und gleichmütig. »Weil das zu Ihrer Aufgabe gehört! Sie sind der *Gouverneur ... der ... Kolonien.* Sollte es Ihnen schwerfallen, mit ›Wilden‹ zu sprechen, schlage ich vor, daß Sie zurücktreten.«

Wie es ihr in den letzten Monaten ihrer einsamen, deprimierten Wache – nachdem sie das Vertrauen, das sie allzu leichtgläubig in die Menschheit und Männer wie Parmananda gesetzt hatte, verloren hatte – zur Gewohnheit geworden war, aß Elizabeth Farewell allein auf der Veranda des Hotels Heerengracht, als ihr ein aufgeregtes Murmeln auffiel, das von Tisch zu Tisch lief, als die elegant gekleideten Gäste im Speisesaal eines Mannes ansichtig wurden, dessen Erscheinung ziemlich aus dem Rahmen fiel. Diese Reaktionen – die von Erschrecken über Empörung bis zu Heiterkeit reichten – führten zuletzt zu unterdrücktem Amüsement.

Als Elizabeth aufblickte, um zu sehen, was die anderen Gäste empörte oder erheiterte, fiel ihr erstaunter Blick auf ein höchst merkwürdig gekleidetes, bärtiges Wesen. Ihr Staunen verstärkte sich noch, als sie erkannte, daß der Mann auf ihren Tisch zukam und sie dabei mit leuchtenden Augen anstarrte, aus denen aufrichtige Zuneigung und Liebe sprachen.

Als ihr Herz ihn allmählich verwundert erkannte und wie ein Nachtfalter in der Nähe einer starken Lichtquelle zu flattern begann, flüsterte Elizabeth unsicher zögernd: »Francis?«

»Ich glaube doch!« gab das Wesen mehrdeutig zur Antwort.

An diesem Abend liebten Mr. und Mrs. Farewell sich – in der ›Fürstensuite‹ des Hotels – zum ersten Mal seit fast zwei Jahren wieder. Francis bewies, daß er noch immer der zärtliche, kraftvolle Liebhaber war, der Elizabeths Leidenschaft schon so oft entfacht hatte, und seine Berührung – sanft und doch bestimmt – entführte sie in einen Sinnenrausch.

Auf irgendeiner Bewußtseinsebene, in einem Winkel ihres Verstandes hatte Elizabeth jedoch das Gefühl, einen völlig fremden Menschen zu lieben. Anfangs führte sie diesen Eindruck auf die lange Zeitspanne seit ihrem letzten vertrauten Zusammensein zurück. Im Grunde genommen war es ganz natürlich – so überlegte sie sich –, daß ihr nach so langer Abstinenz selbst die Begierde ihres eigenen Ehemanns irgendwie ungewohnt und fremdartig erschien.

Als jedoch ihre Leiber verschmolzen, las sie in seinem Herzen und erkannte, daß ein Teil seiner Seele anderswo war. Weit, weit entfernt. Und ihr Gefühl zeigte ihr einen Mann – einen anderen Mann –, der verwirrt, verwundbar, verirrt ... und trostbedürftig war.

Elizabeth, deren Kopf auf einem mit Spitzen besetzten Kissen ruhte, lag unter einem schneeweißen Laken und einer leichten Zudecke in ihrem niedrigen Bett und schien mit den Gedanken in weiter Ferne zu sein, während sie aus dem Fenster ihres Hotelzimmers blickte und die noch rote Morgensonne beobachtete, die zu pulsieren schien. Dann nahm sie schwachen Lavendelduft wahr und drehte den Kopf zur Seite, um zu ihrem Mann aufzusehen, der eben aus dem Bad kam, in dem er sich rasiert hatte, so daß der kantige Schnitt seines glatten Gesichts wieder deutlich hervortrat.

Die beiden wechselten ein Lächeln, das nicht ganz frei von Unbehagen war. Obwohl sie sich noch liebten und einander sehr brauchten, waren sie sich darüber im klaren, daß irgend etwas fehlte, verschwunden war – vielleicht unwiederbringlich! Und nun litten sie beide und schreckten zugleich davor zurück, ihre Besorgnis zu äußern, weil sie Angst hatten, ihre Befürchtungen könnten dadurch erst recht Wirklichkeit werden.

Farewell wandte sich von Elizabeth ab, trat vor den hohen Spiegel, der ihn ganz zeigte, und machte sich daran (ebenfalls nach langer Abstinenz), die neubeschaffte prächtige Uniform eines Leutnants in Seiner Majestät Kriegsmarine anzulegen. Während er sich ankleidete, betrachtete er sein Spiegelbild und merkte, daß seine Erscheinung ihm fremdartig vorkam – wie ein Porträt des Mannes, der er vor zwei Jahren gewesen war. Vor Shaka, vor Port Natal, vor der Schlacht am Fluß iNcome, vor Febana ka MaJoji ... vor allem!

Der Leutnant knöpfte sein weißes Hemd zu, hatte einige Schwierigkeiten mit den Haken am Kragen und begann dann, den komplizierten Knoten seines Plastrons zu schlingen. Und er kämpfte mit diesem Knoten, weil seine Finger die Krawattenseide nicht mehr gewöhnt waren, löste ihn wieder, band ihn erneut und spürte, wie seine zunehmende Frustration sich gegen seine Ungeschicklichkeit auflehnte. Febana ka MaJoji schien vergessen zu haben, wie Lt. Farewell, R.N., angekleidet werden mußte.

»Hilfst du mir bitte, Liebling?« fragte er schließlich mit um Entschuldigung bittendem Lächeln, gab es auf, das Plastron selbst binden zu wollen, und überließ diese Aufgabe seiner Frau. »Ich bin zu unbeholfen geworden, fürchte ich.«

Während Elizabeths geschickte Finger die blaue Seide rasch und sicher zu einem eleganten Knoten schlangen, nutzte sie die Gelegenheit, um ihren Ehemann bei Tageslicht genauer zu betrachten und forschend in seine blauen Augen zu blicken, deren Glanz von Sorgen getrübt zu sein schien. Farewell erstarrte unter diesem Blick; sobald das Plastron gebunden war, bedankte er sich verlegen, flüchtete sich rasch wieder in die Betrachtung seines Spiegelbildes, knöpfte die Weste zu und zog den Uniformrock gerade.

Als er fertig war, trat er einen Schritt zurück und begutachtete das Bild des schneidigen Offiziers in gutsitzender Uniform, das der Spiegel ihm zeigte.

»In diesen letzten Jahren hat's viele Augenblicke gegeben«, gestand er Elizabeths Spiegelbild, »in denen ich geglaubt habe, daß ich mich niemals wieder so sehen würde.«

»Und siehst du dich jetzt, Francis?« wollte sie mit einem Blick auf den Mann im Spiegel wissen.

»Was für eine merkwürdige Frage, Liebling!« Er rang sich ein Lächeln ab und gab vor, nichts zu verstehen.

»Francis...« Seine Frau war neben ihm, ihre Hand lag auf seiner Schulter. »Was ist mit uns passiert? Was ist mit dir passiert?«

Farewell drehte sich nach ihr um, betrachtete Elizabeth zum ersten Mal seit seiner Rückkehr aufmerksam und ließ ihre Züge auf sich wirken wie schon tausendmal zuvor. Und er sah ihre Schönheit, ihre Kraft und Tapferkeit, ihren festen, treuen Blick und ihr langes, weiches Lockenhaar. Er sah seine Ehefrau: die Frau, die er liebte und der er Treue geschworen hatte ... »in guten und schlechten Tagen, bis daß der Tod euch scheidet«. Er erkannte sie, wie sie war, und wußte, daß sie ins Farewell Mansion, nach England, ins Holbrook House und in die dort an offenen Kaminen versammelte konventionelle Gesellschaft gehörte. Er war sich darüber im klaren, daß sie's verdiente, zu jener Gesellschaft zu gehören, und daß er sie nicht aus dieser Umgebung herausreißen durfte. Und er bedauerte zutiefst, seine Schlüssel zu jener Welt verlegt zu haben.

Aber er schwieg, so daß Elizabeth schließlich fortfuhr.

»Ich habe miterlebt, wie du dich Hals über Kopf in Abenteuer gestürzt hast, vor denen selbst den Kühnsten gegraut hätte«, stellte sie fest, »aber du hast sie alle bestanden, weil du die Fähigkeit besessen hast, Situationen und ihre Auswirkungen auf dich zu meistern! In deiner unbekümmerten Art hast du stets über den Dingen gestanden: Du hast es vermieden, dich wirklich persönlich zu engagieren, und bist unbesiegbar gewesen, weil du nicht zu fassen warst. Diese ironische Distanz hat deinen scheinbaren Leichtsinn gerechtfertigt – sie hat aus dir einen Sieger gemacht!« Sie griff nach seinen Händen und drückte sie bittend an ihre Brust. »Aber diesmal ist's anders, nicht wahr, Francis? Du hast sämtliche emotionalen Anker losgeschnitten und dich rückhaltlos engagiert.«

Farewell spürte, wie seine Emotionen ihm die Kehle zuschnürten und ihm keine andere Wahl ließen, als ungekünstelt aufrichtig zu antworten.

»Nicht durch meine eigene Schuld, Elizabeth, das versichere ich dir«, gestand er ein und stürzte seine Frau dadurch erst recht in Verzweiflung. »Auch wenn man noch so gut spielt, hat man das Spiel nicht immer ganz in der Hand. Vor allem dann nicht, wenn man einen so starken Gegenspieler wie Shaka hat. Man setzt einfach immer mehr Jetons, bis es zum Aufhören zu spät ist.«

»Es ist nie zu spät, Francis!« Sie drückte seine Hände mit aus Hilflosigkeit entstehender Kraft. »Du hast noch immer mich!«

»Dann bitte ich dich, zu warten, Liebling.« Er schloß Elizabeth in die Arme. »Ich weiß, daß das egoistisch ist – aber ich sehe keine andere Möglichkeit. Wir müssen beide warten, bis ich soweit bin, daß ich wirklich zurückkommen kann.«

Ein lautes Klopfen an der Tür störte die Innigkeit ihrer Umarmung.

»Herein!« rief der Leutnant, löste sich aus den Armen seiner Frau und ging zur Tür, auf deren Schwelle jetzt Obermaat Burgess erschien, der am Vortag als Vertreter des Hafenkapitäns an Bord der *Shaka* gewesen war.

»Sir!« Burgess grüßte militärisch und war sichtlich verblüfft, diesmal einen wirklichen Leutnant – bartlos und elegant – mit Farewells Stimme vor sich zu haben. »Ma'am...« Er nickte Elizabeth zu.

»Welche Nachrichten bringen Sie mir, Mr. Burgess?«

»Hafenamt und Gouverneursausschuß haben gemeinsam beraten und ihren Spruch gefällt«, meldete der Obermaat mit steinerner Miene, während die Farewells von bösen Vorahnungen geplagt erstarrte. »Da die *Shaka* keine Schiffspapiere hat und das Hafenamt keinen lästigen Präzedenzfall schaffen möchte, ist Ihrem Schiff die Erlaubnis verweigert worden, in den Hafen einzulaufen und dort anzulegen.«

Farewell biß wütend die Zähne zusammen, und Elizabeth schloß verzweifelt die Augen, denn indem der Gouverneur ihren Mann unter Druck setzte, konnte er ihr Francis unwiderruflich entfremdet haben.

»Da das Zulureich keine diplomatischen Beziehungen zur Krone unterhält«, fuhr Burgess fort, »wird darüber hinaus eine Audienz bei Sir Charles Somerset als nicht zweckdienlich erachtet.«

»Das ist doch Wahnsinn!« rief Farewell aus, der den bitteren Geschmack dieser Abweisung – und noch dazu durch Männer, die er bisher als seine Kameraden betrachtet hatte! – auf der Zunge zu spüren glaubte. »Ich ...«

»Das ist noch nicht alles, Sir«, unterbrach ihn der andere, der diesen Augenblick zu genießen schien. »Mr. Wilkins und Sie werden ersucht, sich an Bord des nächsten Schiffs nach Plymouth zu begeben, um Krone und Admiralität zur Klarstellung Ihrer Rolle in der Affäre Shaka zur Verfügung zu stehen.«

»Ein Kriegsgerichtsverfahren, Mr. Burgess?« fragte der Leutnant empört.

»Eine *Klarstellung*, Sir«, wiederholte Burgess förmlich streng. »In bezug auf Ihre wahre Untertanentreue, glaube ich.«

»Wo die liegt, hat der Gouverneur mir soeben sehr deutlich gemacht, Mr. Burgess«, lautete die schneidende Erwiderung. »*Sehr* klar!« fuhr Farewell fort, indem er mit einer Hand sein Plastron aufriß. »Bestellen Sie Sir Charles und seinem Ausschuß, daß ich ...«

Die Worte blieben ihm zunächst im Hals stecken, während er seiner Frau einen zugleich bedauernden und bittenden Blick zuwarf; Febana mußte jetzt eine Entscheidung treffen, die Farewells Leben verändern würde.

»Bestellen Sie ihm, daß ich ... ein Zulu bin!«
Und damit verließ er die Suite mit festem Schritt und einer Miene, die seinen endgültigen Entschluß verkündete.

42 INDALULO *Verrat*

Im Evangelium des Markus steht ein Vers, der in seiner Schlichtheit, seiner Weisheit und seiner Einsicht in die menschliche Existenz wundervoll ist. Und der Lebensgeschichte des Großen Berges angemessen, paßte diese Bibelstelle so genau auf Shakas geistigen und moralischen Zustand nach der ›Hinrichtung‹ seines Sohnes, daß der Zulu von ihren Worten so betroffen war, als Fynn sie ihm erstmals vorlas, daß er den Rest des Tages in einsamer, schweigender innerer Einkehr verbrachte.

Diese Stelle, die Fynn für sich als ›Shakas Vers‹ bezeichnete, lautet: »Denn was hülfe es dem Menschen, wenn er die ganze Welt gewönne und nähme an seiner Seele Schaden?«

Das war *sein* Vers, Shakas Vers, und der Herrscher sollte vor seinem Ende noch oft an ihn denken. Und bei diesen Meditationen sann er über die Impulse, die Leidenschaften, die Vorurteile, die Torheiten, die Arroganz und die verborgenen Ängste nach, die sein Leben von Kindheit an beeinflußt hatten, und er dachte an Nandi und wie er sie verstoßen, aus seinem Leben vertrieben hatte. Dann überwältigten ihn seine Schuldgefühle, weil er in tiefstem Herzensgrund fühlte, daß er zwar »die Welt gewonnen«, aber auch unheilbar Schaden an seiner Seele genommen hatte.

Und indem Shaka ungeheure Mattigkeit, eine tiefgreifende geistige Betäubung empfand, die selbst die elementarsten Bedürfnisse erfaßte, spürte er, daß auch uCristo ermattet gewesen sein mußte, als er seinen Kreuzigern vergab, und fand

Trost in diesem anderen König der Könige, der ihm wegen seiner Leidensgeschichte zu einem weiteren Gefährten wie der Tod selbst geworden war.

Gegen Ende seines Lebens saß der Berg Afrikas oft mit Fynn zusammen, ließ sich aus dem Buch der Schwalben vorlesen und durchforschte Leben, Sterben und Auferstehung seines ›berühmten Rivalen‹, um darin vielleicht sich selbst und seine verlorene Seele zu entdecken.

In uCristo fand Shaka nicht nur einen Rivalen, sondern den ersten und einzigen Ebenbürtigen.

»Und Jesus ging umher im ganzen galiläischen Lande, lehrte in ihren Synagogen und predigte das Evangelium von dem Reich und heilte alle Krankheit und alle Gebrechen im Volk... Und sie brachten zu ihm alle Kranken, mit mancherlei Leiden und Plagen behaftet, die Besessenen, die Mondsüchtigen und die Gichtbrüchigen; und er machte sie gesund...«

Fynn hockte auf einem Felsen am Mkumbane, hielt die Bibel in beiden Händen und las langsam daraus vor, indem er sich bemühte, den englischen Text möglichst bildhaft ins Zulu zu übersetzen.

»Da er aber das Volk sah, ging er auf einen Berg und setzte sich; und seine Jünger traten zu ihm. Und er tat seinen Mund auf, lehrte sie und sprach: ›Selig sind, die da geistlich arm sind; denn das Himmelreich ist ihr. Selig sind, die da Leid tragen; denn sie sollen getröstet werden. Selig sind die Sanftmütigen; denn sie werden das Erdreich besitzen... Selig sind die Barmherzigen; denn sie werden...‹«

Shaka stand wie eine Aufmerksamkeit verkörpernde Statue unbeweglich neben ihm, und sein durchdringender Blick war auf den Fluß gerichtet, als dringe er in Gedanken bis zu der im Erdinneren verborgenen Hölle vor. – »›Selig sind die Friedfertigen‹«, trug Fynn weiter vor, »›denn sie werden Kinder Gottes heißen. Selig sind, die um der Gerechtigkeit willen verfolgt werden; denn das Himmelreich ist ihr...‹«

»Das hat er gesagt?« erkundigte der Herrscher sich ungläubig.

»Das hat er gesagt, Baba«, bestätigte Fynn.

»Und Joji und sein Volk – ihr glaubt an diese ... diese Litanei von Opfern?«

»Yebo, Nkosi. Wir glauben daran.«

Und während der König über diesen Punkt nachdachte, weil er das Bedürfnis hatte, die Denkweise uChristos – eines Mannes, der für die Schwalben offenbar sehr wichtig war – zu verstehen, hatte Shaka plötzlich einen erfrischenden Einfall, der ihn lächeln ließ.

»Dann gründet *sein* Reich sich also auch auf der Angst der Menschen vor dem Unbekannten.«

Fynn runzelte bei dieser Bemerkung die Stirn.

»Obgleich ich zugeben muß, daß seine Gesetze weit umfassender als meine sind. Ich gebe mich damit zufrieden, wenn meine Untertanen treu bis in den Tod sind. Sein Einfluß scheint darüber hinauszugehen.«

»Natürlich, Baba«, antwortete der gläubige Ire. »Schließlich ist er Gott!«

»Er hat weit mehr von einem Gewaltherrscher als von einem Gott an sich«, stellte der König fest, indem er auf die Bibel deutete.

Fynns Empörung brachte Shaka zum Lachen, und der Zulu fügte rasch eine Erklärung hinzu.

»Was hat er gleich wieder gesagt?« Der Herrscher runzelte die Stirn, während er sich zu erinnern bemühte. »›Wer nicht für mich ist, ist wider mich ...‹ Das hätte ich nicht besser ausdrücken können!«

In seinem aufrichtigen Bestreben, das Herz Shakas zu erreichen, war Fynns Tonfall bei der Verteidigung Christi fest, aber nicht aggressiv. »Er verkündet die Botschaft der Liebe, Baba. Deine ist eine Folge des ...« Der Weiße führte seinen Gedankengang nicht zu Ende, und das Wort blieb unausgesprochen, bis Shaka es mit spöttischer Miene ergänzte.

»Hasses? ... Gewiß«, stimmte der König bereitwillig zu. »Aber Liebe und Haß sind einander so erstaunlich ähnlich – und in vieler Beziehung nicht voneinander zu unterscheiden, weil Angst ihre gemeinsame Wurzel ist. Angst vor dem Leben,

Angst vor Verlust, Angst vor Einsamkeit. Und je mehr man einen anderen Menschen liebt...« Shaka machte eine Pause, in der er in Gedanken bei Nandi und der unerwiderten Leidenschaft Pampatas war. »... desto näher ist man dem Selbsthaß. Angst vor Freiheit, Angst vor Gefühlen, Angst vor Angst! Und am Ende steht der Tod – das einzig wirkungsvolle Mittel gegen ein Leiden, das Leben heißt!«

Der Bote traf gegen Sonnenuntergang ein und warf sich seinem König zu Füßen. Fynn war so in ihre einzigartige Bibellesung vertieft, daß er nicht mitbekam, welche Nachricht der Krieger brachte. Und als der Weiße aufblickte, sah er mit Entsetzen den niedergeschlagenen Gesichtsausdruck des Königs.

Shaka erhob sich schwerfällig, machte Fynn ein Zeichen, ihm zu folgen, und hastete davon.

»Was gibt's, Nkosi?« Der Ire blieb dichter hinter ihm.

»Die große Elefantin«, lautete die kummervolle Antwort. »Sie braucht den einen, der Kraft ist.«

Das Innere von Nandis Hütte in ihrer Heimstätte emKindini war mit übelriechenden Qualmwolken und stickigen Schwaden medizinischer Dämpfe angefüllt, die in großen bläulichweißen Wellen, die zu pulsieren schienen, aus der Feuerstelle aufstiegen. Shaka und Fynn prallten vor dem bedrückenden Gestank zurück, kniffen die Augen zusammen und hatten wegen der Rauchschwaden Mühe, die menschlichen Gestalten zu erkennen, die auf dem Hüttenboden kauerten und hockten.

Durch wogenden Qualm und Dämpfe hindurch sahen sie Pampata und Nomcoba, die schreckensstarr und bewegungslos neben der grausigen Erscheinung Majolas und den verkrüppelten Gestalten des Medizinmannes Sopane vom Berge und seiner heimtückischen Handlanger Mgidi und Mqalane kauerten.

Gedämpfter unheimlicher Singsang begleitete die Bewegungen von Sopanes Spinnenfingern, als sie die Zutaten eines Zaubertranks in eine dampfende Schale streuten. Dann hob Majola die Schale von den knisternden Flammen und stellte sie neben die edle, ehrfurchtgebietende Gestalt, die schön und unbeweglich inmitten dieser grausigen, diabolischen Versammlung lag.

Als Shakas Augen sich an den Rauch gewöhnt hatten, beobachtete er nicht mehr Pampata und Nomcoba, die in ihrem Schmerz unnahbar waren, sondern konzentrierte seine Aufmerksamkeit auf die kauernden ›Raubvögel‹, die geschäftig ihre illustre Patientin umringten. Als dann plötzlich ihre marmorstarren Züge sichtbar wurden, holte Shaka beim Anblick der Totenmaske seiner Mutter erschrocken tief Luft, und seiner Seele entriß sich ein ersticktes Ächzen – ein herzzerreißender Klagelaut, der die Hütte erfüllte und die Anwesenden dazu brachte, sich nach ihrem Herrscher umzudrehen, wobei ihre Blicke ein weites Gefühlsspektrum von Servilität bis zu offener Anklage ausdrückten.

Auch Fynns Aufmerksamkeit wurde von der edlen Gestalt der Königin gefesselt. Als der Ire wahrnahm, daß sie nicht völlig erstarrt war – tatsächlich waren noch schwache Atembewegungen zu erkennen –, setzte sein ärztlicher Instinkt sich durch, und er fuhr mit lauten Befehlen in die bedrückende Versammlung.

»Ya phandle!« verlangte Fynn. »Alles 'raus! Sie kann nicht atmen! Sie braucht Luft!« Als die anderen zögerten, seinen Befehlen zu gehorchen, wiederholte Shaka sie und löste dadurch eine aufgeregte Massenflucht aus.

Als das ›übernatürliche Gefolge‹ hinausgehastet war und Pampata und Nomcoba sich nervös an dem König, dessen durchdringendem, im Wahn leuchtendem Blick sie auswichen, vorbeigedrängt hatten, kniete Fynn neben Nandi nieder und fühlte die wütende Hitze ihres Fiebers. »Sie ist sehr krank, Nkosi«, bekannte der Arzt. »Ich fürchte, daß...«

»Shaka!« Das scharfe, zischende Flüstern unterbrach Fynn. »Shaka!« wiederholte Nandi und schlug die Augen auf, aus deren Blick die flammende Intensität ihres Körpers und ihrer Seele zu sprechen schien.

Der Große Berg schrak vor diesem unheimlichen Flüstern zurück, näherte sich dann mit der schuldbewußten Miene eines gescholtenen Knaben Nandis Matte und erwiderte den durchdringenden Blick seiner Mutter, aus dem keinerlei Zuneigung mehr zu sprechen schien.

»Komm näher!« zischte sie, und Shaka beugte sich nach vorn, um sein Gesicht näher an ihres heranzubringen.

»Näher!« zischte Nandi erneut wie eine Schlange, bevor sie zustößt.

Der Sohn Zulus drehte den Kopf zur Seite, brachte sein Ohr dicht an ihre Lippen und fühlte das verzehrende Feuer ihres Atems.

»Du ...« Sie konnte kaum sprechen. »Du ... hast ... mich ... umgebracht!«

Der König hielt entsetzt und erschrocken den Atem an, so sehr hatten ihn ihre Worte getroffen. Während seine Augen sich vor unerträglichem Schmerz weiteten, starrte Shaka seine Mutter zitternd an und murmelte bittend: »Nein! Nein, Mutter! Ich liebe dich! Ich habe dich immer geliebt! Wir ...«

»Zu spät!« Nandi brachte ihn mit unheimlichem Lächeln zum Schweigen.

»Zu spät«, wiederholte sie. »Nicht mehr *wir*! Du bist allein!« sagte sie, schloß die Augen, um anzudeuten, daß es nichts hinzuzufügen gebe, und ließ Shaka unter der gewaltigen Last seiner Schuld zurück. »Allein« ..., ohne den tröstlichen Zuspruch der einen, die das einzige Eiland im Meer seiner Einsamkeit gewesen war.

Der Gebieter der Ausgestoßenen schlich wie ein von seiner Herrin geprügeltes Tier von der Seite seiner Mutter, zog sich in die Schatten zurück und kauerte im Halbdunkel an der Hüttenwand. Und obwohl Fynn das Leid des Königs – das grenzenlos sein mußte, wie er ahnte – nicht sehen konnte, hörte er Shakas leises Wimmern, den Klagelaut einer verlorenen Seele.

Danach herrschte wieder Stille, und als Shaka erneut auftauchte, glitzerte magische Besessenheit in seinem Blick.

»Rette sie!« knurrte er Fynn an. »Sonst ist meine Schuld auch deine.«

»Dazu wäre ein Wunder nötig, Baba.«

»Dann schaffe eines herbei!« Der König deutete auf die Bibel in Fynns Hand. »Darin stehen genügend zur Auswahl.«

Die gesamte Nation reagierte auf die Nachricht von der schweren Erkrankung ihrer Königin: Bis zum Abend hatte sich eine unübersehbare Menschenmenge um emKindini versammelt und füllte das Gebiet zwischen den Flüssen emaTeku und emBuzane im Norden und Westen sowie dem Hügel emPongo im Osten nahezu vollständig aus.

Die Zehntausende, die Tal und Hügel in der Umgebung von Nandis Heimstätte besetzt hielten, harrten stehend und ängstlich schweigend aus. Ihre Blicke waren starr auf Nandis Hütte gerichtet, und ihre Herzen schlugen im Gleichtakt mit dem keuchenden Atem des Sohnes Zulus, der mit gesenktem Kopf wie betäubt vor der Hütte kauerte.

Schließlich erschien Fynn neben dem Herrscher, und als ihre Blicke sich begegneten, schüttelte der Ire als Eingeständnis seiner Hilflosigkeit lediglich den Kopf.

»Ich bin mit meiner Macht am Ende, Baba«, erklärte er dem Zulu. »Der Nkosikazi kann meine Medizin nicht mehr helfen.«

Trotzdem klammerte Shaka sich an seine Hoffnung und war Augenblicke später erneut an Nandis Seite. Er berührte mit zitternden Fingern ihre Lippen, und obwohl sie starr und kalt waren, fühlte er einen schwachen Lebenshauch, der seine Fingerspitzen streifte.

Er spürte den Odem, der zurückkehren konnte, um Worte zu bilden, die sein schuldbeladenes Gewissen erleichtern würden.

Shaka wühlte in verzweifelter Hast Fynns Arzttasche durch, fand Rowland's Macassar Oil, brach den Hals der Porzellanflasche ab und schmierte das dunkle ›Lebenselixier‹ in hektischer Eile auf Nandis Haar, ihr Gesicht, ihre Schultern, ihren Busen, ihre Arme. Und während er damit beschäftigt war, redete er wehklagend und kummervoll auf sie ein.

Der König sprach mit der leblosen Gestalt seiner Mutter: in

schluchzenden Erinnerungen an vergangene Ereignisse, mit dem erbarmungswürdigen Lachen vergeblicher Hoffnungen, mit der Stimme eines Kindes und der eines Mannes. Und er beschmierte ihre Todesmaske mit dem Öl und bat sie flehentlich, an diesen »Wiederhersteller des Lebens« zu glauben – wie er selbst an ihn glaubte.

»Wir können ein zweites Kind bekommen«, erklärte das Kind der Weissagung Nandi, der Tochter Bhebhes. »Und diesmal darf es am Leben bleiben – es darf leben und zu einem Mann aufwachsen. Zum größten aller Männer! Der Sohn des Berges!« fügte er mit Tränen in den Augen hinzu. »Und dann sind wir wieder eine Familie!«

»Und Nomcoba kann Mgobozi heiraten«, versicherte der Zulu seiner bereits toten Mutter. »Und die beiden werden Kinder bekommen, damit die Familie weiterwächst. Auch Ngwadi wird heiraten und Söhne und Töchter zeugen, die Söhne und Töchter zeugen sollen! Und wir werden von Liebe reden, du und ich«, erzählte der König ihrem Leichnam. »Nandi, wir...«, seufzte er noch.

Dann verstummte er.

Seine Tränen kamen in Wellen krampfartig zuckender Verzweiflung, als Shaka seine Mutter aufhob, ihren entseelten Leib sanft an seine gewaltige Brust drückte und seine Tränen mit der dunklen Flüssigkeit färbte, die das Lebensversprechen der Schwalben war.

»Mach sie wieder lebendig! Mach meine Mutter wieder lebendig!« forderte Shaka mit Donnerstimme, während er durch die zurückweichenden Reihen seiner Untertanen hindurch auf den Iren zuschritt. »Laß sie wiederauferstehen!«

»Das kann ich nicht, Baba«, lautete Fynns schlichte, mit fester Stimme gegebene Antwort.

»Er ist auferstanden!« Der König der Könige deutete auf das Buch seines Rivalen.

Fynn schwieg dazu.

»Und ich bin auferstanden!« Der Zuluherrscher zeigte auf sich selbst.

Fynn schwieg weiter.

»Du *willst* sie nicht wieder lebendig machen?« Shaka kniff drohend die Augen zusammen.

»Ich hab's dir gesagt, Baba.« Fynns Brust hob und senkte sich unter einem tiefen Seufzer. »Ich *kann*'s nicht. Ich hab's *nie* gekonnt.«

»Du *willst* nicht«, entschied der König, indem er Fynns Geständnis ignorierte, mit zornig gerunzelter Stirn.

»Darf ich sprechen, Sohn meines Bruders?« Mkabayi löste sich aus der Menge und blieb vor Shaka stehen. Als der König fast schüchtern nickte, fuhr die Frau fort: »Ich glaube, daß es an der Zeit ist, daß der Große Elefant sich eingesteht, daß die übers Meer Gekommenen keine Fähigkeiten besitzen, die unsere übersteigen. Sie verstehen nur, geschickter zu lügen.«

Dingane blickte mit verschlagenem Lächeln von Mkabayi zu Shaka hinüber und wartete gespannt auf seine Reaktion.

»Was hast du dazu zu sagen?« fragte der Herrscher den Iren barsch. »Spricht Mkabayi die Wahrheit?«

»Die Wahrheit ist, Nkosi, daß deine Mutter tot ist.« Fynn war zutiefst betroffen. »Und obgleich ich mir wünschte, ich könnte sie ins Leben zurückrufen, kann ich's nicht! Das kann niemand.«

»Und ... und das hier?« wollte der Zulu mit einem hilflosen Blick auf das Makassaröl an seinen Händen wissen.

»Ein Färbemittel, Baba.« Fynns kurzes, humorloses Lachen wurde unter Tränen hervorgestoßen. »Nur ein Färbemittel, das Grau wieder schwarz macht – eine Illusion.«

Das an Shaka und seiner Nation begangene Verbrechen war ungeheuerlich und hätte einen entsprechenden Zornesausbruch auslösen müssen. Aber während alle den König anstarrten und seinen gewaltigen Zorn fürchteten, blieb der Zulu unbeweglich und starrte den Weißen an, während sich auf seinem Gesicht nicht Wut oder Empörung, sondern Verblüffung und tiefer, bitterer Schmerz abzeichneten – die unfaßliche, lähmende Verlassenheit eines kleinen Kindes, dem man sein Lieblingsspielzeug weggenommen hat. Das wundervolle Prometheusspielzeug, das selbst Christus zurückgewiesen hatte!

Dingane, Mkabayi und die übrigen Zulus beobachteten ihren Herrscher, und Shaka, dessen Blick flüchtig ihre Gesichter streifte, las auf ihren Mienen, daß seine Täuschung auch die ihre geworden war. Trotzdem blieb er stocksteif stehen und hatte das Gefühl, wie von schweren Ketten gefesselt zu sein; seine Benommenheit war so gewaltig wie die Narretei, deren Opfer er geworden war.

Narretei! sagte Shaka sich, und der Funke dieser Erkenntnis wurde zu rasender Wut entfacht, als die Erinnerung an Ngomanes Worte quälend in ihm aufstieg: Du hast ihnen Land, Reichtum und Häuptlingswürden geschenkt – und dein Volk fragt sich, wie es möglich gewesen ist, daß der Nationenbezwinger sich von einer Handvoll Schakale hat verhexen lassen. Dein Volk fragt sich, was der Große Elefant als Gegenleistung für seinen Glauben erhält.

Und indem der Sohn Zulus sein Volk mit rollenden Augen betrachtete, hörte er sich antworten: »Die Macht ihres Wissens.«

Die Macht ihres Wissens!

Shaka lachte: ein Lachen, das ihm gegen seinen Willen entrissen zu werden schien, das unter seinem Elend, seiner Selbstverachtung, seinem verzweifelten Staunen über seine Leichtgläubigkeit hervor gewaltsam an die Oberfläche zu drängen schien.

Während Joko, Mzilikazi, Dlaba und seine Untertanen entgeistert zusahen, verbarg Shaka sein Gesicht und weinte.

Als er wieder aufblickte, waren die Tränen der Enttäuschung wilder, hemmungsloser Verzweiflung gewichen. Er entriß Fynn mit einer blitzschnellen Bewegung die Bibel, biß die Zähne zusammen, zerfetzte das Buch, zerriß die Seiten und zerpflückte die Worte uChristos, die von Unsterblichkeit, von Leben, von Vergebung und von Auferstehung sprachen.

In dem Bewußtsein, daß seine Einsamkeit jetzt vollständig und unerträglich war, sank der Große Berg schließlich auf die Knie und stieß einen markerschütternden Schrei aus, der mit seinem Schmerz den Himmel zerriß. Der Aufschrei des verratenen Afrikas.

Drei Tage nach dem Tode Nandis, der Tochter Bhebhes, wurde unter dem einsamen Dornenbaum, der die letzte Ruhestätte ihrer Mutter Mfunda und ihres Sohnes Ngwadi bezeichnete, ein Grab für die Königin ausgehoben. Den Weisungen des Großen Elefanten entsprechend, hatte die Grube wahrhaft gigantische Ausmaße – groß genug, um alles in sich zu bergen, was Leben und Jugend versprach. So poetisch dieses Dekret des Herrschers auch klingen mochte, so bitterernst war es jedoch gemeint, und die Beisetzung der Königin der Königinnen – unter dem Vollmond des Monats uNdasa (Februar 1826) – gehörte zu den schrecklichsten Ereignissen der gesamten tragischen Geschichte des berühmtesten Sohnes Zulus.

Tatsächlich wurden alle Jugendlichen beiderlei Geschlechts unter 16 Jahren und alle verbotenerweise schwangeren Frauen – insgesamt über 150 000 Menschen – mit der Königin begraben.

Lebendig.

Das zweite Dekret des Herrschers folgte sieben Tage nach der Beisetzung und wurde von eigens dafür ausgesandten Boten in sämtlichen Teilen seines Reiches verkündet. Diese außergewöhnliche Weisung bestimmte:

Als die Große Elefantin, der über Leben und Vegetation herrschende Geist, gestorben sei, hätten Himmel und Erde sich vermutlich zur Wehklage über ihren Tod vereinigt, so daß das von den Menschen zu bringende Opfer entsprechend groß sein müsse. Deshalb sei im kommenden Jahr nur soviel Ackerbau gestattet, wie zur Ernährung der Regimenter notwendig sei; keine Milch dürfe verwendet werden, sondern müsse nach dem Melken auf die Erde geschüttet werden; in diesem einen Jahr dürfte kein Geschlechtsverkehr stattfinden; und Frauen, bei denen eine Schwangerschaft entdeckt werde, sollten mit ihrem Ehemann und etwa vorhandenen weiteren Kindern hingerichtet werden.

Dieses unmenschliche Edikt, das praktisch die gesamte Bevölkerung zu unnatürlicher Enthaltsamkeit und zum Hungertod verurteilte, wurde in höchster Angst beifällig aufgenommen, und Shakas Regimenter verteilten sich übers ganze Land, um alle Ungehorsamen mit dem Tode zu bestrafen.

Das dritte Dekret wurde drei Tage später erlassen. Daraufhin wurde Daniel nach Bulawayo verschleppt und mitten im Viehgehege ans Kreuz geschlagen, mit einem Hammer und Nägeln, die Cane unter Gewaltandrohung herausgeben mußte.

Die übrigen Schwalben – Fynn, Cane und Holstead – wurden dazu verurteilt, unter schwarzer Bewachung in Port Natal zu bleiben, bis der Große Elefant entscheiden würde, wie der Verrat der übers Meer Gekommenen am besten zu ahnden sei.

Als letzte und entscheidendste Maßnahme, die der Tod seiner Mutter nach sich zog, berief Shaka ohne Rücksicht auf irgendwelche Febana gegebenen Versprechen (die ihm jetzt wahrhaft lächerlich erschienen) seine Generale und Offiziere zu einer großen ›Indaba‹, einer Besprechung, an Mgobozis Grab auf dem Hügel Qokli ein.

Bei dieser Kommandeursbesprechung erläuterte der Herrscher die Einzelheiten eines ehrgeizigen neuen Feldzugs, der beim nächsten Vollmond beginnen sollte.

Ein Feldzug, den sämtliche Regimenter als Shakas größten, großartigsten, ehrgeizigsten und – wegen der Enthüllungen der letzten Wochen – gerechtesten bejubelten: der Krieg gegen die in iliKapa lebenden Heuschrecken.

Der Feldzug gegen Jojis Schwalben am Kap.

43 AMAFUTHA E-MACASSAR *Makassaröl*

Derselbe Vollmond von uNdasa, der leidenschaftslos Zeuge des Jammerns und Wehklagens der Massenhinrichtung wurde, die Nandis Requiem war, stand strahlend hell und gleißend über der Hafeneinfahrt von Kapstadt und hüllte das tapfere Schiff *Shaka* in atemloses Schweigen.

An Bord schliefen alle – alle bis auf einen beunruhigten, ziemlich einsamen Zuluhäuptling namens Febana ka MaJoji. Er hockte zusammengesunken auf den ungehobelten Planken des Hauptdecks, lehnte seinen Kopf gegen den Hartholzmast, blickte zu dem bläulich-weiß leuchtenden Erdtrabanten auf und horchte auf das leichte Flattern der gerefften Rindsledersegel und die unregelmäßigen, schweren Atemzüge seiner schlafenden Gefährten Wilkins, Ngomane, Lutuli und Kuta.

Zulu. Er hatte gesagt, er sei ein Zulu.

Farewells Blick wanderte vom Mond zu den schlafenden Gestalten Ngomanes, Lutulis und Kutas hinüber, die in Felle gehüllt im Schutz des offenen Vordecks zusammengerollt lagen. Und während Febana die Schwarzen betrachtete, deren Ebenholzhaut im Mondschein glänzte, dachte er unwillkürlich wieder an Fynns aufschlußreiche Feststellung: »Wir können niemals Zulus sein«, hatte der Ire ihm vor seiner Abreise erklärt, »was wenig oder gar nichts mit unserer Hautfarbe zu tun hat!«

Das stimmte, wie Farewell recht gut wußte. Soviel er auch mit ihnen und für sie empfand, war er doch keiner von ihnen und konnte es niemals werden. Und das hatte eher natürliche als politische Gründe.

Selbst ein Idealist muß gelegentlich praktisch denken, gestand er sich im Innersten ein. Man sagt so einfach: »Es gibt nur eine Rasse –die ›menschliche‹«, und es ist gut und schön, zu glauben, die einzige Farbe der Menschen sei die Farbe des Blutes – aber was geschieht, wenn alle hochtrabenden Worte sich verflüchtigt haben und man nur auf seine Ideale zurückgreifen kann, um sich von der Ruhr zu kurieren? Gott und seiner eigenen Natur treu zu sein ist eine mühsame Aufgabe – sehr mühsam! Und alle Euphemismen der Welt können nicht bewirken, daß man heimisch wird, wo man nicht hingehört.

Das ist der Fluch Babels.

Der Fluch der Kolonisierung.

Kein Zulu. Kein Engländer mehr. Was dann?

»Und wer bin ich, Mond?« flüsterte er. »Wohin gehöre ich?«

Und der Mond, der das Jammern und Wehklagen bei Nandis Beisetzung leidenschaftslos mitangehört hatte, schien seine Frage zu beantworten, indem er Farewell mitfühlend leicht zuzwinkerte und ihn ermahnte: Bleib deinem Erbe treu, sonst ist dein Tod auch der deines Volkes.

Bei Tagesanbruch lebte die durch die Anwesenheit der *Shaka* bedingte ›Monstrositätenschau‹ wie gewöhnlich lebhaft wieder auf, und das wimmelnde Gedränge der ›Affen‹ auf Duncan Dock erreichte ungeheure Ausmaße. Geschäftstüchtige Jungen und Männer bauten ihre Erfrischungsstände auf oder verkauften Andenken und Bänder, die mit dem Wort SHAKA bedruckt waren, während die Eigner von Fischerbooten gutes Geld damit verdienten, daß sie Schaulustige zur Hafeneinfahrt brachten, damit sie das nun schon seit über einem Monat dort draußen ankernde bizarre Schiff aus der Nähe angaffen konnten.

Von Bord des fraglichen Schiffs starrten die fünf ›Monstrositäten‹ die sich drängenden Neugierigen mit tiefer Enttäuschung auf ihren eingefallenen Zügen an. Selbst Ngomane – der niemals recht an einen Erfolg ihres Unternehmens geglaubt hatte – litt unter dem Anblick dieser ›sadistischen‹ Massen, weil er jetzt beunruhigend deutlich vorhersah, daß es in Afrika in Zukunft viele solcher ›Monstrositätenschauen‹ geben und die Grausamkeit von Afrikanern wie Shaka angesichts solcher Schmähungen durch die Weißen entschuldigt und glorifiziert werden würde.

»Sehen Sie sich diese Leute an!« forderte Farewell Wilkins auf, indem er seinen Landsleuten einen verächtlichen Blick zuwarf. »Ein Querschnitt durch unsere ›überlegene Kultur‹ – eiskalt, unempfindlich, brutal! Lauter Parasiten! Sie zehren von Entschlossenheit; sie warten und hoffen, daß wir eines Tages abfahren werden, damit sie mit neuer Energie in ihre Selbstzufriedenheit zurückverfallen können!« Sein Tonfall wurde schroff und erbittert. »Wenn ich an all die jungen Männer denke, die bei Waterloo und Trafalgar ihr Leben gelassen haben…, damit diese Aasgeier in Frieden und Freiheit leben können! Mein Gott! Das ist wirklich kaum der Mühe wert gewesen!«

»Tun wir jetzt nicht das gleiche, Sir? Setzen wir nicht unser Leben, unsre Würde aufs Spiel, damit sie in Frieden und Freiheit leben können?« Wilkins' Stimme war in diesem langen Monat müde geworden und klang nicht mehr so leicht aufgeregt. Seit seinem Abschied aus der Downing Street hatte der junge Mann einen weiten Weg zurückgelegt und nun wie Farewell das Gefühl, sich aus seinen Anfängen weiterentwickelt zu haben. Im Gegensatz zu dem Leutnant wußte er jedoch, wohin er gehörte: zurück nach England, ins Kolonialamt! Um die Kolonien zu retten, war viel Arbeit zu leisten, und er konnte es kaum noch erwarten, die Ärmel aufzukrempeln! Vorerst hatte Farewell das größte Anrecht auf seine Loyalität, und er würde an seiner Seite bleiben, solange der Leutnant ihn brauchte. Aus dieser Überlegung heraus fügte er hinzu: »Wenn's nicht der Mühe wert ist, Sir, warum sind wir dann hier? Warum ›verfaulen‹ wir auf diesem Schiff? Was versuchen wir zu beweisen?«

Auch wenn Farewell darauf keine rechte Antwort wußte, durften sie ihren Aufenthalt auf dem »dümpelnden Stück Treibgut« nicht mehr viel länger ausdehnen. Es war bereits Februar, und wenn sie nicht bis April nach Natal zurückkehrten, würden Fynn und die anderen sterben! Der Leutnant zweifelte keine Sekunde daran, daß Shaka seine Drohung wahrmachen würde.

Farewells Narretei schien jetzt ein weiteres Wunder zu brauchen, um das Febana betete. Und das so schnell wie möglich!

Elizabeth Farewell war beharrlich gewesen und jeden Morgen zum Dock hinausgefahren, um bis zum späten Nachmittag dort auszuharren. In ihrer Hilflosigkeit hatte sie das Gefühl, Francis wenigstens so nahe wie irgend möglich sein zu müssen – für alle Fälle.

In den ersten zehn bis 14 Tagen war sie jedoch weit aktiver gewesen. Sie hatte Gespräche mit dem Gouverneur, dem Kap-Rat, der Handelskammer (in der ihr Schwiegervater ein angesehenes Mitglied war), anglikanischen und methodistischen Geistlichen und dem Damenfonds der Groote Kerk geführt. Alle ergebnislos!

Dann blieb Elizabeth plötzlich stehen, weil ihr die Lösung regelrecht ins Gesicht starrte: eine Nummer der Zeitung *South African Commercial Advertiser.*

»Wie blind ich gewesen bin!« rief sie aus, machte auf dem Absatz kehrt und bahnte sich einen Weg durch die Menge.

In der Zeitungsredaktion freute Thomas Pringle sich, Elizabeth wiederzusehen.

»Natürlich erinnere ich mich an Sie, Mrs. Farewell! ... Was führt Sie in die heiligen Hallen unseres ›Skandalblättchens‹?« fragte er scherzhaft. »Sollen wir eine Suchanzeige nach Parmananda einrücken?«

Elizabeth lächelte, obwohl der Gedanke an ihre Sovereigns schmerzte.

»Sie haben einmal davon gesprochen, daß Sie und Ihre Zeitung meine Verbündeten sein könnten, Mr. Pringle. Ist das noch immer der Fall?«

»Mehr denn je!« Der Redakteur grinste begeistert. »Und wie soll die Story heißen? Die ›Bekenntnisse der Frau eines Helden‹?«

»Zu schäbig«, antwortete Elizabeth, der Pringles Gegenwart neuen Mut machte. »Ich schlage vor, daß wir an ein Gefühl appellieren, das edler als Mitleid ist...« Ihr Gesichtsausdruck verhärtete sich. »Zorn!«

Als Sir Charles Somerset am nächsten Morgen seine Zeitung aufschlug, schockierte ihn die Überschrift: GOUVERNEUR HALSSTAR-RIG – FRIEDEN IN GEFAHR. Und nachdem er die ersten Zeilen gelesen hatte, wurde er blaß und verschüttete seinen Kaffee auf seine frischgebügelte Polohose.

»Was gibt's, Sir Charles?« Oberst Josiah Cloete vom 25. Linienregiment erschrak über die plötzliche Blässe des anderen.

»Hören Sie sich das an, Colonel!« ächzte der Gouverneur mit dumpfer Stimme und begann vorzulesen: »Das gute Schiff

Shaka, dessen Passagiere praktisch Gefangene sind, liegt nun schon seit über einem Monat verschmachtend vor unserem Hafen...« Somerset, der bisher blaß gewesen war, lief jetzt dunkelrot an. »Irgendein Schiff und seine Besatzung auf diese Weise ungerecht zu behandeln ist bösartig, aber wenn dieses Schiff die Abgesandten Shaka Zulus, des Kommandeurs des größten stehenden Heeres Afrikas, an Bord hat, spricht diese Handlungsweise von bodenlosem, offenkundigem Leichtsinn. Fast könnte man glauben«, las Sir Charles weiter, »die Besatzung habe irgendein schändliches Vergehen oder elendes Verbrechen verübt oder die *Shaka* habe zu Piraterie, Mord oder Kriegshandlungen gegen die Kolonie gedient. Dem ist jedoch nicht so. Unter dem tapferen Befehl des berühmten Lt. Francis George Farewell ist die *Shaka* gekommen, um einen dauerhaften Frieden zwischen dem Kap und dem mächtigen, gefährlichen Zulureich anzubieten. Einen Frieden, den wir so dringend für uns und unsere Kinder brauchen! Deshalb würde uns interessieren, warum Sir Charles Somerset so halsstarrig ist.«

Der Gouverneur grunzte aufgebracht und las rasch weiter. »Könnte es sein, daß Lord Somerset einen auf Indizienbeweisen basierenden Fall aufgebaut hat, in dem das Schreckgespenst rassischer Bigotterie eine große, keineswegs subtile Rolle spielt? Dies scheint der Fall zu sein, und der Schreiber dieser Zeilen sowie Mrs. Francis Farewell, die Gattin des tapferen Leutnants, möchten unseren Kolonialgouverneur daran erinnern, daß – von Vorurteilen einmal abgesehen – wir am Kap es uns nicht leisten können, 80 000 bewaffnete Zulus zu brüskieren...«

»Rassische Bigotterie, freilich!« schnaubte Somerset und ließ die Zeitung in den Schoß fallen. »Pressefreiheit! Der Teufel soll sie holen!«

»Was haben Sie jetzt vor, Sir Charles?« erkundigte Cloete sich.

»Keine Ahnung! Dieser Artikel ist nicht mehr Bestandteil der öffentlichen Diskussion! Die anderen werden persönlich – und kein Politiker kann es sich leisten, so transparent zu sein. Früher oder später verlangt womöglich Whitehall Antworten auf die Fragen, die nach Pringles Meinung ›so wichtig für unsere Kinder‹ sind!« Somersets Stimme klang gallig bitter, als er fortfuhr: »Ich habe die Dinge zu lange treiben lassen, fürchte ich, Colonel. Dieser Fall beeinträchtigt mein Bild hier und daheim. Ich will ihn gelöst haben! Ich will, daß Farewell und sein Schiff aus meinem Leben verschwinden! Für immer und ewig!«

»Dann werden wir leider mit ihnen zusammentreffen müssen, Sir Charles.«

»Meinetwegen! Sie wollen ein Bündnis? Gut, das sollen sie kriegen!« brüllte Somerset zorniger werdend los. »Aber zu meinen Bedingungen!«

»Würde es Sie sehr stören, Sir Charles«, fragte Wilkins taktvoll, »wenn wir auf dem Boden säßen?«

Im großen Audienzsaal der Gouverneursresidenz saßen Somerset und Oberst Cloete der Zuludelegation hinter einem breiten Mahagonischreibtisch gegenüber. Obwohl für Ngomane, Lutuli und Kuta samtgepolsterte Stühle bereitstanden, war diese eigenartige ›rechtwinklige‹ Sitzweise für die Zulus ungewohnt, so daß Wilkins sich zu seiner Frage veranlaßt sah.

»Das wäre annehmbar, glaube ich, Mr. Wilkins«, antwortete Somerset mit einem selbstgefälligen Blick zu Cloete und der Handvoll Journalisten hinüber, die er zu dieser Besprechung eingeladen hatte (»um die irrigen Auffassungen der Presse in bezug auf rassische Bigotterie richtigzustellen«). »Unter den Umständen durchaus annehmbar.« Er lächelte mit gespielter Höflichkeit.

Farewell, dessen Marineuniform auch diesmal von seinem Kopfschmuck aus Straußenfedern gekrönt wurde, gab seinem kleinen diplomatischen Korps ein Beispiel, indem er auf den weichen Flor des kostbaren Aubussonteppichs niedersank und nun Somerset in einer aufrechten, würdevollen Halbhocke gegenübersaß.

Der Gouverneur wandte sich an die Journalisten wie an Farewell, als er jetzt begann: »Leutnant Farewell, würden Sie uns bitte klar und präzise erklären, welche Position Sie in der Affäre einnehmen und was Sie von mir als Gouverneur des Kaps erwarten?«

Farewell wurde zufällig auf Pringle aufmerksam, und der Leutnant war überrascht, als der Journalist, den er nie kennengelernt hatte, ihm grinsend zuzwinkerte, als wolle er sagen: Nur zu! Sie schaffen's! Farewell, dessen Blick nachdenklich auf Pringle ruhte, begann in seiner Eigenschaft als Febana mit seinen Erläuterungen, die Wilkins simultan für Ngomane übersetzte.

»Wie Sie wissen, Sir Charles, haben meine Männer und ich Seiner Majestät in Natal gedient...« Er machte eine kurze Pause und wog seine Worte sorgfältig ab, weil er sah, wie eifrig die Journalisten mitschrieben.

»In den beiden Jahren, die wir unter Zulus gelebt haben«, fuhr der Leutnant fort, »haben wir uns bemüht, die Interessen dieses Volkes mit denen der britischen Regierung auf einen Nenner zu bringven. Wie zu erwarten war, hat es dabei zahlreiche Probleme gegeben – meistens wegen grundsätzlicher Mißverständnisse, die den Dialog erschwert haben. In letzter Zeit habe ich jedoch das Glück gehabt, König Shakas Freundschaft und Vertrauen zu gewinnen.«

Als Ngomane die Übersetzung dieser letzten Aussage hörte, warf er Farewell einen nachdenklichen Blick zu. Der feindselige Empfang, der dem Leutnant hier in Kapstadt bereitet worden war, legte dem Zulu-Ministerpräsidenten die Vermutung nahe, der Weiße habe bei Shaka mehr »Freundschaft und Vertrauen« gefunden als bei seinen eigenen Landsleuten.

»Das hat dazu geführt«, sagte Farewell eben, »daß der Zulukönig jetzt den Wunsch hat, seine guten Absichten zu beweisen, indem er ein Bündnis mit England vorschlägt. Zu diesem Zweck hat Shaka seinen Ministerpräsidenten Ngomane ka-Mqobolo als seinen Vertreter entsandt.«

Einige der Journalisten unterdrückten ein Lächeln, als der Leutnant das ›q‹ im Namen des Ministerpräsidenten laut klickend aussprach.

Lord Somerset nutzte diese leicht spöttische Stimmung rasch aus, indem er sich in seinen Sessel zurücklehnte, die

Arme über der Brust verschränkte und Farewell im Befehlston ansprach.

»Sie haben vorhin von Mißverständnissen gesprochen, Leutnant. Dabei würde mich eines interessieren: Wie hat Shaka Ihnen gegenüber das Wort ›Bündnis‹ ausgedrückt?«

»Tut mir leid, aber ich verstehe Ihre Frage nicht, Sir Charles.«

»Nun, Sie haben auf Zulu mit ihm gesprochen, nicht wahr?« Der Gouverneur hatte die Gesprächsführung an sich gerissen und nützte dies für seine Zwecke aus. »Und hat Shaka Sie – *auf Zulu* – angewiesen, den Gouverneur des Kaps aufzusuchen, um ein ›Bündnis‹ zwischen dem Stamm der Zulus und dem britischen Weltreich anzustreben? Hat er sich so ausgedrückt, Leutnant?«

Farewell, den dieses unschöne Verhör etwas aus dem Gleichgewicht gebracht hatte, gab keine Antwort, während der Gouverneur zusehends Oberwasser bekam.

»Er hat *Bündnis* gesagt, Leutnant«, fuhr Sir Charles fort, »nicht ›Beziehungen‹ oder ›Kooperation‹? Möchte Shaka ins britische Weltreich aufgenommen werden – oder wünscht er statt dessen, seine Souveränität zu bewahren, wobei zu klären wäre, ob er diplomatische Beziehungen mit einem Austausch von Botschaftern anstrebt, oder will er ...« Somerset lächelte sarkastisch. »... lediglich mit König Georg zusammentreffen und etwas Kaffernbier genießen?«

Der scheinbar gutgelaunte Sarkasmus des Gouverneurs wurde von den Journalisten mit Gelächter quittiert, wobei nur Thomas Pringle eine lobenswerte Ausnahme darstellte. Wilkins registrierte mit schiefem Lächeln die schädliche Wirkung jener berühmten »siebentausend Jahre erprobter und bewährter Doppelzüngigkeit« und wurde dabei auf Ngomanes Blick aufmerksam, der den Leutnant noch immer nicht losließ. Er sah, wie der Induna abwechselnd Febanas Kopfschmuck aus Straußenfeder und Farewells Uniformrock betrachtete. Der sommersprossige junge Mann aus der Downing Street hatte den Eindruck, im Blick des Zulus Mitleid zu erkennen – wie man es für eine von ihrer Herde abgekommene verirrte Antilope hätte empfinden können.

»Hier handelt es sich doch bestimmt nicht um sprachliche Spitzfindigkeit, Sir Charles«, wehrte Farewell nachdrücklich ab. »Ob ein Wort so oder so übersetzt wird, macht...«

»Entschuldigung, Leutnant.« Hauptmann Aitchison betrat den Audienzsaal und wandte sich an seinen Vorgesetzten. »Kann ich Sie einen Augenblick sprechen, Colonel?«

»Natürlich, Hauptmann«, antwortete Cloete. »Was gibt's?«

Aitchison, der den Zulus einen merkwürdigen Blick zuwarf, trat neben den Sessel des Obersten und flüsterte Cloete etwas ins Ohr. Sein Vorgesetzter machte ein verblüfftes Gesicht, sah ebenfalls zu Farewells Delegation hinüber und gab die Meldung dann nervös murmelnd an Somerset weiter.

»Wissen Sie das ganz bestimmt, Hauptmann?« erkundigte Sir Charles sich mit finsterer Miene, die das Interesse der Journalisten weckte und Farewell und Wilkins zunehmend ratlos und unbehaglich machte.

»Ganz bestimmt, Sir Charles! Das sind keine Spekulationen. Die Erklärung ist höchst feierlich abgegeben worden.«

»Ich verstehe«, knurrte Somerset und sah wieder zu Farewell hinüber. »Was wollten Sie vorhin sagen, Leutnant?«

»Ich wollte lediglich feststellen...« Farewells Blick glitt über die steinern gewordenen Mienen Cloetes und Aitchisons, während er gegen seine Verwirrung ankämpfte, um den Faden wiederzufinden. »... daß es keinen Unterschied macht, ob das Wort ›Bündnis‹ oder ›Übereinkunft‹ heißt, Sir Charles. Das Gefühl dahinter ist das gleiche. Die Zulus sind bereit, die in Freundschaft gereichte Hand zu erfassen.«

»Freundschaft...?« wiederholte der Gouverneur verächtlich, bevor er sich an Wilkins wandte. »Mr. Wilkins, wollen Sie bitte dem...« Somerset räusperte sich. »... dem ›Ministerpräsidenten‹ mitteilen, uns sei soeben gemeldet worden, daß sein König Shaka dieser Kolonie den Krieg erklärt hat und Vorbereitungen trifft, um mit seiner gesamten Streitmacht gegen das Kap zu marschieren?«

Farewell murmelte niedergeschlagen und kaum hörbar: »Das ... das ist unmöglich!«

»Leutnant Farewell!« Somerset war aus seinem Sessel aufgestanden und sprach jetzt streng amtlich. »Ihre eingeborenen Freunde haben vierundzwanzig Stunden Zeit, an Bord ihres Schiffes zu gehen und das Kap zu verlassen. Andernfalls sähe ich mich gezwungen, ihre Anwesenheit hier als kriegerischen Akt zu betrachten... Ich danke Ihnen, Gentlemen.«

Während alle den Audienzsaal in unterschiedlichen Stadien von Verblüffung und Ressentiments verließen, hielt Somerset es für erforderlich, seinen Disput mit dem ›Exzentriker‹ durch ein Nachwort zu ergänzen.

»Leutnant!« Er winkte Farewell zu sich heran, worauf der andere stehenblieb und ihn ausdruckslos anstarrte. »Ein warnendes Wort ... ganz inoffiziell. Männer wie Sie finden sich unweigerlich im Kreuzfeuer wieder und werden von beiden Seiten zurückgewiesen. Sie *können* diesen Leuten nicht trauen, weil *sie* uns - ganz ehrlich gesagt - niemals wirklich trauen werden! Ich glaube, daß die heutige Meldung das bewiesen hat. Vergessen Sie den ganzen Unsinn, daß Sie ein Zulu sein wollen, und lassen Sie sie laufen! Retten Sie sich selbst, Mann! Für Sie steht zuviel auf dem Spiel!«

»Genau, Sir Charles.« Müdigkeit und Niedergeschlagenheit hüllten Farewell wie Nebelschwaden ein. »Für mich steht zuviel auf dem Spiel. Ich habe über zwei Jahre meines Lebens geopfert. Meine Seele ist in Natal geblieben, und ich muß dorthin zu ihr zurück.«

»Haben Sie wirklich vor, ihn nochmals aufzusuchen?«

»Ich muß, Sir Charles.« Seine Stimme schwankte leicht, als befinde sie sich in labilem Gleichgewicht zwischen Resignation und seinem weiterhin vorhandenen Überlebenstrieb. »Der von ihm erklärte Krieg gilt nicht dem Kap, wissen Sie – er gilt mir, Gouverneur. Ich bin sein Führer durchs verlorene Paradies und muß ihm jetzt den Heimweg zeigen.«

44 INKAWU *Affe*

Francis George Farewell ließ die Sicherheit dessen, was er war, hinter sich zurück, verließ die Gouveneursresidenz und ging an Bord seines Schiffs. Reiseziel: Shaka und Febanas »verlorenes Paradies«.

Er ließ Elizabeth, seine große Liebe, hinter sich zurück – mit einem Kuß und dem Versprechen, daß er zurückkehren werde, sobald er bereit sei, »wirklich zurückzukehren«.

Er ließ Wilkins, seinen Freund und Gefährten in der Hölle, hinter sich zurück – mit einem Schulterklopfen und aufmunternden Abschiedsworten, die endgültig klangen: »Trotzdem vielen Dank, mein Junge, aber ich muß allein abhauen. Sie könnten mir nicht mehr viel helfen. Fahren Sie nach Plymouth zurück und befassen Sie sich mit Ihrem König, wie ich mich mit meinem befassen muß!«

Am 3. April 1826 legte die *Shaka* mit ihren vier Zulupassagieren –Ngomane, Lutuli, Kuta und Febana – in Port Natal an.

Fynn und Cane waren da, ihren Freund zu empfangen.

Aber Holstead war tot: gepfählt. Nach Nandis Tod hatte er versucht, mit einem weiteren Floß zu fliehen.

»Ist's wahr?« lauteten Febanas erste Worte.

»Ja, Francis«, bestätigte Fynn niedergeschlagen. »Nandi ist tot, und unsere Lügen sind mit ihr begraben.«

Wie Ngomane in Bulawayo von Mbiya und Mkabayi in Erfahrung brachte, waren Shaka und seine Regimenter bei Vollmond (also am 27. März) aufgebrochen und marschierten mit der strategischen Absicht, das Kap binnen Monatsfrist zu erreichen, genau nach Süden. Das bedeutete nach Farewells Berechnungen, daß Shakas Truppen pro Tag etwa 30 Meilen zurücklegten. Dreißig mal fünf: Die Zulus waren etwa 150 Meilen von ihrer Zitadelle entfernt.

In südlicher Richtung.

Febana wußte, daß es knapp werden würde. Aber wenn er

Tag und Nacht durchritt und nur die notwendigsten Pausen einlegte, um sein Pferd ausruhen zu lassen und zu füttern, konnte er Shaka vielleicht gerade noch einholen, bevor der Zulukönig die Kolonie erreichte.

Vielleicht gelang ihm das gerade noch.

Nein! Er *mußte* es schaffen.

Er schaffte es.

Am 9. April 1826 überschritt Febana den Fluß umZimkulu und erreichte die iNgwangwane-Ebene nordwestlich der Kapkolonie (etwa 100 Meilen von Britisch-Kaffernland entfernt).

Bei Sonnenuntergang holte er Shakas Truppen in dem weiten Waldgebiet iMpendle ein, wo sie über Nacht biwakierten.

Als der Leutnant sich mitten im Lager aus dem Sattel gleiten ließ, fiel sein Blick auf einen Höhleneingang, aus dem schwacher Feuerschein leuchtete. Indem er sich auf die grausige Höhle zubewegte, wurde er von schlimmen Vorahnungen befallen und erkannte mit erschreckender Klarheit, daß der Gesuchte in ihr liegen mußte. Febana nahm die Schultern zurück, näherte sich dem Höhleneingang, schob eine davor hängende Felldecke beiseite und trat ein. Nach wenigen Schritten blieb er stehen und wartete darauf, daß seine Augen sich an die Dunkelheit gewöhnten. Als seine Sinne sich dann zu akklimatisieren begannen, hörte der Leutnant schwere, unregelmäßige Atemzüge und fühlte die bedrohliche Gegenwart Shaka Zulus.

»Baba, ich bin's.«

Danach herrschte Schweigen. Febana trat näher und konnte plötzlich die Umrisse von Shakas Körper erkennen, die von der pulsierenden Glut schemenhaft erhellt wurden. Die mächtige Gestalt war in Häute und Felle gewickelt und erinnerte so an ein waidwund in seinem Bau liegendes großes Tier. Als der König endlich sprach, klang seine Stimme körperlos, geisterhaft.

»Sag mir, Febana: Wie fängt man einen Affen?«

Der Leutnant zuckte bei dieser Frage, die auf so unheimliche Weise gestellt wurde, unwillkürlich zusammen.

»Nkosi...?« fragte er unsicher.

Die einzige Antwort bestand jedoch aus schweren Atemzügen, aus denen Ungeduld zu sprechen schien. Febana suchte unbeholfen nach einer passenden Erwiderung und griff auf seine Erfahrungen mit den Jagdmethoden der Zulus zurück.

»Man nimmt einen Flaschenkürbis mit engem Hals und wirft einen Köder hinein: ein Stück Obst oder etwas Glänzendes. Der Affe...« Febana verstummte, als er plötzlich merkte, in welche boshafte Richtung der Herrscher ihn führte. Aber Shakas Atemzüge wurden fordernder, so daß der Leutnant sich einen Ruck gab und fortfuhr: »Der Affe steckt seine Hand in den engen Hals des Flaschenkürbisses und greift nach dem Köder. Dann ... dann sitzt er fest, weil er seine Faust nicht wieder herausziehen kann.«

»Warum läßt der Affe den Köder nicht los, sobald er merkt, daß er festsitzt?« wollte Shaka wissen.

»Weil seine Gier ihn geblendet hat.«

»Und wonach giert er, Febana?«

»Nach etwas, das er nicht bekommen zu können glaubt, nehme ich an.«

Danach herrschte bedrohliche Stille, bis der Herrscher weitersprach:

»Und welchen neuen Köder hast du aus deinem Königreich mitgebracht, Febana? Zeig ihn her, damit ich Affe ihn sehen kann! Etwas Glitzerndes ... wie die Frische der Jugend, des Lebens, der Vergangenheit. Wirf einen neuen Köder in deinen Flaschenkürbis, Febana! Mein Herz sehnt sich nach glänzendem Tand! Meine Hand sehnt sich danach, etwas zu erreichen, das Hoffnung verspricht!«

»Und erst dieses Sehnen hat die Illusion vollständig gemacht, Baba«, erklärte Febana den schemenhaften Umrissen von Shakas Gestalt. »Ohne den Wunsch, zu glauben, kann es keinen Zauber geben, denn er liegt stets im Auge des Betrachters. Ich habe dir nur Geschichten erzählt. Du hast sie für dich zu wahren Tatsachen gemacht, indem du sie geglaubt hast.« Seine Stimme klang ruhig, emotionslos. Er hatte nichts mehr zu verlieren – auch das Leben nicht. »Die Schuld liegt ebenso bei dir, Baba, wie bei mir.«

Im schwachen Lichtschein der Glut leuchteten Shakas Augen plötzlich wie von innen heraus auf.

»Mein Volk zu bestrafen ist keine Lösung«, fuhr der Leutnant fort. »Wir müssen gemeinsam eine andere suchen.«

Der Zulu erhob sich langsam und trat auf Febana zu, bis seine imposante Gestalt den Weißen wie ein riesiger Bär überragte.

»Gemeinsam?« fauchte er, dessen Seele jetzt weder für Überredungskünste, Schmeichelei noch Beschimpfungen, weder für sanfte Worte noch schrille Rivalität, weder für verzweifeltes Flehen noch verlockende Träume zugänglich war. »Nein, Febana! Du hast bewiesen, daß du niemals auf meiner Seite gestanden hast! Folglich bist du gegen mich!« stellte er fest und wandelte damit eine Aussage seines ›Rivalen‹ uCristo ab.

Plötzlich blinkte Shakas Ixwa im Feuerschein, als der König mit dem todbringenden Speer ausholte, als wolle er ihn Febana ins Herz stoßen. Aber der Leutnant war zu abgestumpft, um auf diese Bedrohung zu reagieren: Er blieb ohne zurückzuzucken stehen, erwiderte Shakas wilden Blick und beobachtete, wie die Waffe in der Dunkelheit aufblitzte. Sie kehrte sich in der Luft um, so daß ihr Schaft weich auf Febanas Schulter schlug, während ihre Spitze jetzt wie durch Zauberkraft auf Shakas eigene Brust gerichtet war.

Ihre Blicke versanken ineinander – als äußeres Zeichen der kurzen Begegnung zweier Seelen, die einander verzweifelt berührten.

»Töte mich, Febana, mein närrischer Freund!« forderte die heisere Stimme ihn auf. »Wenn du's nicht übers Herz bringst, mir zu dienen, kannst du wenigstens deinem eigenen König einen Dienst erweisen.«

Febana, der den Ixwa gepackt hielt, starrte Shaka in die Augen und las darin eine versteckte Bitte um Erlösung. Indem der Leutnant den Schaft fester packte, nahm er die Schultern zurück, um zustoßen zu können. Aber als der Herrscher, aus dessen wildem Blick stummes Flehen sprach, auf seinen Gefährten Tod wartete, blieb Febana unbeweglich stehen. Und die Augenblicke verstrichen, bis das Schweigen in der Höhle geradezu erstickend wurde. Als dann klar war, daß der Weiße nicht zustoßen konnte oder wollte, verzogen die vollen Lippen des Königs sich zu einem spöttischen Lächeln.

»Du hast recht.« Shakas heißer Atem streifte Febanas Gesicht. »Der Zauber liegt im Auge des Betrachters. Die Illusion ist jetzt vollständig. Du bist ein Mann ohne Geheimnisse, ein Schatten... Geh, Febana! Ich brauche dich nicht mehr!«

»Wohin soll ich gehen, Baba?« Die Frage war ernst gemeint und aus kummervoller Verzagtheit entstanden.

»Wo ich gewesen bin.«

Am nächsten Morgen bei Tagesanbruch beobachtete Febana ka MaJoji hilflos, wie die menschliche Flutwelle der Regimenter Shakas sich in Bewegung setzte und in geordneter Formation in Richtung Kapkolonie davontrabte. Und während er unbeweglich inmitten des aus den marschierenden Truppenteilen aufsteigenden Lärms stand, fühlte er sein Herz vor Verzweiflung sinken – nicht nur wegen seines persönlichen, starken Engagements in den beiden letzten Jahren und seiner Arbeit in diesem Zeitraum, die offenbar wirkungslos geblieben war, auch nicht nur wegen der Kolonisten, die bald Opfer der gewaltigen Kriegsmacht der Zulus werden würden, sondern vor allem, weil es ihm gründlich mißlungen war, das Herz Shakas, das Herz Afrikas ... und sein eigenes Herz zurückzugewinnen. Er fühlte sich jetzt völlig verloren: das Opfer (wie Shaka gesagt hatte) einer Illusion, die vollständig war.

Am Abend des 11. April 1826 hatte das Zuluheer den mächtigen Fluß umZimvubu überschritten und Griqualand im Grenzgebiet von Britisch-Kaffernland erreicht – etwa 30 Meilen genau nördlich der Missionsstation Reverend Bellows. Shaka wies Joko, Dlaba, Mzilikazi und seine übrigen Generale an, mit ihren Truppen ein Nachtlager zu beziehen. Im Morgengrauen, wenn die Kundschafter mit den Ergebnissen ihrer nächtlichen Aufklärung zurück waren, würden sie zu einem Gewaltmarsch durch Tambook in die unerforschten Gebiete südlich des Flusses Bashee aufbrechen, der Küste folgen und durch die Enge von Gaika ins Reich der Schwalben vorstoßen.

In dieser Nacht, nachdem die Krieger in einen Schlaf versunken waren, den Träume von unerhörten Eroberungen bevölkerten, blieb der Sohn Zulus wach, um sich für die Fortsetzung seines Feldzuges und die ungeahnten Folgen seines Sieges zu stählen. Tatsächlich zweifelte er nicht im geringsten an seiner Fähigkeit, diesen Krieg zu gewinnen. Allein die Tatsache, daß Febana zurückgekehrt war, um »für die Schwalben zu plädieren« (wie Shaka seine Rückkehr jetzt bei nüchterner Überlegung deutete), ließ darauf schließen, daß die Regimenter der Weißen zahlenmäßig weit unterlegen waren.

Nein, der Sieg war ihm gewiß, und in diesem Bewußtsein wog Shaka seine Befürchtungen und Wünsche besorgt und kritisch gegen die großartige, ehrgeizige Leistung ab, imstande zu sein, zwei große Völker – die Schwalben und die Zulus – unter einem König der Könige zu vereinen – die Leistung, die Schwalben in eine Zulunation einzugliedern, in der er über Joji und ein Volk herrschen würde. Und über uCristo.

uCristo.

Shaka seufzte tief, betrachtete seine offene Hand und dachte an die Hand des gekreuzigten Christus.

Und er dachte an Fynn. Und an die Auferstehung. Wie in der Bibel stand, war uCristo am Kreuz hängend (an ›Nägeln‹, wie Cane sie für die Kreuzigung Daniels hatte herausgeben müssen) gestorben. Am dritten Tage – so hieß es jedenfalls in dem Buch – waren seine Mutter und seine Freunde an sein Grab zurückgekehrt und hatten es leer vorgefunden. Einige Zeit später war uCristo dann bei seinen Indunas erschienen – *wieder lebendig*! Einer von ihnen hatte ihn sogar *berührt*!

Er war auferstanden!

Besteht das Buch ebenfalls aus Lügen? fragte Shaka sich. Und was war mit seiner eigenen Auferstehung? Fynn hatte behauptet, niemals imstande gewesen zu sein, den Tod zu heilen – und trotzdem war er, Shaka, »geheilt« worden.

Oder etwa nicht?

Stimmte auch das nicht? War *alles* gelogen?

Shaka hatte das Gefühl, in seinem Kopf drehte sich alles. Er kam sich wirklich wie ein Affe vor, der mit seiner Hand im Flaschenkürbis festsitzt, so niederschmetternd und verwirrend war alles. Eines war jedoch gewiß und eindeutig klar: In seiner gegenwärtigen Verwirrung war er außerstande, richtig über Joji und sein Volk zu herrschen – nicht einmal mit sämtlichen Regimentern der Welt!

Er mußte mehr erfahren. Jetzt war es aber zu spät, um Febana und seinen Sangoma zu fragen. Er hatte ihren Glauben und ihre Treue eingebüßt, als er ihr Vertrauen zurückgewiesen hatte. Jetzt war es zu spät, und morgen ... morgen würde er ins ›Unbekannte‹ marschieren. Er mußte mehr erfahren.

Halb benommen merkte Shaka, wie er das Lager verließ und allein in die Nacht hinein ausschritt – aufs Reich der Schwalben zu. Ohne klare Richtung – bis auf die Absicht, Wissen auszukundschaften – und diesmal nicht auf der Leopardenjagd (auf die er vor so vielen Jahren so häufig mit Mgobozi und Nqoboka gegangen war), sondern auf der Suche nach den vagen Umrissen von uChristos Schatten in seiner eigenen Seele.

Bei Tagesanbruch stand er hoch auf einem Hügel und hatte die ersten Anzeichen der weißen ›Zivilisation‹ unter sich: eine Gruppe von Häusern um die Kirche der Missionsstation des Reverend Bellows herum. Shaka stand wie zu Stein geworden da, während seine Katzenaugen forschend wachsam auf diesen Vorposten gerichtet waren. Und er sah Häuser aus Lehm und Flechtwerk mit Glasfenstern und Mauern in bunten Schmetterlingsfarben; er sah Blumenbeete und gemähte Rasenflächen innerhalb der sorgfältig gepflegten Symmetrie von weiß eingezäunten Gärten; er sah einen Mast, an dem ein Stück Tuch mit roten und weißen Streifen und blauen Dreiecken flatterte; und er sah die Pferde der Schwalben vor Kutschen und Fuhrwerken, mit denen Menschen sich über Wege und Straßen bewegten, die sich an Häusern und Viehgehegen vorbeischlängelten und sich gelegentlich schnitten.

Und Shaka sah Männer – viele Männer –, die wie Soldaten mit den feuerspeienden Stäben aussahen; er sah große ausgehöhlte Baumstämme aus Eisen, die an Febanas Kanone am Fluß iNcome erinnerten; er sah andere Männer und Frauen, deren Haar unter Kopfbedeckungen verschwand, in prächtiger, farbenfroher Kleidung das in der Mitte der Heimstätte errichtete hohe Gebäude mit dem Turm betreten.

Und Shaka war erstaunt, als er einen durchdringenden, dröhnenden, pulsierenden Ton hörte – das für ihn neuartige Läuten einer Glocke. Auf der Suche nach dem Ursprung dieses rhythmischen, hallenden Geräuschs fiel der Blick des Zulus auf den Kirchturm, wo er einen abgerundeten großen Metallkegel im Takt zu dem metallischen Dröhnen hin und her schwingen sah.

Über der Glocke erkannte Shaka das Kreuz und erinnerte sich an das vergoldete Symbol auf dem Ledereinband der Bibel. Er setzte sich in Bewegung und schritt den Hügel hinab.

In seinem strengen religiösen Eifer umklammerte der Reverend Josiah Bellow mit beiden Händen die Brüstung seiner Kanzel, während er mit seiner gemischtrassigen Gemeinde inbrünstig den ›kämpferischen‹ Choral ›Onward Christian Soldiers‹ anstimmte. Der Tenor des Geistlichen erhob sich vibrierend über das pulsierende Dröhnen der Orgel, und er spürte, wie der Choral ihn in seinem Glauben bestärkte und seine Seele gegen die heidnische Bedrohung durch das diabolische Zulureich wappnete – das blutrünstige Königreich Beelzebubs, wie Bellow es sah, das demnächst mit seinen mörderischen Absichten und dem finsteren Verrat seines grausamen Herrschers, des monströsen Königs Shaka, über die armen Schäfchen seiner treuen Gemeinde herfallen würde!

Der Reverend sang noch lauter und inbrünstiger und zwang die Orgel dazu, mit seinem melodischen Eifer zu konkurrieren, während er sich über die Brüstung seiner hohen Kanzel nach vorn beugte, so daß Kopf und Schultern wie ein Wasserspeier von den Zinnen einer mittelalterlichen Kathedrale über die unter ihm versammelten singenden Gläubigen hinausragten.

Und die Gläubigen sangen mit: zitternd, die Furcht Gottes

und vor Shaka in den Adern und unter dem Eindruck einer Schreckensvision ihres unmittelbar bevorstehenden gräßlichen Todes, der die Flamme ihrer Frömmigkeit anfachte. Sie alle sangen mit – Oberst Cloete, Hauptmann Aitchison und die übrigen Offiziere des 25. Linienregiments in den vorderen Bankreihen neben Mrs. Bellow und den restlichen weißen Gemeindemitgliedern, die einheimischen Lehrer und Assistenten in den mittleren Reihen und die ›gewöhnlichen Eingeborenen‹ sowie die Fingos, die sich in den Bankreihen hinter ihnen drängten und den Raum bis zur offenen Eingangstür stehend ausfüllten.

Und als der Choral zu Ende war und der Reverend Bellow die letzte Note gebellt hatte, herrschte Stille, während die Gemeinde pausierte, um wieder Atem zu holen. Völlige Stille bis auf einiges Hin- und Herrutschen, unterdrücktes Hüsteln und ... das Klirren von Elfenbeinquasten.

Zuerst war nur sein Schatten zu sehen: ein langer, schlanker Schatten, der sich den Mittelgang der Kirche hinabbewegte. Als sie dann mit wachsender Neugier aufblickten, sahen sie einen großen, gutaussehenden, athletischen Schwarzen in der offenen Tür des Gotteshauses stehen, wo seine majestätische Gestalt sich vor dem Morgenlicht abhob, das ihn wie eine Aura umgab.

Der Reverend Bellow nickte dem Neuankömmling mit steifem Lächeln einen knappen Gruß zu und bedeutete ihm mit einer Handbewegung, sich zu den übrigen Fingos zu gesellen. Der großgewachsene Unbekannte verstand und gehorchte, indem er in die Mitte der instinktiv vor ihm zurückweichenden dichtgedrängten schwarzen Menge schritt.

Und Bellow stürzte sich in seine Predigt, mit der er seine Schäfchen auf die schwere Prüfung durch die Ankunft der Zulus vorbereiten wollte. Der Geistliche zitierte den Apostel Paulus und forderte die Gemeinde auf: »Seid stark in dem Herrn und in der Macht seiner Stärke. Ziehet an die Waffenrüstung Gottes, daß ihr bestehen könnt gegen die listigen Anläufe des Teufels ›Shaka‹.«

Während der Reverend seine Gemeinde gegen den blutigen

Überfall des wilden Zulus Shaka zu stählen versuchte, stand Shaka Zulu unter den Fingos, die er um Haupteslänge überragte, und begutachtete das Innere der seinem Rivalen als König der Könige gehörenden Königshütte.

Der Herrscher sah das Kreuz mit dem gekreuzigten Leib uCristos. Und er bemerkte, daß alle Anwesenden, auch seine eigenen Leute, eine Bibel mit dem goldenen Symbol ihres Nkosi yama Kosis in den Händen hielten. Und er sah betend gefaltete Hände – schwarze wie weiße Hände. Und Shaka erkannte, daß diese Menschen – Jojis wie seine Untertanen – bereits unter einem König der Könige vereint waren.

Shaka betrachtete das Kreuz und den schlanken, muskulösen Leib uCristos, der an den Nägeln hing, und dachte über seinen Gefährten und Rivalen nach. Und er dachte an ihre Königreiche: seines auf der Angst vor dem Unbekannten basierend, die Haß erzeugt, und das andere auf der Liebe zum Unbekannten beruhend, aus der Frömmigkeit entsteht.

Während er sich in der Kirche umsah, das Kruzifix anstarrte und die Frömmigkeit fühlte, gelangte sein Herz zu der Einsicht, daß Fynn und Febana sich zwar der Sünde der Prahlerei und der Heuchelei schuldig gemacht hatten, die der Fluch der Kinder Adams waren, aber in keinem Punkt gelogen hatten. Der Zauber war deutlich zu sehen und zu fühlen, fast mit Händen zu greifen.

Der Zauber uCristos – seine Macht, seine Unsterblichkeit, seine Auferstehung –, das alles, der ganze »glitzernde Köder im Flaschenkürbis«, war da und so alt wie Afrika und so universal wie der Himmel. Der Zauber des Anfangs.

»Am Anfang war das Wort, und das Wort war bei Gott, und das Wort war Gott.«

Es war weder schwarz noch weiß, weder Shaka noch Joji. Und es ließ sich weder von ihm und seinen Truuppen noch von weißen Truppen, noch von allen Armeen des Himmels und der Erde erobern.

Es war das Wort des geeinten Volkes. Bantu.

Shaka kamen seine Feldzüge, sein Leben für den Krieg plötzlich lächerlich vor, und er wurde schwankend und kapitulierte mit dem Herzen. Als der Reverend Bellow wieder aufblickte und den geheimnisvollen Schwarzen suchte, war der Unbekannte verschwunden.

Als die Sonne am nächsten Tag, dem 12. April 1826, im Zenit stand, leuchtete sie über dem Rückzug von Shakas Regimentern, die in auffällig lockerer, undisziplinierter Marschordnung von der Grenze von Britisch-Kaffernland zurückfluteten, wobei die Mienen der Krieger erkennen ließen, wie entmutigt und regelrecht verzweifelt sie waren. Farewell hastete durch ihre Reihen, rief hektisch einzelne Krieger an, bat und bettelte und verlangte zu wissen, was geschehen sei.

Schließlich stieß Febana auf Joko.

»Was gibt's? Was ist geschehen?« rief der Weiße ihm über den chaotischen Lärm der Regimenter hinweg zu.

»Deine Lügen haben den Großen Berg besiegt, Febana«, lautete Jokos verbitterte Antwort. »Bei Tagesanbruch haben unsere Regimenter bereitgestanden, um eure Welt zu zerschmettern. Aber als wir ›SI-GI-DI!‹ gerufen haben, ist die Antwort ausgeblieben. Shaka war verschwunden!«

»Wohin?«

»Ist das jetzt noch wichtig?«

Als die Sonne fast senkrecht auf die Erde herabbrannte, erreichte der Sohn Zulus den Fuß der schwindelerregend hohen Eisspirale, die wie ein auf Gott zeigender Finger, dessen Spitze in atemberaubenden Höhen verschwand, über dem Gipfel des Berges aufragte.

Hohe, völlig ebene Stufen erschienen wie durch ein Wunder an der Außenseite der Spirale und bildeten eine Treppe, die sich in den Windungen einer riesigen Muschel in die Höhe schraubte. Und Shaka begann die leuchtenden Stufen dieser Wendeltreppe zur ›Isiqongo kwaNkosi‹, zur Zinne der Könige, hinaufzusteigen.

Stunden später, als die Sonne bereits von ihrem langen Zug übers Himmelsgewölbe ermattet war, erreichte der Herrscher die Plattform der Zinne und trat wie vor über zwei Jahrzehnten wieder an die Brüstung aus blankem Eis, von der sie umgeben war. Sein sehnsuchtsvoller Blick glitt über endlos weite Landschaften hinweg, die von hier oben sichtbar wurden: riesige dunkelgrün-schattige Waldgebiete, die sich leicht gewellt bis zu einer in Violett- und Purpurtönen leuchtenden Gebirgskette hinzogen, und die weiten Flächen des Buschlandes, das an ein safrangelbes und bernsteinfarbenes Meer erinnerte und von gewundenen, glitzernden Wasserläufen durchzogen war, die dem undurchsichtigen Blau des Indischen Ozeans zustrebten. Die Grenzenlosigkeit – »so weit das Auge reicht « – dieses Reiches, das ihm gehörte!

Trotz der Riesenhaftigkeit seines Reiches wußte er, daß er alles verloren hatte, was wichtig war. Alles, was jemals wichtig gewesen war: Nandi. Und sich selbst.

»Man ist entweder zum Sterben oder zum Töten geboren – einen Mittelweg gibt es nicht.«

Und sein Herz verstand sich nicht mehr aufs Töten.

Er mußte erneut als Gebieter anfangen.

Dann spürte der Sohn Zulus, das jemand hinter ihm stand, drehte sich um und begegnete den blicklosen Augen der Sangoma Sitayi. Indem die Alterslose auf ihn zutrat, sprach sie von der übers Leben hinausgehenden Unsterblichkeit – von der Unsterblichkeit, die ihren Sitz im innersten Leben seines Volkes hat.

Sie waren in Bulawayo zusammengeströmt: die Hunderttausende, die das lebende, pulsierende Plasma der Zulunation bildeten. Aber dieses Blut war jetzt mit dem Eiter von Aufruhr und Anarchie infiziert, als die Nachricht die Runde machte, der erhabene, ehrfurchtgebietene Herrscher der Zulus sei verschwunden, wobei einige sogar flüsterten, er sei »von den übers Meer Gekommenen« verhext und vor der geplanten Eroberung zurückgeschreckt.

Er war nun schon seit über einem Monat verschwunden, und die von Dingane ausgestreute Saat aus Heimtücke und Zweifeln begann im Herzen seines Volkes aufzugehen. Alle fürcheten, der Schöpfer des Reiches der Gebieter habe sich zuletzt für den Weg der Opfer entschieden.

Aber das Herz des Sohnes Zulus war für solchen Verrat zu aufrichtig, und er erschien endlich vor ihnen – mit der vierten Sonne des Mondes ukwEngula.

Als sie ihn sahen, befiel die Hunderttausende, die sich in der Zitadelle zusammendrängten, atemloses Schweigen – eine Lähmung aller Gedanken, aller Emotionen, aller Bewegung, aller Ausdrucksmöglichkeiten –, während alle Augen nach Osten blickten, wo die aufgehende Sonne die imposante Gestalt des Großen Berges Afrikas umrahmte, der ohne die Abzeichen seiner Königswürde erschien – bis auf den kraftlos in einer Hand gehaltenen Ixwa.

Die Zulus starrten Shaka sprachlos an, als er mit bedächtigem, harmonischem Gang feierlich den Ongoye herab auf sie zugeschritten kam. Seine Augen glänzten wie im Fieber, und sein Geist brannte von flammenden Bildern eines auf dem Streben nach Macht basierenden vergänglichen Lebens, während seine imposante Gestalt sich der riesigen Heimstätte näherte, die er als Tribut an den Ruhm erbaut hatte – an den gewaltigen Ruhm Zulus, der sich allein im Rhythmus seines Schreitens ausdrückte.

Vor dem Hintergrund lavendelfarbener Wolken wirkte seine kraftstrotzende Größe um so bedrohlicher, als er durchs Tor Bulawayos trat. Mit durchgedrücktem Rücken, hocherhobenem Kopf und gebieterischer Miene wirkte Shaka majestätischer und unberührbarer denn je, und die Massen wichen vor seiner charismatischen, bedrohlichen Erscheinung zurück und bildeten ein dichtgedrängtes Spalier zu beiden Seiten des Weges durchs Viehgehege zum Thronpodest hinauf.

Der Mann, der die Sprache des Himmels war, blieb in der Nähe seines Thronsessels aus gerollten Binsensträngen stehen, richtete den Blick seiner Katzenaugen auf die Konturen des fernen Horizonts und tarnte die starken Strömungen, die seine Seele zerrissen, und den Aufruhr in seinem Herzen mit geheimnisvoller emotionsloser Verbundenheit. Dann erschien ein schwaches Lächeln auf den Lippen des Herrschers, als belustige ihn plötzlich irgendeine Nebensächlichkeit außerhalb des Bereichs menschlichen Lebens, in einer den Sternen vorbehaltenen Dimension.

Und in der ehrfürchtigen Stille, die seine Zitadelle erfaßt hatte, war eine Stimme zu hören, aus der die geisterhafte Feierlichkeit des Todes zu sprechen schien.

»Dingane.« Die Stimme sprach den Namen aus, als lese sie ihn am Himmelsgewölbe. »Es ist Zeit.« Shaka erkannte diese zwingende Stimme verwundert als seine eigene.

Der so gerufene Bedürftige erstarrte in panischer Angst und blickte sprachlos verwirrt zu Mkabayi hinüber. Die Schwester Senzangakona kaJama Zulus wirkte zutiefst betrübt wegen der Tat, von der sie wußte, daß sie vollbracht werden mußte: der letzte Akt. Und sie nickte dem Zweitgeborenen ihres Bruders fast unmerklich zu.

Dingane trat einen Schritt vor – aus der Menge heraus, auf das Podest und den Thron zu. Dann einen weiteren Schritt und noch einen. Plötzlich erschien Ngomane an seiner Seite, und ein Ixwa wurde ihm in die schweißnasse Hand gedrückt. Der Zweitgeborene starrte die Waffe in seiner Hand und danach den Ministerpräsidenten an, dessen Blick ihn nicht mehr losließ, sondern stumm Mkabayis Weisung – Shakas eigenen Befehl! – wiederholte.

Dinganes Selbstvertrauen wuchs. Und plötzlich war sein Bruder Mhlangana mit stoßbereit gehaltenem Ixwa neben ihm.

»Auch du, mein Bruder?« fragte Shaka Mhlangana mit unheimlichem Glitzern in den Augen, das seinem traurigen Blick Glanz verlieh. »Solche ... Entschlossenheit hätte ich dir nie zugetraut.«

Dieser Spott bewirkte, daß der Haß auf dem Gesicht des anderen offen zutagetrat, und Mhlangana ließ Dingane hinter sich zurück, so eilig hatte er es jetzt, den Mann, der die Sprache war, zu erreichen. Aber Shaka blieb mit einem starren Lächeln auf den Lippen unbeweglich stehen. Damit kehrte der Sohn Zulus seinen Brüdern den Rücken zu und schritt aufs isiGodlo zu davon.

Als Mhlangana vorwärtsstürzte, hielt die Nation den Atem an: schweigende Augenzeugen des Schickals der Götter.

Aus der Menge der versammelten Zulus stieg ein gequälter Seufzer auf, als Mhlangana seinen Ixwa mit zitternder Hand in Shakas Rücken stieß.

Und der Himmel leuchtete blutrot und golden auf, als Dingane ebenfalls wieder und wieder zustieß – Stoß auf Stoß auf Stoß.

Shaka blieb abwartend stehen, und sein schwaches Lächeln war jetzt blutbefleckt. Als die beiden fertig waren, schritt er weiter über das Podium aufs Tor seines isiGodlos zu.

Als er sich dann umwandte, rührte sein heiteres Lächeln Mkabayi und Nomcoba zu Tränen.

Manche schrien. Andere weinten. Einige wurden ohnmächtig.

Und Shaka legte wie horchend den Kopf schief, als messe er seine Kraft an der seines letzten Gegners.

Dingane und Mhlangana näherten sich ihm erneut, führten Stoß um Stoß und tränkten ihre Ixwas im Lebensblut der Sprache des Himmels. Aber der Berg wankte und fiel nicht.

Und der Nation stockte der Atem. War der Sohn Nandis wahrhaft unsterblich?

Dann hob der große Elefant plötzlich den Kopf, blickte durch die Schleier des Lebens zum letzten Mal gen Himmel, sank auf die Knie und umarmte seinen lebenslangen Gefährten Tod als Erlöser.

Die durch Shakas Tod geblendete Nation flüchtete: Sie floh in Panik, in wildem Aufruhr, in Verzweiflung. Und obgleich es Tag war, verfinsterte sich der Himmel mit riesigen Gewitterwolken, die von Osten her rasch aufzogen und den Himmel von Horizont zu Horizont bedeckten, bis die gesamte Schöpfung in kummervolle Schatten gehüllt war.

Und der windgepeitschte Regen fiel zischend und brausend in Sturzbächen vom Himmel. Durch dieses Unwetter kam Pampata von emKindini herübergehastet. Sie rannte in verzweifelter Eile durch die schlammige Landschaft, weil sie gehört hatte, der Große Elefant sei gefallen. Sie stolperte, fiel, raffte sich wieder auf und lief weiter; sie rannte achtlos, gefühllos, mit blutig zerkratzter Haut, mit tränenblinden, geschwollenen Augen und keuchend nach Atem ringend, weil ihr unerträglicher Schmerz den Hals abzuschnüren drohte.

Als sie endlich Bulawayo erreichte – bei Anbruch des neuen Tages –, wütete der Sturm weiterhin mit ungebrochener Gewalt, als ob er die Menschen und ihre Erde für den von einem Himmlischen erlittenen Tod bestrafen wollte. Pampata fand die riesige Zitadelle menschenleer vor, sah sich ratlos in den düsteren Schatten um und bewegte sich dann zögernd hangaufwärts auf den Königsthron zu.

Ein Blitzstrahl zerriß den Himmel, und schmetternder Donner ließ die Erde wie unter der stampfenden Macht Zulus erzittern. Aber Pampata hatte keinen Sinn für die um sie her wütende Gewalt der Elemente, denn ihr ganzes Sinnen und Trachten war nur darauf gerichtet, *ihn* zu finden – die große Liebe ihres Lebens, den Herrn ihrer Welt.

Er muß leben! schrie ihr Herz auf.

Das Gewitter wurde erneut heftiger. Blitz auf Blitz durchzuckte das Dunkel, tauchte die verlassene Zitadelle in gleißendes Licht und...

Plötzlich entdeckte sie unweit des Thronpodests den Leichnam.

Die pausenlos herabzuckenden Blitze tauchten die riesige Gestalt des Herrschers in hartes Licht, das den Toten um so erschreckender wirken ließ. Und der Donner kam, um Pampatas verzweifeltes Wehklagen zu übertönen und auf der Woge des Sturms in die Weiten des Ongoye-Tals zu tragen.

Pampata rannte zu ihm und warf sich über den Leib ihres geliebten Herrn. Sie liebkoste ihn schluchzend – sein Gesicht, seine Lippen, seinen Körper, tastete nach Lebenszeichen und klammerte sich verzweifelt an die Hoffnung, daß noch Odem in ihm sei.

Ein weiterer flammender Blitzstrahl beleuchtete den Sohn Zulus und ließ seine glasigen, im Tode erstarrten Augen erkennen. Und als die unausweichliche Wahrheit sich ihr aufdrängte, erschütterte ein durchdringender Schrei unmenschlicher Qual die Zitadelle.

Danach herrschte Schweigen.

Nach endlos langen Augenblicken bewegte Pampata sich wieder. Sie griff nach Shakas Hand, drückte sie mit Gewalt zurück und drehte dabei das Handgelenk, so daß der Ixwa auf ihr Herz gerichtet war.

Dann beugte Pampata sich vor, küßte seine kalten Lippen und stürzte sich in den Speer. Gefaßt spürte sie, wie ihre brennenden Seelenqualen sie verließen, um durch die unendliche Freude der Vereinigung mit ihrem Prinzen abgelöst zu werden.

Der Regen prasselte dichter herab und zeichnete die Erde mit der Rache des Himmels. Und Pampatas Blut strömte aus ihrem Körper, floß in Bächen über den Schlamm und vermischte sich mit Shakas Blut. Zuletzt sammelte das Lebensblut des Berges und der Schmeichlerin sich miteinander vermengt zu einer Lache neben der blinkenden Klinge, die dem Blut von ihrem Blute, dem Kind des Kindes der Weissagung, das Leben entrissen hatte.

Aus den dunklen, windgepeitschten Regenschleiern bewegte Sitayis Hyänenregiment sich langsam und bedrohlich auf die beiden Leichname zu – zwei dicht geschlossene Reihen zu je zwanzig Tieren in perfekter Formation. Und wie sie einst das werdende Leben in Nandis Leib geschützt hatten, umgaben die Raubtiere jetzt lautlos, schützend die Liebenden, deren glorreiche und feierliche Eheschließung der elementarste Diener des Glaubens des Menschen an sich selbst und die Menschheit vollzogen hatte: unser Gefährte Tod.

Nach zweimonatigem Interregnum wurde Dingane kaSenzangakona Zulu zum König des Volkes des Himmels gekrönt. Seine Regierungszeit – etwas zwölf Jahre – bezeichnete den Anfang vom Ende des Ruhmes der Zulu. Des Ruhmes, der noch heute durch den als Apartheid bekannten Aufschrei des verratenen Afrikas besudelt und unterdrückt wird.

Ngomane kaMqombolo Zulu wurde Haupt-Induna König Dinganes und blieb bis zu seinem Tod im Jahre 1834 in dessen Diensten.

Mkabayi kaSenzangakona Zulu diente König Dingane als persönliche Ratgeberin und soll dieses verantwortungsvolle Amt bis zu ihrem Tod, der etwa im Sommer 1842 erfolgte, bekleidet haben.

Von den Schwalben blieb John Cane (unter dem Schutz und auf Veranlassung König Dinganes) in Port Natal. Er heiratete im Winter eine Eingeborene namens Rachel und starb als alter, wohlhabender Mann. Er verließ Afrika nie.

Francis George Farewell, auch als Febana ka MaJoji bekannt, verschwand im Herzen Afrikas und wurde niemals mehr gesehen. Gerüchteweise verlautete, ein Weißer, auf den seine Beschreibung passe, durchstreife das Innere Südostafrikas auf der Suche nach einer Seherin Sitayi und einer zur ›Zinne der Könige‹ hinaufführenden Kristalltreppe.

Elizabeth Farewell wartete vergebens auf die Rückkehr ihres Gatten. Nach zwei Jahren besuchte sie Port Natal und schickte eine Suchexpedition nach ihm aus. Als die Suche ergebnislos blieb, kehrte sie nach Kapstadt zurück. Fünf Jahre später heiratete sie zum zweiten Mal und bekam drei Jungen, denen sie die Namen Francis, Fynn und Timothy gab.

Elizabeth Farewell Aspeling kehrte niemals nach England zurück. Bis zu dem Tag im Jahre 1871, an dem sie an Altersschwäche starb, soll sie bei den Siedlern in Natal Nachforschungen nach einem Mann namens Febana angestellt haben.

Henry Francis Fynn wurde der Leibarzt und Religionslehrer König Dinganes. Der Ire verbrachte den Rest seines Lebens in Natal und liegt dort begraben.

Timothy Wilkins kehrte in die Downing Street zurück und blieb bis zum Jahre 1827 (in dem Sir Henry Bathurst als Minister für Krieg und die Kolonien zurücktrat) im Kolonialamt. Danach arbeitete er wieder als Journalist, und die Veröffentlichung seines Erlebnisberichts ›African Diary‹ verschaffte ihm in Whitehall nahestehenden Kreisen hohes Ansehen.

Bei dem Versuch, zu seinem »afrikanischen Augenblick« zurückzukehren (wie er ihn nannte), kam er 1829 bei einem Schiffsuntergang vor der Wilden Küste Natals um. Die geretteten letzten Aufzeichnungen für sein neues Buch, das den Titel ›Farewells Narretei‹ erhalten sollte, lauteten: »Die Nachahmung Christi ist eine Flucht aus dem Alltäglichen. Und diese Flucht – ob sie nun auf dem Weg zur Heiligkeit oder dem Weg zur Verdammnis erfolgt – führt unaufhaltsam zu den Tränen in Gethsemane und der Kreuzigung auf Golgatha.

Die Nachahmung Christi ist das Herz Afrikas. Ich finde Trost in dem Bewußtsein, daß Shaka und Febana sich in diesem großen glorreichen Herzen wiedersehen werden, daß sie in einer Dimension, die von diesen ›7000 Jahren erprobter und bewährter Doppelzüngigkeit‹ frei ist, miteinander sprechen und erneut Freundschaft schließen werden...

Und was mich betrifft, so bete ich darum, daß diese beiden großen Männer in ihrer Ewigkeit Zeit finden möchten, umFekethile, den Sommersprossigen, ins Vertrauen zu ziehen...

Nkosi sikelela Africa!

Heute morgen sind wir bei auffrischendem Ostwind erwacht, und Mr. Hardy, unser Erster Maat, hat angemerkt, daß das Kreuz des Südens nicht zu sehen gewesen sei, was das Heraufziehen eines schweren Sturms wahrscheinlich mache. Ich kann nur darum beten, daß wir die Wilde Küste erreichen, bevor das Unwetter über uns hereinbricht...«

Nkosi sikelela Africa. – Gott segne Afrika.
Mutter und Vater des Universums.
Das Wort des geeinten Volkes – Bantu.

Unendlich dankbar bin ich meiner Frau Marie-Louise Zehetner für die Hilfe, Hingabe und Unterstützung, mit der sie die Entstehung dieses Buches begleitet hat und für dessen Vollendung sie genausoviel geleistet hat wie ich. Sie ist mir Ratgeberin, Lektorin, Fahnenleserin gewesen, ›Beichtvater‹ und ›Trainer‹ in einem. Von der ersten bis zur letzten Seite ist dieses Buch von ihrem Kunstverstand und von ihrer Liebe geprägt, und dafür danke ich ihr.

Mein ›Zulu-Abenteuer‹ begann 1981, dank der freundlichen und großzügigen Vermittlung Wolfgang Fischers. Ihm verdanke ich es, daß ich dieses Buch schreiben durfte – genauso wie das Drehbuch der Fernsehserie, die ebenfalls den Namen des großen afrikanischen Herrschers trägt: Shaka Zulu. In den vergangenen fünf Jahren hat sich Wolfgang Fischer stets als wahrer Freund erwiesen.

Mein Dank gilt meinem deutschen Verlag, der das Entstehen meines amerikanischen Manuskripts zu diesem Buch geduldig mitverfolgt und betreut hat.

Und natürlich möchte ich den Afrikanern danken: Nonchamfela Ndelu, dem Propheten der Zulus, Mzilikazi Kumalo und der Zulu-Nation. Mein Herz ist mit euch, meine Brüder – möge Gott euch bald von der unmenschlichen Unterdrückung durch die Apartheid erlösen und euch von jenen befreien, die sich als Götter aufspielen und euch euer Recht zu leben streitig machen, euer Recht, etwas Eigenständiges zu schaffen, euer Recht zu wachsen, euer Recht zu hoffen, euer Recht zu lieben – euer Recht zu sein. Ich bete darum, daß die Afrikaner in Südafrika schon bald die Freiheit haben mögen, sich an den Wahren Christus zu wenden, der weder weiß noch schwarz ist, sondern der Herrgott aller Menschen. Ich bete darum, daß die Weißen zu diesem Christus finden mögen, bevor es zu spät ist für ihre Kinder, vor den Folgen von drei Jahrhunderten der Habgier und des Hasses verschont zu bleiben.

Joshua Sinclair
Los Angeles im September 1986